连派评书——列国·春秋

连丽如

【上册】

中国出版集团公司
华文出版社

图书在版编目（CIP）数据

连派评书：列国·春秋：上下册 / 连丽如口述
. —— 北京：华文出版社，2022.2
ISBN 978-7-5075-5563-9

Ⅰ．①连… Ⅱ．①连… Ⅲ．①北方评书 – 中国 – 当代
Ⅳ．① I239.8

中国版本图书馆 CIP 数据核字 (2021) 第 268920 号

连派评书——列国·春秋

作　　者：连丽如	
特约编辑：梁　彦	
责任编辑：景洋子	
出版发行：华文出版社	
地　　址：北京市西城区广外大街 305 号 8 区 2 号楼	
邮政编码：100055	
网　　址：http://www.hwcbs.com.cn	
电　　话：总 编 室 010-58336239　发 行 部 010-58336202	
编 辑 部 010-58336252	
经　　销：新华书店	
印　　刷：北京明恒达印务有限公司	
制　　版：北京禾风雅艺文化发展有限公司	
开　　本：710mm×1000mm　1/16	
印　　张：56.5	
字　　数：600 千字	
版　　次：2022 年 2 月第 1 版	
印　　次：2022 年 2 月第 1 次印刷	
标准书号：ISBN 978-7-5075-5563-9	
定　　价：138.00 元	

出版前言

评书，亦称说书。它既是一种曲艺形式，也是一种文学样式；既是具有民族风格的通俗文学，也是凭借听觉和视觉的口语艺术。评书本身曲折生动的故事情节，以及演员独特的说演技巧，使之成为广大群众喜闻乐见的曲种。北京评书是评书艺术重要的一支，连派评书是北京评书重要的代表。《连派评书——列国·春秋》系根据北京评书国家级非物质文化遗产传承人连丽如先生宣南书馆现场演出评书《列国》口述文字整理而成。

全书从春秋时期齐桓公即位写起，到战国时期邹忌弹琴谏齐威王止，共七十八回，讲述了春秋时期各诸侯国的纷争，涵盖长勺之战、尊王攘夷、重耳走国、割股啖君、退避三舍、绝缨大会、程婴救孤、吴起杀妻等经典回目。

八十高龄的评书艺术家连丽如先生，以其独特的视角和老到的经验对历史事件、人物进行演绎评说，使该书既有史志原著的严肃紧张，又有连派评书的生动活泼。通读下来，虽满篇文字，但因连丽如先生专业而独特的评书语言，使读者如同在茶馆听书一般，现场感极强。北京评书情节跌宕、说演细腻、人物传神的风格在书中得到了完美呈现，京腔京韵、俏皮幽默更是锦上添花，令人回味悠长。

在编辑过程中，为了保留原汁原味的书馆评书风格以及北京话特色，未对文中口语、方言等进行特别修改和注解，以为读者呈现更直观、更完整的作品。

华文出版社

2021 年 12 月

目 录
Contents

第一回　齐侯送文姜婚鲁

昭乃江东微末之士，久闻先生高卧隆中，自比管乐，此语果有之乎？

这是《三国演义》诸葛亮舌战群儒的时候，东吴的头一个谋士张昭张子布向诸葛亮发难，说的就是这几句话。管仲是谁——齐国的贤相管仲；乐毅是谁——燕国的大将乐毅。诸葛亮高卧隆中，自比管仲、乐毅，张昭张子布问他："你有这么档子事儿没有？"管仲保着齐桓公称霸于天下，使齐桓公成为五霸之一；乐毅扶持微弱之燕，一仗打下齐国七十座城来。但是到底管仲是怎么回事儿？今天咱们就聊聊这管仲。

一说管仲，就是齐国的贤相。但是管仲刚在齐国的时候，国君是齐僖公，管仲是保着公子纠，公子纠是齐僖公的儿子。管仲有个好朋友叫鲍叔牙，您听京剧有一出叫《鲍叔牙哭秦庭》，而鲍叔牙保的是公子小白。您可记住了啊，管仲保着公子纠，鲍叔牙保的是公子小白，可是管仲和鲍叔牙这两个公子的师父还是非常好的朋友。管仲保着公子纠上哪儿了？上鲁国了，找公子纠的舅舅去了。人活九十九，都得拿娘家当后手，确实是这样。公子纠找姥姥去，姥姥没有了就找舅舅。而公子小白呢，由鲍叔牙保着，也找他舅舅去了，上哪儿了？上莒（jǔ）国，您现在查地图，就是山东省莒县。那么这两个人既然是齐国的公子，为什么都跑去找舅舅了？就因为齐国太乱了，乱到谁身上了呢？就乱到他们的哥们儿齐襄公身上。齐国要不乱呢，他们俩也不能跑；他们俩不能跑呢，将来公子小白也不能回来；公子小白不能回来，管仲和鲍叔牙也就不能保着他成为齐国之主，成为称霸于天下的齐桓公。所以咱们说书简单地说，两个公子为什么要离开齐国，就因为齐襄公，他也是齐僖公的儿子，这个人不地道，封他四个字：荒淫无耻。

说他无耻到什么程度？齐襄公小名叫诸儿，他有两个姐妹，一个叫宣姜，一个叫文姜，都是他父亲亲生的闺女，但是跟诸儿，也就是后来的齐襄公不是一个妈养的。姐姐叫宣姜，漂亮，您琢磨去吧，特别漂亮；妹妹叫文姜，比姐姐还漂亮，而且博古通今，有文气，所以起个名叫文姜。您要看《东周列国志》，挺不讲理的，说宣姜淫于舅，文姜淫于兄。现在，咱们得研究研究这问题了。说宣姜跟她舅舅通奸有染，她勾搭她舅舅，为什么不说是她舅舅勾搭她呢？这就是封建历史。当然两个人都不是好东西，我也不是替这女的争。文姜淫于兄，怎么不说她哥哥欺负她呢？反正这兄妹俩也都不太地道。文姜长得漂亮，诸儿也很美，按现在话说：风流倜傥，是个美男子。文姜爱上了哥哥诸儿，诸儿也爱文姜，但是俩人是一个爹，不能成亲。后来齐僖公就把宣姜嫁给了卫宣公，把文姜许配给了鲁桓公。

鲁桓公很高兴啊，知道文姜挺漂亮，派人来迎接文姜到鲁国成亲。齐僖公说："我送我闺女。"诸儿可就急啦，这么好看的妹妹被人家抬走了，自个儿摸不着啦，就找他爸爸去了："爹，我妹妹出嫁，咱们家得去人，得有人去送亲。您是国君，又这么大岁数了，国事您都忙不过来，您还送我妹妹？我替您去吧。"

您说他爸爸是糊涂人吗？也不见得糊涂，诸儿的一招一式、一举一动，他爸爸能看不出来吗？"得啦，我早就答应鲁国了，我得亲自把文姜送过去，你就在家待着吧。"

没让诸儿去。看着文姜上了车马，诸儿难受啊，骑着马走到文姜这辆车前，文姜掀开车帘，这兄妹俩窃窃私语。说的是什么呢？说的是吃葡萄不吐葡萄皮儿，这个国家的语言咱们也就甭翻译了，两个人依依不舍，就这么着，文姜就嫁到鲁国去了。哎哟，诸儿是天天盼夜夜想。十五年以后，齐国的姑爷鲁桓公才带着媳妇文姜回娘家，而这时候齐僖公已然死了，诸儿当了一国之主，也就是齐襄公。听说妹妹回来了，哎哟，诸儿乐得国事全都放下了，安排好了大公馆，准备好了丰丰盛盛的酒宴，预备歌舞，迎接妹妹，迎接妹夫。等这两口子来了，国宴摆下，宫女们弹唱歌舞，齐襄公诸儿光看妹妹，妹妹也光看哥哥，鲁桓公看在眼里，他对这两个人之间的事情也有个耳闻，知道自己的媳妇原来在本国的时候就跟她哥哥诸儿不太清楚，但是没摸着真凭实据。他曾经派人跟踪了半天，也没查出蛛丝马迹来，没办法。等到了晚上，鲁桓公回公馆住下了，这位姑奶奶让宫女接到宫中就没走，跟谁住一块儿了？跟她的哥哥齐襄公，俩人住一个屋子里了。十五年没见了，俩人在屋子里头干什么？一会儿让王玥波给您说。

第二天太阳都老高了，媳妇一晚上都没回来，鲁桓公急坏了，气得胡子都撅起来了，赶紧派手下人去打听。这一打听，打听出来了，为什么能打听出来？钱能通神啊，十两、二十两、三十两、四十两……给钱啊，一给钱就全打听出来了——"在宫中跟我家齐襄公睡在一个屋子里了，到现在还没起呢。"鲁桓公气坏了，打定了主意：等一会儿文姜回来，我立刻带着她告辞回国。马上派人去宫中告辞，他告诉派去的这个人："只要文姜从宫中一出来，你就进去告辞。"鲁桓公这边有动作，文姜这个时候也起来了，回转公馆。她刚一走，齐襄公诸儿马上派人跟着就偷听去了，心里有鬼呀。

文姜回到公馆，丈夫鲁桓公就问她："你干吗去了？""昨天在宫中多吃了几杯水酒。""住哪儿了？""哎呀，宫里这么大地方，还能没有我住的地方吗？我是齐国的姑奶奶呀。""哼哼，我听说……""你听说什么了？你少败坏我的名誉，我告诉你！"撒起刁来了，文姜在公馆里大哭大闹，这儿可是齐国的地方，有谁能向着鲁桓公啊？文姜这么一折腾一闹，齐襄公派出来的人可就全听见了，他撒腿往回就跑："大王，坏了，这事儿人家全都知道啦。"

正在这时候，鲁国的使者求见：文姜跟她的丈夫——齐国的姑老爷要告辞走。诸儿可就急啦，刚一宿就走，受不了啊。"留下，明天带他们夫妻二人到牛山前去玩耍。"

这牛山在哪儿啊？而今的山东淄博东南。第二天，齐襄公在牛山摆下了丰丰盛盛的酒宴，文武大臣全都来了，很多宫女在这儿跳舞，跳的什么舞我可说不上来，反正是齐国的舞蹈。鲁桓公没有办法，带着文姜来了，俩人是客人往这儿一坐。因为是回娘家，所有的文武大臣连同宫中的人都给这两口子敬酒，文姜本来就挺能喝，而鲁桓公是生气，谁敬酒都喝，越生气呢，这酒就越往下咽。俗话说得好：酒入欢肠，千杯不醉；酒入愁肠，一杯醉倒。鲁桓公喝得太多了，酒就往上来劲儿，脑袋也大了，看文姜俩影儿，心说：怎么变俩了？她哥哥一个我一个？鲁桓公越来越不明白。等酒席散了，齐襄公一看，心说：我动动脑子吧。"彭生。""伺候大王。""你把他抱上车，要好好保护，送回馆驿。""大王之命，我绝对服从。"

大家伙儿一看，这可坏了，派的这人是谁呀？彭生是齐国有名的大力士，胳膊这么粗，"欻"这么一抱，把鲁桓公抱起来往车上一放，然后往起再一扶他，自己也往车里一坐，就把鲁桓公抱在自己怀里了。车走了，齐襄公跟文姜俩人仍然在这儿喝酒。您想想，鲁桓公喝了这么多酒，他在车里能不折腾吗？他一折腾，彭生一使劲儿，"咔嚓"，这边肋条折了六根，那边七根。折了这么多肋条，又不能及时送到积水潭医院，您说那还活得了吗？彭生就把鲁桓公给夹死了，这叫"齐襄公害死妹夫"。彭生心里明白自己为什么要把鲁桓公给夹死，因为大王嘱咐了，要好好搂着，好好保护着，心里很清楚，这就是要让我把他弄死，在车上就喊："哎哟……这，这，这姑老爷哟，他，他，他，这，这，这撒了酒疯了……"

鲁桓公就这么死了，那么文姜就得闹啊："我的丈夫死在你们齐国了，我就这么回婆家可不成，我非得闹，折腾。"因为她脸上不好看啊，齐襄公没有办法，赶紧买来上等的棺木，把妹夫给成殓起来，然后让使者回到鲁国去通知鲁国现在临时掌权的人。

鲁国的大夫一听全急了，好家伙，丢人哪。这不是欺负人嘛，打，打齐国！鲁国有个谋士姬姓，施氏，叫施伯。"慢着，众位，人家齐国是个大国，咱们鲁国是个小国，打得过吗？再说家丑不能外扬，多寒碜啊，咱们鲁国的国母跑人家那儿去了，咱们鲁国之主让人家给夹死了……""那您说怎么办呢？""得啦，忍气吞声吧。咱们找人去和齐襄公交涉把彭生给治了罪，因为是彭生把咱们的国君给害死了，他治了彭生，咱们这口气也就咽下了。"

大家也没有别的办法，只好这么办。一交涉，齐襄公只好治彭生，您说彭生招谁惹谁了？以彭生伺候不周之罪，把彭生给办了，冤死一个彭生。文姜一琢磨：我回去？我丈夫死了，怎么死的？死在我手里头了。如果不是因为我，我丈夫也不会让彭生给夹死。我要是不回去，现在我的儿子已然当了鲁国之主（就是鲁庄公），我没脸啊，在齐国待着我也寒碜啊。所以文姜坐着车往回走，走到齐国和鲁国的交界，心说：得了，我就这儿待着得了。她儿子听说了这个事情，要想给父亲报仇吧，得先把他妈弄死；把他妈弄死了，那就连妈都没了；要是把妈接回来，也怪寒碜的；让她回齐国，给舅舅送去，这也不像话呀。所以鲁国之主鲁庄公一琢磨：得了，我就在齐鲁的边境线这儿给她盖间房吧。反正那个时候盖房的地价也便宜，盖了一别墅，就让文姜住在这儿了。

您说这样的一个人是不是荒淫无耻？后来齐襄公为了给自己争脸，办了几件大事，欺负小国，提高自个儿的声望。可是他实在太坏了，就被手下人给害死了。在杀他的人里面，其中有一个人姬姓，管氏，叫管至父，是管仲的族人。所以因为齐国太乱了，齐僖公和齐襄公都不会治理国家，国家生乱，于是管仲保着公子纠到了鲁国，找他舅舅去了；而公子小白就被鲍叔牙保着到莒国去了。

两个公子分开了，但是两个师父是非常好的朋友，一个是管仲，一个是鲍叔牙，您听王玥波说"朋友论"，提到过管鲍之交，管仲鲍叔牙两人是什么交情？管仲曾经说过："生我者父母，知我者鲍叔牙也。"咱们举个例子：俩人一块儿做买卖，按现在说应该投资一百万，管仲拿三十万，鲍叔牙拿七十万，按说做一回买卖，一分成应该鲍叔牙分七成，管仲分三成。但是等到分成的时候，管仲往这儿一站："这是咱俩人一块儿做的买卖。"鲍叔牙就给他一半儿，一个人五成，平均分。鲍叔牙手底下的人都瞪眼："凭什么给他一半啊？"鲍叔牙解释："你们不知道，管仲家穷，他得养活他妈，孝母啊。"所以中国留下一句话：管鲍分金。凡是朋友在一起做买卖，分金子，分银子，互相照顾不计较，就叫"管鲍分金"。

管仲和鲍叔牙是好朋友，打起仗来更逗，往前冲锋的是鲍叔牙，往回跑得最快的是管仲。大家伙儿不干，找鲍叔牙去了。"就这朋友您还交呢？怕死，您'腾腾腾'跑在头里，万一打了败仗，他颠儿了。"鲍叔牙又给大家解释："你们不知道，他妈就他这么一个儿子，他得孝顺他妈，他死了谁孝顺他妈呀？管仲侍母至孝，咱们得照顾他，他不是不会打仗，他要是真打起仗来，你们谁也打不过他。"鲍叔牙非常理解管仲，管仲是个才子。所以，管仲才会说："生我者父母，知我者鲍叔牙也。"两个人之间这么好的交情，可是两个人分别保了两位公子：一个保着公子纠在鲁国；一个保着公子小白，也就是未来的齐桓公，在莒国。

齐襄公一死，公孙无知当了国王，大家伙儿不愿意，有人就把他给杀了，把管至父也给杀了，没人继承王位，所以齐国的使者就来到鲁国，迎接公子纠回国继承齐国的王位，而管仲就得保着公子纠回国去当一国之主。这时候文姜的儿子鲁庄公就给了管仲一支人马，而且派大将曹沫，让他保着公子纠和管仲马上回到齐国继位，晚了就坏了。就这样，管仲保着公子纠赶紧离开了鲁国回归齐国。

管仲聪明，在临出发的时候，就跟鲁庄公说："我得跟您商量商量，您得单给我一支人马。""为什么？""因为公子小白在莒国，莒国离齐国很近，倘若小白知道了这个消息，由鲍叔牙保着他抢先回到齐国，那么齐国之主可就不是公子纠了，而是公子小白了。为了让您的亲戚回国当国君，您得给我一支人马，我赶紧带着兵就跑，得跑到公子小白的头里，先回齐国。"鲁庄公当然愿意了，谁不愿意自己的亲戚当上齐国国君呢？将来往来、打起仗来求个兵、借个粮食什么的都好办。"好吧，就给你一支人马。"

大将曹沫保着公子纠上路了，管仲带着一支人马赶紧快走，马不停蹄，日夜兼程。等到了即墨这个地方，应当吃饭了，管仲不吃饭，就跟卖饭的人打听刚才有没有人在这儿用过饭。卖饭的一听："有啊，齐国的公子小白刚刚在这儿用过饭，战车刚走。"

管仲一听，心说：坏了，鲍叔牙要是保着公子小白到了齐国，齐国的国君之位就不是公子纠的了，那就是公子小白的了。为了让公子纠当上齐国之君，我管仲必须得追上公子小白，我必须让公子纠先到齐国，成为齐国之主。管仲带着人马就跑啊……跑着跑着，就看见前边的车辆了，果然看见了鲍叔牙保着公子小白。管仲心说：我可赶上你们了，遇见我管仲，绝不能让你小白回归齐国当上齐国之主，我得让公子纠回归齐国掌握齐国大权。那么，管仲用什么办法才能让公子纠稳坐齐国的国君之位？咱们下回再说。

第二回　战长勺曹刿败齐

武王伐纣出西岐，萧何拉住韩信衣。曹操败走华容道，乌江霸王别虞姬。

这四句开场诗给您破个谜语，打四种水果。头一句"武王伐纣出西岐"，周武王的父亲周文王死了，姜子牙登台拜帅，武王捧着父亲的牌位，出西岐灭纣王，伐纣出西岐，打一种水果，您动脑筋琢磨啊。第二句"萧何拉住韩信衣"，张良张子房卖剑访韩信，韩信要走，萧何使劲拉住韩信的衣服："你别走，你留下来当大元帅。"这是第二句，也打一种水果。第三句"曹操败走华容道"，这个好猜，这也是一种水果。第四句"乌江霸王别虞姬"。头一句"武王伐纣出西岐"，平灭各个诸侯国家——苹果。"萧何拉住韩信衣"，您别走，那就得实实在在地留啊，您看麒派的名剧，周信芳累成那样就为了留住韩信——石榴。第三句甭猜了——桃，"曹操败走华容道"，就剩下逃了。第四句"乌江霸王别虞姬"——梨。

评书有一样好处——说完了以后能让您闭着眼琢磨，琢磨曹操有英雄志向，是个枭雄，怎么能够控制大汉朝末年的局面？这样，曹操的形象在您脑海中就树立起来了。评书给您一个想象的空间，这就是评书艺术，我说完之后，您脑子里就有您认为的曹操的形象，我说得越好，您这个形象就越鲜明。

咱们还得接着说管仲。诸葛亮自比管仲，管仲相桓公，霸诸侯，一匡天下。管仲确实是个了不起的人物。管仲长什么模样呢？您要看《东周列国志》，管仲长得十分魁梧，他的精神面貌跟别人就不一样。管仲确实有才能，旷世之才，就是在与他同时期生存的年代，恐怕已经没有人能超过他了。所以说时势造英雄，每一个行业都有英雄。您看我们评书借着"非遗"起来，王玥波多英雄，这确实是天机难得，所以天时不可夺。管仲要打算成其名，保着齐桓公一霸天下，天时也很重要。上回书咱们说了，一个是齐国的内乱。您要看《东周列国志》的原文，有人翻译过来说公子纠和公子小白是齐襄公的儿子，可有的版本就说是齐襄公的两个弟弟，同父异母。甭管是什么吧，总而言之，公子纠和公子小白要争做齐国之主。

齐国内乱，齐国的使臣先到鲁国去请公子纠，公子纠岁数大，自古以来都是家有长子、国有大臣，所以说就想把公子纠请回来。而公子纠的师父就是管仲管夷吾，聪明。鲁国之主鲁庄公派大将曹沫率大批战车保着公子纠回归齐国，去做齐国之君。管仲就对鲁庄公说："您得给我一支人马，几十辆战车，我得快走。因为公子小白（也就是公子纠的弟弟）现在在莒国，莒国离齐国最近，咱们这儿还没动换，人家都出发了；咱们走在半道上，人家都到了齐国了；等咱们到了齐国城外，人家都当了国君了。我得赶到前面去，挡住由打莒国回归的小白。"就这么着，鲁庄公给了管仲几十辆战车，管仲带着跑啊，跑得这快呀。

等跑到了即墨，该吃饭了，管仲跟饭铺的人一打听，说鲍叔牙保着公子小白已然过去了，已经有一顿饭的工夫了。管仲可就急了，赶紧带着几十辆战车追。追着追着，追出了三十多里地，看见前面莒国的兵将了，停住正埋锅造饭呢。车上坐着公子小白，就是后来的齐桓公，旁边保着公子小白的就是管仲的好朋友鲍叔牙。管仲一琢磨：可追上他们了，倘若他们往前再一跑，到了齐国，我们家的公子纠就完了，齐国之主就是小白的了。

管夷吾沉得住气，迈步走到车辆之前，恭恭敬敬深施一礼："管仲参见公子。"小白看了看管仲："你就是管夷吾？""不错，正是。请问公子何往？""回齐国啊。""回齐国您干什么去？""你管得着吗？我是齐国的主人。""您错啦，我家公子纠是您的哥哥。家有长子，他才是齐国的主人。您到底干吗去呀？""我奔丧去。""奔丧应该是长子为先啊。"鲍叔牙过来了："管仲啊，你该干吗就干吗去。""哎！咱们俩可是好朋友！""那不行，你保公子纠，我保公子小白，各为其主，走！"

管仲没有办法，再一看莒国的兵将，一个个怒目横眉，管仲只得退下来，心里一琢磨：这小白要是到了齐国，可就没有我们公子纠的事儿了。

趁着大家不防备，管仲暗中把弓箭就拿出来了，认扣填弦，"吧嗒"一声弓弦响，这支箭出去了，正中公子小白。就见小白大叫一声，口吐鲜血，"扑通"，就倒在了车上。管仲高兴啊，把小白给射死了，心说：你跑得再快也没用了，死人一个呀。

管仲非常高兴，赶紧往回走，率领着几十辆战车，一边走一边让车把式摇着鞭：你摇鞭，我喊。"我家公子纠命大，当为齐国国君。"嗬，这下战车也不快走了，管仲慢慢悠悠地，心说：我保着公子纠稳稳当当地就回归齐国了。但是，管仲可不知道，小白没死。小白非常聪明，如果不聪明，他能成为春秋五霸之中的一个霸主吗？眼看管夷吾要箭射自己，公子小白往起一挺身，"啪"，这支箭正射在他带钩之上。您看现在《鉴宝》这些节目，那会儿的带钩要到现在得多值钱啊，可是带钩再贵重也不如命值钱啊。管仲一箭射在小白的带钩之上，小白急中生智，舌尖咬破，血往外一喷，然后成心往车上一摔，鼻子也摔破了，脸也擦破了，血也出来了。在管夷吾眼里就看见公子小白"扑通"一声倒在车上，那意思是：我死了，你走吧。就这样，把管仲给蒙了。

管仲保着公子纠慢慢悠悠遛奔齐国，这时候大家都认为小白死了，鲍叔牙跟手下的人就哭啊："哎呀，公子啊……""别哭。"暂停。"啊？您没死？""没死。""那您干吗呢？""装着玩儿呢，我要是不装死，管仲他还得有第二箭呢。"鲍叔牙可就明白了。"公子，那咱们快走吧，我有小道，咱们绕小道走。"公子小白一行人绕小道就过去了，等公子纠由管仲保着到了齐国的边境，人那儿早进城，都当上国君了，您说多快。

鲍叔牙保着公子小白到了齐国之后，齐国的文武官员也有分歧，有不少人说公子纠是哥哥，应当为国君，而小白是兄弟。但是鲍叔牙说："公子小白才高过人，为了国家安定，就应该立小白为君。"文武官员之中有明白的，知道小白这个人能当国君，所以就立了公子小白——也就是历史上春秋五霸之一的齐桓公。

公子纠和管仲坐着战车到了齐国边境，没想到公子小白都当上国君了，公子纠这儿可傻啦：打！他指挥着兵将攻打齐国，那能打得过吗？齐国的兵将就把鲁国的兵将战败了，鲁国的兵将打一仗败一仗，打一仗败一仗，一直败回了鲁国。齐桓公指挥手下兵将打鲁国，鲁国打败了，把鲁庄公气了个半死，可是没办法，如果再不求饶，鲁国就被灭了。

　　求和吧，齐国派使者来了，鲁庄公端然正坐，旁边坐着公子纠，坐着管仲、谋士施伯。齐国的使者上前施礼。打了败仗的国君，说话没什么底气："唉，有什么条件你说吧。""我家国君说了，要公子纠的项上人头，把管仲押回去。""好。"本来鲁国是保着公子纠的，这可是公子纠他姥姥家，那没办法，为了自己的地位，为了自己的国家，鲁庄公逼迫公子纠自刎。

　　"管仲呢？我得把管仲带回去。他箭射我家国君的带钩，我家国君对他恨之入骨，说把他带回去，要亲自取他的人头。""好吧……"鲁庄公没办法。谋士施伯说："且慢。大王，管仲这个人运筹帷幄，决胜千里，能耐太大了，济世之才。您要用就用，不用就杀，不能把他放走了。"齐国的使者不干："我家国君说了，你要是不把管仲交给我，把他押回齐国，我家国君不能亲自杀他，那就还打你们鲁国。"

　　鲁庄公没办法，心说：得了，给他们得了。他命人把公子纠的人头取下，把管仲押在囚车之上，交给齐国的使者带走了。管仲聪明啊，心说：为什么让我活着奔齐国？这一定是鲍叔牙的主意，生我者父母，知我者鲍叔牙也。这回要活的管仲回归齐国，齐君要亲自杀我，实际不是想要我管仲这条命，是要我回到齐国为齐桓公效力。管仲太聪明了，一想就想明白了。他被押在囚车里面，这滋味儿可不好受。可管仲也恐怕鲁庄公明白过来，催着车辆快走。身为囚犯，还让车夫快点走，惦记着快回齐国送死去？这车夫可不明白呀。管仲动脑筋想主意：对，让大家伙儿高高兴兴的，我教他们唱歌。一唱歌，一高兴，他们走得就快了，鲁庄公想明白再追就来不及了。

　　"我说众位，我教你们唱歌吧。""您都快死了，还唱歌啊？安慰自个儿？""是啊。""那您教吧，我们也挺累得慌的。""我唱一句，你们跟着学一句啊。""好吧。""妹妹你坐船头，哥哥在岸上走……"

这歌儿好听啊。哎，大家伙儿一唱，高高兴兴一扭，管仲心说：不对呀，大家伙儿一唱一扭，这个想哥哥，那个想妹妹，这走得更慢了。"哎，这歌不对不对，再教你们一个，跟着我唱啊。"管仲琢磨了一下："马儿哎，你慢些走哎，慢些走哎……"拉车的马一听，让我慢点儿走？呱嗒呱，呱嗒呱……都快成踱步了。哎哟，把管仲给急得，心说：怎么我的歌都不对呀？"我骑着马儿过草原……"马一听，过草原啦，啊呀呀呀呀……这回的歌儿对了，车跑得叫一个快呀。等鲁庄公明白过来，跟施伯一商量再追，人家管仲都出了鲁国边境了，追也白追。就这样，管仲跟着齐国使者，拿着公子纠的人头回到了齐国。

没想到鲍叔牙带着人亲自前来迎接，把管仲接下囚车，住在了高级馆驿之内，五星级呀，总统套房，管仲沐浴更衣。三天过去了，第四天，齐桓公升座殿堂，召见管仲，管仲被封为相国之职。管仲看了看鲍叔牙，心说：这都是你的能耐。

那齐桓公想不想杀管仲？想杀。鲍叔牙说了："大王，管仲可来了。""杀！""为什么杀他呀？""箭射带钩，要不是我急中生智，我就死了。""算了，他之前那是为了公子纠，现在他来了可是为了您，您要是让他当相国，胜我十倍。"

现在鲍叔牙是什么职位？上卿。鲍叔牙深知管仲之能，用了他可以强大齐国，身为君王就应该心胸宽广，心胸狭窄的人成不了大事。齐桓公能够成为春秋的霸主之一，确实有他的道理。他听从了鲍叔牙的建议，拜管仲为相国。管仲给齐桓公出主意："大王，您不能再打仗了，要休养生息，让老百姓种地，踏踏实实把粮食种出来，让老百姓养足了精神，该训练的训练，该种地的种地，把国家搞富强了，跟邻近的国家把关系搞好了，您的地位提高了，然后您想灭谁再灭谁。"

"哼！"齐桓公不听。心说：我当了齐国之主了，我得让地下的公子纠明白明白。您说公子纠都死了，还跟他较什么劲呢？让他明白明白，我就是公子小白，鲁国敢跟我叫板？打！发出探马，打探军情。那么鲁庄公呢？这儿正恨呢，心说：我没听施伯之言，被齐桓公把管仲诓走了，拜为相国。你不是说要杀他吗？这不是成心要我吗？所以鲁庄公招兵买马，聚草屯粮，操练兵将，要跟齐国玩儿命。

消息打探来了，报到齐桓公的耳朵里，齐桓公一听也生气了：打！管仲赶忙进言："大王，您别打，只要打，您就得打败仗。""我会打败仗？管仲你不打，鲍叔牙你打。"鲍叔牙没办法，只好打吧，打一仗胜一仗。嘿，齐桓公看着管仲，一撇嘴：你不是不让我打吗？鲍叔牙照样打胜仗。

就这样，齐军一直打到长勺（现在山东莱芜）了，鲁庄公可急了，赶紧把施伯叫来了："悔当初不听你之言，管仲当了齐国的相国，咱们要完了。""您还真别赖管仲，管仲不让打，带兵打来的是鲍叔牙，奉齐君之命，打咱们鲁国。""都打到长勺了，咱们要玩儿完了，怎么办啊？""我给您出一主意，现在有一个人在隐居，这人叫曹刿，文武双全。您要是把他请出来，他愿助您一臂之力，就能战胜齐国。""那你请去吧。"

施伯奉命就来请这位隐士。曹刿认识他："您是鲁庄公驾前的大谋士施伯，见我一个小小的草民干什么呀？""哎哟，兄弟呀，你帮帮忙吧。"曹刿把嘴一撇，心说：你是大官，管我叫兄弟？我是一个平平常常的老百姓。"甭叫我兄弟，有话就说。""确实咱们打不了啦，齐国的兵将已然打到了长勺，咱们可快亡国了，你得为咱们国家争争气呀。""呵呵……"曹刿说了两句话，"食肉者无谋，求谋于藿食耶？"你们这些大官成天大鱼大肉，没主意了，问我这么一个吃藿食的小小老百姓。我吃的是什么？是野菜。"得了，我们是吃肉吃昏了心了，一个个血压也高了，脑也血栓了，没主意了，就得请您了。您吃菜好，营养丰富。"施伯一个劲儿地说好话。曹刿说："好吧，我跟你去面见国君。"

就这样，施伯带着曹刿来见鲁庄公，平民老百姓见着国君上前施礼："曹刿拜见大王。"鲁庄公看了一眼曹刿，没看得起他，拉着长音问道：

"我来问你,你要打齐国,有什么好主意呀?"曹刿听了,心里就不痛快,心说:现在是你求我,你们这些吃大鱼大肉的没主意,来求我一个吃野菜的,还冲着我要脾气?曹刿往这儿一站:"什么主意都没有。""那你干吗来了?""施伯让我来的,要问计于我。""那么你怎样才能战胜齐国呢?要战胜不了齐国,你也不应该来呀。""我来就有主意。""你有什么主意?""不告诉你。""那你到底是什么主意?""我没主意呀。""没主意你怎么在这儿站着说话呢?""我告诉你,打仗那叫随机应变,见景生情,现在我哪儿知道敌人用什么办法呀?我看见敌人作战,灵机一动,就能出主意,仗就能打胜了。""准行?""准行。""好吧,国君亲自出战,陪着你。"鲁庄公亲自出战,带着这位吃野菜的人,大队战车就奔着长勺来了。

等到了长勺,曹刿一看,对面是个大高岗,高岗之上都是鲍叔牙指挥的齐国的战车,上面插着旌旗。当中间儿是一块大平地,就好像是改了河道的一个湿洼的地方。鲁国的兵将这边也是一个高岗,就如同两边都是河堤,当中间儿是挺宽的一个地带。曹刿看完了之后:"大王,这仗好打。""有主意了?""没有,我再看看。"

鲁庄公在战车之上亲自督战,曹刿在旁边看着,眼见着对面旌旗可就动了。时间不大,就听见鼓声响了。"噗噜噜噜……""杀呀……""哗……"由打高岗之上,"唰"的一下,齐国的战车就下来了,人人奋勇,个个当先,战车之上站着战将,抽弓搭箭,认扣填弦。鲁庄公一看,急了:"杀呀!""不杀。""有什么主意?""还没有。"

鲁庄公没办法,既然把曹刿请出来了,就得听人家的呀。只见鲍叔牙指挥着齐国的战车潮水一般从对面高岗上直冲下来,一直冲到了鲁国军队这边的高堤之下。鲁国的兵将听着曹将军的指挥,往下射箭。"梆梆梆……""咻咻咻……"齐国的兵将攻不上去。鲍叔牙没办法,指挥兵将往回撤。

撤回高岗之后,吃了一顿战饭的工夫,曹刿说:"咱们听着啊,您先别睡呢。""我困了……""困了也先别睡，您听着。"就听见对面，"噗噜噜噜……""杀呀……""哗……"齐国的战车又冲下来了。"打呀。""别着急，我得看看。"齐国兵将再次冲到了鲁庄公所在的高堤之下，鲁国的兵将一射箭，又没攻上来，再次败走了。"嗯……"这位吃野菜的曹将军点了点头，"可以打了吧？""不可以。"

等到吃完晚战饭了，对面鼓声又响了，"噗噜噜噜……""杀呀……""哗……"齐国的战车又冲下来了，一直杀奔鲁国这边的高堤。曹刿说："哈，不错，大王你看。""看不出什么来呀。""哼，吃肉吃多了。头通鼓、二通鼓，现在是三通鼓，齐国战车已经冲过来三次了。你看，他们冲到半路上已然没劲儿了。一而再，再而三，来，冲！"

鲁国所有的战将在战车之上认扣填弦，正要指挥战车自高岗之上往下冲。曹刿说："停！"鲁庄公说："你什么毛病？""我还得再看一看。"曹刿把手中令旗往下一落，"梆梆梆……""哧哧哧哧哧……"往下一射箭，就看见齐国的兵将往后败。曹刿站在高岗之上往前一瞧，只见齐国的兵将把旗子也扔了，鼓也不要了，往回就跑。曹刿令旗一摆："杀！""欻……"鲁国的战车就冲下来了。这一下就打胜了，齐军望风而逃。

鲁庄公这高兴啊："好！菜吃得好！""吃得好吧？赢了吧？我这战术叫一鼓作气。""那我得问问你，齐国头通鼓，战车下来，为什么不杀？""嘿，头通鼓士气正足，不能杀。""那么二通鼓呢？""二通鼓也不能追杀，齐国士气正旺。""三通鼓的时候，为什么你让冲又停？""那我得瞧瞧他们是真败还是假败，看到他们连旗子都丢了，那是真败，这才命令追杀，赢了吧？告辞。""这就走啦？""请我不就是打这一仗吗？"就这样，鲁国就把鲍叔牙给战败了，留下四个字叫"一鼓作气"。

所以曹刿说打仗得根据当时战场上的情形，诸葛亮也是如此，随机应变，见景生情。他们为什么这么聪明，能够做到随机应变，见景生情？说评书的都会随机应变、见景生情。所以说任何事物都是一样，定法不是法，事情到了自己眼前，如何才能把事情办好呢？必须要随机应变，见景生情。

就因为曹刿的随机应变，这仗打胜了。

齐国的兵将败回来了，管仲不错眼珠地盯着齐桓公，本来齐桓公一直是撇唇咧嘴的，现在把头低下来了，为什么呢？管仲这意思就是教育教育你，年轻好胜，我不让你打你偏打。你不先治理好国家，没有坚实的后盾力量，老打仗行吗？这一回齐桓公心服口服了，向管仲请教，管仲说："我给您出个主意，您得设盐官。"

齐国靠海边，煮盐，那个时候各国都不能随便生产盐，老百姓更不能随便办，盐归为国有，齐国设立盐官，周围各个国家要打算吃盐，就得跟齐国交往。盐官之后，齐国还设立铁官，铁也归为国有，让铁官指挥老百姓打铁，干什么？做锄、做铲、做锹，做耕种农田的农耕器具。管仲还向齐桓公建议：种地的人不让他当兵；行商的人必须有一种手工艺的特长，也不让他当兵，而且少上税；开造青铜器，拿青铜冶炼兵器，同时操练人马，只要你当了兵，还就不用种地了。

为什么诸葛亮那么赞成齐桓公手下的贤相管仲呢？就是因为齐桓公他听从了贤相管仲的各种建议，最后成为春秋五霸之一。管仲不仅能够把国家治理富强，还与各个国家通商，有钱花在我们齐国，要吃盐跟我们齐国来买。所以齐国一天比一天强大，经过五年的时间，齐国就成了强大的国家了。

齐桓公一看差不多了，就问管仲："贤相。"您看，称呼都改了，原来是"管夷吾"，后来是"相国"，现在是"贤相"。腌了五年了，咸了，贤相。"我想要成为霸主，你看该怎么办？""大王，您要打算成为一代霸主，得有先决的条件。现在正好有一个非常好的机会，条件成熟了，我给您出这个主意。""好，请贤相赐教！"

多客气呀。管仲就告诉他："现在周天子周庄王死了，新君继位。周天子已然失去势力了，原先各个诸侯国往朝中进贡，这是一大笔收入。但是因为周天子失去威信了，没有权力了，大家全都不进贡了。现在庄王已死，新君继位，这对您来说可是太好的机会了。借着这个机会，您往朝中进贡，礼敬天子，天子一高兴就给您权力了，您跟他要权力，去定宋国国君的地位。"齐桓公听完，眼睛都瞪圆了，双眉一挑，一挑大指："贤相真聪明也。"

所以不管什么事情，您都得抓住机遇。比如，您行商办事，如果机遇到了您抓不住，那可就流失了；如果您抓住了机遇，买卖做成了就是你的。管仲告诉齐桓公：周庄王已死，周僖王继位，现在已然没人尊敬天子了，你去尊敬天子，你就把天子控制住了，不管怎么样，周天子再没有势力，终究他还是各镇诸侯国的主人，现在还是大周朝。那么有个机会可以挟天子以令诸侯，这可是我说的，因为咱们说三国总说曹操挟天子以令诸侯，因为曹操控制了汉献帝了，不管怎么着，刘备刘玄德你还得听刘协的吧？刘协是皇上，你是皇叔，虽然他是代表曹操在说话，但是你得听他的，这就叫"挟天子以令诸侯"。其实管仲那会儿给齐桓公出的也是这个主意，大家都还得尊周天子，您就给他送点儿东西，朝贡，然后您好控制其他国家。先控制谁？先要控制宋国，因为宋国出事儿了。

宋闵公是宋国的一国之主，爱闹着玩儿，跟谁都开玩笑。你是一个国君，你随便跟人开玩笑像话吗？而且他还有一个毛病，开玩笑还总得占便宜。他跟大臣开玩笑，他老失败，这也不像话，还老得占点儿便宜，矫情。他手下有一个打过败仗、做过俘虏的人，这个人复姓南宫，字长万，南宫长万。宋闵公就老拿他开心，喊他"败军之将""做过俘虏"，您说那谁爱听啊。

"我当过俘虏又怎么样啊？比比？""比比就比比。"宋闵公心说：咱们俩动手，我是国君，你能把我怎么样？"来，看戟伺候。"南宫长万身体魁梧，手使画杆方天戟。宋闵公一看："嚯，行啊，比比吧。"宋闵公也拿过画杆方天戟，"啪啪啪"，俩人一比试，那他打得过人家吗？俩人比了五回，南宫长万都赢了。宋闵公一看："不成，武的练完了，我打不过你，你上阵临敌打过仗，虽然你当过俘虏……"他还说人家。"那比什么呢？""比文的，下棋。这么办，谁输了，谁饮一大杯酒。""好吧。"

南宫长万也是较劲，俩人摆上棋了，大家伙儿都在旁边看着，连太宰都在旁边看。南宫长万的戟法武艺比宋闵公强，但是下棋可下不过宋闵公。宋闵公天天没事总研究棋谱，俩人下了五盘棋，南宫长万全输了，五大杯酒喝了。"呵呵，这回行了吧？连着五盘都输了，还敢下吗？还跟我动手比戟？哼，你要是真有能耐，不至于让人家把你当俘虏抓走。"宋闵公还提这档子事儿，泥人还有三分土性儿呢，南宫长万实在受不了了："怎么着？当过俘虏怎么着？你一个小小的国君，有什么了不起的？""哟嗬，你还来劲了？再下一盘。""不下了，不就是喝酒吗？""咕咚咕咚……"他喝上没完了，把一缸酒都给喝了，也搭着酒量大点儿，那时候的酒度数也不太高。宋闵公一瞧，行啊。

正在这个时候，手下人来报："报！"宋闵公用手一指："何事禀报？""启禀国君，周天子仙逝了，新君继位。""哦？好哇，知道了，那么应该怎么办呢？"太宰华督一抱拳："大王啊，天子虽然没有实力，已然很弱了，但是还应当前去朝贺，派人送上礼物。""好吧，谁愿意去呢？"南宫长万也搭上喝多了，再一个他也不待见宋闵公，心说：我上天朝那儿去一趟，天子一待见我，把我留下，我就不用在宋国伺候他了。"我去！""哼，你去？难道我宋国没人啦？把你一个做过俘虏打过败仗的人送到天子面前，去当我宋国的使者？这也太有损我宋国的面子了，我脸上无光啊。我能派你去吗？派谁去也不能派你去呀。"这一下南宫长万可受不了了："你这个无道的昏君！""你敢骂我？""骂你，我还敢揍你呢！"

南宫长万把棋盘抄起来，"叭"，往过一扔，宋闵公万也没想到他这么大胆子，没闪利落，"啪"，就打脑袋上了，万朵桃花开放。棋盘也硬点儿，脑袋也酥点儿，把宋闵公的脑袋打碎了。紧接着，南宫长万急红了眼就把自己的大戟抄起来了，谁是忠臣捅谁，把太宰华督都给捅了，宋国完了。您说多热闹，堂堂一个国君跟人开玩笑，脑袋开瓢儿了。

这一下宋国可乱了，打起来了。宋国不是南宫长万他们家的，他也不能当宋国之主。找了半天，找了一个宋闵公的叔伯兄弟公子游，要把他立为国君。但是公子游的人缘儿不太好，宋闵公有个亲兄弟叫公子御说，老百姓就拥护御说，纠集在一起，由打外边儿带进兵来，把南宫长万杀了，把公子游也杀了。这样一来，公子御说当了宋国的国君。

但是公子御说当宋国的国君，必须要经过周天子的批准，所以这是一个非常好的机会。管仲就给齐桓公出了这个主意，让齐桓公送大批的礼物去朝贺周天子，把周天子哄高兴了，他下一道命令，让你齐桓公会合天下的诸侯去肯定公子御说的宋国国君地位，你不就有了领导权了吗？

管仲这个主意真好，齐桓公明白了，马上预备大批的礼物往周天子那儿送。天子自打到了东周之后，周朝天子已然一点儿权力都没有了，没人给进贡送礼。突然之间，齐国这么大势力的国家给送来了这么多好东西，天子长天子短，大王长大王短，那这周天子能不高兴吗？高兴极啦。

周天子问："有什么事儿啊？"齐国的使者就说了："天子，现在宋国出了内乱了，宋闵公死了，结果他的兄弟御说继位，但是您得批一下。""嘿，那好啊，那就让齐国国君去吧。"他收了人家的东西了，就让齐桓公去了，就这么个道理。

齐国使者回去告诉了齐桓公，齐桓公高兴了，就问管仲："咱们怎么办？""您开会。""在哪儿开呀？""北杏。在北杏开会，会合天下各国的诸侯来开会，您就在会上来定宋国国君的地位，这样的话您就能成为霸主，大家就能听您的。""好吧。"

于是，齐桓公派人发通知，各国的诸侯都接到通知了——上北杏这儿来开会。通知的人临出发的时候定的三月初一，刚到正月底，齐桓公就着急了："走，咱们带多少战车？"管仲说："不能带，既然开的是和平大会，就不能带战车，这叫衣裳会。"

咱们都学过中国的历史，都知道衣裳会，这就是一个和平的大会，不能带战车。齐桓公听了管仲的话，就带着手下人，没带一兵一将，来到北杏开会。刨去宋国之外，还来了三个国家，因为是给宋国的国君定地位，所以宋国的公子御说就得来。这三个国家一个是邾国，一个是陈国，一个是蔡国。这三个国家比较小，那些比较大的国家像鲁国、魏国，根本就没来，不理你这茬儿。这几个国家一到北杏，一看人家齐桓公都没带战车，赶紧让自己的战车往后退，都退出二十里地去。战车退下去之后，大家来拜见齐桓公，齐桓公给北杏大会布置得很好，给周天子留着一个位子，其实周天子也没来，这就是为了尊天子。齐桓公一看：怎么就来了这么几个小国呀？"我说贤相啊，咱们改日期行不行啊？""大王，这是已然定好了的，不能随便改，不能失信于天下。现在来的四国加上咱们齐国，九个国家已然来了五个国家了，已然是多数，完全可以开会了。"

这样，会就开起来了，在会上要定宋国国君的地位。公子御说把嘴一撇，心说：你定我？为什么御说会这样呢？因为宋国是一等国，公侯伯子男，宋国是公爵国；而齐国是二等国，是侯爵国。你一个二等国的国君来定我一等国国君的地位，御说不愿意，把嘴一撇，根本不听齐桓公的。贤相管仲劝着齐桓公捺住了寒气儿。后来终于陈国这几个小国有人说话了："既然天子有话，让齐国国君来定宋国国君的地位，那就让齐国国君来定吧。"

这样一来，就算把宋国国君的地位批下来了。宋国国君心说：你批下我来，那是借助着天子的势力，嘿嘿，我这一等国的国君能听你一个二等国国君的吗？所以晚上吃完了饭，公子御说反正是当上国君了，于是就带着手下人走了，嘚侬安他颠了。

等到齐桓公得报了，可气坏啦：好家伙，我借助天子的势力，把你定为国君，我现在要称霸于天下，所以才开北杏大会，就是想要大家伙儿订立条约。好么，你走啦？！齐桓公气往上撞，求计于管仲，如何治鲁国、魏国，如何治郑国，不参加北杏大会；而御说逃走了，离席而去，齐桓公必须要借助天子的力量来对付宋国。谢谢众位，咱们下回再说。

第三回　曹沫手剑劫齐侯

昭乃江东微末之士，久闻先生高卧隆中，自比管乐，此语果有之乎？此亮平生小可之比也。

刚才这几句是诸葛亮舌战群儒，第一回咱们好像也用的这上场诗。你诸葛亮在隆中高卧，自比管仲、乐毅，有这么档子事儿没有？诸葛亮说小可之比，这是往小了比。但是诸葛亮这一辈子都佩服贤相管仲，佩服晏婴晏平仲。那么他佩服管仲的什么地方？

这几天我拿起《东周列国志》看。都说姜子牙保着周武王捧主伐纣，灭了昏君纣王，创下大周朝近八百年的天下，姜子牙有本事。周天子得了周朝之后，为什么叫东周列国？怎么不叫西周列国？在西周的时候，周天子还有势力；而到了东周的时候，周天子就没势力了。由打镐京迁都到洛阳，周天子的天子权威已然失去了。您听《三国演义》，到了汉献帝刘协刘伯和的时候，天子已然没有威严了。如果您拿《东周列国志》跟《三国演义》来比，有些地方还是相似的，但并不是历史的重演，而是人们处事和治理社会的办法相似。

东周列国，为什么叫列国？因为周天子往下封，公侯伯子男，由公爵立国的那就是一等国，国君是公爵；由侯爵立国的就是二等国；公侯伯子男，以此类推。等到了东周迁都洛阳的时候，天子的威严失去了，但天子还存在，而这些各镇诸侯国的势力就大了。咱们上回说了齐国的贤相管仲，大家伙儿都知道春秋五霸，那么春秋五霸都是谁？齐桓公当初算一个。齐桓公重用贤相管仲，管仲的治国之道，诸葛亮是非常佩服的，所以诸葛亮才常常在草庐之中笑傲风月，抱膝危坐，说我好比管仲、好比燕国的大将乐毅。

管仲好到什么程度？上回咱们也说了，管仲是一个治理国家的能人。齐桓公自打长勺战败之后，就把国家大事托付给了管仲，管管仲叫相父，拿他当长辈那样尊敬。有人要面见齐桓公禀报国事，齐桓公总会说："你甭跟我说，有国家大事跟相父管仲去商量。"朝中的人服不服？有人不服。不服怎么办？就到齐桓公面前说管仲坏话。

那么齐桓公把国家大事交给管仲了，齐桓公干什么呢？当君王者，吃喝玩乐。齐桓公手下有一个幸童，叫竖貂。为什么要说这个呢？主要是想说明齐桓公作为一个君王，为什么他能称霸于天下，而管仲在这里到底起什么作用。竖貂爱一个人，就把这个人举荐给齐桓公。这个人是雍邑人，会巫术，所以人们都说他叫雍巫，字易牙。他有什么手艺能让竖貂喜欢他？易牙是个高级烹调师，变着花样给竖貂做好吃的，竖貂吃着顺口，很爱吃。齐桓公好吃，为了哄齐桓公，竖貂就把易牙举荐到齐桓公面前，给齐桓公做菜。他一尝，确实好吃。

齐桓公觉得自己都吃遍了，就问易牙："你善于烹调，我身为国君，鸟兽鱼虫都吃遍了，什么味道我都尝遍了，人肉味何如乎？"这人肉是什么味儿？我没吃过。您说这是不是昏君？咱必须要说这个事儿，因为《东周列国志》上写着呢，齐桓公想尝尝人肉什么味儿。

第二天，这位易牙端上来一盆，闻着就香，齐桓公两眼都直了。等把这盆肉端到他的桌案之上，吃到口里，嫩如乳羊，甜美无比，他没吃过这么好的东西，就问易牙："这是什么东西？"易牙跪倒在地说："是人肉。""你哪儿来的人肉？""我的长子三岁，我把他杀了，烹之献给大王。"

易牙身为父亲，为什么要这么干？易牙是为了得到齐桓公的宠信。说忠君者无其家，我是个忠于君王的人，就不能想着我自个儿的家了。您说像这种小人，拍马屁的人理他干吗？他连亲儿子都杀。所以，咱们说列国，说到这个事儿咱们得分析，不能跟他学。

因此，易牙十分受到齐桓公的宠信，齐桓公宠信两个人，一个是雍巫易牙，一个就是竖貂。这两个人恨谁？最恨管仲，朝中有事一问齐君，齐君就说问相父去。而竖貂和易牙天天在齐桓公跟前说一不二，慢慢地胆子就大了，于是就在齐桓公面前给管仲进谗言："君出令，臣奉令。"你是君王，你说出话来就是法令；臣奉令，言出法随，做臣子的就应当听，当臣子的就得听你的。"为什么一有国家大事，您就说问相父去？这样的话，久而久之，齐国的老百姓、齐国的文武大臣就不知道有您齐君了，都知道有相父，您的势力就没了。"两个人就在齐桓公面前给管仲进这样的谗言。

按说这小人得志，要是胸中没有点儿度量，一个无道的昏君就得听这小人的。齐桓公用手扶了扶桌案："竖貂啊，易牙啊，寡人于仲父，犹身之有股肱也。"如同身体有了股肱。您查词典，股肱就是人的大腿和胳膊。要是按君臣之间，也就是上下级的关系来说，那就是得力的助手，股肱之力嘛。我有相父，如同人有了股肱。"有股肱方成其身，有仲父方成其君。尔等小人不懂，出去！"

这就是齐桓公能称霸于天下的原因。您别看咱们现在说着齐桓公，您把这道理用到工作当中去。我常跟一些朋友说，您要打算管理一个公司，管理一个学校，包括师傅管徒弟，您记住一句话："恩威并济，大事可成。"凡是主管大权的人不是没缺点，但不能以缺点而治理你的事业，所以齐桓公好就好在这地方了。他宠幸竖貂，他有权，吃喝玩乐嘛；他宠幸深通烹调的易牙，因为他好吃，他也有这权力。咱把他的劣势刨去，这两个人在他面前进谗言，他能说出这样的一番话来：为什么你们说大家的心里只有相父没有我，我有了相父，才能成为君王；你们俩是小人，就是陪着我吃喝玩乐，但治理国家大事我可不能听你们的，出去！这可不容易。所以身为掌权之人，要认清面前谁是小人，谁是君子；用小人怎么用，用君子怎么用。就算面前有小人，为了国家净化，为了公司净化，把小人全给轰出去，也是不可能的。原来我就不理解，我认得一个领导，他就喜欢一个小人，恨这个小人的人曾经问过我："为什么领导会信任他？"我说："原来我不懂，后来我说了金庸先生的《鹿鼎记》，我明白了。康熙面前需要小人，需要忠臣；不需要小人，小人也来。"所以齐桓公能成其大事，您得明白明白，我也明白明白，现在我更加明白了。这就是掌权者的态度，所以您说咱们研究《东周列国志》多有好处。

齐桓公这么信任管仲，把天下大权交给管仲，管仲治理齐国五年，齐国越来越强大。如果说君王没有这份信任，这个说句坏话鼓捣鼓捣，那个说句坏话撺掇撺掇，马上就把管仲提溜过来，"我说你怎么干得这事儿啊？你瞧瞧，谁谁谁都说什么了……"那样的话，管仲还干不干了？您听《三国演义》，刘备对待诸葛亮那也是非常相信的，而且临死之前白帝城托孤，让诸葛亮抚养刘禅，培养他当皇上，如果他不行，天下易之，你诸葛亮把天下拿过去，全归你，你诸葛亮坐天下。诸葛亮诚惶诚恐。刘备尊重诸葛亮，跟齐桓公尊重管仲一样。说诸葛亮是贤相，他就全成吗？诸葛亮五十四岁死在五丈原，二十七岁出山，二十八岁赤壁鏖兵火烧战船，诸葛亮全成吗？他是一个大政治家，但不是军事家，诸葛亮的最后十年军事路线是有错误的。咱们说着说着又说到《三国演义》去了。总而言之，说评书听评书，对大伙儿历史、中国文化研究都是有好处的。所以，诸葛亮非常喜欢管仲，管仲治理国家，他有经商的头脑，能够巩固齐国在各国之中的地位。

上文书咱们说了，齐桓公问管仲："你说要治理国家，我听你的了。原来老打仗，你不让我打；现在你已经把国家治理富强了，我想要称霸于天下，让诸侯都信服我，该怎么办？"管仲就给他出主意，让他假借天子之名，帮助弱小的诸侯订立盟约。齐桓公听了管仲的话，发现有个很好的机会，就是没人理周天子了，他已然失去威严了；周朝管理的地方大，国家太多了，一等国、二等国、三等国、四等国、五等国，公侯伯子男，最次的是五等国，男为君，那就是最小的国家了。齐桓公想称霸，而当时齐国是二等国，齐桓公的爵位是侯爵。二等国怎么去控制所有的诸侯国？贤相管仲就给他出主意，有一个非常好的机会。上文书咱们也说了，宋闵公死了，宋国大乱，最后是宋闵公的亲兄弟御说回来了，大家伙儿帮助他当了宋国的国君。但是当上了宋国的国君，还得受到周天子的肯定，其实不肯定他也照样当，事实在那儿摆着呢，但还是天子传令为好，周天子承认了，御说就是名正言顺的宋国国君。于是齐桓公就按照管仲的话，先给周天子送礼去了。周天子很高兴，心说：终于有人理我了，有人进贡了，赶紧问："你想要干吗呀？"齐桓公说："我想开一个大会，把大家伙儿都聚来，然后尊重你天子，互相帮助。有外邦侵犯的时候，大家伙儿团结在一起，共同抵御；谁弱小就帮助谁，大家伙儿团结一致。就这么一个大会。"周天子一听，这好啊。这会也叫峰会，不用请示联合国，只用请示周天子。周天子很高兴，收了礼，但是开会得有个名义啊。现在宋国出现内乱了，宋闵公死了，御说回来接替他哥哥的地位，需要定宋国的国君。周天子一听："那行，你去，你去。开会由你来定国君，以此为名来订立同盟。"

周天子看见礼了，答应得很痛快。但其实宋国是公爵国，一等国，齐国是二等国，天子就不应该传这样的命令，让二等国的国君去定一等国国君的地位。齐桓公得到了天子的命令，就在北杏召开衣裳会。这北杏在什么地方呢？您就记着在程咬金他们家就行了，东阿县，北杏在东阿县的北边。召开北杏大会，当时所有的国家都来了吗？不是。不服啊，他算干吗的？给宋国的国君定国位，那宋国的国君当然来；几个比较大的国家，像鲁国、魏国、曹国、郑国，这四个国家没来；邾国、蔡国、陈国、齐国，这都来了。所以说只有几个小国家来开会了，齐桓公不高兴啊。管仲说："大王，够五个国家已经很不错了。"来参加会议的大家伙儿一看，齐国都没带战车，于是带着战车来的全都把战车退回去了，这就是历史上的衣裳之会。

大家伙儿先在给天子留的座位这儿拜一下，周天子可没来；然后大家伙儿分别落座，定了宋国国君的地位；接着就是大家要签约订盟，这就需要有一个盟主，服从谁呢？陈宣公能拍马屁："得了，既然是齐桓公小白受了周天子的委托，咱们就立小白得了。"

含糊其词地，大家伙儿一点头，就立了齐桓公为盟主，大家伙儿立盟约。头一条尊重天子，得把天子捧上天去；然后第二条是互相帮助，强国帮助弱国；第三条是共同抵御外族的侵略。大家伙儿全都定好了，也定了宋国国君的地位。

等到晚上，各自回到公馆里，宋国的国君御说心里不痛快，心说：我是一等国的国君，为什么要听他一个二等国的？手下人一看，一撺掇："那咱们走吧，伺候他干吗呀？"于是宋国国君带着手下人走了，北杏大会五国走了一个。

第二天，齐桓公得报了，大怒："打他！"管仲一听："您慢着，打谁呀？宋国离得远，鲁国离得近，您先打鲁国得了，您不能迈过鲁国去打宋国呀。""好吧。"大家伙儿纷纷都撤了，带着兵打鲁国。

管仲聪明啊，为什么打鲁国？因为鲁庄公的母亲是齐国人文姜。鲁国国君请示他的母亲："您看这该怎么办？""得了，人家订盟约，你为什么不去呀？也没有你的坏处，尊崇天子，谁要是欺负你，人家还能帮忙。""那，那我再去订合适吗？""合适。"

然后鲁庄公就给齐国发信了："我同意订立盟约。"齐国说："好吧，到这儿来，柯地。"柯地在哪儿啊？您记住了，武松打虎那地方。您看我总给您对照着说，北杏大会是在东阿县小耙子村那儿，柯地在阳谷县武松打虎那儿。没办法，鲁庄公只好带着手下大将曹沫奔柯地来了。

等到了柯地一看，鲁庄公可傻了——齐国的兵将严阵以待，弓上弦，刀出鞘，齐桓公往这儿一坐，全身的盔甲。鲁庄公就直哆嗦："呵……呵……参见大王，参见大王。"曹沫一看，心说：瞧我们这国君，一点儿骨气都没有。大将曹沫气往上撞，跟着迈步往里走。齐国的大臣过来了："鲁君，北杏大会你没到，今天到这儿来订盟约，得嘞，那你就跟齐国国君歃血为盟吧。"捧过一个瓷盘儿来，上边有牛血。说歃血为盟，有好几个办法，咱们按《东周列国志》的原文，往嘴唇上抹抹牛血就算是歃血为盟了，两个人一条心，就算订立盟约了。鲁庄公一看，直往后退："好……好、好。"他为什么往后退呀？一看齐桓公的身后都是甲士，心说：这要是给我剁了怎么办呢？大将曹沫实在受不了了，往前一蹿，"嘭"，就把齐桓公揪住了，揪住了他的袖子，另一只手攥宝剑把儿，"嚓"，把宝剑亮出来了。齐桓公一看："干吗？""干吗？宰你！你说来订立盟约，为什么要弓上弦，刀出鞘？""为什么你们来晚了？""谁知道你们安什么心？我问你，你假借天子之名，在北杏召开大会立宋国国君，宋国国君为什么跑了？你说谁欺负小国，咱们大家伙儿就打他；抵御外族，共同尊周天子。可你是怎么干的呀？你连我们鲁国都欺负。""没欺负……""没欺负？为什么占着我们汶阳之地不给？你还给我们汶阳之地，我家国君就跟你们订立盟约；占着我们的地不还，你还订盟约呢？啊？你这是侵略！"齐桓公没办法，回头看管仲，管仲冲他点头，那意思是还。"还还还，还你汶阳，还你汶阳。"就这么着，齐国把汶阳还给鲁国了，这叫柯地订盟。这样一来，鲁庄公就跟齐桓公订立了盟约，也是尊重天子，共同抵御外族，强大的帮助弱小的。

全都订好了，等鲁庄公带着大将曹沫走了，齐国的大臣们都生气："鱼都入网了，杀呀。"齐桓公也后悔，就问管仲："相父，我一看你，为什么要冲我点头？为什么把汶阳还他？"管仲说："您要明白，有汶阳，失信于天下；还汶阳，失地而收人心。"这就是管仲的好处。咱们已经说了管仲几样好处了，您得记着。管仲说了，把汶阳还给人家，您会取信于天下诸侯，为什么不这么干呢？齐桓公听从了管仲的建议，等柯地之盟撤去之后，其他的几个国家也来了，我们跟您订盟约。管仲说："如何？"这就是贤相管仲。齐桓公说："不成，咱们还得打宋国，宋国跑了。""好哇，打宋国您得请示周天子。"

正在这时候，齐桓公和管仲得到楚国的一个消息。管仲既然想扶保齐桓公称霸于天下，他就得随时知道全国各镇诸侯国的消息，所以他向各地发下了细作。这一天，细作回报，楚国发生了一件大事。楚国在哪儿？您要是听过我说"卞和进宝"，就知道楚国在而今的湖南地带，要按那时候说，就管他们叫南蛮子了，《东周列国志》就说他们是南边的蛮子。楚国也很强大呀，楚国的国君是楚文王。这时发生了一件什么事儿呢？有意思，您听我说。

当时有个蔡国，北杏大会订立盟约的时候蔡国也来了，蔡国之主是蔡哀侯，娶了一个媳妇，是陈国之女；还有一个小的国家叫息国，国君是息侯，哪个息呢？就是安息的息，息侯娶的媳妇也是陈国之女。蔡侯先娶的，息侯后娶的。据说息侯娶的陈国之女漂亮，叫妫氏，这个字念妫（guī），嫁给息侯了就叫息妫，反正比那巴西龟值点儿钱。息妫漂亮，"世之无二"，全世界您找去吧，没有第二个。那时候也没有网络，如果有，在网上公示一下，可能也有超过她的。反正《东周列国志》就说她"世之无二"，这人就那么漂亮，而且稳重大方。息妫回娘家，经过蔡国。蔡侯知道她漂亮啊，心想：小姨子回国，我必须得款待。蔡侯实际上是想看看人家长什么样儿。哎哟，把息妫接到宫殿里，吹拉弹唱，款待息妫。息妫非常稳重，蔡侯一看，太漂亮了，两眼发直，就过去调戏人家，说的话很难听。息妫一甩袖子，愤怒而去。

等息妫回到息国，息侯就问她："你怎么了？"息妫把脸往下一沉："你还是我丈夫呢？你的夫人受辱，你怎么办？！"那息侯也不愿意当王八呀，您看那诸葛亮智激周瑜，"揽二乔于东南兮，乐朝夕之与共"，你曹操惦记搂着我周瑜的媳妇？不成，打！男人得有气性。息侯说："我想办法给你出气！"

息侯就想办法，找一个强大的国家——楚国。给楚文王先上贡，也得先送礼，拿两瓶茅台，四条三五，我也不知道别的。再来两块翡翠，四块和田玉的玉牌子，再来点儿古董，送了不少东西。楚文王一看，高兴了："什么事儿啊？""呃，您帮我出出气。"讲他媳妇儿怎么怎么怎么回事儿。"哦？好哇，那我怎么给你出气？""这么办，您打我，您带着兵将一打我，我就求救于蔡国之君，我一求他，他过来一帮忙，您帮我就把他瓶了。"您说息侯出的这叫什么主意？！"好啊。"又拿人家东西，又能打胜仗，楚文王就答应了。

楚国指挥人马打息侯，息侯没辙呀，找蔡侯来了："咱俩一担儿挑，蔡侯你帮忙吧。"蔡哀侯马上就出兵了。一到战场，楚文王的兵将往上一冲，把蔡哀侯就给逮着了。息侯乐了，回去了心说：楚文王替我出气了，把蔡侯逮着了。楚文王一看，欲烹之，烹了吃了，比唐僧肉还好吃。楚国有一个大臣叫鬻 (yù) 拳。鬻拳过来伸手就把楚文王揪住了："我问你，你替谁出气呢？""息侯。""碍你什么事儿了？失信于天下。把蔡侯放走，不放走，我杀你；杀完你，我杀我。""你怎么那么横啊？""我这儿有宝剑。"后来不准带宝剑面君，可能就是打这儿开始的。"得得得，我放我放。"

楚文王就把蔡国的国君蔡哀侯放了。而鬻拳也够直的，那时候的人可能思想不够开化，咱们说的是公元前，同志们，跟现在可不一样，现在没这种傻人。鬻拳自个儿把自个儿的手足剁去，说我逼迫君王，应当受此酷刑。楚文王很感动，给鬻拳治好了伤，养在大府。咱们就不提他了。蔡哀侯被释放了，他得感谢楚国的国君啊，楚文王说："得了，别感谢我啦，我给你摆上酒宴。既然我把你放了，你饮酒之后再走。"

丰丰盛盛的酒宴摆好了，鼓乐喧天，好么，国宴啊。厅堂之上这边坐着楚文王，另一边坐着蔡侯。席间有乐，那时候是什么乐？弹古筝。楚文王让弹古筝的女子举着一爵酒献给蔡国的国君，捧着玉爵往过一送，蔡哀侯接过酒来抬头一看，弹筝的女子绮丽大方，太漂亮了。您说这男的真不值钱，蔡哀侯刚得活命，就两眼发直看着这个女子。其实楚文王有这个意思，把酒一饮而尽，不发话，这弹古筝的女子不能回去，俩君王在这儿坐着呢。楚文王一摆手，这个女子回去了："谢大王。"回去继续坐下弹古筝。楚文王看了看蔡哀侯："我说蔡侯啊，好看吗？""好看。""你看没看过天下无人能比的女子？""看见过。"刚刚还要被杀被烹呢，然后就两眼发直看人家女的，现在就想起坏主意来了：你既然问我，那我就得报仇了。要不是因为息妫，我至于差点儿让你给我烹死吗？现在我得报仇。"我跟您说，有个女子，是息侯之夫人妫氏，目如秋水，面似桃花，长短适中，世之无二，奇女子也。"目如秋水，能过电；面似桃花，长短适中，没毛病，世之无二。"见过，见过，使我夜不能寐。""好。"

楚文王记在心里，然后把蔡侯送走了，就天天想这个让蔡侯夜不能寐的女人，她得漂亮到什么程度？这我可得 look look（看看）。于是马上给息侯写信，信上说我给你的夫人出了气了，给你也出了气了，你该怎么谢谢我？息侯当然很感激啊，回信说您到我这儿来游历游历，我陪着您。然后息侯赶紧预备好公馆，最高级的大公馆，楚文王就借着游历四方，到这国看看，到那国走走，建立建立外交，然后就到了息侯这里。息侯摆上酒宴款待楚文王，楚文王就对息侯说："我救了你的夫人，给你们出了气了，能不能让夫人敬我一觞酒？"这算是应该的吧？息侯不敢惹他："好吧。"

把话就传到后宫了。时间不长，就看见有人进来铺红毡子，可能红地毯就是从那时候兴起来的，那么多美丽的大明星都得从红毡子上走。息妫要走进宫中大殿，她得单走这红毡子，别人不能用。只听得环佩叮当响，楚文王顺着声音一看，息妫来了。您再看楚文王，"叭"的一下脑门就裂开了，"唰"一家伙就出来了，这叫魂飞天外。楚文王也是两眼发直。息妫太美了，真是世之无二，而且端庄大方，脸上看不出表情来，冰肌玉骨，没挑儿。就是好看，就是漂亮，而且仪态大方。穿的衣服很得体，虽然是素装，但是太美了。息妫来到酒席宴前，飘飘下拜："谢过楚君。"你救了我了，给我出了气了，我谢谢你。"哦，看酒吧。"楚文王说出这句话来，这魂儿才刚回来。息妫站起身形，手下人送过一只白玉卮，卮是我国古代的一种酒器。息妫端着白玉卮往前走，楚文王一看，其肤色胜过玉卮，您说这个女人得多漂亮。楚文王起来，绕到桌案前边，伸手去接，心里想着借着接白玉卮，好碰碰息妫的玉手。人家息妫心里明白，往后一退，往旁边一闪，把白玉卮递给宫人，然后一低头。这宫人过来了，把白玉卮往前一递，就把酒敬给了楚文王。楚文王接过酒来，心中有气，心说：我想碰碰你的手都办不到啊。楚文王接过酒来一饮而尽，息妫往后一退，走到厅外，飘飘下拜，再次感激楚君的救命之恩，然后一转身走了。

这下儿楚文王的魂儿可回不来了，从今天开始也夜不能寐了。马上开药方，一瓶安定吃下去都不管用，大夫说您总吃安定对身体没好处，神经麻痹，将来老了就得老年痴呆。楚文王睡不着觉，三天啊，真急啦，受不了了，虽然这是在你们国家，但是我摆上酒宴还敬。命甲士弓上弦，刀出鞘，在公馆里预备好了，所有楚国的战将全都暗藏匕首，宴请息侯，我得答谢。息侯没办法，带着手下人来了，一看就特别害怕，战战兢兢地在旁边坐下了。楚文王无耻到什么程度？张嘴就说："来，先喝酒。"这句话有耻。我说他无耻到什么程度，得先喝完酒再说。两个人推杯换盏，楚文王假装酩酊大醉，然后说出来的话可就无耻了。"息侯啊，本王救了你的夫人，你的夫人给我敬了一杯酒。哈哈，我看到了你的夫人之后夜不能寐呀，今天你回到宫中，把你的夫人息妫给我送来，犒劳我一夜如何？"这就叫无耻啊，您说息侯受得了吗？息侯心想：我也没的说呀。"呃，此地太窄小……"这么大公馆说窄小？"我没法儿把我媳妇给送来。"息侯站起身走了。楚文王气坏了：这地方窄？你们后宫热闹，后宫地儿大。"来呀，斗丹，薳（wěi）章。"您听这俩战将的名字，一个叫斗丹，一个叫薳章。俩战将往这儿一站。"带领甲士去息侯宫中，去掳那息妫。"两员战将全身披挂，带着武士，陪着楚文王直接遘奔息侯的府邸。有人撒腿往里跑，禀报息妫："夫人，楚文王来了，要强行无礼。"要知后事如何？谢谢诸位，咱们下回再说。

第四回　桓公举火爵宁戚

美貌妻，惹是非；苗条的，把命催。

这几句很白了，用不着讲，太好理解了。为什么说诸葛亮娶黄氏，"丑妻近地家中宝"，家里搁一寒碜的媳妇放心。您出国三年回来，媳妇还等着呢。要是搁一美貌的，好家伙，了不得了。为什么说这么几句呢？因为上回书咱们说到息妫，息妫太漂亮了，这就是"美貌妻，惹是非"。她嫁给了息侯，结果被蔡哀侯看上了，蔡哀侯调戏息妫不成，就挑唆楚文王。楚文王想把息妫搞到手，就跟息侯说："我救过你的夫人，你得让你的夫人犒劳我一宿。"您说这人还知道不知道什么叫羞耻啊？息侯害怕呀，但是还得婉言谢绝："馆驿太简陋，地儿太小，没法儿让我夫人来。"息侯说出这句话来可就够软的，楚文王一听："好哇，你们家地儿大，上你们家去。"

您想想，息侯的宫中得有多宽敞，我上你们家找你媳妇去。楚文王还真去了，带着两员大将，这两员大将带着武士，保着楚文王就去了。息侯之妻息妫听说了，自责道："唉，引虎入室，我自招也。"说蔡哀侯调戏我了，出口不逊了，我也没失去什么，只是脸面上不好看。我回来跟我丈夫一念叨，我丈夫去找楚国去了，让楚国帮忙，假意打我，我去找蔡侯帮忙，你来把蔡侯打败了。我回去跟丈夫一说，我丈夫真这么办了，结果引虎入室，蔡侯倒是被打败了，可也给放回去了，现在楚文王干出这样的事儿来，怎么办？投井而死吧。楚文王手下的这两个得力的战将一伸手，就把息妫揪住了："夫人，您不能死，您要是死了，您的丈夫也就死了；您的丈夫死了，您的国家也就完了；您的国家完了，息氏一脉就不能传下去了。"

为了保护自己的家族，息妫就答应了，嫁给了楚文王，被封为桃花夫人，因为她面似桃花。您看这三月的桃花，粉的噜儿的，白不叽儿的，特别嫩，吹弹可破，可太漂亮了。据说在汉阳城外有一座桃花山，上边有桃花夫人庙，桃花夫人历史上有。息妫嫁给了楚国国君之后，生了俩孩子。怀胎十月，然后生下来，生完了想办法再怀，怎么着前后加一块儿也得有三年的时间了。三年的时光，息妫生了俩孩子，没跟丈夫说过一句话，我就捉摸不透，这三年不说话，能生俩儿子。后来楚文王憋不住了："夫人，你嫁给我三年，为我生了两个儿子，可你为什么一句话都不说？憋死我啦，愁死我啦。"息妫说："我为什么不说话，因为我是个女人，我不能保住我自己的丈夫，我心中有愧，所以就不能理你。"

她的丈夫确实死了。虽然当初答应嫁给楚国国君，保住了息侯的这条命，但是息妫归了楚国国君之后，楚国国君封给息侯一块儿地，多大的地呢？十家之邑，就是十户人家这么大的一块儿地方，你就在这儿看着你们家的祖坟，往下传宗接代。您说这人还能活吗？所以息侯愤郁而死。就这样，息妫三年没跟楚国国君说话，为他生了俩儿子。这楚国国君得给自己找台阶啊："唉，是啊，这件事儿不赖你，就是赖这蔡侯，他要是不上这儿挑唆来呢，我也就不会爱上你，不会把你抢来，你的丈夫也不能死了，我得治治这蔡侯。"

于是，楚国兵发蔡国。蔡国打不过呀，蔡哀侯没有办法，在《东周列国志》中记载得很清楚，蔡哀侯肉袒服罪，趴在地上，把上衣脱了，露着后脊梁服罪。同时，献上很多宝贝，都是通过《鉴宝》鉴定过的，没有赝品，送给楚国的国君，息妫这才算完事。但是，息妫这一辈子就和楚文王说过这么一回话，就再也不说了。息妫死了之后，给她立了庙。您说娶了这么一个漂亮媳妇倒霉不倒霉？所以刚才我才说："美貌妻，惹是非；苗条的，把命催。"您看诸葛亮二十七岁出山，五十四岁死在五丈原，为刘备卖命二十七年，您好好看看《三国演义》，诸葛亮什么时候想娶过小媳妇了？没有。但黄氏确实是个才女呀，如果诸葛亮没有娶黄氏，就不会有木牛流马，就做不出诸葛弩来，这些确实是诸葛亮的夫人帮助他，而且让诸葛亮踏踏实实地在前线打仗。黄氏在家中养儿育女，培养子女成才，后来一门忠烈，那都是黄氏的贡献。所以说同志们，咱们的恋爱观要正确一些。您看，有的人恋爱观就很正确，说谁呢？就说这管仲。其实管仲也不怎么样，虽然是贤相，他也有好几个媳妇，但咱们只能说他的恋爱观比较正确。因为那时候娶三个也好，娶八个也好，娶多少都是国家法律允许的。不像现在，现在国家法律不允许，那小二儿、小三儿就违法了。

管仲保着齐桓公，齐桓公想不想灭楚国？也知道楚国的国君办出这么一档子事儿来，但是相隔太远。一个靠近北海，一个靠近南海，想灭楚国，得先把其他国家解决了。上回咱们说了，北杏大会上宋国国君逃跑了，得先解决宋国的问题。所以说，齐桓公用管仲能够称霸于世，一方面管仲确实是贤相，另一方面齐桓公确实用人得当，对待小人与对待君子用法不同，而且心中明白：用则信之，不用则推之。齐桓公是个明白人，问管仲："我想灭了楚国，因为楚国越来越强大。"管仲说："不成，您得先把这些小的国家给解决了，咱们先对付宋国吧。上回北杏大会，您奉周天子之命，把宋国国君的地位给定了，没想到半夜宋国国君御说他跑了。"您说古人叫的这名儿，还挺不好记，叫"御说"，就是想说还没说呢，就这意思。齐桓公问管仲："要对付宋国，我们应该怎么办呢？""您先请示天子，到周室去进贡，先得把周天子哄好了。"

齐桓公就派人去朝见周天子，说："您看，是您让我传的话，在北杏会合各路诸侯，把宋国国君的地位肯定了，结果呢，他跑了。"其实周天子装糊涂，他心里明白，心说：你齐国是二等国，宋国是一等国，他能愿意听你的吗？但是看着齐桓公派人送来的这些礼物，周天子心花怒放，因为这时候已经没人理周天子了，周天子穷着呢。周天子看着齐国的使臣，乐了："那你们说怎么办呢？""呃，我家大王说了，请您传下命令，派一些兵将，然后他会合其他的诸侯去打宋国，让宋国服从天王。"

其实这就是"挟天子以令诸侯"。您看看中国的历史，您再看看《三国演义》，曹操跟谁学的？曹操上边有表率。春秋五霸首先得尊周天子，得拿周天子说话，其实周天子已然是傀儡了。有了周天子的首肯，使臣回来告诉齐桓公，齐桓公跟管仲一说，管仲说："发兵！"

会合国家，来了两个国，一个是陈国，一个是曹国。周天子也发兵了，其实是很少的兵，只不过是打着天王的旗号，顶多百八十个，周天子那儿也没什么兵。齐桓公把兵将调齐了，得调粮草啊。齐桓公就告诉管仲："你先走，去接陈国和曹国的兵将，然后天王的兵将来了，咱们国家的粮草也准备好了，几路人马会合去打宋国。""好吧。"管仲就先走了。曹操曾经夸过齐桓公"身先士卒"，每回打仗一列阵，齐桓公准在阵中，国君出战，鼓舞军心，三军将士无不用命——这一点曹操都佩服齐桓公。管仲先去接陈国和曹国去了，齐桓公虽然身先士卒，但是他每次出兵的时候后边都有好几辆车，里面都是娇妻美妾。君王这么办，底下人就学。管仲要出门办事的时候也带着媳妇，不带大媳妇，也不带小二儿，带小三儿。管仲坐在车上，第三位太太在他旁边坐着，她叫什么名字呢？《东周列国志》上记载得很清楚，叫婧。您要查字典，婧当什么讲？"女子有才能"。两口子坐着车，后边有侍从，预备有酒有吃的，饿了得吃。那时候没现在这么方便，找饭馆去，哪儿有那么些啊？这三太太婧不但漂亮，而且非常聪明。一行人出了齐国的国都，走着走着，突然看见前边有一个人在放牛，管仲把车帘挑开一看，这放牛之人身躯高大，体格魁梧，可能是被太阳晒的，脸色紫色发光，都带着古铜色了。头上戴着一个破斗笠，身上穿着破衣服，衣服短得已经到膝盖这儿了，光着脚，连鞋都没穿，放着一群牛。管仲在车里仔细一看这放牛之人，就对他的太太婧说："你看此人气度不凡，必是有才之人，不应是放牛之辈。"

说看得出来看不出来？看得出来。这人要是几岁的时候，可能看不出来。当您有了经验，有了阅历了，说相面是假的，但通过您的经验阅历一看对面来的这个人的气质，基本上也能断定这个人有没有本事。管仲是个爱才之人，要给齐桓公搜罗天下奇才，他能看不出来吗？他一看这么有才能的人，两只眼睛烁烁放光，眉宇之间英姿勃发，带着秀气，一定是个读书之人。唉，没想到身为豪杰，明珠埋土，陷于淤泥之中。

"来呀。"管仲叫侍从，这侍从是个大胖子。"相君。""你看，这个牧牛之人很可怜，你赐给他一斗酒，把我昨天酱的牛肉切给他一块。"贤相管仲会酱牛肉。这个胖侍从捧着一斗酒，拿盘子切了一块酱牛肉，就给放牛的送过去了。您想，放牛的能吃什么呀？根本吃不着好的。放牛的赶紧端起酒来就喝，也没道谢，拿起牛肉来撕吧撕吧就吃了。吃完之后他才想起来："谢谢。""不用谢我，前边车上是相君。""呵呵，我知道，没想到相君这么慷慨。请替我回禀一声，我谢过相君，有句话想跟相君说。""相君已经走远了。""那这么办，您给我带一句话。""你想让我告诉相君什么呢？""您就跟相君说：浩浩乎白水。""哦，浩浩乎白水，行，就这一句。"

　　侍从追上了管仲的车辆："相君，此人谢过您的酒，谢过您的肉，给您带过一句话来。""什么话呀？""浩浩乎白水。""哦，浩浩乎白水……"管仲听了也觉得很茫然，带这么一句话是什么意思呢？旁边这位三太太婧"扑哧"一笑："这都不明白。""你明白？""那是，为什么你出门老带着我呀。""你真明白？""我不明白我能叫婧吗？有才能的女子呀。""哦？那你给我说说，他为什么要说浩浩乎白水？""哼，你还贤相呢？你读过一首诗叫《白水》吗？""那你给我说说。""《白水》这首诗说了，'浩浩白水，儵儵（shū）之鱼，君来召我，我将安居。'他是想借着你这个路子去当官。""嗬，你还真明白。"管仲一想，是这么码子事儿啊。白水之诗，意思就是"殆欲仕"也，想借这个机会跟着你相君做官。"好哇，我佩服你。来呀，车停住，把这牧牛之人给我带过来。"

　　车辆停住了，胖侍从撒腿就跑。"得了，您来吧。"牧牛之人来到管仲的车前，上前作了一个揖。按说普通老百姓，一个放牛的，看见宰相了，得趴在地上磕头，这一点儿都不过呀。没有，这位作一揖："草民拜见相君。"嗬，管仲心说：看见我连头都不磕，就给我作一揖，这叫长揖不拜呀。"请问哪方人氏，姓字何名？""在下卫国人，宁戚。""为何在此放牛？""相君，只因为慕您之名，知道您为齐君搜罗人才，我是怀才不遇，由打家乡出来，千里迢迢到此，以牧牛为生，就是想求见相君一面，我想出仕也。"旁边这位三太太拧了管仲一把: "对不对? 我说他想借你做官吧。" "嗯，好啊，看起来你是明珠埋土。"管仲很喜欢这个人，一问一答，这个人对答如流。跟管仲说话能够对答如流，那就不是一般人了。管仲一看，这个人确实有本事，绝不是普通放牛之人，他话里说得很清楚，千里迢迢而来，知道我为国家搜罗人才，就是为了投奔我来保齐君。"好吧，我给你留下一封书信。过不了几天，我家君王就要路过此地，你拿着我这封信去见我家君王，就能够保你有官做。"管仲命人拿过纸墨笔砚，提起笔来给齐桓公写了一封信，信写好了，交给宁戚。宁戚接过来，放在怀中: "送相君。"

管仲的车队走了，宁戚就等着。没过三天，宁戚正在放牛，听见车辆响，抬头一看，齐桓公带着大兵来了。宁戚心说: 齐桓公带着大兵过来了，我怎么样才能惊动他? 我上去递这封信? 不行，我得跟庞统学。错了，庞统在后边呢。这就是能人的办法: 我不能先掏出信来，有这封信，相君让你重视我你就重视我，不行，我得以才能感动你; 再说，我得看看你是不是一位贤德明君。宁戚确实是个高人，一看大队人马来了，前边有车辆开道，当中间儿是君王的车辆，肯定齐桓公在里面呢。宁戚叩角而歌，拿手拍着牛犄角唱，用歌声来感动齐桓公。齐桓公坐着车，眯缝着眼睛正往前走呢，突然间听见歌声嘹亮，侧耳一听，这声音怎么那么熟悉呀? 音调很普通，大家都很爱听，仔细一听这位唱的: "南山灿，白石烂，河中鲤鱼长尺半。生不逢尧与舜禅……"

齐桓公仔细一听，这歌唱得好，唱的是南山灿，灿烂的灿; 白石烂，烂掉的烂; 河中的鲤鱼长尺半，一尺半长; 生不逢尧与舜禅，我这一辈子就想看见明君，历史上的明君尧舜禹，我没见过尧王，也没见过舜王，但是我希望看到他们，因为有明君，天下老百姓才能过日子，才能天下太平，刀枪入库，马放南山。那齐桓公能听不明白吗? 齐桓公接着往下听，这位还唱呢，唱的是什么呢? "身着褐衣才至骭 (gàn)。" "才至骭"就是刚刚到小腿这儿，穿着短的粗布的衣裳，褐字就代表粗布，穿着这么短的破衣裳。"从昏饭牛到夜半。"白天人家放牛都不用我，有草让别人去放去，晚上才用我呢，我放牛一直放到夜半。"长夜漫漫何时旦。"天太黑了，夜太长了，何时才能天亮啊？齐桓公听明白了，这是想念尧王、舜王、禹王，希望天下太平，你骂我是无道的昏君，你讽刺时事，讥讽朝政，你认为现在时政不好。那齐桓公能不生气吗？齐桓公一摆手："车辆止住！"

车止住了。齐桓公仔细一看唱歌的人，齐桓公也是一惊——虽然是个放牛之人，但是气度不凡。"来呀，把这放牛之人带上来。"君王的口气比相君就横多了，"哗啦"一下，武士过去就把这位给带来了，牛也不管了。"你为何讥讽朝政，讥讽当前？你要知道，我奉天王之命，会合天下诸侯；我帮助弱小国家，以强大抵抗凶顽。你为何说现在'不如尧舜，何时天亮'？""小民不敢。""可你歌中已然唱出来了。""大王，您问到这儿了，我告诉您。小民虽然不懂朝政，也不懂诗书，但是我知道从父一辈子一辈往下传，说明君尧王、舜王在位之时，十天一风，五日一雨，风调雨顺，国泰民安。可现在呢？您又带着兵打仗去了，这是我讥讽朝政吗？您能代表周室吗？""哼，天王命我会合天下诸侯，北杏大会你知道否？""我知道，您不能跟尧王比。""怎么不能比？尧舜时，天下太平，我奉天王之命，帮着天王周室也把天下治理太平，就如同尧舜在世。""呵呵，大言欺人也……""想当初尧王治理天下，民心顺之，尧王是明君。尧王有儿子，名字叫丹朱，可人家不把天下传给儿子丹朱，传位给舜，因为舜好。舜不愿意当，走了，到南河，老百姓全都跟到南河，恳请舜当君王，这样舜才当了君王。而您呢？把您的哥哥杀了，您当了一国之主。"

"嗯？！"这齐桓公能爱听吗？眼睛就瞪起来了，可宁戚还不怕，还接着说："不仅如此，您假借周天子之命召开北杏大会，人家宋国比您高上一等，乃是公爵之国，您是侯爵之国；人家不服您的命令走了之后，您现在指挥人马要打人家，嗯？鲁国不服，不愿意跟您会盟，结果您到柯地，用兵力服之，逼着鲁国在柯地跟您订立盟约。像您这样，能跟尧舜相比吗？您是暴君一个。"那齐桓公能不生气吗？"好大胆，杀！"下边武士把宁戚绑上就要杀。宁戚被绑，毫无惧色，往前就走，杀就杀。"呵呵，杀我成为天下第三豪杰。"像这个，齐桓公就别问他啦。齐桓公一听："嗯？回来，我问问你，谁是第一？谁是第二啊？"您跟他逗什么贫呢？宁戚就等着您问他呢，一回头："我告诉你，暴君桀王宠妹喜，杀关龙逄，因为关龙逄直言相谏，那是第一豪杰。""不错，确实是桀王杀了关龙逄，那第二呢？""呵呵，第二啊，纣王杀比干。你要是杀了我，你就是第三个昏君，我就是天下第三豪杰。""嘿嘿……"齐桓公乐了，心说这小子挺勇敢啊。

齐桓公手下有个大夫姓隰（xī），叫隰朋，隰朋也是贤相管仲给举荐到齐桓公面前的，什么官爵？大行。大小的大，行走的行，这是个什么官职呢？大行就如同外交部部长，是负责外交的。隰朋这个人很聪明，有个外号叫"多智"。隰朋这么一看："慢。大王，此人见怒不惕，看见您生气他不怕；见威不弱，看见您威胁他不示弱，此奇人也，有智有才，千万不要杀他。"隰朋用两句话告诉齐桓公，这个人有本事，不是屈服于势力的人，不是趋炎附势的小人。您看，管仲举荐的都是这样的人。齐桓公这个人就是好，要不怎么说齐桓公能成为春秋五霸的头一霸，听了隰朋这一番话，马上朗声大笑："哦哈哈哈哈……不杀了。"马上手底下的人就给宁戚松绑绳，又给推回来了。"不杀你如何？""不杀我就算对了，刚才您为什么要杀我？""试试你胆量如何。"齐桓公那也得应对如流，随机应变。"好吧。"宁戚这才由打怀中把管仲的这封书信掏出来，递给了齐桓公。

隰朋赶紧接过来，转交齐桓公。齐桓公一看是相父管仲的笔迹，心说：幸亏我没杀他，这位是管仲看上的人才。这封信写得很简单："臣奉命出师"，我管仲奉你的命令；"行至猱（náo）山"，这个地方是猱山；"得卫人宁戚，此人非牧竖者流"，并不是放牧之人；"乃当世有用之才，君宜留以自辅"，帮着你治理国家；"若弃之使见用于邻国，则齐悔无及矣"，如果你不用他，将来被别的国家用了，你可就后悔，这个人是个人才。

齐桓公看完这封书信，交给手下人。"我来问你，刚才见我之时，为何不将相父这封书信拿出？"宁戚说了几句话："大王，臣闻……"他不说草民了，说臣闻，那就是说我希望在你手底下当官了。"臣闻君择臣为佐。"就是找能帮助你办事的人。"而臣择君也有办法，我得看看您能不能让我辅助您，您是不是明君。如果您看见我怒气相加，您恶直好谗，那么我这封书信就不用拿出来了，是这样的人我就不保你了。"齐桓公一听，这个人如此直言。"好！"齐桓公非常高兴，把宁戚留下来，让他上了后边侍从的车辆。

等到了晚上，该扎营了，有了行宫了，齐桓公命人把宁戚叫来了。宁戚往这儿一站，齐桓公深施一礼："来呀。"马上点上烛光，取来衣冠，要拜宁戚为大夫之职。这就是齐桓公的英明之处。我觉得我们听书也好，看书也好，从古人当中要学习智慧。说用一个人，我得考验他三年。好家伙，到您这儿上班来了，用不着三天两日，就得知道谁有本事谁没本事，谁是忠臣谁是奸臣，得看得出来，您才能成事儿呢。琢磨三年都没琢磨明白哪位是好人哪位是小人，糊涂官儿一个，这个成不了大事儿。

齐桓公手底下两个佞臣，前文书说过，一个是竖貂，一个是易牙。竖貂一看："您让我去取衣冠，是不是今天夜里要拜宁戚为大夫？""不错。""大王，您慎重点儿行不行啊？""怎么慎重啊？""您想想，他是卫国人，大老远怎么上这儿来了？您派人去卫国打听打听，他到底有没有前科？他要在卫国得势，他能上这儿来吗？他在卫国不得势，他有前科，卫国不重用他，他才来的咱们这儿。"齐桓公把脸往下一沉："你说得不错，可有一样，我就是不调查。他是心怀叵测才来的吗？不是，他是想投奔我，帮着我治理齐国。相父已然看上他了，你琢磨琢磨，他要在卫国得势，他绝不能来到齐国；他在卫国不得势，那么你到卫国去调查他，肯定把他原来的毛病调查出来，明知道他是个有毛病的人到了齐国，我还拜他为大夫，我赐给他爵位不光明磊落，他当官当得也不舒服，此等事我不办之。"

齐桓公很明白。竖貂是什么意思呢？就是宁戚在卫国肯定有矛盾，您得把这矛盾调查清楚，看看宁戚能不能用。调查矛盾干吗？是人活在世上就有矛盾，所以齐桓公非常明白，我不调查，肯定在卫国有他敌对的人和事，他有自己不对的事儿，无论谁对谁错，现在有才能，我就用之。管仲相父已然说了，如果我不用，宁戚不辅佐我，而让别的国君用了，我齐国将后悔矣。所以烛光之下，齐桓公拜宁戚为大夫。后来，因为宁戚多次立功，给他一个大官叫"大田"，等于现在的农业部部长。之前说过的大行等于是外交部部长。齐桓公用人特别好，而且有管仲的书信，就在这个时候拜宁戚为大夫。后来齐桓公年老昏聩了，临死之时他有五个儿子，五个儿子都想当齐国国君，最后就是竖貂易牙这两个佞臣，联合起来折腾齐国，立子诡为君，后来齐国老出内讧。齐桓公想出来，想阻止，但是没办法。一个竖貂，一个易牙，两个人，之前老哄着齐桓公；这回就把住宫门，不让送食，不让送水，齐桓公就是这么饿死的。所以，一定要看清眼前谁是忠臣谁是佞臣。您别看平常总哄着您，让您特高兴，关键的时候他是坏人，他就要办坏事。

齐桓公拜了宁戚，没白拜，打宋国去。陈国、曹国已然到了，天子的兵将也到了。四处兵将会合一处，刚要打，宁戚说话了："慢。先礼而后兵，打仗对老百姓没好处。"齐桓公说："咱们应该怎么办？""我去说御说，让他跟您结盟，让他服从您。""那好吧，你去吧。"

您说收这么一个人有好处没好处？宁戚来到了宋国。咱们书不说废话，到这儿又绑上，又放了，这都是评书的规矩，咱们把这些都免了，直接说"书核儿"。宁戚见到了宋国的国君御说："您还活着哪？您怎么这么大的胆子？您现在太危险了。""我有什么危险呢？啊？我现在是宋国国君。""现在天王派了齐国国君，会合陈国、曹国几国的人马来打您。""我不怕！""您不怕呀？您没理。""我是一等国，齐国是二等国，公侯伯子男，我是一等国的国君，他是二等国的国君，凭什么他在北杏大会定我的国君之位？""您错啦，他奉的是周室之命。"要不怎么说您看后来曹操学的挟天子以令诸侯，我老搂着汉献帝，让他说话，实际上我就是皇上。

其实现在齐桓公用的也是这个办法。

"周天子有命,命齐国国君召开北杏大会,各个国家都去了,签订盟约,定了您的国君之位。您为什么走? 这是您的不对。""不对怎么办呢?""打来了!""我打得了。""您打不了,您宋国太小了,现在来了多少兵? 您要打仗,老百姓就不能安生度日,您是宋国国君,得爱护宋国百姓。""那我该怎么办?""我给您出一个主意,您马上上贡。""往哪儿上啊?""您给齐国国君送点儿东西去。""哎呀,齐国国君能看得上我这点儿东西?""能啊,齐国国君是个大度之人。您想想当初贤相管仲,箭射公子小白带钩,差点儿一箭把他射死。小白即位之后,反而拜管仲为相,强盛齐国,他是个心胸宽大之人。像这种人,您给他送上点儿礼,承认个错误就行了,就能免去刀兵涂炭,水火之灾。""能行吗?""行啊,那怎么不行啊? 您看柯地会盟,鲁国国君带着大将曹沫去了,曹沫拿着刀要杀齐国国君,人家都原谅了他,最后还能把汶阳之地还了,那齐国国君度量太大了。您只要按着我的话办,承认自己的不对,不应该逃离北杏大会,然后跟齐国国君签立盟约,他就会帮助您抵抗别的国家,这叫尊王攘夷。"

咱们学历史都学过,齐桓公的政策是尊王攘夷,尊王就是尊周室周天子;夷,当时讲的就是外国,包括一些少数民族。这是历史,咱们不能按现在来讲。尊王攘夷就是排斥其他的国家,保住我周天子及诸侯的地位。

宁戚把御说说动了,御说带着很简单的礼物来拜见齐桓公,齐桓公心说:你一等国能承认我的领导就行。两个国家就缔了盟了,所以说齐桓公是九合诸侯,一匡天下。九合诸侯,咱们已经说了八个诸侯了,还有一个国家,哪个国家? 就是郑国,郑国始终没服从齐国。

现在郑国求救来了,为什么求救? 郑国后边有一个大的国家是楚国。您原来听过我说"卞和进宝",楚国有一个樵夫叫卞和,挖出和氏璧,大家伙儿都知道,进宝,一直到后来完璧归赵,都是这块璧;到说《东汉》的金镶玉玺,也是这块璧。那么卞和为什么进宝? 就因为楚国国君的地位太低了。您别瞧楚国称王,楚国的地儿也大,但是楚国的地位低,公侯伯子男五等国家，他是第四等。郑国后边是楚国，管仲就告诉齐桓公："您如果打算收服郑国，就得先打楚国。因为郑国一会儿靠着楚国，一会儿又不靠着楚国。您一欺负他，他就找楚国；您不欺负他，他又自己回来了，就这么一个国家。您干脆甭理他，先打楚国，把楚国制服了，郑国也就服了。""我要打楚国，这楚国能有什么缺点让我抓住呢？"

管仲调查了所有诸侯国的情况，楚国在哪儿？楚国在南边，齐国在北边。楚国如果再往南发展，就是一些夷蛮之族了；而北边也有北边的夷蛮来攻打，他们也想侵犯周室。齐桓公听了管仲的话，帮助燕国加强国防，抵抗北方蛮夷侵犯周天子的行动。北狄把邢国和卫国灭了，齐桓公帮助邢国和卫国，把这两个国家恢复了，把外国军队给打走了，这就叫尊王攘夷。而且齐桓公帮助弱小的国家，把国家治理得非常好。对付楚国，您得抓住由头，我为什么打他？老大老二老三，我想抽老二一嘴巴，这老二得淘气我才能抽他，得抓住他一朝之错。那么楚国有什么错误？楚国虽然是子爵之国四等国家，但是他总想称王，他不服齐国，而且他不服周天子，你就是封我为公爵之国我也不干，我还想着把你周天子也弄下去呢。所以楚国就不断地扩大地盘，他往南边没法儿扩大，于是就往中原扩大。往中原扩大，他就想消灭郑国，而且他放出狂言来了："你齐国又怎么样？我要跟你争夺天下，我将来还称王呢。"

楚国这一要称王，让管仲抓住了，管仲就告诉齐桓公："周天子是王室，他楚国想称王，还想跟您来争夺霸主，咱们就借这个机会打他。"齐桓公正琢磨要打楚国呢，郑国求救来了，因为楚国想发展地盘，就攻打郑国，于是郑国就来向齐国求救。管仲说："您看，这回您就能治郑国了。""那怎么打呢？""您会合天下诸侯啊，您一个人打不了。""已经有八个国家了，八个国家的兵将全来了。可来了不能发兵啊，一发兵楚国就知道了，楚国很强大，他要是有了准备，咱们就打不赢。""我给您出个主意，您假装先打蔡国。一打蔡国，蔡国离他很近，打完蔡国，一脚就过去，让他没防备。"这就是管仲出的主意。"好，我正恨蔡国呢。"

那么齐桓公为什么恨蔡国？这里面有个小插曲。齐桓公有很多太太，这三太太可能都比较有名，刚才咱们说的管仲的三太太叫婧，而齐桓公的三太太是蔡侯的妹妹，嫁给齐桓公的时候还比较小，是个小姑娘，爱玩儿，在家里边的时候又挺惯着，就嫁给齐桓公了。这天两口子干吗去呢？上莲花池采莲。俩人坐着一只小船，两口子玩儿嘛。离着莲花莲蓬还远呢，蔡侯的妹妹也就是这蔡姬，伸手一够莲花，船一歪，差点把齐桓公栽进莲花池里头，"叭"，身上溅了点儿泥点子。齐桓公很爱干净，这下身上脏了。

"你瞧你，你够莲花就够莲花，摘莲蓬就摘莲蓬。你看看，你这下把船弄歪了，差点把我弄进莲花池里头，这要把我弄死了可怎么办呢？""这不是跟您闹着玩呢嘛，闹着玩儿懂不懂？"蔡姬是个小孩儿，她在娘家受宠惯了。"不就是溅了您点儿水嘛？""溅水就不行，我是国君。""哼，水有什么呀？我还溅您。""啪……"蔡姬往齐桓公身上撩水。齐桓公可不干了，这又不是泼水节。齐桓公脸往下一沉："你这是干吗呢？你可是我媳妇。""您瞧，两口子闹着玩儿，至于的不至于的？人家是妹妹坐船头，我让您夫君坐船头。您不是怕颠簸吗？我就成心颠簸您。"她一个小姑娘，站在船上"啪啪"左右一晃。"我就晃悠您，我就晃悠您……"差点儿又把齐桓公晃进莲花池里头。旁边的宫人们一个敞笑，一乐，齐桓公脸上挂不住了："回去，不玩了！""不玩就不玩，姆们还不愿意跟您玩儿呢。"

蔡侯的妹妹也没往心里去。结果回到宫中，齐桓公马上写了一纸休书，就把蔡姬给休回去了。您说这么一个天真烂漫的小姑娘多好啊，他给休回去了。蔡侯一生气：好啊，你把我妹妹休回来了，我让她嫁一个能跟你抗衡的主儿。就把自己的妹妹又嫁给楚成王了，变成了楚成王的夫人。齐桓公憋着这口气呢：好家伙，我把她休回去，你把她嫁给楚成王了，本来我跟楚成王就有仇，我还想打楚国呢，借这个机会，我先打你蔡国。你蔡国打不过我，我直接就打楚国，我要称霸于天下。

就这样，齐桓公指挥人马攻打蔡国。到了蔡国，蔡国就败了，那么点儿一个小国哪儿打得过齐国呀？蔡侯跑了，就跑到楚国去了："大王……

妹夫……他打完我可就打你。"楚成王一听，气坏了：打我这么大的楚国？
他敢！发出探马打探军情。这么个工夫，八个国家的大队人马就来到汉水
边了。楚国的老百姓也害怕，老百姓谁愿意打仗啊？文武官员来找楚成王，
楚成王马上升殿，心说：我现在要称王于天下，我能怕你齐国吗？到底楚
国用什么办法对抗齐国？谢谢众位，咱们下回再说。

第五回　齐桓公兴兵伐楚

虫夺凤巢飞去鸟，七人头上长青草，大雨落在横山上，半个朋友不见了。

这几句是个谜语，猜谜语北京叫"破闷儿"，这是打四个字的字谜。您众位想想，不过猜对了我也没奖。不知道您哪位猜出来了，挺好猜的，就是"风花雪月"四个字儿。头一句，您得懂得繁体字，凤凰的凤（鳳）里面是一个鸟字，虫夺凤巢飞去鸟，虫字进了凤凰的窝了，把鸟字给换了，这是繁体字的风（風）。七人头上长青草，七旁边加个单立人，头上长青草，这是个花字。大雨落在横山上，雨字头，把山字横过来，是个雪字。半个朋友不去了，朋友走了半个，两个月就剩下一个了，正好是个月字。

给大家接着说列国。说书，时代不同，说的方法不一样。为什么今天咱们要研究齐桓公，要研究管仲？管仲衣裳会九合诸侯一霸天下，他的事情搁到今天也有用。您看《东周列国志》，但是不容易看懂，还是得在老师的指导下读。为什么？读音不一样。最简单的，给您举一个例子，郦生郦食其，写出来是郦食其三个字，但是您就得念郦食（yī）其（jī）。所以读《东周列国志》必须要在老师的教导之下。现在我们有一个好老师林汉达先生，留下了一个简单易读的《东周列国志故事》，但是您读完这个《东周列国故事》，还得翻老本儿的。确实，每个人认识东周列国的程度不一样。为什么这么说呢？因为我读完林先生的，再读原来的《东周列国志》，就能有新的认识。

上回书咱们说了，齐国要打楚国。齐国在哪儿？北海，山东。楚国在哪儿？靠近广东了，在荆楚之地。你要打这个国家，必然得有理由。因为楚国是个四等国，他是子爵立国，按现在说呢，顶多是个科级单位，所以大家都有点儿看不起他。科级单位都想上处级单位，处级单位都想上局级单位，到了局级单位都想上部级单位。谁不打算往上升啊？待遇都不一样。

可是楚国不在乎，因为这时周天子的势力弱了。所以管仲才给齐桓公出主意："尊王攘夷。"小时候都读过什么叫尊王攘夷。尊王，尊敬周天子；攘夷，大国团结小国，团结一致反对外国。齐桓公九合诸侯一霸天下，他就按照管仲的这个办法，在北杏开了会，在柯地会了盟，团结了这些小的国家。现在不服的就是楚国。但楚国国君励精图治，发展生产，楚国已然很强大了。虽然说我是四等国，我这个国王是科长，但是我能办出部级的事儿来。那时候周天子管不了了，所以楚国发展生产，扩大地盘，你周天子不封我，我是四等国，可我就拿自己当一等国对待，我可以称王。他这一称王不要紧，齐桓公找到打他的理由了，心说：我得打你楚国，我得称霸于天下。可要打楚国，得先打蔡国。正好齐桓公休了蔡姬，蔡侯又把蔡姬嫁给了楚成王。就借这个由头，管仲出了主意，先打蔡国。然后又请示周天子，说楚国称王，必须除之。周天子传旨："好啊，你就带着各诸侯去打吧。"

　　齐桓公马上传下命令，会合了七个国家，加上齐国一共是八个国家，大队人马准备出发。预备了多少辆车？三百乘战车，士兵万人。一万人，在当时那可不得啦，那时候打仗都在战车之上打，您再往后听，到了三国的时候就骑着马打仗了。到了现在，骑马可就不管事儿了。时代在前进，兵器不一样，作战的方法也就不一样。八个国家的人马会合在一起，齐桓公传下命令，命管仲来指挥这三百乘车、一万士兵。还带着谁呢？带着大夫隰朋，这个人特别聪明，有个外号叫"多智"，说明他头脑发达，很聪明，智慧特别多；还有一个就是齐桓公的幸童竖貂；另外还有一个就是公子开。

　　临出兵了，幸童竖貂来见齐桓公："大王，您恩待我，请您给我几乘战车和一些人马，我潜行攻蔡，到那儿就把蔡国灭了。"前文书说过，竖貂是个小人。齐桓公很高兴：你们都说竖貂不好，都说他是小人，这回人家先请战。"好啊，给你五十乘车，给你一千兵。"潜行入蔡，就是偷偷地去打蔡国。竖貂很得意，看了看贤相管仲，管仲没言语。竖貂临走的时候一抱拳："相父，我前边给您开道，您执行您的这个'攻其不备'。""好啊。"

管仲脸往下一沉，竖貂带领人马走了。竖貂也很聪明啊，您想想，能受到国君宠幸的人都不傻，傻子当不了间谍，更当不了小人。任何人的面前都有君子，也都有小人。原来我就不理解：为什么这些人掌握大权不都用忠臣？没事儿用什么小人啊？后来我说完金庸先生的《鹿鼎记》才明白：在皇上的面前必须有小人，必须有君子，佞臣有佞臣的作用。慢慢地您体会去，为什么康熙面前有佞臣。齐桓公驾前也有佞臣，一个是易牙，一个是竖貂。

竖貂带领人马，偷偷奔蔡国了，"唰"的一下，真快。为什么呀？他知道蔡国没准备，因为蔡国多少年来就倚赖齐桓公，倚赖齐国。蔡国太小，有点儿困难就找齐桓公，齐桓公就帮助，因为齐桓公在北杏立盟了，尊王攘夷，扶植弱小，所以蔡国一个很小的国家，他倚赖齐国。竖貂知道蔡国不会有准备，所以这个小人带领战车一下子就到了，到的时候天可就快亮了，按说马上攻城，蔡国就完了。竖貂把五十乘战车在城下一列，然后命令这一千兵："骂战。"他站在战车之上指挥，一千兵就开始骂战："蔡国呀……你们完蛋啦……出来打呀……""哗……"

蔡国城上也有守城的兵将，那个时候晚上得关城门，北京过去也关城门，关城门扯吊桥，即便没有吊桥，城门也得关上。城上头稀稀拉拉也得有守城的兵将，不防备也得有巡夜的。突然间发现城下有战车了，还有兵骂战，急忙掌上灯光一看，值班守城的战将正好也是蔡侯的宠臣，这人叫波儿，挺胖。他往城下一看，战车之上站的这人怎么这么眼熟啊？为什么攻打我们蔡国？赶紧下城来到蔡君面前，把国君叫醒了："您快瞧瞧去吧，城外有战车来了。"蔡侯赶紧穿好了衣服，让波儿搀着，来到门外上车，车赶到城下，上了城道，从城上往下一看。这时候天光已然亮了，波儿用手一指："您瞧。""哦，你说的是他。想当初……"蔡侯想起来了，认识。因为当初自己的妹妹嫁给齐桓公做三太太的时候，就是竖貂伺候着，而且蔡姬被齐桓公休回来的时候，也是竖貂给送回来的。送回来之后，蔡侯还送给他不少礼物。也就是这竖貂出的主意，让蔡侯把他妹妹嫁给楚成王，气齐桓公，他可是齐桓公手下的人。当时蔡侯就明白了："哦，原来是他呀，当初他来过，这人可是个小人。我说波儿啊……""在。""送给他一车金帛。""遵命。"

波儿深懂蔡侯之心，马上下城把蔡侯送回去，又预备了一辆车，车上装的是金帛，金就是金子，帛就是丝织品。至于在那个时候，蔡国有多少上好的丝织品，咱们甭管他，反正就是一车金帛送去了。波儿押着一车金帛来见竖貂，竖貂早就传下话来了——有人送礼，收之。其实他的目的就是要吓唬吓唬蔡侯，心说：我不打你，说打可是不打，到这儿就是要钱来了。这就是小人，您记住了。

波儿来见竖貂："啊，竖貂大夫……""干什么来啦？""呵呵，有一车金帛，是我家寡君让我给送来的。""好啊，你……哎，我见过呀，当初我送蔡姬回来之时，就是你接待的我呀，你是蔡君手下的幸童。""彼此彼此。""好吧。"竖貂让手下人把这一车金帛收了，然后对波儿说："我告诉你，东西不白收，我为什么要潜行入蔡，就是为让你们蔡君好有准备。""可您说我们蔡国打不了怎么办呢？您这五十辆战车冲进去，我们蔡国就完了。""我给你出一主意，谁让我收了你的东西呢，收人钱财，与人消灾。""您有什么主意？""待我给你。"竖貂递给波儿一条儿，波儿接过条儿来一看，乐了——d, i, a, n。"这是汉语拼音，diān，让我家国君颠往何处？""颠往楚国去报信儿。""好，多谢！"

波儿真聪明，马上跑回去，立刻禀报蔡侯，蔡侯赶紧就跑，来到楚国面见楚成王："您可留神，现在齐桓公带领八国人马，三百乘战车，万余兵士，打您来了。"您说这小人，就为了一车金帛，而且他还是齐桓公手下的宠臣。同志们，您要是主管，小心手下的小人啊。这就是小人行径。

蔡侯跑了。这一跑，老百姓也散了，蔡国就算完了。竖貂返回头马上前去禀报齐桓公："谢国君待我之恩，我战败了蔡君，蔡君已然逃跑了，蔡国已然完了，请您兵进蔡国。"竖貂说完，抬头看了一眼齐桓公手下的贤相管仲："相父，攻其不备呀，蔡国没准备呀。""呵呵。"管仲微微一笑，没说话，心说：你以为我就这一条计策吗？人辅佐一位君王，不但要治国安邦，而且要懂得兵书战策，明白随机应变，见景生情，这才是高人。你知道我管仲还有什么办法吗？齐桓公问管仲："相父，如何？""请您进兵。"

大队人马直接就奔蔡国了。到了蔡国之后，应当马上给楚国一个攻其不备、出其不意，但是齐桓公这儿出了事儿了。其中一个国家的国君病了，一问管仲，管仲说："等着，等这位咽了气，发丧办事。一来显示你大国国君应当为小国国君办丧事，二来你现在再去打楚国，楚成王已经知道了，已然有准备了，现在就是去打也没用。"竖貂盼着齐桓公派管仲出兵，管仲带兵到楚国这儿碰一硬钉子。没想到管仲胸有成竹，在蔡国歇三天，给生病的国君办完了丧事。其他几国的国君还挺佩服齐桓公，于是都跟着由打蔡国进兵楚国。

等到了楚国的边境，快接近汉水了，突然间，前军站住不走了，领队是公子开，马上派人回来禀报："有一位楚国的大夫求见。"齐桓公在车上循声音一看，只见道左有一辆车，车上站着一位大夫，带着仆从。这位大夫往这儿一站，按现在说，身高得够一米八几，是个细高身材，虽然三十多岁不到四十，但十分稳重，两道细眉，一双长目，高鼻梁，四字口，三绺墨髯黑胡须，大耳相称。身穿官服，站在战车之上，磬折而上。您看，要说《东周列国志》，我也得老学，我就查什么叫磬折而上。磬就是和尚敲的磬，但是您要看编钟，编钟上边这个也叫磬，九十度的弯儿，有玉的、有铜的。磬折而上，就说明这个人站在车上，九十度的大躬，非常尊敬你。您不白听吧？我这也是刚学的。楚国的大夫非常尊敬地行了一个九十度的大礼，尊重齐桓公。齐桓公就问管仲："此何人也？"管仲就问公子开手下的人。"这个人自己说了，他是楚国的大夫屈完，在道旁恭候您。"

齐桓公一听，明白了。屈完，可不是屈原，您一吃粽子想起屈原来了，但这位是屈完。屈完非常聪明，在道左战车之上，磬折而上，等待齐君，与君交谈。这时候，"哼……"竖貂在旁边哼了一声。管仲听见了："国君，看起来楚国早有准备，有人走漏风声。""哦，寡人明白了。"齐桓公当时就明白了，看了一眼竖貂，心说：你潜行赴蔡，实际上你是收取贿赂。管仲后来也曾经劝过齐桓公，但是齐桓公离不开竖貂，离不开易牙。为什么？这两个谗佞之辈会什么？会哄人。您看那忠臣多会儿都不会端着一碗莲子羹说"您喝吧，不喝我喂您"，没这个。所以国君面前也需要这样的人。"呵呵，相父，您去问来吧。""好吧。""那么您如何问呢？""大王，他既然来了，就必有所陈。"他必然有话说。"有话说怎么办？""臣以大义说之，让他理亏词穷，可以不战而降。"

这就是管仲的随机应变，见景生情。当初是想着攻其不备速战，没想到竖貂办了这么一档子事儿；现在楚国大夫屈完来了，来了他就得有话说，不然他来干吗？他既然有话说，我就以言语答对，把他的错误指责出来，他承认错误了就好办了，说得他理亏词穷，他必然归降。管仲说完之后，看了一眼竖貂，心说：用不着你这儿给我捣乱，我管夷吾胸有成竹。您说管仲心里没数行吗？

齐桓公吩咐："好吧，相父您去吧。"管仲也坐了一辆车，直奔屈完这辆车。屈完一看战车上这个人的穿着打扮，就知道是齐国的贤相管仲到了，在自己的车上仍然是九十度大躬："寡君听说齐君率兵至此，不知何故，命我前来迎接大军。敢问车上可是管夷吾吗？""不错，正是。""相父。"人家很尊敬，相父那是齐桓公称他为相父，屈完现在也这么尊称，就是知道管仲在齐国的身份，你说话等于齐君说话。"相父，八国大军到此，寡君不明，让小臣前来问问。齐国乃大国也，国在北海；我楚国乃四等国也，国在南海。虽然同在周室，但风马牛不相及，因何大军兵发我楚国？"

人家屈完问得很对。虽然同在周室，但是你们在北海，山东那儿；我们在南海，荆楚之地，你为什么要打我们？我们招你惹你了？这时候管仲心里要是没数，可就麻烦了。人想说话，肚子里得有这东西，没这东西可说不出来。就跟您做饭似的，您没做过，拿起西红柿来就炒，炒出来就是糨子。管仲胸有成竹，听屈完这一问，马上脑子就反应过来了。这可不是事先准备好了的，就跟诸葛亮似的，事先我就知道要借东风？事先我就知道刘备三顾茅庐请我来啦？我应该怎么布置，引着刘备上钩？没这个。所以诸葛亮说了，聪明就是要随机应变，见景生情。机会来了，你做生意也好，教育子女也好，必须得抓住机会，才能成功。管夷吾就是，他听屈完一问一捋胡须："屈大夫言之有理。"只要他说出来同在周朝就行了，你还是服从周天子，这一样儿就让管夷吾抓住了。"不错，我们在北海，你们在南海，风马牛不相及。"

咱们都说风马牛不相及，这句话怎么讲？谁都挨不着谁。风马牛不相及，就是从这时候开始有的。什么叫风马牛不相？我也查了很久才弄明白。风代表怎么讲？就是雌雄公母相勾，这一说您就明白了。我们楚国的公马配的是我们楚国的母马，你们齐国的公牛配的是你们齐国的母牛。没有这么大老远地，我们楚国的公马跑到你们那儿找你们齐国的母马去。只有在我们这一圈之内，公马母马相配，公牛母牛相配，没有跑那么老远的，这就是风马牛不相及。所以，我要是不说《东周列国志》，不仔细学习，我也不懂这句话。现在我懂得这句话了，咱们大家伙儿共同分享。

"屈大夫，请你转告楚君，我们齐国是大国，齐国在北海。当初齐国先君立国的时候，是周成王立的，周成王曾经有话：周天子所管五侯九伯，如有违背天子祭祀，天子的礼节，由你去赦宥。现在周室已弱，虽然天下诸侯有听的，有不听的，但是你楚君为什么不往天朝进贡？天朝每回祭祀的时候都需要你们楚国进贡的苞茅滤酒，就因为你们不进贡，现在周天子没法儿祭祀，没法儿滤酒，这是你们的一条罪过。所以，现在周天子让我齐君会合天下诸侯，我齐君尊王攘夷，诸侯开了北杏大会共立盟约，我仍然可以谴责你，这是你们的第一条罪过。第二条，想当初周昭王来到楚国，落汉水而死，现在前来问罪。"

管仲说的什么？管仲说了，楚国有两条罪，第一条是你不上贡。上什么贡？很简单，就是十车草，每年得进贡周室十车草，这草楚国有的是，是干吗的？这草叫苞茅，过滤酒用的。管仲说："成王之时，立我先君。"所以您看这《东周列国志》麻烦点儿，咱们数数，周朝天子第一个是文王，第二个是武王，第三个就是成王。您都知道姜子牙捧主伐纣，周文王已然死了，姜子牙保着周武王，捧着文王的牌位，灭了昏君纣王，然后成立大周朝天下，约八百年。得天下之后，周武王死了，传位给儿子周成王。成王年幼，太小了，没法儿掌握朝政，所以就把大权给了监国摄政的周公。大家伙儿都知道，"一沐三握发、一饭三吐哺"；既读孔孟之书，必达周公之礼，说的也是周公。就在周成王的时候，齐国才开始立国，成王封齐国的国君一个特殊的权力：在我周天子管理之下，五侯九伯，五个侯爵立国，九伯是九个伯爵之国，这是一个总称。那么如果往朝中进贡，违反了朝中的天例，由谁管？由你齐君管，你可赦宥。你说免了他的罪过或者你说判刑，都可以，这些事情就由你齐君去办。这是当初周成王给齐国第一个国君的权力，现在齐国往下传，传到齐桓公这儿已经四百年了，已经到东周了。齐桓公接续了周成王赋予的权力，虽然现在周朝已经迁都到了洛阳，周室已然弱了，但是你楚国不进贡苞茅，导致朝中无法祭祀，这是你第一条罪。第二条罪，想当初周昭王到你楚国来，来了之后死了，死在汉水。为什么死？现在我调查来了。

屈完大夫非常聪明，听完管仲的话，躬身施礼："贤相，现在不服周室，不进天朝之贡，并非只有我楚国。但是，贤相指责得是，楚国不进苞茅是我楚君之罪，必当改之。"你指责得对，不就是十车草吗？我给你。"至于昭王，那是三百多年以前的事了。"您看，咱们说齐国会合诸侯攻打楚国是公元前六百五十多年，那么昭王死的时候是公元前九百多年，因为公元前您得倒着数。"三百多年前，周昭王上这里游玩，掉到汉水之中死了。您问汉水去吧，是汉水一折腾，把昭王折腾到水里去了，与我寡君没关系，我寡君不能担其罪。至于率大军前来责备我寡君，我回朝复之。"

屈完说完，马上一转兵车，嘚儿喔嗬，他走了，把贤相管仲干在这儿了。但是管仲心中非常高兴，屈完起码承认了没进贡十车草是错误的。由打山东来到荆楚，都快到广东了，就要这十车草？说明管仲很聪明。他回来禀报，告诉齐桓公："出兵！"大军往前走，走到陉山，快到汉水了。"停！"齐桓公是真听管仲的，马上传令，三百乘战车、一万士兵，连同八国的诸侯都不走了。齐桓公就问啊："仲父，为何不进兵？马上就到汉水了。"其他几位诸侯也都有发言权啊。"是啊是啊，马上就到汉水了，咱们可以一战成功了。""楚国能有什么力量啊？咱们马上打过去，就能把楚国战败了。"管仲微微一笑："我临出兵之时用的办法是攻其不备，现在得来个出其不意。"

说着话，管仲抬头看了一眼竖貂，心说：别看你破坏了我的攻其不备，我有的是主意。八国的人马停在陉山，有人说陉山是地名，也有人说陉山就是山中间的地方，这个地方就叫陉。再往前走，出了山就到汉水，过了汉水就是楚国了。这时，探马来报："楚国大将斗子文率领两百乘战车、五千兵，在汉水对岸已然埋伏好了。"管仲得报之后，禀报齐桓公："大王，如何呀？楚国早有准备，有人泄露军机，肯定是蔡侯跑到了楚国，楚国派大将斗子文已经在汉水对岸扎好大军了，您现在过去就得让人家来个出其不意。""那怎么办？""呵呵，您就按兵不动，只要大兵停在这儿，他派人来，我就有办法。""报！"第二天就得报了，"楚国大夫屈完求见。"管仲说："如何，来了吧？只要他来了，他就有陈词，我就有话责备他。上回我说了，我责备对了；这回他来了，他就有求和之意，不战楚国必降。"

您说管仲多聪明啊，料事如神。齐桓公马上传下命令，率领众诸侯礼节性地迎接屈完。那么屈完干吗来了？就因为管仲停兵。斗子文还不知道怎么回事儿呢，战车兵将都准备好了，就准备打了，结果人家大军不走了。斗子文马上禀报楚君，楚君也纳闷儿：他们为什么不走？斗子文说："您这是废话呀。"说能跟国君这么说话吗？那时候跟国君就这么说话，还叫他匹夫呢。斗子文是一员大将啊，说："您说这话不是没用吗？管仲用兵如神，百战百胜，他来了又不打，准是有主意，您还是赶紧派人问问去吧。""谁问去呀？""上回您派谁去的，这回您还派他去吧。""屈大夫，您辛苦一趟。""我不去。""你为什么不去呀？""上次您让我去迎接齐君，问罪于他，齐君说了，是您不进贡苞茅。至于昭王之死，我已然回复过去了。齐国人马知道楚国人犟，知道咱们横，人家停兵不走，必然有原因。您要让我去说打，还是派别人去吧；您要想求和，确实想跟齐国缔盟，保证不打仗，我才去呢。""那你就随机应变吧。"

楚君给了这句话了，所以大夫屈完来见齐桓公。管仲出主意："以礼相待。"八个国君迎接屈完，好么，多大的礼节呀。屈完来了，管仲就问："因何而至？""我家国君说了，十车苞茅不进贡，是我家国君之罪，但是昭王之死不引其咎。"昭王之死跟我们没关系，我家国君承担不起。"现在大军行至陉山，不走了，我家国君让我面见齐君，如果人马退下三十里，咱们就可以商量。"管仲乐了："好啊。"一看管仲乐了，齐桓公明白了："屈大夫，这样吧，你回去吧，我们退兵三十里。你既然能为楚国来面见我，有意服从周天子，那我为什么不退兵呢？"齐桓公明白：这是管仲的主意，我一退兵，楚国必然求和，我们这仗就不用打了，我也不愿意打仗。屈完听完很高兴："好吧。"

屈完回去禀报楚王，这边大军真退兵三十里。楚成王一看，马上说："十车苞茅不给了。"您说就这样的人还当国君呢？这么会儿就变卦了，本来答应给的不给了。斗子文听了，一瞪眼："匹夫！"屈完脸往下一沉："说话不算话，还像不像一个国君？"愣敢跟国君瞪眼，《东周列国志》上就这么写的，我也就得这么说。楚成王一看，没办法了："好吧，听你们的，听你们的。"

送去一车苞茅，这干吗？这车苞茅得让齐桓公验一验，是不是那种应该进贡的草。楚成王让屈完大夫给齐桓公送去一车苞茅和八车金帛。八辆车，装着金子，装着丝织品绸子缎子，八个诸侯每个诸侯一份儿。竖貂在旁边一看：合着我也是一镇诸侯，我也得了一车金帛。您说说，这小人缺德不缺德。齐桓公很有礼节地接待完屈完，很高兴，一验这车苞茅，确实是这种草。齐桓公美了，心说：我听了相父的话，不战他就降了。"屈大夫，怎么样啊？""呃，我家楚君说了，要跟您结盟。""好啊，能跟我结盟就好。来来来，你看看我们的大军。"让他看看齐国的这些战车，然后又让他看了八国诸侯所有的战车和精装以待的一万兵士。"如何，强盛否？要打你们楚国，一战可胜。"齐桓公这一狂，屈完脸往下一沉："大王，你们齐国在北杏召开大会，尊周天子之命，尊王攘夷，战败了北边的蛮夷，扶助弱小的国家。这次来到楚国，兴师问罪，让我们国家进贡苞茅以助周室，可以。但是如果要展示兵力，以武力相压，我们楚国前有汉水，后有城池，而且还有足够的兵力，足以战之。"

这就是不辱国威。身为大臣，就应当替国家这么说话，所以国家是自己的后盾。您看看我，我不傻，我出国，上美国、马来西亚、新加坡给他们说书去，我去是因为我们中国强大了，背后有我坚强的国家，有我的祖国给我镇着呢。您说这如果是在"东亚病夫"的时候出国，欺负不欺负您啊？但出去之后奴颜婢膝，这不成。我出国说书，为的是推广我们的评书艺术，那都是以学者身份去的。到新加坡我得坐那SQ801、SQ802，得给我工资，得给我保障；到美国，一堂课五百美元。并不是我连丽如贪财，我得有我的人格。所以说您别瞧屈完大夫为国出使，是来求和，但是你好说好了（liǎo）怎么都行，我们有错误我们承认，不就是进贡苞茅嘛！我给这十车草，说明是齐桓公对了，说明是我有错误，我就得承认齐桓公是霸主。人家屈完大夫很横，心说：你楚君出尔反尔，不想给苞茅是你不对，是你的错，但是我出使我得为国君说话。你敢打，我们就以兵力相待，你打不了。横啊，这才叫正人君子呢。没办法，齐桓公脸红了。管仲赶紧赔礼："我来送屈大夫吧。"

管仲把屈完送走了，屈完回去请楚成王。管仲对齐桓公说："走吧，人家去请楚君了，咱们得订盟啊。"这地方叫什么？首止，不是那个手纸啊，首领的首，止步的止。也不是首尔，首尔是韩国的首都。齐楚在首止签订了盟约，然后齐桓公率领大军往回走，楚国国君也回去了。往回走的途中，鲍叔牙就问管仲："你说带着八个诸侯国的兵将来攻打楚国，结果要了十车草就回来了？"管仲一笑："呵呵，你不明白，兴师问罪，楚国要称王这是他最大的罪。但是如果我挑明了，准得打仗，打仗就是刀兵相见、生灵涂炭，老百姓没法儿活呀。不能打，打起来无休止。"这就是贤相管仲，爱护百姓。"我以苞茅指责，就这么点儿罪过，他能承认，承认了就是他有错，他就得尊周天子，就得跟咱们齐国订盟，就得承认咱们齐国是霸主。你怎么这么糊涂啊！""高，有两下子，那么办？""现在咱们和楚国已然订盟了，楚国必然给周天子上贡，送去苞茅。""那么下边呢？""下边当然还有咱们的事儿了。"管仲告诉鲍叔牙："你瞧着吧，一个是周室将乱，一个是晋国将乱。""哥哥，那咱们怎么办呢？""我必有主意使齐国更加强盛。"那么贤相管仲如何对待周室之乱，如何对待晋国之乱？咱们下回再说。

第六回　成王平乱相子文

堪嗟色胆大于身，不论尊兮不论亲。莫怪狂且轻动念，楚夫人是息夫人。

接着给您说这部《东周列国志》。昨天在晚报上看到了一则消息，说外国人评论咱们中国的电影没有好故事。其实有没有好故事？咱们这儿听书，我们净说好故事，可惜没人编得出来。编故事得理解故事。头几天有个记者采访我，问："为什么评书不好说？"我说："您要是拍个电影，得有人写剧本，现在都是一知半解弄出一个剧本，只要他能攒出钱来就能拍。而导演应该是导、演，什么叫导？指导演员去演戏。"比如，我是一个演员，今天我演玉堂春，明天我演红军战士，我演谁应该像谁，这是演员的职责。当然，演员应该用功，但导演是主要的，导演得给演员说戏，得告诉演员这个人物到底是怎么回事儿，怎么个剧情，怎么个背景，怎么个历史来由，应当看什么参考书，应该学习谁的表演，等等。导演指导演员演好了戏，这是很主要的。可是我们评书演员不成，我们既是编剧，又是导演，还是演员，得理解了才能说出去，不理解就说不出去。实际上，中国的好故事很多，但是现在有的写剧本的人不肯用功，导演也不肯下功夫，名导演一年导多少出戏，您在底下一看这是某个导演导的，准看得出来。

并不是中国没有好故事，今天我就给大家伙儿说一个好故事，但这个剧本能不能有人写出来，能不能有人去演？我不知道。我记得说过好几回，我看过夏梦主演的《绝代佳人》，讲的是信陵君窃符救赵，夏梦演得好。现在能不能拍出这么好的电影来，关键在于制片人能不能选出一个好的编剧，能够写出一个很好的剧本；再踏踏实实请一个好导演来研究这个剧本；然后再请来演员，把戏演好。其实我参加过一部电视剧的拍摄，我演的大福晋，这个戏播出的时候叫《妻室儿女》，拍的时候叫《采桑子》。这个剧本写得太好了，结果拍出来我一看，剧本里写的东西只拍出七分之一来，而且喊里咔嚓一砍，就剩下七分之一的七分之一了。其实这部戏的投资多不多？我一听，投资不少，到我们身上没多少钱，大概其都被主要演员大腕儿弄走了。所以中国的影视剧我也就不评论了。但是总而言之，说书不好说，必须把故事吃透了，才能说出来。我们吃透没吃透？其实我也没吃透，但是我用功了，因为中国的文化太深了。

就拿我说的这部《东周列国志》来看，我是头一回比较系统地说列国，我得去看，我得去理解，得去琢磨，得去查字典，不明白的还得问我徒弟，我徒弟比我的文化高，我得虚心学习。咱们大家伙儿共同探讨。

刚才我说的这四句开场诗，说的就是今天这个故事的内容。"堪嗟色胆大于身"，色胆大于身，这胆儿多大呀！您看判刑的贪污犯，差不多都跟这"色"字有关系。人都有七情六欲，为什么模特在台上一走，咱们都爱看呢？您看，我老伴儿爱看女模特，爱看女子沙滩排球，而我爱看男模特，异性相吸，谁都爱看美的。一个漂亮小姑娘往大街上一走，大家伙儿全爱看，爱美之心人人有之，没事儿谁喜欢看鼻涕邋遢的呀？所以我们说也喜欢说好看的，今天咱们说息妫。息妫漂亮，天姿国色，那在这国家她就是第一了，虽说各人有各人的审美观点，但是大概其也差不多。总而言之还是这句话：说书唱戏是离不开爱情的，离不开女的，离不开男的。没有女的，没有男的，单一就不成世界了，这是人之常情，人之道理。

上回书咱们说到齐桓公带领兵将攻打楚国，结果听了贤相管仲的话，没动一刀一枪，楚国就臣服了，而且楚国还答应要给周室进贡苞茅。虽然并不值钱，但管仲责备对方楚国责备得对：要是责备他称王，那就打起来了；责备他就欠这点儿茅草，他承认了就表示还服从周天子，也就得承认齐桓公是霸主。齐国得胜而回，管仲的好朋友鲍叔牙就问他："你为什么要这么办？"管仲告诉他："我跟你说，对待强大的楚国就得这么办。而且楚国派出了两个贤人，一个是大夫屈完；一个是大将斗子文，指挥人马驻扎在汉江之旁。有这斗子文，楚国强盛，你就对付不了它。""你怎么什么都知道哇？""废话，不知道我能说书吗？""好啊，那你就给我说说这斗子文。"管仲就告诉鲍叔牙："楚国接近南海，为什么这么强大？其实在中原的地位，已经十年都提不起楚国了。现在楚国强大起来，咱们齐国想让他们臣服，只能以小的茅草指责，不能责他称王，他不怕，就因为他有贤臣。自古以来君正臣贤，国之强盛……""行啦，您说的这道理我明白，要是不明白这点儿道理，我为什么把您举荐到齐君面前呢？就是因为有了您，齐国才能够强盛，您是齐国的贤相。您就给我说说这斗子文。""好，我告诉你，我说说郑文公。""让您说楚国，您说郑文公干吗？""您慢慢听，他跟郑文公有关系。""行了，您给我好好说吧。""我告诉您，跟郑国有关系。您还记得息妫吗？""蠵（xī）龟……巴西龟贵还是蠵龟贵？""你呀，真笨。息妫是个绝色的女子！""啊，我知道了，说的是息夫人。""不错，这位息夫人被楚国掳走了，楚国的国君是楚文王，掳走之后息妫给他生了两个儿子，三年夫妻没有一语。""这两口子过日子三年不说话？""对，但她给楚君生了两个儿子，大儿子叫熊囏（jiān），二儿子叫熊恽（yùn）。"您看这囏字，汉朝的汉，繁体为漢，去掉三点水，剩下的一半儿作为偏旁，右边加一个喜庆的喜字。那么楚国国君姓什么？姓芈（mǐ），两横一竖，两个肩膀上再各一竖一横。有一出戏叫《芈建游宫》。您听过伍子胥，楚平王父纳子媳，那都是楚国，楚王姓芈，跟那羊叫唤的声音差不了多少。

　　息夫人嫁给楚文王就成了文夫人，给楚文王生了两个儿子，大儿子叫熊囏，二儿子叫熊恽。您听我说《东汉》里面的小矬子郅恽郅君章，同一个恽字。但是两个孩子不一样，长得漂亮不漂亮？漂亮。您看现在，是儿子基本都随母亲，是女儿都随父亲。所以我也跟诸位男士说，您长得难看没关系，您娶一个漂亮的女子，您的儿子准好看，随妈。文夫人的两个儿子都长得高大魁梧又漂亮，但是大儿子不喜欢干活儿，当然不是让他种地去，作为国君之子将来要承袭王位，那就得读书射猎，练习武事，读兵书战策他不愿意，就愿意去打猎。二儿子则是多才智。而且这哥哥也看出来了，弟弟比自己强。于是哥哥就琢磨，想办法我得把他除了，不然的话，将来对我国君的地位是威胁。时间长了，弟弟也有了觉悟，知道哥哥在琢磨自己这条命呢，于是他也在自己的家中蓄养死士，就是不怕死的人。哥儿俩这么一闹腾，文夫人心里明白不明白？明白，但是没有办法。等到楚文王死了，当然得是大儿子当国王。熊囏当了三年国王，国家的事儿一件都没办，每天就是出去打猎游玩，而且想办法要把弟弟除掉。而弟弟呢，国人拥戴他，可是由于尊重国家的礼节，有这种束缚，也不敢对自己的哥哥下手。后来二儿子实在忍不住了，就想了个办法，在大哥出去打猎回来的路途之中，派人把他杀了。杀完之后，二儿子跪倒在母亲的面前，对母亲说："我听说了，我的哥哥病薨。"皇上死了叫崩，王爷死了叫薨。文夫人明白是二儿子下的手，但是她也更明白：如果我再大加责备，这国家就乱了。于是这件事情就不了了之。文夫人传下话来，让大家拥戴自己的二儿子熊恽为楚国之主。这就是历史上的楚成王。

楚成王当了一国之主之后，没按照国君之礼把他哥哥埋了。为什么？说他哥哥三年不办国事，不配当国君。所以没以王礼葬之，就给埋了，母亲文夫人也没说什么，但是心里很清楚。楚成王继位之后，马上传下旨来，封他的亲叔叔子善为国家的令尹，令尹掌握着国家最高的权力，文兼武职，既掌握国家内政，又掌握国家兵权。历史上称这个人叫什么呢？叫子元。子元是楚文王的亲弟弟，是文夫人的小叔子，是楚成王的亲叔叔。但是这个人心怀叵测，成天就盯着他这个嫂子，而且同时也盯着侄子的地位，本来就想蓄谋篡位，但是他不敢动。为什么呢？因为楚国有个贤臣叫斗伯比，此人足智多谋，为人正直，是个大忠臣，天天盯着子元，子元不敢妄动，想欺负两个侄子欺负不了，想调戏寡妇嫂子办不到。有斗伯比往这儿一站，子元没办法了，只好等着吧，就想着先跟嫂子私通，心说：我先和息妫好了，然后再想办法谋得国位，我当国君。

其实这个时候息妫岁数已然不小了。上次我就说过，这女人不能看岁数大岁数小。我也琢磨：您看这《三十六英雄》里面玉玺换萧妃，萧妃都多大岁数了？不过也别说，您要是听《三国演义》，曹操战宛城，张济之妻张绣的婶娘邹氏，都四十多岁了，但是风韵犹存。这风韵犹存我还真没法儿解释，把曹操都迷住了。子元就看上自己的寡妇嫂子了，心说：我得要她，先私通，后谋国位。因为先私通好了，嫂子能向着我，当然就把国位给我了。文夫人不理子元，子元也不敢惹斗伯比。就在周惠王十三年的时候，这一天突然得报，斗伯比病死了。"嘿嘿，太好了，呵哈哈哈……""怎么人家死了您还乐呀？""这下没人看得住我了。来呀，大兴土木工程。"

子元马上调人盖房。盖哪儿？就盖到楚宫旁边，离楚宫很近。按说这是犯法，宫中禁地，得隔老远您才能盖房子呢。他仗着是国家令尹，大权在握，于是就在楚宫旁边盖了一个大的房子。房子盖好之后，里面东西也都置办好了，令尹就搬到这儿，每天晚上都带着一帮所谓能唱歌能跳舞的人，在这儿又唱歌又跳舞，又弹琵琶又吹笙。嗬，热闹极了。声音由打宫外传进了宫内，这屋子盖的地方离后宫文夫人住的地方也特别近，声音就传过去了。子元想拿音乐来感动寡嫂，心说：让她好爱上我，我好跟她私通，我好夺王位。他这点儿心思文夫人知道不知道？文夫人知道，因为夫人身旁有密探，令尹身旁也有密探，消息传递得快极了，比手机发信息还快。您说这些人为什么这么忙活？工资不低呀。

子元每天就在楚宫外边，尤其到了晚上，掌上灯光，又唱又跳。这一天，漫天星斗，皓月当空，令尹子元非常高兴，心说：我得感动感动我的嫂子。于是子元站在自己的庭院之中，面对楚宫，月光之下，放开喉咙就唱上了。唱的什么呀？非常好听的歌儿——爱情之曲。"我问你爱我有多深……"人家是"爱你有多深"，他唱"爱我"，他总想让文夫人爱他。他想着让里边跟他对唱，他还听着呢，心里也跟着哼哼："轻轻的一个吻，叫我思念到如今……"

子元这边儿唱，楚宫里边儿没声儿，文夫人都气死啦。文夫人听见声音，走到庭外："侍从。""夫人。""动物园搬家啦？""没有啊。""什么野兽在叫唤？""哎哟，夫人，这是令尹大人在月光下吟唱爱情之曲。""哼！"文夫人双眉一挑，脸往下一沉，这侍从从来没看见过文夫人如此动怒，"想先君舞干以习武之事。"说自己的丈夫楚文王也喜欢歌舞，但他干的是习武之事，头一个是歌舞的舞，第二个是武士的武，他不会忘记国家的武事。"所以威震诸侯，使朝贡不息于庭。而今楚国十年不问中原，令尹不思雪耻，以强大楚国，而歌舞于未亡人之旁，不亦异乎？"

您看，我把这原文差不多都得背下来。那么文夫人说的是什么呢？文夫人身边的这些密探马上撒腿就跑，把这番话禀报了令尹子元。令尹子元一听："呀……"他懂。这番话说的是我的哥哥楚文王虽然也喜欢歌舞，但是他习武事，带着兵将练兵，曾经征服了各个诸侯。使朝贡不息于庭，就是说楚国非常强大，这些属国全都往楚国进贡。而今十年了，楚国没跟中原的各诸侯打仗了，销声匿迹了。你身为令尹不思报国雪耻，以强大楚国，却在我这未亡人旁边唱歌跳舞以动我心，不亦异乎？异类的异，骂人不带脏字儿，畜类一个，不是人类。别瞧嫂子骂他，他还真听。"哎呀，女人都不忘强大国家，我身为大丈夫，不伐郑，难为丈夫也。"子元为了他的嫂子，马上传下命令，第二天就在他原来的令尹府办公，所有文武大臣都来了。令尹子元传令："斗梧，斗御疆。""在，在！""你们两个人为前队先锋，调齐六百乘战车。王孙游，王孙嘉。""在，在！""你们两个人为后队，本令尹统领中军。六百乘战车兵分三队，兵发郑国。"

刚才我说了，跟郑国有关系，楚国要打郑国。前文书您听齐桓公会合八个诸侯攻打楚国，才五百乘战车，今天楚国调出六百乘战车。春秋战国的时候，打仗用的是战车，这回令尹子元为了使嫂子高兴，攻打郑国，心说：我是大丈夫，我也要统兵出征，兵发郑国，要一统中原，使楚国仍然受贡于各诸侯。两个先锋官，一个是斗梧，一个是斗御疆；后队两员大将，王孙游和王孙嘉。这王孙是复姓，和公孙一样。您想想，一下子调动六百乘战车，文夫人能不知道吗？楚成王能不知道吗？全国调动，马上起兵，旌旗飘摆，绣带高扬，两名先锋官带着二百乘战车走了。郑国听见消息了，郑文公马上召集文武大卿一起商量这件事。

"了不得啦，楚国六百乘战车，令尹亲自挂印为帅，分成三队，已然离咱们国家不远了。众位卿家，咱们怎么办？"郑国是个小国，郑文公手下有一个人说话了，这个人叫堵叔。"大王，楚国太强大了，六百乘战车来了，马上求和吧。""慢。"第二个发言的人叫师叔。郑文公一看："那么你怎么看？""大王，我想既然跟齐国缔盟，齐君扶植弱小的国家、抵抗强大的国家，那么齐君知道消息之后，定会带着几个国家来帮助咱们，咱们把城守好了，等待齐君前来支援。"郑国国君的儿子，也就是世子叫华，世子华年轻好胜，将来他爸爸死了他就是郑国国君啊。"不怕，您给我一支人马，我出去打！"郑文公听完，不看别人，就看着手下最高的这个人，这人叫叔詹。"叔詹大夫，你意如何？""大王，我还是同意师叔之见。"

书中交代，这三个人是郑国的"三良"：堵叔、师叔、叔詹。叔詹说我赞成师叔的话，既然跟齐君缔盟，齐君不能不管，管仲一定会和齐君商量，派大兵前来支援，咱们把城守好了等着就行了。刚说到这儿："报……""何事禀报？""大王，楚国的先锋军二百乘战车已然离此不远，前军已然来到卫城门，攻进城门了，再往前走进了内城，就直达通达之地。"这话什么意思？因为春秋的时候跟现在不一样，那时候的城跟现在的城也不一样。楚君已然把外面也就是治理水渠的这些设施全都攻破了，快到里面的城门了，过了里面的城门就直达逵市了，就是四通八达的热闹街市了，楚军真打到热闹的地方，这城就完了。郑文公大吃一惊：这可怎么办？堵叔说："大王，归降吧，没别的办法。"郑文公不愿意归降，看了看叔詹。叔詹说："大王，您别着急，您想想，既然子元带着六百乘战车来攻打郑国，他急于求胜。为什么？为了取悦于文夫人，为了让他嫂子高兴。"言外之意他就想和他嫂子好，好谋篡国家。"欲求胜者，他就畏其败。"

您记住这句话。我就琢磨这句话：一个人想干什么，特别想急于求胜，他也就特别怕失败。您就琢磨去吧。所以古人留下了故事，更留下了智慧。所以无论您做什么事，都不能急于求成，越急于求成，越怕失败；一步一个脚印往前走，就不怕失败，因为自己有功底了。所以叔詹告诉郑文公："您放心，楚军不战自退。""你有什么办法呀？"就在这时候，"腾腾腾"，外面有兵丁跑进来了。"报……楚军已然攻到城门边。"郑文公急啦："叔詹大夫，你有什么计策让他退呀？""您放心。第一，马上张贴告示，同时让所有的战将出去告诉城中的百姓不要惊慌，三街六市照样开门，来回行走，即便是楚兵来了也不要怕；第二，严阵以待，兵士布置好了，全都埋伏在城内，大开城门，楚兵不战自退。""好好好……没办法，计穷矣，就按照你的办法办吧。"

饶了听人家的，他还告诉计穷矣。就这样，郑文公按照叔詹的办法吩咐下去。您说我记这么多人名字怎么记？我告诉您一个好办法，能记住名字记住事儿，学生考试准能考一百分——那就是形象思维记忆。您看这仨人，郑国三良，堵叔，出主意就堵，让人发堵，记住了吧；师叔就比他高；叔詹最高，高瞻远瞩，一下我就记住了。这三个人都带叔字，首推叔詹，郑文公相信他。所以您听书确实有好处。命令刚传下去，老百姓还真听话。

这个时候，斗梧跟斗御疆的人马到了，等人马杀过外城门，进了里城门，直接要到达闹市中。两个人在战车之上互相看了看："我说，郑人闲暇如此，何故也？"郑国人跟没事儿似的，该遛弯儿的遛弯儿，该买东西的买东西，该哄孩子的哄孩子，该看戏的看戏，该听书的听书，就好像什么事儿都没发生过。"斗梧啊，是不是郑国之中有高人，给咱们布置了一个大的计策，让咱们进去就打败仗啊？""哦，那咱们可别进去了，马上禀报令尹大人。"

两个人不敢进城了。您说叔詹高不高？没事儿了。楚军马上退兵，前军人马退下五里地扎下大营，派人把军情禀报令尹子元。子元大吃一惊，他也没敢进兵，也在离郑城五里地的地方扎下一座大营，亲自带领战车来了，在高阜之处往下一看，只见郑国国都旌旗飘摆，绣带高扬，再看老百姓喜形于色，来回穿市，面无惧色。"啧……哎呀，郑有三良，其谋叵测。"子元也知道郑文公手下三良之名，堵叔、师叔、叔詹。其谋叵测，没法儿猜啦。"来呀，听我的命令。""您有什么命令？""第一，准备撤兵。"楚军做好了撤兵的准备。只听得有人禀报："报！"率领后队人马的王孙游、王孙嘉派人骑快马前来禀报："齐君带着宋国、鲁国的兵将前来支援郑国，已然离此不远了。"子元一听，前边是郑国，后面是齐桓公带着另外两国的兵将，心说：腹背受敌，我受得了吗？再往郑国国都一看，真没法儿打。得嘞，我领兵已然到了郑国了。您要看《东周列国志》原文："直达逵市。"逵就是道路，意思是四通八达，就等于是市中心。我已然得胜了，都快到市中心了，我可以回去禀报文夫人了。现在把人马撤去，但要设旌旗，旌旗不能撤。子元传下命令，大队人马走了。郑城之上叔詹往下一看："来呀，关上城门，观看动静。"

等第二天早上起来，叔詹一看，楚军的营寨还在，因为离得比较远，旌旗飘摆，绣带高扬。郑文公马上打发人来问叔詹："这仗打得怎么样了？"叔詹回复："没打，您来看看吧。"郑文公也着急啊，为了国家，自己来到城上，往前边一看：嗯？楚军没撤呀，没撤可也没打。这是怎么回事儿呢？"大王，楚军已然跑了。""啊？营寨还在呀。""您看，如果说楚军还在，应该有鼓乐之声，而且设有警备，既然是楚国的令尹在，周围就得安排人保护他。您再看大幕旌旗飘摆，众鸟栖噪于上，好多鸟儿都在那儿待着，叽叽喳喳叫唤，如果有人，能有这么些鸟儿吗？楚兵已去矣。"郑文公赶紧派出探马打探军情，回报说楚军已然撤兵了。郑文公服叔詹，郑国人都服叔詹，说叔詹才智双全。

放下郑国这边暂且不表，咱们单说令尹子元回到楚国，鞭敲金镫响，齐唱凯歌还，打着得胜鼓，唱着得胜歌，大队人马回归楚国。回来以后，兵将各归汛地。"来呀，马上禀报文夫人，就说我大胜而归，战败了郑国。"一回来第一件事就是要告诉他这寡妇嫂子。有人前去禀报："报，令尹大人带领六百乘战车前去攻打郑国，大胜而归，鞭敲金镫响，齐唱凯歌还。"文夫人脸往下一沉："令尹既然打了胜仗，就应该告诉全国的老百姓打了胜仗，应该以彰明罚，立功的上功劳簿，有错误就应该罚；告慰太庙，禀报祖上，以慰先王之灵。与未亡人何与？你跟我说这个有什么用呢？"

从人马上就把这话传过去了。我说过，比手机发信息还快，撒腿就跑，禀报令尹。令尹子元自己也觉得寒碜，知道文夫人是寒碜他呢。这件事让楚成王知道了，楚成王非常生气，你带着六百乘战车去，结果到了郑国没打就回来了。但是子元是自己的叔叔，楚成王也不好说什么。令尹子元不死心，就惦记着先跟寡妇嫂子私通，然后自己当楚国的国君，天天打听。这一天，得报了。"令尹大人，文夫人小恙。"就是生了点儿小病。"什么病？""不知道，有点儿发烧。""多少度？""三十六度八。""啊呀，高烧矣。""大人，不是三十八度六，是三十六度八。""她低温体质。来呀，进宫相看。"

子元带着手下人，秘密地传下命令，几百人围在宫外，他自己直接就奔寝宫来了。人家文夫人不理他，他只能站在寝宫外边，站到天已然黑了。"来呀，寝具搬来。"反正离着也不远，在文夫人所称的"动物园"那儿就有他的寝具，手下人就给搭来了，他就在文夫人的寝宫外头住下了。君臣之分啊，就算你是令尹也不成啊。

第二天早上起来，值班的大夫斗廉一看，外面甲士环列，他要进宫去见楚成王，赶紧一打听，是令尹去探望文夫人的小恙，夜宿宫中。斗廉气坏了，直接来见令尹子元。听见脚步声音，子元回头一看，是大夫斗廉。斗廉是一个中正清廉的官员，要不怎么起名叫斗廉呢。斗廉进来一看，只见令尹子元正在对镜梳鬓。斗廉脸往下一沉："令尹大人，此地是宫中，并不是令尹大人栉沐之地。"栉就是梳头，沐就是洗浴。这不是你的地方，你当这儿是洗浴中心啊？"请令尹大人速退。"你得出去。嗬？子元一看：敢管我？这是我们的家宫。"楚王他姓芈，是我的侄子；先王也姓芈，是我的哥哥；我是先王的兄弟，我是令尹，这是我们的家宫，你管得着吗？多事矣。""令尹，您要知道王侯之贵，兄弟也不能通属矣。"

王侯之贵，指的就是王和侯。因为东周列国的时候，有的是王爵之国，那当然就是周文王了；有的是侯爵之国；有的是子爵之国；有的是伯爵之国……而这王侯之贵主要指的是国君。弟兄不能通属，你是他亲弟弟也不行。咱们举个例子。我有一个亲戚，他原来管我叫姑姑，后来人家当部长了，在一个演出的场合，人家是领导，坐在领导席，我就是一个普通的演员，去就是给人家拍拍巴掌助兴去了。我一看见他，人家冲我一点头，这就是很大的面子了，当时人家就不能管我叫姑姑了。我非不懂礼貌，过去就是一句："嚯，大侄子你好啊……"这行吗这个？简单地举这么个例子。就是亲兄弟也不能通属，何况是和君王呢？楚成王是他侄子，他说："大侄儿，你这皇上给我当两天吧。"这行吗？这就是亲弟兄不能通属。

"令尹虽是成王之叔，亦人臣也。"你也是人臣，他是国君。"人臣应如何？过阙而下。"阙就是宫门前头的两个小门楼，皇宫代表着至尊的地位，你到了宫门前，坐车的下车，骑马的下马，随随便便过去可不行。"过庙则趋。"过家庙的时候，这家庙可是太庙，那是祭你们家祖上的，你得小碎步快走，一下子就得过去。"咳唾于地，是为大不恭也。"当着王侯，当着国君，您一咳嗽，"啪"一口黏痰就啐地上了，大为不恭，这人有没有素质啊？这都是人臣不能办的。"何况寡夫人密迩在此。"你的嫂子是寡妇，密住于此，谁都不能随便进去，你身为令尹又如何？不符合人臣之礼。斗廉说得对不对？对。子元气坏了，心说：我正盼着我的嫂子在旁边一叫"哎呀，好难受啊"，我好跑进去。一个小小的斗廉居然敢不让我这么办？"楚国大权在我子元手中掌握，你敢违抗我的命令吗？来呀，梏（gù）其手，庑（wǔ）其下。"梏就是木质的刑具，给斗廉铐上了，就是苏三戴的那枷；放在周围的屋子里，叫庑，给斗廉关起来，不让出宫。马上有人禀报文夫人，您说多快，比咱们说话都快。文夫人一听：坏了，子元要反。马上传下命令：调斗伯比之子斗穀（gǔ）於（wū）菟（tú）进见。为什么要传斗穀於菟？斗穀於菟是斗伯比的儿子。前文书说过，令尹子元就怕斗伯比，斗伯比死了，他没有怕的了，就肆无忌惮了。这回他要无礼于嫂夫人，而且还想着谋国篡政，于是文夫人马上就调来了斗伯比的儿子斗穀於菟。

您要看《东周列国志》的原文，斗就是李金斗的斗；榖就是谷物的谷，书上是繁体字；於，就是于的繁体字；菟就是草字头，底下一个兔子的兔。姓斗，叫榖於菟。榖字当什么讲？当"乳"讲，乳就是奶。於菟当什么讲？就是老虎。当时楚人管乳叫榖，管老虎叫於菟。

斗伯比的父亲叫斗若敖，娶了一个小小的国家郧（yún）国之女。斗若敖死了之后，斗伯比的母亲就带着他回娘家了，就不在楚国待着了。住在什么地方呢？住在宫中，因为斗伯比的母亲跟郧国国君的夫人是姐儿俩。当时的斗伯比还小，就跟郧国国君的女儿在一块玩儿。两三岁，三四岁，五六岁，七八岁……越来越大。两个人两小无猜，青梅竹马，搞上对象了。结果郧国国君的女儿怀孕了，郧夫人知道了非常生气，没有廉耻啊，马上就把斗伯比轰出去了："你走吧，绝出郧国之外。"斗伯比没办法，跟随母亲回归楚国。然后郧夫人就把这闺女圈起来了，别室养之，当然是好吃好喝，终究是自己的闺女。等闺女把孩子生下来，郧夫人就派人把小孩儿扔了，扔在哪儿了呢？她把小孩儿裹吧裹吧，让人扔在了云梦之泽，一块沼泽地。这地方叫云梦县，而今云梦县还有这个古迹。把孩子扔了，没事儿了，回来了，怕闺女的名声寒碜啊。第二天，她丈夫，也就是郧国国君，打猎去了，正好走在扔孩子这地方，一看正当中有一只猛虎蹲踞于此，踞就当坐着讲，也当蹲着讲。只见那只老虎半蹲半坐着，怀中好像抱着一个什么东西。看见老虎谁不害怕呀？国君赶紧下令射箭，众射手围着，"哧哧哧哧哧……"奇怪的是，箭射到老虎身前就纷纷落地了，不往老虎身上走。国君非常惊讶："来人，看看去。""您看什么呀？这是个塑像。""谁告诉你这是塑像？你看那尾巴还动换呢，身子还颤动呢。""嘻，这个跟那机器猫差不了多少，老虎猫。"国君气坏了，找了俩胆儿大的，让他们过去看看。这俩人都有点儿缺心眼儿，但是能看明白，赶紧回来禀报国君："是一只老虎抱着一个小孩儿，正喂奶呢。"

郧国国君觉得奇怪，命这两个人带着兵在这儿看着，自己马上回去跟夫人说。为什么跟夫人说呀？据说在那个时候，夫人还是掌权的，女人掌权。跟夫人一说，夫人眼泪流下来了，把这事情的始末缘由一说，说："这孩子是你的外孙子，这是我的罪过，你赶紧把这孩子抱回来吧。老虎能抱着他，这孩子将来是神人也。"过去都说这是传说，但是现在您看看，有没有狼仔？有没有虎仔？真掉到狼群里头，也能把孩子养大了。说是传说，实际上也可能真有这事儿，到现在云梦县还有这个地方，就叫於菟乡，就是这老虎乡。

把这孩子抱回来之后，让闺女把孩子养大了，然后把闺女连孩子都送到楚国，跟斗伯比成亲，这孩子就是斗縠於菟。老虎喂过他，他就是小老虎，长大之后非常聪明，而且喜怒不形于色，是个治国安邦之才。斗伯比虽然死了，但是有这么好的一个孩子。您要看中国历史，您查去，楚国后来强大，全仗着斗縠於菟了，也就是咱们常说的斗子文。斗縠於菟当楚国的令尹多少年？二十八年，三仕三黜。他强大了楚国，使楚国成为春秋五霸之一，要不怎么说有明君必有贤臣，有贤臣必须要保着明君，这样才能使国家强大。

斗縠於菟在楚国长大了，就被息妫也就是后来的文夫人看上了：这孩子将来必是干国的忠良。现在令尹子元欲强暴于我，要夺取君位，我找谁？斗伯比死了，我找他儿子，马上给我传来斗縠於菟。斗縠於菟迈大步来到文夫人面前："拜见夫人。""我告诉你，这么办这么办这么办……""遵令。"斗縠於菟奉文夫人之命，去面见楚成王，后事如何？谢谢诸位，咱们下回再说。

第七回　会葵丘义戴天子

自幼随师学艺，练就奔走江湖。不怕阶前把人丢，说出三篇锦秀。一靠发托卖相，二凭唇齿舌喉。一文一武信口诌，书资大家帮凑。

上一回咱们的书说到了斗穀於菟。被息妫召见后，斗穀於菟就在息妫的寝室外头躬身一礼："请夫人传话。"息妫就告诉他："你马上去禀报我儿楚君，除掉令尹，他要叛国。""遵夫人之命。"

斗穀於菟"腾腾腾"迈大步出去了，前去禀报楚君，楚君马上传下命来，派两员大将，一个叫斗御疆，一个叫斗梧。斗穀於菟马上把自己的儿子叫出来了，他儿子叫斗班，年轻力壮。几个人指挥着人马一直杀到楚宫门外，"唰"地一下就进去了。令尹一听：外边儿怎么这么乱呢？"噌"，就蹿出来了，拔出宝剑抬头一看，外边冲进人来了。为首一人年纪轻轻，身强骨壮，皮肤黝黑，黑中透亮，二眸子烁烁放光，上身穿着蓝上衣，下边穿着白裤子，蓝袜子白鞋，这发型特别，两边没头发，当中间儿一个小辫儿，整个一个巴洛特利——马鬃式的发型。您说我看足球不看？像我这七十多岁的老太太半宿半宿地看足球，中国少有，所以我才能开出这脸儿来。留这个发型可不容易，这发型有一个优点，一会儿您听着。

令尹子元抬头一看，就愣了。这位两只大眼烁烁放光，手里还拿着刀。"怎么，你要造反吗？""我非反者，前来诛叛逆也。你才是反者，我杀的就是你！"

令尹子元也有两下子，蹦过去，"唰"，就是一宝剑。这位往旁边一闪，身后上来两员大将，一个是斗梧，一个是斗御疆，两个人指挥甲士就过来了，三个人全都奔着令尹子元来了。子元一看：坏了，我跑吧。马上一转身，"噌"地跳出圈外。您就瞧这位斗穀於菟的儿子斗班，往前一蹿，手起刀落，"唰"，令尹子元的人头就掉了，人头可没落地，直接奔着斗班就来了，斗班的脑袋有这个发型，球不找他那就错了，他找不着球，球都自个儿奔他这儿来。"啪"的一下，斗班伸手就把子元的发髻揪住了。"再有敢反夫人者，杀！"

这下子元手下的那些逆党可全不敢言语了，"唰啦"一下，全跪下了。就这样，几个人就把令尹子元手底下的这些人全杀了，子元也死了。然后，几个人跪倒在息妫夫人的门外，稽首问安，趴在地上："夫人，请您放心，已然将子元除去。"夫人长叹一声："唉……楚国安矣。"这几个人退出去，清理地上的血迹，咱们书就不细表了，然后回去禀报国君。楚君第二天升座大殿，传下话来，把子元的家全抄了。全家抄斩，这就不能灭门九族了，九族就连他们全都加在一块儿了。令尹已然没了，谁当令尹呢？

这时候正是公元前六百多年，周天子是周惠王，咱们前文说过了。您看，这《东周列国志》为什么不好说？它乱。西周建都镐京，东周建都洛阳，洛阳是当初西周建立的时候设下的陪都。就因为周室太弱了，所以郑伯带着兵保了周王室，使周王室安定下来，迁都到了洛阳，因此叫东周。列国嘛，就是国家太多了，由周天子往下封，哪个国家是以公爵立国，哪个国家是以伯爵立国，按照公侯伯子男，就分出等级来了。各个国家有各个国家的封地，到时候给朝中进贡，服从周天子。所以，列国乱就乱在这儿了。后来周天子势力微弱，各个列强就崛起了，你打我，我打你，都想称霸。那么头一个称霸于天下的就是咱们正说的齐桓公，齐桓公手下有贤相管仲。诸葛亮最佩服的是谁？就是管仲。没有管仲，齐国就不能称霸。虽说有贤臣，但是也得有明君。如果说管仲出主意，齐桓公不听，他也不能称霸于天下。所以咱们看古书、听书，要从中吸取经验教训。同志们，您哪位做领导，就跟齐桓公学；您哪位做贤臣，就跟管仲学。公司有了好的经理，有了好的董事长，结合在一起，事业才能成功。所以分工得明确，您得运筹帷幄。

子元的事情解决了，楚国国君把文武众卿全叫来了，楚国不能没有令尹。楚成王一抬头，看着忠臣斗廉，大家伙儿全看斗廉。斗廉把头一低。"斗大夫……""大王。""子元已然除去，楚国没有令尹，斗大夫千万不要绝之。"我想让你当令尹，你千万别拒绝。没想到斗廉头一低，没说话。"何也？"你怎么回事儿？斗廉迈步往前走，躬身施礼："大王，楚国的敌人是谁？是齐国，您想跟齐国争霸天下，就得跟齐君学。齐君为什么能称霸于天下？因为他重用贤臣，一个是管仲管夷吾，还有一个就是宁戚。"

前文书说过宁戚放牛，唱歌以感动国君，宁戚就被管仲举荐到齐桓公面前管理农业。您看齐桓公手底下有人，管仲是管全面的，管农业的大农就是宁戚，就是这放牛的；管外交的是隰朋，那叫大行。历代的官员的名称是不一样的。令尹是干吗的？令尹就是掌握朝中大权的，文武大臣都在他手里，您说他是宰相也行，总而言之是大权在握，令尹的权力是最大的。

"您如果打算使楚国强大，别让我当令尹，我没有管仲、宁戚之能，无法使楚国强大。您若打算强盛楚国，称霸于天下，令尹可用斗穀於菟。"斗廉确实是忠臣。您想，让他把朝中大权掌握在手，他是令尹，没事儿举荐别人干吗？他怕耽误国家。国家有这样的贤臣，能不强大吗？楚君听完，看了看文武群臣。"众卿何意也？"想听听大家伙儿的意见。没想到大家伙儿齐声欢呼："斗廉大夫言之是矣，要打算强大楚国，必用斗穀於菟。"楚成王一拍桌案："好！就用斗穀於菟为楚国令尹。"这就是有贤臣，有明君。"穀於菟啊……""大王。""本王命你为楚国的令尹，你要强大楚国。管仲保着齐君称霸于天下，齐君称之为仲父；我也不直呼你的名字，就称你为子文。""谢大王。"

您看，这斗穀於菟在令尹之位二十八年，三仕三黜，而且移旧布新，把楚国旧的吏治去了，然后出新的政策。说话就办，当了令尹之后的第二天，斗穀於菟就在令尹府把所有的文武官员都召集来了。说自古以来，国家要弱就是君弱，就是大家伙儿太强了，君主弱了。您听《三国演义》也是，就因为汉献帝刘协不成了，所以吕布也折腾，袁术也折腾，袁绍也折腾，曹操也折腾，刘关张也起来了，惹不起呀，还有西凉的马腾、韩遂……我又说上《三国演义》了。所以说君弱臣就强。

那么要打算强盛楚国怎么办？斗穀於菟带头，把国君封给你的采邑拿出一半儿来归公。这话一说完，大家伙儿全不愿意了，脸都耷拉下来了。什么叫采邑？就是国家封给你的地。那个时候不给你开工资，国家封给你一块地，如果这块地上住着二百户人家，这二百户缴纳的地丁钱粮税就归你了；如果这块地上住着五十户人家，这五十户缴纳的地丁钱粮税就归你了。斗穀於菟头一个号召，拿出一半儿来归公。一半儿啊，同志们，我现在退休拿的这点儿钱，"啪"，拿走我一半儿？拿走一半儿工资还凑合，我就一处房，分走一半儿，这谁能干啊？大家伙儿都指着这些生活呢。有阔的，有穷的，地丁钱粮税能有多少钱？那时候人口又稀少，有十户之邑，这官儿您瞧封了，就管着十户人家，就这十户的地丁钱粮归他。斗穀於菟说："我带头，凡是我们斗姓人家所有的采邑，一半儿归公。"

姓斗的全出来了，都赞成。大家伙儿一听，既然人家自己都带头了，我们能不听吗？为了强大国家，大家都拿出采邑的一半儿来交给楚国的国君，所以中央集权，力量就大了，国库收入就多了。第二条，扩大首都郢都，把郢都扩大得四通八达，成为国际大都市，这国家就强大了。第三条，重任贤能，凡是贤能之人不论出身高低，只要你有能耐，我就重用，我就举荐给楚国国君。本族斗章出身贫贱，但是斗穀於菟把他举荐给楚君，这又是楚国的一个能臣，而且操练人马，加强军队的训练。大家伙儿听从令尹之言，楚国国君又信任他，所以斗穀於菟在令尹之位二十八年，强盛楚国。

管仲和他的好友鲍叔牙坐在车上。鲍叔牙问管仲："为什么你不敢跟楚国那么横？"所以才引出来上面这段故事。管仲告诉鲍叔牙："楚国出了贤臣，而且楚王还重用屈完大夫，有他前来交涉，所以我不敢责备楚有称王之心，只能跟他要点儿茅草，让他去进贡周王室。他服从了，就算对了。这么大的楚国正在争强霸世，你真跟他打起来，老百姓刀兵涂炭水火之灾，我是齐国的贤相，我不能这么办。"鲍叔牙听完，站起来了。"别站起来，车歪啦。""不成，我得给您道谢。我没白在齐君面前举荐您，您确实是齐国的擎天白玉柱，架海紫金梁。""呵呵，蒙你夸奖。"

两个人跟着大队人马回归齐国。等到了齐国，马上派出人去打探消息。消息传来了：楚国打完仗之后，预备了十车苞茅、十车金帛，送到周天子面前上贡去了。周天子高兴了，心想：平常都没人理我，现在给我送来了十车茅草，又看见十车金帛——金子和绸缎。周惠王十分高兴，心说：这回是真拿我这天子当天子了，不是不理我啦。于是摆下酒宴，然后把胙肉，就是祭祀用的这块肉，这块肉要是赏赐给谁，这个人的地位就很高了，赏赐给了屈完大夫。"你带回去交给楚君，让他在南边，千万不要侵犯中原，我心里有他。"

这样，把这件事安抚下来了。消息传到管仲的耳朵里，管仲就跟齐桓公说："您赶紧具表，去向天子报告，写清楚您怎么和楚国相争的，怎么订立的盟约，把这些情况都写清楚了，让隰朋大夫马上面见周天子。"

刚才给您说了，隰朋是齐国的大行，就是负责外交的。齐桓公把表写好了之后，让隰朋大夫带着礼品去面见周天子。等到了洛阳见着天子，隰朋就把齐桓公写好的表章递了上去，同时把礼物送上。周天子当然很高兴了，一看这表章，大悦："隰朋大夫啊，回去替我多谢齐侯。"

隰朋非常聪明，身为外交官，傻了可不行。吃两块白薯，一问他："你吃什么了？""我吃了两块白薯。"这不行。外交官必须随机应变，见景生情，聪明绝顶。隰朋大夫虽然不知道周天子身旁的事，但是他听管仲念叨过，说周室将乱。为什么乱？不知道。当时隰朋大夫灵机一动，心想：既然我是齐君手下的忠臣，我盼着齐国强大，我得抓机会立立功。"呃……"想起来了。周天子能有什么事儿啊？也不管地盘儿，就指着大家伙儿进贡活着。那么周天子岁数大了，一看他还有点儿喘，将来传位于谁？哦……隰朋明白了。"我想代我家主公求见世子。"世子，世界的世，不是咱们吃的那柿子，也不是桃。世子，将来周天子死了，他得继承周天子的位置。"啊？"周天子听了，就是一愣。隰朋当时就明白了：这里头有事儿。但是齐国确实很强大，齐国帮着周天子立了不少的功劳了，周惠王也就不好驳隰朋的面子，终究他是代表齐桓公来的。"好吧，稍候。"

时间不大，周天子带着两个儿子出来了，长子叫郑，次子叫带。郑已然被立为世子了，名正言顺，大家伙儿都知道，将来周天子死了之后，由郑承继天子之位，他的兄弟叫带。隰朋上前躬身施礼："拜见世子。"只见带就往前蹭，可是周惠王并没有拦。隰朋一看，明白了，这就是周室将乱的原因。世子已然立好了，可现在又想让次子带取而代之。咱们中国过去有个传统：家有长子，国有大臣；长子必须承继王位。隰朋马上心里就清楚了："告辞。"

隰朋有一个外号叫"多智"。说他聪明到什么程度？想当初，管仲出征打孤竹国的时候没水喝，大家伙儿都急坏了。隰朋说："你们找蚂蚁吧，冬天蚂蚁在北山，有蚂蚁就有水。"在北山一找着蚂蚁，跟着蚂蚁找，就找到水源了。所以就给隰朋起了一个外号叫"多智"，这个人特别聪明。

隰朋谢过周天子之后，马上回到齐国面见齐桓公："大王，周室将乱。""何也？"为什么？"我看见周天子带着儿子出来，一个是世子郑，一个是次子带。但是我看周天子形色不定，恐怕要废长立幼。"齐桓公听完，马上看管仲。管仲点了点头："然也。"是有这么档子事儿。我就纳闷儿：那时候没有手机，也没有网络，连新闻报纸都没有，这管仲的耳音怎么就什么都听得见，什么事儿都知道？因为管仲他研究，而且发出各路探马到各个地方去打探，随时回馈信息。这是管仲的聪明之处。齐桓公就问管仲："仲父，咱们应该怎么办？""臣有一计可安周室。"多大的口气，我有一条计策就能安定周室。那可是天子，你只不过是天子手下几十个乃至几百个小国之中的一个国家，但管仲就能说出这句话来。"计将安出？""我跟您说，周天子有两个儿子，太子危疑，其势孤矣。"

就这几个字，齐桓公明白了。管仲说的是什么呢？我知道周室的事儿，世子太孤独了，他总怀疑自己还能不能当世子。其势孤矣，哪个势？势力的势，孤立的孤，他的势力太孤了。管仲说得对不对？说得太对了。周惠王当初的媳妇，也就是正后给他生的儿子就是大儿子郑，已经被立为世子了。后来周惠王又娶了一个妃子姓陈，叫陈妫，和息妫的名字一样，同一个字。周惠王非常喜欢陈妫,陈妫给他生了一个儿子就是带。后来的正妻死了,他就立带的母亲为后,就是惠后,并且答应惠后:"将来我把我这大儿子世子郑鼓捣下去,让你生的儿子带继承天子之位。"惠后非常高兴。而且带特别会哄人,嘴也巧,哄得他爹特别高兴。管仲就告诉齐桓公:"如果您打算安周室,不让周室生乱,仍然让世子郑承继周天子的地位,那么我就告诉您几句话:因为他势孤了,您就得给他扩大势力。"

怎么扩大?书以简洁为妙。管仲办了三次大会。头一次大会上表周天子,天下所有诸侯都想看看太子,要举行一个盛会,因为犄角旮旯儿的国太多了,谁也不知道要继承周天子之位的世子什么样,所以举办一个会议,周天子批下来了。因为是齐桓公提出来的,周天子不敢不听,心说:齐君称霸于天下,没他的话,我的东都洛阳都没人来呀。周天子怕齐桓公,于是就答应了,批准召开大会。大会定到什么时候开?定在五月夏天开。二月春天,齐桓公派了一个大臣,就在首止这个地方,后来的河南睢阳,开始盖行宫,先把这势派儿造起来。嚯,大批的砖瓦运过来,一动工程,声势可就传出去了。要是搁现在,网上马上就有消息了。

到了五月,各国的诸侯全来了,峨冠博带。周天子不敢不让儿子来呀,世子郑已然是定下的,天下的诸侯都知道,就得让世子来。等世子郑一来,齐桓公带领所有的诸侯趴在地上磕头:"我们见到世子,如同见到天王。"您说这网上发一照片,周天子看见能不哆嗦吗,惠后看着能不生气吗?声音传到周天子的耳朵里,周天子也害怕呀。按说开了会就应该走吧?当天晚上齐桓公设宴款待世子,世子很聪明,心里也明白,就把心腹事大概其地都跟齐桓公说了。齐桓公对世子说:"没关系,我来捧你。"世子郑很高兴,一个劲儿谢齐桓公。世子郑琢磨着:我跟他们在这儿开个会,过个三两天我就走吧。结果不让走,管仲给出的主意,今天郑国国君请,明天陈国国君请,后天曹国国君请,挨着个儿地请。国君请完之后,令尹开始请,大夫开始请,每天都有宴会。轮流请,哪天才是结束呢?没关系,咱们秋天再结束,这地方好,您就游玩游玩,在这儿消暑吧。

消息传回洛阳周天子这儿，惠后就哭啊，儿子带也磨呀："爹呀，您看我怎么办啊？"周天子没辙，不敢得罪齐桓公。一直到了秋天，大家伙儿才把世子郑送回来，周天子干生气。这会开了这么久刚开完，您想想周天子能不死吗？气也气死了。周天子死了，世子郑要继承周天子之位了，这就是周襄王。

齐桓公跟管仲一商量，管仲马上召集开第二个会，主题就是拥戴周襄王，给周襄王设立王位。因为周襄王继承王位了，就不能和当初当世子的时候一样亲自来了，孔太宰替他来主持。这个人姓孔，官职是太宰，太宰是周天子手下权力最大的官，跟诸侯国中的令尹官名不一样，但是权力差不多。孔太宰来了，当然很高兴了，各国的诸侯也都来了，订立条约。齐桓公更高兴了，大家伙儿全都吹捧齐桓公。齐桓公跟管仲召开的这会，保着世子郑接替了王位，成了周襄王。周襄王也很高兴，祭祀之后要把祭祀的这块胙肉赏赐给齐桓公，而且把齐桓公加升一级。

齐桓公马上又和管仲商量，开第三次会，第三次又把各诸侯都召来了，在什么地方？就是现在河南的兰考附近，在那儿开第三次大会。孔太宰把胙肉交给了齐桓公，齐桓公要跪接，太宰孔赶紧相搀："别介，您岁数大了，就别跪了。周天子有话，不让您下跪了，而且让您高升一级。"地位高升一级，并且赏赐胙肉，齐桓公这叫一个高兴，不跪就不跪吧。管仲在他身后一扒拉他："该跪您还得跪，天子威严，您跪是给大家伙儿瞧的。""扑通"一声，齐桓公就跪下了。您说他多听管仲的话，没有管仲他当不了霸主啊。齐桓公跪倒在地磕头，地位升了，胙肉也赏下来了，齐桓公称霸于天下。

等会开完了，大家伙儿都散了，最后谁归置呢？就是孔太宰。他把各国的国君都伺候走了，全收拾完了，回归洛阳面见周天子复旨。刚离开这地方，突然就听见车辆响，抬头一看，来了几十辆车，车上有旗："晋。"孔太宰明白了，这是一国的国君来了，站定等着。时间不大，车到了，车上站着一位国君。"太宰，我前来开会。""对不起，会都散了，您来晚了。""那来晚了怎么办？""来晚了您就回去吧。"

这位还挺难过。那么这位是谁？就是当初鲍叔牙问管仲，管仲告诉他晋国将乱，这位就是晋国之主晋献公。有工夫您到晋阳去看看，晋阳就是当初周成王封给他兄弟唐叔虞的，晋祠里面讲得清清楚楚。周成王年幼，周成王封给他的弟弟叔虞晋国，就是现在的晋城。一直传了九代，传到晋穆侯了，穆侯有俩儿子，穆侯死了，传位给大儿子；大儿子死了，传位给大孙子，这大孙子害怕他叔叔，就割了一块地封给他叔叔，在哪儿呢？曲沃，这叫二晋。由打二晋往下传，传到晋献公这儿，就是刚刚赶车来的这位。

晋献公这儿为什么要乱？晋献公娶妻贾妃，没给他生孩子，这还是他当世子的时候，他爸爸晋武公还没死呢，他作为世子，将来能够继承他父亲晋国国君的王位。后来晋国跟犬戎打仗，犬戎败了，给他送来两个美女：大戎之女嫁给他，生了一个儿子，就是咱们快要说到的晋文公重耳；小戎之女给他生了一个孩子，叫夷吾。晋献公俩儿子了，重耳、夷吾。在此期间，他还有一个孩子，这个孩子不名正言顺。晋献公的父亲晋武公跟齐桓公说："您赏赐我一个女人，我娶她为妾。"齐桓公也为了跟晋国交好，就把族女齐姜嫁给他了。齐姜，《东周列国志》写她什么？少而美，又年轻又漂亮。但是晋献公他多呢，老而喘，这老夫少妻的不大那么般配吧，只不过是为了国与国之间的政治利益。齐姜也聪明，看上晋献公了，将来他也是国君。于是俩人私通，生下了一个孩子，就是申生。其实这个时候，重耳已然二十一岁了，应该立谁为世子？立重耳。那么齐姜跟晋献公生的孩子为什么叫申生呢？因为在宫中不敢养活这孩子，偷偷地寄养在一个姓申的人家中，所以这孩子叫申生。后来齐姜又给晋献公生了一个闺女，生完闺女她死了，没那么大造化，可是她当过后。晋献公继位了，就把这位小母亲立为夫人，她的儿子申生就是世子了。别看他小，但是他妈是后，主宰后宫，她儿子就是世子。其实他的两个哥哥重耳、夷吾，都比他大得多。后来晋献公又娶了贾姬的妹妹。齐姜死后，她的闺女归谁管呢？就归贾姬的妹妹来养活。晋献公立申生为世子，怀念跟齐姜的这段感情，因为他爱齐姜，齐姜少而美，至于美到什么程度，就不好说了。

晋献公跟骊戎打仗，打胜了，骊戎给他送来两个美女，长曰骊姬，次曰少姬。骊姬美到什么程度？貌比息妫，咱们说过息妫漂亮。骊姬妖似妲己，都知道周幽王宠褒姒，殷纣王宠妲己，亡国的妖人，非常妖艳。而且骊姬聪明多智，嘴非常甜，帮着晋献公出主意，帮他治理国家，十言九中。您说这个女人聪明不聪明？骊姬又漂亮又聪明，晋献公爱呀，连人家送一酸枣来，自己都先捧着给骊姬吃，就爱到这种程度。骊姬给晋献公生了一个孩子，叫奚齐；她的妹妹少姬也很漂亮，也给晋献公生了一个孩子，叫卓子。

您看，晋献公五个儿子了：世子申生，跟他的小母亲生的；两个犬戎族的女人生的，一个是重耳，后来的晋文公，要称霸于天下，另一个是夷吾；然后骊姬和少姬分别生了儿子，一个叫奚齐，一个叫卓子。五个儿子，能不乱吗？世子已然定下是申生了，但齐姜已经死了，这时候晋献公就忘记当初的恩爱了，爱骊姬爱得了不得，美餐必给之，美衣必披之，爱不释手。骊姬一看，心说：我得想办法让我的儿子得到世子的位子，将来晋献公死了之后，我儿子就是晋国之主。所以晋国将乱，那么乱到如何程度？蜜蜂计，骊姬害申生，咱们下回再说。

第八回　优施献计逐申生

周公恐惧流言日，王莽谦恭未篡时。向使当时身便死，一生真伪复谁知？

头一句说的是周公，后一句说的是王莽。咱们老听众都熟悉他，汉朝中期，传到孝平皇帝，奸臣王莽篡位，建立新朝，就在公元前公元后这几年，然后刘秀兴兵灭王莽。这段评书叫《东汉演义》。王莽在没弑君篡位之前，什么爵位？新都侯。王莽在做新都侯的时候，谦恭下士，见谁都客客气气的，非常谦虚，就连见到街坊邻居的老头儿老太太都会上前施礼，根本看不出他有一点儿篡位之心。所以说王莽伪装得很好，可后来弑君篡位了。头一句说的是周公，监国摄政，替年幼的周成王管理天下，可周公还有哥们儿弟兄，有两个为首的一个叫管叔、一个叫蔡叔，在外面散布流言蜚语，说周公有不臣之志，别看他表面挺好的，将来要篡夺大周朝天下。但后来周公一秉忠心，保着周成王到他长大了，就把国家大权交还给周成王。你看，不言语，确实是忠臣。然后管叔、蔡叔在外面造反，周公把管叔、蔡叔灭了。说如果王莽在弑君篡位之前，突然间心脏病猝死，您说怎么给他定言，说他是好人还是坏人？他的篡位之心还没表现出来呢。同理，如果周公在交出国家大权前猝死，那么他是好人还是坏人？所以通过这个定场诗，您就知道了为什么要盖棺定论，只有这个人死了，才能给他定论呢。这个人到底是怎么回事儿，把他一生的功绩总结出来，然后把他位置列在什么地方，应当给他什么职位，应当给他什么称呼，给他什么荣誉，都要盖棺定论。我说这几句，就是想提醒您，看人一定要盖棺定论，不能只看一时，也不能看他三年五载，得仔细观察仔细看他这一辈子到底是怎么回事儿，才能知道这个人最后有什么结果。

上回书说到哪儿了？说到东周列国的晋国了。前几回书咱们主要说的是齐国，齐桓公任用贤相管仲，管仲保齐桓公四十年，称霸于天下。那么春秋五霸，第二霸就是晋文公重耳。重耳到底是怎么起来的呢？咱们得先说他爹晋献公。晋献公有五个儿子，世子申生是跟齐姜生的，重耳和夷吾是跟犬戎两个美女生的，还有奚齐是跟骊姬生的，卓子是跟少姬生的。可齐姜死得早，骊姬貌同息妫，妖似妲己，而且非常聪明，口齿伶俐，诡诈百出，能言善说，说出的话来嘎嘣利落脆，都带音符的，特别好听。她给晋献公出主意，十言九中，帮着晋献公治理国家。同志们，女人要想掌权，那可得长能耐，光讨老公喜欢不行。老公的公司，你一给出主意，一年赚十亿，你看他听你话不听你话。女士们，您记住我说的话。而骊姬厉害就厉害在这儿了，她能出国策。这么美这么聪明的一个人，您说晋献公能不爱吗？于是就把曾经恩爱的小母亲齐姜给忘了。

晋献公每吃一样好东西，必须先给骊姬吃；有一匹好的绸缎，必须先给骊姬做衣服。"一食一衣给与之"，这是《东周列国志》的原文。晋献公每天看着骊姬都那么爱，爱着爱着，他看奚齐也越看越爱。爱着爱着，酒喝多了，话从口出。这一天，晋献公就跟骊姬说："骊姬呀，你生的奚齐好哇，将来我得想办法废去申生的世子，就立奚齐为世子。"

要是一般心计少的女人，听完这话当时就乐啦，得谢过大王，立我的儿子为世子。但是骊姬很聪明，心里一琢磨：第一，申生无罪。如果想把世子免了，他得有错误，没有错误你怎么给他免了？而且文武公卿都非常喜欢申生，如果现在把申生废了，立奚齐为世子，废长立幼，文武大臣全得进言，那我的心机就要败露了。第二，重耳、夷吾、申生，这哥儿仨感情特别好，而且岁数都大了。晋献公继承王位的时候，重耳已经二十一岁了，二十多岁的年轻人，早都懂事儿了。如果说废掉世子这件事儿办不成，传扬出去，我的心机也就白费了，我必须把这些隐藏在心中，慢慢想办法除去申生，立奚齐为世子，这件事着急不得。

骊姬听完晋献公的话，飘飘下拜，眼泪"唰"就下来了。如果骊姬要去当演员，那一定是特级演员，准能去好莱坞。看见爱姬又跪又哭了，晋献公动容了："哎呀，爱姬，你为什么伤心落泪呢？"晋献公一劝骊姬，骊姬一伸手，就把晋献公身上带的佩剑摘下来了，剑搭脖项。晋献公可真急了，一下子就把骊姬的手腕抓住了。"爱姬为何如此？""大王，您这不是要我的命吗？您想一想，申生无罪呀。如果您免去申生世子之位，文武公卿必然谏言，您这不是害我无立足之地吗？您怎么能做这样的事儿呢？再说，申生孝而贤，这么好的世子，不能把他免去。您要是为了讨我喜欢而这么做，得了，我不如死在您的面前，也不能让您做出这样的事来，让大家伙儿骂我。废申生立奚齐，这件事情一辈子也做不得。我死……"那你就死吧，嘴里说着死，身子可往后去，脖子离宝剑越来越远，晋献公赶忙上前夺下宝剑："哎呀，爱妻，伟大也！"宝剑还匣了。

您看，这样的女人才是有心计。不能说男的一带着逛街，"你看看这怎么样？""这钻戒小，才十克拉，你给我买个一百克拉的得了。""拜拜吧您哪，倾家荡产我也买不起一百克拉的。"所以女人得有心计。骊姬就非常聪明，她明白：现在如果马上要夺世子的位子，肯定得露馅儿。晋献公一看：我这么爱她，立她的儿子为世子，将来让她的儿子做国君，她都不干，要自杀。哎哟，这一下更疼更爱了。可是坏了，这事儿从此以后不提了。因为晋献公也非常喜欢申生，申生这孩子太好了，非常孝顺，没有一点儿骂名。这下骊姬可着急了，心说：我假模假式地蒙他一回，他怎么就真不言语了？骊姬想出一个办法来，马上就找了一个人。晋献公手下有三个宠臣，一个叫梁五，一个叫东关五，这就是晋献公手底下的"二五"，俗称就是"二百五"。这两个人可是晋献公的心腹，晋献公对他们十分宠信。另外，还有一个叫优施。优当什么讲？就是唱戏的，是个作艺的艺人，施是他的名字，所以叫优施。晋献公特别喜欢他，口齿伶俐，也非常聪明，净是点子，净是主意，而且长得漂亮，年少而美。不但晋献公喜欢他，骊姬也喜欢他。您说骊姬真爱晋献公吗？老头子一个，有什么可爱的呀？可是没办法，得当夫人。世界上的事儿就是这样，咱们也就甭分析了。晋献公爱优施，骊姬也爱优施，于是就跟优施私通。可私通一回很麻烦，因为宫中不能随便进，骊姬也有主意。

有一天，晋献公想优施了，说："哎呀，我想让他在我面前歌舞一回。"骊姬马上说："传。"搁现在话，俩钟头，一个时辰才来。晋献公老啦，他累得慌了："哎哟，怎么这么慢才到啊？"骊姬可就说了："唉，您这宫中严，进宫太麻烦。您那么喜欢的人，又对您那么忠心，进宫一趟，又得传您的话，又得拿令牌才能去找他，他才能慢慢地走进宫来，这多麻烦啊，您得想个主意。""好吧，往下传寡人的话，优施出入宫中，不得拦阻。"

您说这骊姬多聪明，优施能随便出入宫中，他们俩就方便了。所以骊姬一想，我得找优施，他点子多，得帮我出主意。就把优施叫来了，优施一听是夫人找他，当然很高兴。"夫人，您找我有什么事儿啊？"夫人一看："优施啊，我想废申生立奚齐，大王不再提这事了，你得帮着我想办法呀。""哎哟，您想办的事儿那还办不到吗？""不好办啊，你得帮我出主意呀。""哦……容我思之。"优施这么一想，"夫人，我有一个主意。""去，你那叫仨主意。""哎哟，我们就是这手势，这叫兰花指。我有一个好主意……""快说吧。""哎……三个公子都在奚齐之上……""是啊，我着急，你快说呀。""别着急，我这个主意很好，想办法把这三个公子都轰出去，您在大王身旁，那不就随您运筹帷幄了吗？""哎哟，你这运筹帷幄不是现在的话，那是汉朝的话。""那咱们现在先凑合说吧。""好啦，快说主意，轰哪儿去呀？""封疆啊，一个发往曲沃，一个发往蒲地，一个发往屈地，都给打发出去，不就好办了吗？"

骊姬非常聪明，当时就明白了：优施这主意肯定是把申生发往曲沃。曲沃是晋献公、晋武公的祖上始封之地，是二晋的首都，也是宗庙所在之地，肯定得让世子申生去。世子，君之贰也。将来晋献公死了，国君就是他，所以是君之贰也，等于贰君。那么曲沃等于是贰都，就是副国都。还有一个蒲地、一个屈地，骊姬也明白了，因为蒲地、屈地紧挨着晋国边疆，外边的犬戎等少数民族老来攻打晋国，这两个地方非常危险，让重耳和夷吾这两个公子去。这下三个公子都被支出去了，晋献公不就听自己的了吗？他们那么老远回不来呀，又没有汽车，又没有直升飞机，也没法儿发传真、发信息、打电话，更不用说上网了。所以来回来去很难，把他们三个人支出去，自己就好办了。

"好吧，怎么轰他们去呢？""哟，哪儿那么容易呀，我给您出主意，这件事儿得外臣来做。""有外臣。""嗯，我也知道，一个是梁五，一个是东关五。""二百五。"俩人都特别聪明，两个人心照不宣，骊姬马上准备东西。如果说出谋划策，俩人嘀咕嘀咕嘀咕，嘀咕了仨钟头，外面都听见了，没那个。一言一语，一唱一和，这主意就出来了。

骊姬预备了金帛交给优施，得让外臣去跟晋献公进言，才能把三位公子封往三地。于是，优施拿着一份很重的礼物来找梁五。一拍门，家人出来一看，是优施。"您这是……""啊，我找梁大夫。"家人马上往里回禀："优施来见。""呵呵，来财也。"您说这人多聪明。梁五心说：他不轻易上我们家串门儿来，他一定是替骊姬来的，我要来财了。"请。"摆上茶，摆上酒宴相待，两人往这儿一坐。优施吩咐："来，礼物献上。""不能收，把话说清楚才能收呢。""夫人想结交于你。"梁五"噌"地一下就站起来了："夫人想结交于我？夫人的礼物你更得说清楚了，不说清楚我绝不能要。""我告诉你，明天早朝，见着大王，你就这么说这么说这么说。"梁五就明白了：这是要让我进言，把这三位都支出去，骊姬好从中行事，立奚齐为世子。这个女人太有心计了。"好啊，只不过这件事我一个人办不到。""您放心，东关五那儿我还有一份重礼呢，跟您的一样。"这就是梁五想要的回答，别待会儿一份儿得分成两份儿。爱财之心人人有之，但是必须得问清楚了，得判断这财应不应该收。梁五他不是好人，东关五也不是好人，所以他们才能收这份礼。收了人家的礼，你就得被人所用。"那咱们俩同去。"

您说梁五这人心眼儿多多啊，怕你多给他，少给我，我得亲眼看见这份礼。梁五和优施两个人一块儿去找东关五，把计策都说清楚，东关五也明白了，要想办法进言，把公子申生打发出去。按说世子不能随便走，应当老得在君王旁边，君王一死，新君马上就得立，国家不能一日无君，军中不能一日无帅。您看战场上，连长牺牲了，马上就得有人顶上去，这人下来就得任命为连长，没错吧？所以说世子是不能随便离开国都的。

"二五"跟优施商量好了，还要把重耳和夷吾两位公子给轰出去，但是先得轰世子。

第二天早朝，大家伙儿来拜见晋献公。晋献公往这儿一坐："寡人国事已然办完了，谁还有进言？马上说，不然的话，寡人要回归后宫。"他比摘星楼坐着的那位还强点儿，那位一年多都不办公了，晋献公起码还出来一下，然后他才去找骊姬。梁五马上出班："大王，我们晋国日渐强大，您总是想学习齐国，但是齐国有贤臣，咱们晋国也有贤臣。您有几个很好的公子，周围像犬戎这些异族都想惦记咱晋国，您必须守好晋国。""那么，你有何妙计？""我给您出一主意，曲沃是祖上发祥之地。"晋献公一听就明白了，心说：是二晋的都城啊，那是唐叔虞当初封给我们祖上的。"不错，是祖上发祥之地，那又如何？""您得派世子申生去镇守曲沃，曲沃才能强盛，国之贰都。有国都，有贰都，互相牵引，以强盛晋国。""哎，世子岂能远去？"晋献公还算明白：我的儿子申生将来要接替我的位置，不能远离。"您这可错了，别的地儿不能远去，这个地方可以，那可是祖上发祥之地。还有，您想想，世子就是国之贰君，曲沃是国之贰都，不派世子申生去还能派谁去呢？别人镇不住啊。那地方的百姓只会尊重大王您，只能尊重世子。""好好好，容我思之。""还有，现在犬戎总来攻打咱们，一个蒲地、一个屈地，您得派公子重耳和公子夷吾分别带着兵去镇守这两个地方，这样就不怕犬戎了。""哎呀，那两个地方都是荒凉之地，没有城池，怎能让两位公子前往？"一听晋献公这么说，东关五过来了。

"一百五"说完了，"二百五"就该过来了。"大王啊，您想想，世子前往曲沃强盛祖邑，这可是好事儿啊，是替国君您镇守，您可以派人加固曲沃，让世子在曲沃把城池建大了；再说蒲地、屈地虽然是荒野之地，但也可以派人建城，有了城池就不再是荒野之地了。""好啊，你们的主意很有道理。""二五"同时深施一礼："大王啊，把三位公子派出去，一个镇守祖邑曲沃，另外两位镇守边疆，抵抗犬戎，国增二市。"就是国家要增加两个城市。"再加上您在晋国国都执掌国家大事，晋国焉能不强大？"

晋献公一听，看了看仨儿子：反正他们走了，我这儿还有儿子呢。于是，晋献公就答应了，而且派了申生的老师太傅杜原款跟着申生到曲沃，同时派一个大臣先去曲沃扩建城池。城池加大了、坚固了，世子申生带着他的老师太傅杜原款就奔了曲沃了。曲沃的老百姓自然很高兴，都喜欢世子申生。

那么蒲地和屈地呢，晋献公派了一个人叫士蒍（wěi），让他奉命修建城池。这两个地方本来都是很荒的地方，建了城池，修造街道，盖上宾馆，让这两个地能够崛起，成为两个城市。晋献公可批了不少钱。可是士蒍到了蒲地和屈地之后，弄点儿破砖破瓦，弄点儿草，给堆了俩圈儿。手下人一看："您这是要贪污。""不是。""那您为什么不好好建城呢？两位公子要来呀，虽然不是世子，可那也是大王的两个亲生儿子呀。"重耳也了不起呀，他要来蒲地；夷吾到屈地。他们也各有老师跟着，跟着重耳的是狐毛，跟着夷吾的叫吕饴甥。士蒍听完，一阵冷笑："哼哼哼……"然后说了一句话，说的什么呢？"狐裘尨（méng）茸，一国三公，吾谁适从？"

您可记住这十二个字。狐狸的狐，裘皮的裘，很好看，有钱的人才能穿呢，这里就代表贵族，穷人也买不起狐裘；尤字的钩上来三撇儿，您别认为这是繁体的龙字，搁这儿单有一个叫法，这是个多音字，后边是鹿茸的茸，这两个字在一起的时候，就得念尨（méng）了。尨茸，这两个字凑在一起就是一个固定的意思——蓬松。狐裘尨茸，就说明贵族已经很乱了。一国三公，把权力一会儿给他，一会儿又给他，甭管庶出还是嫡出，亲生的还是姨太太养的，全凑在一块儿，权力一分。吾谁适从？我到底跟着谁呀？国家要乱了，我还盖城呢？早晚有一天打起来，这城就完蛋啦。士蒍也是个聪明人，在晋献公驾前官拜大司空，立过功劳。他的政治眼光很敏锐，心说：让我盖这两座城，我盖那么坚固干吗呀？早晚有一天你们把重耳灭了，把夷吾灭了，城也就全毁了。我应该怎么办呢？我就草草了了地应付就得了。就这样，三位公子都分出来了：世子申生在曲沃；重耳在蒲地；夷吾在屈地。

晋献公很喜欢打仗，他建立了两个军队，一个叫上军，一个叫下军，上军由自己指挥，下军就交给世子申生了。世子申生也确实有本事，指挥着下军打了胜仗，战败了三个小的国家。世子申生名誉好，治理曲沃，老百姓跪道迎之，都愿意为他卖命。您说这儿能没有探子吗？申生的表现、申生的功劳，骊姬全知道了，着急呀，心说：要照这样下去，我的儿子什么时候才能当上世子？回头还没当上世子呢，晋献公死了，申生回来了，这怎么办？所以骊姬绞尽脑汁想办法，要夺世子的地位，将来我得当国母，我儿子得当晋国之主。没辙呀，只能找优施。"夫人，您找我？"骊姬把心腹之事告诉了优施，优施一听："您啊，真是废物。""你怎么敢说我是废物？""嘿嘿，咱们俩这种情感，我就可以这么说。这仨人我都给您鼓捣出去了，您一个人在晋献公身边，带着儿子，谁敢惹您呀？您想怎么办就能怎么办。""那可不行，你知道世子申生在他多面前地位有多高吗？""哦，那就得把他们三个人都鼓捣死才行，我有一计。""快说。""分别除之。""先除谁？""当然是先除申生。""好，那你出主意吧。""要打算除掉申生，您先得了解他是什么人性。"

所以您看，不管列国也好，三国也好，听书听戏咱们得好好琢磨，从古人的事情当中吸取经验教训，从而增长咱们的智慧。您看人家这一句话：你要是打算用计策对付某个人，得先了解他的人性。这个人好吃，你就陪着他吃；这个人好穿，你就送他好衣服；这个人爱钱，你就给他塞钱；这个人爱听好听的，你就夸他，但是得夸得适度，不能过了。所以想定计害人，得知道他什么人性。

"那申生是什么人性呢？""哎哟，您是他的后娘，您会不知道他什么人性？""不知道，你说吧。""我告诉您，申生仁慈而精洁。"申生是一个慈心之人，心眼儿好，为人厚道；而且他精洁，不愿意自己有一点儿缺点。所以优施就告诉骊姬："越仁慈的人越惮于贼人，惧怕有坏人说他不好。可这种人呢，他越喜欢自己身上没一点儿缺点，你越说他有缺点，你越污蔑他，他就越想分辩，越生气。"大家伙儿都懂得这个道理。优施告诉骊姬，说："你要打算破坏申生在君王面前的威信，就不能老说他坏话，因为君王太爱他了，世子申生没毛病，立了这么多战功，把曲沃治理得这么好，而且大臣们没有不说申生好的。我给您出一个主意。""快说吧。""到了晚上，睡到半夜里，您就哭。""我是大声哭啊，还是小声哭？""您得又哭又泣。""哦……哭泣，我会。""半夜您就哭，大王问，您先不说。越问您越不说，越问您越不说，我跟您说，这就是您要手段的时候了。真到了您说的时候，您可不能说世子申生不好，您先夸他，把他夸成一朵花儿，然后您再说他要害之处，关键之处您就把自己卖出来，我死都舍得。夫人您明白了吗？""明白。"

骊姬也非常聪明，她想自己应该怎么办。优施走了，到了晚上，晋献公和骊姬安歇睡觉。半夜里，晋献公岁数也大了，鼾声如雷，旁边儿骊姬这儿哭。您说晋献公能不醒吗？"哎呀，爱姬呀，你这是怎么了？"怎么问都不说。"哎呀，你倒是告诉我你哪儿难受啊，咱们看急诊去呀！"骊姬这儿又哭又泣，然后把身子扭过去了，反正骊姬挺会表演。问了一个多时辰，骊姬真沉得住气。晋献公急了："你要是不说，我可坐起来了。""您坐起来吧，我哭是因为妾身不能久侍君为欢也。"我不能老讨您高兴，我快死了，我没法侍奉您了，我这条命都要保不住了。"哎呀，爱姬何出此言？""大王啊，大王啊……""你倒是说呀！""扑通"一下，骊姬就跪下了。晋献公可受不了了，把骊姬抱起来放到床上，骊姬又出溜下来跪下了。晋献公就问骊姬："你到底是怎么回事儿？""大王，我听人说世子申生在曲沃，受百姓爱戴，百姓都愿意为申生而死。""好哇，我的儿子好啊。""唉，可是您不知其谋矣。您知道他想干什么吗，他为什么这么好？""呵呵，哎呀，爱姬多心啦。我的儿子将来是晋国之主，他当然要跟老百姓好哇，他将来肯定是君王，还能有什么计策呀？""大王您错了，晋国上上下下都知道，唯独您不知道。世子申生在曲沃告诉每一个人，说我迷惑君王，将来晋国要是亡了，就亡在骊姬的身上。骊姬、少姬迷惑君王，您太爱我们了，将来天下乱了，晋国没了，都是我的罪过。这件事儿唯独您不知道，晋国上下人等都知道。""哎，谣言也。""不是，真是这么回事儿。如果说晋国要乱，按世子所说，那么就坏在我的身上。得啦，为了保全你们父子，为了保全晋国上下安宁……"说到这儿，骊姬"噌"地一下站起来了，把宝剑摘下来："我就死在君王面前。"

晋献公能让她死吗？骊姬生计要害申生，蜜蜂计，咱们下回再说。

第九回　幽王烽火戏诸侯

道德三皇五帝，功名夏后商周，英雄五霸乱春秋，顷刻兴亡过手。青史几行名字，北邙无数荒丘，先人田地后人收，说甚龙争虎斗。

上回书咱们说到晋献公听了骊姬和这几个佞臣之言，把三位公子全都给放出去了。但申生还是世子，将来晋献公死了之后，晋国的天下还得是申生来接替。骊姬当然不甘心了，她就想让自己的儿子奚齐来当世子，将来晋献公死了之后，自己的儿子为国君，自己是国母，那是多大的权力啊。您看，自古以来，人要是有了权欲，就会出问题了。

骊姬想要得到世子的地位，开始动歪脑筋，等到晚上睡觉，她哭，晋献公怎么问都不说，扒拉过来问还是不说，她一翻身又躺那边去了。这要搁电视剧里，可能得演那么一集半集的。骊姬好不容易张口了："我要是说了，您就把我杀了。"晋献公就傻了：我那么爱你，我杀你？"爱姬，你就说吧。""我跟您说，申生现在在曲沃，没在您的身旁，曲沃的老百姓都爱戴他，他也爱老百姓。这些老百姓都说了，愿意为申生而死。您说这是什么君臣关系？他对待老百姓这么好，老百姓乐为其死，他到底打算干什么呢？""哎呀，我的儿子我还不知道吗，将来我死之后，晋国之主就是他，他应当取信于民，他爱民，民愿为他而死，这就算对了。"晋献公非常喜爱申生，而且申生人也好，想要害他不是一句半句的事儿。骊姬聪明，接着说："可有一样，晋国上下都知道，就是您一个人不知道。世子申生在外边说了，是我迷惑君王，将来晋国要是完了，就完在我的身上。得了，您把我杀了，把奚齐杀了，以谢申生，天下就太平了，省得世子申生老生气。""唉，没有的事儿……"晋献公当然不信，"申生怎么会说你迷惑君王呢？""晋国上上下下都知道，就您一个人不知道啊，您把我杀了得了。"骊姬伸手拔宝剑，就要抹脖子，那晋献公能舍得吗？"哎呀，爱姬，万万不可。我儿申生是个仁德之人，他怎么能说你不好，说他父亲喜欢你不对呢？他怎么能说他父亲不仁呢？"晋献公当然是不信，所以反问骊姬。骊姬听完，说了两句话："我跟您说，天下人都知道有这么两句话：匹夫是至亲为仁，而为上者以利国为仁，苟利于国，怎么能说他不仁也？"

骊姬很有文化呀，晋献公一听，很有道理。说什么叫仁慈仁德？普通的老百姓认为就是你爱我、我爱你，至亲之人。身为国君，什么是仁？利国为仁，得对国家有好处。苟利于国，说的是世子申生，他是爱国，为了国家的仁慈，你怎么能说他不对呢？

"哦……那么依爱姬之见呢？""依我之见，您就把我杀了吧。"骊姬跪倒在地，扯着晋献公的袖子，"杀了我，杀了奚齐，以谢世子，免得世子在外说我迷惑君王。""唉。"晋献公用手相搀，"爱姬请起。我想，世子是不会这样对待你们的。""您这么说可不行啊，将来您千秋万岁之后，世子可就是晋国之主。他要想杀我，一声令下，我的脑袋就得掉啊；一声令下，我的儿子奚齐，连同卓子都得死啊。""嘻，不会不会……绝对不会发生此事。骊姬呀，你千万不要伤心。他说我宠爱于你，你祸国殃民，你能乱我晋国？不对不对，世子申生说不出这种话来。我告诉你，申生是个仁慈之人，他岂能说为父不仁，为父不对呢？岂能说为父因喜欢美色而丢弃晋国呢？"听到这儿，骊姬站起来了："大王，您曾记得昔日幽王？放公子宜臼于申，而申侯花重金请来犬戎攻打周室，使周天下遭难，后来宜臼在申侯的帮助之下承继了周天子之位。外边人传言都说是幽王不好，谁又能说世子宜臼不仁呢？"

骊姬跟晋献公说的是什么？现在世子申生在曲沃，取信于民，说我惑君。我现在请求您把我杀了，您不杀，将来亡国是因为您宠爱于我，是我的责任，更是您的责任。如果不信，您就想一想当初周幽王，幽王死于骊山之下，而他的儿子世子宜臼当了周天子之后，世人谁不骂周幽王呢？谁又会说宜臼不仁呢？您看，《东周列国志》就是这么不好说。说到这儿，咱们就得说说这位宜臼，就得说说周幽王。

咱们都知道几个有名的暴君，夏桀王宠妹喜，商纣王宠妲己，周幽王宠褒姒。您要是听《封神演义》，说的就是灭纣兴周，《东周列国志》正好接上，说的是周朝的事儿。大周朝自打建立之后，传到周成王；再往下传，一代一代传到周厉王；再往下到了第十一代，那就是周宣王；再往下传，就是周幽王。周幽王继位之后暴戾成性，眼里连亲戚都没有。他的母亲姜后死了之后，周幽王更肆无忌惮了。他的妻子是申国国君之女，幽王继位之后，立申的女儿为后，申伯顺理成章往上升了一级，就成了申侯了。申侯之女是周幽王的正宫娘娘，世子是谁？是宜臼。在那个时候，周天子的权力已然渐小了，再加上周幽王是个暴君，沉湎于酒色，也是周天下该着衰败，很多老臣、忠臣或者久病在床，或者离开人世。有个忠臣郑伯友，官拜司徒，可是周幽王不喜欢他，一介忠臣想进言，周幽王不爱听。周幽王喜欢三个人，头一个是虢（guó）石父，第二个是祭公易，第三个是尹球，称为"三公"，这三个人都是谗佞之人。取悦于君王到什么程度？就连微小的细枝末节都记住了，只要君王高兴，什么坏事儿都办。周幽王在位之时，岐山地震，房屋倒塌，老百姓死亡不少，岐山的守臣马上递快报奔镐京来禀报。周天子一听：地震啊？"嘻，海啸地震，世之常情，甭理他。"

岐山的守臣一次又一次派人往朝中送信，幽王都不理这茬儿，忠臣赵叔带可就急了，发现幽王不但不管岐山的地震灾民，而且传下命令要广选天下美女。于是赵叔带马上来见周幽王，说："您不惧怕天威吗？现在地震啦，老百姓没吃没喝，这得天子管啊，可现在您不管，应该访贤臣帮着您治理天下，安抚百姓，以恤灾民才对呢。您不但不这样，还让手下人广选美女，以充后宫，这样天下还保得住吗？"赵叔带这一说，问得幽王没敢说话，旁边这位佞臣虢石父说话了："哎呀，万岁，这个赵叔带在下边经常诽谤君王，这次借岐山地震又来无端生事。岐山已经废了，死点儿老百姓算什么呀？像这样的人您留他何用啊？"小人说话，君王爱听，喜欢谗佞之人啊。"来，把赵叔带罢爵为民，轰放田野。"

一句话，赵叔带成老百姓了，甭当官了。赵叔带非常气愤，回到家中，把家中老少都劝好了，然后收拾好东西放在车上，带着全家离开国都，遭奔晋国。您各位都听过一出京剧叫《赵氏孤儿》，赵氏孤儿的祖上就是赵叔带，赵叔带到了晋国就是赵氏之祖。赵叔带带着家眷刚一出城，看见对面大道上来了一辆车，车上坐着一位大夫，这位大夫长得非常好，由打褒地而来，叫褒珦（xiàng）。褒珦一看："哎呀，叔带大夫，你这是干什么去？""唉……被贬回乡。""因何被贬？""岐山地震，大王不管，只顾广选美女，我直言相谏，把我轰出来了。""谁说的坏话？""虢石父啊。""唉，你慢慢走，我立即去面见君王，把你官复原职。""没用。""唉，你慢慢走，你慢慢走……"

褒珦让赵叔带的车辆慢慢走，他的车可就快走了，直奔镐京面见幽王。"大王啊，臣有本奏。""褒珦，有本你就奏来。""大王，岐山地震，那是天威呀，您不惧天威，不选贤才以帮着您治国，反而罢黜贤臣，广选美女，您就不怕亡国吗？"您说这话哪个君王能爱听啊？这回用不着虢石父说话了，周幽王脸往下一沉："来呀，把褒珦囚于监中。"

武士们过来就把褒珦押起来了。还救赵叔带呢？还官复原职呢？把他自己都圈起来了，囚于狱中，搁在这四框里头，一囚就是三年。褒珦有个好儿子，叫褒洪德。褒洪德一看自己的母亲天天哭，自己心里也着急呀。指着什么生活呀？好在他们家还有官爵呢，虽然褒珦被囚起来了，但是没被罢爵。褒洪德到乡间挨家串着收租子。串着串着，突然间走到一条小溪旁边，柴门一开，由打里面走出一个女子汲水。褒洪德顺着声音一瞧，由打篱笆圈儿中走出来的这位女子，身穿村女之服，布衣布裙，面上没施粉，头上插一枝野花儿。褒洪德可就傻了，抬头一看："哇喔哇喔哇喔耶，有心亲你口难开……呀，beautiful young lady（漂亮年轻的小姐），太漂亮了，没想到村野之地有倾国倾城之人。"说她有多漂亮？我们说评书讲究开脸儿，这脸儿没法开，太漂亮了，仪容体态无可挑剔，褒洪德脑子里突然间就生了个念头：这昏君就喜欢美女，广选天下美女，我要是把她送到朝中交给昏君，就能把我爹放出来了。于是褒洪德撒腿就往家跑："娘。""什么事儿啊？"老太太哭得吃不下去，喝不下去，瘦得皮包骨。"哎，您等会儿，我还得回去。""你什么毛病啊？"

褒洪德想起来了，我还没问人家姓什么叫什么呢，撒腿又往回跑，跑回去挨家挨户一打听才知道，这个女子的爹姓姒，叫姒大，褒地之人。所以历史上就管这名女子叫褒姒，就是后来周幽王十分宠爱的女子。褒洪德问明白了，跑回来跟他母亲说："我能救我爹了。""什么主意？""您给钱，您给钱。""你倒是把主意说明白了啊。""这是散宜生救文王出狱之计。"

您看我们说书多麻烦，这叫典中典。典中典在书里有，但就不能细说了，再细说就越说越糊涂。想当初周文王被纣王囚禁起来，西岐有一位贤臣叫散宜生，拿金钱、拿美女献给纣王，把西伯侯姬昌救出来了，这就是散宜生救文王之计。现在褒洪德就是学散宜生。褒洪德告诉他母亲："我给您找了一个漂亮姑娘，您花钱把这姑娘买来之后，送到朝中，昏君一看这个姑娘，就能把我爹给放回来。""好啊，好啊，把钱都给你。"

褒洪德赶紧去找这位姒大商量。您想，这么一个农村的姑娘，给了三百匹布，卖了。把姑娘买回家中，褒珦的夫人一看，心中就有主意了。马上给儿子钱，找了一个高档的洗浴中心，每天给这姑娘香汤沐浴，牛奶、蜂蜜……每天这通洗，本来皮肤就好。然后配以膏粱之食，燕窝、鱼翅……什么美容吃什么，而且请来师父教她弹唱歌舞，给她做了美丽的绣衣。没有多长时间，就把这位褒姒打扮得更加漂亮，又庄重，又美丽，而且琴棋书画样样精通。全都弄好之后，把褒姒带到京城。褒洪德马上花钱，得找虢石父去。

"我给万岁选了一名美女，您得想办法把我父亲救出来。""好啊。"虢石父看见金子两眼发光，再一看绸缎，虢石父说："行啊，我替你写。"他提起笔来，替褒珦写了一个认罪书："褒珦自知得罪天王，罪不由轻。我子洪德选一美女，以献君王，请君王赦宥我。"写完之后，虢石父马上禀报了幽王。幽王一听说有美女，马上宣褒姒上殿。褒姒往殿上一走，周幽王一看："呀……"说褒姒美到什么程度？她的姿态，周幽王以前没瞧见过，目光流盼，光彩照人。周幽王后宫所有的美女都是遍天下选的，不及褒姒的万分之一，那周幽王还不爱呀？再一看虢石父替褒珦写的认罪书，传旨："来来来，放了褒珦大夫。"

马上就把褒珦放了。这叫什么？这就叫投其所好。爱钱的给钱，爱美色的给美色。周幽王马上就退朝了，退朝之后，把褒姒接到了琼台，从此之后，十天没出琼台。《东周列国志》原文写着，周幽王跟褒姒"坐则叠股，立则并肩，饮则交杯，食则同器"。坐则叠股，叠是叠罗汉的叠，股是大腿，那就是坐在怀里了；立则并肩，肩膀靠着肩膀，不能总抱着走啊，多累得慌啊。

周幽王十天没临朝，文武官员每天都站在朝门这儿往里瞧，望眼欲穿。瞧着瞧着，该吃中午饭了，饿得肚子直叫唤，回去了。连着瞧了十天，周幽王没上朝。您说周幽王爱褒姒就爱到这种程度，这个消息就传到正宫国母申后那儿去了。十天没回来，申后不往心里去，因为周幽王广选天下美女，十天二十天不回来常有的事儿。仨月都没上申后的后宫去，那申后能忍吗？申后坐在这儿生气，旁边掌管申后生活的宫人就说了："娘娘，仨月了。""是啊，你还不去查看查看？""您等着。"这位出去了，调查完回来了："其实您已然知道了。""我知道什么呀？""万岁爷干什么去了，您能不知道吗？""他干吗去了？""新得了一位美人叫褒姒，上了琼台，三个月没上您这儿来了，您心里还没数吗？"其实申后早就得着报告了。"你说怎么办？""哼哼，那就得瞧您的了，您吩咐怎么办就怎么办。""走。"

申后一生气，一说走，这位宫人招呼二十多个宫人跟着申后，由后宫直接就奔了琼台。申后往琼台上边一看，嗬，歌舞升平，周幽王抱着褒姒，叠股而坐，前边有人又唱又跳，桌上摆着干鲜果品，什么吃的都有，周幽王正往褒姒嘴里喂樱桃呢。您说申后能不生气吗？"何处妖婢竟敢来乱我宫闱？！"褒姒可没瞧见过正宫国母，但是一看这势派儿就知道。这一下幽王可吓坏了，赶紧站起来："哎呀，娘娘啊，赶紧回去吧。""她是何处妖婢？""我跟你说，她是我新收的美人。因为还没定位次呢，所以没进宫朝见你，明天我就让她去。啊，别生气，别生气。"

申后就骂呀，骂了半天，被周幽王劝回去了。回去之后，申后坐在屋里哭，这边褒姒也哭啊，心说：骂我？天子喜欢我，爱还爱不够呢。"我问问您，刚才骂我之人是谁？"其实褒姒明知故问。周幽王满面堆笑："哎呀……"用手指着申后的背影，"你问的是她？想当初……没见着褒娘娘，我娶的就是她。"完了，知道是正宫国母了，褒姒就哭啊，周幽王就劝啊。"她打我，您就不管吗？""我管。但有一节，确实你来了之后应该去朝见国母，明天你去一趟就相安无事了。""不去。"

那褒姒能去吗？申后回来哭，赶紧想办法把太子爷请来了，就是这位世子宜臼。世子宜臼孝顺母亲，一看："母亲，您怎么了？身为六宫之主，您为什么哭啊？""我不能不哭啊。儿啊，你的父亲得一妖婢叫褒姒，两个人食则同桌，寝则同榻。""您瞧瞧，得了美人不就是如此嘛。""哎呀，宠幸有嘉呀。倘若将来她生了儿子，哪儿还有你我母子的命在呀？""那您哭什么呀？""我去骂了她一顿，没想到你爹向着她，我能不哭吗？""您别着急，我有主意。胖波姐。""哎，您有什么吩咐？""明天你带着一帮人，上琼台那儿采花去，我在暗中看着，只要褒姒一出来，我就过去打她。"申后一听，可就急了："别价呀，咱们从长计议。""用不着从长计议。"

世子宜臼年轻好胜。到了第二天，这位胖波姐带着宫人们在琼台底下见花就掐，看花就采。伺候褒姒的也有一帮人呢，这帮人的头领又瘦又小，眼睛还不太好使，叫应子。应子一看："哟，这帮人是哪儿来的呀？干什么掐花儿？褒娘娘还要赏花呢。"应子这一嚷不要紧，胖波姐这帮人掐得更厉害了，把这花掐得一片狼藉。应子赶紧就去禀报褒娘娘，褒娘娘出来了："怎么回事儿啊？嗯？谁敢在此掐花？一会儿万岁爷回来还要赏花呢。"世子宜臼一瞧，"噌"，就蹿出来了，气坏了，心说：你敢招我妈生气？

一伸手，就把褒姒头上的发髻揪住了。"啪"，就一嘴巴，褒姒的脸马上就起来了。打了三下，这波姐还真聪明，愣把世子宜臼劝走了。"行啦，打两下儿得啦，您要打死了，您还想活呀？"

那褒娘娘还能干吗？哭。没过多久，周幽王下朝了："哎呀，美人，为何此时还不梳妆？""您瞧瞧我的脸，还梳什么妆啊？今天您儿子过来就打我……"褒姒把事情一说，周幽王也明白，世子宜臼是在替他妈出气呢，心说：你要是去朝见一下国母，不也就没事儿了吗？这也赖我，我宠着你。"得啦，世子是为他的母亲出这口气，你千万别往心里去，有我替你做主。""算了，您还是把我放出宫去吧，要是不放了我，那就得死两条命了。""什么，你还有个妹妹？"听完这话，褒娘娘差点儿没气死。"我就姐儿一个。自打入宫以来，我身怀有孕两个月了，您都不明白呀？世子这样对待我，早晚得把我杀了。我还是回家吧，我自己慢慢把您这儿子生下来……"褒娘娘身怀有孕，可把周幽王乐坏了："哎呀，美人放心，他再也不敢欺负你。""他要是还欺负我怎么办？""把他轰走。"

周幽王传下旨来，把世子宜臼发放于申，就是咱们常说的话了，找他姥姥去了。世子一走，申后更难受了。话虽如此，但是干生气也没办法。十月怀胎一朝分娩，褒娘娘生下一个儿子叫伯服。伯服随娘，长得太好看了，哎呀，周幽王爱不释手，这么好的一个儿子。看着这个儿子，周幽王心说：我最好把申后废去，立褒姒为后；把世子宜臼废去，立伯服为世子，将来我死了之后，伯服就是周天子，褒姒就是国母。心里这么想着，嘴上可不敢说，终究他是一朝天子啊。褒姒看出来没有？褒姒也看出来了，暗中就跟虢石父说了，虢石父说："这事儿好办，有您在天子身旁，有伯服在天子的怀中，天子的感情就在你们母子身上。除了您的枕边风，再加上有我们三个人在外边串通一气，想办法。您要知道，打算废去申后，您得抓出她的毛病来。""我明白。一百部手机我都买好了，你发放给安排在申后身旁的每一个人，我在这儿随时看短信。我抓住申后一朝之错，就想办法让天子把她废了。""好，咱们就这么办。"

虢石父发手机去了。您想，要打算查申后一朝之错，谁不向着当政者呀？都知道褒姒得宠，都知道世子宜臼已经发到申国去了，那么将来周幽王死了，可能就得伯服继位呀。大家伙儿都心知肚明，有信儿就往褒姒这儿报。申后着急，想儿子，儿子回不来；想对付褒姒，自己又没主意；想对付天子，也没主意，只能天天哭，也就身旁的智囊波姐有主意。"我跟您说，您给世子写封信，让他往朝中上表，向父王请罪，知道自己错了要承认错误。如果天子一开恩，把他由申国接回来，那么世子一回朝，你们母子就团聚了，咱们也就好商量办法了。""谁能到申国送信儿去呀？那么远，再说又被看得那么严。""没关系，我有一个干姨娘，姓刘，号脉能治病，我把她请来。您偷偷写好信，赏她点儿东西，让她把这封信带走。她有一个儿子，很能干，让他赶紧骑着马到申国，面见世子宜臼，把这封信呈上去，让世子马上上表请罪。他只要一回来，咱们再想办法对付褒姒母子。"

申后一听，也只好就是这个主意了。于是假装生病，准备好了礼物，波姐就把她的刘干姨妈请来了。这位假模假式地进来号了号脉："哎呀，病得不轻。"这位虽然是女的，可是有点儿男相。事先都已经捅咕好了，假装开了一个方子，然后申后赏给她两匹彩缯。缯，就是纺织品的总称。实际上就是两匹彩缎。然后又交给她一封信，这位就把信揣起来了，掖得挺结实。装着没事儿似的，抱着两匹彩缯由打宫里出来了。您想想，褒姒盯得那么紧，短信早接着了："留神，这位姓刘，夹着彩缯出来了。"宫门口有一个太监，伸手一拦："站住。""哟，您有什么事儿啊？""你是男的还是女的？""您看着办吧。""你干吗来了？""申后有病，让我号脉来了，我开了个方子，赏了我两匹缯。""哼哼，有什么夹带藏掖没有啊？""没有没有。""搜！"手下人一搜，就把这封书信搜出来了。太监撒腿就跑，禀报褒姒娘娘。褒娘娘把这封信打开一看，只见申后写的是："天子无道，宠信妖婢，你明知父不对，但应马上请罪，赦宥回朝，母子团聚，别做计较。"申后你写信措辞好听点儿、隐晦点儿也好啊，这下不是全都告诉人家了吗？褒姒一看："哼哼，把这位关起来吧。"

这位被圈起来了，谁都不准走漏风声。褒姒看着这两匹彩缯生气，拿起来，"哧儿……""哧儿……"褒姒她们家祖上可能是卖绸缎的，把两匹彩缯愣都撕成一条一条的，然后撕成一寸一寸的，您说她手上有多大的功夫？全撕了。这时候，周幽王来了。"美人，您这是干什么玩儿呢？""哼，您看看这封信。"周幽王打开一看，认识，这是申后的笔迹呀。"真的？""假的嘛，把那个男不男女不女的押来。"手下人就把这位传递书信的押来了。"就是她，您问问她。""就是如褒娘娘所说的这么档子事儿。"

幽王气坏了，攥宝剑把儿按绷簧，宝剑出匣，"唰"的一下，宝剑就上去了，幽王愣是把这个人砍为两段。"砍完了，你别哭了行不行？""我没法儿不哭，这是要计划杀我呀，您看看'别做计较'，这是怎么回事儿，我就要这四个字儿。您要是把宜臼弄回来，他们娘儿俩商量，这就是要对付我，对付伯服，我们娘儿俩还活得了吗？""哎呀，我现在是国君啊。""您是国君不行，将来您有个千秋万岁之后，宜臼回来了，他贵为天子，我们娘儿俩还不得死在他手吗？""那我就废了这娘儿俩。可有一样，我得和众卿商议商议，众卿要是都不愿意呢？"褒姒把脸往下一沉："我问问您，您是不是天子？""是啊。""臣听君，顺也；君听臣，逆也。您跟文武众卿商量商量，您说说，看谁听谁的。"褒姒很厉害，她心中有数啊，心说：在大臣之中我有好几个可用之人，一个是虢石父，一个是祭公易，一个是尹球，这仨人能不替我说话吗？"好啊，好啊，那我就去跟他们说说，把申后废了。"

第二天，天子临朝，文武众卿山呼万岁，然后退列两旁。周幽王往这儿一坐："众位，没想到申后扰乱后宫，我想把她拘于宫中。"幽王自己心里也琢磨，夫妻感情不是一天两天的，我把她圈起来不就完了嘛。虢石父心里明白了：这是褒姒在想办法要害申后，要把申后给废了。虢石父赶紧上前施礼："大王啊，申后是后宫之主，怎能囚于宫中？既然她有错误不能再为正宫，就应该废之。""可是国母怎么能说废就废呢？"这时候，尹球说话了："天子啊，执掌六宫之人应该是个贤淑之女，既然申后不称其职，就应该废去。我听说褒娘娘是个贤淑之人，应该立褒娘娘为后。"有反对意见的敢说话吗？说话就宰你，说话就罢官。大家伙儿互相瞧着，谁也不敢言语。紧跟着，祭公易也说话了，全都主张废申后，立褒姒。周幽王点了点头："好，传旨将申后打入冷宫，立褒娘娘为后。"这一下，褒姒成六宫之主了。虢石父赶紧又说："您既然把褒娘娘立为正宫，申后已然囚于冷宫，母以子为贵，那么世子宜臼还能够承继大统吗？""是啊……"本来周幽王就想取悦于褒姒，又喜欢伯服，"那就免去宜臼的世子之位，废黜为民。"尹球更会见缝插针："万岁，那申侯是不是应该恢复原位呀？"连申后的父亲都不饶。你原来是申伯，三等，现在给你升成二等了，因为你闺女是皇后。现在既然废了后了，也就应当把你降回来，申侯降回申伯。周幽王听完，往下传旨：罢免世子宜臼，囚禁申后于冷宫，将申侯降为申伯。

消息传到申国，申侯气坏了，马上上书骂无道的昏君。那周幽王能干吗？周幽王一想：褒娘娘现在立为正宫，她的儿子伯服立为世子，我得让她给我乐乐啦，嫁给我这么些日子了，孩子都这么大了。此时正是周幽王四年。到第五年了，这褒姒褒娘娘从来没乐过一回。周幽王想到此处，高高兴兴地回转后宫。"哎呀，褒娘娘。""回来啦？""褒娘娘，身为国母，还不能一笑吗？""本人平生就不爱笑。""当了正宫国母也不笑？""本人生平不会笑。"也确实是，这位褒娘娘从来就没笑过一回。"哎哟，这每天歌舞升平，现在你又做了正宫娘娘，伯服也做了世子，你还不乐？就给我乐一回吧。""不会乐。""那你喜欢什么呢？""那天我撕缯之时，觉得心里很痛快。""那好办，那好办。"天子说一句话还不好办吗？马上就弄来几百匹彩缎，放在褒姒娘娘面前，把宫中所有有劲儿的人全找来了。"撕！""哧儿……""哧儿……""哧儿……"您说这声儿好听得了吗？您要不信，就上瑞蚨祥看看去，您在柜台旁边一听撕绸子那声，一声还凑合，要是八个人一块儿撕，那声儿您可就受不了了。八百个人在一块儿撕，撕得还蛮快，哎哟，声音这难听，周幽王都受不了了。褒娘娘听着，点了点头："还不错，声音还可以。""那你笑笑吧。""生平不爱笑。"

嘿，还是不乐。周幽王就想看褒姒一笑，想尽办法褒姒都不乐。周幽王这一天升朝，说："众位爱卿，褒娘娘作为正宫国母，我想取悦于她，博她一笑。但是褒娘娘说了，她生平不爱笑，谁要是能使娘娘笑了，赏赐千金。"虢石父说话了："万岁，我有一个主意，能使褒娘娘笑。""计将安出？""想当初先王在骊山建了二十多座烽火台，几十面大鼓。如果有外邦侵入，骊山之下几十座烽火台同时点上狼烟，狼烟一起，直冲霄汉，各国诸侯见了都会带着兵前来保护我周室。然后随着鼓声一起，就能把外邦杀退。现在周室安定，久无战事了，您要想博取褒娘娘一笑，就按我这个主意，陪着褒娘娘到骊山，然后把狼烟点起，众诸侯领兵一来，并无外邦侵略，大家伙儿再分头跑回去，我想褒娘娘肯定能笑。""好，这主意不错。"

周幽王立刻传下旨来准备。这一准备可了不得了，您想娘娘要出去玩，坐什么车，吃什么饭，什么人伺候着，这礼仪就了不得了，这些咱们书不细表。周幽王带着褒娘娘坐着车奔骊山，到了骊山，吩咐下去摆上丰丰盛盛的酒宴，歌舞升平，然后点狼烟。狼烟"唰"地一起，"噌噌噌……"从山下跑来一名忠臣，就是郑伯友，周幽王的叔叔。"哎呀，万岁，万万不可。""为什么不可呀？要取悦于娘娘，让娘娘一笑。""可是众诸侯来了，这儿没有战事啊。""来就来了呗，没有战事再回去嘛。""您这可是戏弄诸侯啊。"所以这事为什么叫"烽火戏诸侯"呢，就源自郑伯友说的这句话。

褒娘娘坐在这儿一看，她没瞧见过这乐儿啊，嗬，狼烟一起，"嘎啦啦啦……"战车都来了。这时天已然黑了。东边的、西边的、南边的、北边的，众诸侯带领着将士儿郎，都举着灯球、火把，所有的战车都过来了，车上有战将拿着弓箭，褒姒从来没见过呀。嘿，还真是挺热闹的。等这些诸侯都来了，周幽王传下命令："来，战鼓齐鸣。"几十面大鼓一通敲响，声音可就大了去了。郑伯友急得跺了脚了："哎呀，这算是怎么档子事儿啊！"周幽王没理他，再一看褒姒，褒姒嘴角微微往上一翘，乐了。哎哟，周幽王这高兴："来呀，千金赏虢石父。"

一千两黄金，这就叫千金买笑，也叫千金一笑。这一下可麻烦了，等到真有事儿就坏了，再有外邦侵略就没人管了。就这样，西周亡国了。咱们一开书就说过，周天下建都镐京，陪都在洛阳，就是因为周幽王烽火戏诸侯，申侯想办法由打犬戎处借兵，给了犬戎不少的钱，让犬戎进攻周室，这一仗周天下就完了，周幽王就死在了骊山，伯服也死了，因为再点狼烟，诸侯都不来了。那么，褒姒哪儿去了呢？有人说褒姒也死在骊山，有人说犬戎主把她掳走了，这咱们也就甭查了，反正也都早死多少年了。就因为烽火戏诸侯，结果天下完了。申侯带领着犬戎的兵杀回国都，把女儿放出冷宫，立自己的外孙子宜臼为天子，就是周平王。但是因为犬戎占领了镐京，打又打不过犬戎，只得迁往陪都洛阳，东周开始。也就是咱们开书伊始说的，西周变成东周，就是由于周幽王宠褒姒，烽火戏诸侯，所以才把天下丢了。宜臼当了天子之后，镐京待不住了，只得迁都于陪都洛阳，从这儿开始就是东周。到了东周的时候，周天子的势力就弱了，各诸侯越来越强大。

所以骊姬告诉晋献公，天下人都知道周幽王宠褒姒，烽火戏诸侯，以亡天下，谁又说公子宜臼不洁呢？这就是前车之鉴。现在你把世子申生发往曲沃，申生说了，是我迷惑君王，将来晋国要是丢失，就是丢失在我的身上，也在你的身上；你不应当爱我，我不应当迷惑你。有朝一日世子申生当了晋国的国君，世人都会说你不好，谁又会说他不洁呀？晋献公听到这儿，抖衣而战，"噌"的一下就起来了：

"哎呀，爱姬呀，你说得太对了，那我应当如何对付申生？"

第十回　骊姬巧计杀申生

暑气难熬好热的天，手拿折扇赛神仙，周六您在书馆坐，品茶听书心定神安。

上回书咱们说到骊姬要害申生，她给晋献公举了个例子，因为晋献公不相信自己的儿子申生能反对自己。俗话说"知子者莫若父"，说这孩子什么样，问他爸爸就都知道。但是世子申生从小就老实，要打算污蔑申生可不是一句两句能办到的，所以骊姬就在晋献公面前给说世子申生坏话，按照优施的办法，先捧而后贬。晋献公不相信啊，说难道我的儿子还能对我不仁吗？骊姬是经常听书的人，知道一些典故，于是就给晋献公举周幽王和他的儿子周平王的例子。言外之意就告诉晋献公，你得留神你的儿子世子申生，即便将来他跟周平王一样，把你灭了，天底下地上面的人也不会说世子申生不好，而只会说你宠爱于我，因此亡国。

晋献公听到这儿，抖衣而战，毛骨悚然，"噌"的一下就站起来了，心说：对呀，如果世子申生要跟周平王一样，将来把我杀了，那可就坏啦。晋献公赶忙用手相搀，把骊姬搀起来。"夫人，那你说应当如何？"他心里害怕，也怕儿子把自己灭了，于是就问计于骊姬，你说该怎么办。骊姬站起来了："大王啊，世子申生不恨您，恨的是我。他说我迷惑君王，将来晋国亡国，就亡在我的身上，您可以把天下让给世子。""可我还没死呢。""您啊，就告老吧。您已然到了耄耋之年，已然不能从政了，干不了了，就把这天下给了申生。申生当了一国之主，他就没别图了，这场战乱也就平息了，我们母子也安然，您也可以踏踏实实地在宫中养老。""哎……"晋献公一甩袍袖，"错矣。"你说的这话不对，"我现在是国君，有权有威，世子申生得听我的话；如果我要把天下给了他，我去养老，那我可就没权没威了，你也就不能在后宫主事了。我没权没威，你也没权没威，全得听世子申生的，他是晋国之君，哪儿有你我夫妻的福在？"

连派评书——列国·春秋

晋献公说得有没有道理？其实世子申生真的不是像骊姬嘴里所说的那样的人，历史不能重演，如果当初晋献公真是把天下让给了世子申生，他自己回到宫中养老，骊姬也老实了，那么历史也就改写了，那会是什么样，咱们不得而知。我说过，人只能盖棺定论，世子申生如果有这样一个改变，会是一个什么样的国君？咱们不知道。晋献公摇了摇头，心说：不能按骊姬说的办。骊姬瞧着晋献公："那您要是不这么办，您又打算怎么办呢？""唉，寻机矣。"我得找机会，考察考察申生。正在这时，有人进来禀报晋献公，皋落氏来攻打晋国。骊姬很聪明，当时就有主意了："大王，您可以让世子指挥人马，去和皋落氏一战。""好吧，那有什么好处呢？"晋献公笑着瞧着骊姬，骊姬也乐了："大王，您想想，让世子申生领兵出征，是要看看他有没有掌控手下人的能力。再者说，如果他打了败仗，您可以治罪于他；如果他打了胜仗，其心必骄，那么其谋必现。而且让世子申生带兵前去镇边，您可以不动，何乐而不为呢？"

骊姬很会分析，让申生去，而且告诉晋献公有好处。如果打了胜仗，心里一骄傲，认为自己可以成为一国之主了，必然就会把他心中的计谋显现出来。如果打了败仗，晋献公就可以治他的罪，而且到边疆去打仗，用不着你国君亲自出征。有这么多的好处，何乐而不为呢？晋献公一想：对。"好吧。"于是就传下命令，让世子申生出兵。

世子有两位老师，太傅杜原款跟着申生在曲沃呢，少傅里克正在朝中。里克听说了这件事，就来见晋献公："国君啊，您怎么能让世子申生出兵呢？""嗯？他当初也跟着我领兵出征，打过胜仗啊。""那是跟着您，为了锻炼锻炼。"当然，《东周列国志》的原文不是锻炼锻炼，咱们得按现在的话说。"现在您让他一个人出兵，他正在镇守曲沃，不宜出征。"曲沃是晋国祖上的发祥之地，镇守曲沃等于镇守第二个国都，现在让他一个人领兵去打仗，不合适。"因何不适宜呢？""世子乃国之贰君。"

就这一句话，骊姬在旁边听着就不愿意了。一般来说，都不会随便让世子，也就是后来的太子出去打仗。倘若国家有变，国君突然死亡，国家不可一日无君，军中不可一日无帅，世子就得即刻登位。如果国家一日无君，那就坏了，所以世子不能轻易出征。里克说得对不对？说得对呀。但是骊姬脸往下一沉，瞧了瞧晋献公，晋献公想起了周幽王就死在周平王跟他姥爷的手中，心中一哆嗦："里克呀，我有子九人，还不知谁为世子呢。"骊姬一听，当时心里就乐了，但是脸上可没带出来。晋献公有几个儿子？咱们知道的有骊姬和少姬分别生的奚齐和卓子，世子申生是齐姜生的，然后还有重耳和夷吾。他和后宫的别的妃子也生过孩子，一共有九个儿子。晋献公就告诉里克，我有九个儿子，还没说谁是世子呢。这可是揣着明白说糊涂话，世子申生立了这么多年，谁不知道啊？里克当时一看这情形，就没言语。"来呀，传我的命令，让申生领兵出征，去灭皋落氏。"

世子申生接到命令，要戎装出兵了，有人就劝他："您不能出兵。"好多人都是跟世子申生非常贴心的人，在朝中掌着权，有暗线，来回传递消息，劝申生不要出征。申生说："父亲让我出兵去打，我就得去打。我也知道，这是骊姬在旁边出的坏主意，但是我爹离开骊姬一顿饭都不行，一宿觉都睡不着，所以我不能让父亲因为我而恨上骊姬、想念骊姬，我就得出征。"

手下人怎么劝都不行，世子申生老实，就这样领兵出征了。这一仗还打赢了。骊姬想着让他打败仗，就可以治他的罪，结果打了胜仗了。而且申生打完胜仗之后，告知于朝廷，不骄不躁，没事儿。这一下把骊姬急坏了，骊姬就想办法，让梁五、东关五还有优施那些跟她一党的人到外面去打探消息，看看有什么机会可以害世子申生。

哎，机会来了。就在晋国附近，有两个邻邦小国，一个叫虞国，按现在说这地方都靠近三门峡了；还有一个国家是虢国。虢国之主好斗、好勇，虽然国家小，但是虢国总跟晋国折腾，骚扰晋国的边疆。晋献公很生气，骊姬借这个机会就对晋献公说："世子申生好啊，能统率大兵，总打胜仗，您让他去把虢国灭了，把虞国灭了吧。"

于是晋献公在办理国家大事的时候就传下了命令。命令往下一传，大夫荀息就说话了。这位大夫荀息也是朝中的忠臣，心中也是向着世子的。

"大王，这件事儿好办，您不就是想消灭虢国吗？""嗯，我还想趁机消灭虞国。""这都好办，我给您出主意，用不着世子亲征。""好啊，计将安出？"荀息说："大王，这么办，虢国的国君好打仗，而且好色。"所以您看《东周列国志》，一句话就能告诉您，要打算了解对方的情况，您必须摸透对方的缺点，然后再实行对策。因为虢国国君好色，这就好办了。"您把宫中的女乐选上几名给他送去，琵琶丝弦弹唱歌舞，虢国的国君一高兴，他就不会再跟您为仇作对了。"

晋献公听从了这个主意，由打宫中的女乐之中选出了这么十几位，组成了一个女子乐队，有弹琵琶的、有吹笙的、有吹箫的……还都会歌舞，也都很漂亮，就给虢国送去了。虢国国君手下也有忠臣，劝说虢国国君不能要，成天沉迷于酒色，那国家就完了。"哎，人家是好意送给我，每天陪着我给我演舞，多好啊。"

于是虢国国君就天天看女子乐队给他又跳又唱，他高兴。这个消息就传回来了，荀息又给晋献公出主意："您打算灭掉虞国、灭掉虢国，那我给您出主意。您跟虞国借道，就把虢国灭了。现在虢国国君沉迷于酒色，他不愿意打仗。借这个机会，您火速出兵，出其不意。在通过虞国的时候，不让虢国知道，然后给他一个突然袭击，就能把虢国灭了。然后您回来的时候，顺道把虞国也就灭了。"晋献公听完，乐了："随我便啊？听我的？人家的国家让我走？""您看，我给您出主意：虞国的国君好宝、好贪。"您看，又抓住缺点了，"他喜欢什么呢？喜欢古玩、宝物、马。您就要舍得您身旁的这匹宝马良驹，再把您心爱的那块玉璧拿出来，我给虞国国君送去，然后跟他借道，咱们进兵虢国就好办了。把虢国一灭，顺道回来把虞国也就灭了。""我舍不得呀。""哎哟，您舍不得？您舍不得那就得不到虞国跟虢国。没关系，您按我的主意办，等把这两个国家都灭了，我把宝马再给您牵回来，再把您的玉璧物归原主。"晋献公听完："你说梦话哪？哪儿那么容易呀？"荀息还真聪明："您给不给吧？""我给。"

就这样，晋献公拿出了自己的宝马良驹，这宝马可值了银子了，然后把国之宝物——一块玉璧也交给了荀息。这玉璧到底值多少钱？无价之宝。因为天底下地上头仅此一块，这东西可就值了钱了，晋献公每天都得看看自己的这块璧，您想他得多喜欢这块璧。两样东西都交给荀息之后，荀息说："大王，我出主意，我去顺说虞国国君，但是打仗得用里克。""好吧。"

这边里克就把兵马准备好了。虢国国君已然上了当了，成天这儿琵琶丝弦美着。然后荀息来到虞国，面见虞国国君，把宝马、玉璧往上一献。虞国国君高兴啊，心说：晋国这么大的国，晋国国君珍爱的宝贝都给了我啦，太好了。虞国国君手下有两个能人，一个叫宫之奇，一个叫百里奚。宫之奇就劝虞国国君："您不能要，烫手。""这么大国家的国君送给我的东西，证明人家看得起我，为什么不要啊？"他贪他爱呀，没地儿买去呀，有多少钱也换不来这东西呀。忠臣劝谏，国君不听。荀息紧接着就跟虞国国君说："跟您商量商量，我的国君要跟您借道。""借什么道啊？""二百乘战车，由打您虞国境内借道而过，我们去打虢国，但是不能让虢国知道。用您的战车，打着您的旗号，把我们的兵都搁在您的车里头，突袭之下，就能把虢国灭了。等大军回来之后，把虢国的财物给您一半儿。"虞国国君贪啊，贪心不足，已然有了宝马、玉璧了，还想要一半儿虢国的财物。"哦，这样借道啊，去吧。"

就这样，虞国准备好了自己的旗号、战车，晋国的兵来了，都乘着虞国的战车、打着虞国的旗号，由里克带领，直接穿过虞国。到了虢国，一下子就把虢国打败了。虢国什么都不知道啊，以为是虞国的兵将，万也没想到是晋国的兵将杀来了，结果虢国被灭了。灭了虢国之后，晋国的大军往回走，不回晋国去了，晋献公派大将里克在这儿呢。里克借口说身体有病，偶有不适，犯了低血糖了，得满处找葡萄糖注射去。那时候葡萄糖也不太好找，反正找了个说辞就不走了。老不走呢，虞国国君就在这儿伺候着。没想到晋献公也带着晋国的大兵来啦，"唰"的一下就在虞国的国都里放起一把火来，这样就把虞国也灭了。这个计策就叫"假途灭虢"之计，用了这么点儿女子乐队，用一匹宝马、一块玉璧，就把两个小国都灭了。

荀息跟着里克，带着兵马回来了。荀息捧着玉璧，连同宝马一起，后边还拴着囚犯——虞国国君，面见晋献公。"您看，用不着世子出兵，咱们赢了。"晋献公当然很高兴，虞国国君成俘虏了，他身旁还带着一个人，这个人叫百里奚。虞国国君就问百里奚："当初我收晋国宝物的时候，宫之奇劝我，你为什么不劝我？""我不能劝啊。您不听他的话，结果他走了；我再一劝您，我也得走了，那现在谁陪着您呢？"嘿，这百里奚还挺会说话。就这样，虞国国君带着百里奚一起成了晋献公的俘虏。没用世子申生，这件事情就解决了。

百里奚在晋国，又不愿意为晋国服务。就在这个时候，秦穆公到晋国求亲，晋献公就把世子申生的妹妹许配给了秦穆公。出嫁的时候得有陪嫁之臣，晋献公一看，百里奚没用，就把百里奚作为陪嫁之臣，跟着自己的女儿走了。骊姬虽然心里踏实了，但是不高兴，为什么呢？有荀息之智，有里克之能，这两个是世子申生的死党，怎么办？没办法。"传优施。"这位优施又来了。"您找我何事？""给我出计策。""您坐这儿，我给您帮忙。"优施还真有主意，"荀息的本事在里克之上，您别瞧他不会打仗，但是他太聪明太能干了。您可以请求国君，让他成为奚齐的老师。这样呢，他就会向着奚齐，就不向着世子申生了。"

骊姬就来求晋献公，那晋献公当然很高兴，这么好的能人给我的儿子当老师，就答应了。这样，荀息就等于加入了骊姬、优施这一集团了。骊姬还问优施："你把荀息的事情解决了，那么你告诉我，里克怎么办？""哼，里克我也有主意。您把宫中珍藏的最好的美酒给我，里克好饮，而且没有决断之策。"

您看，又抓住了人的弱点。里克这个人好喝酒，而且优柔寡断，往这边靠靠，怕不成，又往那边靠靠，也怕不成。骊姬答应了，就把宫中存的最好的酒交给了优施，优施带着酒就到里克家里来了。把酒宴摆上之后，优施一边歌一边舞，要按现在说呢，就是唱大鼓。因为唱的是故事，以歌唱古人的故事让里克听：你是得罪国君呢，还是得罪世子啊？那里克也不是糊涂傻子呀，听明白了。然后里克就把优施拽到自己的床边，用手扶着他的膝盖，问他："我应该怎么办？"优施告诉他："您自个儿琢磨着办吧。刚才我唱的这些故事您已然听清楚了。"里克说："我明白。让我帮着世子，害他的父亲，我办不到，我不是这样的人；让我帮着国君，害他的儿子，我也办不到。优施，你说我该怎么办？""那您就想办法退出去。"

里克聪明了，等优施走了之后，过了几天，他出去办事儿，成心由打马上掉下来，摔坏了，没法帮着国君做事了，他闪了。您看，这人就是有聪明的有傻的。从此以后，里克不管朝中之事，荀息成了奚齐的太傅。这两个能人，一个不管国家大事了，另一个在骊姬的党羽之内了。

去掉心中之患后，骊姬和优施商量好了主意，然后面见晋献公。优施对晋献公说："我听说世子挺想回来看看你们夫妻二老。"当天晚上，骊姬就对晋献公枕边谗言："大王，这段时间我净做梦，梦见世子申生的母亲，也梦见了申生。您想想，现在荀息当了奚齐的老师，将来您老了，我还得托付世子。您岁数大了，将来您有个百年之后，申生当了国君，我和我的儿子奚齐，还有少姬跟她的儿子卓子，我们姐儿俩和这两个孩子都得倚靠申生。您把申生请回来，我想他了，我听说他也想您了。"晋献公一听："那好办啊。"马上就派人送信去，让申生由打曲沃回来。申生从曲沃回来得先见爹，给爹行完礼之后，晋献公就告诉他："你后娘想你了。"

世子申生就奔往后宫。一到后宫，骊姬捯饬得花枝招展的，摆上酒宴款待申生。第二天得回敬啊，世子申生就借骊姬的地方，也摆上一桌丰丰盛盛的酒宴。吃完之后，申生走了。等到了晚上，骊姬又把枕头抱起来了，又在枕边说话了，她抱着晋献公的胳膊哭。晋献公一看："夫人，你这是怎么了？""唉，世子调戏于我。""不可能，申生是个老实人，不允许自己身上有一点儿污点，他怎么会调戏你呢？你是他母亲啊。""唉，您不知道啊，申生跟我说了，说您老了，想当初他爷爷老了，您就跟齐姜有了他了。"晋献公脸都不红，确实有这么档子事儿，晋献公就是和他的后母齐姜养活的申生。就是因为他的父亲武公娶了齐姜，武公岁数大，齐姜年轻，而当时晋献公也年轻，就和自己的小母亲有了世子申生。所以骊姬就举了这个例子。"他摸着我的手问我：倚靠何人可以和你相比？那意思就是他想要和我同枕共欢。"那晋献公还不吃醋啊？晋献公气坏了："岂有此理！"转念又一想：不对吧？"哈哈，无有此事。""您不信啊？没关系，明天我把申生约到花园，您看看申生有什么举动，您在楼上偷着观瞧，可不许下来。""好，我忍住寒气儿我看着。"

晋献公答应了。第二天早上起来，骊姬马上往下传话，请世子花园一游，申生不敢不来呀。等把这话传下去之后，骊姬开始梳妆，让手下的侍女拿上一瓶蜂蜜来。"夫人，这是营养品，您想喝也不能一下子喝这么多，待我调来。"扩点儿蜂蜜给您调去。"不用，今天用它梳妆。""往您的发鬓上抹？""然也。""这可是吃的东西。""你不知道，而今养护由发根谈起。""哦，我明白了。"骊姬在这儿梳妆，让侍女在自己的头发上由打发根开始往上抹，抹蜂蜜，一层一层地抹，抹满了蜂蜜，然后插上花儿，插的还都是鲜花。骊姬本来就漂亮啊，貌似息妫，妖同妲己，这个女人得多妖艳啊。穿得花枝招展，戴着一脑袋花儿，上边抹满了蜂蜜，由侍女搀着，就走到花园门口了，骊姬一甩袍袖："下去吧。"这些侍女都在花园外头等着。骊姬往前一看，世子申生正在园门处候等。"拜见夫人。""世子，请。"

两个人一块儿进了花园门。您想晋献公他们家的花园得多好看？那可是宫中的花园啊，小桥、流水、假山，水中有船，两边儿都是花，空中有楼阁，晋献公在楼阁里藏着，还不敢露面。一看世子申生陪着骊姬进来了，骊姬扭扭捏捏，申生在旁边相陪。您想两个人逛花园，不能一个在这头儿，另一个在那头儿啊，俩人得聊天儿啊，越聊越近，越聊越近。世子申生是个老实人，骊姬扭扭捏捏地一边走，一边跟他说话。您琢磨琢磨，骊姬这一脑袋蜂蜜再加上鲜花，蜜蜂能不来吗？"嗡……嗡……嗡……"晋献公一来离得远，在楼上呢；二来老眼昏花的，也看不见有蜜蜂，耳朵也不太好使，听不见小蜜蜂的声音。申生也不知道这是怎么回事儿啊，就见蜜蜂在骊姬的脑袋上转悠。骊姬用手一指："世子，替我轰轰这些小蜜蜂。"申生老实啊，就用长袍的袍袖轰赶蜜蜂，他又不会长袖舞，轰一下这样，轰一下那样，也没有什么舞姿，就围着骊姬的脑袋转。

"嗯？！"晋献公在楼上一瞧：这是调戏我媳妇呢。好小子，这个遗传基因他也有啊？晋献公气得直哆嗦，浑身的汗毛孔都张开了。对了，骊姬让我忍一忍，我接着往下瞧。两个人越往前走，蜜蜂越多；越往前走，蜜蜂越多，怎么轰都轰不过来。轰着轰着，您想，袍袖一甩，蜂蜜黏啊，就粘到骊姬的头发上了，另一只手赶紧帮着往下择，远远看去就好像搂着骊姬的脑袋似的。晋献公这气啊，心说：还来一kiss（吻）。晋献公气坏了，实在不能看了，低下头来："唉……"忍着，倘若我现在出去，骊姬该不愿意。好容易看见两个人分开了，骊姬帮着申生择，把袖子、手、头发都择开了。两个人逛完花园，申生回去了。

骊姬回来了，看见晋献公在那儿生气呢。"夫人，过来。""过来什么？""我看看你的脸。"晋献公一看，什么都没有：哦，没kiss（吻）。"我要杀申生，他确实调戏于你。"骊姬真会来事儿，"扑通"一声，就跪下了："您可不能这么办，是我传话让您把申生招回来，说您也想他了，我也想他了，让他回来的。如果说他回来之后，您把他杀了，知道的还好，是他调戏于我；不知道的谁又看见他在花园之中还有酒宴之上调戏我呀？传到天下人耳朵里，又是我骊姬害的他，惑国君伤其子，我不为也。得啦，您也甭为难了，反正世子就是恨上我了。如果我从于他，那么将来您有个百年之后，我就是他的人了；如果不从于他，将来您百年之后，他当上国君，他必杀我与奚齐，还有少姬和卓子。"骊姬哭啊，"还是我死了吧。"骊姬抱着晋献公的腿说出这样一番话来，那晋献公能舍得吗？"哎呀，夫人，我焉能舍得你呀？起来起来，我得想个办法杀了申生。"

晋献公余怒未息，第二天办理国家大事，传下命令，让东关五带着二百乘战车遄奔曲沃。因为世子申生已然回去了，要东关五取申生项上人头。朝中有人知道了，马上往曲沃送信儿，让申生跑。申生说："我不能跑，我要是跑了，以后都得说我父亲不仁。我父亲离开骊姬一天也不行，吃不下饭，睡不着觉。如果我死了能够成全我父亲他的老年之欢，那么这是我做儿子应当的。"您说这事儿，世子申生没办法，就自刎了。他的老师杜原款怎么劝他，他也不听。杜原款就在这儿坐着。时间不大，东关五带领战车来了，把杜原款捆上了。有人也劝杜原款："您为什么不跑啊？"杜原款说："我不能跑。"

就这样，杜原款被带回宫中，让骊姬和晋献公杀了。当然，还有一种传说。一个说法是蜜蜂计，还有一个说法就是胙肉。这是两种说法，因为《东周列国志》的版本不一。说晋献公还是不想杀申生，因为申生非常孝顺。骊姬蜜蜂计不成，又用了一条计策。

赶着晋献公出去打猎了，骊姬又找优施出主意。晋献公打猎不是一天两天能回来的，不能像现在似的，出去玩了，一会儿坐着直升飞机就回来了，没有那么快。晋献公带着人骑着马出去打猎，顺便也办些边疆国事，骊姬就找优施商量。优施马上派人传话给世子申生，说骊姬做梦梦见世子申生生母齐姜了。梦见故人了，那么她儿子应该干什么呢？就得祭祀。祭祀得用肉，而这肉祭祀完了给谁吃呢？给亲人吃。申生很老实，就在曲沃进行祭祀，祭祀完之后，马上让人骑着马把祭祀用的这块胙肉送到晋献公的宫中，让晋献公吃，这是孝子所为。

胙肉送去六天之后，晋献公才回来。晋献公一回来，骊姬就跟他说："大王，申生真是孝顺。前几天我梦见齐姜了，就让人把这个消息传到曲沃，申生给他母亲上供祭祀，然后把胙肉给您送来了。现在我已经做得了菜了，请您享用。"晋献公很高兴，心说：看看，我儿子这样，还是孝顺我。刚要下筷子吃这肉，还没等晋献公送到嘴里呢，骊姬用手一扒拉："您先别吃，外来的东西必须好好验验。""这怎么是外来的？这是我儿子给送来的。祭祀齐姜的肉，给我送来，我是他的父亲，我应当吃，这是国之常理。不会有事的，这不是外来的东西。""那可不成，由打宫外送来的，就是外来的东西，因为经过别人的手。"骊姬一点手，手下人拉过一条狗来，骊姬就拿了一块肉喂狗，狗吃完之后，七窍流血，"扑通"一声，倒地就死了。晋献公大吃一惊。骊姬接着用手一点，把一名小侍女唤到面前。"吃。""不吃，No（不）。"因为她看见狗死了。"你当忠心奉君。"小侍女心说：你怎么不忠心奉君？瞧着骊姬，就是不张嘴。骊姬好狠啊，让两名武士掐着这个十二三岁的小侍女，抓起一块胙肉就往嘴里塞，时间不大，这名小侍女也躺在地上，七窍流血死了。骊姬"扑通"一下，又给晋献公跪下了："大王，您看看，申生要害您啊，就是急着想当国君，您看怎么办吧。"

那晋献公还能不生气吗？晋献公马上传下命令，让东关五带着二百乘战车遄奔曲沃。这也是这么传言的，那也是派东关五，这也是派东关五，两种传言我给您揉在一块儿了。遄奔曲沃有人撒腿如飞就跑啊，给世子申生送信儿去了，告诉太傅杜原款："您赶紧带着世子走吧，现在国君震怒，派人马上就到，要来杀世子。"杜原款赶紧来找申生，把这件事一说，申生就哭了。"老师，您说我该怎么办？""没别的办法，逃吧，离开这是非之地。"在这儿，申生也是这么说的。"我父亲离开骊姬不行，离开我可以。我父亲有好几个儿子呢，我死了以后，别人还可以做晋国之主。但是我父亲离开骊姬不行，一顿饭都吃不下去，一碗水都喝不下去，一晚上连觉都睡不着，天天这样。我做儿子的不能对不起父亲，我应该尽孝心。"所以世子申生自刎而亡。申生死了，东关五杀进曲沃，杜原款往这儿一坐。东关五都很纳闷儿："哎，我说杜原款，你这老头儿怎么不跑啊？""我就等着你把我捆上呢。"东关五也不明其情，过来就把杜原款捆上了，押到车上带回宫中。

到了晋献公面前，骊姬在旁边站着呢，晋献公用手一指："杜原款，我把我的儿子申生交给你，你是他的老师。你不好好教导他，让他加害于我？""大王您错了。""我怎么错了？""您想想，夫人想念齐姜，派人送信到曲沃。世子是个孝子，祭祀母亲之后，把胙肉从曲沃送到您的宫中。可是您出去打猎去了，六日方回。如果说世子事先已经在这块肉上下了毒，那么送到宫中，您六天之后才回来，这肉就会变色了。"搁现在说，早就变质了，"难道还能够等到六天之后而毒气不发吗？我之所以在曲沃等着人来绑我，把我绑到您的面前，就是为了替世子申冤！"晋献公明白不明白？这个人要到了糊涂的时候，他就不明白了。骊姬在旁边一看，心说：再说下去就要把我的诡计揭穿了。"好你个杜原款，世子本来是个孝子，没想到你陪着他到了曲沃以后，变着法儿地让世子加害国君。来呀，打！"手下人拿着铜锤愣是把杜原款的脑袋击碎了，您说这骊姬得有多狠。晋献公余怒未息。申生也死了，杜原款也死了，里克在家装病，荀息是奚齐的老师，也不敢言语了，剩下的朝中的人全是磕头虫了，只能服从骊姬，只能服从晋献公，谁也不说话了。擦干血迹，掩埋尸体，咱们书不细表了。

晋献公回到后宫，也吃不下饭去。这时候，骊姬过来了。"大王，我听说公子重耳、公子夷吾已然到了城外了。""哦？没有我的话，他们两个人为什么来到京郊？""我也不知何故啊。""唤他二人前来。"晋献公传下命令。手下人赶紧来到城外一看，公子重耳的车也没了，公子夷吾的车也没了，马上回来禀报晋献公，说："两位公子已然走了。"骊姬说："大王，您瞧见没有？这两个人跑了，肯定他们是申生的死党。"

一般人都说蜜蜂计害申生，只是简简单单地讲讲蜜蜂计，很简单地说东周列国，而咱们说的骊姬害申生就比较复杂了，因为要打算害一个人不是那么随随便便的。再说，世子申生是晋献公的亲生之子，是晋献公深爱的齐姜所生，寄养在申家养大的，虽然说他的岁数排行在三，但是他被立为世子，子以母为贵，他的生母齐姜是夫人。虽然说齐姜是晋献公的小母亲，但是后来终于为他生了儿子，所以他的父亲武公死了以后，他就把齐姜立为夫人。申生的脾气前文书也说了，他洁身自好，非常清白的一个人。这么清清白白的一个人，就怕别人说他身上有污点。而且这个人越正派，他就越怕有人说他不好。你越说他有缺点，加害于他，他越生气；你越害他，挑他的毛病，他越憋不住。所以这种人就让骊姬摸清了脾气。

其实公子重耳要比申生大得多，公子夷吾也比申生大得多，但因为申生的母亲齐姜是夫人，所以被立为世子。这三个人，被骊姬害得一个奔了曲沃，现在已经被害死了；另外两个，公子重耳走了，回归蒲地；公子夷吾也走了，回归屈地。骊姬能够善罢甘休吗？骊姬想办法打听两个人的消息，回来对晋献公说："大王，您看见没有？听说申生往朝中送胙肉，接着两位公子就驱车而至，这是不是他们事先商量好了的？听说杜原款死了，两个人又驱车而走，他们是不是逃走了？肯定重耳、夷吾跟申生他们哥儿仨是死党。"

晋献公现在是越来越糊涂，顺着骊姬的思路，就把自己的儿子推到对立的一边去了，马上传下命令，让人指挥兵将，派勃鞮（zhī）到蒲地，派贾华到屈地，一定得把重耳、夷吾还有他们的手下全都逮回来。要据《东周列国志》说，公子重耳这人是双瞳，就是两个瞳仁，都说楚霸王项羽目生重瞳，这个恐怕连京剧脸谱也画不出来。画二郎神杨戬立生一目，这可能画得出来。楚霸王项羽是目生双瞳，重耳也是目生双瞳，咱们也没瞧见过这俩瞳仁到底是怎么回事儿。但是总而言之，知道重耳这个人很有本事。这段书叫什么？叫重耳走国。

勃鞮去追赶重耳，一直杀到蒲城之内。到了重耳的家，看见重耳正要越墙而走，勃鞮一下子就把重耳的袖子揪住了。重耳抽出宝剑把袖子一拉，袖子给你，人跑了。这就是古人穿长袖的好处，长袖子给你，胳膊往后一褪，袖子拉（lá）了，人走了。什么年代穿什么衣服，您看现在还有穿那么长袖子的吗？现在可好，短衣短衫。一追贼，想揪人家袖子，人家跑啦，逮不着啦；超短裙，根本没袖子。现在谁还穿大长袖子大长袍啊？跑也跑不动。所以一个年头说一个年头的事儿。结果勃鞮只得到了一只袖子，重耳跑了。这就是重耳走国，重耳一走国，将来就是晋文公，又是一位霸主。

重耳走了，夷吾也没逮着，骊姬虽然把世子申生害死了，但还有这两位公子呢。重耳在外，夷吾在外，这怎么办？申生一死，晋献公马上传下命令，立奚齐为世子。这时候奚齐多大呀？他还挺小呢，也就十来岁。立奚齐做世子之后，晋献公的身体可就一天不如一天了，晋献公知道自己要离开人世了，就叫来了老大夫荀息："荀息呀，你对我怎么样？""大王，我对您是忠的。""你要对我忠，我就把两个儿子奚齐和卓子交给你。""您放心，我一定尽忠而事。"

这人说完话就得算数，要是在君王面前说完话跟没用一样，那叫胡说八道，历史上也就不可能记载下来了。荀息在晋献公面前发下誓言："我对您忠心不贰，誓保奚齐、卓子。"按着《东周列国志》再往下说，就应该先把秦穆公说完了，然后说重耳走国，再然后才能说到奚齐登位呢。但是现在不能这么说，得把这件事情说结束了，不然的话您记不住。因为东周列国太乱，说着说着就把哪段儿忘了，所以咱们就得把晋献公的事儿先交代清楚。

晋献公临死之前托孤于荀息，然后就赴会去了。什么会？前文书说过，齐桓公和管仲召开了三个大会，最后一个会把齐桓公的位子又提高了，使其称霸于天下。等这个会散了的时候，晋献公才来，来晚了没赶上，回去就一命呜呼，死了。晋献公死了之后，荀息跟骊姬、梁五、东关五一起商量，立奚齐为君。立奚齐的时候，奚齐多大？十一岁。现在十一岁上几年级呀？能懂得什么呀？就是任凭他母亲摆布，骊姬满以为大权在握了。虽然说有荀息保着，但是那位掉下马来假装把腿摔坏了的里克心一动，良心发现，带着手下人就把奚齐杀了。骊姬只得再立卓子。卓子多大？九岁，又不是自己的亲生之子，但好歹是自己的外甥，他爹也是晋献公。从自己这边说，是外甥；从晋献公那边说，也是亲生儿子。就这样，卓子又成为晋国之主，可又让手下人杀了。晋国无君，这可怎么办，应该由谁来做晋国之主？那么重耳走国，如何回到晋国，从而能够执掌江山呢？谢谢众位，咱们下回再说。

第十一回　穷百里饲牛拜相

大梦谁先觉，平生我自知。草堂春睡足，窗外日迟迟。

这几句是诸葛亮唱的。诸葛亮说了，人生在世如同大梦一场，谁能知道自己将来怎么样啊？谁也不知道，唯独我诸葛亮知道。人生如梦，诸葛亮二十七岁出山，五十四岁死在五丈原，诸葛亮就敢说这大话，人生在世，谁也不知道自己将来怎么回事儿，平生我自知，高啊。

几句闲言勾开，接着说咱们的《东周列国志》。齐桓公的贤相是管仲，执政四十年，诸位都知道春秋五霸的头一位是齐桓公。那么齐桓公之后，春秋时期的第二位霸主是谁？就是秦穆公。

秦国在哪儿？当时的秦国在很远的地方，也就是现在出兵马俑那地方。在古代的时候，那是山连山、山套山，接近少数民族地区，人烟稀少。秦穆公这个人爱才，凡是能成其大事者必须得爱才。您听《三国演义》，曹操就爱才。曹操喜欢关云长，对关云长上马金、下马银，锦袍相赠，十名美女，赐以千里赤兔马，就是喜欢关云长。所以成大事者必爱才。而且秦穆公娶了一位好夫人，他在位六年，没有中宫，中宫就是正宫。妾有没有？那年头可以先娶妾。于是秦穆公就求晋献公，把晋献公的女儿娶到秦国来。

前边说了，申生在内而亡，重耳在外而安。再往下说，那就该说晋文公重耳了。申生有一个妹妹，也是个非常好的人，秦穆公就想娶这个姑娘，然后派公子絷（zhí）到晋国去求亲。晋献公让人算卦，算了半天，同意了，就把自己的女儿伯姬嫁给了秦穆公。伯姬是申生的亲妹妹，非常贤惠，贤惠到什么程度？您往后听。闺女呀，因为怕晋国亡国，什么时候都想着家里，晋献公死后，晋国要失国了，伯姬弄了一捆柴火，威胁她丈夫："你管不管？你要不帮着我们晋国，不保着我们晋国，我就把我自个儿烧死。"您说，养活这样的闺女多值啊。

当时晋献公答应了秦穆公的求妻请求，公子絷很高兴，带着从人往回走。走着走着，快离开晋国了，突然间看见前边有一个人在种地。这个人身量高大，按现在话说晃荡荡平顶身高得够一米八六，面如喷血。您查《东周列国志》的原文，说的是面如噀（xùn）血，噀的意思就是喷水，面如噀血就是面如喷血。那位说面如喷血是什么色儿？您琢磨琢磨，一刺刀扎进去，"唰"，喷出一股血来，这血特别鲜亮，就是这色儿。我说了这么半天，上哪儿瞧去？最好您别惦记着瞧。高鼻梁，虬髯在腮边打卷儿。胡子挺长，但一根根都打着卷儿。用手一抻就长了，一撒手又回去了，这就叫虬髯。这个人两只手同时耕地，两把镐头，"啪……啪……啪……"按《东周列国志》的原文："入土累尺。"锛下去好几尺。公子絷让车站住了，仔细地瞧着这个人，一瞧这面目不像种田之人，眉宇之间一派英风叠抱，看这人眉长过目，二目烁烁放光，这个人一定有本事。说公子絷会相面吗？不是，凭着生活经验能看出来。公子絷用手一指："嘿，你们瞧，这个人可有本事。"手下人一看："这人用俩镐头耕地，怎么那么大的劲儿啊？咱们过去试试。"

这几个人跟着公子絷来到田地旁边，一点手把这个人叫过来了。这人一看，来的是个贵公子，上前施礼："草民拜见。"公子絷用手一指："你，替他耕耕地。"一个手下人就把镐头拿过来了，举都举不起来。可这个人能两只手同时使两把镐头，同时耕地，双倍的力量。公子絷很高兴："请问你贵姓高名？""在下复姓公孙，单字名枝。""哦，你是哪国人？""晋国人也。""我看你挺有本事，为何不在晋侯身旁侍驾呢？"你这么有本事，为什么不在晋献公身旁，帮他处理国家大事，当个官儿呢？"唉，我是晋国疏族也。"疏远的疏，很远的亲戚，"没人引荐，都不知道我有多大本事。""好吧。"公子絷心说：主公爱才，我把他带回去吧。"既然如此，能不能跟我到秦国去一趟？面见我家君王，我举荐你在朝为官。""好哇，愿随你去。引荐之恩不能忘，多谢多谢。"

非常高兴，愿意去。就这样，公子絷就把公孙枝请到车上，带回了秦国。秦穆公一看，非常高兴，问公孙枝国家大事，他对答如流；再看他的武艺，十分精湛，而且习读兵书战策。秦穆公便封他大夫之职。同时听公子絷说，晋献公愿意把女儿嫁给自己，秦穆公赶紧准备了丰丰盛盛的聘礼，让公子絷再去一趟晋国。娶媳妇不能裸婚啊，这么大的秦穆公，一子儿不花就娶一媳妇回来，人家晋献公也不干啊。秦穆公准备了很多礼物，让公子絷带着，又到了晋国，把聘礼放下，迎娶伯姬前往秦国完婚。那个时候有陪嫁之臣，您看历史小说也好，听评书也好，看古装电视剧也好，说公主出嫁也好，名门闺秀出嫁也好，得有陪嫁之臣、陪嫁之人，那个时候公主出嫁，不但有奶妈、有丫鬟陪着，陪嫁之臣还有男的。这男的叫什么呢？叫媵臣。选谁呢？晋献公跟文武众卿商量，手下有一个人叫宫之奇，是虞国归降来的，他对晋献公说："大王，我给您举荐一个人。""哦，举荐谁？""举荐百里奚。您把虞国灭了，他跟着虞国国君现在咱们晋国。但他不愿意在晋称臣，不愿意保晋，心怀叵测，不如远之。"

　　您看，说《东周列国志》就是麻烦，不但原文得背着点儿，还得按现在的词儿说出来。宫之奇为什么要保举百里奚？上回书说了，宫之奇和百里奚都是虞国国君手下的臣子，虞国国君好贪，晋献公问他借道打虢国，把虢国灭了，然后虢国的财物分你一半儿。这是唇亡齿寒假途灭虢之计。跟你借道，那么不能白借道啊，送宝马，送玉璧，虞国国君喜欢，爱呀。结果借道给晋国，晋国把虢国灭了，回来之后也把虞国灭了，宝马、玉璧又都拿回去了，虞国国君也当了俘虏。宫之奇曾经劝过虞国国君，让他不要贪图那些东西。百里奚在后面拉宫之奇的衣裳，意思是你别贫了，根本不会听你的。宫之奇很生气，就对百里奚说："你为什么不帮着我谏言呢？对国君有好处。""嘻，你别费事儿了，你谏言君王不听，反而生气，如同桀王要杀关龙逄，纣王要杀比干。你这不是找死吗？你怎么谏言他都不会听的。"宫之奇一生气，不说了。虞国亡国的时候，百里奚跟着虞国国君就到了晋国，当了亡国之臣。后来有人劝百里奚："您在晋国出仕吧，您那么有本事。"百里奚说："不行，我既然跟着虞公，虞公亡国了，我得尽其忠心，我宁愿不出仕，不当官儿。"

所以现在宫之奇举荐他，让他陪嫁，跟着公主伯姬，嫁到秦穆公那儿去，陪嫁之臣，人家也看不起他。就这样，百里奚跟着伯姬，陪嫁到了秦国。百里奚到底有什么能耐？拿起《东周列国志》来，咱们都知道百里奚五羊皮，到底怎么回事儿？百里奚姓姜，百里氏，名奚，字子明，虞国人。虞国是哪儿？山西平陆。虞国挺小的，百里奚从小就穷，三十岁娶了一个媳妇姓杜，杜氏给他生了一个孩子。穷到什么份儿上了呢？吃了上顿没下顿。百里奚本事挺大，别人都劝他出去找官做，找个仕途。百里奚看看媳妇，舍不得；看看儿子，舍不得。杜氏就跟他说："大丈夫生于天地之间，不能守妻子而守困，妻能自给，你不用惦念我。你现在再不出仕出去闯荡，你这三十年可就白活了。"

妻子的鼓励，多棒啊。结果百里奚动心了，走之前两口子有说不完的话，哭啊，怎么着也得让丈夫吃饱了走啊。家里就一只母鸡了，杜氏把母鸡杀了，切吧切吧给百里奚炖母鸡。家里有什么菜呀？咸菜，切吧切吧，切点儿细末。然后想炖母鸡，看家里连柴火都没有了，把门闩劈了，拿门闩当柴火烧，把这只母鸡炖熟了，然后让百里奚饱餐一顿。百里奚要走了，归置好了东西，杜氏抱着儿子，拉着百里奚的衣裳哭："将来你有了功名富贵，可别忘了我。"百里奚说："一定不会忘记你。"

含着眼泪夫妻分别，百里奚上路了。三十岁出头儿出的门，到了四十岁什么都没当上。您以为出去打工那么容易啊？今天在这儿刷刷碗，明天又上那国混混，绿卡没拿下来，只得又回来。就这么混了十年，混到了宋国，实在是受不了了，别说高血糖，都成低血糖了，只能要饭。

这一天，百里奚腿一软，头一晕，"扑通"一下，就摔在一个柴扉头里了。惊动了里面的主人，出来一看，自己家门口晕倒一位，赶紧扶起来了。把百里奚搀到屋中，这个人很聪明，赶紧沏了点儿糖水给百里奚喝。虽然说白糖水没有葡萄糖水见效快吧，那时候也没有葡萄糖啊，喝了几口，百里奚稍微缓过点儿来了。主人就问他："你这是怎么了？""我是个要饭之人，您给碗饭吃吧。""你不像是要饭的呀。"

这人一看百里奚的模样，不像行乞之人。那位说，要饭的有模样？有模样，能看得出来。即便百里奚瘦，他也不像是要饭的，主人一看，就知道他有本事，虽然脸上、身上都很脏了。这人是谁呢？这个人叫蹇叔，也是个很有本事的人。"你不像是个要饭的。""我怎么不像要饭的呀？我都快饿死了……您现在试试我的血糖，都负零点六啦，我确实是要饭之人。""不对，你不是要饭之人。"蹇叔赶紧让妻子熬了粥，让百里奚喝完粥，又给他换了衣裳。"你就在我家先待着吧。"

过了两天，等百里奚完全缓过来之后，蹇叔跟他聊天儿，两个人一问一答，对答如流，上知天文，下知地理。蹇叔看百里奚真有本事，百里奚也明白蹇叔有本事。蹇叔拿百里奚当兄弟，干脆磕头拜把兄弟吧，哥儿俩磕了头了。

百里奚老住在蹇叔家里，也觉得不太合适，蹇叔家也挺穷，吃了上顿虽然还有下顿，但第三顿差不多就快没了。后来百里奚就帮着这个村里的人放牛，他放牛也研究，研究怎样才能把牛放好，慢慢还就总结出了一点经验。人不怕没饭吃，就怕不学习，百里奚养牛就研究牛经，心想：我应该怎样才能把牛养好了。就这么着，养牛养了一段时间，看见哥哥家里也很贫穷，自己一身的本事又不甘心，百里奚就对蹇叔说："不行，我得走。"蹇叔说："你上哪儿去？""我听说齐襄公被人杀了，现在公子无知做主齐国，招纳贤士，我去保他去。""你不能去。我告诉你，齐襄公是让人杀死的，公子无知不是齐襄公的儿子，他把国君杀了，他去做齐国之主，名不正言不顺，早晚必然失败，你千万别去。""好吧，哥哥，我听您的。"

百里奚不去了。待着待着，百里奚还是不甘心，心说：我得出仕，我有本事啊，我也不能老给哥哥添麻烦，放牛回来得住哥哥家，嫂子给浆浆洗洗。百里奚心里不忍。听说周天子的儿子颓找人养牛，百里奚一想：我去吧。蹇叔说："你去可以，是为了求生存。可有一样，我嘱咐你，你必须好好看看他能保不能保，不能保的话，你就千万别保他。你放心，我把农田里的庄稼收完了就去找你。"

多好的朋友。百里奚去了，到了那儿，周天子的儿子是周王子颓，一看百里奚觉得挺好，喂牛也喂得挺好，就把他收为家臣，想用他。没有多少日子，蹇叔来了，看到周王子颓之后，就跟百里奚说："兄弟，你不能保他。我跟你说，你看这人很有志气，张嘴说大话，说我将来要干什么干什么，其实他什么也干不了，这个人好吹牛。总想找一个很便宜的机会成其大事，这人成不了大事。干脆你跟我回去吧。"

就这么着，百里奚跟着蹇叔往回走，路上对蹇叔说："哥哥，干脆我回虞国吧。""你回虞国干吗？""想我媳妇了，出来十几年啦，我现在都快五十岁了，得回去看看我媳妇啊。"蹇叔一听："好吧，你既然要回虞国，我得告诉你，你可不能保虞国的国君。这个人爱小，爱小之人成不了大事。""那也没办法，我得回去。""你要真回去，我有个朋友叫宫之奇，这样吧，我跟你一块儿去。"

您说，这朋友多地道。蹇叔跟着百里奚回到虞国，来到自己家门前一看，百里奚眼泪下来了。门闩早就劈了，门框都塌了，问了问街坊，说他的妻子杜氏以纺线为生，没法儿养活儿子，自己也吃不饱，就带着儿子远奔他乡，不知去处。百里奚放声痛哭，扶着破门框，想着当初杜氏炖母鸡的情形，这通哭啊。蹇叔一看："你别哭啦，既然回到虞国，你的妻儿也都不在，咱们走吧。""不成，我不能走，不能离开家乡，万一将来我妻子又回来了呢。"

就这样，蹇叔带着百里奚面见宫之奇，宫之奇就把他们带到虞国国君的面前。虞国国君跟这俩人谈了谈，知道他们有本事。等两个人退出去之后，蹇叔就对百里奚说："这个人不能保，他见利而忘义，他好小，你给他点儿便宜他就忘了大义了。""唉……"百里奚叹了一口气，"哥哥，我如同陆地上的鱼。"陆地上的鱼，您说还能活吗？"有一勺水我就能活，现在虞君给我一勺水，我先凑合活吧。""兄弟，你为贫而仕，为了解决你的穷而当官儿保虞君。得啦，你就当吧。"

蹇叔很同情百里奚。这么着，百里奚就在虞国国君驾前称臣。后来虞国国君就为了贪图一匹宝马、一块玉璧，贪图这么点儿东西，国家亡了，自个儿当了俘虏。到了晋国，晋国给碗饭吃，百里奚也跟着虞君上了晋国。晋国国君想用他，他说："不行，为人要忠。"百里奚想起什么话来了？蹇叔常常对他说："要选择一位英明之主。你要出去做官，必须要找一位明君。你轻易仕人，糊里糊涂保一个人，如果这个人不行了，你知道他没能耐，离他而去，这就是你不忠；将来他的事业倒了，国家亡了，你跟他一块儿受困，还觉得我对得起他，这是你不智。你是傻子，你不聪明，你跟他一块儿受穷干吗使啊？"所以蹇叔常常教育百里奚，保就要保一位英明之主。百里奚想到这儿，就没做晋国的官员。

结果秦穆公求亲于晋国，申生的妹妹伯姬嫁到秦国，就让百里奚当了陪嫁之臣。多惨啊，陪嫁之臣，百里奚就跟着伯姬来到了秦国。走在中途路上，百里奚哭啊："唉……"仰天长叹，"大丈夫生于天地之间，我有本事啊。我为什么就不能出仕？现在做了一个陪嫁之臣，我多寒碜啊。"

这陪嫁之臣就如同妾，如同仆人。要是个女的，就如同是人家的小妾，太寒碜了。百里奚想着，可是没办法，到了晚上，一行所有人都休息睡了，百里奚想：我应该怎么办？快六十岁啦，就这么下去吗？不成，我得想主意。可是还想不出主意来，他同屋有一位，这位也不知道是干什么的，好像是赶车的，拿着本书在念："Escape（逃跑）。""嗯？"百里奚没听明白，"你念什么呢？""你看看，这是英文。""那你教我念念，可是英文我也不懂啊。""我给你念汉语拼音吧，táo。""哦，我明白了。"

百里奚恍然大悟，如梦方醒，撒腿就跑，跑了。跑哪儿去了？跑到了宋国，可人家不让他进去，拿他当奸细。没办法，又跑。跑着跑着，到了楚国，没地儿去了，要饭啊。楚国人认为他是奸细，把他逮着了，问他："你是干吗的？""我是虞国人。""虞国都亡国了。""是啊，所以我就没地儿吃饭了，就跑到你们这儿，不知道你们是什么国。""哼，你会干什么呀？""放牛。"

结果这里的人就让他放牛，一看他放牛放得不错。名声传得还挺快，让楚国国君楚成王知道了，吩咐手下人："把那个放牛放得好的给我带来。"带来了。"你会放牛啊？""我会放牛。""那你给我放牛吧。"因为百里奚总结经验，所以给楚成王养牛养得特别好。楚成王爱吃牛肉，就跟他谈，问他养牛、放牛有什么经验，百里奚就把自己总结的经验都说了。楚成王不但爱牛，而且爱马。"要按这么说，你养马应该也行。""成啊，我可以作为圉（yǔ）人。"

圉人就是养马的人。就这样，楚成王让百里奚到海边去牧马养马，百里奚就跟这些马共同生活。突然间有人来逮他，楚成王命人把他装在囚车之上，百里奚可没害怕，旁边的人都害怕了。怎么回事儿呀？因为公子絷保着伯姬到了秦国，秦穆公娶了伯姬做夫人，一看随行人员的名单，"媵臣百里奚"，点名，没有。一问百里奚哪儿去了，公子絷也怕担当责任啊，只得实话实说："大王，他颠儿了。""什么叫颠儿啊？""就是跑啦。""什么叫跑啊？""他跑了就是跑了，他不愿意来咱们秦国，他就跑了。""大胆！你得把他给我找回来。"秦穆公很聪明：既然不愿意当陪嫁之臣，不愿意到我秦国来，说明这人有志气，得把这人找回来。"找不回来啦。""哪儿去了？""那我哪儿知道啊。""那可怎么办？""您就发出细作打探打探吧。"

秦穆公还真用心，发出不少细作到各个国家去打探。哎，终于得报了——楚国海边有一个牧马之人叫百里奚。秦穆公就把公孙枝叫来了。"当初你是第一个跟着公子絷来的，你是晋国人，晋国挨着虞国最近，你知道百里奚这个人吗？""我知道。百里奚姓姜，百里氏，单字名奚，字子明，虞国人。""这我也知道，我问的是百里奚有本事没本事？""回大王，他有本事。""他有什么本事？""我听说了，虞国的国君见小而失国，虞国国君不听谏，而百里奚就不谏言，是其智也。"你给虞国的国君出主意，就像宫之奇这样，可是他不听，不听你就别再跟他说了。百里奚不谏言，他的聪明就在于此。"虞国亡了，虞国国君到了晋国做了亡臣，百里奚不保晋国，不出仕，不为晋国出力，是其忠也。忠智之士，乃贤士也。"

百里奚为人尽忠，而且有智慧。秦穆公正想强大秦国，必须招募天下奇士。"好！我一定要回百里奚。公子絷。""在。""你带着十二车金帛，到楚国把他要回来。"公子絷说："慢！""你为何阻拦？""您要是送去十二车金帛，百里奚就来不了了。""为什么呢？""您想想啊，百里奚在那儿干吗呢？给楚国国君牧马呢，楚国国君就知道他会放牛会牧马，不知道他有本事。如果十二车金帛送去了，又是金子又是高级的绸缎，楚国国君也不傻啊：拿这么多东西来换这么一个破老头子？这老头子肯定有能耐呀，把他留下，不让他回去了。百里奚可就再也回不来了。""那怎么才能把他要回来呢？""我给您出一个主意，您弄五张公羊皮，给楚国国君送去。就说您嫌寒碜，娶了妻子，妻子倒是接来了，陪嫁的人愣是跑了。您得把他弄来，治他的罪，不能让他跑了。您得要脸，不能寒碜。得了，这个人也不值钱，给楚国国君五张羊皮吧，把百里奚换回来。"秦穆公一听：这个主意不错。"来呀，准备五张公羊皮。"

公羊皮？您回去看看《东周列国志》，原文是"羖（gǔ）"，羖的意思就是公羊。公子絷拿着五张公羊皮就奔楚国了，到楚国见着楚成王，说道："大王，我家国君命我带五张羊皮来换人，您得让我把那个媵臣给拿回去，我家国君要治他的罪。""好吧，把百里奚装在囚车之上，给秦国送去。"

因为楚成王知道秦国很强大，想巴结秦穆公，所以就命人带着木笼囚车到了海边。"谁叫百里奚呀？""我是百里奚。"大家伙儿一看：这国君吃饱了撑的，要他干吗使呀？皮包骨头的那么一个破老头子。众人把百里奚装在囚车之上。您别瞧，百里奚人缘儿还挺好，旁边一块儿放牛的、牧马的，都揪着百里奚哭："你可别回去了，不如就在这儿死吧，你回去也得被秦国国君杀了。他说你不愿意做陪嫁之臣，逃跑了。""哎呀，停。你们哭什么呀？止住眼泪，止住悲声。""怎么，你还要演讲是怎么着？""对。"囚车演讲，百里奚站在囚车之上，"你们别哭。告诉你们，秦国国君要我这么一个陪嫁之臣干什么？非得要我？这是知道我有本事，不敢拿很多的金银来换我，怕楚国国君怀疑，就用了五张羊皮，让楚国国君以为我没本事，把我接回去，其实秦国国君知道我有才能。回去我就当官，大富大贵。你们哭什么呀？将来找我去，有吃有喝，咱们是朋友嘛。"

嗬，大模大样，百里奚还挺高兴。就这样，百里奚跟着秦国的人回去了。百里奚聪明啊，怕楚成王明白过来，一道上都让车快走，很快就回到了秦国。到了秦国之后，迎接百里奚的是谁？公孙枝。大夫公孙枝把百里奚接下囚车，然后让他沐浴更衣。这老头子洗洗脸，漱漱口，然后梳理梳理，换上崭新的一身衣服，二眸子烁烁放光，还真精神。公孙枝一伸手："请吧。"由公孙枝陪着，百里奚来见秦穆公。"参见大王。"秦穆公上下一打量百里奚："我说，公子絷，苍孙啊？"百里奚听明白了，秦穆公以为他听不明白呢，他哪儿知道，百里奚怀里揣着《江湖丛谈》呢。说我苍孙，说我是老头子，没用。百里奚手捋胡须，微微一笑："君王嫌我老矣？"嗬？听出来啦？说行话都不行。"请问多大年纪？""不大，七十岁矣。""须发皆白，还不老吗？""七十不老啊。""七十还不老？""七十？连丽如七十多了还说书呢，我怎么老啊？大王，您要让我去山中打猛虎、箭射飞鹰，那我百里奚的确是老啦，不中用了。但您要让我坐在您面前，跟您畅谈国是，助您一臂之力，兴旺秦国，我可不老啊。姜子牙八十岁，坐在渭水河边垂钩直钓，他八十岁了都没走运，比我还年长十岁呢。结果周文王夜梦飞熊，捧毂推轮，把姜子牙请入西岐城，登台拜帅，帮着周文王、周武王打下了大周朝近八百年的天下。"

这是我说，实际上那时候还不能这么说，当时东周还没完呢。姜子牙确实帮着大周朝打下了天下，到百里奚那时候起码四百多年了。百里奚告诉秦穆公："您能说姜子牙老了没能耐吗？周天子都得感激姜子牙啊！姜子牙登台拜帅，运筹帷幄，指挥人马，百战百胜，帅才呀。我虽然年过七十，但是我还没姜子牙大呢，我有本事，就怕您不问。""好。"秦穆公高兴了，就问百里奚国家大事，"我秦国远离中原，应该如何强盛？"百里奚给他分析："秦国旁边都是戎狄这些少数民族国家，而且秦国山势险要，往中原发展很不容易。您得利用山势，利用旁边这些少数民族国家，该团结的团结，该打的打，重用贤才，强盛秦国，然后窥伺中原，将来秦国必胜。"头头是道，给秦穆公指明了强国之道。秦穆公非常高兴："好，拜你上卿之职。""No（不）。"百里奚不干，"我没这本事。""你有这么大本事，能强盛我秦国。""不成，我给您举荐一个人。""何人也？""蹇叔。""你为什么举荐蹇叔？""蹇叔才能胜我十倍。头一个，他看得起我，让我住在他家里，以兄弟相称，能让我活过来；二一个，我想去保齐襄公，他告诉我齐襄公死了之后，他的继承之人无知，名分不对，必然亡国，没让我去；三一个，我到周王子颓那儿去放牛，他说此人成不了大事，虽然有志，但是办不成大事，也不让我干了；四一个，我回到虞国，他劝我可保便保，不可保则不保，不能为一个不值得保的人尽忠心，也不能陪着他受罪。蹇叔这个人太有本事了，现在他在宋国鸣鹿村隐居，您必须把他请来，我们两个人共同辅佐于您。""好。"秦穆公马上让公子絷前去请蹇叔。公子絷要走了，百里奚拿出一封书信来："你要打算把蹇叔请出来，必须有我的亲笔书信。"

公子絷带好了秦穆公的聘书，按现在说叫聘书；准备好了秦穆公要送的宝物，金银财宝——珍珠、翡翠、猫眼儿，得拿钱请啊，得下重金；然后又带着百里奚亲笔写的一封书信，改扮成商人。说不能明目张胆地去，秦国跑宋国挖人才去了，这不行。公子絷改扮成商人，来到宋国鸣鹿村找蹇叔。找着没有？找着了，咱们书不说废话，不但把蹇叔请到了秦国，而且把蹇叔的儿子也请来了。本来蹇叔不愿意来，和公子絷说："你们有一个百里奚就够了，我不去，我这人喜欢隐居。"公子絷对蹇叔说："我们君王盼你如同旱苗盼甘雨。"旱啊，就希望你去，一下雨我们就活了。而且公子絷把百里奚的书信拿出来了，信写得好，说哥哥您不来，我就回去跟您共同隐居。好不容易百里奚有仕途，出去当官了，蹇叔就为了百里奚出仕了。公子絷说："你得把你儿子带着。"因为公子絷在与蹇叔之子交谈的过程中，发现蹇叔的儿子也很有本事，蹇叔也同意了。蹇叔的儿子叫什么呢？叫白乙丙。您看，咱们中国的文化确实太深了，得慢慢研究。蹇叔的儿子叫白乙丙，其实他是蹇氏名丙字白乙。东周时候先叫字，后说名，所以是白乙丙。我简单举个例子：诸葛亮，复姓诸葛单字名亮，字孔明。在东周的时候怎么叫他呢？叫孔明亮，按《东周列国志》就得这么叫。这样，蹇叔和白乙丙爷儿俩一辆车，蹇叔坐在车上，白乙丙赶车；旁边公子縶坐一辆车，一块儿回秦国了。

到了秦国，秦穆公非常高兴，跟蹇叔坐谈国家大事，蹇叔对答如流，不谓上知天文，下知地理。秦穆公兴奋啊，马上就拜百里奚和蹇叔两个人，一个是左庶长，一个是右庶长。这就是秦国的两相，左右二相，跟丞相一样。蹇叔的儿子白乙丙拜为战将。后来公子縶一看，秦穆公真是爱才，又给他举荐了一个晋国人，这个人叫西乞术。《东周列国志》的版本有很多，有人就说西乞术也是蹇叔的儿子，这位看错了，咱们这儿更正一下。西乞术是晋国的一位贤士，公子縶把他请来也保了秦穆公。

百里奚一步登天，嗬，老头儿这精神，穿绸裹缎，左庶长啊，跟丞相一样。在府中请客，老头子往厅堂上一坐，底下有人奏乐，有人唱歌。这时候，伺候的人上来了。百里奚一看："你要干吗呀？""我跟您商量商量，有一个老妇人说她的歌声非常优雅，想请您听听她的歌声。"百里奚正高兴呢："好啊，让她唱吧。"

这时，一个老妇人就坐在院子里众人的面前。这个老妇人是谁呀？正是百里奚的媳妇杜氏。您想想，她也七十啦，古时候都兴娶大媳妇儿，估计可能得七十三四了。她带着儿子也流落到秦国了，挨门乞讨，纺线为生。这儿子说不务正业其实也务正业，他不喜欢习文，也不喜欢做买卖，就愿意练武，摔跤练把式，挺能干，但就是不喜欢出去帮他妈干活。百里奚的儿子叫什么呢？叫孟明视，百里氏，单字名视，字孟明，所以叫孟明视。

杜氏带着孟明视也到了秦国，浣衣为生，给人家洗衣裳。这孩子也老大不小的了，您想，他妈都七十多了，百里奚三十出头儿就有这儿子了，孟明视也四十多了。他的同伴就笑话他："你说你也四十多了，还吃你爹吃你妈。""我没爹。""你爹呢？""不知道跑哪儿去了。""那你总这么吃你妈也不行啊，你什么时候才能养活你妈呢？""我跟我爹学。""你不是没爹吗？""我爹出去赚官儿去了，到现在也没赚来，我也不知道我爹哪儿去了。""嘿，你就熬吧，熬成老头子就有人用你了。""没事儿谁用老头子啊？""哎，咱的大王啊，用了俩老头子，一个叫百里奚，一个叫蹇叔，左右二相啊。""百里奚？那是我爹呀。""得了吧，你别巴结高枝儿啦。一说做官，百里奚就成你爹了？""你不信问我妈去呀。""好，跑。"撒腿就跑，孟明视带着伙伴就回家了。"妈，您说我爸爸是不是百里奚？""啊？你爸爸是百里奚呀。""他当官儿啦。""胡说八道，指不定死哪儿了呢。""真当官儿啦，秦国的左右庶长是百里奚和蹇叔。""啊？我去看看。"

老太太就天天坐在相府门前的大道上，瞧着一辆车一辆车过去。哎，看见了，百里奚坐在车上。可是不敢认，几十年啦。那边是高高在上的左庶长，这边是洗衣服的妇人，不敢认啊。可是看着确实是自己的丈夫，名字也没错儿，岁数也差不了。老太太想主意，托人，哎，正好百里奚的府门里缺一个洗衣服的，她来了。"我能洗衣服。""行啦，您这老太太都这么大岁数了，洗得动吗？""哼哼，洗得动吗，你们家庶长多大岁数了？""嘿，您可不能跟我们家相爷比，七十多啦。""我也七十多了，我还能干呢。""您洗得好吗？""您试试？""行，试验试验。"试工期仨月。老太太洗了一辈子衣裳了，好家伙，衣服洗得那叫干净，而且人缘儿特别好，她心里就打算进相府嘛。大家伙儿都很喜欢这个老太太。就这样，杜氏进了相府，当百里奚他们家的洗衣妇。

这一天，百里奚请客，摆上酒宴，鼓乐喧天，大家伙儿挨着个儿唱，唱什么的都有，要不就是《今夜星光灿烂》啊，要不就是爱情歌曲，百里奚听着直皱眉。手下人聪明，知道百里奚不喜欢这个，"你爱我、我爱你"的这个不行，赶紧下来。"换换，换换……"换了半天，百里奚都不爱听。这时，杜氏老太太看清楚了，确实是百里奚，自己的丈夫，离别四十年了，现在在厅堂之上坐着呢。这儿还唱呢，杜氏也过来了："烦您禀报厅上的相爷一声，我也会唱。""哟荷，老歌星，您该去《星光大道》。""我就在这儿凑合凑合吧，请您往上禀报，我能唱，我能唱乡土之音。"

手下人禀报了百里奚。百里奚这儿正发愁呢，不爱听啊。你说我都这么大岁数了，胡子都白了，没事儿"你爱我、我爱你"的，百里奚烦了。一听手下人说有一个老妇人会唱乡音，百里奚高兴了："好吧，命她唱来。"

传下话来了，杜氏老太太往院子里一坐。她在堂下，堂上看得不是很清楚。您想，百里奚的相府多大呀，跟当初的柴扉门可不一样了。百里奚坐在堂上喝着酒听着，杜氏就在下边唱。唱的是什么呢？"百里奚，五羊皮。忆别时，烹伏雌，舂（chōng）黄齑（jī），炊扊（yǎn）扅（yí）。今日富贵忘我为？百里奚，五羊皮。父粱肉，子啼饥，夫文绣，妻浣衣。嗟乎，富贵忘我为？百里奚，五羊皮。忆当日，君别而我啼，今之日，夫坐而我离。嗟乎，富贵忘我为？"

一共三段，开头都是"百里奚，五羊皮"，你百里奚就是五羊皮换回来的。百里奚一听：唱我呢？他就注意往下听了。"忆别时"，咱们俩分别之时；"烹伏雌"，就是炖母鸡；"舂黄齑"，就是咸菜剁碎了；"炊扊扅"，扊扅当门闩讲，家里没劈柴，把门闩劈了，当劈柴烧火炖母鸡；"今日富贵忘我为"，今天你阔了，把我忘了。这是第一段。

第二段，百里奚听得更注意了：怎么还有第二段啊？朦朦胧胧地想起来了：是我媳妇给我炖母鸡，把我们家的门闩都劈了。我后来回到虞国，只能扶着破门框，门闩根本就没了。百里奚这儿回忆，杜氏接着唱。"父粱肉，子啼饥"，你当父亲的吃好的，粱搁在这儿就是五谷之中最好的谷物的总称，吃最好的粮食、吃肉，可你的儿子孟明视还在那儿哭呢，没得吃啊；"夫文绣，妻浣衣"，你在堂上穿着好衣裳，当了相爷，我只能洗衣裳；"嗟乎，富贵忘我为"，哎呀，你富贵了，把我忘了。杜氏一边唱着第二段，一边眼泪"哗哗"往下流。

第三段，"忆当日，君别而我啼"，想起当日，你走了，我哭；"今之日"，今天；"夫坐而我离"，你在高堂上一坐，我离开了，我洗衣服来了，我给你唱歌呢。杜氏泪如雨下，百里奚也听明白了，往下一看："妻呀……"

跑下堂来，两口子抱头痛哭。夫妻团圆了，把儿子孟明视也叫来了，也在秦穆公驾前当了一员战将。秦穆公带着百里奚这些人，励精图治，强大秦国，也成为春秋五霸之一。

第十二回　晋惠公大诛群臣

百里奚，五羊皮。忆别时，烹伏雌，舂黄齑，炊扊扅。今日富贵忘我为？百里奚，五羊皮。父粱肉，子啼饥，夫文绣，妻浣衣。嗟乎，富贵忘我为？百里奚，五羊皮。忆当日，君别而我啼，今之日，夫坐而我离。嗟乎，富贵忘我为？

上回书咱们说到百里奚。一提起百里奚，大家都知道百里奚五羊皮。上回书咱们正说到百里奚的妻子杜氏给百里奚唱歌，唱完三段之后，百里奚才知道面前坐的是自己的结发之妻，分别将近四十年了。夫妻二人抱头痛哭。秦穆公知道之后，特地赏赐了金帛，还赏赐了很多粮食。百里奚带着他的儿子孟明视来拜见秦穆公，秦穆公一看孟明视，身材高大有武艺，就拜他为大夫之职，百里奚的儿子也当官了。

秦穆公收了百里奚，通过百里奚又请来了蹇叔，蹇叔比百里奚大一岁，那是百里奚的恩人，又把蹇叔的儿子白乙丙也请来了，然后又请来了一位高人，这位叫西乞术。秦穆公就拜百里奚和蹇叔为左右二相，再加上百里奚的儿子、蹇叔的儿子和西乞术，这三位大夫被称为"三帅"，指挥人马打仗。有这些贤臣所辅，秦穆公才能成为春秋五霸的第二霸。

那么秦穆公要强大自己的国家，称霸于天下，他的困难在哪儿？困难就是他的国家不在中原，他得窥伺中原。蹇叔和百里奚给他出主意，对待西戎这些少数民族要么团结，要么制服，然后就没有后顾之忧了。你占的地势是山势，就是而今陕西一带，要窥伺中原，发现中原有变化，想控制中原，非一日之功。所以几个人给秦穆公出了很多的主意，然后帮着秦穆公搜罗人才，开垦荒地，发展生产，发展技术，秦国日渐强大。秦国强大了，旁边这些小的国家可就憋不住了，头一个想跟他玩儿命的是姜戎。姜戎想打，秦穆公心说：你既然想打我，那么我先治治你。于是就派百里奚的儿子、蹇叔的儿子还有西乞术三位元帅带领战车去打姜戎，结果把姜戎战败了，就把姜戎的地盘得过来了。姜戎是什么地方？瓜州，那时候叫瓜州，现在是敦煌，这地方就归秦国了。齐、楚、燕、韩、赵、魏、秦，最后秦国强大，一统江山，秦始皇作为中国历史上的第一个皇帝，那也不是一日之功，从打秦穆公这儿开始就励精图治了。

在姜戎旁边还有一个比较大的国家，是西戎。西戎之主叫赤斑，这个人很聪明，他手下有一位忠臣叫繇（yóu）余。不是咱们吃的那鱿鱼啊，是《三国演义》里钟繇的繇。他原来是晋国之臣，晋国不重用他，他就到了西戎，保了西戎主赤斑。赤斑很机灵，他不先和秦国打，他派繇余来到秦穆公面前，想探一探秦穆公这儿的情形。百里奚这几个人就给秦穆公出主意，把繇余留下，这个陪三天，那个陪五日。您想想，繇余他也不愿意在西戎待着，那儿说话他都听不懂，所以他在西戎也没什么人理他，特别苦闷。来到秦国之后，百里奚也陪他聊天儿，蹇叔也陪他聊天儿，公孙枝也陪他聊天儿，繇余非常高兴，他可就忘了回去了。这样，繇余跟西戎主赤斑的关系就疏远了，他总不回去，赤斑可就明白了，繇余还是喜欢待在秦国。然后赤斑又派人到秦国打探，得知秦国是一个非常强大的国家，而且秦穆公心中有远大的志向。赤斑非常聪明，心说：我还是归降吧。

赤斑归降了，秦国没有后顾之忧了，秦穆公就开始注视中原了，打算称霸于天下。那么中原你得对付谁？现在齐桓公有管仲辅佐，齐国非常强大；同时，晋国也非常强大，可晋国现在发生内乱了，秦穆公全都知道。如何才能称霸于天下？首先必须要掌握天下局势的动态，所以秦穆公也发出了所有的细作来打探天下的情报。

就在这时，晋国派人来了，这个人叫什么呢？叫梁繇靡。听说梁繇靡来了，秦穆公心中一动，马上召集手下所有的大夫，百里奚和蹇叔，这几个人就帮着秦穆公分析。那么梁繇靡为什么来的？咱们前文书说过，晋献公娶的最后一个夫人是骊姬，骊姬长得太漂亮了，妖似妲己，貌胜息妫，又妖艳又漂亮，迷惑晋献公。所以晋献公就把申生打发出去了，把重耳和夷吾也打发出去了，然后立骊姬的儿子奚齐为世子。没想到晋献公死了，把国家大事托付给大夫荀息，荀息就立奚齐为晋国之主。手下人不服，以里克为首纠集了一些人，把奚齐杀了。奚齐死了，他还有个兄弟呢，就是骊姬的妹妹少姬所生，叫卓子。于是就把九岁的卓子立为君王，结果又让里克带着人杀了。不但把这两个人杀了，而且里克还杀了老大夫荀息，晋国没主了，那么选谁来做晋国的国君呢？里克跟文武众卿商议这件事，大家伙儿都愿意把公子重耳请回来。重耳好不好？好，贤惠，重耳是大贤之人。重耳走国，大家都知道，最后重耳回到晋国，成为晋文公，也是春秋五霸之中的一霸。齐桓公、秦穆公，接着往下说就是晋文公了。

那么重耳现在在哪儿呢？在翟国，重耳岁数已然不小了。重耳的弟弟夷吾在哪儿呢？在梁国，梁国国君梁伯把女儿嫁给他了，生了一个儿子公子圉（yǔ）。大家伙儿都喜欢重耳，希望能把重耳迎回来做晋国国君。里克就派人去翟国，等见着重耳把这件事情说明之后，重耳放声大哭。按说他想不想回去当晋国之主？当然想，但是重耳这个人审时度势。他放声痛哭："我父亲死了，他在世之时说我不是个好儿子，把我轰出来了，我得罪了父亲。生不能在床前侍奉，死又不能亲视含殓，作为人子，我不够格。我又怎么能趁晋国大乱之时，回去做国君呢？我不去，对不起我的父亲，这不是我该做的。"

所以重耳很有深沉，他不回去。来接重耳的人回到晋国禀报里克，大家伙儿一商量，没办法，只能去接夷吾。大家伙儿都不愿意，知道夷吾这个人残忍，可是没办法，夷吾终究是晋献公的儿子。于是里克又派人去梁国接夷吾，请他回来做晋国君王。派谁去呢？派的是屠岸夷和梁繇靡这两个人。

屠岸夷和梁繇靡还没到梁国呢，夷吾就听说这个消息了，天天派人在梁国的边境上瞧着，晋国来人没来人，来车没来车，就憋着回去做国君呢。他派的是手底下的心腹之人，也是他面前的奸佞，叫郤（xì）芮。郤芮打听出来了，晋国已经派人来了，马上往回就跑，禀报夷吾："您放心，肯定是他们去接重耳，重耳不回去，他们才接您来了，您马上就能回去做晋国之主。"夷吾高兴啊，伸手一拍自己的脑袋，"啪"的一下，把郤芮吓一跳："您这是怎么了？""重耳不回去，该着我做晋国君王。""您别着急，跟您说，您可得留点儿神。为什么重耳不回去？重耳是有疑心。您想想，晋国的大权现在里克手里，还有就是丕郑父，由他们两个人掌握，重耳能不明白吗？他能不想回去做国君吗？可有一节，他不回去。现在接您来了，那么里克和郑父就有所贪啊，您必须以重贿给他们，这样您才能回去做晋国之主呢。""好，这就好办了。"

夷吾马上想出主意来了，回去就写地契。写好了，没多大工夫，屠岸夷和梁繇靡这二位来了。咱们书以简洁为妙，派郤芮去接二位，然后来拜见夷吾，夷吾很高兴，上前施礼："哎呀，实在是太难过了，我的父亲已然死了，哈哈哈哈……"郤芮一看，心说：您演戏倒演得留点儿神啊，父亲死了您哈哈什么呀？他哈哈自个儿要回去当晋国之主啊。梁繇靡看了看屠岸夷，屠岸夷也看了看梁繇靡，屠岸夷一咧嘴，梁繇靡就对夷吾说："现在晋国老王已然故去，我们特来请您回去做晋国国君。""好哇。"夷吾一只手攥一个，把这俩人的手就攥住了，"我问问你们，现在国中是谁掌权？""一个是里克，一个是郑父。""好。"夷吾从袖子里拿出两张地契，"这张回去交给里克，我把汾阳百万亩的园田给他；这张回去交给郑父，把负葵之地的七十万亩给他。"

这二位心说：可真大方，那就接过来吧。夷吾许给现在晋国掌权的两个人，一个是良田百万亩，一个是七十万亩，反正都是晋国的土地。夷吾心说：先许给他们，回去以后再说，不就是一张纸嘛。摆上酒宴，大家高高兴兴地吃喝已毕，郤芮把他们送到公馆，然后回来见夷吾："您就这么想回去啊？""那当然要回去啊。""回去您没有军队可不行。""小子，给我出出主意。""我给您出主意，您得找秦国。您的姐姐是秦国国君的夫人，十分贤惠，您得求秦国帮助，让秦国派出战车，把您护送回国，就没人会夺您的位子了。""好。你去。""我去可不行，干脆您让屠岸夷回晋国去，把两张地契一张给里克，一张给郑父，这就踏实了，他们在里面迎接。然后呢，您让梁繇靡拿着文书遄奔秦国，面见秦国国君，让秦国国君出战车保着您回归晋国。""好吧，那就让梁繇靡留下，把那个什么屠岸夷轰回去。"

您看这素质，当得好国君吗？第二天，摆上酒宴，安排好之后，让屠岸夷回去回复里克和郑父。然后夷吾写下文书公事，又给他姐姐写了封信，让梁繇靡带着礼物遄奔秦国，面见秦穆公，请秦穆公派战车保自己回国。

咱们书不说废话，梁繇靡到了秦国。秦穆公知道之后，跟手下人一商议，心中就明白了。梁繇靡参见秦穆公，行完大礼之后，落座喝茶，摆上酒。秦穆公一问，梁繇靡就把话说清楚了："现在迎重耳，重耳不归；迎夷吾，夷吾要回归晋国当一国之主，里克跟丕郑父已然答应了，在国内准备迎候新君。但是新君回国，必须求秦国相帮，请大王出兵车相助。""好。"秦穆公明白了，"容我商议商议。"

派人把梁繇靡送到公馆，秦穆公跟手下人商议。百里奚和蹇叔说："这事您不能轻易做决定。""那应当怎么办呢？""您派一个人，到翟国去见见重耳，问问重耳能不能回去；然后再去梁国见见夷吾，问问夷吾愿不愿意回去。问好之后，回报于您，您再做决定。""好吧，谁能替寡人前往？"公子絷挺身而出。"我愿替大王前往。"

您要看《东周列国志》，公子絷老出差，实际上他就是一个外交官员。就这样，公子絷带着手下人先到翟国见公子重耳。等到了翟国，见到重耳了，重耳一见公子絷，趴在地上放声大哭，然后请公子絷到灵堂吊唁自己的父亲。公子絷行完礼之后，重耳接待他，公子絷直言不讳："现在晋国无君，听说要迎您回去。如果您愿意回去，我家国君愿意以兵力相助。"公子絷说得很清楚：您要愿意回去，就保着您回去。重耳摇了摇头："我不能回去，先君在世之时我没在堂前侍奉，先君故去我没亲自含殓。现在趁国家之乱，我回去做晋国之君，恐怕天下人耻笑于我。""好。"

公子絷告辞，然后到梁国来找夷吾。夷吾听说了，这可是秦国国君派来的，心说：我就希望秦国国君派出战车保着我回去。夷吾高高兴兴下堂迎接，见着公子絷，"啪"，就把手攥住了，来一个拥抱："哎呀，久慕公子絷大名，请请请。"把公子絷请进来，摆上酒宴，弹唱歌舞，亲自陪着公子絷，让公子絷高兴。公子絷还是直言相问："现在重耳不回国，您回国可做国君，我家国君要派兵相助，您意下如何？""求之不得。现在晋国掌握在里克和郑父手中，我许给他们一个人百万亩良田，一个人七十万亩良田。只要我的姐夫能派战车保着我回去，我就许秦国五座连城。"

公子絷一听，心说：您可真大方啊。现在您在梁国就是一匹夫，晋国还没到手呢，就给五座连城。"您给哪儿啊？""这边儿到虢城，那边儿你再看……"夷吾拿出地图来，"唰唰唰"，就画，"这五座城都给您。"公子絷一看：这半个晋国都给我们啦？"您真舍得？""舍得，那当然舍得。来。"夷吾早就准备好了，袖筒里头拿出画好的地图，已经盖上印了，说，"将来我做了晋国之主，这五座城就给秦国。"公子絷一看："那我就替大王愧领了。"接过来公子絷往袖中一揣。"您前来替秦君分身受累，我多谢多谢。来呀，把礼物献上。"给了公子絷黄金四十镒。一镒等于多少两呢？有说等于二十两的，有说等于二十四两的，咱们就按二十两算，四十乘二十，八百两金子啊。然后又送给公子絷玉璧以及很多彩缎，那公子絷能不要吗？"多谢多谢。""您分给手下众人，将来我还有厚礼送上。"

公子絷回来了，如实禀报秦穆公："大王您看，这是送给我的。"秦穆公说："送给你的，你就拿回去吧。""这是送给您的。"秦穆公打开一看，五座城。"呵呵，你去的时候他睡醒了吗？""挺明白的呀。""哼，五座城，好啊。众位，咱们是保着重耳回国，还是保着夷吾回国？"百里奚看了看蹇叔，蹇叔看了看公孙枝，三个人点了点头。蹇叔说："大王，我代表发言吧。您派谁去？我们三个人一对眼光呢……还是让公子絷说吧。"为什么让公子絷说？公子絷也点了点头，四个人心意相通了，公子絷说："大王，我得问问您，您是替秦国想呢，还是替晋国想呢？您是想称霸于天下呢，还是想恢复晋国的强大？""哎，你问这话就不对了，我是秦国之主，我当然愿意秦国强大，我管晋国干什么呀？""那就好办了，您要是忧患晋国，您就去立重耳，晋国会越来越强大；您要想称霸于天下，不想着晋国，您就把夷吾送回去。立个坏的，对您有好处。"您别瞧这话很简单，秦穆公一抱拳："多谢你开教于我，开我之愚念，谢过了。来呀，马上有请梁繇靡。"手下人把梁繇靡请来了。"你回去告诉公子夷吾，我派公孙枝带三百乘战车，保夷吾回国为晋国之君。""谢过大王。"

梁繇靡等着。过了两天，等公孙枝把战车全都点齐了，预备好了粮草，然后跟着公孙枝一起遄奔梁国去接夷吾，保着夷吾回归晋国。嗬，夷吾高兴。公孙枝临走的时候，秦穆公就把夷吾画的地图给他了。"你可想着给我要那五座城。"

公孙枝保着公子夷吾回晋国。这时候就得着消息了，齐桓公带着兵借机会也奔晋国，周天子派王子也带兵奔晋国。听说秦国派了三百乘战车保着公子夷吾回归晋国做国君，这些人就都撤了。所以您说没兵，没有武装保着能行吗？这也能看出来，夷吾手下的郤芮是个有能耐的人，但有能耐是有能耐，终究他是个小人，他不会给夷吾出好主意的。许出良田、许出五座城，这都是郤芮的主意；让秦君派兵保着夷吾回国，也是郤芮的主意。这样，夷吾回归晋国，当了国君，可晋国的老百姓很失望。

夷吾大排筵宴，犒赏功臣。刚坐踏实了，夷吾一看："郤芮呀。""大王。""公孙枝走没走啊？""没有啊。""他要那五座城对不对？""是啊，您许的呀。""不给。""您不给就算对了。""这可是你出主意让我当初答应给秦国五座城，怎么现在不给又对了？""您想，这可是半个晋国呀。""那不给可对不起秦国呀。""对不起就对不起。哼，说了不算，算了不说，咱们就是干这个的。""要不给俩城怎么样？""俩城？您不如不给，这也是言而无信。您现在是国君了，干吗给他呀？""好吧，不给就不给，把公孙枝叫来。"

公孙枝拿着契约文书和地图来见夷吾，心说：这是你答应给的五座城啊。"拜见大王。""你为何还不回国？""您没给那五座城呢，您瞧……"说着话，公孙枝把文书、地图一举。夷吾一看："我瞧瞧。"手下人把文书和地图都拿过来了，公孙枝一看不妙："您别价呀，您还给我，回去我好说话呀。""给你给你，跟你闹着玩儿呢。"夷吾把文书、地图又递还给公孙枝，公孙枝赶紧收起来了。"您什么时候给我这五座城？""呵呵，我倒想给你呢。我回到晋国之后，所有的公卿士大夫、所有的老百姓都不愿意，不能把祖先留下来的基地给你们秦国，你回去吧，去禀报你家秦君。"公孙枝气坏了："您怎么言而无信呢？"

旁边有两人差点儿说出话来：对，他就是言而无信。这两人是谁？一个是里克，一个是丕郑父。答应给里克的百万良田不给了，答应给丕郑父七十万良田也不给了，可是这俩人全都憋着不敢言语，那可是本国国君。公孙枝不管那个，他是外国的，是秦国的。"哼哼……"郤芮说话了，"我说公孙枝啊，你想想，我家国君在回到晋国之前只不过是梁山一匹夫耳。"郤芮当时曾经劝过夷吾，让夷吾必须回到晋国，说："如果你不回去，你就是梁山一匹夫；如果你回去了，那就是国君。""他可以答应你，可当时他不是国君；现在他做了国君了，为这五座城的事情跟文武众卿商量，我们都不同意。""那我如何答复我家国君？""让我家大王派一位公卿，跟你回去面见秦君回复此事。""好啊。"那么谁能去呢？这五座城不给，不能白不给呀。

这时候里克说话了，实在憋不住了："大王，您答应给人家五座城，现在不给了，谁能不嫌寒碜跟着人家去秦国啊？"旁边丕郑父揪了揪他，丕郑父心说：你可别言语，他可是君王，不是当初你接他回来的时候了，现在他一传话，马上就要你的脑袋。里克不敢言语了。丕郑父说："我去。"他为什么要去呀？他就是想上秦穆公那儿哭两嗓子，当初答应给我负葵之地七十万亩良田，现在不给我了；答应里克的一百万亩也不给了；答应给你的五座城也不给了。我上你那儿哭一通去，诉诉委屈，好让秦穆公打晋国，丕郑父就憋着这心呢。他一说他去呢，夷吾当然很愿意了："好啊，那就请你分身受累吧。回复秦君，先祖之地不能给，当初我答应之时，我只不过是梁山一匹夫，当时我什么权力都没有，就是一个普通老百姓。"

公孙枝没有办法，只得带着丕郑父回归秦国。到了秦国之后，往上一禀报，秦穆公气往上撞："来人，把丕郑父推出去，杀！"你是替夷吾来的，替晋国国君来的，不给我五座城我就杀你。公孙枝急忙拦阻："您慢着吧，丕郑父又没招谁惹谁，他还委屈着呢，负葵之地七十万亩良田也没给他。""哼，你家国君是个忘恩负义的小人。""可说呢。我跟您说，您不杀我，我给您出一个主意。""什么主意？""您就说非常欣赏我家国君手下的两个人，一个叫吕饴甥，一个叫郤芮。因为这两个人确实是夷吾手底下最亲近的人，而且都是奸佞小人。您把他们叫来，说向他们学习学习，谈谈天以开阔知识。他俩一来，您把他们杀了，这五座城就有了。"丕郑父详详细细给秦穆公讲解了原因，因为咱们前边也都说过，就不重复了。"好吧。那么谁去晋国跑一趟呢？冷至大夫，你去吧。"冷至挺身而出："谢大王，那么我跟着郑父回去。"

秦穆公就写了封书信，说我非常喜欢你手下的吕饴甥和郤芮，请他们两人到秦国一游，我要向他们请教治国之道。其实丕郑父不想回晋国去，想留在秦国，可是又说不出来，唯恐回去手中没有权力，有两个小人在国君左右，稍有不慎国君再把他杀了，这可怎么办呢？但是也不能老在秦国待着，人家没留你啊，没给绿卡，没法儿待呀。就这样，大夫冷至陪着丕郑父回晋国去了。走在半路途中就听说晋国国君，也就是夷吾，把里克杀了。按说里克迎夷吾回国为君，是忠臣，而且还是功臣。为什么要杀里克？丕郑父打听明白了，就是这两个小人使的坏。夷吾说了："里克，你把我的两个兄弟——先君的两个儿子奚齐和卓子都杀了，你杀了两君，而且还把先君托孤的荀息大夫也杀了。二主一功臣，你都杀了，我还敢做你的主人吗？你什么时候看我不顺眼，想杀我你也能杀呀。我感念你对我的恩德，你自尽吧。"夷吾赐里克一死，就这样把里克杀了。

听说了这个消息，丕郑父可就不敢回去了，他一琢磨：上次里克说话想要这百万亩田，就把他杀了，我这儿可还没言语呢，我回去要也视我为仇敌，杀我可怎么办？但不回去又不成。走到绛城郊外碰到一个好朋友叫共华，丕郑父就把心腹事都跟共华说了。共华说："没关系，现在朝中都是赞成重耳的，没有多少人赞成夷吾，咱们大家伙儿想办法反他。"

您说这头脑多简单。这么着，丕郑父回来了。冷至来见夷吾，交上秦穆公的这封信："我家大王非常仰慕吕饴甥和郤芮，想把他们请到秦国一游，待他们为上宾，向他们求教治国之道，然后再把他们给送回来。"晋惠公夷吾看完书信："好吧，您先去公馆休息休息。"

让冷至去住公馆了。夷吾把这封信交给郤芮，郤芮一看："大王，您说我去吗？""去呗，玩玩还不好吗？""去了可就死啦，我傻呀？吕饴甥，你是聪明是傻呀？""你要是聪明就别去，你要是傻就你去。""我才不去呢。"

俩人都明白。您说，就丕郑父出的这主意，俩奸臣能上这当吗？俩人可就恨上了，这准是丕郑父出的主意。结果不出丕郑父所料，吕饴甥和郤芮出主意，利用屠岸夷，假装去联盟，抓住了真凭实据，他们一共有十个人联合起来，要把重耳请回来，要杀夷吾。那夷吾还能留着这些人吗？就把这十个大臣全杀了。跑了一个人，谁呢？就是丕郑父的儿子丕豹。丕豹好容易逃出虎口到了秦国，来到秦廷，趴在地下大哭："大王，您得给我的父亲报仇雪恨，十家大臣连同里克都被夷吾所杀！"秦穆公听完，冲冲大怒："好哇，兵发晋国！""慢！"公孙枝、蹇叔和百里奚一块儿说话了，"大王，万万不可，不能为匹夫报仇。借此机会杀回晋国，不是大王之所能，咱们应该坐等其变。"

秦穆公这个人好，听从了手下这些贤臣的话，把这件事压下了，就把丕豹留在秦国，赐以大夫之职。该着，公元前647年，晋国出现大灾，颗粒无收，没粮食吃。郤芮就给晋惠公夷吾出主意："您找秦国买去。"夷吾说："咱们五座城都没……没给人家，现在找人家买粮，人家能卖吗？""哎，我估计秦国得卖。"

因为挨着秦国呀，硬着头皮就上秦国买去了。秦穆公跟手下人一商量，所恨者夷吾也，可晋的老百姓没招咱们惹咱们呀，就发了大批的粮食运过河去，赈济晋国的灾民，使晋国躲过了这一场灾难。结果第二年，秦国大荒，也没粮食吃了，就顺理成章来找晋国。晋国这一年的收成特别好，麦秀双穗。秦穆公派冷至去了。

冷至来到晋国，面见晋国之主夷吾："去年我们给您送来了很多粮食，今年我们国家歉收了，想跟您买点粮食。"夷吾看了看郤芮，脸往下一沉："我们国家荒了好几年了，今年打下来的粮食还不够自己吃的呢，没粮食，要想打仗倒是可以。"您说夷吾这人缺德不缺德呀？冷至没办法，只好回去禀报秦穆公。秦穆公说："打仗？这好办啊，你要求打仗还不好办？你要求粮食，我给你粮食了；你要求回国，我派公孙枝带着几百辆战车保护你回国了。现在你要求打仗，可以呀，那咱们打吧。"这一仗可把晋国打惨了，夷吾被俘，晋国老百姓都高兴，好把重耳迎回来呀。秦穆公也高兴，打了胜仗了，押着夷吾回国。到了京城外头一看，好家伙，几百个女的身穿丧服在地上趴着，秦穆公心说：我们家谁死了？赶紧问。最前面有一个岁数大的，往前一爬，秦穆公一看认识，这是伺候自己夫人的。"难道说夫人……""大王您放心，夫人没死。"

您别瞧秦穆公胸怀大志，要称霸于天下，可对他媳妇特别好，他媳妇是晋献公的闺女，是公子申生的妹妹，就是穆姬。穆姬对待自己的娘家特别好，老愿意娘家人都踏踏实实的。这次听说夷吾打了败仗，她也生气，因为其中有个小小的插曲。什么插曲呢？在夷吾回晋国的时候，他姐姐也就是秦穆公的夫人给他写了封信，让他要善待众公子，而且要厚视贾君。贾君是谁呢？咱们前文书说过，那是晋献公第二位夫人的妹妹。晋献公第一位夫人就是申生的母亲，第二位夫人是贾姬，贾姬的妹妹贾君是晋献公最后娶到宫中，没生养，把穆姬抚养成人的这么一位母亲。所以穆姬告诉她弟弟夷吾："你回去做了国君之后，要善待众公子，枝叶茂盛才能强大晋国。"所以穆姬非常好，非常贤惠。同时让夷吾厚视贾君，就是把我养大的母亲，也是你的母亲。

没想到，夷吾回到晋国，拿着这封信来见贾君，一看贾君虽然岁数不小了，但养尊处优，风韵犹存，当时夷吾就有了淫荡之心。他把他姐姐的话就给改了，告诉贾君："我姐姐手书给我，让我好好陪着你，免去你的寡心。"您说多缺德。夷吾上去就搂贾君，这可算着也是他的母亲啊，旁边这些宫人捂着嘴乐着就走了。贾君没办法，受辱于夷吾。

这件事儿被穆姬知道了，她生气不生气？生气，但是她的心还是向着晋国。听说夷吾被俘，真想亲手把夷吾杀了，但是想到自己的父亲，想到自己的母亲，想到自己的国家，虽然已经嫁到秦国了，为了晋国也不能让夷吾死啊，夷吾一死，晋国又无君了。所以穆姬就在宫中搭了一个台子，自己往台子上一坐，台子底下放的都是柴火，只要我的丈夫把晋国之主——我兄弟夷吾捉来，我当时就放火自焚。伺候穆姬的人把事情原原本本禀报秦穆公，秦穆公听完就傻了：这夫人多好啊。"得啦，你回去告诉夫人，我把夷吾放回去。"

就这样，秦穆公看着夫人的面子，愣是把夷吾放归晋国，夷吾这才给了秦国五座城，而且把他的儿子世子圉放到秦国，纳子为质。夷吾回到晋国，多寒碜啊，仗也打败了，五座城也没了，儿子在秦国那儿当人质呢。可是夷吾还不老实，心说：哼，折腾来折腾去，将来我的死敌就是重耳。"来呀，勃鞮听令。""在！大王，您回国可刚踏实第二天。""那不行，重耳是我的死敌，你马上带人遄奔翟国，结果重耳的性命，然后提头来见。"

第十三回　介子推割股啖君

煮豆燃豆萁，豆在釜中泣。本是同根生，相煎何太急。

　　这是曹丕逼着曹植曹子建七步成诗，《三国演义》的事情。咱们说的《东周列国志》是公元前，东周，那为什么要说曹操的两个儿子互相争夺权力，七步成诗呢？您查查中国的历史，由打《东周列国志》开始看，弟兄相争、手足相残的事太多了。比如，杨广弑父夺权，鸩兄图嫂，把父亲杨坚杀了，然后用鸩酒把哥哥毒死了，自个儿登基当了皇帝，后果怎么样呢？他不去想。所以说本是同根生，相煎何太急。您读了这首诗，联想的东西确实太多了。您要看看《东周列国志》，几乎哪个国家都是这样。

　　上回书咱们正说到秦穆公的夫人穆姬打算火焚自己，为什么呢？因为她的兄弟夷吾打了败仗，晋国之主被获遭擒。穆姬面对自己的丈夫示威，搭了一个台子，底下都是柴火，说："你不放我兄弟，晋国没了，我马上就死。"您还别说，秦穆公对媳妇真好，就把晋惠公夷吾放回去了。晋惠公又得回了国家，五座城也给秦国了，而且还答应了秦穆公的条件，把儿子圉送到秦国纳质。

　　按说夷吾应该老实了，就应该踏踏实实地当你的国王，把国家治理太平了，老百姓安居乐业，多好啊。不行，他闹腾。他心中惦记的是谁？就是他的哥哥重耳。因为晋献公生了几个儿子，最有本事的就是重耳。咱们现在说的这段书就是重耳走国，后来重耳成为春秋五霸之中的一霸，就是晋文公。那么重耳跑到哪儿去了呢？重耳跑到了翟国，翟国特别小。现在夷吾回到晋国又当了晋国之主，他把手下的奸臣郤芮叫过来了。"主公，您唤我何事啊？""郤芮呀，这个……咱们还杀重耳不杀了？""杀呀，必须得把重耳杀了！""可是我琢磨了琢磨，他是我哥哥。再说了，咱们和秦国打仗，重耳并没有乘虚而入，可能他已经死心了。""不是。主公您可不能看他一时，因为他在翟国呢，翟国这么小，没兵没将，他想乘虚而入回归晋国也不可能啊，他能怎么办呢？他要活了，您可惹不起他。""他有这么厉害吗？""有这么厉害。""我觉得重耳应该不会回来了，他在翟国已经十二年了。""主公，您必须得留神，您要知道，咱们晋国的重臣可都跟着重耳呢。""是啊？"

夷吾一想：晋国的老国舅叫狐毛，还有狐偃，这哥儿俩可都跟着重耳呢。他们的父亲老老国舅在哪儿呢？还在晋国呢。老老国舅叫狐突，他的两个儿子狐毛、狐偃非常有本事。另外还有一个，是狐偃的儿子，又往下错一辈儿了，这个人叫狐夜姑，本事也相当大。还有赵衰，还有魏犫（chōu），还有先轸，还有颠颉，还有介子推，这么些能人可全跟着重耳呢。想到这儿，夷吾不由得激灵打了个冷战：是啊，这些人跟着重耳，在翟国隐居十二年，为的是什么呢？这么一想，夷吾就开始浑身冒冷汗了。"郤芮呀，照你这么说，重耳还是想回来？""是呀，只不过因为翟国太小，没兵没将，没法儿帮他而已。""那就必须要想办法杀了他？""必须得杀！""谁能杀他？""我给您举荐一个人，这个人叫勃鞮。""哦。"夷吾点了点头，"好。"咱们前文书曾经说过，勃鞮去追重耳，要杀了他，抓住了重耳的袖子，重耳用宝剑把袖子拉了，结果重耳跑了。勃鞮必然也不想重耳回来，如果重耳回归晋国，必会对他不利，就得叫勃鞮去。"你出的这个主意太对了。来来来，唤勃鞮。"

勃鞮是个什么人呢？《东周列国志》交代得很清楚："寺人。"寺人是什么人呢？就是宦官，就是太监。勃鞮也确实害怕重耳回来，因为当初他追杀过重耳，倘若重耳回来做了晋国之君，自个儿就得死，重耳能不报仇吗？勃鞮时时刻刻都在打听重耳的消息。听说国君召唤，勃鞮赶紧来见，上前施礼："勃鞮拜见主公，不知主公有何吩咐？""你还记得重耳吗？""记得啊，时时刻刻都想着杀他。""好。"勃鞮这人也聪明，就知道了夷吾找他来干吗：杀了重耳，夷吾好永做晋国之主。"想杀？那你就去杀吧。""主公，咱们晋国好多有用之人，比如先轸，武艺高强，带兵打仗；比如赵衰，主意最高；而且狐毛、狐偃两个国舅可都跟着重耳呢；还有介子推是个忠臣，再加上魏犨、颠颉，这些人可都是晋国的能人，都追随着重耳。您想想，这些人在翟国干什么？不回晋国，死心塌地保着重耳，就是想将来能有机会一展大志啊。""照你的意思也是必杀重耳？""必杀。""那你去吧。""我去？似乎差点儿。我身为寺人，而且翟君跟重耳很好，倘若我被查出来可怎么办呢？翟国的人都会帮着保护重耳。""必须得你去呢？""那请您赏赐一些金银，我得花钱购买大力士跟着我潜入翟国，暗中行刺。哪天重耳单身走出来，把他刺死，回来跟您报功。""好。"勃鞮说的也是实话。你打算杀重耳，那可不是拽过来就杀，他手底下有好多能人。再说，翟君跟他的关系特别好，派了不少人保着重耳，如果不是让有能耐的人窥伺机会把他诓出来，想让重耳死可不是那么容易的。勃鞮说完，晋惠公说了一声："赏一百镒黄金。"

这就是两千两黄金。那时候多少两是一斤，我现在还没查太清楚，要是说《三国演义》还能比较明白，因为说《三国演义》年头多了，有关三国时期的尺寸啊、分量啊，通过查找还能算算。那么在晋惠公这个年代，两千两黄金是多少斤黄金，就不得而知了，按十六两来算呢，也整整一百二十五斤呢。

晋惠公把一百镒黄金给了勃鞮，勃鞮非常高兴，回到家中就用重金聘请大力士。要想人不知，除非己莫为。勃鞮一个寺人，现在突然拿出那么多金子来买大力士，您想，晋惠公手下的人，有向灯的就有向火的，这儿还有老老国舅呢。虽然狐毛、狐偃，还有狐偃的儿子狐夜姑都跟着重耳在国外，可老老国舅狐突还在晋惠公旁边呢。晋国上下很多人都向着重耳，都知道狐偃是重耳的亲舅舅，那么现在老老国舅在这儿呢，送信儿的可就多了。咱们起什么名字？ABCDE，按我们行话说叫攥弄鬼万儿，就是姓什么叫什么，咱们也甭起名字了，ABCDE……跑来七八个。"老老国舅，您可留神，勃鞮花重金买大力士干什么？肯定是要对重耳不利。"老老国舅可急了，马上写了一封书信。"狐子，去，到翟国，马上把这封书信交给我的两个儿子。"

狐子是谁？是老老国舅在道旁边捡的一个孩子，这孩子非常聪明，老老国舅养大成人，他就听老老国舅的。化装好了之后，狐子带着这封书信，撒腿就跑，直奔翟国。正赶上重耳跟翟君在渭水河边行围打猎呢，几千兵把猎场一围，炮响鼓响，轰出来獐狍野鹿，重耳跟翟君并马而行，用箭射猎，正高高兴兴地打围呢。猎场之外重兵把守，因为翟国的国君也在这儿呢，再说重耳是个贵客呀。别瞧重耳在翟国十二年，并没有受罪，只不过翟国太小，没法儿帮他。要不怎么说得娶好媳妇呢，重耳就在翟国娶了一个好媳妇，他媳妇叫季隗（wěi）。季隗有个姐姐，叫叔隗，叔隗嫁给了重耳的忠臣赵衰。这两个女子都是美女，都是犬戎之女，也属于少数民族，非常漂亮，而且非常贤惠。季隗生了两个孩子了，跟公子重耳非常相爱。重耳在翟国待了十二年，翟君陪着他有时候下棋，有时候聊天儿，今天正在行围打猎，猎场外重兵把守，重耳的几个忠臣狐毛、狐偃带着兵也在外边守着。突然间，狐子就跑来了。"我求见公子重耳以及两个舅舅狐毛、狐偃。"翟国的兵一看："你哪儿的？""我从晋国而来，有急事，有书信呈上。""好，你等着。"

狐毛、狐偃正坐着聊天儿呢，翟国的卫兵来了。"晋国来人了，求见您二位，说有书信呈上。""哦，谁写的？""说是您父亲的书信。"狐偃当时眉毛就挑起来了："坏了，家父从来没有家信，写来的信必是国事，马上把他叫进来。"狐子进来之后，跪在地上磕头，书信呈上，然后抹头就跑。"哎，你回来。"狐子头也不回："我送完信马上就得回去。"

狐子撒腿就跑。狐偃打开这封信，哥儿俩一看就愣了，信上写得很清楚：主公要刺死重耳，命勃鞮三日内必须起身，率大力士遄奔翟国。你们速保重耳离开翟国，远投大国，不然性命休矣。很简单的一封信。狐毛、狐偃急了，马上来见公子重耳。书信呈上，重耳一看也傻了。翟君就在旁边待着呢，因为什么事儿也都不瞒他。重耳在马上就问狐偃："我的家已经在这儿十几年了，我逃往何方？"狐偃一抱拳："公子，您在翟国成家立业，生有二子。可我们呢？跟随您在翟国十二载，并没有安家乐业，我们就想随着您回到晋国以图大业，以尽我们股肱之力。现在晋国国君，也就是您的兄弟夷吾派勃鞮前来刺杀于您，是代天促您远离他乡，寻找机会，借大国的兵力杀回晋国，以尽我们多年保您之心。"

狐偃说的这几句话确实非常重要。您已经在这儿娶媳妇了，生了两个孩子，白天翟君陪着您，吃喝玩乐都不着急，回去您抱着媳妇，有俩儿子，您挺高兴。我们呢，我们为什么跟您出来？没娶媳妇没安家，我们的家都在晋国呢，我爹都在晋国呢，干吗呀？就是希望您能够借助大国的兵力回归晋国，成为晋国之主，我们作为股肱之臣留名青史。您不愿意走可不行，现在勃鞮前来杀您，这是代替老天给您的机会，您必须得走，三日之内就得动身。好就好在重耳是个明白人，要不怎么说明君下边有贤臣，贤臣上边有明君，重耳当时就明白了，对翟君说："我得告辞走了。""好吧。"

翟君也不能拦啊，大家回去各自准备。晚上，重耳夫妻对坐饮酒吃饭，重耳就跟季隗说："我必须得走了。现在晋君派勃鞮带着大力士，三天之内动身来到翟国要杀我，我必须离开翟国，翟国的势力太小。"季隗是个好媳妇，说："大丈夫志在四方，我不能留你，走吧，踏踏实实走你的，我替你抚养两个儿子。"重耳拉着贤妻的手："你现在多大了？""二十五岁。""你现在二十五岁，等我二十五年，二十五年我回来接你。如果二十五年我回不来，你再另嫁他人。""算了吧，二十五年以后我都五十岁了，我嫁谁呀？妾老矣，我嫁不了人啦，我就死等你了。"

这才是好媳妇。死乞白赖拉着不放，"哎哟，你可不能走，你走了我带着两个儿子可怎么办呢？"哭哭啼啼，这就不是好媳妇。季隗知道重耳想要回到晋国必须要借助大国之力，翟国实在太小，没有兵力。当然，两口子也说些知心的话，书不细表。

重耳马上吩咐，让手下人壶叔备车，要走可不是一两辆车的事儿。您想，这些忠臣都跟着，得有不少辆车才行。然后又让手下管自己家业的人，这个人叫头须，管理珍珠、翡翠、猫眼、黄金等，把所有的东西全收拾好了，第二天大家在郊外见，好马上动身。头须马上就把所有的东西都收好了，壶叔就去准备车辆。正在这时，重耳溜达出来了，睡不着觉。刚一出来，就见狐偃跑了过来："我父亲又来信儿了，来不及写书信，派狐子前来，说现在勃鞮已经提前动身，一天就找齐了大力士，已然出发了，马上就到，您得快走。"

重耳吓坏了，撒腿就跑，跑到城外去了。狐偃挨着家地送信儿，赵衰、魏犨、介子推、颠颉，这些人都跟着出来，大家伙儿全跑到了城外，看壶叔只准备了一辆车，再想回去可来不及了。重耳就问壶叔："头须呢？"壶叔说："唉，我回去准备第二辆车，车都没了，这才知道头须把您所有的财物都卷走了。"

重耳眼泪都下来了：好容易在翟国有了媳妇有了家，现在又被追杀，我得跑；跑得有车啊，就一辆车；有钱也好办，头须把我的钱都卷走了，给兜了，连个钢镚儿都没留下。您说重耳多着急。大家伙儿都来了，那就跑吧，得顾命啊，这通跑啊。壶叔赶着车直喊："公子，您上车呀，别在地上跑啊。""噌"的一下，重耳上了车了，站在车上，带着这些人跑。这些人全在步下拼命地跑，多狼狈呀，这就是重耳走国，如丧家之犬、漏网之鱼，玩儿了命地跑。等翟君知道之后再出来，派人来追，想给重耳送点儿钱、送点儿吃的，来不及了，连重耳一行人的影儿都看不见了。翟君没办法，只好回来。

重耳带着这些忠臣跑了。勃鞮来了，听说重耳跑了，一声令下："撤！"大力士还问呢："为什么撤呀？""不撤行吗？查你们都好办，查我一查就查出来，我是个寺人，查出来非杀了我不可。"

翟君已经安排了士兵把守，各个岗哨都派好了，要捉拿勃鞮。勃鞮只能带着这些大力士面见晋惠公，回去复命。"我没杀成重耳，他跑了。"

重耳跑是跑了，可他没钱，只有一辆车。重耳为君，坐在车上，这些臣子在地上跑，也够累得慌，饿呀。跑着跑着，来到了卫国边境，看见城了，这就好办了。"赵衰呀。""公子。""叫开卫国城门，让他们容你我一时吧。"

如果说卫国国君开城门把他们放进去，起码可以给点儿粮食、给点儿车马，也能解公子重耳一时之急。没想到赵衰一叫城，城门关了，吊桥也扯起来了，卫国这儿已然得着风儿了。上边守城的兵将用手一指："干吗的？"赵衰抱拳拱手："保着公子重耳经过卫国，请卫国国君接我等进城。""哼哼，当初齐国国君帮着我们卫国的时候，你们晋国可没卖力。""可那不是我家公子。""现在你家公子一个逃亡之人，卫不接。"赵衰一回身："公子，您来跟他论理。""唉，无处论理。"狐偃说："算了吧，虽说是一条蛟龙，可现在无权无势，看着就是一条蚯蚓。咱们走吧。"

没办法，大家只好接着往前走。走了十几里地，肚子"咕噜噜"叫唤啊，想找点儿吃的，没吃的呀。突然间就听见有人作歌，原来是农民在种地。重耳的鼻子还真好使，一闻：怎么这么香啊？狐偃抬头一看，只见田埂上有十几个农民正吃饭呢。吃的什么呢？我给您宣传宣传，糜子面的窝头、老腌儿咸菜，香啊。这位问了，糜子面的窝头好吃吗？我就喜欢吃糜子面的窝头，其实就是小米面。您买六两小米面，买四两豆面，和好了，里面搁点儿起子，蒸完这窝头不用就菜，那比馒头、面包好吃多了，还有营养。重耳这帮人饿啦，饿了吃糠甜如蜜啊，同志们。哎哟，闻着怎么那么香啊，也不知道吃的是什么。重耳坐在车上直吧唧嘴："呃，狐、狐偃啊，你去、你去，要点儿来。"

狐偃也嫌寒碜，重耳的国舅，那是晋国的重臣，上去跟农民要饭去？没办法，饿呀。狐偃走到庄稼地前，什么地方呢？这地方叫五鹿，那时候属于卫国，现在在濮阳附近，濮阳东南。"求您给点儿吃的。"这几个农民一看："谁吃啊？""车上的这位公子。""哪儿的？""晋国的。""呵呵，晋国的公子，穿得倒不错啊。怎么着？没吃的来跟我们要吃的，我们自个儿还吃不饱呢。"重耳听见了，十分生气："狐偃，回来。"狐偃一看，有一个破碗。"那您不给我们吃的，给一个食器也行。"这个破碗要是给了我们，我们好要饭去呀，省得说话了，拿破碗往前一递就行了。"给一食器？哼，食器好办啊。"农民伸手拿起一个土疙瘩来往前一扔，"给你。"狐偃以为是新型的食器呢，伸手一接，是个大土疙瘩，气坏了："啊？给我一个土疙瘩。"重耳也气坏了，站在车上就把鞭子拿起来了，举鞭子要抽。您想，他是晋国的公子，终究在那个时代是贵人，你一个农民敢这么跟我说话？重耳气往上撞，拿起鞭子就要抽。狐偃当时往下压了压寒气儿，一转身，乐了："公子啊，要饭易，要土难。土能生饭，土是国之根本。他们是山中野人，献给您一块土，这是个吉祥之事，预示您将要回归国土，成为人中之君啊，您应该下车拜之。"这君臣都做了病了，这些人总想当大臣，重耳也总想当国君。重耳一听：给我这么一块土疙瘩就是国土？我能当国君？重耳赶紧下车，躬身施礼："多谢多谢。"

这帮子农民你看看我，我看看你，心说：这可真是饿糊涂了，都做了病了，赶紧送医院去吧。重耳真作揖呀，把这块土坷垃捡起来，回到车上，可是这东西不解饱啊，接着往前走吧。重耳坐在车上，越走越饿，越走越饿，大家伙儿跟着也越来越饿，都快跟不上了。赵衰在后边，其他人在前边找地方寻点儿吃的，可是寻不着。那时候不像现在人口这么密集，人口不多，找地儿要点儿吃的也不容易，再说得让那么些人吃呢，就更难了。又走了十几里地，实在是饿得受不了了，重耳由打车上下来，一下子就躺在狐毛的腿上了。"我走不动了……""赶紧给公子找点儿吃的。"

大家伙儿分头出去找，这儿揪点儿野菜，那边寻点儿野草，好容易弄了点儿野菜、野草煮了一锅，大家伙儿喝点儿汤，捞点儿稠的给重耳端过去了。重耳一捏鼻子："吃不下去……"

重耳实在难以下咽，虚汗可就下来了，按现在话说低血糖了，得打点滴了。可那时候上哪儿打去呀？点滴来了，香气扑鼻，重耳两只眼睛都瞪圆了，顺着香味儿一看，是介子推。介子推也不知道从哪儿找了一个破碗，端着一碗汤就过来了："公子请用。""怎么这么香啊？""是肉汤，公子请用。"重耳顾不得再问了，喝得这叫一个香，全吃了，这才问："何处来的肉？""是臣大腿上的肉，剜下一块儿给您煮着吃了。"这就是介子推割肉奉君。重耳吃完这碗肉汤，含着眼泪瞧着介子推："何以报之？"将来我怎么报答你？介子推说了一句话："但愿得您回到晋国，成为人君，我们尽股肱之义。"

也就是说，保着您回到晋国，您做晋国之君，我们做股肱之臣。强大晋国，您是君，我们是臣。重耳听完，眼泪下来了。这时旁边魏犨说话了："嘿，他还割块肉。你说这赵衰，他还有一个竹筒，竹筒里有不少稀饭呢，他就知道在后边一个人偷着喝。"狐偃气坏了："你说谁呢？""我说赵衰呢。"大家伙儿这么一看，确实没见着赵衰。过了一会儿，赵衰过来了，捧着一碗稀饭给重耳："公子，您喝吧。""你为什么饥饿不喝？""臣不能背君而食。"您说这人多老实。搁着我，早偷着喝好几口了。您是君，我是臣，我背着您偷吃一口吃都不对。重耳已然喝过肉汤了，又吃了一点儿稀饭，然后又把稀饭交给赵衰："你们吃吧。"

赵衰又在粥里兑了不少水，大家伙儿这才一人喝了几口，暂解燃眉之急。一行人继续往前走。书不说废话，总而言之得要点儿吃的吧，到哪儿了？到了齐国。为什么重耳一行人要来到齐国？因为齐桓公是霸主。齐桓公听说公子重耳到了，高接远迎，摆上酒宴相待，这回可有吃的了。齐桓公说："您慢点儿吃，慢着饮，咱们有的是吃的，您一次吃太多就坏了。"

这人真饿了，不能多吃。您听我说《三国演义》，舌战群儒时诸葛亮说了："人要是病了，应当和药以服之，糜粥以饮之，待其腑脏调和，形体渐安之后，肉食以补之，猛药以治之。"这人饿得肚子都瘪了，没事儿您给他二斤酱牛肉吃，非撑坏了不可。所以齐桓公给重耳一行人准备了吃的，大家伙儿慢吃慢饮。有人安排馆驿，那就是给重耳和他的手下人预备房子了，不让他再去颠沛流离。重耳也确实想到齐桓公这儿来，齐国是大国，想借助齐国的兵力，将来好给自己创业。

吃完晚饭，应该安歇睡觉了，齐桓公就问重耳："您的家眷呢？""唉……匆匆逃离翟国，妻子、孩儿都留在翟国，我独身带着众人而来。""唉……"齐桓公叹了一口气，"我跟你不一样，我要是一天独处一宿，没有夫人陪伴，如同一年。"

您说这人也真说得出来。不过齐桓公也是挺心疼重耳的，就由宗女当中选出一个闺女来，给了重耳，这个媳妇就是齐姜。要不怎么说重耳能够成为一代霸主，确实是有几个好媳妇：头一个就是季隗，没拦着重耳，"你走吧，你让我等二十五年再嫁人，我就一直等着你，等死算"；第二个就是现在这个齐姜。那么重耳原来在蒲地的时候娶没娶过媳妇，咱们就甭提了。总而言之，在翟国时，季隗是一个好人；现在重耳又娶了齐姜，也非常好，齐姜跟重耳相敬如宾。当然，齐姜好在什么地方，您得慢慢往下听。后来等重耳回到晋国，又娶了一个好媳妇，还把原来的几个好媳妇都接回来了，大家伙儿其乐融融。所以，没看见《东周列国志》里面有什么分家产的、分镯子的，没这些事儿。这样，重耳带着手下人就住在了齐国。

　　咱们开书的时候就说了，齐桓公能够成为一霸诸侯，倚仗着贤相管仲执政四十多年，九合诸侯，一霸天下，得到周天子的信任，得到众诸侯的追捧。那么现在的齐桓公怎么样了？齐桓公老了，重耳想借助齐国的兵力，不能到这儿就说："您借给我兵，我去打我兄弟夷吾去，然后回去当晋国之主。"这话不能说。重耳必须得抓住机会，要想成为一代明君，不能办出无礼之事。但在齐国，齐桓公这儿发生变化了，就是管仲死了。在临死之前，齐桓公就问他："仲父，你离去之后，我应该用谁？"管仲想来想去："您可以用隰朋。"隰朋原来是齐桓公手下的外交大臣，面见周天子什么的都是他去。"隰朋也老了，隰朋死后我用谁？""没得用了，只能用鲍叔牙。但是您得跟他商量，他不愿意干。鲍叔牙跟我不一样，您不听他的他就不干。"

　　管仲在生前曾经帮齐桓公做过一件事。因为齐桓公有不少儿子，但是哪一个都不是正夫人生的，都是其他那些 ABCDE 生的。因为没有正出之子，所以将来长子承继事业好像就不那么重要了，长子是谁呢？是卫姬所生，叫无亏。齐桓公就问管仲："我应当立谁为世子？"管仲就说了："既然都不是正夫人所生，无所谓大小，还是立贤者最好。"齐桓公说："公子昭最贤。""好吧。"

　　就这么着，立公子昭为世子。可是齐桓公不放心，跟管仲商议，于是就在各路诸侯开会的时候，把公子昭托付给了宋襄公，对他说："将来你要照顾我这个儿子公子昭。"

管仲死了，隰朋帮着齐桓公治理国家；隰朋死了，齐桓公用鲍叔牙。鲍叔牙说："用我可以，必须把身边的三个人除走。"

咱们前边说过，这三个人就是竖貂、易牙和公子开方，这三个人都是小人。一个是把自己的儿子杀了，把人肉做给国君吃。管仲说过："像这样的人，连点儿人心都没有。最亲莫过父子，做爹的把儿子杀了给您吃，这样的人您还用呢？"第二个是巫医。公子开方是卫懿公的儿子。管仲说过："他连世子都不当、国君都不当，自家的国土都不要了，在这儿伺候您，这人您还能用呢？"鲍叔牙说了："这三个人是佞臣，您不用他们，我就帮着您。"齐桓公喜欢这仨人啊，但没有办法，把这仨人免职了，然后用鲍叔牙。没想到鲍叔牙气性太大，看不惯齐桓公喜欢那些奸臣佞党。最后，鲍叔牙也死了。鲍叔牙刚死，齐桓公把这仨人又召回来了，打心里就喜欢他们。哎哟，仨人天天哄着齐桓公。但齐桓公可不知道，这些佞臣对他是没好处的。

齐桓公老了，这几位公子就开始争了，五六个。当然，齐桓公有很多儿子，就是权力最大的五六个在争，将来都想当国君，在这儿折腾。竖貂、易牙和公子开方就保着卫姬，保着公子无亏。公子昭就跑了，跑到宋襄公那儿去了。这几个公子就在这儿打，你杀我我杀你……齐桓公怎么死的？就死在这仨小人手里了。齐桓公身染重病，这三个小人为了达到自己保着公子无亏的目的，就在齐桓公住的地方外面砌了一道墙，然后墙下边挖了一个洞，跟狗洞似的，只能狗钻进去。人要是想进去，也得爬着进去。等于把齐桓公关在一个大狗窝里了，不给吃，不给喝，这么大的齐桓公小白就这么死的。

临死之前，齐桓公渴得要水啊，这时，从狗洞爬进来一个宫女，叫晏蛾。晏蛾其实就受过齐桓公一次宠幸，齐桓公都忘了，她还一直记得呢。晏蛾爬进来了："主公。""给我点儿水喝……""没水。""给我一口粥喝……""也没粥啊。竖貂、易牙和公子开方把外面全都砌起来了，我是偷着爬进来的。"

齐桓公这会儿知道后悔了，知道后悔也不行啦，您就说这奸臣用他有何用？齐桓公临死之时，也是晏蛾脱下衣服来盖在身上，再把窗棂摘下来盖在上面，如同棺材一样，然后自己触炕而亡，陪着齐桓公死了。齐桓公死了六十多天，才有人管他。那是外面都打完了，谁当国君都已经商量好了。好家伙，这尸体放了六十多天，您说得什么味儿，怎么埋葬啊？齐国大乱。那么是谁帮着齐国呢？宋襄公。宋襄公借这机会一看：齐桓公完了，我称霸吧，我来接这个霸主的位置。结果折腾半天他也没折腾起来，把公子昭送回去了。公子昭回到齐国之后，当了国君。公子无亏死了，公子昭倒是当了国君了，但他跟楚国是一头儿的，他反对宋襄公。

齐国这么乱，大家伙儿就跟公子重耳商量："您想借助齐国的力量，可齐国本身还这么乱，咱们赶紧颠吧。得颠啦，必须再找一个强大的国家，才能帮助您回归晋国。"重耳点了点头："唉，可惜我有齐姜为妻。"

重耳这儿有媳妇。您想，齐姜恐怕比季隗还小，季隗才二十五岁，这位也就二十啷当岁。重耳好容易踏实了，在齐国待了七年，一共十九年，走？舍不得呀。大家伙儿急坏了，赵衰、狐毛、狐偃、魏犨、颠颉这些人就商量怎么办。狐偃说："我带你们去一个地方，出了城有一座桑树林。"

大家伙儿都来到桑树林中一起商量。狐偃说："这么办，咱们就说请公子出来打围，他总在城里头待着也太闷得慌了。他一出来打猎，咱们就偷偷预备一辆车，把东西都收拾好了，搁在车辆之上，把公子挽到车上，咱们就跑。""这样行吗？""不行也得行啦，照这样待着，齐国这么乱，哪儿还能帮着咱们呀？""好吧。"

大家伙儿都商量好了。第二天，狐偃、狐毛还有赵衰三个人来找重耳。"公子，您都胖了，出去活动活动吧，不然将来行军打仗都不好办。您出来跟我们打打猎，活动活动，大家伙儿都挺想您。"重耳一看这几个忠臣，眼泪就在眼圈儿里转，心想：是啊，我自打到了齐国娶了齐姜之后，就跟我的臣子疏远了。回头再往屋里一看，看见齐姜的人影摇摇晃晃，重耳一狠心："唉，这几天身体不适，你们去吧。"

头一回请，没请着；第二回请，还没请着；第三回请，重耳还是不去。这仨人还得商量怎么办。"公子不答应去打猎，咱们就不走。"这三个人就在外边等着。这时，里面出来一个小丫鬟。"请您随我来。"就把赵衰叫进去了。赵衰进屋一看，齐姜一个人坐着呢。"参见夫人。""我有一件事儿想问您。""夫人请讲。""您坐下。""谢过夫人。"赵衰往这儿一坐，齐姜让小丫鬟献上茶来。"您把这碗茶喝了，我问您点儿事儿。""哎呀，您问吧，我不渴。""我想问问您，请公子出去打围是何意也？""哦，让公子出去散散心啊，大家伙儿都很想他，让他活动活动身上，提提精神。""你们出去打围，是上楚国，还是上秦国呀？""嗯？那么远可不去。""算了吧，你们在城外桑树林里商量这件事儿，我有几个小丫鬟正巧在那儿采桑叶，听见你们秘密商议要把公子带走。""那……那您知道了，您是放还是不放啊？""重耳不走，你们有办法吗？""没办法呀。""好吧。"齐姜点了点头，"这件事儿交给我吧，我来想办法让重耳跟你们走。"

赵衰放心出来了，跟狐毛、狐偃一商量，就在城外把所有的东西都准备好了。到了晚上，齐姜摆上一桌丰丰盛盛的酒宴，跟重耳对坐饮酒。"夫君，赵衰他们请你出去行围打猎，你为什么不去呀？""唉，守着夫人足矣。"齐姜心说：他依赖着我不走，看起来他在齐国待了七年，已经心无斗志，这可不行。"我知道你不愿意走，我也希望你永远陪伴着我，我敬你一杯。"劝酒得顺着来，戗着来不行。重耳喝了这杯酒。"好，我总陪着你。""我再敬你一杯，你多陪我几年。""好，我老陪着你。"

重耳又喝了一杯。就这样，重耳爱听什么，齐姜就说什么，齐姜的依依不舍软款温柔，感动得重耳一杯接一杯可就喝多了。重耳喝得酩酊大醉，躺在床榻之上。齐姜用手一指，让小丫鬟出去把赵衰、狐毛、狐偃叫进来了。齐姜用手一指躺在床上的重耳，仨人抬一个还不好办吗？他们把醉醺醺的重耳抬出去，放在车辆之上。重耳继续走国，最终成为一霸之主。谢谢众位，咱们下回再说。

第十四回　晋重耳周游列国

公子图欢乐，佳人慕远行。要成鸿鹄志，必割凤鸾情。

这几句说的是公子重耳离齐。咱们正说到重耳走国。一个男人要想成事，他必须得有好媳妇；一个女人要想成事，她必须得有好丈夫。重耳走国，最后成为春秋五霸中的一霸，他就娶了几个好媳妇。

前文书说了，重耳娶妻季隗，离开时是有季隗的支持："大丈夫志在四方，你走你的。今年我二十五岁，我等你二十五年。你放心，我绝不再嫁人，嫁人也没人要了。我把你的两个孩子抚养成人，等你回来，希望你成为晋国之主，名留后世。"您说这媳妇娶得多地道。重耳带着手下的这些贤臣到了齐国，在齐国又娶了一个媳妇齐姜，特别贤惠。齐姜嫁给重耳之后，夫妻恩爱，这一下重耳就在齐国待了七年。

一个人再有志向，天长日久，老磨老磨老磨，志气就没了，况且重耳的岁数也大了。所以说重耳磨到现在，已然没有上进心了。他是待踏实了，他手底下的这帮人不干啊。赵衰、狐毛、狐偃、魏犨、颠颉等，一共十个人，这些人聚在一起商量："公子是踏实了，齐国国君对他不错，咱们怎么办呢？咱们为什么历尽千辛万苦，跟着公子一国一国地跑，不就是希望公子能够回归晋国，扬名于天下吗？我们作为他手下的股肱之臣，能够名留青史。"

君是贤君，臣是贤臣。这些人怀着志向跟着重耳，抛家舍业，胡须都白了，头发也白了，聚在一起唉声叹气。得啦，咱们找公子去，把公子请出来，问问他还干不干了。于是，这十个人到了宫门外。进去了几个？四个：赵衰、狐偃、魏犨，再加上颠颉。这四位进去了，求见重耳，重耳正在床上躺着呢。"公子，有人求见，是您手下的赵衰等人。""不见，就说我偶有小恙。"偶有小恙就是有点儿不舒服。宫人把话传出来了："公子今天有点儿不舒服，明天再说吧。"

第二天又来了。头一天是四个人进去的，六个人在外头等着；今天是三个人进去的，七个人在外头等着……每天如此，最后一天就是赵衰一个人进去了。赵衰到了宫内，就是重耳住的屋子的外边，求见公子。重耳在里面说："什么事儿啊？""请您出来商议国是。""哎呀，我今天发烧四十二度八，出不去。"赵衰心里难受啊，转身出来，含着眼泪看了看大家伙儿。魏犨是个急脾气，问："怎么样啊？""发烧了。""十天了。""对呀。公子不出来，怎么跟他商量国家大事啊？""嘿！"魏犨双眉倒竖，二目圆睁，脸上颜色更变，用手一指宫门内，"呔！胆大重耳……"嗬，这边狐偃、那边狐毛，两个人就把魏犨的嘴堵上了。魏犨两只手一推，把他们都推开了："我告诉你重耳，十数年跟你在外，须发皆白。你是有家眷在此，而我们的家眷都在晋国。好哇，你带着我们成不了大事，我们又何须跟着你受此灾难？！"这些人赶紧把魏犨拉走了。狐偃说："这么办吧，你们跟我来吧，我有点儿事跟你们商量商量。"

大家伙儿就跟着狐偃出来了，一直出了城，走出三里多地，前边有一片桑树林。那时候为什么桑树林那么多？古代刨去布，主要就是丝绸。丝绸拿什么做？养蚕吐丝。所以那时候刘巧儿特别多，都得采桑养蚕，后来刘巧儿就一个了。这片桑树林密密丛丛，日不可达，太阳都照不进去。狐偃领着大家伙儿进了桑树林，找了一块干净地，大家伙儿席地而坐。狐偃一乐："众位，这地方怎么样啊？法不传六耳，旁边可没别人。"魏犨不相信，往外边看了看，真没人。大家伙儿开始商议。赵衰说："这么办吧。""你就说你有什么主意吧。""公子走不走，这件事就在我了。""那你快去呀。""我这么去可不行，咱们得用计策。""什么计策？""咱们收拾好了，把所有细软以及吃的、用的东西都准备好了，在郊外等着公子。然后咱们面见公子，说请他出来打猎，省得他懒惰，四肢不发达了。以打猎为由，给他诳出城外，把他捆上往车上一扔，咱们就走。""好啊，你这主意不错。可是狐偃，咱们上哪儿啊？""呵呵，宋国。""宋国能接待咱们吗？""你想啊，宋国国君要称霸于天下，现在他已然不成了，希望手下能有贤臣。咱们借此机会面见宋国国君，他一定会接纳，这也有助于他成名于天下。再说，宋国国君手下大司马公孙固是我的好朋友。""如果不成呢？""不成就再走啊，咱们可以奔楚国，也可以奔秦国。秦国国君也想称霸于天下，他能不接待咱们吗？""好吧，就这么办。"

大家伙儿商量好了，谁去收拾东西，谁去预备车辆，谁去预备粮食，都安排好了。于是这些人每天在城外跑马射箭，就等着狐偃的计策成功，把重耳诓出来，然后好保着公子走。赵衰和狐偃去见重耳，好把重耳诓出来打猎。

那么这件事情有没有别人知道？刚才我说了，有桑林就有人采桑叶，桑林那边有十个刘巧儿呢，采桑叶养蚕。这十个女人是谁？都是齐姜手下的侍女。突然间听到声音，十女侧耳静听，就听见这些晋国旧臣商量这件事，要把重耳诓走。这几个侍女当然是向着齐姜，蹑足潜踪，挎着篮，篮子里都是桑叶，回来面见齐姜。"夫人，大事不好。""什么事情让你们这么惊慌失措的？""夫人，刚才在城外桑树林中，赵衰他们几个人商量着要把公子诓走，以打猎为由，去周游列国，可要离开您啊。""啊呀……"齐姜听到此处，不由得激灵灵打了一个冷战。齐姜心说：幸亏我的这几个侍女听见了，这要让齐国之主知道重耳要走，非把重耳杀了不可。齐姜想到这儿，把脸往下一沉："不要胡说八道，哪儿有这样的事儿啊。去，都回你们那屋睡觉去。"

这些侍女也不知道是怎么回事儿，回到她们的屋中，那时候也是集体宿舍，是不是有上下铺咱们就不知道了。然后，齐姜把手底下掌事的叫来了。"王妈。""什么事儿啊您哪？""把门锁上，刚才她们说话你听见了吗？""我听见了，听得真真儿的。""好，一会儿在公子的面前你把这事儿学说一遍。""行，保证一句话都落不了。"

这位跟着齐姜来到重耳的床前。"公子，你醒醒。"夫人一叫，重耳赶紧起来。"夫人，何事？""你坐这儿。王妈呀，刚才你都听见了，学说一遍。"于是这位就把事情学说了一遍。重耳一听，乐了："嘻，哪儿有此事，我能跟着他们走吗？夫人，请你放心。"

齐姜一摆手，这位掌事的王妈出去了，屋中就剩下夫妻两个人。"公子，大丈夫志在四方，应该走你就走，你手下这些忠臣确实很有眼光。现在齐国无力，不能帮着你回到晋国复国。公子，你走吧，我备上酒宴给你饯行，希望你可以成名于天下，能够强盛晋国。""唉……"重耳脸往下一沉，"夫人，人生太短暂啦，跟着夫人在一起，有吃有喝，夫妻恩爱，我为什么要走呢？哪儿我也不去。""真不去？公子，你要知道晋国现在是夷吾当政，国家不宁，亲人不亲，邻国不喜，这正是天赐的良机。公子你回到晋国，能成为晋国的一朝人王帝主。公子，天都赐给你机会，你就应该走。"您说这媳妇好不好？这就是遇见了一个好媳妇。重耳一摇头："得啦，不走，不走，有你陪伴我，我终身之愿足矣。"重耳确实非常迷恋齐姜，齐姜又贤惠又美丽，而且在齐国吃喝不愁。重耳想起在逃亡的路上介子推割肉奉君，想起自己吃菜叶儿，那还能愿意离开齐姜吗？重耳一扭头，出去遛弯儿去了。齐姜没有办法：这怎么办？

第二天早上起来，外边宫人进来禀报："赵衰、狐偃求见公子。"重耳一摆手："没工夫，我现在身体不适。"齐姜在旁边听见了，挥了挥手，宫人出去了。齐姜跟着就出来，走到二门以里："来呀，传狐偃。"宫人把话带出去之后，赵衰在外边等着，狐偃一个人进来了，一看齐姜夫人在这儿坐着，旁边有四个侍女。狐偃急忙上前躬身一礼："狐偃拜见夫人。""大夫，赵大夫何在？""在宫外候等。""好吧，请坐。"狐偃落座。齐姜夫人一摆手："你们都退出去吧。"

四个侍女都出去了，屋中就剩下夫人和狐偃两个人。齐姜就问："大夫，今天来此何事？""哎呀，想当初公子在翟国的时候，每天都出去打猎。没想到这几年来到齐国，他也不出去打猎了，恐怕他身体懒惰，将来要是有了战事，也不能骑马驾车打仗了。所以我们商量了一下，请公子到郊外射猎。""哦，那么请问，此次约公子去郊外射猎，是奔宋国，还是奔楚国，还是奔秦国呢？""啊呀……"狐偃听到这儿，可就呆了，心说：

我们几个人商量的计策，没想到被齐姜夫人知道了，是谁告诉的呀？狐偃当时就说不出话来了，齐姜微微一笑："狐偃，这件事儿瞒不了我，你们商量好了要把公子诓出去，然后请公子离开齐国，前去寻求大国的帮助，好复兴晋国。公子不去没关系，今天晚上我备以家宴，你们在城外几里地预备好了，行囊、马匹、军刃都带好了。然后你们在宫门外预备两辆小车，上边铺上褥子，隐藏好了。我设法将公子灌醉，你们把公子抬到小车之上，带公子出城，离开齐国，你看怎么样？"狐偃万也没想到夫人齐姜如此贤惠，"扑通"一声就跪下了："夫人割房闱之爱，以成公子之名，贤德千古罕有！"

这是《东周列国志》的原文。说夫人齐姜连夫妻之间的恩爱都能割舍，以助公子成名于天下，这样的贤德千古罕有，没有。狐偃跪倒在地，谢过夫人。齐姜用手相搀："大夫请起。""一言为定，告辞。"

狐偃感动得眼泪都下来了，想起这么多年跟着公子游历各国，受尽千辛万苦，今天夫人能够出此上策，放公子走，心中能不感激吗？狐偃出来一点手，把赵衰叫过来了，然后又和大家伙儿都说好了。书不说废话，大家伙儿都准备好了。当天晚上，夫人齐姜亲自动手，丰丰盛盛的一桌家宴，重耳跟齐姜相对而坐。"夫人，为何设此佳肴？""知道公子志在四方，今天特设此宴给公子饯行，祝公子离开齐国之后，寻求大国帮助，回归晋国，称霸于天下。"重耳一听，脸往下一沉，筷子往桌上一搁："不吃。""那酒呢？""不喝。我已然跟你说了，我不走。夫妻恩爱，白头偕老，平生之愿足矣。""好啊。"齐姜很有深沉，说，"既然公子不吃，我给你斟上杯酒，请饮下此酒。""我不喝。""宴是好宴，菜是好菜，酒是好酒。公子要走，是男儿之志；公子不走，是夫妻恩爱之情。如果公子走，是志在四方，我这宴就是为你饯行；如果公子不走，念着夫妻恩爱，我就谢过公子的恩情，请饮此杯。""哎，这还不错。"重耳把这杯酒喝了。"公子，你说的是真话还是假话？""我向来不蒙你。""如果是真话，我再敬你一杯，你我夫妻恩爱，白头偕老。""对对对，来来来，再喝一杯。"

重耳高兴了，齐姜传下话来："歌舞上来。"

时间不大，乐队音乐起，歌舞队上台表演。总而言之，重耳跟齐姜对坐饮酒，又吃又喝又乐又聊，底下是歌舞升平。齐姜一杯一杯地敬，这些歌唱跳舞的女子也一个个地上来到宴前给公子敬酒。重耳心中高兴，说高兴，心中也难过。想起这么多年，离开了自己的国家晋国，勃鞮追杀自己，迫不得已又离开翟国，一站一站地逃亡，连吃的喝的都没有，现在齐姜要送我走，我不走。所以重耳的心情十分复杂。重耳真的不想称霸于天下吗？那是瞎说，只不过磨了这么些年，意志磨得稍微衰退了一些。重耳一边高兴一边愁。说酒入欢肠，千杯不醉；酒入愁肠，一杯醉倒。重耳心情复杂，越喝越多，越喝越多。齐姜往上敬酒，重耳是杯杯尽，盏盏干，最后喝得酩酊大醉，往旁边一歪，鼾声就起来了。齐姜一摆手，歌舞队都退下去了。齐姜在旁边看着，见重耳一翻身，睡得真香，喝太多了。齐姜推了推他："公子，我再敬你一杯。公子，你再喝一杯。"

重耳不说话，齐姜带着王妈，两个人出来了。王妈一点手，狐偃和赵衰过来了。小车已然准备好了，上边铺着很厚的褥子。然后齐姜回到屋中，把被子给重耳盖好了，让手下人连被子带重耳抬出宫门外，放在小车之上。小车往出一走，离开了齐城。夫人齐姜泪如雨下。虽然思念丈夫，不愿意让他走，但是为了成全丈夫恢复晋国的大志，齐姜含着眼泪站在宫门口望着，一直到看不见影儿了，这才回去。

重耳在车上迷迷瞪瞪，鼾声如雷，您说睡得多香。这要真坐在奥迪上也行，真坐在房车里也可以。那时候的车您看电视剧都看见了，颠簸得很，嘎吱嘎吱，道路也不平。小车一直出了齐城，在城外会合了另外几位忠臣，继续往前走。走着走着，天光快亮了，重耳就觉得口渴，喝酒喝多了嘛。"来呀，看水伺候。"谁听见了？狐偃听见了，他就在前边赶车呢。"水呀？天亮了再喝。""嗯？"重耳听着不像女人的声音：我媳妇怎么变声儿了？迷迷瞪瞪往前走，重耳实在是渴得受不了了："哎呀，摇摇晃晃的，我心中不好受，我想吐。来，搀我下床。"狐偃一回头："这可不是床，这是车。"

重耳一听，这才明白。这时候，天已经蒙蒙亮了，重耳翻身就起来了。站在车上，再一看身边都是从晋国跟来的自己手下的流亡之臣，再找夫人齐姜，没了，重耳明白了："你们这是何意？"狐偃一回身："公子，我们要帮着您回归晋国，成为晋国之君。""啊？！"

重耳气坏了，心说：我跟我媳妇在屋里睡觉多踏实，第二天早上起来，早点都预备齐了，每天歌舞升平，有人陪着我聊天儿，看会儿电视，搓会儿麻将，这多舒服啊，没事儿你们给我弄城外头来干吗？重耳气坏了，一看旁边魏犨手里拿着一杆大枪，一伸手就把大枪抄过来了："狐偃，我扎死你！"狐偃能等着让重耳把他扎死吗？"噌"的一下，由打车上跳下来了。重耳也从车上跳下来了，攥着大枪追："我扎死你！"这些忠臣赶紧过来了，揪着公子重耳："公子，千万千万不要动怒，暂息雷霆之怒，听我们讲。""讲！""这不是一个人的主意。""就是他的主意，你们别人不敢。因为他长我一辈，我得管他叫舅舅。他敢出主意，我扎死他。"狐偃跪倒在重耳面前："公子，如果你将狐偃扎死，然后你能回归晋国成为晋国之主，我就是死在此地也心甘情愿。"

狐偃的眼泪下来了，心说：我和狐毛带着我儿子狐夜姑，跟着你流亡在外十几载，如今须发皆白，为谁呀？狐偃用手一托自己的胡须，抬头一看重耳，眼泪流下来了。重耳一看，心中一动，手中攥着这条大枪："舅父，如果如你所愿，恢复晋国，还则罢了；如果恢复不了晋国，我就生吃舅父之肉。""公子，如果说最终不能如愿，我狐偃就回不了晋国了，死在他乡，尸身不知何存。如果公子能够如愿，回到晋国成为晋国之主，列鼎而食，到那时您还会吃我的肉吗？舅父老啦，我的肉炖出来是又骚又腥又臭，您就不吃啦。"

重耳听到这儿，心动了：老国舅狐突还在晋国，两个舅父带着儿子跟着我逃亡在外，而今为了我跪倒在地，涕泪横流……重耳再一看赵衰这些人，全跪下了。"这不是狐偃一个人的主意，乃是我们共谋，要请出公子，离开齐国，请大国相助，好光复晋国。""唉……"重耳长叹一声，把大枪往地上一扔，终于下定了决心。您说重耳没有决心吗？这十几年的确磨去一些斗志，但斗志是可以激发出来的。群臣一激发，重耳志气一起来："走！"

手下人把干粮送上来，水也送上来，重耳吃了个酒足饭饱，大家伙儿也都吃饱了，继续上路登程。往哪儿走？走着走着，走到了头一个国家，曹国。曹国的国君是曹共公，这人按现在的话说，有点儿二。二到什么程度呢？他手底下养了一帮人，全是谗佞之辈，忠臣他不喜欢，一天到晚就是唱歌跳舞、说说笑话。反正那个年头在曹国开相声园子，肯定能满。每天就是抖个包袱儿啊，你逗逗我、我逗逗你啊，他也不喜欢去争什么霸主，整天就知道吃喝玩乐，净犯二。这时，有人禀报："晋国流亡的公子重耳带着手下人来到曹国，您看怎么办？""重耳，干吗的？"手下人心说：谁不知道重耳啊？"大王，重耳是晋国的公子，有本事，他手下净是能人，将来必成大事。现在他们经过曹国，咱们得接待，您可是国君啊。""嘻，来一个公子我就接待，来一个公子我就接待，那还不把国家接待穷了？不接待。""那将来您要是走呢？""我哪儿也不去呀，在这儿玩得挺好的。来呀，摆上，搓麻。"

您看，就是这么一位。突然间，曹共公转念一想：听说重耳有点儿特征，我得问问。"哎，你们哪位知道重耳长得什么模样啊？"他手下有一个好人，是个忠臣，平时不爱言语，现在实在看不下去了。"大王，公子重耳可了不得。"曹共公循声音一看，说话之人叫僖负羁。"负羁，你说重耳怎么着？""重耳这人可了不得，他是个异人。""哦，说书的还是唱戏的？""奇异的异，不是作艺的艺。""他有什么奇异之处啊？""双瞳，骈肋。""双瞳，俩瞳仁？这我倒是知道，我上同仁医院看过。可这骈肋是怎么回事？""就是肋条都长一块儿了，就如同一个整板儿一样。""哟，这可新鲜，我得瞧瞧。"他犯上二了，"来呀，接待公子重耳。"

僖负羁把重耳和手下人都接进来了。按说应当是国君出来迎接，就算国君不出来，也得让世子出来呀，没有，负羁大夫迎接进来了。吃什么饭呢？很普通的饭，并没有摆上国宴。饭菜太普通了，重耳在齐国的时候，齐姜总给做好的吃，一看这样的饭就吃不下去了，酒也是很一般的酒，他也喝不下去。"唉，不吃了。"馆驿之中伺候的人躬身施礼："我家曹伯说了，公子一路风尘，请您沐浴更衣，现在洗浴中心已经准备好了，众位请吧。"

重耳是一个爱干净的人，一路上风尘仆仆的，出汗，衣服也没法儿换，身上都有味儿了，不吃饭都没关系，洗洗挺好，于是就答应了。就这样，伺候的手下人就陪着重耳一行人来到了曹国的洗浴中心，当然很高级，每个人都是单间，重耳在这儿泡澡，手下每个忠臣都各有一间房，都有人伺候着泡澡。重耳脱了衣服，在池子里一泡，觉得很舒服。泡着泡着，重耳靠着池边迷迷瞪瞪地就要睡着了，突然间脚步声音响，重耳抬头一看，进来十几个人。"嘿，look look（瞧瞧），这骈肋什么样？公子，你站起来，让我 look look。"重耳气坏了："什么人？！"这儿一嚷不要紧，赵衰、魏犨、介子推他们这些人"哗啦"全都进来了："什么人在此惊扰我家公子？"什么人呢？曹共公曹伯，犯上二了吧，人家重耳在这儿泡澡，他跑进来看人家肋条。重耳大怒，"噌"的一下从池子里就出来了，往出就走。"哎哎哎，公子，您先把衣服穿上。"

赵衰、狐偃等人赶紧拦住重耳，把衣服给他穿好了，陪着公子出来，回到公馆里坐下，还是这顿饭。重耳生气啊：这曹国国君就这么二，这样的国家怎能久长？重耳坐在公馆之中生气。而曹国之中劝曹伯接待重耳的这位，咱们说了，叫僖负羁，是个好人。

僖负羁回到家中往这儿一坐，唉声叹气，他媳妇就问他。要不怎么说我说的这书里头，女的净是好人。僖负羁的夫人娘家姓吕，吕氏。"你怎么了，干吗总冲着我唉声叹气的？""唉，我不是冲着你唉声叹气，你、你、你说咱们这……""我知道了，你冲的是国君，他又犯二了吧？""可不是嘛。""我就知道。""你怎么知道啊？""我在城外采桑，突然间看见有几辆车过来，车上坐的人目生双瞳，我一看就知道是公子重耳，人君模样。再一看他手下之臣，每一个都是豪杰，有其君必有其臣，有其臣必有其君，将来重耳必成大事。你们是怎么接待的呀？""嗐，正为这事儿发愁啊。国君不给人家好吃的，不给人家好喝的，听说人家骈肋，让人家去洗澡，趁人家泡澡的时候他们一帮人冲进去看……""哎哟……"吕氏拿袖子一掩自己的脸面，连吕氏都嫌害臊，"怪不得你唉声叹气的。""夫人，那你说现在该怎么办呢？"夫人有能耐的，丈夫都爱向夫人求计，他习惯了，因为夫人总有主意。"你放心吧，看，我已然都做好了。"

僖负羁一看，后厨那儿挺热闹，肘子、东坡肉、炸丸子、干烧黄鱼……那时候他们吃些什么我也不知道，我就知道这些是好吃的。一笼一笼，整整十笼，都装在食盒里头。"你呀，赶紧给公子送去。你要知道，公子重耳将来必成大事，回到晋国，成为一朝人王帝主。晋国强大之后，必灭曹国，您赶紧留个后手吧。""好吧，那我给送去，可要是不让我进去呢？""没关系，我表哥就在公馆里看后门呢，我跟你一块儿去。"

您说吕氏多贤惠，把所有的菜全都装好了，在食盒最后一层的当中间儿放了一块白玉。这块白玉到底是和田籽儿玉，还是羊脂白玉，我就不得而知了。反正这块白玉价值连城。干什么使呢？吕氏告诉丈夫："你把吃的献给重耳，但你当时不能送钱，吃完菜之后把这块玉璧留下，离开曹国之后他就有钱花了。"

僖负羁非常感激自己的妻子。就这样，两口子一起提着食盒，来到了重耳所住的公馆，通过她表哥的关系，进到公馆里。这位表哥来见重耳说："负羁大夫求见。""哎呀，呵呵，曹国还有人知道我重耳吗？"这句话就是自负语。您要听《三国演义》，刘备也说过："还有人知道我是皇叔刘备吗？"这就是怕人看不起自己，不知道自己。重耳说完这句话，负羁大夫进来，食盒献给重耳，然后跪在地上："公子，我替国君请罪。"重耳用手一指："负羁大夫请起吧。"能够替国君请罪，此人是个明理之人。"请坐。""公子在此，焉有我的座位？我的妻子看见您乘车而来，特备佳肴，现在献上，请公子享用。"

手下人把食盒放在桌子上，一层一层地打开，重耳一闻，这叫一个香啊。挨着个儿地一看，重耳胃口大开，有人又献上酒来，重耳坐在这儿吃喝。赵衰他们也都来了，跟着重耳一块儿吃。吃着吃着，端上来食盒的最后一层，里面有一块玉璧。重耳一看，心里就明白了。"大夫，此何意也？""我妻子吕氏让我献上这块玉，请公子收下，以便行程之用。"重耳拿起这块玉来："没想到曹国竟然有如此贤德夫妇，谢过了。"然后又把这块玉放回食盒之内，"请您拿回家去，不敢收用。"负羁劝一回劝两回，又劝三回，重耳执意不要。负羁没有办法，磕完头谢过之后，提着食盒来到外边，仰天长叹："唉，曹公失策矣。公子流离外国，见玉璧而不收，将来必能成为晋国之主，称霸于天下。"

僖负羁很感慨，回去之后把这块玉又交还给媳妇了。那重耳在曹国还能待着吗？重耳离开曹国，继续登程上路。下一站到哪儿呢？就应该奔宋国了，因为按着路线走，离宋国最近。宋国之主是宋襄公，宋襄公也想称霸于天下，咱们前边也说了，但是他没这能耐，也召开了衣裳会，结果让楚国给冤了，跟楚国打起仗来，宋襄公腿上中了一枪。因为公子重耳的舅舅、晋国的大臣狐偃认得宋襄公手下的大司马公孙固，所以狐偃先行到了宋国，来见公孙司马，两个人是好朋友，两个明白人说话就好办了。"大夫此来何意？""保着我家公子重耳来到宋国。""宋国应该如何接待？请问齐国是如何对待公子的？""齐君把齐姜许配给我家公子，赠予车马，公子在齐国待了七年，衣食丰足。""好。"

公孙固很明白，狐偃说得也很明白，如实相告。公孙固回去面见宋襄公，宋襄公躺在床上已然起不来了，听完公孙固的回禀，宋襄公说："我没有女人给他，但是车马如数赠送。齐国给多少车，我就给多少车；齐国给多少马，我就给多少马；齐国给多少钱，我就给多少钱。但是我可没有齐姜，没有女人送他。我应该留他在此，你就想办法把他留下。"

因为宋襄公也想称霸于天下，苦于手下没有贤臣。公孙固回来见狐偃："我家国君想把公子以及你们这一行人全都留下，能不能办到？"这就是明白人问。狐偃说："办不到，因为你们国家没法儿帮助我家公子恢复他晋国之主的地位，我们只能告辞。"公孙固就问狐偃："那你们上哪儿去？""恐怕只有遄奔楚国，或者遄奔秦国。秦和楚都很强大，应该有力量帮助我们公子回归晋国。""好吧。"

公孙固又回复了宋襄公，宋襄公没有办法，只能让公孙固来给重耳送行。就这样，重耳一行人又离开了宋国，继续往前走。再往前走是什么国家呢？郑国，郑国国君是郑文公。手下人禀报："公子重耳来了，您接待不接待？""不接待。叛父之子，轰走！"这人没有眼光，往出轰重耳，还说他是叛父之人。"唉……"重耳没办法，"走吧。""走就走吧。"重耳就问手下人："那咱们奔哪儿啊？""得嘞，咱们奔楚国吧。楚国现在是大国，也要称霸于中原，咱们到了楚国，借助楚国的力量，保着公子回归晋国，能够使晋国强大，公子成名于天下，我等之人也能完成股肱之愿。"

于是重耳就带着这些人遄奔楚国，楚国能不能接待重耳？重耳走国，光复晋国，谢谢诸位，咱们下回再说。

第十五回　秦怀嬴重婚公子

欲人爱己，必先爱人；欲人从己，必先从人。

闲言少叙，书接正文。咱们正说到重耳走国，就快归晋了。重耳走国容易不容易？不容易。现在也有走国的，从这个国家到那个国家，不管因为什么原因走国，买飞机票、坐飞机都比较方便，除了签证麻烦一点儿。到那儿不成的话就打打工，给人家刷刷碗、切切洋葱头，虽然眼睛不大好受，但是终究好活动。那时候可不行，坐车就是那种轱辘车，道路就是硬道，在车辙里还好点儿，如果离开车辙，这车的颠簸非常不好受。骑马，马走得再快也不如火车飞机快。现在更方便了，电脑更快，我坐在家里，全世界我都看了。就算您走，全国乃至全世界您未必都能走到，但是有电脑就行。

重耳走国，他有一个很大的优势，就是他手下的忠臣很多。重耳四十多岁离开自己的国家，走了十好几年，多大啦？重耳都六十岁开外了。重耳走到哪个国家才能踏实住几天呢？曹国、宋国、郑国都没留下，重耳一行人只能接着走，来到了楚国。

楚成王可有见识，是个知识分子。楚成王听说重耳到了，大开城门，以国君之礼招待。"啪"，红地毯就铺上了，楚成王坐着车，带着手下文武众卿，出城迎接。重耳也坐着车呢，车止住之后，重耳往前边一看，楚国国君出城相迎，就有点不知所措了。您想想，他这么多年流离失所，小国的国君都看不起他，都偷看他洗澡，都不开城门；如今这么大的楚国的国君，大开城门，以国君之礼相迎，重耳站在车上就傻了。他手下的文臣武将一看，这边是赵衰，另一边是狐偃："公子，请您下车。"

就把重耳搀下了车，搀着重耳往前走。对面楚成王一看重耳过来了，他的手边也有从人，一点头，两边的文武双卿就把楚成王也搀下车来，健步往前走，以迎公子重耳。楚成王是大国之君，而重耳呢？上无片瓦遮身，下无立锥之地，一看楚成王走过来了，重耳战战兢兢往前走，想下跪又不愿意跪，不愿意跪又想下跪。楚成王看出来了，连忙用手一指："公子请，迎接来迟，车下领罪。"重耳都说不出话来了，旁边的大夫赵衰把声音提高了："公子啊，也难为您了，甭说到了楚国这样的大国，之前就是到了各个小国，他们都看不起您，所以今天遇见楚国国君能够出城以国君之礼相待，您是不是有所顾虑呀？没关系，既然如此，何必谦让？您应该前去行礼，共同进城。"

这是在鼓励重耳，就是告诉重耳，虽然现在你离开国家云游天下，但是将来你必然回归晋国，成为一国之主。心态要正常，你就是国君。嘿，听完这一番话，"腾"，重耳腰就直起来了，眼睛放出光芒，大踏步往前走。楚成王看了一眼赵衰，心说：重耳必然成事，重耳身旁有如此明智之人。

"哎呀，公子，来来来，快上车。"

重耳有了信心了，跟着楚成王同登一辆车，车头一转，进入城中，文武众卿相随。您说这人要是没有左右相陪，没人管，能行吗？光杆儿牡丹不行。重耳你再有能耐，没有赵衰、狐偃、狐毛、颠颉等这些人保着，也走不了国。楚成王陪着重耳进了城，他就瞧重耳手下这些文臣武将可了不得，一个个都是治国之才。进了城之后预备馆驿，那都是高级公馆，摆上国宴相待。楚成王非常敬重重耳。手下人可有看不了的，但是楚成王心里明白，重耳要是回到晋国，必然能成为一位霸主。霸主他有没有气势？绝对是有气势的，看得出来。楚成王厚待重耳，您要看《东周列国志》，三日一宴，五日一飨。所以不光《三国演义》里三日一小宴，五日一大宴，锦袍相赠，十名美女，这是有出处的。楚成王对待重耳也是三天一请，五天一请。重耳受到如此厚待，非常高兴。

这一天，两个人聊着聊着，楚成王说："明天陪着公子前去射猎如何？""好啊。"

重耳就喜欢跑马射猎，选好了地点就在云梦之乡，然后两个人乘车骑马，带着手下文武群臣，来到了围场。围场已然设立好了，周围几千兵，挨着个儿地排好了，敲锣打鼓响炮，为什么？得把这些动物轰出来。重耳和楚成王都骑着高头大马，两个人并马而行，后面跟着楚成王手下的人和重耳手下的文武众卿。

进了围场之后，炮响鼓响，"叨叨叨……""哗……"士兵们摇旗呐喊，鹿啊、兔子啊，还有各种野兽就往出蹿，好让重耳和楚成王射猎。楚成王也想在重耳面前显摆显摆，心说：我是一国国君，我的箭法比你好。跑着跑着，突然间前边蹿出一只梅花鹿。"公子，待我射之。"楚成王认扣填弦，他有经验。"哒！"未曾射，他先喊了一声。

鹿听见了，它虽然不知道这是人喊呢，但是知道有人憋着它呢，这鹿"啪"的一下就趴下了，而楚成王这时候已然张弓搭箭准备好了。梅花鹿趴这儿晃了晃脑袋，听见没动静，站起来就要跑，"吧嗒"一声弓弦响，"哧……""嘭"的一声，梅花鹿应声而倒。手下人赶紧跑过去，拔下这支箭来，一看是楚成王所射，大家伙儿齐呼："大王神射……"楚成王非常高兴："公子，我箭法如何？""好。"重耳心说：你看我的。正在这时候，由打山中"噌"的一下蹿出一只熊来，楚成王看了看重耳："公子射之？""好。"

重耳认扣填弦，暗中祷告上苍：如果我重耳能够回归晋国，成为晋国之主，我这一箭出去，就要射中熊的右掌。重耳弓开如满月，箭出似流星，"吧嗒""哧……""嘭"的一下，正好熊抬起了右掌，一箭就射在了熊的右掌之上。"好哇……""公子神射呀……""公子，您射中了。""好啊，将射中之处割来。"手下人赶紧跑过去，用宝剑把熊的右掌割下来，把箭拔出来，一只手捧着箭，另一只手举着熊掌，跪倒在重耳的面前："公子，请过目。""啊……"重耳没说话。旁边的楚成王一看：这一定是重耳箭未射出之前祷告上苍，若能回归晋国，必中熊的右掌。"好啊，公子神射。"

就在这时候，"哞儿"的一声，由打山中又蹿出一只动物来。大家伙儿一看，齐声喊嚷："大王，大王请看！"楚成王顺声音一看，用手一指：

"公子你看，这是何物？"重耳一看，这动物可新鲜，其大过马，其身似熊，其头似狮，其足似虎，其尾似牛，身上黑白斑色相间，"噌"的一下蹿出来，这谁认识啊？楚成王没见过。"公子，您瞧。""哦，这是中原之貘（mò）。"

您看，说《东周列国志》还真得好好琢磨，我查了好几本字典，貘是一种哺乳动物，比猪稍微大一点儿，会游泳，长鼻子，鼻子能伸能缩。重耳现在看见的这只貘，鼻子正在缩回去，然后"唰"地一下鼻子又出来了，跟象的鼻子一样。我查了半天，琢磨了半天，明白了：人是有进化的，东周列国这时候是公元前六百来年，现在已经是二十一世纪了，在两千六百多年以前的貘可能就是这样，进化了，原来其大如马，现在其大似猪，它缩小了。您看古时候人名都叫得不一样，曹国的大夫叫僖负羁，您说现在还有叫这样名儿的没有？人进化了，脑子也聪明了，得叫好听的名字，姓都得改。那么动物也进化了，所以我自个儿就给自个儿解释明白了。

"这么大，如何制服？"这时候重耳手下的大将魏犨站出来了："我去制它。"楚成王用手一指魏犨："你用何兵器？""就用双拳。"

楚成王愣了，人家重耳手下的大将自告奋勇，可自己手下的大将成得臣他们都没言语。就瞧魏犨两三步就蹿过去了。貘看见魏犨了，它可不知道他叫魏犨，往回一缩脖子。魏犨非常聪明，往前一蹿，貘一使劲儿，"唰"，鼻子出来了，魏犨一把就把貘的鼻子揪住了，一骗腿就上了貘的背，骑在貘的身上，"嘭嘭嘭"就打，可那是白打呀。一头比马还大的貘，相比之下魏犨的拳头才多大啊，不管怎么打，伤不了貘的皮肤。魏犨聪明啊，两只手顺着貘的鼻子往后按，使劲儿按住不让貘的鼻子伸出来，然后两只手往里卡，就卡住了貘的喉头。魏犨多大的劲儿啊，两膀一晃千斤之力，浑身的劲儿就贯到肩膀上，贯到胳膊上，贯到手腕上。

"嘿……"貘还不明白呢：没事儿卡我脖子干吗呀？魏犨越卡越紧，越卡越紧，也就一顿饭的工夫，再瞧魏犨，脸都憋红了，汗都下来了。再瞧这只貘，"扑通"一声趴下了，愣是让魏犨卡死了。楚成王眼睛都看直了，一挑大指："公子，好一员虎将！"

魏犫一看貘死了，一翻身从貘身上下来，一抻貘的鼻子，攥住了往前一拉，拉得动拉不动？您看电视里演那大力士连汽车都拉得动，这么一头死貘更拉得动了，生生给拉到了重耳和楚成王的马前："大王、公子，我已经将其手缚而来。""好！"楚成王非常高兴，"公子，文有文臣，武有战将，你将来回到晋国，必能成为晋国之主。"楚成王手下大将成得臣不愿意了："主公，我愿跟他比试比试。"楚成王摆了摆手："公子是咱们国家的贵客，应该以礼敬之。"

就把这事儿压下去了。打完猎之后，摆上酒宴，都是野味，重耳陪着楚成王喝酒吃肉品野味，然后尽欢而散，一个回归王宫，一个回归公馆。等到了晚上吃过晚饭，楚成王坐在这儿喝茶，只听得外边"腾腾腾"脚步声音响，一抬头，谁来了？成得臣。成得臣大个子，身高在一丈开外。"主公。""怎么那么气哼哼的，难道是白天余气未息吗？""主公，您这么对待重耳，重耳以何为报？""没关系，待我问来。"

第二天摆上酒宴，其实楚成王是不愿意问的，但如果不问，手下的文武公卿全都不愿意。楚成王三日一宴，五日一飨，也都是文武群臣陪着，楚成王跟重耳对饮，下面是楚国的文武公卿以及重耳手下的文武公卿。两个人推杯换盏，开怀畅饮。酒席宴间，楚成王倒了一杯酒："公子，请。""谢谢大王，重耳流亡在外，来到楚国，大王对我恩重如山，真是无以为报。"重耳特别聪明，心说：昨天刚打完猎，我的文武众卿显示了才能，成得臣要比武；今天楚王摆上酒宴，敬我一杯酒，那我就得把话送到你的耳朵里。这就是重耳的聪明，用不着你问，我先说。楚成王哈哈大笑："哈哈，公子，先喝了这杯。"两个人酒杯一碰，一饮而尽。"不错，今天我正想问问公子，公子自从来到楚国，我待公子如何？""待我恩重如山。""好啊，既然说我待你好，我确实心中有公子，知道公子将来必成大事。那么请问公子，我如此对待于你，你以何为报啊？""唉，大王，您是楚国之君，不缺金帛美女，而且楚国是个鱼米之乡，不愁吃穿

连派评书——列国·春秋

衣物，我应当送您何物呢？""是啊，我也想不出来啊。呵呵，不过还是想一想吧，总得有点儿报答，寡人愿听。"他想听听，也让自己手下的文武群臣听听。重耳点了点头："既然大王一定要问，如果将来有朝一日，我回到晋国成为晋国之君，两国修好，百姓安然，互相帮助，成为友好邻邦。""好哇，还有呢？""大王，一旦两国交兵，兵车相会，两军相遇在平原广泽之上，我晋军当退避三舍，以避大王之军。"咱们都知道成语退避三舍，就是这么来的。您对我这么好，非逼着我说，那么将来两国之间如果打起仗来怎么办呢？因为楚王您对我太好了，楚国对待我们晋国太好了，我是晋国国君，会传下命令，我不打，退兵九十里。楚成王点了点头："好。"

再看手下众战将，把脸往下一沉，一个个须发皆乍。楚成王不问了，接着和重耳推杯换盏，开怀畅饮。吃饱喝足了，又是尽欢而散。重耳走了之后，楚成王回到自己的寝宫。"启禀主公，现有成得臣将军求见。""哦，我知他必来，有请。"楚成王站起身形，直奔书房，在书房之中接见成得臣。成得臣迈大步走到楚成王面前："大王。""让我杀重耳，对不对？""Yes（对）。""为何杀之？""重耳出言不逊啊。楚国待他有恩，如果他回到晋国，他要称霸于天下，必然要对咱们楚国不利，所以现在杀之，去除后患。""成将军你暂息雷霆之怒，少发虎狼之威，容我一言。""大王请讲。""成将军，你想一想，我对待重耳以国君之礼待之，重耳可不是一般人，而且他手下文有文臣，武有战将，武有魏犨之勇，文有赵衰之智。他手下的文臣武将不可小觑呀，他们将来保着重耳必然成事，不能杀。""如果不能杀，那就把赵衰、颠颉、介子推、狐毛、狐偃这些人押在楚国，不让他们回去，省得让重耳如虎添翼。""这件事我也不能答应，你即便把赵衰、狐偃、颠颉、狐毛这些人全都留下，他们心向重耳，不为我楚国办事，我留着他们还得给吃给喝，反而生怨。本来是以德交重耳，反变得以怨报重耳，此计我不为之。"

楚成王说得挺明白：我既然这么尊敬重耳，知道重耳将来必然回到晋国成为一朝人王帝主，我把他手下能人都留在我国圈起来，我得给吃给喝，还不能虐待他们；我想用他们，他们不会为我所用，心里都惦记着重耳呢。我本来跟重耳交好是以德交重耳，这样一来就变成以怨报德，重耳必然恨我，他手下人也得恨我，你给我出这样的计策我不能用。所以说您看《东周列国志》，每个国家能成其大事者，必然有眼光，必然有见识。

楚成王没听成得臣的话，还是厚待重耳，可重耳总在楚国这么待着，什么时候能跟楚君商量帮自己打回晋国去呢？机会来了。这一天，楚成王正在宫中办理国家大事。"报。""何事禀报？""现有秦国国君手下大夫公孙枝求见。""呵呵……"楚成王一笑，"来呀，有请公子重耳一同接见公孙枝。"

要不怎么说楚成王聪明呢，秦穆公手下的大夫公孙枝上我这儿干吗来了？就是为了接重耳来了。让重耳来，就是为了要一起听听公孙枝说什么，别以为我有夹带藏掖。重耳马上就来了，客位一尊，往这儿一坐。楚成王一摆手："来，有请秦国大夫公孙枝。"公孙枝儒儒雅雅来到殿上。"拜见大王。奉我家主公之命，与大王有国是相商。""好，大夫请坐。"客位一尊，公孙枝落座，有人献上茶来，茶罢搁盏。楚成王一抱拳："公孙大夫有何事，请当面讲来。""啊……"公孙枝抬头一看，重耳在这儿呢，就知道是楚成王把公子叫来的，要不怎么说这几位都是聪明人，傻子办不了这事儿。公孙枝一看就明白了，心说：这次主公派我来面见楚君，请公子重耳到秦国，楚君肯定能放人。于是公孙枝一点儿没隐瞒："我家主公命我前来请重耳公子屈就于秦。"

话说得非常好听。那么说秦穆公为什么要派人来请重耳？这就跟晋国有关系了。咱们前边说了，晋献公喜欢骊姬，骊姬害公子申生，申生在内而亡，重耳跑了，夷吾跑了。后来夷吾被秦穆公送回晋国，成为晋国之君。夷吾成为晋国之君之后，原本答应给秦国的五座城不给了。晋国没粮食了，上秦国买粮食，秦穆公卖给他；第二年秦国遇上荒旱了，找晋国要粮食，结果晋惠公夷吾说了："粮食没有，打仗可以。"那秦穆公还不打他吗？

一打仗，得，夷吾打败仗了，被秦穆公逮住了。秦穆公的媳妇是晋献公的闺女，看见自己的兄弟被俘虏了，以自焚相威胁："你要是不放我兄弟，我就烧死自己。"秦穆公非常敬重自己的夫人，就放了夷吾，让他回去还当晋国之主，但是把夷吾的儿子圉留在秦国纳质，不让回晋国了。虽然不让圉回晋国，但是秦穆公两口子把自己的闺女怀嬴许配给了公子圉，秦晋之好嘛，就是从秦晋两国联姻这儿来的。

秦穆公这么对待公子圉，没想到出事儿了。秦国旁边有个梁国，梁国就是公子圉的姥姥家，夷吾当初就跑到梁国去过。梁国国君是个暴君，本来国家就挺小，没事儿总让老百姓干活，修建工事啊、增加苛捐杂税啊，弄得民不聊生，怎么办呢？就往秦国跑。秦穆公一看是个机会，心说：老百姓都上我这儿来了，你那儿就是个光杆司令。于是秦穆公传下命令，让百里奚指挥大兵灭了梁国，灾民凑在一块儿就把梁国国君杀了。公子圉知道了，生气了，心说：这是我姥姥家呀。从这时候开始他就更恨秦国了。

突然间消息来了，自己的父亲夷吾当了晋国之主十四年，现在病重，公子圉的眼泪下来了：梁国是我的姥姥家，是我的根本，现在没了；我爹又病了，我现在被质于秦国，不放我走，我媳妇是秦穆公的闺女，她看着我呢，怎么办？如果我不回晋国，我爹一命呜呼，我可不是哥儿一个呀，我就当不上国君了，这位子就是别人的啦。我要是就这么死在秦国，与草木同朽，如同草木一般，秋风一刮，往地上一倒，我完啦。

公子圉很难过，晚上就哭。要不怎么说夫妻枕席之间聊天最管用呢，妻子怀嬴看见了，就问他："公子，你这是怎么了？""唉，梁国已失，我的父亲病重，而我现在在秦国，倘若父亲宾天，传位于其他公子，那我可就完啦。我指望着回到晋国，将来成为晋国之君，你就是国母啊。可是现在我父亲病入膏肓，怎么办？我回不去呀。""那公子你打算怎么办呢？""唉，我想回去伺候我父亲，我父亲将来一宾天，我就能当上晋国的国君，你就是国母了。可有一节，我走又舍不得你，就想跟你商量商量，能不能跟我一起走？公私两全。"夫妻之间无话不说，怀嬴是一个非常贤惠的女子，怀嬴说："公子，你坐起来，我跟你讲话。"公子圉赶紧坐起来了："夫人，请讲。""公子是晋国的世子，你应当回归晋国，因为你父亲病重，我不能拦你，这是人之常情，国之需求。但是你要知道，我的父亲是秦国君王，我的母亲是秦国国母，把我嫁给你，就是让我看着你，节制夫君。所以我不能跟你走，我走了就是背叛秦国。我是你的妻子，你走我不拦你，但是我不能跟你走，不能背叛君王。你走，我也不禀报我的父母，以尽人妻之道。"

公子圉眼泪下来了：多好的媳妇啊。于是怀嬴就没有禀报她的父亲、母亲，公子圉想办法逃走了，回归晋国。秦穆公不能天天上朝啊，过了几天，秦穆公上朝，朝中的文武众卿前来见驾，也得有公子圉呀，秦穆公一看，没姑爷。"公子圉呢？""回禀君王，公子圉颠了……"颠啦？秦穆公气坏了，心说：公子圉呀公子圉，没有我，你的爹夷吾不能回归晋国，也就不能成为国君，你们爷儿俩对得起我吗？你这一走，对不起你的妻子，对不起我的女儿，你们爷儿俩这算是什么东西呀？秦穆公大怒："使我好恨！后悔晚矣。"因为当初派公孙枝是迎重耳还是迎夷吾送回晋国，秦穆公和手下就商量了半天，最后说迎一个坏的吧，就把这坏的送回晋国了。现在秦穆公后悔了，应该把好的送回去。公孙枝早就打听出来重耳现在楚国，赶紧对秦穆公说："大王，您别后悔，您要是打算请重耳，送他回归晋国以敌夷吾，以灭公子圉，我替您到楚王面前去把重耳请回来。"秦穆公一听这话，高兴了："好啊，备上厚礼。"

礼物准备了好几车，车上装的都是什么？咱们也就不必细说了，反正都是值钱的。公孙枝拿了国书，带着这些礼物以及手下人离开秦国遣奔楚国。说书好说，一张嘴，到了。秦国在哪儿？而今川陕地界。楚国在哪儿？大家都知道，而今武汉附近，荆楚大地嘛。那时候交通不方便，公孙枝为了请重耳，带着手下人千里迢迢来到楚国。到了楚国之后，递交国书，面见楚成王，楚成王非常聪明，同时就把重耳叫来了，知道公孙枝干吗来的。

公孙枝说完这番话，楚成王二话没说，抬头看了看重耳："公子，如何呀?"我什么都不说,你走不走在你。重耳其实想走,知道楚国帮不了忙,楚国离晋国太远了,可秦国离晋国就近了,而且秦国日渐强大,必须借助大国的力量才能抓机会回归晋国。但重耳得假意推让啊,站起身形:"哎呀,大王对我恩重如山,我愿意待在楚国,不愿意去秦国。""呵呵……"楚成王心说:你这是心没对着嘴,嘴没对着心啊,我还得给你开拓一下思路。"公子,请问你想不想回归晋国?""朝思暮想。""你不想强大晋国吗?""只要我能回归晋国,定要使晋国强大。""称霸于天下"可没敢说出来。楚成王点了点头:"好,公子,你在我楚国,楚国离晋国太远,如果两国交兵,不方便。现在晋国是公子夷吾掌朝权,他对待文武群臣、对待百姓都不好,晋国生乱,这正是公子的机会呀。如果由打楚国发兵,恐怕抓不住这个机会;如果公子到了秦国,秦国与晋国接壤,一旦晋国发生变故,你马上就能回去,要比在我楚国强多了。并不是我不容留公子,为了公子能够回归晋国以成大业,我劝你还是应该跟着公孙枝一起遄奔秦国。""那就听从大王之命。"这真是一个赛着一个的机灵。公孙枝把国书递上:"谢过大王。"

废话咱们就不说了,楚成王摆上酒宴相待,公子重耳收拾东西。楚成王送的东西可不少:金子、银子、绸缎、粮食、马匹、车辆……跟着重耳的这些忠臣也都特别高兴,因为在楚国总这么待着,公子的胡须越来越白,哪天是头儿啊?如果到了秦国,秦国强大,借机会打回晋国,重耳为君,我等为股肱之臣,留名青史啊。大家伙儿高高兴兴,跟着公子重耳,公孙枝相陪,离开楚国,遄奔秦国。这一路之上咱们就不说了,附近几个小国都是秦国的属国,一行人踏踏实实来到秦国,秦穆公以国君之礼相迎,亲自陪着重耳来到郊外的大公馆。重耳在公馆里住下了,沐浴更衣,然后秦穆公摆上国宴相待。

酒宴已毕,秦穆公回到宫中,夫人就跟秦穆公说:"我兄弟夷吾回到了晋国,现在晋国很乱,公子圉也已然逃走了。而今重耳来了,我想跟您商量商量,把女儿怀嬴嫁给重耳。""好哇,夫人高见,秦晋之姻,你去跟女儿商议。"

因为怀嬴的丈夫是圉，跑了，没死，她等于守活寡呢。那么公子圉能不能成事，将来又会如何，这都尚未可知。秦穆公知道女儿很有主见，而且很贤惠，所以不能轻易替她做主，想让她嫁给重耳，得让她妈跟她商量。于是，秦穆公的夫人就来到了女儿的屋中。"儿迎接母亲。""儿你坐吧，跟你商量一件事。""母亲您说吧。""我告诉你，圉是不会回来了。""我知道。""你也走不了。""我知道。""现在重耳来了，把你嫁给重耳，你意下如何？"要按《东周列国志》的原文——"默默良久"。怀嬴想了半晌，半晌是多长时间？反正是得琢磨半天。怀嬴想了想："母亲，非这么办不可吗？""你想想，将来重耳必然回归晋国，重耳是个贤才，而且手下文臣武将个个都是国家的栋梁，重耳回到晋国必为人君，你就是国母，秦晋之姻必然保持。"

怀嬴明白呀：我是秦国的女儿，我嫁给晋国国君，秦晋之好。我嫁给了圉，圉跑了。现在我母亲告诉我，重耳将来必然成为晋国国君，手下全是文武重臣，我将来就是晋国国母。但是怀嬴想的不止这些，怀嬴心里也有自己的想法：为了国家，秦晋联姻，何惜一身？这她明白。但是她也琢磨琢磨，圉多年轻啊，重耳已然六十岁开外啦，作为一个女人，她也得想这些吧？这是《东周列国志》里没写的，是我替她想的。怀嬴想了半天："母亲，秦晋联姻，为两国修好，妾何惜一身，愿听从母命。"

女儿答应了，穆姬赶紧回去告诉丈夫秦穆公："怀嬴答应嫁给重耳。""好哇，来，有请公孙枝。"看起来公孙枝应该挺能说的，年轻的时候可能说过书。工夫不大，公孙枝来了："拜见大王。""我们两口子商量好了，公子圉已经跑了，我们打算把女儿怀嬴许配给重耳，你去说媒。"公孙枝听完直咧嘴，心说：重耳连胡子都白啦，皱纹堆垒，跑得风尘仆仆，六十岁开外了；怀嬴多漂亮啊。但是秦穆公吩咐下来，公孙枝只能答应一声："哎。"

公孙枝马上来到公馆面见重耳，重耳正跟大家伙儿坐着聊天呢，赵衰、狐毛、狐偃、狐射姑、颠颉、介子推、臼季、魏犨等这些人都在这儿呢。公孙枝进来了："拜见公子。""公孙大夫，何事？""我可就直说了，我家大王愿意把他的女儿怀嬴许配给公子为妻。""啊？！"重耳都傻了，"No（不），圉是我的亲侄子，怀嬴是我的亲侄媳妇；再说我已须发皆白，此婚姻我焉能答应？""您必须得答应。""我就不答应。"

重耳答应不答应？咱们下回再说。

第十六回　晋怀公怒杀狐突

凤脱鸡群翔万仞，虎离豹穴奔千山。要知重耳能成伯，只在周游列国间。

咱们这书正说到重耳走国，也就是刚才这四句开场诗。您要听《三国演义》，"凤翱翔于千仞兮，非梧不栖"，这是诸葛亮的兄弟诸葛均吟的一首诗，凤凰飞千仞之高，没有梧桐树它不落。那么，凤脱鸡群翔万仞，凤凰要是老跟鸡在一块儿待着，怎么也飞不出去，非得脱离了鸡群，才能飞到天空之中展翅翱翔，我是凤凰。虎离豹穴奔千山，脱离豹子洞才能游历千山，虎为兽中之王。要想知道重耳为什么能成伯？伯是什么？东周列国时期，周天子下边有很多国家，周天子要是承认谁是霸主了，把胙食给他吃，传下旨来："你就是伯。"那么这个人才能成为霸主呢。要打算知道重耳如何能成为春秋五霸之一，就得看看他周游列国时的这些事情。

重耳四十三岁离开自己的国家，周游列国一十九载，现在马上要六十二岁了，他来到了秦国。秦穆公跟他的夫人穆姬商量，要把女儿怀嬴嫁给重耳。咱们上回书说了，怀嬴年纪轻轻，三十嘟当岁，美而贤，漂亮而且有才。她的第一任丈夫是公子圉，就是现在晋惠公夷吾的儿子，纳质于秦国。其实秦穆公两口子对待公子圉真不错，把闺女都给他了，秦穆公就爱这闺女。没想到圉偷偷摸摸地跑了，回晋国想接替晋君之位，也想当晋国之主。这闺女就没跟着圉走，怀嬴很明智，她说："你是晋国的公子，你回去我不拦着，但是让我跟着你走，背叛我的国家，背叛我父王的意愿，我不能这样做。但是你走我也不给你报告，尽人妻之道，我还是守着我的家。"所以这样的女子是很难得的。圉跑了，重耳来了，重耳是圉的伯父。

秦穆公想把闺女怀嬴给重耳，让自己的夫人穆姬，也就是重耳同父异母的妹妹，去和闺女商量商量。把这事跟怀嬴一说，讲明大义，怀嬴很明理，本来不愿意的，为什么不愿意？她才三十岁出头，重耳都快六十二岁了，而自己年轻漂亮的丈夫走了，再嫁一老头子？但是母亲说了，重耳将来必然回归晋国成为君主，为了秦国和晋国相好，秦晋联姻，就答应吧。怀嬴想了半天，答应了。这一答应，她母亲穆姬高兴了，赶紧回来见秦穆公："闺女已经答应了。"

秦穆公这才派手下大夫公孙枝面见重耳保媒求婚。三十多岁的一个姑娘，而且不是一般的姑娘，她爸爸是秦穆公，秦国国君，还得向流亡的公子这儿求婚来。

公孙枝来到重耳居住的公馆，门人往里禀报，重耳正跟手下人商量事儿呢，跟他一块儿流亡了十九年的赵衰、狐毛、狐偃、介子推、臼季、颠颉、魏犨等这些人。门人禀报："公子，现有大夫公孙枝求见。""哦，快快有请。"重耳和手下众臣站起身形，往外就走，这时候公孙枝进来了："啊，我奉大王之命，前来拜见公子。""好啊，请请请。"大家分宾主落座，有人献上茶来，茶罢搁盏，公孙枝一抱拳："公子，我奉我家国君之命，前来求婚。""啊呀……"重耳低头一看，心说：唉，虽然身穿锦衣，但是须发皆白，谁还能嫁给我呀？"不知大夫所说的是何家之女？""我家君王之女怀嬴。"重耳一听就愣了，心说：怀嬴可是我的侄媳妇啊，差着辈儿呢。"不成，请您回绝秦君，说什么我重耳也不敢应允此事。""唉……"

公孙枝就看了看公子重耳手下的这些人，第一谋士赵衰站起来了："公子啊，公孙大夫不是外人，我有几句话不知道您是听还是不听？""哎呀，当然听，当然听啊，赵大夫请讲。""公子，我听说怀嬴美而有才，非常聪明，知书达礼，能够写诗画画，是个才女，而且很有见识。秦君和夫人都甚爱之，如掌上明珠一般，两口子最疼她。公子您想一想，欲求秦欢，您以何作为？"您想让秦君夫妇喜欢您，您拿什么表现表现呢？这是给您机会呢，闺女嫁给您了，招门纳婿，将来保着您回归晋国，秦国是您坚强的后盾，您为什么不答应呢？"公子啊，欲求爱己，必先爱人；欲人从己，必先从人。这两句话您想一想，您既然想借秦君之力，想借秦国的兵力，保着您回归晋国成为晋国之主，您就得应允此事，使秦君夫妇高兴，才能帮着您回国呢。"因为赵衰知道公孙枝是明白人，当着秦国的大夫，赵衰直言不讳。这两句话很清楚：想让别人爱你，你首先得爱人家，你爱她她才能爱你；你想让人家听你的话，人家凭什么听你的呢？你得先跟人家和和气气的吧，你得跟人家商商量量的吧？甭说事事由人，起码你的态度得是对的吧？所以赵衰这一番话很管用，而且有所指，也只能说到这份儿上了，不能再往深里说了。"公子，您想一想，怀嬴能让公子圉回归晋国，她是不是一个明白人？"

这些事情公子重耳也有所耳闻，知道怀嬴人非常好，但是碍于辈分之间的关系，重耳还是摇了摇头："唉……实难从之。"

说到这儿，重耳一歪头，一眼就看见娘舅狐偃了，狐偃一瞧重耳："舅父以为如何？"狐偃摇了摇头，微微一笑："公子，请问您是欲从之还是欲夺之？"你是想回归晋国，保你的侄子当国君，还是想回归晋国，把你的侄子扒拉走，你当晋国的国王？狐偃说得也很清楚。这一下就把重耳的脸说红了，重耳一低头，大红脸心说：不管怎么说，现在的晋国之主也是我兄弟夷吾啊，而我要娶的媳妇原来是夷吾的儿子、我的侄子圉的媳妇，圉将来要接替我兄弟，他就是君，我就是臣。我要是打算回归晋国，成为晋国之主，就得把圉灭了。两者之间我当然选择后者，我要回晋国为君。"啊，舅父之言，何言直问呢？"你就甭问了。"公子，既然如此，您要是欲从之，她就是国母；要是欲夺之，她就是仇人之妻，何虑也？"狐偃这话非常有道理，别人都不敢这么直说，但狐偃是重耳的舅舅。重耳一低头："哎，当然欲夺之。"

当着手下的这些大臣，自己能说瞎话吗？你们保着我干什么？重耳走国，目的是为了回国，不是总在外面游荡，将来得回到晋国成为晋国之主。赵衰听到这儿，一抱拳："公子，要夺之国，又何愁其妻在存呢？"你都要夺他的国了，还让他的媳妇仍然是他的媳妇吗，干吗不要啊？你娶了怀嬴，秦君高兴，将来他就能保着你，借助秦国的兵力，你就能回归晋国，这件事为什么不答应呢？"好吧。"重耳点了点头，一抱拳，"就请公孙大夫回复秦君，我重耳谢过了。"

公孙枝告辞走了，回去禀报秦君，秦君非常高兴，马上定日子、下聘礼，这些繁杂的事情咱们都不说了，什么登记啊、婚检啊，咱们也不管了。定好了日子，公馆悬灯结彩，洞房花烛夜，就把怀嬴娶过来了。

把怀嬴娶过来，重耳一看，乐坏了，陪嫁的四位女子都是秦穆公的宗女，就是秦穆公本宗族内的女子，这四位宗女长得都有沉鱼落雁之容、闭月羞花之貌，天姿国色。重耳一看，把自己的岁数可就忘了，都快六十二岁了，再看自己的媳妇怀嬴比齐姜还美，那六十二岁就六十二岁吧。重耳娶了怀嬴，夫妻恩爱，《东周列国志》上就这么写的，到底怎么个爱法我也不知道。这人的追求不一样，有的愿意郎才女貌；有的就愿意一夫一妻，恩恩爱爱过踏实日子；有的就巴结高枝儿，各有所爱；有的人就愿意娶比自己稍微大点儿的，能跟大姐似的疼自己，自个儿犯点儿赖，少干点儿家务活儿……这就是什么样的追求都有。怀嬴心里明白，她答应了母亲结下秦晋之好，就是为了国家嫁给这个老头子了。重耳高兴了，就把齐姜忘记点儿，新婚蜜月，不能再出国了，秦国已然很好了，就在秦国待下来了。要不现在怎么说婚姻就是秦晋之好呢，就是这么来的。

重耳娶了怀嬴，秦穆公手下的这些大臣像蹇叔、百里奚、繇余、公孙枝、公子絷和赵衰、狐偃、魏犫、臼季、介子推这些人非常谈得来，共商复国之策，都帮着重耳出主意，如何回归晋国去做晋国之主。但是，一个是宴尔新婚，重耳很高兴，夫妻恩恩爱爱；再一个呢，得有机会，不能无缘无故就兵发晋国。那么有机会没有？自古以来，事情就是这么形成的，铁树开花，机会到来，能够帮助重耳成伯。什么机会？重耳的兄弟夷吾现在是晋国之主，杀重耳好几回都没杀着，重耳带着人跑，周游列国十九年，现在落在秦国了。公子圉本来是纳质于秦，可他偷偷跑回了晋国，见着他爸爸了，他爸爸很高兴。当然晋惠公不止公子圉这一个儿子，但圉是世子，他最大。世子圉回来了，可是这个时候夷吾已然病入膏肓。在晋惠公的时候，还没有"膏肓"这个词，但咱们现在这么说，就是夷吾的病情已然非常严重了。一看见儿子回来了，精神就稍微上来点儿，虽然有了点儿精神，但是也知道自己将不久于人世，病一天比一天重。圉刚回来，是秋九月，晋惠公的气儿就喘不上来了，要死了。人要死了自己知道不知道？有知道的，也有不知道的，看什么病了。

晋惠公死的时候还明白，让儿子圉把两位大夫叫来，一个是吕省，一个是郤芮，这是晋惠公面前的两个佞臣。俩人来了，跪倒在夷吾的病榻之前："大王，唤我等何事？""吕省啊……郤芮……""哎……"这感情也得随着顺口答音，国君已然病得堪堪不保了，回答还那么粗声大气的不行，国君非生气不可，得把国君吓死，所以也得和国君说话的音调差不多。"今天……把你们两个人叫来……是要托孤啊。我不愿意走……非让我走……不走不行……我就把你们俩叫来了。""啊？大王，我们俩可不走……""你们没听明白，没让你们俩跟我走，我把儿子托付给你们，你们要记住了，其他公子不足为虑，但是一定要防备重耳……"

说完了，"吧嗒"，夷吾咽气了。公子圉把父亲埋了，接替了晋国国君的地位。那么圉做了晋国国君，他得告太庙，得禀报周天子，按现在的话说，得经过一些审批的手续。在列国的时候，禀报周天子，周天子回复，再告太庙，整个过程需要一段时间，这可就给重耳容了工夫了。圉准备登基了，他就是历史上的晋怀公，手下两名宠信的大臣吕省和郤芮掌握朝中大权，其他老臣可就都靠边儿站了。晋怀公一想：我爹有遗言，我有很多叔叔大爷，我爷爷生孩子生得太多了，谁都不怕，就得防备重耳，防备我这个大爷。当天晚上，晋怀公就把吕省和郤芮叫来了，三个人嘀咕了半天，最后君臣商量出一个办法。

第二天早朝，文武官员来到金殿之上，行完见君之礼，然后文东武西，分列左右。晋怀公传下旨意："众位，而今父王已然仙逝，由我来接替王位。父王有遗言，让我别放过重耳。"您说有像这位说话的没有？这些文武官员心知肚明，就听他说什么吧。"呃，现在，郤芮。""臣在。""传本王命令，寡人下旨，凡跟随重耳周游各国者，三个月必须回归晋国。按时回归晋国者，官复原职，既往不咎；如果逾期不归，开除官籍，丹书注死；兄弟姐妹亲族好友如有坐视不召者，罪同本人。"

大家伙儿听完之后，没人言语。等散朝之后，郤芮一琢磨：我得找老大夫狐突去，这是老老国舅，怎么着我也得立点儿功啊。如果老大夫狐突能把他的两个儿子狐毛、狐偃，还有他的孙子狐射姑叫回来，嘿嘿，我这功劳可就定了，怀公因此一奖励我，我禄位高升。所以郤芮没跟国君商量，一个人偷偷地就奔国舅府来了。

老老国舅狐突多大岁数了？八十多岁了。老大夫在家里待着，朝中的事情知道不知道？当然知道，那耳目多了，有向灯的就有向火的。老大夫狐突正坐着呢，有人禀报："老大人，朝中大夫郤芮求见。""哦，告诉他我有病在身，不得相见。"这时候，外面脚步声音响，郤芮进来了："哎呀，老国舅，什么病啊？想子之病吧？""唉……"老国舅狐突往下一垂眼皮，一声都不言语，心说：我不理你。郤芮可不嫌寒碜，接着说："老国舅，请您微抬眼帘，郤芮在此。""哦，眼缝中已然看见你到了，见我何事？""新君登基传下旨意，三个月内如果跟随重耳的那些大臣们不回来，开除官籍，丹书注死，亲朋好友也都得跟着一死啊。老大夫，这事儿您知道吗？""知道啊……我当然知道了。""那么您有没有亲戚跟着重耳呢？""你何必多问。长子狐毛、次子狐偃以及狐偃之子，跟随着公子重耳游历各国已然一十九载，我焉能不知？""那您写封信叫他们爷儿几个回来吧？""呵呵，郤芮呀，忠臣不保二主。狐毛、狐偃跟随公子重耳在国外，他们爱回就回，爱走就走，与我何干呢？你给我出去。"愣是把他往出轰，郤芮可是朝中的大臣，而且是晋怀公得意的大臣。郤芮脸都红了，旁边有什么主人就有什么家人。"哎哎哎，老大夫让您出去呢，老大夫身体有病，来来来，老大夫您躺着。"

扶着老国舅狐突进后堂了，愣是把郤芮晒这儿了。郤芮没办法，只好走吧，心说：好小子，我非要你命不可。郤芮回来面见怀公："大王。""你见寡人何事呀？""我跟您说，背着您我可见狐突去了，想让他写封书信把他的俩儿子叫回来，他不但不肯写、不肯叫，还出口不逊，说什么忠臣不保二主。""哈哈，这个老家伙。明天我升座金殿，把这老家伙传来，我让他亲笔写信，把他的俩儿子叫回来。"

郤芮走了。第二天早朝，文武官员行见君之礼，然后文东武西往两旁一站，晋怀公圉往金殿宝座上一坐："来呀，传旨召见老国舅狐突。"您想啊，狐突都八十多岁了，已然告老回家，不用上朝了。传旨官一直把旨意传到老国舅狐突府上："旨意下，命狐突金殿见驾。"君王之旨不能不从。声音传到里边，狐突听见了，站起身形："臣遵旨。"传旨官走了，老大夫直接就奔家里的祖庙了，祖庙就在内宅旁边。在列祖列宗的牌位前，老大夫狐突跪倒在地："列祖列宗，今日狐突告辞。"然后退出祖庙，跟自己八十多岁的老妻以及所有家人一抱拳，"奉君之命，金殿面君。妻呀，与你诀别在这厅堂之内。"

您想想，老狐突的夫人能是糊涂人吗？心里明白，知道老大夫是打算一去不还了，这是在跟家人告别。老大夫回到自己的住室更换衣服，然后迈大步走出来，家人跟着。老夫人一看，老大夫头上是银簪别顶，身上穿着一件古铜色的上衣，下身古铜色的裤子，腰中系着丝鸾大带，足蹬薄底靴子。狐突老大夫须发皆白，银髯在胸前飘摆，迈大步离开自己的府邸，"腾腾腾"，直奔宫中。晋怀公还没退殿呢，旨意传下去了，就等着老大夫来呢，文武官员都在这儿瞧着，知道狐突老大人是赤胆忠心的忠臣。

老国舅迈大步来到金殿之上，往这儿一站。怀公一看，心说：我是君你是臣，你得跪倒见礼呀。再仔细一看，怀公一愣，狐突身上没穿官服，一头银发，银簪别顶，短衣襟小打扮，站立当场，两只眼睛放出光芒，直射自己。这一下把晋怀公看毛了："嗯……狐突。"老大夫垂下眼帘："大王，老臣抱病在家，不知召见老臣何事？""嘿嘿，见君不拜是何道理？""老夫双腿有病，跪你不得。""好，不跪就不跪，谁让你是老老国舅呢。可是旨意传下你知道不知道啊？""臣知也。"不用你告诉，我知道。不是就想让我写信叫俩儿子回来吗，叫我孙子回来吗？让他们不要保着重耳，回来保你吗？"好啊，既然老国舅知道，那就写吧？写封书信把你的儿子叫回来，三个月内回来官复原职，既往不咎；如果不回来，丹书注死，你可也跑不了啊。""呵呵，好啊，君之言我已然听到了。告诉你，我的两个儿子狐毛、狐偃还有我的孙子保着公子重耳，离开晋国已然一十九载，他们愿回就回，愿走就走，与我狐突何干？""他们可是你的儿子呀。""但他们是重耳之臣。""嗯？老国舅啊，重耳之臣又怎么了？我可是晋君啊。你要是不把他们叫回来，可没有你的好处，难道你就不怕吗？""呵呵，不知道老臣怕者何来？""天底下地上头就没有你怕的吗？""有啊。老臣所怕的是臣不忠君，子不孝父。""好，那么你就不怕死吗？""死？我告诉你，你现在坐在晋国君王的位子上，你要知道自古以来，君叫臣死臣不死是为不忠，父叫子亡子不亡是为不孝。而今我是臣你是君，欲加其罪，何患无辞？君叫臣死，臣就得死，死我不怕。""哈哈，老国舅活到八十多岁不容易呀，如果你能亲笔写下书信让他们都回来，嘿，就能免你老家伙一死。写来！"

怀公还想逼老大夫狐突，一瞧吕省，一瞧郤芮，这两个人互相一递眼神，就把桌子搬来了。上边摆好了竹简、砚台，墨也研好了，笔往这儿一放。怀公用手一指："写！""呵呵，不写，又能将我狐突怎样？"奸臣就是奸臣，吕省往前一推郤芮，郤芮在前边一伸手，"嘭"，就把老国舅狐突的胳膊攥住了，吕省拿起笔往过一递，硬塞进老国舅的手中："写。"老国舅用胳膊往外一搪，"啪"的一下，狐突是武夫，给这俩差点儿来个跟头。"好吧，让我写我就写。"拿起笔来揂了揂墨，"唰唰唰"，写下了八个大字。"展来寡人过目。"老狐突把笔放下，一展这张纸。"昏君且看。"怀公定睛仔细一看，上面写着八个大字："子无二父，臣无二君。""哈哈，围啊，我告诉你，你虽然现在坐着君王的位置，可是你并不是晋君，天子并没有立你。你要知道，我是晋国的老臣，我的两个儿子忠于公子重耳，如同晋大夫忠于晋君一样，是朝廷的忠臣。甭说我两个儿子不回来，即便回来，他们两个要来保你，我也会把他们带到家庙，亲手戮之。""好啊，你当真不怕死？！来，推出去，杀！""好，来吧。"

老人家银髯一甩，引颈受刑，旁边的众文武大臣眼泪都下来了。手下人愣是把老国舅狐突推出金殿之外，"噗"，人头落地，狐突被杀。老大夫太卜郭偃趴在尸身上放声痛哭："哎呀，刚刚登上君位就诛杀老臣，痛杀人也！"可把怀公气坏了，刚要下令把郭偃也杀了，身旁一边是吕省，一边是郤芮，同时给怀公递了个眼神，那意思是杀一个就行了，您别再杀了，要是把老臣都杀了就坏了。怀公往下传旨："家人收尸。"

太卜郭偃马上陪着狐突的家人把尸身收去，郭偃告老还乡，不愿意再在朝中为官了。狐突死了，家人马上乔装改扮，偷跑出晋国，直接遛奔秦国给狐毛、狐偃报信去了。到了秦国，家人见到狐毛、狐偃，放声大哭："老国舅已被昏君杀死。"狐毛、狐偃一听，两人就哭死过去了。正好赵衰他们哥儿几个在旁边呢，赶紧把两个人扶起来擨砸捶叫，哭有何益？报仇要紧啊。于是这几个人就搀着狐毛、狐偃来见重耳，全都跪下了。重耳一看："这是怎么了？舅父因何痛哭？""公子，我的父亲被昏君杀死……"狐毛、狐偃把事情经过一说，重耳心中的激情可就起来了："舅父不要再哭，待我回到晋国，给老人家报仇雪恨！"赵衰机灵，站起身形："走，陪同公子去见秦君。""走！"

重耳现在就只能带着这些大夫去求秦穆公出兵了，出门上车进城，来到秦宫之外，让人往里回禀，要求见秦穆公。秦穆公马上在书房召见，大家伙儿进来行礼，然后落座。秦穆公一看，这肯定是有事儿啊，狐毛、狐偃一直在哭，其他的大臣眼睛都红了。"公子，出了什么事？"重耳就把老国舅狐突被公子圉杀了的事如实说了一遍，秦穆公听完，站起身形，走到重耳身边："公子啊，这是天赐给你的机会，让你回归晋国成为晋国之主，我当身任之。"秦穆公表决心了：公子圉不应当这么做，现在天给你机会，让你回国，我保着你回去。重耳还没说话呢，赵衰深施一礼："谢过大王，咱们得火速图之，不能等公子圉告了太庙，那就晚了。""好，事我尽知，必从速调兵促成此事。"

秦穆公好样的。公子重耳跪倒在地，谢过秦穆公，然后告辞回来。刚刚回到公馆，这儿有人等着呢，年纪轻轻三十啷当岁儿，细高挑儿，白净的面皮。重耳一看，认出来了，虽然没见过这个年轻人。"你是不是姓栾？你父亲是栾枝，你叫栾盾，你小的时候我见过你。""不错，我是栾盾。我的父亲让我偷偷来见您，现在所有的老臣都已经准备好了，家中藏有甲兵，就等着您回来里应外合，让您成为晋国之主。公子圉登基之后，诛杀老臣，大家不服，我们把所有事情都准备好了，就等您回来了。现在我父亲让我给您送信儿，相约岁首。"按现在说呢，就是春节前后，"相见于黄河，在渡口迎接您回归晋国。"

大夫栾枝叫他儿子栾盾来见重耳，栾盾小的时候重耳见过他。栾盾年纪轻轻，奉父亲之命，代表这些老臣迎重耳回去。每个大臣家中都藏有甲兵，都私藏甲士，你一回来大家伙儿就帮着你干。重耳摆上酒宴把栾盾送走，然后第二天来见秦穆公，秦穆公说："公子，我已然知道了，现在我传下旨去调动人马，你就准备回归晋国吧。"

重耳跪倒在地给秦穆公磕头。您别看重耳快六十二岁了，秦穆公比他大不了几岁，可秦穆公的闺女嫁给重耳了，秦穆公就是重耳的父辈，而且秦穆公对重耳有恩。重耳磕完头之后，带着众大臣回到公馆，秦穆公这边就准备上了，调兵遣将可不是一朝一夕的事情，刀枪器皿、锣鼓帐篷、粮草……所有东西得准备停当了，大队人马才能出发呢，嘴上说调兵，哪儿那么容易呀。秦穆公旨意下，亲自促之，所以很快就把兵马都调齐了。

冬十二月，秦穆公就在黄河岸边九龙山设下酒宴，丰丰盛盛的酒宴摆上了，把重耳请来，重耳带着手下所有的流亡大臣全来了："拜见秦君。""重耳，你来看看寡人为你准备的礼物。"重耳顺着秦穆公手指的方向一看，心说：哎呀，没有秦国我没有办法。只见四百乘战车排列整齐，后边是粮草的车辆，有四百匹好马，左边还单有几十匹好马。就在秦穆公手边的一张桌子上，摆的都是玉璧。玉璧是什么料的？那可不好说，什么年代有什么年代的事儿，每个朝代跟每个朝代值钱的东西不一样。总而言之，秦穆公摆下的这一桌玉璧是当时最值钱的。手下人用盘子把玉璧托过来，一共十双玉璧。"公子，这是寡人相赠。"重耳双手接过来，往旁边一递，交给了手下人。"再送你好马四百匹。"同志们，一匹好马得多少钱啊？四百匹好马，后面是战车。"这里有战车四百乘，我派众战将到黄河渡口，你渡过河去回归晋国，我在河这边指挥人马驻扎，以挡晋军。"

重耳的心"腾"的一下就澎湃起来了。您想想，重耳周游列国十几年了，今天终于有了如此强大的兵力保着自己回归晋国，重耳能不激动吗？重耳跪倒在地，磕头称谢，然后秦穆公挨着个儿地给重耳手下每一位大臣玉璧一对、好马四匹。大家伙儿全都跪倒谢过秦穆公。酒宴已毕，秦穆公对重耳说："你回去准备好了，定好吉日良辰，咱们就出兵。"

军需粮草全部调齐，已经是十二月末了，就在黄河边，秦穆公又设下一宴，请重耳连同手下众大臣前来赴宴。"重耳，今日饮完此酒，立刻登程，渡过黄河，兵发晋国，寡人扶你为君。""谢父王。"秦穆公是重耳的老丈人，叫一声父王不吃亏，多强大的势力啊。秦穆公站起身形，亲自端起一杯酒敬给重耳："重耳啊，将此酒饮下，勿忘我夫妇也。"秦穆公眼泪下来了，心说：我对待夷吾、对待夷吾的儿子圉，也都是这么对待的，结果都是背我而去；我现在又对你重耳这么好，你回归晋国之后，勿忘我夫妇啊。重耳把酒一饮而尽，然后跪在地上磕头："重耳谨记在心。"秦穆公传下命令，让公子絷陪着重耳兵发晋国。"哪位将军愿为先锋？""大王，某愿为先锋。"

重耳一看，是晋国老臣丕郑父之子丕豹，他的父亲也让夷吾杀了。丕豹自告奋勇身为先锋官，秦穆公分兵一半护送重耳归晋，自己亲率另一半大军就在黄河岸边扎下大营，目送重耳过河。重耳过黄河回归晋国，秦穆公在黄河岸边亲为后盾，您说这是多大的支持。

到了渭阳准备过河了，秦穆公的儿子世子罃跟重耳的关系特别好，两个人不忍分离，但也得洒泪而别。哭着哭着，两个人相互说几句话：送君千里终有一别，来年咱们再相会呀；你也别忘我，我也不忘你呀，都说好了。说完之后，重耳一看，不愿意了，为什么呀？他看见自己船上的东西太多了。怎么回事呢？原来跟着重耳出国，给重耳赶车的这位叫壶叔，壶叔赶着一辆车由打翟国跑出来，一直跟着重耳。他会过日子，看着重耳流离失所的，介子推割肉奉君，没得吃，净吃野菜，这回回去要过好日子了，这位也是穷怕了，就把那些什么剩的吃的呀、破锅呀、盛水果的盘子呀、破席子破帐子呀，装了满满的一大船。重耳提鼻子闻了闻，都有馊味儿了。

"唉……"重耳心说：我一过河回到晋国之后，我就是晋国之君，一朝人王帝主啊，要这么些破烂儿干吗使啊？回去就是锦衣玉食了。"我说壶叔啊。""大王。""我还没当大王呢。""马上您就是了。""我既然马上就是大王了，你为什么还把这些残食、破烂家什、破帐破席装到船上啊？给我扔了。"壶叔还没说话呢，有拍马屁的，重耳手底下这些从人上船往外就扔，壶叔赶紧就往回捡，扔完还捡，扔完还捡。"别价呀……一会儿您饿了没吃的。我说介子推，你帮忙捡呀，你大腿上肉多是怎么着啊？"

这儿一扔东西，跟着重耳的这些老臣可就有动心的。国舅狐偃一看：公子这还没回到晋国呢，就觉得这些都是没用的东西，就要全扔了；我们这些旧臣如果要跟着公子回到晋国，晋国之君是重耳了，哪天要是说不用我们这些旧臣了，就如同扔这些破席破碗一样，弃之不用，君心叵测啊。唉，不如趁着公子尚未回归晋国，跟公子告辞。公子归晋，我留在秦国，让公子有一念之想，将来再有相见之日，心里也是踏实的。

狐偃想到这儿，就把秦穆公送给自己的一双玉璧拿在手中，来到重耳面前跪倒在地，双手往上一举。重耳愣住了："舅父，这是何意？""公子，您马上要回国了，晋国有无数忠臣，栾盾说老臣们都在晋国候等，而秦君于黄河岸边扎下大营，又派大兵保您回国，如此强大的力量在支持您，又何须老臣呢？再说老臣跟随您周游列国已然一十九载，心力交瘁，经过几次惊魂，已然力不从心了，想就此离开您留在秦国，您少我一人没什么关系。但愿得公子回归晋国，使晋国国泰民安。"重耳一听，就知道狐偃这话里有话："舅父，你何出此言呢？""公子，我离您而去是应当的，我留在秦国做您的外臣，将来咱们君臣还有相见之日，也有个思念之情。而今我狐偃须发皆白，步履艰难，就如同这些残豆坏笾，如同这些敝席破帐，留之无用，不如扔之，老臣就此跟您告辞。"

"啊呀……"重耳一听，狐偃说出这样一番话来，心中十分难过，不亚如万把钢刀扎于肺腑，心说：老国舅跟随我一十九载，今天要离我而去，看起来是怕我重耳喜新厌旧啊。那么重耳以何对待舅父狐偃？重耳又如何回到晋国成为一代霸主？谢谢诸位，咱们下回再说。

第十七回　晋吕郤夜焚公宫

猛将强兵似虎狼，共扶公子立边疆。怀公空把狐突斩，只手安能掩太阳。

咱们这书正说到重耳走国，重耳该回归晋国了。重耳回国倚靠谁的力量？秦国，秦国之主秦穆公。

公子絷是秦国大将，带领四百乘战车，丕豹为先锋，护送重耳过河回国，得灭晋怀公，立重耳为晋国国君。全都准备好了，重耳就要乘船过河了，一看自己的船，重耳乐了。船上净是舍不得扔的剩饭啊、竹子编的盛水果的盘子啊、破席子破帷帐啊。重耳心说：壶叔啊壶叔，你带这些干吗呀？现在我重耳要回晋国，就是国君，吃不尽穿不绝，这些破烂我也要？"来，全都扔了。"

重耳一发话，手下的人能不听吗？就奔到船上，喊里咔嚓把壶叔攒的这些东西都扔了。壶叔一看，眼泪都下来了，心说：公子，您忘了跟人家要饭，人家给您一土坷垃的时候啦？忘了野菜汤喝不下去，人家忠臣介子推把大腿上的肉拉下一块儿来给您熬肉粥喝啦？唉，这人是有了吃的就忘了穷。

这时候，一直跟着重耳的忠臣狐偃一看，心中一动，心说：我自打跟着重耳由蒲城开始逃亡在外，到了翟国，然后到了齐国，然后又到了秦国，周游各国一十九载，到现在公子可忘了受过的苦了，把这些东西都扔了。那么我们这些旧臣呢，不是跟这些东西一样吗？得啦，干脆我留在秦国不走了。留个念想，将来再见面有相见之情，也比我回到晋国，把我往旁边一扔强得多呀。想到这儿，狐偃就拿着秦穆公送给他的一双玉璧来到重耳面前，跪倒在地，把玉璧往上一举。重耳一看就愣了："舅父，你这是何意呀？""公子，我跟着您逃亡在外十九年，现在您要回归晋国了。晋国之内有的是忠臣，有的是能人，而且您还带着秦国的强兵猛将，外有秦君相帮，内有众臣相助。想我狐偃区区草民，也跟着您十几年了，流离失所，惊魂交迫，有人追杀，我已然力尽筋疲了。我想就此跟您告辞，留在秦国做一外臣，终日想念公子。就此跟公子告别，特将秦君送我的一双玉璧送予国君。"

狐偃张嘴可叫国君啦，重耳听完，大惊失色，看着自己的舅舅老忠臣狐偃："你，你何出此言？""唉……"狐偃叹了一口气，"您想想，您回到国中有的是大臣，身后又有秦君相帮，要我何用啊？我如同舟中这些残豆坏笾，如同这些破帷旧席，留之无用，扔之省心啊。"

重耳听到这儿可就明白了，心说：狐偃看见我扔这些东西，恐怕我将来会遗弃旧臣。"唉，舅父，我正想回到晋国与你共享荣华富贵，共筑晋国国泰民安，你不能说出这样的话来。"重耳双手去搀狐偃，狐偃不起来。狐偃流着眼泪，举着玉璧："公子，我还是离开您，留在秦国吧。想我狐偃，不是一个好的忠臣，不是一个好的贤臣。圣臣能使其君尊，贤臣能使其君安。而我狐偃跟随您十几年，有三罪在身，所以不能再留在您的身边。"

"舅父，三罪何在？""公子啊，想当年我随您逃出蒲城，然后逃出翟国，您没吃的没喝的，咱们到了五鹿，您让我去要饭，人家扔给咱们一个土坷垃，我让您吃土坷垃？我作为大臣心中不安，这是我第一条罪。咱们到了曹国、卫国，我去叫城门，人家把咱们轰出去，不让咱们进城，使您受到极大的侮辱，这是我第二条罪。您到了齐国，齐国国君把齐姜许配给您为妻，生儿育女，结果我跟大家伙儿商量好了，逼着您走，让齐姜夫人把您灌醉了，诓您出来离开齐国，您跟我发脾气我还跟您瞪眼，我说您必须回归晋国才能成为晋国之主，让您离开齐姜夫人，这是我第三条罪。我既不是圣臣，也不是贤臣，所以怕公子嫌弃于我。我岁数已然大了，您就把我留在秦国吧。"

重耳明白了。要不怎么说您听重耳走国，他将来能成为春秋五霸之中的一位霸主，那不是轻而易举就能当上的，他是个明白人。狐偃哭着说了这样一番话，重耳心说：我做错了，我这样怎能收服大家之心？赶忙用手一揆狐偃："舅父请起。"重耳把狐偃揆起来了，然后把狐偃手中的玉璧接过来，"舅父，面对黄河之水，面对河伯，我要起誓：回到晋国之后，我要与各位大臣共同强大晋国，如果不能与各位共政，不能与舅父同政，我的子孙不昌。""啪"，重耳把手中的玉璧扔到河中，"河伯为证。"

这两句话说书容易，要搁在重耳嘴里说出来可就不容易了。重耳是干吗的？他由打四十三岁离开自己的国家，辛辛苦苦，受尽了苦难，现在要回晋国了，经历了一十九年，已然六十岁出头了。他回去干吗去？胸怀大志，回到晋国成为晋国国君，要称霸于天下。像这样的人听到狐偃这一番忠言，看见壶叔的眼泪，能够动心、能够承认错误，必成大事。所以您看，听书说书，我都受教育，咱们大家伙儿都得跟重耳学，心胸开阔，不仅能成大事，而且我告诉您，这是健康长寿的秘诀。重耳的心胸要学，重耳的志气要学。

重耳马上承认了错误，而且把玉璧往河中一扔，向河伯起誓，最狠的毒誓就是这四个字：子孙不昌。我要是不能跟舅父你同在晋国执政掌权，要是遗弃你的话，让我没儿没女没孙子。发这样的毒誓，您说重耳这人了得了不得？肯定能成为春秋之伯，伯就是霸主。重耳能把玉璧扔下去，换我可舍不得。据说重耳走了以后，很多人"扑通扑通"跳下去捞，捞了半天没捞着，玉璧掉哪儿去了不知道。所以说，重耳的心胸不是一般人比得了的，重耳的志气也不是一般人比得了的，所以重耳才能成为五霸之一。

重耳把舅父狐偃揆起来了，帮着壶叔把这些乱七八糟的东西都捡回来，然后公子絷带着秦兵过河，丕豹为先锋。秦穆公不但支持重耳这么多的兵力、财力，而且秦穆公亲自在河西扎下大营，这就是重耳最坚强的后盾。重耳随着大队人马往晋国进发，经过的头一个城是什么城？令狐城。令狐城的守将一听秦国大军保着重耳来了，赶紧城门紧闭，吊桥扯起。丕豹一勇当先，驾着车直冲到城门下，斩将夺旗，令狐城拿下来了。为什么这么快？丕豹报仇心切呀，又加上秦兵特别勇。

令狐城拿下来了，这个消息就传到夷吾的儿子公子圉的耳朵里，也就是现在在晋国掌握大权的晋怀公。晋怀公一听可害怕了，赶紧把自己的两个"忠臣"叫来了，一个是吕省，一个是郤芮。"哎呀，二位，吕省为主将，郤芮为副将，马上遄奔庐柳，去给我抵抗秦兵。""遵令。"

这俩人底气都不足，接令走了，带着晋国的兵将遄奔庐柳以拒秦兵。大营扎好了，发出探马打探军情，高挑免战牌，不敢打。秦军得报了，指挥官公子絷就跟重耳商量，重耳说："您看怎么办？""我看这么办吧，我以我家大王的身份写封信，派人送到吕省和郤芮的手里，让他们归降。""好吧，那就多谢了。"

公子絷没让重耳出面，提起笔来，以秦国国君的口吻写好了一封信，然后派人骑着马赶紧送过去了。这二位把信打开一看，信上说的什么呢？我秦国兵将对待晋国太好了，保着夷吾父子回国，但是你父子与秦国反目，一个不给城，赖掉了五座城池；一个弃我女而去。我能忍其父，不能忍其子。夷吾对不起我就够可以的了，本来我把他的国都灭了，我冲着我的夫人，因为她是晋国人，是夷吾的妹妹。五座城我不要了，放他回国，把公子圉留下，还将我的闺女许配给他。结果公子圉跑回晋国，不但不报我以德，而且还毁我的名声，我不是白帮忙了吗？现在重耳回国，他德高望重，有众大臣忠心辅佐，希望你们能够归降，献出晋国，我将厚待于你们。

这俩人哆里哆嗦地看完信，吕省看郤芮，郤芮看吕省："我说哥们儿，怎么办呢？""怎么办？打又打不了，归降又害怕，等重耳当了国君，要杀咱俩可怎么办？把咱俩杀了不算完，咱俩的九族都得诛了。"想来想去，没办法呀。郤芮说："这么办吧，谁不想活呀？咱们写封回信，倘若重耳能够原谅咱们，狐偃那些人能和咱们共事，咱们就辅佐重耳回晋国当国君，咱们还当大臣。""好吧，那你写吧。"

就这样，两人回了一封信，写得很清楚：如果重耳能够原谅我们，赵衰、魏犨、狐毛、狐偃这些跟随着重耳的功臣能够跟我们共事，我们就愿意保重耳。这封信交给从人带回去了，公子絷看完信后跟重耳一商量，重耳说："将军您觉得该怎么办？""我亲自去见见他们。"

公子絷带着手下人驾着车，直接遄奔庐柳，不太远，就来到二位奸臣的大营了。吕省、郤芮高接远迎，公子絷听两个人把他们的意思讲明之后，向他们保证："只要你们肯迎公子重耳回国，既往不咎；我可以面见我家大王，由大王跟重耳去说，能够给你们下这个保证，但你们也得有所表示，要退兵到郇（xún）城。"

其实这就是个借口，给这两个人一个退身步，吕省、郤芮答应了。公子絷回到自己的大营，然后发出探马打探军情，得知这二位真的兵退郇城，重耳就让狐偃跟着公子絷一块儿，再去见这二位。吕省、郤芮一看狐偃都来了，踏实了，两个人表示一定要迎接重耳，保着重耳回归晋国。这件事儿让晋怀公知道了，怎么知道的？晋怀公本来心说：这怎么还不打呀？按说现在战报都应该来了呀。于是就派寺人勃鞮，也就是几次刺杀重耳的这位，赶紧去找吕省和郤芮。勃鞮走在半道儿上听到了这个消息，赶紧回来禀报了晋怀公："坏了，吕省和郤芮归降了，要保着重耳回晋国。"晋怀公吓坏了："来呀……赶紧升朝办公……升座金殿，把，把这些老臣都给我找来……"

晋怀公在金殿之上等了半天，敲了三回钟，一个人都没来。晋怀公蒙了，心说：怎么没人上朝啊？我亲自挨家请去吧。就这样，来到了栾枝家中："哎呀，栾大夫，今天我升朝。""您是国君啊，上我们家干吗来了？我现在有病缠身，咳咳……刚打完胰岛素，血糖还高，我没法儿上朝陪伴君王。""唉……"

晋怀公没办法，又到第二家，又到第三家……挨家都找，不是病就是摔跟头了，要不就是回家看姥姥去了，谁都不上朝。这下真把晋怀公吓着了，跟前只有一个人，就是勃鞮，勃鞮已然当过两回刺客了，都是刺杀重耳。"勃鞮呀，咱们怎么办呢？""咱们啊，dian 吧。""什么？""学过英语吗？""半空不喝。"那位说什么叫半空不喝？又懂点儿又不懂，实际上差不多就是不懂，胡说八道，还不如一瓶子不满半瓶子晃荡，这就叫半空不喝。您买本《江湖丛谈》一瞧就明白了。"唉，要是按照汉语拼音就是咱们颠吧。""哦，那你是让我跑哇？""对呀，跑吧，没别的办法了。""跑哪儿去？""梁地。"

梁地就是梁国，那地方挺荒凉的。晋怀公没办法，赶紧收拾收拾东西，勃鞮驾着车，一起跑到梁国去了。晋国空了，那重耳还不踏踏实实地回来？国中的大臣们一直顺着大道出来迎接重耳回国。重耳回国之后先到曲沃，到曲沃拜晋武公之庙。咱们前面说过，晋国分两支儿，兄弟惹不起大爷，就把大爷封到曲沃，这儿就是晋武公的发祥之地。所以重耳先到曲沃拜晋武公之庙，然后回到绛城，这个时候重耳已然六十二岁了，须发皆白，但是终于回国了。按说重耳颠沛流离，恐怕活不了几年，但人就怕时来运转。其实重耳身体也已经不是太好了，飘零半生，都快飘零整生了。可得把头里掐去，他在晋国当公子的时候还挺好，后来四十三岁跑的，现在六十二岁回国，十九年，也算是飘零半生了。敢情重耳是得了几十年的痛风，嘌呤半生嘛。

重耳回国当了国君。大家伙儿都很高兴，但是重耳这个人沉得住气，有功不赏有罪不罚，他不言语。每天就是上朝办理国家大事，清理户口啊，整理土地啊，调查民情啊，光处理国事，不办别的事。这些忠臣里可有等着的，愿意得赏的，愿意升官的；也有想走的，想离开重耳的。这其中有一个人，就是介子推。当初狐偃跪在黄河边双手举璧，跟重耳说想留在秦国的时候，介子推的心中就是一动，心说：公子回归晋国之后成为晋国国君，那是天意，不是仗着咱们大家伙儿，你狐偃只不过是随从忠臣之一，现在你这样做，好像是公子没有你就不行了，你这是变相在重耳面前邀功。像这样的人，我介子推不能与你同殿称臣。所以从那时候开始，介子推就想隐退。大家伙儿都知道介子推，那么介子推怎么隐退的呢？这回咱们恐怕说不到了，您别着急，咱们慢慢说，早晚能说到。

除了这些忠臣之外，还有人心里不踏实，最不踏实的是谁？吕省、郤芮。这俩人一直就瞧着，他们有心病啊，每天上朝都是惴惴不安。哪怕是现在重耳下令把这俩每人打四十鞭子，或者没收家产，给一个惩罚，他们心里也踏实。但是现在重耳既不笑，也不沉着脸，也不搭理这两个人，有国事就说，好像没有之前那么档子事儿一样，这二位心里可就嘀咕上了。

两个人回到家中，喝点儿闷酒吧，酒也摆上了，菜也摆上了："哥哥，您喝吧。""唉，喝吧。""我跟您商量商量，我怎么看着重耳这眼皮一耷拉，脸上什么表情都看不出来呀。""是啊，你想看什么？""我想看他笑模样。""不，我倒是想看他发愁，想看他生气，哪怕他给我一嘴巴呢，我心里也痛快。""您是贱骨头啊？""那你说他有功不赏，有罪不罚，咱们怎么办呢？""我看啊，他居心叵测。""那你说怎么办？"郤芮想了想："杀呀。""你就知道杀，杀完他怎么办呢？""杀完他，咱们立重耳的弟弟公子雍，他的人缘挺好的，把他立为国君。瞧他的名字，公子雍，特庸，咱们俩就能支使他了。""嗯，可是谁能跟咱们共同杀重耳呢？""找勃鞮呀，他已经杀重耳两回了，咱们再找他来一回，勃鞮勇敢。"

就这样，吕省和郤芮想办法把勃鞮找来了，仨人坐在一起商量。勃鞮说："杀重耳行，你们俩得罪重耳还没有我得罪得厉害。头一次是他的父亲晋献公让我去蒲地杀重耳，我到蒲城之后，揪住了重耳的袖子，举剑就砍，没想到他把手缩回去，我只砍下他一条袖子，结果他跑了；第二次是他的兄弟夷吾又让我去杀重耳，我指挥人马去翟国杀他，他又跑了。有了这两回，您想想，重耳跟我有多大的仇？想办法杀了他。""那咱们仨人可一言为定。""好，咱们歃血为盟。"

三个人歃血为盟了。您看，这歃血为盟有很多的解释。有人说是把手指拉个口子，有人说是把手腕拉个口子，把血滴在酒里，然后一喝。实际上不是那么回事儿，也就是滴一点儿血在酒里，然后往地上一泼，这叫歃血为盟。总这儿滴滴答答流血，切了动脉可怎么办呢？所以歃血为盟就是一个表示。还有人说不是把血滴在酒里，而是抹在嘴上，反正意思是到了。三个人歃血为盟，誓同生死，要杀重耳。那么这三个人就能办这事情了吗？三个人不能办，要想说《东周列国志》，就得研究东周列国的历史。

列国以周天子为尊，下边有诸多国家，公侯伯子男；再往下还有很多小国，小国底下还有很多大臣。这些大臣指着什么吃饭呢？朝廷不发工资，就指着封地，也就是封邑。封给你一块儿地，这块儿地上的地丁钱粮都归你，所以每个大臣都有自己的封地，封地上的人都归他管。于是这三个人商量好了，吕省、郤芮回各自的封地调兵，而勃鞮是寺人，就是太监，没有什么家眷，经常在宫里待着，他就可以随便出入内宫。吕省、郤芮回到自己的封地，把亲兵都准备好了，约定时间好杀重耳。

三个人商量好了，分头去准备，勃鞮就回家了。您想想，那二位妻妾成群、有儿有女的，有封地有家奴；勃鞮可没媳妇，他是太监。他回家之后，自己弄了点儿酒菜，"吱儿喽"一口酒，"吧嗒"一口菜，一边吃一边流眼泪，自个儿叫着自个儿的名字："勃鞮呀勃鞮，你说你老跟着他们干吗呀？晋献公让你杀重耳你就去；夷吾让你杀重耳你又去；现在人家重耳都回国当了国君，你说你这是替谁卖命呢？吕省和郤芮要杀重耳，又想让你去，你还去卖命？这哪天算一站呢？你到底算干什么吃的，还有没有立场啊？"

勃鞮一想：得嘞，都说重耳好，重耳确实也不错，那我就借此机会前去告密，博得公子的信任，救他一条性命，也算是救了晋国，我也能落个进身之步。勃鞮想到这儿，他又琢磨：我就这么进宫去找重耳？重耳能让我见吗？得嘞，我去找他的舅舅狐偃去。

勃鞮想好了，归置利落了，一个人溜溜达达出来，还不敢让郤芮和吕省知道，直接就奔了狐偃家的后门，往地上一跪。狐偃的家人看见了："哟，这个……您这是什么意思？""你必须开门让我进去，我有大事求见国舅。"这个家人心比较软："那您进来吧，可别说是我开门让您进来的。""是，你不开门我能进来吗？"家人把门打开，勃鞮进来了，家人说："您在这儿等着，我去禀报国舅。""好吧，为了不让外人知道，你得把门关上。"

家人一想，勃鞮就一个人，即便想行刺也行刺不了，狐偃家里也有兵士把守呢。于是就把门关好，然后进去禀报狐偃："报，勃鞮求见。""啊？"狐偃一听勃鞮求见，稍微一琢磨：哦，明白了，他得罪了公子，而现在公子已然成为晋国国君，他没辙了，找我来让我给他说几句好话。"你告诉他，我不会替他说话的，让他走。"家人转身出来了："国舅说了，不会替您说好话的，让您走。""我不走，我有大事要面见国君。""那您见国君去呀，上宫里去。""不成，我必须得让国舅替我言语。"

家人没办法，又回来禀报狐偃。狐偃很聪明，意识到肯定有大事："让他进来。"勃鞮迈大步进来了："狐偃大人。""你有什么事儿？""您必须带我去面见国君。""你呀，我送你四个字，恬不知耻。你曾经两回刺杀公子，现在公子不治你的罪已经很宽容了，你还不赶紧跑？你跑了还能活。""我不跑。我跑了，晋国可就完了。""什么？你跑了，晋国完了？""对。""为什么？""您把我带到晋君面前，我才说呢。"

狐偃一听，这里头有事儿，命家人把车准备好了，恐怕外人看见，让勃鞮跟自己坐一辆车，就由自家的后门出去，来到了后宫门。狐偃让勃鞮在车里等着，自己进宫面见重耳。重耳出来一看："哎呀，您有什么事儿？""勃鞮前来见我。""唉……他见您能有什么事儿，不过是想求您让我赏他无罪而已。""不是。他说有大事，必须面见您，是为了晋国的一国之安。""嘻，他只不过是想说几句好听的。来，给您这个。"重耳一回身，由打床边拿起一个包袱，解开来，里面是一件衣服，有一只袖子只剩下一半。"把这个给他看看。当初他到蒲城追杀于我，要不是我跑得快，要不是我把胳膊褪回来，他的宝剑就把我的手砍下来了。这件衣服我还留着呢，一看见这半只袖子我就想杀他，让他走。快走的话他还能活，我有善心；他要是走慢了，我就杀了他。"

狐偃没办法，跟着宫人出来了，来到车前："你走吧，公子可说了，你要是不走，说杀你可就杀你。来，你瞧瞧这半只袖子的衣服。"狐偃把这件破衣服往前一举，勃鞮一看，乐了："呵呵，袖子？看见袖子让他好好琢磨琢磨，他周游各国十八年，连点儿见识都没长吗？我勃鞮见他必然有事，不然我干吗来呀？我早跑了。""嘿，你还挺横？你嚷什么？"

狐偃赶紧回来见重耳："您见见他吧，肯定他有大事。""唉……"

晋文公叹了一口气。狐偃说:"您还是见见吧。您想想,您回到晋国之后,晋国国中的情况您并不知道多少,也许勃鞮他知道了什么事儿,想来向您禀报,他说能救晋国一国。""好吧,命他进见。"

这就是重耳的优点。狐偃往出一传话,把勃鞮由打车上请下来,一直来到重耳面前。勃鞮看见重耳他不跪,按说臣见君就应该跪;再说你勃鞮又是个罪臣。勃鞮见到重耳,双手一抱拳:"给您道喜。"重耳气坏了,双眉一挑,二目圆睁:"我喜从何来呀?我回到晋国,现在身为晋君已经不是一天两天了,你道喜道晚了吧?""不晚。只有我来祝贺,我来道喜,听了我勃鞮之言,你的晋君之位才能坐稳。"重耳一听,这里边文章大了:他能救一国,他来道喜,我听他的话才能坐稳江山。"讲。""不让我跪下了?""甭跪了。"

勃鞮心说:确实我见重耳见对了,重耳的确宽宏量大是位贤君。于是勃鞮就把吕省、郤芮跟他商量要杀重耳,迎立公子雍做晋国国君的事情,跟重耳说了一遍。"果真?""为报答公子不杀之恩,此事千真万确,我来密报。""那么我应当怎么办?""您啊,还是得颠儿。现在狐国舅在此,您跟狐偃大人赶紧跑。我留在这儿作为内应,我和他们已经定好了,我在这儿好捉拿二贼。"重耳看了看狐偃,狐偃说:"走吧,我陪着您走,外边有我的车,让勃鞮留在这儿,一会儿我帮着您出主意怎么走。""那么这儿怎么办?""嘻,有赵衰、魏犫他们在,晋国一定很安定。""好吧。"

重耳当时就做决定了,一点儿都没犹豫,勃鞮告辞也走了。重耳就问狐偃,狐偃跟他嘀咕了几句:"您就按我的话,这么办这么办这么办。""没听明白,你再说一遍。""嘻,吃葡萄不吐葡萄皮儿,明白了吧?""明白了。"

重耳假装要了点儿夜宵,吃完夜宵肚子疼,睡觉总上茅房,内侍揽着他:"您怎么肚子老疼啊?""哎呀,不舒服呀……""不舒服?"

这名内侍可是重耳的心腹。其实外边狐偃早已经把一辆车预备好了,重耳出了后宫门,上了狐偃的车,一赶车,君臣二人走了,奔哪儿了?还得回秦国。等他们去了秦国，勃鞮来找郤芮："我可听说了，明天重耳要上朝。""没那事儿，他病了，听说不舒服了。""什么病啊？""头天说肚子疼，总上茅房。""那咱们打听打听吧。"

一打听，重耳肯定不上朝了。一天两天三天四天，连着等了几天，勃鞮说："咱们可不能再等了，我可听说了，明天重耳就要上朝，他要是上朝之后出国可就麻烦了。""出国？还没订机票呢。""那可不成，咱们得想办法赶紧动手，准备好了吗？"其实都已经准备好了，吕省、郤芮两家的亲兵全来了，定好了当天夜里放火。勃鞮说："吕大夫，这么办，你带着兵在前门；郤大夫，你带着兵守后门。我就在正宫门这儿等着，如果有各家大臣前来救火，我把这些人都轰出去，你们直入内宫，就能把重耳杀了。""好吧。"

一言为定，吕省、郤芮这俩人谁也没起疑心，而且勃鞮就住在了郤芮家中，让他们放心。当天晚上一把大火就放起来了，宫中大火，烧得宫里的人乱喊乱叫。烧着烧着，火越来越大，越来越大，吕省在前门，郤芮在后门，两个人带着重兵，拿着宝剑往宫里来，直奔内宫。等到了内宫，一个从前门进来，一个从后门进来，宝剑一对，成击剑比赛了。"重耳呢？""没看见啊，你杀了吗？""没有啊。""那勃鞮呢？""勃鞮在外边呢。"

所有的大臣全来救火，大家伙儿吓坏了，重耳不见了。郤芮也吓坏了，吕省也吓坏了，拉着勃鞮带着自己的这些家兵就住到了城外，随时打听消息，不知重耳是生是死。这些大臣也害怕呀，大家伙儿一商量，问谁呀？问狐毛吧。狐毛说："我也不知道是怎么回事儿，我兄弟头两天去过宫中，现在也不见了。"大家伙儿遍寻重耳不着，魏犨说："好哇，吕省、郤芮这俩小子放火。赵大夫，您给我一支兵，我去抓他们俩。"赵衰确实非常稳重："兵，国之重政也，谁也不能给。"因为赵衰掌握着兵权呢，"我轻易给你魏犨一支兵？国君不在，一个兵都不能给。"

大家伙儿该救火的救火，该修宫门的修宫门，该修宫墙的修宫墙。他们这边忙，城外的三个人也没闲着，相互嘀咕，勃鞮假装着急："这可怎么办？也不知道那重耳死没死，咱们怎么办呢？""那你说怎么办呢？""听我的？那咱们奔秦国去。当初你们不是跟秦国有约定吗？公子絷给你们有保证啊，你们是冲着秦国才保着重耳回国的。""对呀，咱们走啊。""走就走。"

于是带着兵就走了，来到黄河渡口，那儿有公孙枝的大营。勃鞮说："我先进去打听打听。"勃鞮就进去了。公孙枝知道勃鞮是自己人啊，一商量："把他们两个人叫进来，住在我的大营，我前去禀报秦君，把你们带到秦国。"

这时候重耳在哪儿呢？早到秦国了。到了秦国的王城，写了一封密信，这信怎么写的？我微服至此。就这么一句话，那秦穆公非常聪明，微服至此，就是逃到这儿来了，肯定晋国有变，马上就说："我明天要打猎去。"国君不能随便动换啊，也不能把这个消息传出去，就借着打猎为名，秦穆公骑着马来到王城与重耳相见。重耳把事情一说，秦穆公乐了："这俩早晚得自投罗网。"

结果这二位来了，君臣商量好了，让公孙枝把这两个人引到秦穆公的面前，两个人在秦穆公面前跪倒在地："我们愿献晋国，我们愿保公子雍，已经跟公子雍说好了，他愿意听秦国一切之命，并且把五座城给您。""好啊。"秦穆公说，"公子雍早在我这儿了，跟我商量好了，都签好字了，五座城已然给我了。""哟，公子都到了？那么我们能不能见见这位新君啊？""能啊，新君请出吧。"

由打屏风后头，重耳就转出来了。那重耳是多大的气魄呀，人君就是人君，头上千层煞气，面前百步威风。头戴冕旒冠，身穿王服，往这儿一站，吕省、郤芮"扑通"就趴下了。"哎哟……公子……我们上了勃鞮的当了……""废话，要不是勃鞮，我就死于你们放的这把火了。""勃鞮他和我们歃血为盟……""不和你们歃血为盟，你们能够吐露实情吗？推出去，杀！"

两个人的人头落地了，重耳让勃鞮拿着两颗人头送回晋国，让晋国的人都看看这两个奸臣是什么下场。秦穆公对重耳说："我送你回国。"就这样，重耳跟着秦穆公回到雍城，跪倒在秦穆公夫妇面前："请您把怀嬴赐我，让我带回晋国，立为国母。"

秦穆公高兴啊。您想，秦穆公知道重耳在当公子的时候娶过好几个媳妇：头一个媳妇死了；第二个媳妇死在蒲城了，给重耳生了个儿子叫欢，还生了个闺女；然后重耳跑到翟国，翟国国君给重耳娶了一个媳妇，挺漂亮也挺贤惠，叫季隗，这咱们前文都说过；然后他又跑到齐国，齐国国君又给他娶个媳妇齐姜，齐姜美而贤；然后又到秦国，这才娶的怀嬴。所以秦穆公知道，要数到自己闺女这儿，一房、两房、三房、四房……根本排不上队。现在重耳跪倒在地，要迎立我的女儿回去成为一国的国母，按现在话说就是正宫娘娘，但那时候不叫正宫，也就是立为正妻，掌握后宫，那可不是简单的。秦穆公把手一摆："重耳啊，虽然说你很感激我们夫妻，但其他几位女子在前，我的女儿能成为嫔嫱也就可以了。"重耳跪在地上不起来："我娶怀嬴，晋国人并不知道，天下人并不知道。今天行此国礼，迎娶怀嬴回归晋国，立为国母，天下大安。"

这意思是我重新再迎娶怀嬴一回，把她由打秦国娶回晋国，以国礼相待，让大家都知道晋国国君的媳妇是怀嬴，是国母。那秦穆公能不高兴吗？秦穆公的媳妇也高兴啊，谁能愿意自己的闺女为妾呀，所以就点头答应了。这一答应，给准备的嫁妆可了不得了，由打雍城一直到黄河渡口，由打黄河渡口一直到晋国，排着两溜大车，里面的嫁妆无数。而且秦穆公亲自送女儿怀嬴过黄河，进入晋国的边境，这叫什么？这就叫"纪纲之仆"，等于我就是一个仆人，我把我的闺女送过去了。所以您看由打这个时候开始，往后把管家都叫作纪纲，这是个典故，说的就是秦穆公亲自把女儿送到晋国。怀嬴跟着重耳回到晋国，高兴，同时怀嬴非常贤惠，而且明理。

两个人刚回到晋国，时间不长，翟国国君就把重耳的媳妇季隗送回来了，季隗现在多大了？重耳当初离开翟国的时候，季隗二十五岁，现在季隗已经三十二岁了。从翟国走的时候，重耳跟她开玩笑，就问季隗："你现在多大了？”“我二十五岁。”“你二十五岁，我现在走了，你给我生有儿女，我可能二十五年以后才回来。如果二十五年之内我回来，你等着我；如果二十五年以后我还没回来，你干脆就嫁人得了。”季隗说：“你真是胡说八道，现在我二十五岁你走了，二十五年以后我五十岁了，谁还要我呀？”

两口子是开着玩笑分开的。现在季隗被送回来了，三十二岁。和晋文公重耳一见面，这两口子夜里也得开开玩笑，也得砸个挂什么的。重耳就问她：“你多大了？”“前后掐头去尾你走了八年，我今年三十二岁了。”“那你还不到五十岁呢，嫁人不嫁人啊？”“我不就是等这一天呢嘛，你都回来了我还嫁谁呀？我嫁的就是你。”

这话可就传到了怀嬴的耳朵里。没过几天，又送回来一位，齐国把齐姜送回来了，齐姜更漂亮；怀嬴是美而贤，还有才，一个比一个强。要不怎么说重耳走国，能够成为晋国的一朝人王帝主，春秋五霸的一霸，那是因为有几个好媳妇。男人得掌住眼睛，娶这么几个好媳妇，不拦着不挡着，高高兴兴地送走，晚上睡觉还能砸个挂、开开玩笑、抖个包袱儿，您说这了得了不得呀。重耳就有这么几个好夫人，最好的夫人就是怀嬴。怀嬴一看季隗来了，齐姜也来了，就算不算上重耳的前几个，光现在也得排第三吧。怀嬴找重耳来了：“我跟你商量商量，我嫁给你的时候，前面有季隗，后来有齐姜。季隗是翟国之君许配给你的，但是她不是翟君的直亲；而齐姜是齐国国君的嫡亲，是宗室之女。所以按理说，我就应该排在后边，请你立齐姜为夫人，季隗次之，我再次之。”让位当“小三儿”。怀嬴很好，坚持要自己让位，可是重耳不干，怕得罪秦穆公啊。要是没这媳妇，秦穆公能大军压境、帮着我回国？怀嬴说：“你也甭着急，我父亲那儿由我去说，我一定退位。”

怀嬴这么坚持，重耳只好答应了，就这样，重耳立齐姜为夫人，季隗次之，行二；怀嬴美而贤又有才，秦穆公的女儿，第三位。姐妹三个人相处得非常和睦。晋国所有的大臣都非常羡慕，就是赵衰总耷拉眼睛。因为在翟国的时候，翟国国君选了两个美女，一个是季隗，另外一个叫叔隗。季隗嫁给了重耳，叔隗就许配给了赵衰，赵衰是重耳逃亡在外十九年中最得力的大臣。就因为他掌兵权，所以没给魏犨人马。赵衰一看，人家的媳妇季隗回来了，我的怎么办呢？重耳看在眼里，非常聪明，跟季隗一商量，然后把信送到翟国，翟国国君就把赵衰的媳妇叔隗也送来了。赵衰的媳妇回来了，赵衰当然很高兴，但同时还回来一个人，谁呀？在翟国的重耳的闺女。重耳一高兴，也知道赵衰有功，于是把自己的这个闺女许配给了赵衰。赵衰一看，国君把闺女许配给自己，那她得是正室啊，就把叔隗放在第二位了。但是重耳的闺女也很聪明，对赵衰说："我告诉你，你要是把我立为大，叔隗立为二，我马上就回宫，还找我爹去。我虽是晋国国君之女，但是我嫁给你就是你的媳妇，我后嫁的就得排在后面。"

　　您说怎么这么多贤惠的女的都凑到他们那儿去了？赵衰娶了重耳的闺女，她不但排在小二，而且还非常疼赵衰前边的孩子，这个孩子已然一十七岁了，叫赵盾。赵盾是谁？您听过一出京剧叫《赵氏孤儿》，赵盾就跟赵氏孤儿有关系。晋文公重振晋国之后，怎么又会发生一件赵氏孤儿的故事呢？谢谢众位，咱们下回再说。

第十八回　晋文公火烧绵山

有龙矫矫，悲失其所，数蛇从之，周流天下。龙饥乏食，一蛇割股，龙返于渊，安其壤土。数蛇入穴，皆有宁宇，一蛇无穴，号于中野。

咱们接着说晋文公。春秋时代，中原文化跟少数民族文化互相通融，传承中国的文明，这是一个很重要的时期。秦穆公之所以能够成为天下霸主，就因为他身后这些少数民族的问题解决了。那么晋文公周游天下十九年，六十二岁回到晋国，然后能够成为天下的霸主，在于能够赏罚分明，他会治国。他回到晋国之后，犯没犯过小心眼儿？也犯过小心眼儿。当初反对过他的，由打晋献公时期往下，一个是吕省，一个是郤芮，现在这两个奸臣已然被杀了，但是他们的死党得有多少？咱们大家算一算，十九年的时间，晋献公死了之后，晋国乱了，然后夷吾当了晋国之主，就是晋惠公；夷吾死了之后，他的儿子圉当了晋国之主，就是晋怀公。经过三位国君，经过十九年的时间，朝中掌权的仍然是吕省和郤芮这些人，他们得培养多少党羽？做官的、为宦的，做买的、做卖的，亲戚朋友，顺着这条线往上攀的……所以党羽遍及晋国。虽然说重耳回到晋国当了一国之主，但是手下有多少忠臣，有多少不敢说话的，有多少奸臣的死党余党，重耳心里非常明白。重耳就和手下最得力的文官赵衰商量，赵衰说："您不能和惠公、怀公相比，他们杀戮忠臣，残害忠良，对人太刻薄太狠，而您应该善待群臣。"

重耳听从了赵衰的建议，并且昭告天下：所有吕省、郤芮的余党一概不咎，罪责全免，只要你忠心无不贰保我晋君。行文遍及晋国所有的州城府县，但是没人来保重耳。晋文公着急呀：我想要治理好国家，需要文官需要武将，需要治国之才，但是大家伙儿都不来保我，这怎么办？大家伙儿都在观望，不知道你到底对我们这些余党怎么办，所以谁也不敢上前。

重耳着急，急了不是一天两天。这一天，重耳起来要洗澡，古人都是拢发包巾，他想要把头发打开就得低头，头发打开往下一垂，头一低，就准备洗澡了。就在这时候，宫人进来禀报："主公，现有头须求见。"重耳挽着头发，一听头须来见，不由得怒从心头起，恶向胆边生，双眉倒竖，二目圆睁，脸上颜色更变，"啪"，一甩头发："好一个头须，还敢有脸前来面见寡人？我若是他，早已羞愧难当，逃到深山去了。"

您想想，重耳能不生气吗？在国外流离失所这么多年，头须把重耳所有的钱都带走了，他能不恨头须吗？重耳手里攥着头发，心说：现在我身为国君，你跑回来见我来了？我要是你，早羞愧难当跑了，也就是我心宽量大，大赦天下，我不理你。宫人也知道这事儿啊，心里也明白，赶紧就出来了："我说头须呀，你还不跑啊？""我干吗要跑呢？""主公不怪罪于你就已经是便宜了，你想想当初你干的是什么事儿啊。""我知道，我干的事儿缺德。""不杀你就是好的了，你还不跑吗？主公不见你，气坏了，脸色儿都变了。""呵呵，我问问你，主公是不是打开头发，正想沐浴？""嗯，你怎么知道啊？这儿没有投影啊，你怎么知道主公头发已然散开了，正要洗澡呢？""呵呵，主公把头发散开想要沐浴，必然得低头俯首，其心必覆。"他的心必然倒个儿，"那么他说的话也就不对了，也倒个儿了。如果他不见我头须，国家不能安定，我有安定晋国之法。勃鞮两次刺杀主公，主公都能把他饶了，既然能饶了勃鞮，为什么不能饶过我呢？只要主公见我一面，我必有国策献上，使他能安定晋国。"

由于重耳教育得好，看门的宫人撒腿又往里跑："主公，头须这么这么这么说的……"您看重耳，要不他怎么能成为春秋五霸其中一霸呢，重耳听完宫人的话，"啪"，一甩头发："不见头须，乃我之过也。召。"

召见头须，重耳明白头须的话说得对。宫人赶紧出去把头须带进来，头须跪倒在地先请罪："使公子颠沛流离逃亡在外，无衣无食，小臣之罪也。""免。头须呀，你前来见我，到底有什么国策献上？""主公，现在吕省、郤芮的这些余党皆止步不敢往前，就是怕您报复。我给您出一主意，天下人全都知道，不但咱们晋国，哪个国家都已经传遍了，是我头须背叛了您，把所有的财物都拿走了，让您饿着。现在您还用我，让我给您赶车，一会儿您上郊外玩儿去，您坐在车上我给您赶车，晋国上下所有的臣民一看，都得说您心宽量大。连我都能饶了，吕省、郤芮的这些余党您还会不饶吗？""哎呀，好哇。"

这就是重耳。所以我越说书我心里越宽敞，越说书心胸越宽大，越说书活得越长远，您越听书越健康长寿。重耳一挑大指，马上传下命令："更衣。"头戴冕旒冠，身穿王服，宫外预备车辆，重耳坐在车上，驾车的驭手就是头须。等车辆出了宫门往外一走，全国上下老百姓传得这叫一个快呀。重耳坐在车上一看，大家伙儿议论纷纷。头须一回头："主公，您说吕省、郤芮的余党有多少？""数不过来，太海（hǎi）。""什么叫太海呀？""你瞧，头须呀，我介绍你一本书，《江湖丛谈》，你好好看看，太海就是太多啦。你如此一来，大家伙儿心服口服，果然不假。"

绕了一大圈，头须赶着车回来了，马上这些奸臣的余党跟着就全到了，对重耳表示一定为晋国尽忠心。您说这真人宣传秀得怎么样？晋文公传下命令，仍然让头须管理国库，心说：你对我这样，我还让你管理国库。大家伙儿看着就更服了，头须跪倒谢恩："臣有一事，还得禀报主公。""头须呀，你还有什么事呢？""主公，想当初您为公子之时，第一位夫人死了，第二位夫人跟您一起逃到翟国，生有一子一女。""不错。只是勃鞮到翟国来杀我，我逃走之后，把妻子、儿女全都扔下了。""您的妻子已然仙去了，留下儿子欢和女儿伯姬。是我头须不忍，把他们寄养在翟国一个随侍的家中，年供柴月供米，从来没有耽误过他们的吃穿，现在我把这件事禀报于您。""哎呀……"重耳一捋胡须，眼泪下来了，重耳是个重感情的人。重耳站起身形，双手一抱拳："谢过头须。""哎呀，主公，不敢当。""你为什么不早报我？""主公，您逃离蒲城、翟国，到翟国翟国送女，到齐国齐国送女。在翟国生子女，在齐国生子女。到了秦国，秦穆公又把他的女儿许配给您为夫人。您周游各国，娶了多少妻室，生了多少儿女，您还能想起欢，想起伯姬来吗？自古以来子以母贵，母以子贵，他们的母亲已然死了，而且您又娶了好几位夫人，生男育女，您还能想起他们来吗？所以不知道您的心意如何，不敢禀报。我感激您，用的也都是您的钱，这才把这两个孩子养大，今天特地禀报于您。"重耳用手一指："几乎令我负不慈爱之名。"

重耳心说：你要是不告诉我，我都以为两个孩子没了，作为父亲，能把两个孩子扔了吗？重耳很重感情啊，于是就派头须带着重礼送给随侍，把他的儿子欢和女儿伯姬接了回来。回来之后，重耳让他们跪在地上给秦穆公的闺女磕头，叫母亲，其实岁数都差不了多少了。随即立欢为太子，这就是重耳最高的地方，其实他们的母亲已然没了，而重耳后边也生了不少孩子，但就是立长子欢为太子。然后把自己的女儿伯姬许配给了赵衰，上回书咱们把这件事稍微提了提，因为《东周列国志》太难说了，上回书留扣必须留在赵氏孤儿这儿，现在赵氏孤儿有名啊，京剧《赵氏孤儿》、歌剧《赵氏孤儿》、电影也《赵氏孤儿》，到底赵氏孤儿是怎么回事儿呢？咱们慢慢说得了，要说到赵氏孤儿那儿还得有些日子呢。

赵衰娶了主公的女儿，一下子就身价百倍，虽然当初跟着重耳流离失所十九年，现在回来了是第一重臣，而且重耳还把自己的闺女许配给赵衰为妻，这是多么荣耀的事儿啊，那这媳妇可就跟原来的媳妇不一样了。但是有其父必有其女，重耳能够对待自己死去的妻子生的儿女这么好，这个女儿也非常好。伯姬嫁给赵衰之后，对赵衰说："我听说你之前在翟国有妻室有儿女，现在应当把他们接回来。""不……No（不）。"

赵衰不敢。但是伯姬非常贤惠，伯姬回到宫中跟她的父亲说："您应该让赵衰把他在翟国娶的妻子叔隗接回来，把她的儿女也接来。我情愿让之，叔隗是正夫人，我是二。"这个二跟现在咱们常说的二可不一样。伯姬很明白：我让位，我是次妻。重耳高兴啊，心说：我有这么贤德的女儿。"好吧。"于是就把赵衰叫来了。"赵衰呀，你把你在翟国的妻子叔隗接来吧，儿女也接回来吧。""No（不）……"赵衰还是不敢，这时候伯姬由打屏风后面出来了。赵衰一看，赶紧把头低下来，以为给自个儿告状呢。"不敢，不敢……"伯姬说："丈夫，你抬起头来。我告诉你，你在翟国娶的媳妇叔隗是 old（旧爱），我新嫁给你是 new（新欢）的，你不能为了讨 new（新欢）的欢心而废弃 old（旧爱）。"赵衰一看，怎么这么明白呀？她都知道她是 new（新欢）的，让我不要抛弃 old（旧爱）。"啊，那任凭国君做主。"

把赵衰的话要出来了，重耳马上传下话去，命人派厢车到翟国就把叔隗和她的儿子接回来了，直接召到金殿之上。伯姬站在父亲重耳的旁边，赵衰站在阶下。这时候陪着回来的人到了，把叔隗和赵盾迎到金殿，两个人给重耳跪倒磕头见礼。重耳吩咐一声："免礼平身。""谢主公。"赵盾站起身形，把母亲搀起来。重耳一看赵盾，由打心里头爱。身量不高不矮不胖不瘦，长得漂亮，两道眉毛斜插入鬓，眉宇之间一派英风叠抱，非常聪明。而且事先重耳已然调查了，赵盾琴棋书画、诗词歌赋，无一不通，无一不晓，聪明已极，现在十七岁。重耳心说：这比我儿子强多了。重耳用手一指赵衰："把你的妻子和公子接回家中去吧。""No（不）……"赵衰趴在地上，不敢。伯姬上前叫了一声姐姐，赵盾非常聪明，马上跪倒在地："参见母亲。"

这才一家团聚。您说重耳作为晋国的一朝人王地主，他能不成为春秋时期的一霸吗？他太明白了，确实有他的特点。他的女儿伯姬也特别好，回到家中厚待叔隗母子，让叔隗是正妻，自己为妾。重耳的女儿伯姬嫁给赵衰了，人称赵姬，赵盾往下传，赵氏孤儿就是这么传下来的。赵姬生了三个孩子，这仨孩子哪个也没有赵盾聪明。那么赵氏孤儿到底怎么回事儿呢？您就慢慢听吧，早晚得说到。

重耳把赵衰的事情解决了，同时重耳也一样对待自己的内宫以及其他大臣的妻儿老小的家事。重耳把家里的事都安排好了，他得赏赐功臣，赏赐谁？头一批就是跟着自己闯荡天下的这几个人。头一个赵衰，第二个狐偃，然后是狐毛、狐射姑、颠颉、魏犨等，一共八个人。然后去秦国接重耳的栾枝以及在晋国的家里有兵有款项支持重耳的，这些人是第二批。第三批就是响应者，迎接重耳回晋国做国君的。分成这么三等，全都赏赐了，而且特别赏赐狐偃玉璧五双。因为当初过黄河的时候，重耳让壶叔把装在船上的残豆破帷都扔了，狐偃跪倒在地，手捧玉璧，说您既然把旧东西全扔了，您就会忘记我们旧臣。于是重耳发誓："将来必然与你们同富贵，不然的话我子孙不昌。"发下了恶誓，把狐偃赠予的玉璧扔在了黄河之中，因此现在赏赐狐偃五双玉璧。重耳又想起老国舅狐突为了自己尽忠而死，下令重新厚葬狐突，而且把狐突葬在晋阳旁边的马鞍山，后来人们就管那儿叫狐突山。该赏的赏，该罚的罚，赏罚分明，大事可成嘛。

功臣分为三等，全都封赏之后，重耳很高兴。这时候有一个人来了，跪倒在地："主公，您怎么就不赏我？我跟您流离失所十几年啊。"重耳一看，是赶车的壶叔："你近前来，我与你明之。"壶叔站起来，走到重耳的面前。重耳说："我告诉你，上赏乃导我以仁义，让我重耳做一个仁义之人，使我的心胸开阔，这种人要给上赏，上赏以德；次赏以才，是教我能够面对各镇诸侯，能够使我不失去我晋国公子之尊，能使我有权谋得回晋国的天下，这样的人受次赏；三赏指挥人马打仗勇敢善战者，冒镝锋顶矢石，就是如魏犨等人，三赏赏功。可是你不行，你虽然赶着车，跟着我这么多年，但只是赶车卖命而已。赏完这三种人之后，才能赏到你，你争什么功啊？"

弄得壶叔挺害臊，但是重耳拿出了很多金银财宝以及绸缎，赏赐给了以壶叔为代表的，这些跟着重耳的仆役之辈。全都赏过之后，重耳发布了一条消息，也就是一条诏命，贴在宫门外："凡是跟着我重耳立功者，我遗漏的，请自言。"你自个儿有什么功劳，上我这儿说来。重耳不知道，他可就忘了一位。

第二天，门官前来禀报："现有人在宫门之外悬挂一书，主公请看。"重耳接过来打开一看，上写："有龙矫矫，悲失其所，数蛇从之，周流天下。龙饥乏食，一蛇割股，龙返于渊，安其壤土。数蛇入穴，皆有宁宇，一蛇无穴，号于中野。"重耳一下子眼泪就下来了："嗐，我重耳之过也。"

说的是谁？介子推。什么意思呢？有龙矫矫，重耳将来是国君，所以是龙，有龙矫矫；悲失其所，国家都没了，逃亡在外；数蛇从之，这些大臣们，赵衰他们这些人，一直跟着重耳走国，周游天下。龙饥乏食，重耳饿了没得吃；一蛇割股，重耳吃不下野菜，跟人要饭给的是土坷垃，介子推割了自己大腿上的一块儿肉，做了碗肉汤给重耳喝，割肉奉君嘛；龙返于渊，晋国就是重耳的浩瀚大海，这龙一回到自己的深水里他可就活了，重耳回到晋国当上了一朝人王帝主；安其壤土，晋国踏实了。数蛇入穴，大家都封了官了；皆有宁宇，都踏实了；一蛇无穴，介子推；号于中野，在野地里哭呢，你怎么把我介子推忘了？重耳看完此书，想起这件事来，眼泪下来了。他也自责，虽然说自己下令把诏书贴在宫门之外，心说：谁有功劳我忘记了，你们自个儿报上来，我照样封赏。但是什么都能忘，您差点儿饿死，是人家从大腿上拉块儿肉下来给您熬汤喝，这能忘吗？得分忘什么。

咱们说书常说：滴水之恩，当涌泉相报；活命之恩，当以身相报。没有那碗肉汤，您就饿死了。给您举个例子：自然灾害的时候，岁数大的人都知道，真饿呀。我坐在九路无轨电车上，坐在司机后头的头一个位子，我拿出一块儿水果糖吃，车厢尽后头的人闻见都直瞧，车上好几十人都瞧着，就是这么一块儿水果糖的味儿。更甭提肉香了，饿得快死了，闻见肉味儿那是什么感觉呀？饿急了，肉太香了。您说他愣是把介子推忘了，这是赖他还是赖介子推？一般的事儿可以忘了，给你一块儿手绢，给你根儿烟抽，这可能忘了；割肉奉君，忘了？所以重耳自责，知道自己不对了。"马上传，召见介子推。"

都这样了您还不溜达溜达呀？召见。手下人到介子推家里一敲门，没人，门锁上了，外边大铜锁。那时候有铜锁没铜锁我不知道，反正就给您这么说。介子推家中没人，手下人回来禀报重耳："大王，介子推家里没人。"

这回重耳亲自去了，拍门没人。重耳吩咐下去："谁要知道介子推的下落，说出来同样赏官做。"刚说完，就出来一位。您看，只要赏官，就有人出来。这人姓解，叫解张，是介子推的街坊，他对介子推的事儿非常了解。那么介子推为什么要离开重耳？咱们前文书说了，当初过黄河的时候，狐偃跪倒在地，双手举璧，跟重耳说想留在秦国，介子推在旁边听见了，很不高兴，心说：晋献公这么多儿子，最贤者就是重耳，重耳能回归晋国成为国君，就是因为其最贤，天助于他，并不是因为咱们这些人跟着，重耳就能回国，就能成为晋国国君。狐偃你贪天之功窃为己有，就爱往自己脸上贴金，争名夺利，争权夺势，我跟你在一块儿同殿称臣，我寒碜。所以从这时候开始，介子推就有了隐遁之心。重耳回到晋国成为晋文公之后，介子推上朝参见国君行礼，然后就再也不上朝了。重耳天天办理国事，介子推又老不来，他就把介子推忘了。

重耳大赏功臣之后，介子推的街坊们谁不知道他曾经割肉奉君啊，解张不忿儿，拍门来找介子推。介子推一开门："哟，大哥您来啦，您请坐。""我说子推呀，想当初你跟着公子流离失所，割肉奉君，现在大赏功臣，你为什么不去请功？""呵呵……"介子推微微一笑，没说话。"你不对呀，现在大王已然诏书天下，如有遗漏没报功者，你可以自个儿去说呀。不想当官的话，要点儿钱也好啊，起码不至于像现在这么穷啊。"

介子推以何为生啊？他是刘备的师父，在家织草鞋呢。织屦，就是用麻和草编的鞋。离开家十九年，现在看见母亲了，介子推孝母，所以每天织草鞋去卖，得来的钱养活母亲。老太太正在厨下做饭呢，听见解张这么一说，走出来了："儿啊，解张说得对呀，国君恐怕把你忘了，你应该去面见国君。""儿我不愿意为官，不愿意跟狐偃他们同殿称臣。""你不愿意为官也可以，面见国君之后，让国君每月发你点儿工资，也省得你总织草鞋呀，为娘我也能吃点儿好米好面啊。""母亲，这事儿不是我能做出来的。""那你也去说一声啊。""儿既然无求于君，说它何用？"这句话我很有感触。我对君王无所求，不希望他封赏我，又何必去他面前表现自己呢？这句话很感人。老太太也是明白人啊，不是明白人也生不出明白孩子来。老太太一跺脚："好啊，我儿既是如此廉士，为娘岂能不助你？

家不要了，你背着老身遄奔绵山，高山深谷当中，咱们母子二人结草为舍，以籽为食。"

老太太说完这话，解张怎么劝也不行，只得走了。介子推把家门关上，收拾收拾散碎的东西，把老太太搀出来，背着老太太离开家乡遄奔绵山，去深山老林里了。解张实在受不了了，所以就替介子推写了几句话：有龙矫矫，悲失其所。现在您回来了，手下大臣全都封赏了，那位介子推背着他妈进山了，没吃没喝。晋文公重耳听完泪如雨下，心说：我怎么能把这么大的事儿忘了，现在又找不到介子推。听了解张的话，赏解张下大夫。您看，要是消息灵通的话，也能当官，可惜解张就是不会上网，要是会上网的话，官更大了，什么消息都有。但是哪个消息是真的，哪个消息是假的呀？这您还得分辨分辨。

晋文公重耳知道这消息肯定是真的，赏解张为下大夫，命他在头前带路，重耳一行人直奔绵山。等到了绵山一看，绵山太高了，山峰一座连着一座，山峦重重。重耳站在车上远望绵山，峰峦叠叠，草木萋萋，山谷流水，行云片片，林鸟群噪，山谷莺声，却不见子推母子。重耳跺脚着急啊："找！"找了三天，没找着。把附近所有的老百姓全都带来了，问他们看见没看见介子推。有一个农夫说："我头两天看见了，有一个人背着个老太太，可能就是您说的介子推，在河边给老太太喂完水之后，掏出点儿干粮给老太太吃，然后背着就上山了，再也没见过。"

重耳就带着人往深山里面走，又找了好几天，还是没找着，解张也急得直跺脚。重耳心里就想：为什么介子推要走呢，难道他这么恨我吗？可是就算他恨我，他是个孝顺母亲的人，不能把他母亲饿死。"来呀，烧山。"

您看，介子推在山里待着，重耳烧山这件事，流传下来的版本很多。有的说是别人谏言，让重耳烧山；有的说是重耳自己的主意烧的，而我看的版本基本上都是重耳下令烧山。他认为一烧山，介子推就得把他母亲背出来，他不能让妈死了啊。前后左右所有山上的树都点着了，大火烧了三天，没人出来。派人进山去搜，有军士禀报，发现了介子推和他母亲的尸体，在一棵柳树之下烧死了。重耳来了，有传说他把这棵柳树挖了一块回去做了一双木屐，就是现在拖鞋的前身——趿拉板儿，管这个叫"足下"，表示对上级和同辈人的尊敬。介子推死了，重耳怎么办呢？就把这座山封为介山，不叫绵山了，后来就把这个地方改成介休县。介山周围的这些土地全都作为祀田，给介子推立祠堂，所有这些祀田的收入，年年祭祀介子推。

当年老百姓看着这件事太惨了，因为是火烧介子推，所以在介子推死的这天为了纪念他，最开始的时候是一个月吃寒食，不生火，吃冷的东西；后来又改为三天，最后改成一天。因为寒食节跟清明离得最近，后来就合并了。所以现在清明纪念介子推，就是因为这个故事：火烧绵山。

介子推死了，这儿也叫介休县了，也给介子推立了祠堂了，但是留给重耳很大的教训。重耳要想成为天下的霸主，他得有机会，咱们常说机会是留给有准备的人的，如果这人没准备，给他机会他也抓不住。重耳把晋国国内安定了，赏罚分明，现在机会来了。什么机会？就是周天子被人赶出了周朝的京都，重耳借此机会要勤王，所以才能称霸于天下。那么重耳如何搭救周天子，谢谢众位，咱们下回再说。

第十九回　太叔带怙宠入宫

太叔无兄何有嫂？襄王爱弟不防妻。一朝射猎成闹剧，只因中宫是女夷。

上回书咱们说到公子重耳回到晋国，就是历史上春秋五霸之一的晋文公。重耳当了国君之后，大修国政，凡是明君必先治理国家；举贤任能，该赏的赏，该罚的罚，该提拔的提拔，招募贤良之才。把这些事情全都办好了之后，就得减轻赋税，而且还得资助贫困人群。这是咱们按照现在的语言说，那个时候有那个时候的政策，实际上意思也就是这几条，并且还与外国通商，很讲礼节，为的是使自己的国家能够强大起来。晋文公把国内的这些大事全都处理完毕，马上写好折本递往朝中。虽然说周天子没有实权，但是必须得禀报周天子：晋国夷吾死了，然后怀公围也死了，现在是晋文公重耳为晋国之主。周襄王知道之后，马上派周公孔还有内史叔兴遣奔晋国，来查看查看晋文公，看看这些事情办得对不对，其实也是走个过场。晋国这边好吃好喝好招待，两个人回来禀报周天子："您放心吧，取代齐桓公者必是晋国重耳也。"

这个时候齐桓公已经死了，齐国的势力减弱；其他还有想往起称霸的，宋襄公没称起来，只是昙花一现；跟着就是秦穆公想起来、晋文公想起来，现在晋文公肯定能成为霸主。听完禀报之后，周襄王马上改变立场了，原来是亲齐，现在马上变成亲晋，因为齐国渐弱，晋国渐强，远齐而亲晋。那么一个国家的国君想要称霸于天下，他得有机会，上文书咱们也说了，得占天时所在。周朝跟别的朝代不一样，周天子下边有很多国家，公侯伯子男，五等国家。而且五等国家下边还有很多小的附属国家，所有这些国家都应当统一向周天子纳贡，但是现在周天子只落得一个虚权了。周天子也知道现在晋国强大了，晋文公虽然是内修政理，对外通商，国家富强了，但是要想使他成为霸主必须得有天时，搁现在话说就是得有机遇。咱们常说：机会是留给有准备的人的。占天时，那么天时谁都能得吗？当然不是。咱们说《东周列国志》，得给晋文公一个天时，什么天时？就是周天子给的。周襄王的皇后死了，他得续弦。您别瞧续弦，一般人都不愿意给，但是皇上的媳妇死了，都愿意巴结这差事。周襄王把所有文武大臣都请来了，商量商量，应该娶哪个国家的女儿，成为皇后，从而成为联姻之国。

周天子此话一说，手下有两个爱说话的大臣，一个长得身高一米七几，比较瘦，这人姓颓，叫颓叔；另一个比他个儿矮，身高不到一米六，小圆乎脸，两只小圆眼睛放光，这位叫桃子。这名字可不是我杜撰的，您翻开《东周列国志》，确有其人。颓叔和桃子你瞧我一眼，我瞧你一眼，桃子冲颓叔一努嘴，颓叔出班："天王。""啊，你有人选吗？""有啊，我敢出班就敢启奏。现在有一女子，长得貌美，绝世无双。""何国国君之女？""翟国国君之女。"这时候旁边有一个忠臣，这人长得五官端正，叫富辰，用手一指："颓叔，且慢。"周天子赶紧问："富辰有何话讲？""天王，翟国国君之女不可娶。""何故也？""您想想，她乃夷族。"

说到这儿，咱们得分析分析。刚才的定场诗说了，太叔无兄何有嫂？咱们今天的书的主题就是这小叔子跟嫂子勾搭到一块儿了，说的就是太叔带。他心里没有哥哥，能有嫂子吗？他不拿嫂子当嫂子，爱嫂子，嫂子就得归我。那么襄王爱弟不防妻，太叔带是襄王的兄弟，得照顾着，得孝顺他妈，不敢得罪母后，不敢得罪老太后惠后。襄王爱护兄弟，就没防备他的妻子比较浪荡。一朝射猎成闹剧，就因为一场打猎，小叔子和嫂子俩人见面了，就此勾搭在一块儿。只因中宫是女夷，这句话要搁在今天就不太合适了，就是因为这个皇后是夷族，按现在话说就是少数民族。其实少数民族有很多优秀的人，汉族也有很多优秀的人，这不赖民族，只能赖这个女人跟太叔带两个人不正经，也搭着周襄王没看紧，嫂子就跟小叔子勾搭在一块儿了。

这人好不好不在于民族，也不在于国家，人好就是好，不好就是不好。当时富辰就说了："翟国不错，但是不能娶翟国国君的女儿，因为翟君的女儿属于夷族。"按那时候来说呢，夷族比较野蛮。"哦……"周襄王就听见这女的美了，"我说富辰啊。""臣在。""想当初我曾经让翟国去攻打郑国，为我立下了汗马功劳，有功之君，就应该与他联姻。"

这就是周襄王的意思：当初翟国国君曾受我之命打过郑国，他为我立过功，我就应该赏赐他，我是周天子，我娶他们国家的女儿，就等于给了他们脸了，这样他的地位就提高了。当时确实是这样，小国国君的女儿能嫁给周天子，那可就了不得了。富辰一听，没有办法，只得往后一退："好吧，既然如此，如果您一定要娶翟君之女，不能作为中宫。"就是不能让翟君之女做皇后。"那看看再说吧。嗯，我说颓叔啊。"您看，周襄王爱听颓叔说话，他就冲颓叔乐，"颓叔啊，翟君之女的相貌如何？""天王，翟国国君的女儿长得太漂亮了，现在翟国流行一首歌曲，您听过吗？""哎呀，我在宫中，上什么地方能听歌曲呀？""我跟您说，这歌曲可流行啦，非常好听。""你会唱吗？""这……"桃子在旁边一扒拉颓叔："行了，你五音不全，还是我唱吧。""你唱得不怎的，干脆咱们还是唱快板儿吧。'翟国君，有美女，前叔隗，后叔隗，如珠比玉生光辉……'""你这不够板儿。""我学得不怎么样啊。"

富辰在旁边一看：哼，你们这二位倒不错，说上相声了，你插科他打诨，还不错，虽然我不爱听这个，但是你们两个人比那俩穿旗袍的主持人可强多了。桃子说："您真以为我不会唱啊？"襄王说："那你就唱唱啊。""唱就唱，我不会唱快板儿我会唱歌。"颓叔说："那桃子你先唱唱吧。""好吧，我嗓子好，我学歌学得好。"周襄王一笑，用手一捋胡须："你且唱将上来。""忘不了，忘不了……""嘿，等等，头一句像，这第二句可不像，靠边儿吧你，还是我来吧。"颓叔抄起快板儿来"呱嗒呱嗒"这么一打："前叔隗这个后叔隗，如珠比玉生光辉。""呱嗒呱，呱嗒呱……"周襄王说："行了行了，你们太热闹了，还是晚上看电视得了，甭管这是相声还是小品，能得奖就得。"

周襄王心说：既然有这么美的人，前叔隗，后叔隗，如珠比玉生光辉，这得美到什么程度啊。"天下第一吗？""天下第一。""我未曾见过。""您这儿没设备，您要是有设备，当时他们国家选美女，我把那录像带都拿来了，特意给您转成了 DVD（极字激光视盘），可您没设备，还是等两千六百年以后您再看吧。""好啊，颓叔。""在。""桃子。""在。""你们两个人一起到翟国，为朕求亲。""遵旨。"这两个人带着丰丰盛盛的礼物到了翟国，跟翟国国君把来意一说，翟国国君当然高兴啊，心说：我一个小国国君的女儿，要是能嫁给周天子，那就是天子之妻，就是中宫，就是皇后，那了得吗？"好。"

答应了，翟君马上准备好了东西，要把女儿嫁给周天子，就让颓叔、桃子这二位把女儿带走了。周天子一看，高兴极了，确实太漂亮了。长得像谁？因为这个女人不太好，我就不好形容了，反正您就闭着眼琢磨吧，比较妖媚，估计一般的男人都比较爱看。男人喜欢看漂亮的女人，这是正常现象，是男女之间的习性。

周襄王看这媳妇越看越爱，马上立为中宫，富辰反对，周襄王不听。富辰说："你把夷族之女立为中宫，将来国必生乱。"可周襄王看见这么漂亮的女人能不爱吗？他自个儿多大岁数？五十开外了，翟君之女多大？也就将将二十岁出头儿，老夫少妻，不大那么般配，但是没办法，天子娶为中宫立为皇后，叔隗的身份地位可就提高了。可是叔隗不高兴，每天在宫中耷拉脸子。周襄王得哄啊："皇后，你因何不乐？""太闷了。""那我把窗帘拉开。"周襄王亲自把窗帘拉开，阳光照进来了。"皇后，你怎么还不高兴啊？""宫中太闷，想我幼小之时，跟着父王跑马射猎，在外边散漫惯了，现在总在宫中憋着我受不了。""哎呀，你看花园之中净是鲜花，我来给你念念鲜花的品种……""行啦，你甭念了，说相声的老说这些。""哎哟，我带你听相声去。""好哇，你带我去吧。""不行，你出去在大街上一走，虽然是坐在车上，实在是领空（kòng）。我带着你出去，整个王城的老百姓全都来看皇后，那还了得？""那不成，你总让我这么闷着就闷坏了。"哎哟，那怎么办呢？"

第十九回　太叔带怙宠入宫

223

周襄王天天哄着皇后，后来皇后看着周襄王有点儿活动心眼儿了。"那你就传旨吧，北邙山打猎。让这些王子王孙、王公大臣，所有的战将全都参加，我出去看一看，心中也痛快呀。""那好吧。"

周襄王一想，看看就行了，这好办呀，马上传下旨来：在北邙山设立围场。就在北邙山的半山腰设立帷帐，周襄王和皇后要坐在帷帐之中看打猎。您想想，这帐篷能便宜得了吗？围场的所有设施都布置好了，帷帐也搭建好了，吃喝玩的东西都准备好了。围场设得很大，把整个北邙山圈起来了，用了成千上万的兵，驾着兵车。全都围好之后，周襄王带着隗后来了。下车之后，二人进入帷帐之中，端然正坐，手下人伺候着。周襄王一看，全都准备妥当，命太史官传令："今天打猎，不管王子王孙、文官武将，还是兵丁，如果能射中三十只禽兽者，甭管是野兔还是麋鹿还是飞禽，赏轷车三乘。"轷车是干吗的？打仗用的一种兵车。咱们说的《东周列国志》是春秋战国时代，打仗用的是车，是战车时代；您要听《东汉演义》《三国演义》，那是马战，一个战将跟另一个战将对打，打完之后互相冲锋陷阵；到了清朝的时候就不是这样了，之前是斗将不斗兵，后来是斗兵不斗将，所以打仗也得分年头。在周襄王这个时候，主要还是得用战车。

如果谁能打中三十只禽兽献到周天子面前，赏轷车三乘，轷车非常值钱，也非常荣耀，证明其人能够冲锋陷阵，能够身为主将、元帅。如果能射中二十只者，赏辒车两乘。辒车就是攻城陷阵用的战车，赏两乘，证明你这个人能够攻城，能够控制阵法，是一般的战将。如果能够生擒或者射死十只禽兽者，赏辌车一乘。辌车是干什么的呢？瞭望敌营的，在辌车上的兵可以看到敌兵。奖品是这三种车，最高的荣耀就是头一种车。

周襄王传下旨来，所有参加打猎的王子王孙、文官武将都跃跃欲试，准备好了弓箭坐在车上，等着射猎了。当然，也有不少人骑着高头大马。周襄王命太史官选好吉时，一声令下，响炮射猎。"叨叨叨……""噗噜噜……"炮响鼓响，摇旗呐喊，将士儿郎齐声喊喝，由打北邙山的山中往出轰野兽。大家伙儿有的骑马，有的坐车，开始射猎，足足过了一个时辰。

快到午时了，围猎结束，大家伙儿纷纷献上自己射中的禽鸟和野兽。头一名射中最多的，三十七只，此人正是太叔带。所有人挨着个儿地呈上自己的猎物，让周天子过目。周襄王坐在帷帐之中往下一看，站在头一个的就是自己同父异母的兄弟。

咱们前文书说到齐桓公称霸天下的时候，曾经说过周襄王和太叔带。当时周襄王的父亲立周襄王做世子，那时候周襄王叫什么呢？世子郑。后来他爹又娶了一个媳妇，立为中宫，就是惠后，惠后生了一个儿子，就是世子郑的弟弟太叔带。惠后讨得了周襄王父亲的欢心，希望自己的儿子太叔带能够取代郑的位置，立太叔带为世子，将来好当周朝的天子。这件事让齐桓公知道了，齐桓公为了称霸于天下，怎么办？跟管仲商量，管仲给他出主意，让他拥戴世子郑。于是齐桓公把天下各国的国君都请来了，到周天子那儿请世子代劳，让世子出来开会，因为周天子不能随便出来，大家伙儿开了一个大会。为了树立世子的威信，今天郑国国君请世子三天，明天齐国国君又请三天，挨着个儿地全都请世子，陪着吃喝玩乐，在众人之中树立了世子的威信，把惠后和太叔带气坏了。周襄王的父亲死了，他成了周天子。虽然惠后当了太后，但是自己的儿子没能当成周天子，心中有恨。太叔带就跑到外国去了，勾结外国番邦打他哥哥，把他哥哥战败了。后来周襄王经过各诸侯国的帮助，又把天下夺回来了。他一生气，就把太叔带轰出去了，但是架不住太后惠后天天在宫中哭天抹泪，周襄王孝顺啊，就又把这兄弟接回来了。

太叔带武艺高强，本领出众，今天天子赏赐下来，他骑着马来到北邙山射猎，射中了三十七只，有禽鸟、有兽类，往这儿一摆，太史官一报："甘公，擒猛兽三十七只。"太叔带受爵甘公，是周襄王亲封的，公侯伯子男，太叔带是头等公爵。周天子很高兴，早把以前的事儿给忘了。"好哇，赏。"就赏赐太叔带头一等的辂车三辆。"谢天王。"太叔带跪倒在地谢恩。这时候，周襄王身旁的隗后站起来了："此何人也？""甘公带。""哦，就是太叔甘公吗？""不错，正是。""待本后观之。"

本来隗后的脸前戴着纱帘，上边有七色的绸带缠着纱帘，纱帘往下一垂，平常人不能随便看到皇后长得什么模样。隗后站起身形，周襄王也跟着站起身形，两个人绕过桌案，直接遒奔帐篷的前面，要看看受赏的战士。其实这也不是什么出格的事儿，没想到隗后走到帐篷前面，"啪"，把纱帘一挑。周襄王用手一指："这位就是中奖者甘公太叔带。"

隗后一瞧太叔带，平顶身高在八尺开外，上宽下窄，扇子面儿的身子，真漂亮。面皮白中透红，红中透润，润中透嫩，粉的噜儿的。两道弯眉斜插入鬓，眉梢往上一挑，显得飒爽英姿。两只大眼烁烁放光，长眼睫毛，黑眼珠多，白眼珠少。高鼻梁，四字方海口，牙排碎玉，唇若涂朱，大耳相称。太阳穴努着，一团精神足满。通身上下粉绫缎色箭袖，这漂亮啊。周襄王很高兴，心说：这是我兄弟。"皇后啊，这是我的兄弟，立下头功者。"隗后上上下下仔细打量太叔带："哟……Handsome（英俊）带。"太叔带抬头一看："噢……Beautiful young lady（美丽年轻的女士）。"周襄王傻了，听不懂啊。"何国语言？""English（英语）。""待我学之。""你学不会啦，年过五旬，已经学不会了。""我就不信，连丽如七十岁了，还秀英语呢。"

您看，这女的看男的，男的看女的，就这"一哟一噢"可就了不得了。隗后看着太叔带，大帅哥啊，歪头再一看周襄王，胡子拉碴，都五十岁开外了。少男俊女互相爱慕，两个人眉目传情。周襄王用手一指："退下。""是。"

所有获奖者全都往后退，该得三辆车的、两辆车的、一辆车的，太史官往下一吩咐，这件事就算过去了。周天子用手一揽隗后："皇后，起驾回宫吧，玩高兴了吧？""非也。""怎么还非也呀？这是哪国语言？""中国话。""那皇后你怎么才能高兴呢？""我从小跟着我父亲出外跑马射猎，我也会打猎。现在时间尚早，请天王传下口谕，待妾身骑马去射猎。""不不不……不成，我这儿有车。""车没有马快，从小妾身就学习跑马射箭，而且我带来的奴婢以及宫中的侍女都会骑马，就请天王传旨吧。"周襄王为了讨媳妇的高兴，没办法："来呀，准备车辆马匹。"

时间不大，选来了几百匹良马。您说周天子得多趁啊，他可是皇上。隗后一眼看中了一匹白颜色的马，雪霜儿白，用手一指，手下人马上牵过来。周天子再一看隗后，隗后把外边的绣衣一脱，可了不得了，里面穿着黄金锁子软铠，窄勒靴子早就准备好了，腰中系着丝鸾带，头上勒着黄金抹额，英姿飒爽。周天子一看，自己的媳妇隗后年纪轻轻，英姿飒爽，玉肤冰肌，换上戎装态更奇，没想爱妻会武艺，襄王脸上笑嘻嘻。坏了，襄王一高兴，一看隗后拉过这匹马来，拢丝缰扳鞍认镫上马，飘然一跃，哎呀，令人心醉呀。"慢。皇后啊，没人陪着你，朕不放心。何人保皇后下围场？""小弟愿往。"太叔带能不愿意去吗？周襄王一听，很高兴："好好照顾你的嫂嫂。"

终究是自个儿的兄弟呀。太叔带也拢丝缰扳鞍认镫上马，隗后又挑选了十八名宫女，都是跟着翟国这位叔隗皇后陪嫁过来的。宫女们又挑了十八匹好马，纷纷拢丝缰扳鞍认镫上马。隗后把良弓带好了，把箭壶带好了，看着周襄王："请天王传旨。"周天子往下一传旨，二次围场起，"叼叼叼……"炮声一响，鼓声齐鸣，喊声雷动。"杀呀……""噗噜噜噜……""叼叼叼……"

再次把山中的野兽轰出来，只见隗后往前一催马，手执马鞭"啪啪啪"往马的三叉骨这儿一打，这匹白马往前一跑，"啊呀呀呀……"绕山而行。十八名侍女跟着，太叔带也赶紧往前一催马，"啊呀呀呀……"紧紧跟在隗后的马后。周襄王坐在帐篷里，看着高兴啊，心说：这回是我媳妇跑马射猎，还有我兄弟陪着，高兴啊高兴，这要是让我媳妇高兴了，跟我乐三年。

周襄王在帐篷里等着咱们不表，隗后骑着马往前跑，越跑越快，越跑越快，骑术还真不错。身后十八名宫女的马在后边跟着，也不敢快，也不敢慢。太叔带的马紧跟着隗后的马，"啊呀呀呀……"他机灵啊，斜刺里一绕道，"唰"，他的马和隗后的马，两匹马打了对头，正好在北邙山的后山腰，前山腰是周襄王的帐篷。两匹马对了马头，两个人各自勒马停蹄互相观望，男有情女有爱，用眼睛一瞟，隗后一看太叔带："早知甘公是个才子，今日一见，真是名不虚传啊。""哎呀，皇后，我的骑术不如皇后的万分之一。"

在底下看书我也琢磨，万分之一，那时候就有分数了吗？就有代数、几何了吗？咱也不懂，反正书上就是那么写的——我的骑术不如您的万分之一。隗后非常高兴，随后俩人不说话了，你瞧我我瞧你，脉脉含情。这时候侍女的十八匹马也都上来了，两个人赶紧打住。十八匹马靠前了，越来越近，快能听见她们说话了，隗后就对太叔带说："明日早上请去给太后问安，我在那里等你。"

您说隗后这是多大的胆子，明天你去给你妈问安，我在那儿等着你。太叔带的母亲现在是国家的太后老千岁，太后都是在宫中，太叔带去给母亲问安，这可谁也管不着吧？明天我在那儿等你，太后是我的婆婆。太叔带一听，脑门上"嚓"出了一缝儿，魂儿就出去了，转了半天才回来："啊……啊……好。"这十八个侍女特别聪明，全都看明白了："皇后，麋鹿已出。""好啊，我先看看太叔你的箭法。"太叔带现在心里面全是这嫂子啊，这么漂亮，往前一催马，拿出弓箭，认扣填弦，"吧嗒""哧……"射死一只鹿。有兵士追过去，把箭起下来一看，箭杆上有名字：甘公。大家伙儿跪倒在地，齐声喊喝："甘公箭法精奇。"眼瞧着又跑出一群麋鹿，隗后往前一催马，左手一箭射中一麋，右手一箭射中一鹿，您说这箭法多高。太叔带非常高兴："皇后，臣射中一鹿。""我也射中了麋鹿。"

那意思是跟着我你就迷路了。兵士由打麋和鹿的身上把箭拔下来，看见箭上的名字，乃是皇后所射，赶紧禀报周天子。周襄王很高兴，马上传令收围场。就这样，二次设围就是皇后跟太叔带，把麋和鹿全都献上，两只鹿一头麋。隗后甩镫离鞍下马，周襄王亲自相迎，搀着隗后进了帐中。随即周襄王传下命令："让御厨把所有的猎物炮制之后呈上来。"野味做好了，周襄王就在北邙山的帐篷里一通大吃，一边吃一边高兴啊，心说：媳妇这么能干，能骑马射猎，好家伙，我这皇后还了得吗？——赏赐完了之后，周襄王夫妻二人坐着车，带着手下王子王孙王公大臣以及所有战将兵丁，由打北邙山撤回都城。

第二天早上起来，太叔带浑身收拾得整齐利落，来到宫中给太后请安。先见周天子谢恩，赏赐兵车一辆；谢恩完毕之后，太叔带直接奔内宫去见自己的母亲，给惠太后请安。惠后一看亲儿子来了，高兴啊，虽然周天子也管惠后叫妈，但那不是亲生的，太叔带可是亲儿子。惠后看着太叔带这么漂亮，真好，拉着就不撒手了："儿啊，你可来了……"

再一看儿子不看自个儿，净往旁边瞧，惠后心说：这是看什么呢？再一看，哟，儿媳妇来了。您别瞧惠后岁数大了，可是不糊涂，心说：哦，这二位可能有点儿意思。隗后非常聪明，把这一道上能遇见的所有的宫人婢女全都赏赐了金银财宝，要替她保密，所以保密工作做得非常好，宫人婢女们各司其职。一看这二位全都到了，问礼请安之后，陪着惠后说话的就来了："哟，太后，您看我这镯子好看不好看？""这是一块儿和田玉，您看看。""您看看这字画好不好……"大家伙儿全都哄着惠后，给这俩人让道儿，俩人一递眼神，溜达出去了。干吗去了？我就没法儿说了。一个时辰男欢女贪，分不开了，两个人分手的时候，隗后对太叔带说："以后你天天来。""不行，我怕我哥哥。""甭怕，我早安排好了，妾自有计。"

您说这女的多有办法，宫中道路所有的人全买通了，谁能说呀？都知道也不说。就这样，太叔带在内宫常来常往，几乎天天来，按说内宫可不能随便进啊，可是周襄王管得就不严，太叔带能随便进宫，打着看望母亲的名号，就跟隗后天天在一起。知道的人都不说，大家伙儿全都愿意得赏银，谁会说呀？那么惠后知道不知道呢？惠后知道，脸一沉："少说闲话。"谁那儿一咬耳朵，惠后就是一句"少说闲话"。

就跟八哥似的，就这一句，惠后也不能多说呀。所有宫中的人都知道这件事，就瞒着周天子，这下太叔带可肆无忌惮了，跟皇后通奸，整个宫中没有不知道的。隗后高兴啊，天天陪着个五十多岁的老头子，可不如陪着这个风流倜傥的小叔子；惠后呢，也愿意讨儿子的高兴。

这天晚上，把女乐全都召来了，摆上丰丰盛盛的酒宴，什么日子？中秋。摆上干鲜果品，吹拉弹唱，惠后在当中间儿一坐，头发也白了，皇太后嘛。一边是隗后，儿媳妇；另一边是太叔带，亲儿子。女乐在前边奏乐，隗后很高兴，太叔带这么爱自己，他年纪轻轻又风流倜傥的，高兴极了；同时也是有点儿吃多了，站起来要去方便方便，就离开宴会厅了。这时候，女乐演奏出来的乐曲特别好听，太叔带也有点儿色胆包天了，心说：反正妈不管我，皇后又爱我，宫中还有人敢不听我的吗？我哥哥什么都不知道。

太叔带一听乐曲特别好听，往女乐当中一看，有一个女子手执玉箫正吹箫呢，这是女乐当中最好看的一个，名叫小东。这可不是我编的，您看《东周列国志》去，这女的叫小东。小东可以说是色艺双绝，太叔带可就看上她了。"母后。""儿啊。""您听。""让我听什么？""《难忘玉箫》。""哎，那首金曲乃《难忘今宵》也。""母后，是《难忘玉箫》。呵呵，《难忘玉箫》也。"太叔带喝多了，把小东一拉，"你呀，跟我走吧，咱们就难忘今宵了。"

可把小东吓坏了，太叔带就在宫帷后头把小东摁在地下了，小东能不害怕吗？其实宫中的女人都是最受苦的人，不管是皇上看上了还是王孙贵族大臣们看上了，那敢躲吗？尤其又是太叔带看上了。但是她不怕太叔带，可她怕隗后啊，心说：隗后一吃醋我就完啦，她上茅房一会儿就回来。小东一害怕，她外面穿的是长大的衣服，太叔带一拉衣服，小东把衣服扣子解了，绣带解了，往出一褪可就跑了，外衣就留在太叔带的手里了。太叔带攥着绣衣，心想：小东，我早晚让你记住今宵。

小东撒腿就跑，一边跑一边哆嗦，心说：我上哪儿诉冤去呀？得嘞，我找周天子去吧。直接奔了周天子的寝宫，"啪啪啪"一叫门，周天子正睡觉呢。"夫人，刚才跟诸位大臣多吃了几杯水酒，现在我醉得不行，您开门吧。""开门。"内侍赶紧把门打开，小东"扑通"一声跪下，就爬进来了，趴在周天子的面前："天王……您替我做主。""哦？你不是女乐小东吗？""是啊……"小东就把实话全都说了——太叔带要强辱于自己。"哦，那跟我何干呢？"您看，天子不管这事。"可您不知道啊，他可天天跟隗后……""啊？！那我得管！"

小东把这件事情又一说，太叔带几乎天天都来到内宫之中跟隗后两个人通奸，周天子听完能不生气吗？怒从心头起，恶向胆边生。甭说是周天子，就算是门口一个卖冰棍儿的知道自己媳妇跟别人睡觉也受不了啊。周天子双眉倒竖，二目圆睁，脸上颜色更变，站起身形，把宝剑从墙上摘下来："头前带路！""哎……"

小东站可是站不起来了，只能往出爬，来到寝宫门外，"噔啷啷"，周天子的宝剑就扔在地上了。小东心说：你也怕媳妇啊？抬头看着周天子。周襄王一想：唉，我要是手持宝剑见到我的兄弟太叔带，把他杀了，外人不知道宫中丑事，必然会说是我记恨甘公的前仇，才杀了他，必然说我不孝顺太后，我怎为天子？！再说了，我手持宝剑去找太叔带，他勇猛无俦（chóu），我打不过他呀，再让他把我捅了，媳妇归他了，天下也就归他了。"唉……"

周襄王咬牙忍痛咽下这口气，心里琢磨：明天我得想办法对付他。周襄王回到寝宫往这儿一坐，小东把地上的宝剑举起来了："天王……""你上后边藏着去。""我可不敢在您这儿藏着。""没关系，我是天子，我在门口坐着，咱们明儿早起再说吧。"

小东心说：这是什么天王啊。把宝剑捡起来抱在怀中，在屏风后面一蹲，也不敢睡觉啊。周襄王坐在这儿气呼呼，一宿也没睡觉。第二天周襄王升座早朝，把小东带到朝堂，把所有伺候隗后的人全都带来了，挨着个儿地审，谁都不承认。然后周襄王把小东叫出来了，一一对质：你跟我怎么伺候的皇后，你跟我怎么见的太叔带，哪天哪日，全都说清楚了，一一招供，各自画押。周天子终究是天子，还能沉得住气，把所有人的口供全都对质完了，命人传旨，召见甘公太叔带。他早跑啦，您想想，太叔带能不跑吗？吓坏了，咬着牙跺着脚地跑啊，心说：小东你等着，早晚有一天我得把你杀了。他自己跑了，这会儿他可就不顾隗后了。事情已然全都查清楚了，周襄王传下旨意：把隗后打入冷宫。然后马上叫泥瓦匠来，在冷宫外边砌了一圈墙，上面只掏了一个窟窿，能往里递点儿饭菜。有人伺候着，就管给隗后送饭送菜，隗后就被打入冷宫了。

有人把这事禀报给了太后惠后，惠后干着急没办法，心说：谁让亲生儿子做出这事儿来了呢，当初我为什么不拦着呢？我只是让手下人别说闲话，可我为什么不拦阻儿子呢……天天这么琢磨，可就有点儿神经了。太叔带跑了，跑到哪儿去了？他一想：得嘞，我跑翟国去吧。隗后是翟国国君的女儿，我上那儿这么说这么说这么说，编一套瞎话，我让翟君带领人马去打我哥哥，来个二回。您说这是什么兄弟呀。他在前边跑，后边有俩人喊他："甘公……慢走……""甘公您请慢点儿走，请您赶紧再回首。"

来俩唱快板儿的。太叔带回头一看，一个是颓叔，一个是桃子。这俩人怎么来了？他俩是媒人啊，出了这么大的事儿，俩人一琢磨：我们俩做的媒，将来有朝一日翟君看见我们俩，能饶得了我们俩吗？他闺女给打入冷宫了。于是两个人赶紧商量商量，追出来了，高声喊嚷。太叔带一看："你们俩怎么跟着我来了？""您上哪儿去啊？""我上翟国，不能受这气。""是啊，我跟您说，您要去翟国，我们俩跟着您。""跟着我干吗呀？""当初我们俩是媒人啊。""那翟君见到你们还不杀了你们？""是啊，我给您出个主意，让您将来能够做天子，然后把隗后放出来仍然是皇后。那时候您是天子，她是皇后，何不美哉？""哎呀，桃子，计将安出？""如此这般，这般如此……""好啊。"

桃子给太叔带出了一个主意，就这样，三个人到了翟国，面见翟君。翟国国君还不知道怎么回事儿呢，赶紧就按接待长辈的礼节给让座位。刚坐下，太叔带哭了，翟君不明白呀，只得问二位媒人："颓叔、桃子，这到底是怎么回事儿？""这个……我跟您说，是这么回事儿。本来我们两个人来您这儿求亲，是惠太后的主意，周天子身染重病，马上就要离开人世了，甘公就要继承周天子的王位，所以惠太后派我们上您这儿求亲，是为了让您把女儿嫁给太叔带，这不是他在这儿坐着呢嘛，将来让您的女儿主管中宫。没想到您答应这门亲事了，我们把您的女儿娶回周天子的宫中，周天子一看，干吗嫁我兄弟呀？给我得了。他就把您的女儿立为了皇后。可太叔带去给惠后请安，和皇后两个人在太后宫中相遇了，两个人这么一说，才知道本来他们两个才应该是夫妻。一见钟情啊，您想想，周天子都五十多岁了，胡子拉碴的；您再看看太叔带，年纪轻轻风流倜傥，两个人就哭了。这件事情让周天子知道了，一生气就把太叔带轰出来了，把您的女儿隗后打入冷宫。所以我们没办法，就只能跟着太叔带来见您，请您想办法为甘公报仇，把您的女儿救出冷宫。"

"哎呀！"翟君一听，气往上撞，他知道这里面有瞎话，但是必须得信，因为女儿现在在冷宫里呢。"我说二位，我要是出兵把周天子给灭了，你们能保证太叔带做周天子吗？""能啊。""我的女儿仍然能够主管中宫吗？""能啊。""好吧！来呀，赤丁听令。""在。""给你五千精兵，三百乘战车，兵发周朝，给我灭了那周天子，立太叔带为周天子，把我的女儿救出冷宫。""遵令。"

赤丁立刻点兵，太叔带、颓叔、桃子都跟着，带领着翟国的兵将就奔周朝的都城来了。周襄王得报，气坏了，可是又没有办法，写了一道太叔带的罪状，马上派内使谭伯拿着罪状遄奔翟军的兵营，告诉大将赤丁，向他宣布太叔带的罪恶，告诉他们就不应该来，太叔带是有罪的，他跟翟君的女儿勾搭成奸，损害我大周朝的名誉。现在把叔隗已然打入冷宫，太叔带在翟君面前搬弄是非，说坏话，把你们的兵将诓来，这是不对的，他有罪。

于是谭伯带着周天子的诏书、带着兵丁来到了翟军的军营，见到了赤丁，说明来意。赤丁一听："念吧。"谭伯一念，念完之后，赤丁说："把罪状呈上来。"谭伯赶忙往上一递，赤丁接过来"唰唰"几下就给扯了。"推出去，杀！"赤丁就是这么样的一位，愣是把周天子派来的天朝使节推了出去，项上餐刀给杀了。"来，传我的命令，兵发大周朝。"太叔带站在头一辆战车之上，后边是颓叔和桃子，赤丁指挥大队人马，五千兵将三百战车，就奔着周襄王的都城来了。这下周襄王吓坏了："打？"富辰说："天王，必须得打。"

周襄王升殿办公，文武官员都说必须得打，以保我大周朝天子的尊严。那么当时掌朝的是谁？周公孔。您常听我说一首定场诗："周公恐惧流言日，王莽谦恭下士时。"当初因为周武王死了，武王的儿子周成王年幼，他的叔叔也就是周武王的兄弟周公，他的名字特别好记，姓姬叫姬旦。周公姬旦就帮着周成王摄政天下，他的两个兄弟一个叫管叔，一个叫蔡叔，就说周成王年幼，他叔叔周公没安好心，监国摄政，将来他好取而代之，国家就是周公的了。如果当时周公死了，那么周公是好人还是坏人就没人知道了，外面都是流言蜚语。后来周公治理国家，咱们都知道一沐三捉发，一饭三吐哺，就是这位周公，他吸取老百姓的经验教训，听从老百姓的建议，治理国家。等周成王长大了，周公把天下又还给了周成王，把权力交回去了。周公确实是好人，所以在周天子驾前，掌权的最大的官就是周公。周襄王时候的周公叫什么呢？周公孔。还有一个大臣掌握朝中大权，是召公。周公和召公两个人一商量，没有办法，怎么办？打吧。富辰说："我打。"

富辰是个忠臣，虽然勇，但是这一仗打败了。打败了怎么办呢？富辰就给周襄王出主意，让他假装出去打猎，离开都城，富辰等人守着城。周襄王就假装出城去打猎，要不然寒碜啊，不能对外说是跑了啊，就带着手下的大臣说是出去打猎了。那么这座都城就归周公孔和召公掌管，大将就是富辰。等到周天子走了之后，赤丁带着人马来了，这一仗赤丁用的计策非常巧妙，就把富辰杀了，把城池夺过来了。太叔带进城了，没去找他妈，先来到冷宫之外把墙扒了，把隗后救出来了，两个人抱头痛哭。然后太叔带拉着叔隗进内宫去见他的母亲惠后："娘，我回来了。"

惠太后一看是儿子回来了，儿媳妇也来了，知道国中必然出了大事，心说：天子已然走了，我儿子回来就能当周天子了，而且还能娶个这么漂亮的儿媳妇，他们俩能名正言顺地在一块儿，我不至于再带着手下人说瞎话了。惠后一看，一高兴，"哏儿喽……"死了。惠后死了，太叔带应该发丧办事啊，可是太叔带一看娘死了，拉着叔隗就走了，您说这是什么人啊？就这样，颓叔、桃子跟着赤丁就保着太叔带登上了周天子的宝座。赤丁打算进城去抢夺周襄王的东西，这点儿太叔带还算是不错，跟手下大臣商量，就对赤丁说："你在城外扎下大营，国库里的东西明天我都送出去给你。"

赤丁就没进城屠杀，还算是不错。太叔带每天干吗呀？每天就和叔隗在一块儿，两个人如胶似漆，他不会治理国家呀，整天就知道男贪女欢。怎么办呀？这些大臣们看着也着急，老百姓你传我我传你，就说太叔带不地道，皇后叔隗也不地道。这些风言风语就传到了太叔带和隗后的耳朵里，俩人一商量，走了。去哪儿了？这地方叫温，在温地修建宫殿，俩人跑那儿去享福去了，成天琵琶丝弦，弹唱歌舞，摆上酒宴，欢天喜地，俩人过日子去了，朝中大事根本没人管。周公孔跟召公着急，忠臣富辰已然死了，怎么办？找找周襄王上哪儿去了吧。这一打听，知道周襄王投奔了郑国，周公、召公两个人就哆嗦了。想当初翟国就奉了周襄王之命打的郑国，那么周襄王要是跑到郑国境内，那还不是送到郑君手里头吗？郑君要是把周襄王杀了，天下大乱，成何体统啊？两个忠臣可就急坏了。所以这样的局势下，就留给晋文公重耳一个勤王的机会。那么重耳如何勤王，如何能够成为一霸天下之主，谢谢众位，咱们下回再说。

第二十回　周襄王避乱居正

众诸侯之有王，如木之有本，水之有源。木无本则枯，水无源则竭，不死何为？

　　这几句是鲁国的大夫臧孙辰说的，今天这回书就跟这几句话有关系。上回书咱们说到太叔带把哥哥周襄王轰走了，周天子的位子归他了，而且嫂子隗后也归他了。像太叔带你要是真能治国也好，结果他得了天下之后高兴了，带着自己的漂亮嫂子到温地重盖宫殿，俩人享福去了，整天吹拉弹唱，闲着没事儿搓搓麻将。那么周朝的天下交给谁了呢？交给了周公孔跟召公，这两个人的心里还是向着周襄王的。周襄王跑哪儿去了？假装出去打猎，跑到了郑国，刚到郑国的边境就不敢动了。为什么呀？因为周襄王知道，得罪过郑国。周襄王为什么娶翟国之女和翟国联姻？就是因为周襄王让翟国打过郑国，现在逃难到了郑国的边境，不敢再往前进，怕郑国国君报仇，就在边境汜城停着。有一个人姓封，一看见周襄王就知道不是个一般的人。"将军何人也？""周天子也。"

　　姓封的老农民吓坏了，赶紧跪在地上磕头，然后禀报自己的母亲，就把封氏的祠堂让出来了，让周襄王暂时把封家的祠堂当成了金殿。周襄王没地儿去呀，就带着手下大臣住在了封家祠堂。这位老农民把自己的母亲请来了，拜见天子，献上食水，这下周襄王总算是有个地方待了。他就问这个老农民："你姓什么叫什么，以何为生？""在下我姓封，这是我的高堂老母。我跟我母亲的亲生之子，也就是我的弟弟在此务农，共同奉养母亲。"

　　说得很清楚，这不是亲母子，姓封的农民跟着后妈的亲儿子一起奉养这位母亲，这是他的后妈。周襄王再一看这老太太，非常精神，面色红润，就知道儿女特别孝顺。周襄王眼泪下来了："唉，起来吧，把老母也搀起来吧。我虽然贵为天子，但是我的后母偏爱我的兄弟太叔带，使我落难于此地，我还不如你呀。"周襄王哭了，手下的大臣赶紧让封氏带着她的儿子回到自己家中休息。周襄王在这儿哭，大臣就得劝啊，大夫左鄡父深施一礼："万岁，您用不着悲伤。""我怎能不悲啊？落难在这封氏祠堂之内，怎能跟我的金殿相比呀？""您看，甭说是您，就算是周公大圣的亲戚之间都互相发难，何况是您呢？别着急，您可以发出通告告知天下诸侯，必有勤王者帮您回归国都。"

左鄡父说得很清楚：您现在落难，天下都没了，跑到郑地，在氾城的封氏祠堂内暂时存身。您想想您的祖上周公如何呀？周公是大圣人，可他亲哥们弟兄管叔、蔡叔折腾他，勾结纣王之子武庚、勾结外邦来破坏大周朝天下。周公咬定了牙，保着周成王治理天下，亲自东征，把管叔、蔡叔之乱平了。这样的事情是常有的事，您何必担心呢？现在虽然是在郑地，您可以写信告知天下诸侯，我想天下诸侯之中必有勤王者。什么叫勤王？就是保护天子。挟天子以令诸侯，所以说进京勤王能够控制天下局面，诸侯谁都愿意勤王，对周天子有功，周天子就得重待于他，他就能称霸于诸侯。左鄡父就让周襄王写信，总会有诸侯出面愿意勤王。"好吧。"周襄王拿起笔来，"不穀不德，朕得罪于母后亲子带，越地于氾，特告。"

很简单。那时候没有复印机，不能拿去复印；电传也不成，周襄王只能一张一张地写。天下诸侯得有多少国啊，刨去几个大国，小国就得有好几十个，要是全都算上得上百。周襄王只能把给几个大国的都写了，然后派人去送。周天子流着眼泪写了一张又一张，一个天子现在被困在封氏祠堂，还是假装打猎逃出来的，寒碜啊。刚写好了，周襄王手下还有一个忠臣叫简师父，简师父上前躬身一礼："万岁。""啊，你有何话讲？""虽然您把这些信送出去，但是您要记住，有两个国家必须要送到。天下这些诸侯能够有实力进京勤王，保着您回归东都者，只有秦国和晋国。别的诸侯有此心也无此力，有此力者又无此心，只有秦国、晋国才能保着您回归东都。""啊……"周襄王点了点头，"何也？"他问简师父为什么。"您想一想，秦国国君要称霸于天下，他手下有百里奚、蹇叔、公孙枝这些能臣，必然劝秦国国君前来勤王，帮着您回归东都；晋国国君重耳要是知道了您现在的处境，他要想称霸于天下，他也会愿意来，他的手下有贤臣赵衰、狐毛、狐偃、胥臣这些人，一定会赞成晋国国君前来勤王。因为秦国国君和晋国国君都有称霸天下之心。"周襄王明白了，这叫当局者迷，听完简师父这一番话，恍然大悟，如梦方醒："好吧，那么谁能分身受累呢？你能去吗？""万岁传旨，臣必前往。""好吧，那你就马上前往晋国，面见晋国国君。左鄢父，你去一趟秦国去面见秦国国君，请他们前来助我一臂之力，回归朝中。"两个人遵旨而去。

咱们先不说这二位出使。他们刚走，有人进来了："报。""何事禀报？""郑国国君踕（jié）求见。""哎呀……快看看他带了多少兵马？"

周襄王害怕了，因为他当初下旨让翟国去打的郑国，把郑国战败了，也就因此得罪了郑国。他觉得对不起人家郑国，可自己现在身在郑地，为什么他不敢再往里走，就在边境这儿呢？周襄王心说：你真要来打我，我马上就跑，离开了你国家的领地，你就不能打我了。现在郑文公前来拜见周襄王，郑文公即便是一路诸侯，他也不敢轻易得罪周襄王。您别瞧周襄王现在是落难跑这儿来了，指不定哪位大诸侯来勤王了，就能保着周襄王回归东都，郑文公踕心里很明白。他来拜见周襄王，带了不少车辆，车上装的什么？吃穿用度的东西，还带来不少盖房的人。可周襄王不知道他的来意啊，吓坏了。"他没带兵，只是带来了不少的用物。""好，快快命他进见。"郑文公来到天子面前跪倒在地："臣踕叩见万岁，万万岁。""唉……"周襄王长叹一声，面有愧色，寒碜啊。没是没非的，你一个天子，老鼓捣着这个打那个、那个打这个，现在人家救你来了。郑文公对周襄王说："我已然命人前来给您修建房舍，就在封氏祠堂旁边。"

其实也挺简单，就是盖了一个临时的宫殿，郑文公又派了厨子前来，带来了柴米油盐酱醋茶，把使唤人也都带来了，伺候着周襄王就在这儿歇着了。这边正盖着临时宫殿呢，鲁国的人来了，带着贡品；陈国的人来了，带着贡品；宋国的人来了，带着贡品，因为他们都得着天子的书信了。大家伙儿来了，一个一个面见周襄王，咱们书不细表。鲁国的大夫臧孙辰正好跟郑文公踕走了一个对面，臧孙辰躬身施礼："请问郑君，还有哪个国家没到？""呵呵，还有卫国。""哦……卫侯将死也。"卫国国君没有派人来慰问天子，卫国国君就该死了。郑文公踕很纳闷儿："你怎能说出这样的话来？""郑君，古人常说：众诸侯从王，如木之有本，水之有源；木无本则枯，水无源则竭，不死何为？"

这就是咱们开书时候说的几句定场诗，非常有道理。我看完这几句话之后坐在那儿琢磨了两小时，万事万物都能归于此理。众诸侯从王，周朝跟别的天下不一样，比如，汉朝有汉天子，但他下面的人不能称王，称王者也就是汉刘，像淮南王这些王爷，必须得是皇室宗亲，后来把这些王也都去掉了。而周天子不一样，虽然他是天子，但是下边有各个诸侯国，还有各个诸侯小国，还有各个封地，就算是一个士大夫一个卿，他手下都有自己的地盘。他们吃的是什么？不是工资，而是他所管的这些户交的地丁钱粮税。所以周朝的权力十分分散，众诸侯从王，你没有周天子不行，得从王。如同木之有本，水之有源，木要是无本无根就得死，水无源则竭，就干了，必死无疑。郑文公踕听完，点了点头："你说得太对了，卫侯把天子都忘了，众诸侯之王，木之本水之源，他不久将死。"

结果不到半年，卫文公就死了。周襄王也很有感触，经过这一场大乱，自己逃亡在郑地，各个诸侯前来拜见，心也有所感。但是要打算回归东都洛阳，一个得靠着秦穆公，一个得靠着晋文公。

咱们单说简师父，列国时候的人名挺有意思，姓简名师父。简师父到了晋国，来见晋文公重耳。有人禀报晋文公，重耳升殿，一众文武官员在旁边陪着，宣诏："命周天子上卿简师父进见。"

简师父来了，重耳马上起身相迎。为什么呀？上差到了，这是周天子身旁的近臣。行完礼之后让座，简师父就把周天子如何逃到郑地、通知各地诸侯勤王之事告诉了重耳。"现在天子有难，希望晋君您能兴师到氾地以助天子归朝。""好吧。"

重耳马上看了一眼狐偃，当着简师父和自己的大臣商议国家大事，这就是重耳的优点。重耳事事都倚靠自己的舅舅狐偃，而狐偃和赵衰也确实是重耳的左膀右臂。狐偃躬身一礼："大王，这件事您必须办，进京勤王，这是您称霸于天下的好时候。"不怕天子近臣在这儿听着呢，"大王您想想，想当初您的祖上……"

这就是说晋国，您要是现在到山西，去晋祠看一看，后边有叔虞的塑像，周天子封叔虞在晋，现在山西的大部分地区都封给叔虞了。由打叔虞这儿往下传，传到第九代穆侯，穆侯有两个儿子，大儿子叫仇，二儿子叫成师。穆侯死了之后，晋君之位当然得传给大儿子仇，那么二儿子就当不了晋君了。后来仇死了，仇的儿子当了晋国的国君，可就不敢惹二叔成师。成师非常强硬，怎么办呢？晋君就把他封到了曲沃，就是二晋，一个国家等于内部分成两个国家，让他的二叔成师去管理曲沃这块地盘。由打这儿代代相传，传着传着到了晋武公，武公是曲沃这一支儿的，就是从成师这一支儿传下来的，等于算是偏支儿。晋武公非常强悍，经过几次战争，回到了晋国的国都绛，成为名正言顺的晋国之君。狐偃就对重耳说："您想一想，这是您的父亲的父亲。"也就是晋献公的父亲，"晋武公为什么能得到周天子的承认？他重贿于周釐（xī）王。"

《东周列国志》上就是这么写的，武公拿了很多宝贝行贿周釐王。行贿不是现在才有的，自古以来就有行贿。您看，连《西游记》最后还得行贿呢，不行贿就不给你真经。本来武公的出身不是晋国的正支正派，他是二晋的后代，结果周釐王看见这些财宝太多了，心说：得啦，你回绛吧，把晋国国君的位子就给他了。"咱们就是这么传下来的，没有天子的承认是不行的，必须服从于王。您的所做所想必须靠近天子，才能有您的地位，您才能称霸于天下。如果您不去勤王，秦君必然前去，那他就会称霸于天下，您可不能错失这个大好的机会，要抓住天时。"

重耳点了点头，旁边简师父暗竖大指，赞成狐偃。所以周朝的天下您看历史很难理解，下回书咱们会说到原伯贯，说各诸侯国的大臣，大国有三卿，中等国家有二卿。三卿是干吗的？上卿也叫正卿，中卿也叫亚卿，最小的这等叫少卿。您看一到唐朝，称呼爱卿，唐朝之前不爱，就叫卿。那么周天子身旁这些卿都是哪儿来的？都是各个诸侯国送上去的，这些人都得上周天子那儿值班去，公务员，回来自己国家开支，听从天子之命的使唤。卿的地位高不高？您就得说中国人给它的字形。卿字怎么写呀？卯时的卯当中间儿搁个既然的既字的左半边，这叫三人分食，三个人同坐吃一样的东西，所以三个人的等级是一样的，跟天子很靠近了，就说明卿的地位是很高的。

当着周天子手下近臣，重耳向狐偃问策，狐偃告诉重耳必须要进京勤王，如果您不去，秦穆公必去。重耳听完，心中一动：我必去，那秦穆公现在怎么样了？一回头，看见赵衰了，赵衰也一回头，马上把心腹之人打发出去，心腹人立刻发出探马打探军情，派出细作探一探秦穆公现在有没有出兵。那秦穆公那边发兵不发兵啊？秦穆公发兵了，屯兵河上，因为他要打算面见周天子，但他不如晋文公近，而且秦穆公兵屯河上，这儿还有两个少数民族的国家。重耳在殿上处理国事，同时身边有周天子的近臣，而且还跟大臣狐偃商议是否勤王，这个消息可就传出去了。双方都派出探马打探，这事儿要是搁现在就好办了，网上一查就都知道了，那时候不行，得骑着马跑啊。秦穆公也打算进京勤王，保着周天子回归东都洛阳，自己好称霸于天下。到底秦穆公、晋文公谁能面见周天子、保着周襄王回归东都洛阳，谢谢众位，咱们下回再说。

第二十一回　晋文公受封四地

道德三皇五帝，功名夏后商周，五霸七雄乱春秋，顷刻兴亡过手。青史几行名字，北邙无数荒丘，先人撒谷后人收，说什么龙争虎斗。

上回咱们正说到周襄王派简师父来见晋文公，把周天子蒙难、小叔子勾结嫂子夺走天下的情况全都告诉了重耳："周天子落难，希望您前去勤王，保着周天子回朝，把天下再夺回来。"晋文公瞧着狐偃，狐偃说了："从您的祖上开始，就因为尊天子才有了您现在这个晋国国君的地位。"晋文公听完点了点头，扭脸让赵衰马上发出探马打探军情，看看秦国有没有发兵，兵至何处，这就是重耳聪明之处。

狐偃说完之后，晋文公派手下大臣招待简师父，然后回到自己的书房休息。这时候狐偃来了："主公，刚才天使在此，有两件事不能言明。""讲。"重耳十分相信狐偃。狐偃说："主公，您想想，想当初齐桓公尊王攘夷，他也得先尊周天子，而后才能称霸于天下。而咱们晋国，自打您的父亲晋献公去世之后，几次易君，您的哥哥世子申生死了；您跑出来走国了；夷吾跑出来了；您的两个弟弟——骊姬、少姬所生的奚齐和卓子先后为君，被人所杀；而后是您的弟弟夷吾回来做国君，他死了以后是他的儿子圉继承晋君之位，现在您回来把他灭了。晋国几次易君，虽然都是晋献公的后代，但咱们晋国太乱了。您必须借这个机会前去勤王，保着周天子回归洛邑。因为您的努力，朝中有了天子，让咱们晋国的老百姓知道君不可二也。必须有君臣之分，君就是君，臣就是臣，国家不能轻易易君，随便总换皇上不行，老换天子不行。您只有进京勤王，尊敬周天子，晋国的百姓才能尊敬您，所以您必须去勤王。""好！"

晋文公马上传下命令，组织三军，左军的负责人是赵衰，赵衰手下是大将魏犨；右军主将是郤溱，副将是颠颉；然后自己带着胥臣、栾枝等人组成中军，左右策应，调集全国的车马，全军起动，去氾地保护周天子，把洛邑夺回来，保着周天子回归朝廷，去勤王保天下。然后重耳告诉简师父："您回去回复天子，我重耳马上就到，让他放心。"

简师父走了，重耳立刻调齐兵马检阅兵将，大队人马驻扎在黄河边，就准备浩浩荡荡出发了。这时候，有探马来报："报！""何事禀报？""启禀主公，现在秦军屯兵河上。""哦……"

重耳在战车之上就愣了，两眼发直，直奔河边。重耳心里着急：这么好的天时摆在眼前，进京勤王，只要我能够在周天子面前立下功，天王传下旨意，我就可以称霸于天下，成为众诸侯之首，没想到现在秦国也要出兵。这就是重耳所忌惮的。因为左鄢父到了秦国，也把这件事告诉了秦穆公，现在秦穆公调动人马，兵屯河上。重耳听到这个消息就傻了，两眼发直。他想什么呢？"秦国比自己强大，如果要不是秦君帮着我，我重耳也不能回到晋国，也就当不上晋国国君。秦国强大，秦君要兵有兵，要将有将，要兵车有兵车，再说秦君帮我回归晋国做了晋国国君，我不能轻易得罪秦国。还有一节，我在秦国的时候，秦君把他的闺女嫁给我了，秦晋联姻，我该怎么办？如果说秦君要出兵，这个天时给了秦君，将来我重耳就没有了称霸于天下的机会。"所以重耳愣在这儿了。

老狐偃还是聪明，来到重耳的车前："主公，您是不是着急了？""是啊，秦君屯兵河上，也要进兵勤王。""是。可是我问问您，他为什么要屯兵河上，却不出兵呢？""嗯？是啊……"就这一句话，重耳如梦方醒，"我知道了，因为君不敢动。他要打算东行，前边有两个国家，一个是戎国，一个是狄国。这两个国家拦着他，如果跟他为难，他就没法儿进兵。现在我若进兵勤王，离着周天子近，他离得远。而且他出兵勤王等于抢夺我的功劳，在天下诸侯当中不好听。狄国和戎国拦着他，他若是往前进兵却过不来，反不为美，所以他不敢进兵。"狐偃点了点头："您说得太对了。"

重耳说的什么意思？秦穆公如果想出兵东行勤王，他和周天子之间隔着两个小国家，一个是狄国，一个是戎国，按现在话说就是少数民族。那么有两个少数民族的国家挡在其中，如果秦穆公打算往东进兵，两个国家一横，就过不去了。过不去就无法勤王，反而还得罪了晋文公，两国是秦晋之好啊。你出兵没用，根本过不来，反而还让晋文公不高兴，因为这是晋文公称霸于天下的机会。所以现在秦穆公兵屯河上，却不出兵，就因为有狄国和戎国在中间挡着。重耳乐了："国舅，那么你看此事该如何办理呢？""好办，您尽国库之资，把所有的财宝都拿出来，让狐射姑带着这些东西，再带上一些美女，遄奔狄国和戎国前去行贿。把这些珠宝美女送给狄、戎二国的国君，让他们挡住秦国的人马，不能让秦国进兵。""好，就这么办。还有吗？""您还得派一个能说会道的人，去河上前去面见秦君，用言语说动他，让他不进兵。""谁可当此重任？"胥臣上前一步："臣愿往。"

重耳马上传下命令，让狐射姑拿着国库里所有的宝贝，又挑选了数名美女，一半送给狄国，一半送给戎国。没别的，如果秦国出兵，你们就跟他捣乱。这些小国的国君看见好东西当然就要啊，一看这么些金银财宝，再加上还有这么漂亮的美女在旁边弹唱歌舞，这可值了钱啦。两个国君收下这些东西，一挡秦国的兵将，一捣乱，秦国就没法儿进兵。狐射姑带着宝贝和美女出发了，咱们按下不表，单说胥臣。晋文公问胥臣："你面见秦君之后，你怎么说？""言语辞之，主公放心。"这就是君臣之间的情义，一眨眼一转念，互相都能知道，君臣心气相通，就不用问了。胥臣告辞，直接来面见秦穆公。

咱们书以简洁为妙，到了秦穆公大营前求见，秦穆公传下话来，让胥臣进见。胥臣来到秦穆公的车前，躬身施礼："晋臣胥臣拜见大王。""来此何事啊？""周天子之事您知道吗？""知道。天子使臣已然到了，令我进京勤王。""好啊，那您为什么按兵不动呢？"

秦穆公将来也是称霸于天下的一代豪杰，春秋五霸的其中一霸。秦穆公脑子一想，眼珠一转，"唰"地一下就明白了。他干吗来了？已然发出探马打探军情，而且也知道周天子现在的情况了，也知道晋文公整顿人马，三军大队准备出发去勤王。秦穆公多聪明啊，心说：重耳是我姑爷，现在他是晋国的国君，没有我他回不去，现在他的兵力没有我大，但是我若出兵，前面有狄、戎二国，肯定重耳那边已经有动作了。如果我要出兵，狄国和戎国跟我捣乱，短时间内我打不过去，那重耳就会保着周襄王回归洛邑，回朝重新做了天子了，我寒碜不寒碜？秦穆公非常聪明，想到这里，微微一笑："胥大夫，你来此何意呀？""大王，我有话跟您直说，我这人向来不会藏着掖着，就会说实话。""好吧，那你讲吧。""秦君，听说天子落难，想必您很着急。不光您着急，我们国君也很着急，君之忧，即寡君之忧也。"后半句是《东周列国志》的原文：就是你替天子着急，重耳也着急。"现在晋国已然尽起全国之军车前去勤王，那么您就不要再出兵了，我家主公会替您完成勤王之事，您也就不必空费劳神。"胥臣真是直言。秦穆公听到这儿，一抱拳："你说得太对了，我屯兵于河上，是为了给重耳一个后盾。如果他需要兵，我借他兵；需要粮，我给他粮；需要草，我给他草，我是不会出兵的。他想称霸于天下，就任凭他去！"

这就是秦穆公聪明之处。他心里很明白，知道自己出兵，狄国、戎国必然来捣乱；再说晋国近，自己离得远，重耳一心就想称霸于天下，这一去勤王必然成功，自己不是白费力吗？要是强行出兵，反而会得罪重耳，自己还得不到称霸于天下的机会。人家晋文公到了周天子那里，自己这边还有狄国和戎国捣乱。所以秦穆公非常聪明，心说：你们放心，我不去，我在这儿当后盾，要兵给兵，要粮草给粮草。胥臣听了秦穆公的话，非常高兴："大王，既然如此，那我就回去禀报我家主公。""慢着。公子絷。""臣在。""你跟着胥臣遄奔晋国，随重耳前去郑国边境，一同保着天子回归朝廷。""臣遵旨。"

秦穆公让公子絷带着慰问礼品，跟着胥臣回去面见重耳，一块儿去面见周天子。公子絷和胥臣走了，秦穆公手下的这些明白人不干啊，咱们前面都提到过，蹇叔和百里奚。"大王，您怎么这么糊涂啊？""我不糊涂。""您不糊涂？那您为什么不借着这个机会出兵啊？晋国能有多少兵力？您若出兵，两国一同勤王，一起称霸于天下。""天下能同时存在两个霸主吗？

倘若我一出兵，狄国、戎国都来捣乱怎么办？""您怎么知道他们来捣乱呢？""我说你们俩谋士是干吗的呀？老啦？糊涂啦？老年痴呆呀？晋国国君早就花钱买通两个国家跟我捣乱，我何必放着河水不洗船呢？就让晋国国君去吧，我让给他这个机会，反而我还能落个好人。"

所以说，您要看《东周列国志》，人要做一个明白人。重耳借这个机会能够称霸于天下，能够得天时；那么秦穆公得再找天时。俩人抢一个窝头，谁也吃不饱。您离着锅远，他离着锅近，如果您跑到锅边伸手拿这窝头，人家出手用筷子一夹，没嘘着手；您伸手再把手嘘了烫着。所以秦穆公非常明白，不是明白人能当国君吗？将来还能称霸于各镇诸侯？还成为春秋五霸之一吗？人不能办糊涂事。秦穆公非常聪明，所以他派公子絷跟着胥臣走。

咱们书不说废话，公子絷和胥臣回来面见晋文公，晋文公马上出兵，三军齐动。重耳派赵衰遄奔郑国边境去接周襄王，自己带着大队人马为后队，然后派郤溱带着魏犨、颠颉这些人直接扑奔温地，捉拿太叔带和隗后。大队人马各自领命出发。当然，接周襄王比较好接。赵衰带着手下人马到氾地来接周襄王，保着天子回归洛邑；晋文公亲自统率大军随后而动。等到了阳樊地界，天子近臣苍葛马上出城来慰问晋文公的兵将，给吃的给喝的，也给马草料，欢迎你们来帮着周天子恢复天下。大将魏犨指挥人马直接就扑奔温地了，那儿还正歌舞升平呢。

晋军到了温地，温地的老百姓听到了这个消息，温地是京畿之地，离着京城特别近，这里住的都是些什么人呢？差不多都是周天子的亲戚，近亲。听说重耳率领晋国的兵将前来保护周天子，就知道太叔带要完了，马上就把城门打开，欢迎晋文公手下的兵将进城。这个消息马上有人禀报太叔带。太叔带身高一米八七，长得漂亮，有能耐，双手能开弓，跟嫂子勾结一块儿，这儿还跟嫂子一起玩呢唱呢。"报！""何事禀报？""天子已然请来晋国人马勤王，现在晋军已然杀进温地。""啊呀……"

太叔带急忙命人准备车辆跑啊，准备往哪儿跑？翟国呀，那是隗后的娘家。太叔带保着媳妇，也就是这诓来的嫂子，想逃奔翟国。手下人把车辆已然准备好了，隗后还在这儿化妆呢。"赶紧走吧……""怎么了？""杀来啦！""谁杀来了？""晋国的兵将。""那碍着你什么了？""哎哟，就逮的是你和我呀。""那怎么办啊？""我抱你走吧。抱一抱那个抱一抱，抱着你我们赶紧跑……"

这可不是上花轿，是赶紧跑。太叔带就把隗后抱起来了，跑到城门口这儿，守门的军士不让出去。太叔带手持宝剑，"噌"一下跃到车上，隗后在身后看着喊："杀，杀，杀……"太叔带手拿宝剑站在车头之上，杀了十几个兵，然后往后一退，跳到车下，"啪"，赶着车就出去了。这时候，晋文公手下大将魏犨到了："呔，太叔带，还想跑吗？魏犨来也！"太叔带一瞧，心说：魏犨的能耐太大了，他拦着我可怎么办？再说我这儿还得照看着我的宝贝儿啊。于是太叔带赶紧把宝剑还匣，在车上一抱拳："魏大夫，能不能放我一条生路？如果我活着回到翟国，将来一定重金相谢。""呸！你去问问周天子，周天子让我饶你我就饶你。""你真不放我？""不放。""当真不放？""就是不放。""好哇……"

太叔带气往上撞，攥宝剑按绷簧"嚓楞楞"宝剑出匣，"唰"一下奔着魏犨就刺来了。那魏犨可是一员大将啊，魏犨手中拿着一口刀，往车上一蹿，"噗"，把太叔带的人头就砍下来了。"哎哟……"这隗后您就别言语了，这么一"哎哟"可不要紧，魏犨手下的兵士"噌噌噌"蹿上车，揪着隗后的头发，把她绑上，然后拖到车下面来了。魏犨一看："淫荡之人，杀！"

其实魏犨不应该杀他们，应该逮住他们交给周天子，但魏犨非常聪明，把太叔带和隗后全杀了，然后带着兵将安抚温地这些百姓。安抚完毕之后，魏犨来见主将，就是郤溱。三军人马，一支赵衰主将，一支重耳亲率中军，还有一支就是郤溱带领。魏犨来到郤溱面前："功劳报上。""立下何等功劳？""温地已然得到。"郤溱知道温地的老百姓肯定会出来献温地，这功劳不算大，但是郤溱不能这么说。"还有何功？"只能问这句话。"已然把太叔带杀了，并且把淫荡之妇也杀了。""哦……"郤溱倒退了几步，

"你好大的胆子呀。""嗯，我的胆儿不小。""你是胆儿不小，我来问你，太叔带是何人？""天子之弟。""隗后何人？""天子之妇，淫荡之人。""你应该把他们捆上，然后交给周天子发落。""郤溱将军，您言之差矣。""你把他们杀了，还说我言之差矣？那么你说说你杀他们的道理。""您想想，周天子假手于晋，我是晋之大将，我为何不痛痛快快地杀了他们？！"

这就是魏犫的聪明之处。如果真的按郤溱所说，把太叔带和隗后捆到了周天子的面前，那么周天子怎么办？如果周天子亲手把弟弟杀了，纵然是弟弟的不对，但毕竟有骨肉之情，为了得回自己的天下，为了一个女人而杀了自己的弟弟，那么天下人会如何看待周天子？更何况两个人原先就有仇。如果周天子亲手把隗后杀了，他以后怎么面见翟君？是他主动派人上翟国求的亲，人家把公主许给你了，虽然犯了点儿生活作风的错误，但是你作为天子，能够轻易杀皇后吗？周天子假晋国之手，他为什么派人前去秦国和晋国？就是想借秦穆公或者晋文公的兵将把太叔带灭了，把太叔带和淫妇隗后杀了，与天子无关，天下百姓不会埋怨周天子，还得心疼周天子，并且翟君也不会怪罪于周天子。人是我魏犫杀的，既然周天子假手于晋，我是晋国的大将，那我就替晋文公杀，这些事全都落在我的身上，主公也得赞成我。所以身为大臣，应该如何做事，应该如何对待天下大事，也必须得好好思虑。

郤溱听到这儿，明白了，传下命令把太叔带和隗后埋葬了，然后把这件事情禀报给了重耳。这时候，周天子已然被赵衰保着回到了洛邑。周天子得知自己的兄弟和自己的媳妇已然被魏犫杀了，索性不闻不问，也不奖励，事情就这么解决了。

咱们单说周天子。周公孔跟召公把周襄王接进洛邑，回到朝中，仍然是大周朝的天子。这是谁的功劳？晋文公。周襄王命人摆上丰丰盛盛的酒宴，各诸侯差不多都到了，实在来不了的也派了大臣前来。酒席宴间，周天子要赏赐晋文公，给了晋文公很多金帛，而且恭恭敬敬地请重耳上座。重耳可不是简单的人物，重耳站着深施一礼："天王之赐，臣不敢受。"

我不要你的这些东西。周襄王也很聪明："那么你立了这么大的功劳，我应该如何报答呢？""臣有一事相求，想臣死后，有隧道能通穴中，臣死于地下将感激天王矣。"

晋文公想干什么呢？他想请求周襄王批准一件事，将来死了之后，在他的墓前面开一条隧道，一直开到地上，埋葬他的时候从隧道进来，到墓穴之中把他埋了。周襄王听到这儿激灵灵打了个冷战，站起来了："你是功臣，但是我不敢违背先主之命。"

不是我定的规矩，我不能违背先主之命。大周朝早就定下了规矩：只有周天子下葬，才能挖隧道直通墓穴，把棺材从隧道抬进墓穴；而诸侯下葬只能从地面上把棺材吊到墓穴之中，不能由隧道通到地面。现在咱们都是火葬了，我还看见过墓葬，都是从上面往下吊，我还真没瞧见过埋天子呢，咱赶不上。"我就算倾家荡产也不敢违背祖制。"

周襄王没答应，他也不敢答应。这人啊，咱们怎么说呢，都有点儿缺心眼儿，你也不想想，就算是这么埋你，你不是也得死吗？将来一刨，你陪葬的东西挺多，等于给后辈多埋点儿古董。所以重耳这个过分的要求，周襄王没答应，但周襄王也说了："你放心，你立下这么大的功劳，进京勤王，保着我回归东都洛阳，使我仍为周朝的天子。我赏给你京畿四地。"

这四个地方一个是温地，就是太叔带作乐这地方；一个叫攒茅；一个叫阳樊；还有一个地方叫原。周襄王把这四个地方赏赐给晋文公，重耳跪倒在地谢恩。咱们书不说废话，天子得往外发函啊，得派人通知这四个地方，这四个地方属于重耳了。京畿四地，离京城很近，这四个地方应当是周天子亲自管辖，现在就封给了重耳。立这么大的功劳，得了京畿四地，这也可以了。

重耳由打宫中退出来，他不能总在宫里待着，他得回公馆啊。重耳出了宫门一上车，周天子手下的老百姓竞相来看重耳，挤得人山人海的。只见重耳虽然六十岁开外，但是仪表非凡，大家伙儿都说是齐桓公二次出世。当初大家伙儿都赞成齐桓公，齐桓公保周天子，现在又出来了一个晋文公。

重耳心里美呀，看来我要称霸于天下，进京勤王没白来。

重耳回到公馆，派人接管京畿四地：魏犨接管阳樊；颠颉接管攒茅；自己去原地；而温地已然接管下来了。那么为什么重耳要亲自去原呢？上回书咱们说过，因为原是周朝的卿在那儿住着，这人叫原伯贯。原伯贯是周天子手下的上卿，国家派到周天子这儿的高级公务员。你要打算接收他的地方，他听你的不听你的？你都不够卿的级别。不但晋文公，就连魏犨去接收阳樊，也遇见这情况了。

魏犨到了阳樊一看，所有的老百姓都站在城上了，当时的城池没有现在的城市坚固，跟咱们说东汉、说三国的时候都不一样，都是土城，但是老百姓全站在城上瞪着眼。魏犨让阳樊的守臣献城，守臣姓苍叫苍葛，苍葛对魏犨说："此乃天子之地，不能献城。""天子有旨，已然将阳樊封给我家主公了，阳樊是晋国的。""呵呵，天子就会封地，连西岐都不要了，迁都到洛阳。这还有多大的地方，又把阳樊封给晋国了？你知道我们城里住着的都是什么人吗？"城上的老百姓可就都嚷上了："我们都是王之贵族，天子的亲戚……"确实，那时候就是周天子的亲戚，亲戚套着亲戚，在京畿这儿住着。"我不会开城。"魏犨刚刚才杀了太叔带，横着呢："不开城？杀进去，全城屠之！"都给你们宰了。苍葛在城上用手一指："你好大的胆子，这是天子之地。我告诉你，你记住这两句话：德以柔中国，刑以镇四夷。你只有用德来感化我们，想跟我们犯横？国人不怕这个。"

苍葛告诉魏犨：你打算屠城威胁我们？办不到。你得想办法以德来收服民心，对外边你横去，跟我们你横不着，不听你这套。魏犨当时非常感动，马上派人请示晋文公。晋文公明白呀，就写了一封信派人送给苍葛。晋文公这封信写得非常好，感动了苍葛。那么晋文公重耳如何用他的威、用他的柔、用他的信来收服京畿四地？这些精彩的故事尽在下回。

第二十二回　晋文公伐卫破曹

曹伯慢贤遭絷虏，负羁行惠免诛夷。眼前不肯行方便，到后方知是与非。

书接前文，咱们接着说《东周列国志》。上回书咱们说到晋文公重耳抓住了很好的时机，勤王救了周天子，保着周襄王回到了都城，这功劳太大了，晋重耳借天时要称霸于天下。周襄王为了奖励他，给了他四个地方：一个地方是温地，就是太叔带带着他的嫂子享福的地方；一个地方叫攒茅；一个地方是阳樊；还有一个地方就是原。这四个地方是周天子的京畿之地。举个例子，比如说，周天子都城在北京，给晋文公的是什么地方？廊坊啊、天津啊、昌平十三陵啊，京畿之地就是离京城特别近的地方，这已然很不简单了。收服这四个地方，温地好办，已然拿下来了；攒茅也很省事儿，也拿下来了。剩下两个地方不太好办，一个是阳樊，上回咱们正说到收阳樊；还有一个地方就是原地。原地归谁管呢？归原伯贯管。原伯贯是干吗的？他是周天子的卿。那个时候大臣不是朝廷发工资，都靠封地活着，封给你的地方有十户人家，那么十户人家的地丁钱粮税都归你，这就是工资。封给你的地方有百里方圆，有多少老百姓，这些老百姓的地丁钱粮税都归你，所以周天子的收成得由各诸侯进贡，周朝就是这么一个体制。

那么晋文公要想得阳樊、得原地，很不容易。坐镇阳樊的守臣，叫苍葛。晋文公手下大将魏犨带领人马来收服阳樊之地，等到了阳樊一看就愣了，阳樊城上站的都是老百姓，当中间儿站着守将苍葛。魏犨把人马列开了，抬头往城墙上一看：“呔！阳樊的老百姓你们听着，现在天子传旨，已然把阳樊封给我家主公，赶紧把城交出来，我前来收复此地。”苍葛用手往下一指：“你给我通名报姓。”“晋君手下大将，跟随晋君一十九载，回到晋国，要称霸于天下。我姓魏，我叫魏犨。”你说人家问你名字，前面说那么些废话干吗使？苍葛气坏了："魏犨，我告诉你，你不过是晋君手下之臣，晋君是周天子之臣，我也是周天子之臣。在此城中住的是什么人？住的都是天子的近亲，都是周天子手下大臣们的家眷。你要想收我们这块地方，呵呵，办不到。""办不到我就打，把这座城夷为平地！"苍葛手扶城墙微微一笑："呵呵，我告诉你，你记住这两句话：德以柔中国，刑以威四夷。你好好想通了这两句话，我看你还怎么打。你是周朝子民，我也是周朝子民，你凭什么欺负我？"

苍葛这两句话确实说得好。你要想收服我这块地方，虽然天子赏赐给你家主公了，但是你要想让我们服你，光把地方给你了，人心不服也不行。可是用什么能让我们服？德以柔中国，你得以德来服我们的心；不怕你威，刑以威四夷，你跟外边的人犯横去，本国的老百姓跟本国的老百姓犯横，你算什么东西呀？简单地说就是这么一个道理。没想到魏犨听完这两句话，倒吸了一口凉气："啊呀……"魏犨一想：对呀，人家说得有理呀。你打，人家不服，虽然地方归你了，老百姓都不服你，那管什么用啊？"好，稍待。"

魏犨这回聪明了，其实魏犨是一员武将，他的文化程度并不高。魏犨马上回到大营，给重耳写了一封书信，就把在阳樊发生的事情禀报给了晋文公。重耳确实是个有道明君，收到这封信之后，马上传话："不许攻打阳樊，缓而攻之，老百姓愿意归顺就归顺，老百姓不愿意归顺就不归顺。"然后又亲笔写了一封书信，派人到阳樊交给苍葛。苍葛打开一看，上面写着几句话：四邑之地乃天子所赐，周天子念我勤王有功，赏赐给我四个地方，阳樊、攒茅、温地、原地，天子所赐，寡人不敢违也。将军愿意率周朝子民离开此地，归回原朝，寡人不拦，愿随将军主之。

很简单的一封信。意思是你说得对，但四邑之地是天子赏赐给我的，寡人不敢违，我必须得接受。那么如果你不愿意服我，可以带着城中的老百姓仍然去找周天子去，我不拦着你，一切都听将军你的。这封信到了苍葛手里，苍葛看完之后暗竖大指：这样就对了。苍葛把阳樊的老百姓集中到一块儿，说："愿意跟我走的就跟我走，不愿意跟我走的就留在此地。"

这里大部分的老百姓都是周朝天子手下众卿大臣的亲戚，还有不少是周天子本人的亲戚，阳樊城中三分之二的人都跟着苍葛走了，上哪儿去了呢？搬到了轵村，剩下三分之一的老百姓就在阳樊归降了重耳。重耳非常高兴，这件事对魏犨是个很好的教育。

现在四个地方还剩下一个地方就是原地，原伯贯可不好对付，虽然周天子把这块地方赐给了晋文公，但是原伯贯看着不给，于是晋文公指挥人马来到了原地，就在原地城外扎下了大营，发出探马打探军情。探马回报："城中都是老百姓，已然布置好了。"

原地的老百姓要保卫原地，不让晋文公拿走，而且放出话来说："晋君为了得阳樊，把阳樊的老百姓全杀了，屠尽全城，所以我们害怕。你晋君是什么人？竟然屠杀周朝的子民。"晋文公听了之后，点了点头。其实没这么档子事儿，但是谣言已然起来了，怎么办？那个时候想更正的话，好更正不好更正？不好更正，既没有网络，也没有短信，也没有电视，也没有报纸，就得拿事实说话。

重耳升座大帐，手下文武官员参见晋文公，然后分坐两旁。重耳把这件事情一说："咱们应该怎么办？原伯贯不归降，带着老百姓抵抗，而且说咱们屠杀了阳樊的百姓。"赵衰站起来了："主公，国以何为本？"重耳说："以信为本。""主公您说对了，如果国君没有信用，民以何为凭？老百姓凭什么信任你？现在天子赏赐四地，您若想收服京畿四地，必须得让老百姓信服于您，您就必须立信，老百姓信服您了，他们也就归降了。"

重耳点了点头："何法以信示之？"我拿什么能告诉原伯贯以及他手下的这些老百姓我这人很讲信用？赵衰说："我给您出一个主意，您传下话去，军队发三天的粮食，围原城三天，如果归降就归降，我进城收复，因为是天子赐给我的；如果过了三天还不愿意归降，那么我就撤军。"军队就发三天的粮食，到了第四天他们不撤就得挨饿，没粮食吃了，"您把这个信儿传出去，然后您必然还得这么做，此城必得。"重耳很聪明，当时就点头答应了："好，照计而行。"

这个消息就传出去了。东周时期的城不像隋唐以至清朝时候的城池盖得那么坚固，那时候的城也就是土堆起来的，老百姓可以随时出入。消息传到了原地，老百姓知道以后也是议论纷纷：到底是原伯贯说得对还是晋君重耳说得对？到底阳樊的老百姓死没死？也派人出去打听。晋文公就给自己的队伍发下了三天的粮食，所有的兵按人头分，战马也是三天的粮草。传下话来，散出风去让原地的老百姓听见，三天之后如果围不下这座城，我们就撤兵。原地的老百姓都听见了：真三天啊？别蒙人了，哼，说三天，到了第四天还围着怎么办？他们有多少粮食咱们哪儿知道啊。城里的老百姓有聪明的，也有想归降重耳的，因为有阳樊的老百姓送过消息来，而且重耳保着周天子回京之后，老百姓都说是齐桓公再世，又是一位有道明君。

百姓之间都互相议论，半夜里有的就从城上下来了，弄一个筐，上边往下一系，放到地上，然后从筐里出来，跑到重耳的兵营求见重耳。重耳看着这百姓就问："你见我何事？""您放心，您别走。原伯贯不愿意归降，因为这地方的地丁钱粮税全是他的；我们是老百姓，只要您能让我们踏踏实实地过日子就行，我们愿意归降，您可千万别走。""嗯，我已然传下话去，三天的军粮也发下去了，如果三天之内解决不了你们原地，那么我们就撤兵。你们愿意扶保原伯贯，愿意扶保周天子，跟我晋君没关系。"

好好地把这个老百姓打发走了，老百姓回去之后就把消息传给了城里的百姓，来回这么一传，但是到底哪个消息是真的，哪个情况是假的，那就不好说了。就这样传来传去，阳樊已然归顺了晋文公，而且晋文公并没有屠杀百姓，愿意归顺的百姓留在了阳樊，不愿意归顺的都跟着苍葛走了。这个消息也传到了原伯贯手下的百姓耳朵里。第三天晚上了，原地的老百姓依然没有开城归降，晋文公传下命令："天亮撤兵。"

这时候原地的老百姓可就明白了，知道重耳是个好人，也知道了阳樊的老百姓并没有被屠杀。于是大家伙儿商量，劝原伯贯归降，原伯贯就是不归降。有的老百姓就坠下城来，跑到了重耳的大营："我们都愿意迎接您进城，您可千万千万别走。""不成，你们回去好好地跟原伯贯商议，愿意归降的话，就在天亮以前归降；不愿意归降，天亮我就撤兵。"当兵的也着急，就跟这些文武官员商量，文武官员来见晋文公："您别走了。""我已然发了三天的军粮，第四天连我都没得吃。""主公，您想一想，咱们这儿离阳樊那么近，您就让他们饿一顿，天亮咱们就把城打下来，如果打不下来，咱们再撤也来得及。"重耳说："不成。众位，你们听着，信乃百姓所以凭也，百姓信服我就得靠这个信字；信乃国之宝也，如果国君说出话来不讲信用，这个国家必亡。我即便是收了原地，人心不归，没有信用；而我失去这个地方，但是使信义布于四海，这是我重耳所求。平常人要讲信用，国君更要讲信用，天亮必然撤兵。"

等到天亮了，重耳传下命令，大队人马拔营起寨，真走了，但是走得比较慢，走了三十里地。"报。""何事禀报？""主公，您回头看看。"晋文公回头一看，原地的老百姓漫山遍野地追上来了，为首有一匹马，"啊呀呀呀呀……"马上有一个人，来到晋文公面前，甩镫离鞍下马，往上一递，晋文公接过来一看，是原伯贯的降书。这就是晋文公以信收服原地，老百姓都愿意让晋文公来，知道晋文公是个好人，有道的明君，没杀阳樊的老百姓，而且说话讲信用，说三天撤兵就真撤兵了。像这样的人来了，对我们百姓没坏处，能过上好日子。看到原伯贯的降书，晋文公传下命令，大队人马原地不动了。时间不大，原伯贯骑着马来了，前来跪倒归降。晋文公好就好在这儿了，下了车亲手相扶："免，因为你是天子上卿，你的地位很高。"

然后晋文公请原伯贯上车，兵将在此扎营，重耳陪着原伯贯回归原地，单车进城，心说：我不管你老百姓说的是真的是假的，有刺客没刺客，我一个人就这么大胆子。老百姓欢呼雀跃，晋文公乃有道明君。就因为一个信字，原地归降了。重耳摆上酒宴，款待原伯贯，依然以上卿之礼待之，你还是天子的近臣。然后把原伯贯的全家老少送到河北，送给他很多金银财宝，很多绸缎，让他的一家可以踏踏实实地在那儿过日子，原地就归了晋文公了。

晋文公以信治天下，得了京畿四地，那么他还盼着什么？就盼着称霸于天下，跟齐桓公学。等把京畿四地都安排好了，赵衰负责两个地方，郤溱负责两个地方，四座城都分配好了，每一地都留下两千兵驻守，然后晋文公带着所有人回归晋国。

刚到了晋国，这儿有人等着呢，宋成公手下的大夫复姓公孙单字名固。"您可回来啦，现在公孙固大夫等您好几天了。""什么事儿啊？马上召见。"晋文公升座厅堂，把公孙固请来，公孙固上前施礼："奉国君之命前来拜见晋公。""见我何事？""请您发兵。""宋国有什么着急的事儿让我发兵？谁打宋国了？""唉……您不知道，现在楚国派大将成得臣带领人马兵发宋国，宋国危在旦夕，国君让我前来请兵，请您出兵以救宋国。""好，千万不要着急。公孙大夫，你先在这儿住着。来呀，给公孙大夫预备公馆。"

有人把公孙大夫请下去，有人预备公馆，有人陪着。重耳马上跟手下文武官员商量这件事："现在楚国派大将成得臣攻打宋国，宋国派公孙固前来求救，怎么办？"先轸站起身形："主公，您想称霸于天下，成为一代霸主，现在是最好的机会。必须要遏制楚国，不能让他的霸气起来，这是非常好的机会，您得想办法帮助宋国战败楚国。"

重耳点了点头。重耳明白：周天子管辖的是中原之地，周围的偏邦小国也都是周天子的天下，但是楚国在哪儿？楚国在南边。荆楚之地，咱们都知道是现在的湖北，到了三国的时候，这儿是宝地了，刘玄德马跃檀溪，三顾茅庐请诸葛亮，都是在这地方；大战长坂坡，火烧战船，赤壁鏖兵，指着这地方说书的能挣不少钱呢。而东周时期这个地方属于楚国，楚国也想强大。如果说重耳想要称霸于天下，就要团结中原的诸侯，必须遏制楚国。现在楚国派大将成得臣攻打宋国，宋国求救来了，所以先轸提醒晋文公，必须要帮助宋国战败楚国，遏制住楚国的霸气，团结中原的各镇诸侯，才能称霸于天下。您看，咱们说《东周列国志》，春秋五霸，然后是战国七雄。五霸里最成功的是齐桓公，齐桓公靠着管仲，执政四十年，齐桓公小白称霸于天下。然后宋襄公很短暂的强势，就那么一会儿。而第二个称霸于天下的就是晋文公重耳。

重耳想要借此机会称霸于天下，必须遏制楚国，他以及手下的文武大臣心中都很清楚。"众位，怎么遏制楚国，怎么帮助宋国？你们给我出出主意。"狐偃说："您这么办吧，您不用直接出兵相助宋国，您最恨哪两个国家？""嘿嘿，你当然知道，一个是曹国，一个是卫国。"咱们前文书说过，重耳走国，经过卫国的时候，想进去要点儿吃的，卫国国君把嘴一撇，不让进，那重耳能不记得吗？重耳是有恩报恩、有怨报怨的人，他记仇。当初卫国你不让我进，那我能不恨你吗？所以重耳点了点头："一恨卫，二恨曹。"

再一个恨的就是曹国。前文书咱们也说过，曹国国君曹共公有点儿二，他曾经侮辱过重耳。重耳目生双瞳，骈胁，肋条骨都连着，跟案板似的。曹国国君倒是让重耳进来了，听说重耳长成这样，他不好好招待，弄了点儿窝头、咸菜给人家吃。重耳一行人反正也饿急了，狼吞虎咽全吃了。吃完之后曹共公让他们洗澡，他们那儿洗浴中心特别多，就安排重耳一行人每人一间洗澡。等重耳全脱光了，裸体洗澡的时候，曹共公带着文武大臣全进来了，非要瞧瞧重耳的骈胁，您说晋文公能不恨他吗？狐偃听了，一笑："好啊，那您就打这两个国家。您一打这两国，他们必然去找楚国求救，楚国就会让成得臣往回撤兵来跟您交战，宋国不就得救了吗。""是啊，宋国是得救了，楚国跟我开仗了。"

重耳明白：我回国刚几年，当了国君刚几年，我的国力能不能对抗强大的楚国？作为国君，他想的事儿就多了。但是这主意不错，我去攻打曹国、卫国，曹国、卫国向楚国求救，请楚国帮忙，楚国就会把成得臣调回来跟我一战，宋国的国危就解了。"好吧，就依你之见。"然后晋文公命人把公孙固请来："公孙大夫，你踏踏实实地回去禀报你们国君，我一定管这事儿。"

他可没说具体怎么管。公孙固放心了，谢过晋文公，然后晋文公赏赐他点儿东西，公孙固回归宋国。公孙固一走，重耳把文武大臣又都叫来了："公孙固走了，你们说吧，按着你们的主意，如何去攻打曹国和卫国？咱们国家的军队有多大的力量？"赵衰说："主公，您着什么急呀？按照古制，周朝天子的规定，大的诸侯国建立三军，中等国家两军，小国建立一军。咱们当初是个小国，后来自打武公发迹之后，有一军，可以称为一个很好的国了；到了您的父王献公的时候，征服了十几个小国，多了不少地盘，又建一军，拥有两军了；现在您继承了父业，又收复了十几个小国，收复了一千几百里地，您完全可以建立三军，就可以对抗楚国了。""好！"

重耳特别高兴，马上传下命令，建立三军。咱们书说简短，三军建立好了。您瞧，说书多容易，三军得多少设备呀，那时候有什么设备呀？起码得有战车、粮草、弓箭、兵刃、锣鼓、帐篷，全都得预备齐了，当然比现在省点事儿，那建立一个军队也是很不简单的。但是说书的嘴，一句话全齐了。重耳传下命令，大队人马浩浩荡荡杀奔卫国，卫国国君一听就害怕了。等到晋军来到卫国城下，重耳告诉狐偃："告诉他们，我不是来打他们的，我是来跟他们借道打曹国的。"

狐偃一听，挺高兴。因为从晋国要去曹国，必须经过卫国，卫国得借道，让晋国的军队从卫国的领土上穿过去，实际上重耳就是想一扫而光。狐偃来到城下，一叫城："快去跟你们国君说，晋军跟你们借道，我家主公要打曹国。"

卫国国君一听，心里琢磨：我怎么办呢？借道还是不借道啊？跟手下的文武官员商量。他手下有一位大臣叫元咺。元咺就对卫成公说："主公，想当初您父亲先君在位之时，正赶上重耳走国，跟咱们借道咱们没借，连个窝头都没给人家，人家现在是报仇来了，我看还是借道给他们吧。""不借！现在咱们已然归顺楚国了，要是借给重耳道，楚国跟咱们一翻脸，哪国打咱们咱们也受不了。干脆咱们的立场就站在楚国这边，就不借道。"卫成公让手下的战将站在城头之上告诉狐偃："告诉你家主公，不借道！"

狐偃气坏了，回来禀报重耳。重耳心说：不用你借道，条条大道都可以走，我不就是绕点儿路吗？于是晋文公带领人马绕过了卫国的都城，来到了五鹿。到了五鹿，晋文公的眼泪下来了。当初在这个地方差点儿饿死，看见农民在旁边吃饭，跟人家要，人家给了一个土坷垃，要饭都不给。重耳想起当时的情景，眼泪掉下来了。又往前走，看见这棵树了，就是在这儿，介子推从自己大腿上割下一块儿肉来，熬成肉汤献给自己，自己就是在这棵树下，躺在狐偃的腿上把肉汤喝了，才得了活命。"唉……"魏犫一看："主公，您掉什么眼泪呀？""想起介子推，我心中难受啊。""行啦，您难什么受啊？该打就打吧，您把五鹿城打下来了就不难受了。""好，打！"

晋文公传下命令，指挥人马攻打五鹿，那还能不赢吗？五鹿城根本打不过晋军呀，晋军一战成功。大队人马扎下大营，同时晋文公马上派人约会齐国国君，因为当初齐桓公称霸于天下，现在齐桓公死了，齐桓公的儿子齐孝公也死了，齐孝公的兄弟现在是齐昭公在位。

齐昭公接到晋文公的通知之后，马上前来跟晋国的兵将会合，那卫成公还能不害怕吗？两个大国的军队都奔我来了，这可怎么办？"元咺啊……""主公。""你呀，赶紧派人去求求晋文公，让他答应咱们求和吧。""当初我说您，您老不听，咱们派谁去呀？""派宁俞去吧。"

宁俞来见晋文公："我家主公愿意求和了。""你们愿意求和不行，晚啦，你早干吗去了？根本就不是真心求和。来，轰出去！"

愣是把宁俞轰出去了。没办法，宁俞回去了，禀报卫成公："人家不答应咱们求和。""那我该怎么办呢？""我给您出一主意得了，您让元咺保着您兄弟看着您的地盘，我保着您跑，咱们藏起来。"

您说这出的叫什么主意呀？结果卫成公还真听了，带着宁俞跑了。跑哪儿去了？跑到而今的兰考，在那儿躲起来了，往小村里一藏，谁也不知道。把卫国的天下就交给他兄弟和元咺，让他们管。晋文公得到消息之后，传下命令："杀！"恨疯了卫国了。手下众大臣说："主公，您要称霸于天下，得让各诸侯服从于您，中原诸侯可助不可欺。您可以帮助弱小的国家。帮助弱小的诸侯，但是不能随便就把他们灭了。要想取信于天下，称霸于天下，您必须得帮助这些弱小的诸侯。"晋文公听完点了点头，往下忍了忍寒气儿，就没灭卫国，直接奔曹国来了。

刚才咱们说了，这位曹共公有点儿二。他二到什么程度？为什么他说玩儿去？他都准备好了，三百辆香车。人家原来是战车，他全改造了，把这三百乘战车上边扎上花儿，扎上绸子条儿，然后搁个座位，挑选出三百个宫女，每人一辆香车，把他自己研制出的化妆品啊、粉啊，让这些宫女全都搽在脸上，跟着他在大道上走，在自己的国土上来回来去地溜达，让老百姓看，他觉得很享受。曹国国君这么二，您说他的国家能好得了吗？曹共公准备好了三百辆香车，三百个宫女都上车了。这个时候得报晋国的兵将来了，曹共公一声令下："玩儿去。"

先玩儿再说，曹共公带着三百辆香车出发了。那时候的车可没现在的车舒服，您就看电视剧都能看得出来，那木头轱辘"骨碌骨碌"的，地上都是车辙，颠簸得很。曹共公爱玩，即使他修路也不能修得像现在这么好，一路上这一颠簸，宫女脸上的香粉往下一掉，他哈哈一笑："嘿，好玩儿。""主公，晋国的兵将到了。""先玩儿。""主公，晋国的兵将围城了。""啊？回去。"

带着三百个宫女回来了，他赶紧跟手下人商量。他手下有一个明白人，咱们前边说过，就是当初重耳来的时候，曹共公要去浴池看重耳，有一个大夫叫僖负羁，曾经劝过曹共公，让他不要给人家吃窝头，不要看人家洗澡，应该好好地招待重耳。曹共公不答应："那可不行，我就是要看他洗澡，看看他这骈肋到底是怎么回事。"

后来僖负羁实在受不了了，在家中预备好了吃的，装在食盒里给重耳送来了，重耳得以逃生。现在僖负羁又劝曹共公："主公，晋国国君已然率大兵前来，我看还是求和为好。""得了吧，你就知道讨好重耳，当初你就给他送吃的了，我看看他洗澡你都不愿意。""哎哟，您可是国君。""国君怎么了？国君也各有各的爱好。告诉你，我就不归降。卫国求和他都不准，现在咱们已经归顺楚国了，咱们还能窝里反啊？我倒是向着楚国还是向着晋国啊？让他打吧。""啊？！"僖负羁一听：让他打？"那要是您被打败了呢？""打败了再说。"曹共公手下也有拍马屁的："主公，僖负羁他噎您。把他推出去，杀。他噎您，您还不杀他？""不能杀，他原来立过功。得了，罢官为民，你上城外头住着去吧。"

把僖负羁轰到北门外头住着去了。这时候晋国的兵将已然到了，一战就把曹国打败了，把曹共公也逮起来了，这下儿没法儿看宫女游街玩儿了。晋文公手下的大臣对晋文公说："对待卫国、对待曹国，您不能以大国欺压小国。""那我得等待什么机会才能帮助他们恢复国家？"

目的是要对谁？就是要对付楚国。这个消息可就传到了楚国国君的耳朵里，晋文公把卫国灭了，把曹国也灭了。虽然这两个国家没有宣布灭亡，但是两国国君已经让晋文公控制起来了。楚国国君跟手下的文武官员商量怎么办，有人就对楚君说："您赶紧把成得臣将军叫回来吧，现在首要不是对付宋国了，而是要对付晋国，但是晋国也不好打。重耳打算称霸于天下，现在建立三军，楚国的兵力能不能战胜晋国，还在两说着呢。""好吧。"楚君马上传下命令，调回现在宋国边境上的大将成得臣。可是成得臣不干："我凭什么回去呀？我就不回去。"

大将居然不听国君的命令，他生气呀。为什么把卫国、曹国两国国君给控制起来？你晋君想要干什么？马上派人回去禀报楚君，我要指挥人马打晋国。成得臣确实是楚国的大将，兵力十分强大，带着大军浩浩荡荡奔晋国来了。晋文公得报了，心说：我手下有三军的力量，虽然现在齐国来帮助我，但是我还得会合很多国家，想办法结合在一起跟楚国对抗，只有把楚国战败，中原各国才能服从于我，我晋国才能称霸于天下。

重耳发出探马打探军情，探马来报："成得臣撤离了宋国的边境，已然杀奔晋国。""好！指挥人马，前去迎敌。"赵衰赶紧过来："主公，您慢着点儿。当初您离开晋国在外游荡之时，曾经到过楚国，楚国对您不错。您曾经答应过楚国，如果两军交锋于战场，您要退避三舍。""啊呀……"

重耳一想：对呀，当初我逃奔楚国的时候，楚国国君对我不错。后来楚国国君问我，将来你以何报答我？我说如果将来两国交兵，在战场相见，我会退兵九十里，三十里是一舍地。我现在要是退兵九十里，那成得臣可就占了便宜了，从这儿退兵九十里，都快到我国啦。可是我说话也不能不算话呀，我当着楚君的面答应了退避三舍，现在成得臣要和我交战对垒，我就必须要退三舍地，我不能失信于天下呀。重耳为难了，再发出探马打探军情，成得臣指挥人马已然快到晋国的边境了。晋文公马上传下命令："退兵九十里。"成得臣一听，高兴了，率领大队人马往前杀。这时候楚君的命令到了，让成得臣马上回归楚国。"不听！他都退兵九十里了，我还不灭他？这一战我要是灭了晋国，楚国就称霸于天下，就可以跟周天子并驾齐驱。"

成得臣要灭晋国，晋国退避三舍，用何计策能够战败楚国？谢谢诸位，咱们下回再说。

第二十三回　践土坛晋侯主盟

道路奔驰十几年，回到晋国掌朝权。身为伯主霸天下，全赖左右众臣贤。

这几句说的是晋文公重耳。重耳走国十几年之后回到晋国，六十岁出头儿了。他有了两个好机会，一个是勤王，帮助周天子到温地灭了太叔带，保着周天子回归洛阳，勤王的功劳可大了；第二个就是他战败了楚国，惊动了周天子。他是怎么战败楚国的呢？楚国派大将成得臣带着战车，指挥人马去打宋国，宋国没有办法，派手下大臣公孙固到晋国求救。重耳一想：要想称霸于天下成为伯主，就得帮助弱小的国家来对抗强国。而且楚国在南边，不能随便侵入中原，所以晋文公就派出大将和战车去打曹国和卫国，因为曹国和卫国都是依附于楚国，他们必然要向楚国求救，楚成王就得派兵来帮助曹、卫两个国家，自然宋国之围就解了。晋文公这仗打成了，打败了曹国，打败了卫国，消息马上就传到楚国国君楚成王的耳朵里。

楚成王大吃一惊，心说：坏了，这一定是我派成得臣去打宋国，宋国派人向晋国求救，晋国攻打曹国、卫国是为了让我撤兵去帮助曹、卫二国，宋国之围就解了。哎呀，现在曹国、卫国已然完了，我跟晋国打还是不打呢？不好打呀。别瞧重耳现在刚刚成立三军，年过六十岁了，但这个人有经验、有阅历，太厉害了。不成，这仗不能打。我得通知成得臣，马上让他撤兵。"来呀。""伺候主公。""重耳不能打呀，你马上去通知成得臣将军，让他撤兵，回归楚国，不要跟晋国交兵。""那您传令吧。"

楚成王传令，让成得臣必须撤兵。成得臣不服啊："No（不）"。"不听我的？咱们楚国可有规矩，你要是打了败仗，败军之将就得死。""好。"

他愿意了，那楚成王就没办法了，将在外，君命有所不受。楚成王心说：他不听我的不回来，我也不能坐着飞机过去把他给提溜回来呀，只能发出探马打探军情。成得臣不听楚成王的命令。"出发！"

大队人马直奔晋军扎营的地方来了。战车在前，大队人马急行军，杀奔晋国的军营。晋文公亲自指挥，前军是谁？大将先轸。先轸正在大帐之中，忽听有人禀报。"报。""何事禀报？""成得臣指挥楚国的战车已然到了，离此还有百里之遥。""好啊，打！""先轸将军，您且慢传令。"先轸一看，原来是老国舅狐偃。"嘿嘿，老国舅，胡子都白了，还跑这儿出主意来啊？他来，我打；敌来，我迎，战以气胜。""您先别说战以气胜，这仗您还不能打，您得退兵九十里。""啊？！还没打呢，为什么要退兵啊？""难道将军你不知道吗？想当初众多贤臣陪着主公周游天下一十九载，好容易才回到晋国。那会儿没吃的没穿的，主公没办法，带着我们这些人到了楚国，楚君以贵宾之礼待之。三日一宴，五日一看……"

所以您看，这三日一小宴，五日一大宴，不是关云长到了曹营之后，从曹操这儿兴的，而是楚成王兴的，三日一小宴，五日一大宴，款待公子重耳。曹操这么对待关云长，也是跟先辈人学的。为什么呢？不白吃，最后怎么样？华容道放曹。给谁吃也不白给，不信您天天请我吃饭，说什么我也得送您几份套票啊。所以狐偃就告诉先轸："当初我们陪着主公逃难到了楚国，楚君对待主公是三日一宴，五日一看，住的是高级公馆。主公要走的时候，楚君就问主公，将来他若是回到晋国做了晋国之主，会如何对待楚君。主公就跟楚君说：楚国什么都有，不缺吃不缺穿不缺布匹不缺皮革，因为荆楚大地是富庶之地，让我回报您什么呢？我有心就好。楚君说不行，你得说出来我听听。于是主公就对楚君说：我如果回国当了晋国的国君，两国修好，以安百姓。"

这是头一条，两国修好不打仗，对待老百姓有利，所以说一个爱百姓的国君，他就不会愿意打仗，两国修好以安百姓。楚成王一乐，还瞧着重耳。重耳知道，他还要往下听，所以重耳就对楚成王说了：如果万不得已，我回到晋国之后，晋国和楚国两国的战车会于平原广泽之间，您放心，我将避楚军三舍地。也就是说，如果将来两国打起来了，楚君您放心，我先退三十里，再退三十里，再退三十里，退军三舍。这就是退避三舍这个成语的由来。所以您听《东周列国志》，好多典故、好多成语都是从这儿出来的。

所以狐偃对先轸说："当初他们在一起说话的时候，我在旁边听着呢，主公要以信治天下。既然之前答应楚君了，现在楚君的大将成得臣打来了，咱们就不应该交兵，应该退兵九十里。""唉……"先轸摇了摇头，"你错啦，当初这件事情我也知道，避君三舍，避君九十里，那是楚君来了。现在楚君没来，是成得臣来了。""你废话，成得臣听谁的？他得听楚国国君的，他是楚国大将。你退兵不是冲着成得臣，是冲着楚君。""我就不退。""不退不行。我告诉你，你退兵了，那么成得臣禀报楚君，楚君就得命令他回去，两国不打仗了，百姓能够安居乐业；如果成得臣不听楚国国君的，楚国可有规矩，打了败仗他就得死。你放着好人不做，非得顶着溜儿地干。我告诉你，如果成得臣不听楚君的，咱们退兵九十里他还打，那么理就在咱们晋国这边了。有理走遍天下，无理寸步难行，你懂不懂啊？""哼！我就不信这个，我非打不可，我是主将。"

就在这个时候，一匹快马直奔辕门，"啊呀呀呀呀……"狐偃抬头一看："哈哈，这回你得听了吧？！"一名军官甩镫离鞍下马，手持大令，飞奔进了中军宝帐："报。主公令下，楚国兵将到了，咱们要退避三舍，退兵九十里。""遵令。"

先轸没办法，接过大令来，传下命令，大队人马和战车退下三舍地，九十里地退下来了。像成得臣你就别打啦，成得臣一看高兴了：嘿，晋军退了，跑了嘿，打！楚成王二次电话来了，还是不听。"No（不），打。"

这一打可坏了，一下就战败了，重耳指挥晋国的兵将战败了楚国的兵将。成得臣没办法呀，就在军营里头待着。有人到楚成王面前给他求情说："成得臣久立功劳，您不应当按照旧规矩杀他。""那就把他叫回来吧。"这回不打电话了，那时候也没有啊。这边令还没传到呢，那边军营里成得臣"扑哧"抹脖子自杀死了，这就是楚国的规矩。成得臣不听国君之令，结果死在败军之营。这一下晋文公又打了胜仗，楚国打了败仗，消息就传到了周天子的耳朵里。

晋文公捉住楚国一千个俘虏、一百乘战车，给周天子送到洛阳了。周天子得报之后，又惊又喜，手下大臣王子虎抬头看了看周襄王："万岁，楚国被战败了是好事儿啊。""哎呀，你哪里知道，朕是又惊又喜呀。""那您喜在何处啊？""喜在何处？楚国不能再来中原啊，有晋国就能抵挡楚国了。""那您为什么还要惊呢？""惊的是晋国太强大了，他要是欺压我这个天子怎么办？""不能。我给您出一主意，您马上让晋国国君称伯。"王子虎很聪明，"晋国国君重耳为什么来勤王？保着您回归洛阳，然后又战败了楚国，他就是想称霸于天下成为霸主。"周襄王长出了一口气："好吧，那就按你的话办吧，你马上去慰问一下晋国国君重耳。"

王子虎什么东西都没带，天子之臣去慰问一个诸侯国的国君，什么东西都不用带。王子虎是天子之臣，乘着车就直奔晋国来了。晋文公重耳一听，周天子派大臣来了，这可了不得了，马上迎接。铺红地毯，预备高级公馆，所有的设施以及礼物都准备好了，什么象牙、翡翠、猫眼、绿宝石、红宝石……什么都有。送的这些东西在哪儿呢？博物馆呢，哪个博物馆我可不知道。那晋文公给王子虎准备的东西就多了，至于好吃好喝，那就是小事一桩了。天子之臣到了，晋国高接远迎，伺候着王子虎，然后往前一递，把所有的礼物递上了。自古以来，礼能通神。王子虎一看："那么晋侯您有何请求呢？干脆您就直说吧。""请您知会周天子，定日期约会天下诸侯，歃血为盟。""好吧。"

王子虎答应了，重耳直接提出来了，把小的国家聚集在一个地方，歃血为盟，立我为盟主。王子虎回来禀报周天子，周天子就得答应啊。定好了日子，这个地方叫践土，在现在河南安阳东南方向。把所有的国家都通知到了，秦国太远了来不了；许国还是给楚国拍马屁，所以许国没来；曹共公在五鹿被押着呢。刨去这些国家，都来了。大家伙儿往这儿一坐，王子虎传天子命令："第一，要尊周天子，该进贡进贡，不许你们互相打来打去；第二，歃血为盟，大国一定要帮助小国，共同抵抗戎狄，抵抗楚国，中原诸国不能打来打去。"

就这样，在王子虎的主持之下，大家伙儿歃血为盟，盟主当然就是重耳了。所以重耳离开晋国，周游列国十几年，然后回到晋国三年多不到四年之后，就当上了中原天下诸侯的霸主。王子虎回去了，重耳很高兴，当上了霸主。当了几年？还是三年多不到四年，也就是重耳在回到晋国成为晋君之后将近八年的时候，晋文公病了，病入膏肓。重耳很聪明，知道自己马上要死了，怕国家生内乱，于是马上分流：把岁数最大的公子雍发到秦国仕秦；把公子乐发到陈国仕陈；把最小的儿子黑臀送到周天子驾前，要按现在话说就是大使级的干部了。把他们都发出去了，然后晋文公召集手下众臣，传旨说："我将离去，曾经带着众位贤臣周游天下，而后又称霸于天下，成为霸主。希望你们在我死之后，保着公子骧（huān）承继晋国之业，仍然称霸于天下，跟邻国和好，抵抗强大的国家，不许他们进犯中原，辅佐周天子，以安周天下。"

晋文公一命呜呼，死了。他的儿子叫骧，公子骧承继晋文公的事业，就是晋襄公。那么晋襄公在位几年呢？您别瞧重耳六十多岁了回国，还干了将近八年呢；他的儿子骧干了不到六年，这一年秋八月，也病了。那也得传旨啊，把手下大臣叫来了，一个是太傅，太傅官职不小，资历也高，这个人叫阳处父；还把上卿赵盾叫来了，两个人是托孤之臣，其余大臣都跪下了。太傅阳处父是个好人，但是我查了半天，《东周列国志》没给他盖棺定论，但是从我个人感觉，阳处父还是不错的。另外一个托孤之臣就是赵盾，因为这个时候，陪伴着公子重耳周游列国的这些贤臣中，赵衰已然死了，栾枝已然死了，胥臣等这些人都死了。那么赵盾是谁？是赵衰与季隗之子。赵盾十七岁的时候精通诗书，善射御，能够射箭，能够骑马，能够驾车，而且这个人行动特别有规矩，非常有礼貌，是一个非常懂大体的人。赵衰非常爱他，而且重耳也非常喜欢他。现在赵衰已然死了，赵盾掌权，成为托孤之臣。晋文公的儿子晋襄公骧要死了，托孤之臣，就托赵盾，也就三十岁出头儿。赵盾因为从小在翟国的时候，他的母亲就培养他，看准这孩子有出息，现在赵盾三十岁出头儿，掌握晋国大权。晋襄公传下话来："我死之后，你跟阳处父按照我的遗旨，立公子夷皋为君。你们要尽心辅之，以继承先主的伯业，仍然要称霸于天下。"

两个人也跪倒，带着众臣一起磕头，然后晋襄公咽气了，一命呜呼，死了。头天先君死，第二天立新君。咱们说书常说：军中不可一日无帅，国家不可一日无君。第二天新君应该登位，那么公子夷皋就应该坐在正位，太傅阳处父和上卿赵盾得带着众文武参见新君。等文武大臣都更换朝服，来到朝堂之上，抬头一看，大家都愣了：宝座之上没人，上垂手站着阳处父，下垂手站着赵盾。大家伙儿一看：新君哪儿去了？你看看我，我看看你，谁都不敢说话。您可以去查查《东周列国志》，各个诸侯国家经常生变，大臣们都心有余悸，所以相互观望，谁都不敢言语。可是有敢说话的，敢说话的是谁？狐射姑。狐射姑也是跟着重耳走国的一个老忠臣了，他敢说话，资格老啊。狐射姑一看："阳太傅，今日朝贺新君，可新君何在？"

阳处父头一低，摇了摇，用手一指赵盾，那意思：你问他。狐射姑心说：当初是你爹跟我在一块儿，我能在乎你吗？小毛孩子刚三十岁。"哎，我说赵盾。"张嘴就直呼其名，"新君何在？我们要朝贺新君。""慢！"赵盾脸往下一沉。他长得器宇轩昂，当初说到他回晋国的时候，咱们给他开过脸儿，非常漂亮，身高一米八六，往这儿一站，又精神又漂亮。赵盾一听狐射姑发问，把脸一沉："你问我吗？""对啊。今天朝贺新君，先君有旨，立公子夷皋为君，为什么夷皋不在？""你要知道夷皋今年多大年纪？""七岁。""着啊。想天下干戈四起，当初主公好不容易周游各国十九年，回到晋国之后，勤王称霸于天下，立为伯主，使晋国强大。没想到文公去世之后，襄公继位，那时候秦国、楚国虎视眈眈，翟国也是一样，总想打咱们晋国。幸亏先君有主见，在位六年，保住了伯主的霸业。你要知道，秦国老惦记称霸于天下，楚国也时刻惦记兵发中原，如果让七岁的公子夷皋登基，掌握了朝权，恐怕外侵就要来啦。夷皋小小的年纪，掌握不住朝权。所以我现在和大家商议，咱们可以请一个年长的晋君之后，来到朝堂承继王位，主持晋国的军国大事。""哦？你说的还算有道理。那你说立谁？""我看应该到秦国把公子雍请回来。"

公子雍是夷皋的叔叔，也是晋文公重耳的儿子。晋襄公是公子骧，现在公子骧死了，赵盾想把他哥哥请回来。公子雍现在在哪儿呢？在秦国。前面也说了，公子雍出仕于秦国，就等于在秦国当大使。"为什么要接公子雍啊？""公子雍岁数大，明事理，而且心地最善。把他接回来，让他承继王位，这样就可以不惧外侵，能够掌握晋国朝权。"那么赵盾的主意对不对？夷皋才七岁，如果说赵盾有私心的话，那就可以让这个七岁的小孩儿当国君，听我的，我摄政。所以赵盾提出的想法还是为了晋国着想，把公子雍请回来掌握朝权。"呵呵……"狐射姑摇了摇头，"你既然想接岁数大的，那应该去接公子乐。我去一趟陈国，把公子乐接回来，公子乐也不错嘛，而且陈国跟咱们晋国向来友好，从来没打过仗；而秦国现在跟咱们是敌人。""我看不能这么办吧。本来陈国就是依附于晋国，向来友好，把公子乐接回来也没什么。但如果把公子雍接回来，那么秦国就不会再跟咱们结怨了，因为秦国时常在看着中原大地呀。"

赵盾为什么能说出这样的话来？因为现在秦国的军队蠢蠢欲动，秦君久想称霸于天下，自从晋文公死了之后已经跟晋国打了好几回仗了。打了一仗又一仗，打了一仗又一仗，最后终于战胜了晋国。赵盾总怕晋国失去伯主的地位。而周天子也有想法，周天子知道晋文公是霸主，但秦国已然征服了周边这些小的国家，按现在话说，就是秦国周边的少数民族都已经归附于秦国了。所以周天子也不愿意得罪秦国，就赐予秦君铜鼓，称他为西方的霸主。等于周天子以下有两个霸主了，西方的霸主是秦国，中原的霸主是晋国。所以说赵盾的想法是对的，如果把公子雍接回来，让他当了晋国之主，秦国当然高兴：看看，我们又把一个晋国国君送回来了。而且秦国是大国，秦晋两国可以互相帮忙，就不会再发生战争了。

"好吧，那就按你说的办吧。""当然得按我说的办。先君离去，传旨于我，让我掌管晋国天下。""那是让你立公子夷皋。""我这都是为晋国所想啊，大家意下如何？"大家伙儿一想：赵盾的主意对呀。"我们愿意，我们愿意……""任凭太傅和上卿做主。"阳处父和赵盾一个是太傅，一个是上卿，在晋国是官职最高的，上卿就等于是丞相。于是两个人商量怎么办，得先发丧，往各国发丧。赵盾一看大夫先蔑："你去吧。你去秦国报丧，然后迎接公子雍归晋。""那您得给我国书，再派一个人陪我一同前去。""好吧。"赵盾一琢磨：我看看谁最聪明，"哎，士会，你去吧。"

士会在晋国现在的文武大臣之中是最聪明的一个。于是就派先蔑为正使，士会为副使，两个人出使秦国，一个是为了到秦君面前报丧；另一个是要迎公子雍回国，立为国君。两个人答应之后，当然得先领点儿钱，回来再报销，得有报销凭证，出差都得有这个手续。赵盾预备国书，先蔑和士会就回家了，第二天上朝再来领国书。先蔑回到家中就琢磨这件事。外面家人进来禀报："荀林父大夫求见。""哦……"这位朝中的大夫姓荀，叫荀林父。先蔑和荀林父是好朋友，先蔑马上起身："有请。"他一边往出走，一边让家人撒腿往出跑去请。等先蔑出迎到了门口，荀林父已然到了，下了车了。"呵呵，荀大夫好啊，里边请。"

两个人刚走到门洞这儿，荀林父一推门房的屋门，就把先蔑叫进来了，然后一努嘴，手下人都出去了，因为他们俩有交情，穿房过屋妻子不避的交情，家人都知道，于是就撤出去了，门房里就剩下先蔑和荀林父两个人。先蔑就问："什么事儿啊，让您这么着急？""我问问你，你要干吗去？""明天出使秦国，接公子雍回来立为国君啊。""你傻呀？现在公子夷皋跟他母亲都在呢，而且先君有遗嘱，立公子夷皋为国君。你去接公子雍，将来国家一旦发生了变化，你可有掉头之罪呀。""跟我有什么关系？我奉赵盾之令。""赵盾是国君吗？""可是大权在赵盾手里呀。""我劝你，你不听。我可告诉你，有去无回。""那好，我再考虑考虑吧。""你甭考虑了，到底去还是不去？""我当然得去呀。""好吧，我也实在劝不了你。"

荀林父回家了，他媳妇问："你劝好了没有？""不行啊。""那怎么办呢？""我劝不了啊，你记住我的话，先蔑肯定是有去无回。"

这话就放在这儿了。先蔑和士会第二天在朝中领了国书，带着从人坐上车离开晋国遄奔秦国。现在秦穆公已然死了，在位的是秦康公。先蔑和士会走了，赵盾踏实了，回到家中，就等着公子雍回来继承晋国国君的王位了。刚往这儿一坐，只听脚步声音响，抬头一看，进来一个家中的食客。因为那个时候，大臣的家中都养着不少食客。您往后听，战国四公子的家里都养食客，孟尝君食客三千，有的是钱，养食客，食客都给他出主意；蔺相如完璧归赵，他也是食客出身。

来的这名食客就对赵盾说："赵大夫。""何事？""我跟您说，有这么件事儿，您听着可别害怕。""嘿，这么大国家的国事我都掌握着，还能有什么事儿让我害怕？""我有个兄弟在狐射姑府中当差。""当什么差？""打更的。他刚才撒腿跑来告诉我一件事，说狐射姑回到家中双眉倒竖，二目圆睁，拍着桌子就叫：'嘿，当初晋国朝权掌握在赵姓跟狐姓之手，我们是同等的，现在好家伙，晋国只有赵，没有狐也。'""啊，他说得对。现在天子有旨，晋国仍然是霸主，虽然说晋君去世，但是让我掌握大权，我就得完成晋国的霸业。我就这么办了，他不听也不行。""还有呢，他暗中已经派人去陈国接公子乐了，打算把公子乐接回来跟您对着干，让公子乐当晋国国君，这非打起来不可。""啊？真的？你说的是真的？""真的呀，我兄弟还在这儿呢，我领进来让他跟您说说？""你把他叫来。"

这名食客把自己的兄弟叫进来，一五一十地一说：狐射姑在家中拍着桌子大骂，然后暗中派人到陈国去接公子乐，你不是要接公子雍吗？我去接公子乐。公子雍回来要当国君，公子乐回来也要当国君，晋国这儿还有一个七岁的小孩儿也等着当国君呢，咱们就打吧。这下赵盾可急了："来呀，把公孙杵臼叫来。"

您往后听，就越来越熟悉了。您听京剧或者歌剧《赵氏孤儿》，里面有公孙杵臼，就是这位。咱们快点儿说，屠岸贾也快出来了，这书也就越来越靠近大家伙儿都比较熟知的情节了。公孙杵臼也是赵盾家的一个食客，花钱养着的，帮着赵盾出出主意，帮着干点儿什么。公孙杵臼来了："拜见主人。""有件事儿你敢去不敢去呀？""您吩咐我就敢去。""我告诉你，狐射姑不听我的，暗中派人到陈国去接公子乐。你带着一百家丁，发出探马打探军情，公子乐回来，你截在半道上把他杀了。""遵令，这事儿我办得到。"

您说这样的人天天养着，不白给饭吃吧？真听话。公孙杵臼带着一百人，发出人去打探军情。公子乐坐着车高高兴兴从陈国回来了，心想：因为狐射姑派人来接我，我回来得快呀，比公子雍早回来，我就能先当上国君。有谁不愿意当国君呢？所以您要看《东周列国志》，弑君篡位的事儿实在太多了，这个时期就是比较乱，所以也就不好说。公子乐想当国君，公子雍也愿意当国君，小孩儿夷皋也想当国君，而且小孩儿他妈还不闲着，还打听消息呢：我们这七岁的孩子得罪谁了，为什么不让我们当国君？他爸爸有遗旨啊。就这么折腾。

公孙杵臼带着一百家丁，打听好了，公子乐已经坐着车回来了。公子乐在车上还琢磨呢：嘿嘿，回去我就是国君，我当上国君就不让赵盾当上卿，让狐射姑当上卿，自个儿得有自个儿的人啊。公子乐高高兴兴正往前走呢，只听："呔！"

公子乐抬头一看：哟，这不是公孙杵臼吗？认识。公孙杵臼蹿上车就把公子乐揪下来了，"噗"，一刀捅死，脑袋砍下来了。接公子乐的都是狐射姑手底下的人啊，撒腿就跑，跑得这快，来到狐射姑的家。"报……大事不好了！""什么事儿？""他他他他他……""你说清楚了。""他他他……公孙杵臼……赵盾他们家的食客，带着人，把公子乐杀死了。""嗬？！好大的胆子呀，他杀我我就杀他。""您杀得了赵盾吗？""我杀不了赵盾，我杀阳处父！他支持赵盾，他不言语，有什么事儿都问赵盾。好吧，把他杀了。""谁能杀？""把我兄弟叫来。"

狐射姑有个兄弟，叫狐鞠（jū）居，傻大黑粗。"哎，哥哥，您叫我干什么？""敢杀人吗？""敢！"您说多大的胆子。"我告诉你，我派人到陈国去接公子乐，让公孙杵臼奉赵盾之命在半道上截杀了。我想杀赵盾杀不了，咱们杀阳处父。""嘿，阳处父他们家我去过，我认识。""你打算怎么去？""我带着二十多人，假装强盗上他们家去一行抢，把他的脑袋给您拿来。""好，你可得打扮好了，可不能说是我叫你去的。""行嘞。"

好家伙，这位狐鞠居到了夜里，把自己心腹的二十多个家丁叫来了，一个个都穿上夜行衣，二更天就奔阳处父他们家了。阳处父也没想到啊，"噌噌噌"，这二十多位就上了房了。到了房上拢眼神一看，阳处父坐在屋里正看书呢，老远也看不清看的是什么。"你瞧瞧，他看什么书呢？""我眼神儿好，《江湖丛谈》。"他刚看第一页，还不明白，他要是明白了就不在这儿坐着了。"阳处父在这儿看书呢，咱们谁上去？""嘿。"狐鞠居说，"我上去呀。""那您没兵刃啊，您拿我的刀。""甭给我刀，等我宰他的时候你再给我，我过去一掌就把他打了。"其实他的拳法掌法还是真不错，"你们瞧我这拳头，跟大蒜罐子似的；掌伸出来，跟大蒲扇似的。'啪'，我给他一下，他就得死。""那行，您去吧。"

谁没事儿愿意打这头阵啊，你哥哥让你办的呀。狐鞠居由打房上下来了，阳处父万也没想到啊，一掀门帘，狐鞠居进屋了。阳处父抬头一看，还没说话呢，这一个大嘴巴，"啪！""呃……"后边这位递刀递得真快，把刀就递过来了，阳处父这才明白，掉头就要跑。狐鞠居冲上前去一把揪住阳处父后脖领，接过刀来，"噗"，把他脑袋就砍下来了。把脑袋一包，回来了。"哥，给你。""真快呀。""嗯，就是快，您还要杀谁？""不杀了。"

阳处父的人头就搁在了狐鞠居他们家藏起来了。这时候赵盾得报了，有人慌慌张张来到赵盾面前："哎呀，大事不好了，赵大夫。""何事惊慌啊？""阳处父阳太傅他们家突然闹了强盗了，来了二十多个，阳太傅的脑袋不见了。""哎呀，谁杀的？快查！"

赵盾往下传话让人去查办此案。谁办案呢？司寇，大司寇负责办案，司寇赶紧派出人去四处查访。这边司寇带着人刚走，有人进来了。谁呀？阳处父他们家的管家，他认识狐射姑的弟弟。"赵大夫啊，你得给阳太傅做主啊。""唉，我也听说了，被强盗所杀。""不是，是狐射姑的兄弟狐鞫居，是他杀的。""胡说，明明是强盗杀的，你怎能诬陷好人呢？""啊？！我亲眼得见，我认识他呀。""千万不要诬陷好人，不要造谣，赶紧走吧。"

把老管家轰出来了。您说赵盾是什么人？赵盾就是这么一个人。先君遗旨让他立夷皋，他不立，要去接公子雍；人家公子乐回来，他把公子乐杀了；现在明明是狐射姑派他兄弟狐鞫居把阳处父杀了，他不承认，为什么？他要压这件事，如果这件事情闹大了，就麻烦了。就这样，这件事被赵盾压下去了。

八月，晋文公的儿子晋襄公死了；九月，阳处父被杀；十月，得埋葬晋襄公。送到哪儿埋呢？送到曲沃。咱们这书前边说到曲沃几回了，因为晋献公的上一代晋武公是由打曲沃二晋起身的，所以他们家的祖庙在曲沃，就得把晋襄公的尸身棺椁运到曲沃埋葬，那儿有太庙，然后立牌位。赵盾把阳处父死这件事压下去了，然后得把先君的遗体运回曲沃埋葬，然后在太庙里给先君立牌位。晋襄公虽然死了，但他的媳妇可没死呢，正夫人；他的儿子太子夷皋也没死呢，七岁了。这娘儿俩跟着赵盾一起，陪着先君的灵柩奔曲沃。

这一路上，晋襄公的夫人可就是主角了，平常可以不理她，但是今天她坐在车上，她丈夫死了，她是国君之妻、太子之母。她在路上看到赵盾，可就有话说了："赵大夫，先君何罪也？""先君无罪。""太子何罪也？""太子也无罪。""既然先君有遗旨，立我儿子为晋国国君，你为什么不立太子？""这不是我赵盾一人所为，为了晋国前途所想。"

给噎回去了。您想想，她的儿子要是当不了国君，她就不是国君之母，她能心甘情愿吗？等到了曲沃，把晋襄公埋葬了，然后在太庙立了牌位，大家全都行完礼之后，该退出去了。就在这时，晋襄公的夫人、夷皋的母亲身穿重孝，往灵牌前一站。她身边还站着一位，这位叫赵宣子，赵宣子早就跟夷皋他妈商量好了。夷皋他妈往灵牌前一站，赵宣子就跟过来了，赵盾可愣了，但是他不能拦着太子的母亲说话呀。夫人脸往下一沉，瞧着赵宣子，那意思是：你说吧。赵宣子一抱拳："众位，在先君的灵前，我得说几句话。先君得了天下，继承伯业，晋国称霸于天下，现而今并无罪过。那么先君传下遗旨，让阳处父还有赵盾执掌朝权，立太子夷皋为君。没想到有人把太傅阳处父杀了，明明杀人的凶手就在我国，不把凶手抓住，我们这些大臣身以何存呢？"这是在煽动大家伙儿。阳处父是太傅，先君传遗旨，第一个托孤的大臣就让人杀了，随便杀大臣，那我们怎么办呢？赵盾装傻："有这样的事儿吗？""赵大夫，明明有人禀报你，是狐射姑的弟弟狐鞫居杀的太傅阳处父，你为什么不捉拿凶手？""真有这么档子事儿吗？"大司寇也不能瞒着呀："是的，有这么档子事儿。""好吧，那就捉吧。"

　　把曲沃的事情都办完了，等回到绛城之后，狐射姑已然跑了，他的兄弟狐鞫居被捉住了。赵盾手下人从他家里把阳处父的人头也请出来了，然后和尸身缝在一起，入土安葬，咱们就书不细表了。狐射姑跑了，跑到哪儿去了？跑到陈国去了。大家伙儿禀报赵盾，赵盾说："算了吧，凶手已然正法了，狐射姑曾经跟着文公一起周游各国，而且我们也在一起共事十几年，他也屡立战功，不能让他孤身一人在外国。得啦，把他的妻儿老小都送过去吧。"

　　就这样，赵盾把狐射姑的家小送到陈国去了。大家一看，这赵盾算是什么人呢？他的爸爸赵衰，那是一个了不起的人物。但是赵盾呢？他不遵遗旨，派人截杀公子乐，后来又不惩办杀死阳处父的凶手，现在倒是逮住凶手了，但是把狐射姑放走了，还把家眷送过去了。足以证明这个人外表很毒辣，但心是豆腐心。旁边有一个察言观色的，在这儿老瞧着，这个人就是夷皋的母亲，边瞧边琢磨怎么能对付赵盾，心说：哦，这小子是豆腐心，好吧。

第二天早朝，赵盾刚一上朝，就在朝门口，夷皋跟他妈在这儿站着呢："哎呀……"用手一拍地，"天哪……为什么不立太子为君啊？赵盾你丧了良心了……"一顿骂。赵盾也不敢言语："得了，您回去吧，回后宫吧……"

升朝办公，不能耽误国事。等散了朝了，赵盾刚一到家，家门口这娘儿俩坐着呢："赵盾啊，你欺负我们孤儿寡母啊……我儿子是太子啊……七岁为什么就不能做晋国国君啊？先君有遗旨，让你保着我儿子呀……你还派人把阳处父杀了……""阳太傅不是我杀的。""那就是你的主意，你要是不这么办，阳处父能被杀吗？现在你独揽晋国大权，欺负我们娘儿俩呀……不成，我不干……"

天天就这么闹，闹了一个月。这位夫人身体还真不错，上朝在朝上闹，下朝了就上赵盾他们家闹。赵盾也实在没办法了："得啦，我答应你们，还是立夷皋为君吧。"晋国的文武大臣就问他："您怎么又同意立夷皋为君了？那边公子雍可快回来了。""赶紧去打探打探，看看他回来了没有，可别让他回来。""都已经在回来的路上了。"

原来先蔑和士会来到秦国递交国书报丧，同时要迎公子雍回晋国当国君。秦康公当然很高兴，就派大将白乙丙保着公子雍回国，已然到了黄河边上，就等着晋国派出人来迎接公子雍了。有人前来禀报赵盾："公子雍已然回来了，现在黄河岸边。""这不成啊，我已然答应夫人立夷皋为国君了，这下俩国君可怎么办呢？""这都是你招的呀。""没关系，既然我不立公子雍了，那么秦国就是我们的敌人，打！"

您说列国多乱，大家伙儿就得听赵盾的。赵盾指挥人马杀奔黄河边，公子雍这儿还挺高兴呢，回去就能当国君了。那时候的消息没现在这么灵通，要像现在这样，上网一查，早就不回来了。公子雍这边还没得到消息，依然高高兴兴坐在车上，被秦军保着，就等着回到晋国当国君了。突然间看见晋军来了，以为是晋国的人马前来迎接自己，没想到来了个出其不意。"杀……"

赵盾指挥人马往前冲杀，公子雍死在乱军之中，您说这不是招事儿嘛。

秦康公知道了这个消息，就问前来的先蔑和士会："这是怎么回事，怎么办？""我们俩也不知道是怎么回事，看来是赵盾出尔反尔，得了，我们俩也不回去了，我们不能保这样的人，干脆我们就在秦国待着吧。"

要不怎么荀林父告诉先蔑：你有去无回。这句话应验了，后来先蔑就死在了秦国。这一下秦晋两国可就为仇了。赵盾打了胜仗之后，回来立公子夷皋为晋国国君。您别瞧七岁的孩子当了国君，将来坏事就坏在他身上了。下回书您听，有人教坏，教他坏的是谁？就是您听京剧《赵氏孤儿》里的屠岸贾。屠岸贾是个教唆犯，教这孩子坏。那么怎么教这孩子坏？赵盾如何治理晋国？秦国怎么拿晋国出气？这些热闹书目，谢谢众位，咱们下回再说。

第二十四回　召士会寿余绐秦

策马挥衣古道前，殷勤赠友一长鞭。不是秦国无名士，只因康公不纳言。

咱们接着说《东周列国志》。上回书说赵盾派先蔑和士会去出使秦国，把公子雍接回来，准备让他为君。但夷皋的母亲闹来闹去，赵盾没办法了，只能回绝公子雍，仍然立夷皋为晋国国君。可是先蔑和士会去接公子雍，公子雍由秦兵保着，已然准备过黄河回晋国了，要是等他过了黄河回到晋国就麻烦了。赵盾一狠心，指挥人马杀上前去，就把秦国的人马战败了。因为秦国没准备，以为就是送公子雍回到晋国去当国君，一点儿打仗的准备都没有，所以这一仗败北，公子雍也死了。

就这样，赵盾立夷皋为晋国国君。国君才七岁，能懂什么呀？但终究是按照先君的遗旨办了。士会是晋国的聪明之臣，非常有智谋，他和先蔑经过这么一场仗，也就不敢回晋国了，就在秦国扶保了秦国之主秦康公。夷皋当了晋国国君之后，由赵盾执掌国家大权，一年、两年、三年、四年。在这期间，有五个大臣联合起来反对赵盾专权，让赵盾全杀了，这一下天下震惊。赵盾截杀了公子雍，刺杀了公子乐，立小孩儿夷皋为君，而且谁胆敢反对自己，全杀。这个消息就传到了陈国，当初反对赵盾的狐射姑一听，心说：幸亏我没在晋国，我要是在晋国，非把我也杀了不可。

有人就问狐射姑："想当初晋文公离开晋国周游天下，后来回到晋国为君，成为霸主而称霸于天下，赵衰是晋文公手下的忠臣，赵盾是赵衰之子。当初晋国是赵衰掌权，而现在是赵盾掌权，您为什么这么怕赵盾而不怕赵衰呢？"狐射姑说："赵衰好比冬天的太阳，而他的儿子赵盾好比夏天的太阳。他父亲治理国家非常温和，赵盾这个人太烈了，我要是在晋国，他非杀我不可。"

所以外界人也评论赵盾，不单晋国本国的人对赵盾心有余悸，秦国没招谁没惹谁，把公子雍送回晋国为君，是你赵盾派人来接的，结果反而又带着兵将来打，所以秦国非常生气。等了一年又一年，等了一年又一年，等了几年的时间，把兵力凑足了，打，打晋国报仇。秦康公就让百里奚的儿子孟明视守着国家，自己亲自率领五百乘战车，让从晋国而来的士会当谋士，给他出主意策划，西乞术为先锋官，准备过黄河杀奔晋国。晋国没办法，得到消息之后，整顿人马迎敌。没想到秦国用士会之计，打一仗胜一仗，打一仗胜一仗，晋国总打败仗。

这下晋国可急了，大家伙儿就来找晋国之主，七岁登基，到现在也就十岁而已，那每天也得升朝办公啊。掌握朝中大权的就是赵盾。文武官员上殿拜君之后，往两旁边一站，都不跟国君说话，跟赵盾说话："赵大夫，您看怎么办吧，打一仗败一仗，打一仗败一仗，秦国已然打来了。""何人之谋？""当然是士会呀。""士会可是晋国人啊。""晋国人怎么了？您当初派人家去秦国迎接公子雍，结果您又把公子雍杀了，士会就留在秦国不回来了，他当然得给秦国卖力。""嘿……这可怎么办呢？"大夫郤缺躬身施礼："赵大夫，没别的，您把士会想办法接回来吧。""秦君如此重用他，他能回来吗？""如果士会不回来，咱们这仗可就没法儿打了，晋国就会被秦国所灭。""好吧，容我思得一计，赚士会回国。"

今天咱们这段书就是"士会回国"。如果士会不回到晋国，晋国就完了。晋国国君十岁，什么都不懂，就坐着听大伙儿商量。第二天，升座早朝，赵盾躬身施礼："主公，现在秦国的兵将已然快杀过黄河了，眼看咱们晋国不保，您看怎么办？""你说呢？"小孩儿年岁太小，就知道什么都听赵盾的，大伙儿都乐了。赵盾说："让我说我就说吧。主公，我说话，您可得传旨。""行，你说我就传，要我传什么旨？""主公，您想想，秦国渡过了黄河就是河东，您传旨就说咱们国家兵力不够，让所有河东封地的主人全都出兵，安营下寨，在河东把寨连在一起，大家相互策应，你帮助我我帮助你，有这些营寨、有河东封地主人的这些人马，再加上他们出钱，就能够镇住秦国的兵将。""好吧，你说这么办就这么办吧。"夷皋反正什么都不懂，你怎么说我就怎么办。"主公，既然如此，这些人不见得听话，您必须找一个食邑最大的人，他得倚靠国家，让他来负责指挥调动；如果他不听，您再把他军法处置。""行啊，你看谁合适就派谁吧。"

好赖夷皋终究是国君，已然办了几年国事了，大概其能说上那么几句话来。那么赵盾是什么意思呢？意思就是在黄河东岸，隔着黄河就看见秦国了，把在晋国黄河边有封地的人都叫来，他们每个人家里都养着兵，让他们各自出家丁，给你们军籍；每个人家都收食邑，把收上来的这些地丁钱粮当军粮；各家都拿出钱来拿出帐篷来，在河边安营下寨，大家伙儿的营寨连在一起。那么串联在一起得有人管啊，所以就得找一个在河东之地权力最大的、封地最多的、信誉最好的人，请他出来，跟元帅一样，指挥这些有封地的人，调动他们以抗秦军。

赵盾就是这个意思，夷皋也都听清楚了："好吧，那么赵大夫你说谁行啊？""魏寿余可以。他的先人在先君手下是功臣，叫毕万，他是毕万之孙。他有封地无官职，这个人信誉不错，您可以把魏寿余传来，让他执掌河东之地，互相策应，以抗秦军。""哦，我听明白了。把魏寿余叫来，他在朝中没官职，可他爷爷在朝中立过功，所以他在河东有封地，他的封地最大，人也最多。是不是这么回事儿？""是，主公您很明白。""好吧，那就传话把他叫来，就按你的话办。"

传旨官传旨去了，魏寿余跟着传旨官来到殿上，跪倒施礼。夷皋往下一看：嗯？长得不错呀。魏寿余是个文人，中等身材略高一点儿，白面皮，黑胡须，挺精神；眉长过目，二目有神，一看文绉绉的。"叩见主公。""你是魏寿余呀？""啊，不错。祖上在朝中微有功劳，晋君封我家有魏城之地，以食其邑。草民魏寿余叩谢主公。"魏寿余说得很清楚。因为我祖上在朝中有功，所以晋君赐给我祖上魏城这块封地，我们家就仗着这块封地的地丁钱粮活着，谢谢晋君对我们家的恩德。"好哇，既然知道谢恩，你站起来吧。赵大夫，你想怎么办就让他怎么办吧。"

魏寿余这么一听，合着都听赵盾的，赶忙站起身形，冲赵盾深施一礼：

"请赵大夫指示。""呃……众卿所议。"赵盾说的众卿指的就是所有六卿大夫，我们大家伙儿商量好了，"现在秦国攻打晋国，你的魏城是河东各个食邑中最大的城，你把所有有封地的人都叫出来，让他们出人出钱出力，在河边扎下连营，由你来主持军务大事，让大家互相策应。由你们抵抗秦军，就能保证晋国的安全。""哦……"魏寿余听明白了，"赵大夫，请您禀告主公，收回成命。""抗旨不遵？""非也。只因为我是个文人，不懂得军旅之事，不会指挥人马。再说了，河东绵延数百里，我们加在一起只有千数来人，再招募一些也不过两三千人。几百里连下营寨，如何互相策应？只会暴露自己的军事，我们很弱，打不过秦国，一点儿用都没有。所以请主公收回成命。""哇！"赵盾双眉倒竖，二目圆睁，脸上颜色更变，"好你个胆大魏寿余，你敢抗君之命？！三天之内，你把所有人的军籍户籍全都查来，所有的军粮全部调齐。如有违令，以军法处置。下殿去吧。"魏寿余仰天长叹："唉……"

没办法，赵盾就等于替国君传旨了，三天之内得查清河东所有这些有封地的人，他们的地丁钱粮、家中有多少可以上阵临敌的人，造好军册递上来，军粮兵丁全都调齐，把营寨扎好。如果三天之内完成不了，以军法处置。魏寿余是个文人墨客，没办法，只得回家了。一到家，他媳妇就过来了："怎么了？我看你脸色不对。""唉，没办法，现在赵盾独揽国家大权，让我三天之内把这些事情全办到。"于是魏寿余就把今天朝中的事情跟媳妇学说了一遍。"那你怎么办呢？""没办法。干脆你赶紧收拾好东西，咱们奔秦国找士会去，蔫不唧儿地跑吧，不跑就完了。""跑得了吗？""跑得了啊，你赶紧收拾东西，预备好车辆，让厨师傅赶紧给我做顿饭。""这会儿你还吃啊？""那是。你知道秦国吃什么呀？吃酿皮儿、吃臊子面，哪儿有咱们山西的面食好吃啊。你赶紧让厨师把咱们山西的特产精精细细地做一桌，我吃饱了喝足了，咱们踏踏实实地奔秦国。"

魏寿余从来也没干过活，想着让媳妇收拾东西，预备车辆，心说：让厨子做顿饭，我吃饱了喝足了，秦国那儿的饭实在难以下咽。他的媳妇赶紧让家人拴车，把家里值钱的东西细软之物都往车上搁，然后告诉厨师傅，好好地做上一桌饭，咱们晋国家乡有什么特产就做什么。厨子当然得做呀，一样一样地往上送。酒也筛得了。山西有什么酒啊？晋国就在山西，当然是汾酒、竹叶青。列国那时候有什么酒我也不知道，咱们就按现在说得了。魏寿余往这儿一坐，端起酒杯喝闷酒，一会儿的工夫，菜上来了——过油肉。"你这油太少啊。""您不是老让我节约嘛。""过油肉过油肉，你就得给我多搁油啊。""啊，好，我重新再给您做一盘。"

厨子也惹不起他，重新端上一盘过油肉，又端上一盘醋熘木须，又端上一盘香酥鸭。这都是晋阳饭庄的名菜，别的地方我也没吃过。一盘一盘都摆上来了。"没有主食？""您别着急。"一会儿的工夫，炒了一盘猫耳朵往这儿一放。魏寿余看了，双眉一皱："我不吃！""这可是咱们山西的特产啊。""端走，你没事儿老招我生气。""那您吃什么呀？""咱们家乡的特产莜面栲栳栳。""栲栳栳实在太难做呀，要把水烧开了十几分钟；然后烫上面再一蒸，又得二十多分钟；蒸完了之后往上端得四十分钟……您的夫人已然派人把车都拴好了，咱们得赶紧跑。如果您要吃栲栳栳，咱们的工夫可就耽误了。""少废话。"魏寿余伸手抄起一支鞭子，这是他准备上车的时候拿的，赶牲口的。抄起鞭子来，"啪"，就给了厨子一鞭子。"嗯……好，吃栲栳栳，不吃就拿鞭子打我……"

厨子赶紧去做，水还没开呢，他就烫面，做栲栳栳必须得先把面烫熟了。面烫得半生不熟，往锅上一蒸，又急着往出端，等端上来不是这个味儿。"嗯？你这栲栳栳不好吃。""啪"，又一鞭子。"哎哟，您干吗打我？""打的就是你。""那您想吃什么？""你给我来碗佘儿面吧。"一会儿的工夫，厨子又弄上来一碗羊肉佘儿面。魏寿余端起面来："唉……"他心里烦啊，舍不得离开家乡，但是又没办法，三天之内他完不成这任务啊，"我说你这饭是怎么做的？""它，它……您这老催老催，这面就生不生熟不熟的……""啪"，又一鞭子。

把厨子打急了。魏寿余在这儿喝着闷酒吃着，厨子心说：你这小子就不办好事儿，我还是跑吧。撒腿就跑，跑到赵盾他们家去了，禀报赵盾：
"我家主人要跑，想跑到秦国找士会去。""好大的胆子！来呀，带五百
兵，把魏寿余捉来，全家拴监入狱。"手下战将立刻顶盔掼甲，罩袍束带，
拴扎什物，全身披挂整齐，带着人走了。等赶到魏寿余他们家，魏寿余已
然跑了，他媳妇这儿还概搂（gǎi lou）呢，舍不得呀："哎哟，这个被窝
我得带着，这个毛衣我得带着，这块翠牌子我得收着……"

也甭收着了，这一下兵来了，把魏寿余的媳妇以及其他家人全逮着了，
赵盾把他们全部拴监入狱。魏寿余赶着车这通跑，后边的追兵没追上。魏
寿余来到黄河边，看见秦国的兵了，要面见秦国国君。"我前来归降。"
这时候秦国之主是秦康公。秦康公听说之后，让手下人把魏寿余带来。秦
康公身旁站着先锋官西乞术，蹇叔的儿子，另一边站的就是谋士士会。"传
晋民魏寿余。"因为魏寿余没有官职。魏寿余进了大帐，跪倒在地："晋
民魏寿余叩见秦君，归降来迟，请您恕罪。""哦……你因何归降？"魏
寿余就把前因后果说了："晋国的军队打不过您，赵盾就让我们这些河东
有封地食邑的人把地丁钱粮册拿出来，把人全调出来，抵抗秦国的大军。
可是我们打不了啊，我说这事办不成，结果赵盾把我媳妇逮走了，我前来
归降。"秦康公没有那么大的经验阅历，刚登基不久，他歪头一看士会：
"有诈否？"

那意思是你看魏寿余归降是真的还是假的。士会多聪明啊，足智多谋，
当初赵盾之所以派他陪着先蔑出使秦国，就是因为他聪明。他现在保了秦
康公，他就忠心无贰，给秦康公出了很多好主意，秦康公才大败晋军，打
了胜仗。秦康公非常信任士会，所以问他魏寿余的归降有没有诈。士会很
聪明，拔下一根眉毛来一捻，这一捻就明白了：魏寿余是前来诈降。但是
话不能那么说。"啊，主公啊，您要说他是诈降，咱们也没看见真凭实据；
您要说他是真降，我也不知道。晋国人狡诈，可不能轻易相信。"

要打算诓秦康公，他得先顺着秦康公说。"哦……魏寿余，你听明白
没有，你是真降还是来诈降？""我确实是前来归降，不然的话我就活不

了了，赵盾非杀了我不可。您知道赵盾，杀了一个又一个，连杀朝中五个大臣啊，晋国上下都震惊了，我回去他必杀我，我怎能不是真心归降呢？"秦康公又看士会："你看呢？""主公，他若真降，必然有礼物献上。""有有有。"魏寿余从地上爬起来，把账本都掏出来了，往上一递，"这是我魏地的地丁钱粮册，有多少户人、每年有多少收入，全都在上面。只要您能收留我，我就把魏地献上，让秦军过河。"秦康公爱听这句话，因为过了河就是魏地，得了魏地之后，秦军就可以直奔晋国，把晋国归为己有。"好啊。"

秦康公让人把地丁钱粮册接过来一看，魏地确实很大，起码得有千户人家。在河东能有这么大的封地，已然很不简单了。秦康公心说：如果魏地归了我秦国，其他那些小的封地的主人就得望风而降。"既然如此，你这边站吧。"秦康公是好意，心说：你是晋国人，士会也是晋国人，你也站这边吧。"谢主公。"魏寿余就站在士会旁边了。秦康公瞧着士会："魏地应得否？"

我应不应当得魏地？士会用眼睛的余光一看魏寿余，魏寿余直看士会，心说：你倒是替我说话呀，我和你可都是晋国人。他用脚一踩士会的脚，士会不理他，装不疼。其实士会虽然在秦国已经几年了，但心依然想着晋国，因为他是晋国人。但表面上不能露出来，一旦露出来，秦康公不仅得杀他，也得杀魏寿余。"啊，主公，您要是想收魏地，可以，因为魏地最大。如果过了河把魏地收了，其他有封地之人必然望风而降。只要控制了河东之地，晋国如在掌握之中。"

秦康公很爱听，正合自己的心意，心说：我要是过了河得了魏地，魏地旁边这些封地的人都会归降于我，那么河东之地就归我秦国了，再对付晋国就好办了。"哦……"魏寿余也明白了，那意思士会你还是想着我们晋国的，"好哇，既然如此，魏寿余。""草民在。""我给你百乘兵车，你指挥人马过河把你的魏地收复，你魏地那儿有没有人要抗我秦兵？"士会马上说话了："您放心，准有，晋国人太狡诈。虽然说魏寿余愿意归降，但是晋国有军队、有地方官员在魏地呢。他归降了，这封地是他的，但是主持军政大事的官员未必愿意归降。"魏寿余一听，心说：士会真聪明，好吧，我这儿赶紧借坡就下。"主公，既然如此，您可以派一个懂得我们晋国国情的人跟着我过河。面见我魏地的地方官员，给他们讲讲什么是福什么是祸，如果他们归降了，您会给他们多少恩赐，他们听明白了，必然会归降的。我一归降，魏地的主持官员再一归降，河东众地就归了秦国了。""好啊，那就让士会去吧。"

士会一听：这可是太好的机会了，天天想自己的祖国，这下终于能回去了。但是士会聪明，脸一沉，"扑通"一声，跪倒在地，眼泪下来了。"哎呀，士会大夫，你为何眼中落泪？""主公啊，想我是晋国之人，来到秦国您对待我恩重如山。如果说我跟着您在河西守着，晋国已得，我跟着您到了晋国，咱们都非常高兴。而现在晋国还没到手，您却让我跟着魏寿余过河东去，倘若晋国的兵马听我良言相劝，肯归降还好；如果不听，把我押起来，不放我回来了，我没法儿再帮助主公，对主公您也不利。您一生气，再把我的妻儿老小都关起来，再把他们杀了，人头落地，我在九泉之下难会我妻，我士会追悔莫及，主公您也会追悔莫及。您还是另派他人吧。"

这就是士会的聪明之处，我得让你发出话来，我去了你不治我的罪，那我才能去呢。晋国人太狡猾，秦康公上当了："来，士会。"拉着士会出来了，军营前边就是黄河，秦康公用手一指黄河，"以此黄河为誓。你去你的，见着晋国魏地主持军政的官员，劝他归降，他归降，我赏你；他不归降，把你押起来，你放心，我把你的妻儿老小送回去。"

秦康公身边有一个近臣，姓绕叫绕朝，他挺明白，心说：主公，您怎么绕住啦？"您附耳过来。""什么事儿？"秦康公耳朵往前一递，绕朝就跟秦康公说："士会乃聪慧之士也，他太聪明了，您要是把他派到晋国，如巨鱼纵壑，那他可就回不来了。晋国是咱们的仇敌，怎能以谋臣资敌乎？"您既然要打晋国，还把一个谋士给人家送回去，您傻呀？可秦康公不听："我已然发誓了，士会不会欺我，士会，你走你的。"绕朝心说：我没绕住，他可真绕住了。士会这才跪倒磕头："那我就辞您而去，请您听我凯歌奏还。""好。"

士会跟着魏寿余，带着秦康公给的一百乘车，到黄河边准备过河。在这时就听见有车响，回头一看，一辆车飞驰而至，车上站立一人，正是绕朝。士会心说：秦国可有明白人，刚才他跟秦君耳边嘀咕来着，是不是要叫我回去呀？于是士会马上让魏寿余过河："你先带着人过河。"然后自己再一回头，"干什么？"绕朝站在车上，伸手拿起鞭子来，往前一递。"士会呀，不是我朝中没有高人，是主公不纳言耳。给你一支长鞭，急忙纵车前驰，以免主公后悔。"

这就是咱们今天开场的时候说的定场诗："策马挥衣古道前，殷勤赠友一长鞭。"绕朝策马古道，赠友长鞭。"不是秦国无名士"，不是秦国没有明白人；"只因康公不纳言，"主公不听我的，没办法，只能把你放走了，放走了你，秦国就得打败仗。士会恭恭敬敬一抱拳："谢过绕大夫临别赠鞭。"

紧接着士会一回头："快走。""啪"，一甩长鞭，车辆继续往前走，赶紧过河。上船之后，急速而行，等到了对岸之后，再次上车，又是一甩长鞭，河对岸都听见了，士会带领着一百乘战车直奔魏地而去。绕朝马上回去禀报秦康公，秦康公隔着河往东岸一看："这回士会能把晋国赚予我了。"

能把晋国给我赚回来。咱们单说士会，他跟着魏寿余赶着车往前走。走着走着，快到魏地了，只见前面有一百乘战车，车后还有不少士兵，在车前站着一个人，器宇轩昂，身高在一米八开外，长得风流倜傥，年纪轻轻，也就在二十啷当岁儿。士会一看：哦，此乃赵盾之子也，跟他爸爸长得一模一样。正是相国赵盾之子赵朔，赵朔上前躬身施礼："奉我父亲之命，前来迎接士会大夫回朝。""啊呀……"

士会十分感慨，眼泪下来了。跟着战车一拥，赵朔就让众人陪着士会和魏寿余同进魏城。那么秦国的兵将在后边都看见了：哎？这是怎么档子事儿啊？马上派人回去禀报主公。秦康公急忙来到黄河边一看："士会这不是已经进了魏地了嘛，咱们等着他回来。"绕朝说："主公啊，他回不来了。您绕住啦，您还以为他能回来吗？他不会回来了，您再看前边，晋兵已至……"

这时候就听得河对岸"叨叨叨"炮声一响，"唰"的一下，涌出几百乘战车，当中间儿车头之上站的正是晋国的相国赵盾，左边是荀林父，右边是郤缺，压住全军大队。面对秦国的兵将，晋军弓上弦刀出鞘，高声喊嚷："秦君你上当矣，我们将士会赚回。""哎哟……"秦康公双眉倒竖，一晃身形，"好你个士会、赵盾……"再一看绕朝，心说：没得说呀，我真是绕住了。"我绕住啦……谁让你姓绕来着？！""哎哟，主公，您可真不讲理，我提醒您了，您不听，怎么样？被晋国把士会赚走了吧？""杀！打！""打不了啦，您看看对面兵山将海，赵盾早就准备好了。他们把士会赚回去，没人给您出主意了；再说士会既知道秦国的情况，也知道晋国的情况，您这仗怎么打呀？""那你说怎么办呢？""您绕住一回不能再绕住二回了，咱们撤兵回朝吧。""好吧，我已然指黄河为誓了。"

秦康公还真明白，指挥大队人马回朝了。回朝之后，立刻就把士会的全家老少送回晋国。一国之君，说话算话。士会一看，心存感念，给秦康公写了一封信，感激秦康公把妻儿老小送回晋国，不记前仇；然后又在信中劝秦康公千万千万要以百姓为念，两国息兵罢战。您别瞧这一智赚士会，两国从此息兵罢战几十年。所以说言而有信之人就必成大事。

士会回到晋国之后，把上衣脱了，露着胳膊，露着后背，跪倒在地，在新君夷皋面前领罪："我在秦国帮着秦国打仗，使咱们晋国吃亏了，特来请罪。"赵盾替夷皋传旨："士会大夫，无罪也。"然后赵盾看了看夷皋，夷皋用手一指："士会仍位列六卿。"

仍然让士会做朝中的大臣，赵盾就想借这个机会重整晋国的霸气。由打晋文公开始，晋国成为霸主，称霸于天下，赵盾就打听天下大势。这时候楚国更换国君，楚穆王已死，楚庄王登基。您可记住了，楚庄王也是春秋一霸。楚庄王新君即位，赵盾一想：会合天下诸侯，再开一次衣裳会，大家把兵力集中在一起对付楚国。所以把开会的通知就发下去了。要搁现在就好办了，上网发一个公告，全解决了。要是人家不在网上，没上网怎么办呢？一个电话也就办了。可那时候不成啊，把开会的消息传到各国，那得需要几个月的时间。定好了，大家在新城开会，各国的国君都得到，因为晋国是霸主。

当时答应来的国家有八九个，可到了该开会的时候，齐国国君没到，而且发来了告急的文书。这时候齐国国君是谁？齐昭公。齐昭公本来答应来参加新城之会，但是生病了，等到会盟的时间一到，齐昭公死了。

齐昭公死，就得有新君即位，于是他儿子太子舍即位。可太子舍刚刚即位，就被他叔叔杀了。他叔叔是谁？公子商人，是一个极聪明的人，也是一个极坏的人。他坏到什么程度？齐昭公在位的时候，不相信他，但是也知道自己的儿子太子舍没能力，于是就相信公子商人的一个哥哥，也是一个爹生的，叫公子元。公子元这个人非常好，齐昭公把国家大权交到公子元的手中，公子商人知道了就非常生气，他想跟公子元争人缘。怎么办呢？仗义疏财，把家里的钱全拿出来发放了，谁穷给谁，谁有病就赞助谁。那时候不讲究发国债，也不讲究发高利贷，他就想办法跟所有有封地的人借钱，借完钱他就四处发送，把自己的人缘培养起来。没想到这时候齐昭公死了，太子舍即位，他就派人把太子舍杀了。大家伙儿也都没往心里去，因为太子舍的确没能力管理国家，但是太子舍的母亲、昭公之妻昭姬还活着呢。

公子商人把太子舍杀了之后，没打算自己当时就当齐国国君，找他的哥哥公子元去了："你看，咱们侄子舍已然死了，现在你最年长，国君之位归你。"公子元给他直作揖，眼泪都下来了："你饶了我吧。你自己日日夜夜天天做梦就想着当国君，现在国君之位要到手了，你当国君，我能当臣保着你；我要当国君，你准不保我，准杀我。我求求你饶了我，让我过两天踏实日子，吃两天踏实饭就行了。我就当一个普通的老百姓，你能不能让我将来自己生病而亡啊？"

那意思就是你别杀我就行了。公子商人心说：你不愿意当国君，那就我当吧。就这样，他把自己立为国君，就是齐懿公。齐懿公一登基，有人就告啊，告到了晋国：晋国你是霸主，你得管，他是把他侄子杀了篡位当的国君，他当国君可不成，你霸主得管。管吧，晋国会合各诸侯要打齐国。齐懿公聪明，要钱要赞助，把齐国所有有钱人的钱全拿来，上赵盾这儿来送礼。这么一贿赂，免，不打齐国了。钱能通神，把钱花到了，把所有各国的国君都送到了，尤其晋国送得最多。夷皋一看，这么多钱，跟赵盾一商量，行啊，谁当国君都一样啊。禀报周天子，这件事就行了。就这样，公子商人当了齐国国君。

他当了国君之后可有一节，齐昭公的媳妇、他的嫂子昭姬还活着呢。昭姬是哪国人？鲁国人。像齐懿公把你的侄子害死了，那你就对他母亲好点儿吧？他不价，把昭姬圈起来了，圈到后宫的一间屋子里头，每天给多少吃的呢？一顿二两，粗茶淡饭；有时候偶尔有炖肉，两小块。您想想，一国之主的国母，这样的待遇她受不了，本来挺胖挺富态的一个人，没多久就变瘦了。于是她就派人去找齐懿公，让他给她点儿吃的。没想到齐懿公脸往下一沉："吃的？我给什么吃的呀？她糖尿病，控制饮食对她有好处。"

昭姬老这么饿着，没有好吃的没有好喝的，天天又闷得慌，就想：那我找娘去吧。人就算活到八十岁，也得倚靠娘家。想找娘家怎么办呢？没人给通风报信啊。昭姬就把伺候她的人收买了，今天把头上的一个簪子给他了："这簪子给你吧。""谢谢您。"这位收起来了。明天又摘下身上戴的一块玉佩，给他了："给你这块玉佩。""谢谢您。"后天又给一镯子……老给老给，昭姬身上也没什么东西了，齐懿公全控制起来了。而伺候昭姬的这位贪得无厌："您再给我点儿。""没了。""没了？您不给连饭都不给您端来了。""别价，我还得求你点儿事儿呢，你，你得帮我办。""那您给我什么？""你得帮助我，让鲁君把我救回鲁国，我回到娘家就有东西给你了。""您可得说话算话。""一定算话。""那您写封信吧。"昭姬就写了封信，求她娘家鲁国国君，说我儿子现在已然被人杀了，我要回鲁国，我回到娘家能有口饱饭吃。"好吧，我找人给您送信。"

这位就想办法找人把这封信送到鲁国去了。鲁国国君一看这封信，惹不起齐国呀。怎么办呢？马上派人禀报周天子，让东门遂大夫去。现在周天子也刚换，在位的是周匡王。周匡王一看：好啊，杀了你的侄子、囚禁你的嫂子——她可是国母，办出这样的事儿来，我是天子，能不管吗？"单伯上卿。""在。""你马上替我传旨，让他把国母放了，还于鲁。""遵旨。"

周匡王身边的上卿姓单，叫单伯。单伯认为自己是天子之臣，坐着车就到了齐国。天子之臣到了，齐国之主就得上去迎接，好吃好喝好待承，给预备公馆。可这位单伯有点不知趣儿，到了齐国就得跟人家客气点儿，终究人家是这儿的土皇上，不价，单伯认为自己是周天子之臣，横啊。"哎，我说，你是公子商人啊？""我是齐国国君。""好哇，你杀其子囚其母，知不知罪？你应当把人家还于鲁，以显你齐之宽宏。"教训齐懿公，你把人家儿子杀了，把人家母亲圈着，应该把人家送回娘家去，这样才显得你很宽厚。当时当着众多的文武大臣，齐懿公也不能说什么，脸就红了，他就怕人说他杀了太子舍。"好吧，您先上公馆住着去吧。"

单伯往高级公馆一住，齐懿公坐在这儿生气，心说：好，你以为我治不了你这天子之臣？你有你的办法，我有我的办法。齐懿公把身旁的近臣叫来："我告诉你，这么办这么办这么办……"从此，齐懿公也不理单伯了。他手下人来见单伯："您怎么张嘴就随便说话呀？我家国君并没有囚禁太子舍的母亲，没把她圈起来，您怎么瞎说呀？现在我可以陪您去见一见我家国母，您可以把天子的关怀告诉国母，以示您是天子近臣。"

单伯认为这是好事，心说：我到底看看齐君有没有把太子舍的母亲圈起来。其实这个时候，齐懿公已然把他的寡妇嫂子换了一个地方，金碧辉煌，往这儿一坐。单伯傻吧唧唧地就来了，带着他来的人往前一让："您看，我家国母在那儿呢。"单伯上前施礼："我是天子的近臣，我叫单伯，前来看您。"那昭姬能不哭吗？周天子派人来了，眼泪要下来了。刚要说话，外面有人就进来了，齐懿公带着六十个打手。"好哇，你是天子近臣，偷着来见我的寡嫂，要行苟且之事吗？"

您说这人多缺德，愣是让手下人把单伯圈起来了。这边圈着昭姬，这边圈着单伯，齐懿公没事儿了。这个消息就传到了晋国，大家伙儿求晋国，说：您得管啊。可是晋国收了好多贿赂了，不能管啊，怎么办呢？表面上带着人打吧。这儿要出兵了，齐懿公这边琢磨：我得把这件事消除下去。于是又派人送来不少钱，同时把单伯送回周地，然后把他嫂子送回鲁国。这件事儿就算平息了，晋国也就不打齐国了。所以您要看《东周列国志》，那时候就这么乱。这个国家可能是兄弟把哥哥害了，自己当国君；那个国家可能是把侄子杀了，叔叔当了国王。其实应当伯主管这些事，谁要是欺君罔上，做出了伤天害理的事，伯主应当会合天下诸侯，指挥人马去扶助弱小，铲除恶势力。但那个时候伯主已然办不到了，晋国已然没那么强大了，赵盾也不行使这个权力了，晋国就顶着一个伯主的空衔，公子商人就这么顺理成章地成了齐国国君。

当上国君他可美了，就坐这儿琢磨：我当上国君了，得出出气，还得享享福，怎么办？他想了半天，想起一件事来。想当初齐桓公在世的时候，自己因为一块儿地，跟大夫丙原打官司，齐桓公让管仲审理此案。管仲秉公而断，就把这块儿地判给了丙原。现在齐懿公把这件事想起来了，就问手下人："哎，我问问你们，丙原呢？""丙原早死了，埋了好多年了。""给我刨出来。"把丙原的尸首刨出来了。"您打算怎么办？""把他一条腿砍下来。""这人都死了，您砍他腿干吗？""我解气。"就把丙原的一条腿砍了。"把他的儿子叫来。"丙原的儿子叫丙蜀。"拜见主公。""你爸爸当初抢我的地，管仲不讲理，把地判给你爸爸了。现在我把你爸爸刨出来了，砍去一条腿，你难受不难受，恨我不恨我？""我不恨，他活着的时候您没找他的麻烦，我已经很知足了。现在您把他的尸首弄出来，砍了一条腿作为惩罚，我当然高兴了。"这齐懿公也是神经病。"你高兴啊？那我就不要那块儿地了，还给你们家。"

又给人家了。然后齐懿公还挺信任丙蜀，就拿丙蜀当成了自己的心腹。从此，丙蜀就委曲求全地好好伺候齐懿公，这叫君子报仇，十年不晚。齐懿公出完气了，他坐这儿接着琢磨：我当上国君了，我得怎么享福呢？"哎，我把你们六十个人发出去看看，把所有的大臣和文武官员的家眷都看看，看谁的媳妇漂亮，回来告诉我。""我们不用查，您手下文武众卿的家眷之中，最漂亮的就是阎职的太太。""哦，好吧。"

第二天升座早朝，刚刚行完了见君之礼，文武官员还没说话呢，文东武西一站，齐懿公说话了："阎职。""臣在。""听说你媳妇长得不错呀。"阎职也不能说自己的媳妇寒碜啊。"还可以。""把你媳妇带来，让我瞧瞧。"马上传话上阎职家去接。他媳妇不知道是怎么回事儿啊，阎职的太太往殿上一走，齐懿公眼直了："哈哈，不错，Beautiful young lady（年轻漂亮的女人），真漂亮。给我留下吧，阎职你回去再娶一个。"

这就归他了，让阎职回去再娶媳妇，您说这叫什么国君？阎职也不敢言语啊。齐懿公一看：嘿，我把你媳妇留下了，你还挺高兴，脸上一点儿怒容没有，我重用你。就这么着，齐懿公身旁两个近臣：一个是自己亲爹死后被砍了腿的丙蜀；一个是被夺了媳妇的阎职。两人好好伺候着齐懿公，有享不尽的荣华富贵。

齐懿公派人修了一个大游泳池，叫申池，四周围种着竹子，环境相当好，又能浮水又能洗澡。一到暑天，齐懿公就带着七八十个宫女陪着他在申池洗澡。只有两个男的陪着，一个是丙原的儿子丙蜀，另一个就是媳妇归了齐懿公的阎职。丙蜀和阎职各怀心腹事。

齐懿公在申池洗澡，一大堆宫女陪着，高兴啊，洗完了吃，吃完了洗。丙蜀和阎职在另一边洗澡，丙蜀就逗阎职，用竹竿子敲阎职的脑袋，拿水撩阎职。本来阎职就有一肚子气，那堆宫女里面就有他媳妇，在那儿伺候齐懿公呢，他想起来就生气，再娶一个媳妇心里也不是滋味。"我说你呀，你拿竹竿敲我，还拿水撩我，你有本事敲他、撩他去呀？！你爹都死了，让他给刨出来，剁去一条腿，你都不说什么，真没出息。""我没出息？你媳妇都归人家了。""那我也比你强。""哎，你看，你媳妇现在在他怀里搂着呢。"阎职实在受不了了："那你说怎么办？""怎么办？听我的吗？""听你的。"

那两个人还不商量吗？不怕千军和万马，就怕二人巧商量。两个人商量好了一个主意，蹑足潜踪遄奔竹林，往里头一看，所有宫女都在这儿洗澡呢。阎职一看，自己的太太也在那儿洗呢，哎哟，浑身皮肤白皙，这叫一个漂亮，比在自己身边的时候还漂亮，吃得好啊，还天天美容，用牛奶洗澡，自个儿家里没这条件啊。再一听，齐懿公的鼾声起来了，躺在竹床上睡着了。两人一努嘴儿，定下计策要除掉齐懿公。

那么现在晋国干吗呢？晋国也派出探马打探消息，各国的情况都要了解。晋国也发生了很多不愉快的事儿，您别瞧公子夷皋当上国君了，这夷皋也不是好东西。夷皋手下有一个坏人叫屠岸贾，净教夷皋办坏事。所以每个人就怕身边有坏人，而且又怕本人坏——夷皋就是身边有坏人，齐懿公是本人坏。齐懿公在竹床上躺着睡觉，迷迷糊糊做梦，就梦见自己又娶了四十五个媳妇，挨着个儿地搂着洗澡。这时候，丙蜀跟阎职蹑足潜踪就来了，两个人能不能报仇雪恨？赵氏孤儿等热闹回目，咱们下回再说。

第二十五回　赵宣子桃园强谏

有道之君，以乐乐人。无道之君，以乐乐身。

　　《东周列国志》这部书，有时候有几句很经典的语言，能够表达出很精确的意思。刚才这四句："有道之君，以乐乐人"，能够让普天下的人都乐；"无道之君，以乐乐身"，他自个儿高兴就得了，这就是无道之君。想当初大周朝灭纣兴周，就因为纣王是个无道的昏君，所以姜子牙会合八百镇诸侯才能灭纣兴周，有了大周朝八百年的天下。周朝刚开始的时候还不错，但是也挺乱的。咱们说《东周列国志》，周朝有这么多诸侯国，你乱完了我乱，他称霸完了你称霸；这个把爹杀了，那个把兄弟刺死了，就为了夺君位。所以《东周列国志》这部书特别乱，得择着给您说。这部书不像《东汉演义》，不像《隋唐演义》，也不像《三国演义》，能捋着往下说；《东周列国志》咱们得交叉着说，所以挺累得慌。

　　上回书咱们就说到一个无道之君齐懿公，他的位子是夺来的——齐懿公把他的侄子太子舍杀了，他做了国君。当上国君之后你倒是好好当啊，只知道吃喝玩乐，且没在位的时候，谁得罪过他，现在他得报仇。

　　丙蜀和阎职就是被齐懿公报仇后不反抗，还被齐懿公收罗到自己身旁的。这天，齐懿公带了一群美丽的女人在申池洗澡，其中还有阎职的媳妇。谁伺候着呢？就是阎职跟丙蜀。这两人看着眼前的情景，心里都憋着火，但是又不敢互相商量，都不知道对方是真的忠于齐懿公还是假的在哄齐懿公。丙蜀实在忍不住了，就逗阎职，用水撩阎职，用竹竿子敲阎职。阎职生气了："你就会欺负我。你瞧瞧，国君把你爹从坟里刨出来，把他的腿砍了，你都不敢言语。""行啦，你瞧瞧，就在申池里头，他把你媳妇搂在怀里，你不是也不敢说话吗。""谁不敢说话呀？""那你怎么着啊？"阎职比画了一个切脖子的动作。"好啊，那就这么办吧。"

　　俩人是一个心思，那就好商量了。不怕千军和万马，就怕二人巧商量。

连派评书——列国·春秋

两个人一商量，行了，就走到竹林边侧耳静听。这时候在申池旁边的竹榻之上，齐懿公的鼾声起来了，玩累了，睡着了。两个人互相一递眼神，走过去。您想想，齐懿公带来的这群女的，是陪着他玩的，现在他睡着了，这群人就在这儿瞧着吧。也不敢动换也不敢吵，也不敢下水洗澡去了，就在岸边瞧着。丙蜀冲她们一招手，都轻手轻脚地过来了。"您有什么事儿啊？"她们都知道这二位大夫是伺候国君的。"国君已经睡着了，你们找地方去休息休息。我们俩在这儿听着，什么时候国君醒了，我们再去叫你们过来。"

这群女的一听，何乐而不为呢，就都走了，其中就有阎职的媳妇，看了一眼阎职，阎职也看了一眼她，这再回来也没法儿要了啊。丙蜀和阎职心里憋得难受，走到齐懿公的身边，就听见齐懿公打呼噜，相互一递眼神，一块儿掐住了齐懿公的脖子，俩人"一二三"，你也使劲我也使劲，四只手一块儿上去，齐懿公一睁眼："干吗……"

完了，生生把齐懿公掐死了。这种事在列国时期是不少的。丙蜀和阎职把齐懿公掐死了，尸身往这儿一扔，走了。两个人回家收拾收拾东西，逃到楚国去了。这件事就得禀报伯主，这时候的伯主是谁？晋国。虽然晋文公重耳当初的势力很大，传到现在已然有所减弱了，但仍然是天下诸侯的伯主，是中原的伯主。现在的晋国之主是夷皋，七岁登基，十几岁掌握朝权，不学好。秦国指挥人马打晋国，晋国的忠臣赵盾用巧计跟魏邑之地的地主魏寿余商量好了，智赚士会。士会原本是晋国的大臣，后来留在秦国，给秦国出了不少好主意，结果魏寿余诈降秦国，把士会赚回了晋国。就这样，晋国算打了胜仗，两国之间也不再征战了，老百姓也就能踏踏实实地过日子了。赵盾和士会带着晋国所有的忠臣，保着晋国，保着夷皋。按说夷皋的地位来得不容易啊，他妈连哭带喊，才帮着夷皋要回了国君的地位，现在又有两大忠臣带着所有的文武官员忠心扶保，你就好好地守着国吧，不行，夷皋不学好。《东周列国志》说夷皋说得很清楚：荒淫暴虐，广敛民财，大兴土木，重用佞臣屠岸贾。

这咱们就快说到正题了，现在北京京剧院正在恢复《赵氏孤儿》的演出，歌剧也有《赵氏孤儿》这个剧目。我看过老的《赵氏孤儿》，马连良、谭富英、张君秋的《赵氏孤儿》，那可了不得了。当初《赤壁之战》能演红了，《赵氏孤儿》演不红，为什么？其实也是这些名角儿唱的，唱得真好，就是大家伙儿认为这"皮儿太厚"，听不懂。我们评书讲究脱鞋就上炕，比如说《康熙私访》，康熙皇上打板儿算卦，从宫里出来了，碰见两个小孩儿一算卦，把冤案解决了，这叫脱鞋上炕。皮儿薄，书也好说，听众也好懂。像《东周列国志》这样的书没什么人说，皮儿太厚，包括说《三国演义》都不挣钱。过去有这么句话："穷三国，富东汉。"说《东汉演义》能吃馒头，说《三国演义》连窝头都落不着。但那是过去，现在时代不一样了，听众的水平都提高了，所以我才大着胆子说《东周列国志》。我们说书也好，其他各种艺术形式也好，都要深入浅出，讲明白了，深入进去才能浅出呢。

《东周列国志》太乱了。就说夷皋，好容易七岁登基当了国君，你倒是好好当啊，不价，荒淫暴虐，大兴土木，广敛民财，增加税收，没有钱他吃什么喝什么，拿什么玩啊？最可恨的是他重用奸臣，重用屠岸贾。咱们就说到《赵氏孤儿》这儿了，没有屠岸贾就没有赵氏孤儿。《赵氏孤儿》这出戏，现在大家伙儿就能听了，《赵氏孤儿》都上国外演出去了，外国人都能听得懂，咱们中国人就更能听得懂了，都能分析着听。

说《赵氏孤儿》的前提，咱们先得把屠岸贾跟赵盾的事情说清楚了。屠岸贾绝的是赵氏，程婴拿自己的儿子替谁？替的是赵氏的孤儿。那么赵氏孤儿跟国君有关系没有？有关系。这些听戏您可听不着，您得听我说，我把这些事情给您说清楚。

晋灵公胡闹，重用屠岸贾，屠岸贾为了哄夷皋高兴，那就得想主意。什么主意呢？屠岸贾对夷皋说："您现在敛了这么多钱，却没有玩儿的地方。咱们的国都在绛城，我在绛城的城外给您找一块风水宝地，盖一个花园，您就有的玩儿了。""那你就快去干吧。"

屠岸贾就请来人，在绛城城外盖了一个花园，选来奇花异草，其中桃花最多，而且特别好看。屠岸贾把花儿都种满了，把晋灵公请来了："您看看吧。"晋灵公一看，桃花真美呀。"您给起个名字吧。""就叫'桃园'。""您给题个词？""好吧。"

晋灵公提起笔来，写了"桃园"二字。屠岸贾赶紧找人做匾，就给挂在桃园门上了。桃园的匾是国君题词，那还了得吗？逛了半天全是花儿，晋灵公有点儿兴味索然，屠岸贾又给出主意。您看，屠岸贾是一步一步地干。"主公，您看这花园里可缺少楼台殿阁呀，您光看花儿，别的地方看不见啊。""嗯，那你该修什么就修什么吧。"这一下大兴土木，花池、假山，修了三座楼，当中间儿这一座特别高，朱柱方椽，红色的柱子，方的房椽上都雕着花刻着人物；曲径游槛，特别雅致，而且站在楼上可以尽观绛城城内城外全部的风景。

全都盖好了之后，屠岸贾又把晋灵公请来了。晋灵公夷皋登楼一看："好啊，真好啊，全看见了。屠岸贾，哎，你看，怎么那男的带着个女的进屋了？""那是人家回家啦。""他们回家干什么？我看不见呀。""您等着，我给您买一望远镜去。"

那年头也没有啊。晋灵公在园子里看什么都新鲜，因为他在宫里什么也看不到啊。这在楼上四下一看，种地的他能看见，纺棉花的他也能看见，高兴啊："嘿，真好，这楼上什么都看得见。""那您给起一名儿？""嗯，在绛城，直冲云霄，叫'绛霄楼'怎么样？""好啊，您给题个字。"晋灵公又提笔写下"绛霄楼"三个字，直冲云霄。

屠岸贾命人刻好了匾，往这儿一挂。从此往后，每天屠岸贾都陪着夷皋上这儿来玩，赵盾和士会看在心里就不舒服。凡是忠臣都恨奸臣，凡是奸臣也都爱瞪忠臣，水火不同炉。屠岸贾每天哄着夷皋到桃园游玩，饮酒作乐，当然还得有美女陪伴，宫中的女乐弹唱歌舞，屠岸贾和夷皋下棋喝酒。玩着玩着，夷皋烦了，那时候不像现在有这么多玩意儿，也就能下下棋喝喝酒，弹唱歌舞，没什么新鲜的。屠岸贾拿个玩意儿出来，弹弓，对夷皋说："您瞧这个怎么样？您一个，我一个，咱们打鸟玩。""嘿，这个好玩儿。"

屠岸贾功夫不错，拿着弹弓，"啪"，把鸟打下来了。夷皋就练，您别瞧管理国事他不爱练，这个他可爱练。没有几天，他也能把鸟打下来，高兴。谁打鸟打得多、喝酒喝得多，有赏赐。打鸟打了一个多月，夷皋又玩烦了，把脸一耷拉。屠岸贾一看，这还得哄啊。于是屠岸贾就请来百戏优人来表演，一摊儿一摊儿的，跟现在的游园晚会似的，全都是各种戏曲和民间艺术。优人就是艺人，上桃园撂地演出，晋灵公在楼上，屠岸贾在旁边陪着，有美女伺候着。晋灵公往下一看，演什么的都有，看着看着："嗯？"

晋灵公一眼就看见桃园外头，老百姓越聚越多、越聚越多，都跑这儿来看戏。为什么？桃园外头都是栅栏，修得很好，由打外面能看到里面。您想想，每一摊唱戏的都得搭个小戏台呀，所以都比较高，老百姓听见鼓乐之声，听见琵琶丝弦，就都聚拢跑来看戏，越聚越多，可就忘了绛霄楼上有国君了。老百姓人山人海，在这儿瞧热闹："嘿，不错，这出戏真不错。""哎，您瞧，那儿还有说相声的呢。""那个不错，那儿一大胖子说书呢。"

老百姓一边看一边聊，热闹至极。屠岸贾一看，眼珠一转，给夷皋出主意："您看有意思吗？""有意思啊。""那给您这个。"屠岸贾往前一递弹弓。要不怎么说小人就是坏。晋灵公可不在乎这个，心说：我是一国之主，想干什么就干什么。拿起弹弓来，上了一个弹丸，对屠岸贾说："咱俩试试？我往这边打，你往那边打，打中了我有奖。""打哪儿您有奖？""眼珠。打中奖你十两。""那我要打到肩膀上呢？""打肩膀可没赏。你要是打不中，我可罚酒三杯。""行。"

夷皋一拉弹弓，"啪"，一个弹丸就打出去了，老百姓在下边正看得高兴呢。"哎哟……"这一弹就把一个老百姓耳朵的下半拉打掉了。您想想，这绛霄楼得多高啊，上打下，不费蜡，弹弓力量也大，"啪"这么一打，半拉耳朵就掉了，血就下来了。老百姓抬头看，不知道弹丸打哪儿来的。这边屠岸贾成心，他不能比国君的技术高啊，弹弓稍微往下一歪，弹丸就打在一个老百姓的肩头之上。"啊……"可是不知道是哪儿来的弹丸。晋灵公这下高兴了："嘿嘿，你看那儿流血了，多好啊，打！"

左一弹、右一弹，左一弹、右一弹，打了足有十几弹。底下的老百姓可就受不了了："哪儿来的飞弹？"抬头一看，是由打上边来的，老百姓可不知道是国君和屠岸贾打的。"了不得啦……弹丸真打人啊……""君王怎么也不管啊……""哗……"

其实就是君王打的。老百姓四下里一跑一乱，夷皋更高兴了："嘿，有乐儿，今天是我有生以来最开心的。干吗都跑啊？跑了我就打不着了。哎，你们还有谁会打弹弓啊？"屠岸贾真坏，一下拿出一百个弹弓来，往下一发。国君身边的护卫有会玩的，抄起弹弓："主公，打中了有赏吗？""打中了有赏啊，我说了，打眼珠，打中了赏十两银子。"那谁还不打呀？晋灵公手底下这些侍卫都拿起弹弓就打，连伺候的美女都有上手的，近百人从绛霄楼上往下一打，可了不得了，老百姓招谁惹谁了？真有把眼珠子打出来的，撒腿就逃，哭爹的叫娘的，而且这一跑可不要紧，就能把人踩死。"嘿……"晋灵公高兴，"屠岸贾啊，你可真不错，会玩儿。太好了，今天是我人生之乐也。"

他拿这个当乐儿。刚才开书的时候咱们就说了：无道之君，就是为了让自己高兴；有道之君，能让普天下人人都乐。老百姓四散奔逃，晋灵公乐了。屠岸贾一看：这个昏君好哄。

屠岸贾是什么出身呢？前文书咱们说过屠岸贾的爷爷，叫屠岸夷。《东周列国志》的内容太不好记了，我都得往前查。咱们说过，晋献公宠爱骊姬，手底下有三个小人，一个是优施，一个叫梁五，还有一个叫东关五。屠岸贾的爷爷屠岸夷就是东关五的家奴，跟着东关五的，东关五喜欢他。那后来屠岸夷为什么当了下大夫？一个家奴也当了官了，就因为他会阿谀奉承。想当初屠岸夷保着晋献公，跟骊姬他们是一头儿的，后来他被人劝，劝得他保了重耳。而且十位大臣联合在一块儿反对君王，他把别人的口供全都套出来立功了，把那九位全宰了。所以说屠岸贾的爷爷屠岸夷就是这么一位势利小人，立功之后被封为下大夫。

现在屠岸贾哄着夷皋，哄得他非常高兴，赵盾没有办法。不但如此，屠岸贾的心还特别狠。由周地有人进贡来一条狗，叫灵獒，有三尺高，可能跟现在的藏獒差不了多少，其毛如赤炭，浑身都是红毛，而且善解人意，对它说人话它懂。屠岸贾派人牵着灵獒来到晋灵公的面前，夷皋一看，高兴了："好，太好了。"

就让人训练灵獒，这个人的官职就是獒奴，吃中大夫的俸禄。獒奴可了不得，他专门给灵獒喂羊肉吃。屠岸贾坏透了，他让人去训练灵獒。怎么训练？弄一个草人，草人身上穿的衣服以及草人的模样跟忠臣赵盾差不多，把草人胸口里面搁上十几斤羊肉，天天让獒奴训练灵獒去扑这个草人，过去咬，扒开草人的胸口就有羊肉吃。屠岸贾想害赵盾是早有预谋的，而这些事情夷皋根本不知道，赵盾也不知道，士会还有朝中的大臣都不知道。灵獒通灵性，总这么训练它，它就明白了：这个样子的东西里头有我要吃的羊肉。所以屠岸贾是事事都有预谋，都有所准备。而晋灵公就是玩儿呗，你哄着我玩儿，我有什么事儿啊？越玩儿越厉害，越玩儿越厉害，晋灵公传下旨意：免外朝。他心说：上朝堂我嫌累得慌，改为内朝，就在我睡觉的寝宫办公，文武大臣来吧。办完公事你走吧，我该玩儿我的玩儿我的。您想想他在桃园都那么玩儿，在宫中能干得了好事儿吗？夷皋把外朝免了，改为内朝。赵盾是正卿，是上大夫，是相国；士会则是辅助赵盾。两个忠臣每天带着文武大臣就在内宫门口这儿等着，什么时候国君上朝，什么时候办国事。赵盾和士会很生气呀，但是干生气没办法，每次等所有文武众卿走了，两个人还得看看有没有国事需要处理，然后才走。

这一天，两个人一左一右刚要出宫门，突然间听见旁边角门有脚步声音响，两人回头一看，角门那儿抬出一个东西来，竹子的，按现在话说就是一个竹筐。再一看这竹筐，就看见竹筐边上出来一只手。士会是个谋士，非常聪明："相国，你看。"两个人都看见了。当然相国赵盾得说话："站住。"抬竹筐出来的是宫里的两个内侍，赶紧低着头站住了，不敢言语。"里边抬的是什么？"两个内侍不说话。"为什么不说话？我相国问你们，你们都不言语？""您既然是相国，您自个儿看吧。"两个内侍哆里哆嗦。赵盾就和士会一起过来，掀开筐盖一看，两人一掩口鼻，躲开了——是一具被解体的死尸。"怎么回事儿？""不敢说。""你要是不说，不用等着国君宰你，我现在就宰了你。""是这么回事儿，您先别宰我。死的这位是给主公做饭的，主公和屠岸贾在一起饮酒，想用熊掌下酒，没想到主公着急，一次催、两次催、三次催，一直催到第五次，炖熊掌时间必须得长，可是没办法，熊掌还没太熟呢，就给端上来了。主公一吃不太熟，一生气，就用喝酒的铜斗'啪'一下就打出去了，就把做饭的膳夫打死了。然后碎尸，装在筐里，让我们俩抬出来，扔出去，然后马上回报。如果回报晚了，砍头之罪。相国大人，我们已然说完了，您赶快让我们走吧。"赵盾和士会气得浑身颤抖，体似筛糠，脸上颜色更变："快去，快去。"

国君吃饭叫用膳，给国君做饭的就是膳夫，两个内侍就把这位被分尸的膳夫抬走了。赵盾瞧了瞧士会，可就愣在这儿了。"相国，相国……""士会呀，大夫啊，身为国君应当爱护百姓，他却视人命如草芥，以弹弓杀人、以狗咬人……""这事儿我还不知道，什么狗咬人啊？""唉，你还不知道。主公让獒奴养了一条狗，乃周人所送，叫灵獒。谁要是犯了错，主公就让灵獒去咬谁。你瞧咬的这地方，专门咬脑门子。"《东周列国志》上写得很清楚："啮其颡（sǎng）"。颡就是脑门儿，灵獒专咬人脑门儿，那还不给咬死？！士会听了直哆嗦："这件事儿我没听说。""我没敢告诉你呀，只是我偷偷地看见过一回。"赵盾看见过一回，可是他没留神。"那相国您说怎么办？""我拉着你一块儿面见主公，前去谏言，让他修德养政，以爱百姓。现在除了咱们俩，没人再敢说话了。""这么办吧，相国，就咱们俩了，这是您说的。倘若咱们一起去谏言，他一生气，把咱俩杀了，就没有后继者了。这回我去谏言，如果主公不听，把我杀了，您还能接着再去谏言啊。他要是听了，那不是更好嘛，得留下您成为再谏者。"您瞧这忠臣，多忠诚啊。赵盾听完，点了点头："好吧，那就请士会大夫先行。"

赵盾在外面等着，士会迈大步就进来了，夷皋正在中堂之上坐着呢。"哼！不好好地伺候我吃饭，还能有好下场吗？"忽听脚步声音响，抬头一看，进来一位，正是士会。当时夷皋就明白了，他可不傻，会吃喝玩乐的人一点儿都不傻，傻子不会干这个，给他钱都不知道怎么花。夷皋没钱就会搜罗，搜罗来钱之后他会玩儿，您说这人傻吗？一看士会进来，就知道是谏言者来了，马上就站起身形："士会大夫，你前来谏言，寡人已经知错，今必改之。"挺机灵的吧？不用你说，我自己先说。士会还得跪在地下，夸一夸君王，只见他"扑通"一声跪倒在地："谢过主公，主公能够痛改前非，是臣等之万幸，百姓之万幸也。"

人家说改了，你还能说什么呀？晋灵公一抬手，士会站起身形出来了，见着赵盾："主公说他改了。"把堂上的事情一学舌。"唉，但愿他可以付之于行动吧。"

两个人回去了。第二天应该上早朝了，赵盾总是头一个，士会总是第二个，大家伙儿全跟着。等赵盾头一个来到宫门这儿一看，外边车已经准备好了，屠岸贾在这儿等着呢："相国。""大夫。""今天免朝，牌子已经挂出来了，国君要到桃园游玩。"

赵盾气坏了，心说：今天明明应该上早朝，你屠岸贾却备好车在这儿等着接国君去玩儿？赵盾没说话，转身出去上了自己的车，然后绕道奔桃园。因为国君尚未出行，他得抢在你头里。等到了桃园门口，赵盾下了车，往门口一站，心说：我等着你，不让你进去玩儿，让你回去办理朝政。没一会儿的工夫，车铃铛响，屠岸贾趾高气扬，亲自赶车，陪着晋灵公来了。车止住了，赵盾躬身施礼："臣见驾。""嗯？！"屠岸贾很聪明，车帘往起一挑，晋灵公往外一看："哈哈，相国呀，寡人未曾召见于你，你为何在此候驾？""主公，臣有言谏。""扑通"一声，赵盾跪倒在地。"讲。"

既然大臣有谏言，你当国君的不能不让说。把嘴堵上，我该玩儿玩儿去，那不像话，起码你还是一国之君啊。"主公，臣闻'有道之君，以乐乐人；无道之君，以乐乐身'。您身为晋国国君，臣冒死谏言。"就是你杀了我，我也得说。晋灵公头一歪，看着屠岸贾，屠岸贾嘴一撇。赵盾在车下跪着，声泪俱下，一边哭一边谏言："主公啊，您在宫中宠信嬖臣。"就是您宠信这些小人，"桃园游乐，声色歌舞，以乐自身足矣。"够瞧的了，"您不应该草菅人命、弹弓打人、灵獒啮颡。"谁要是犯了错，您就让手下的这条狗，也就是灵獒，去咬人脑门子，给人咬死，"肢解膳夫。"就因为熊掌没弄熟，而且还是因为你催的，你就把人家杀了，大卸八块，"不是国君之所为。想当初殷纣已散朝。"就是殷纣王已然失败，"就是因为暴虐从政。您应当赶紧回归宫中处理国事，痛改前非，使晋国安顿，使天下仰慕，此乃国君之所为也。"你不应该在这儿玩儿了，应该马上回到宫中处理国家大事，晋国老百姓高兴，天下称你为伯主，这才是你应该办的事儿。说完之后，赵盾偷眼观瞧，夷皋也觉得害臊，够寒碜的，用袖子一掩面，古人都是大袖子。"相国请回，忠言尽听，容我今日再游玩一回。"你的话我听，让我今天再玩儿一天，您说多寒碜。赵盾跪在地上，爬到园门之处不起来，我让你的车进不去。屠岸贾一看，在旁边戗（qiāng）火儿："相国呀，一国之君，车已至此，你不让进园，国君脸面何存啊？主公已然说了，今日再游玩一次，就不来了。你赶紧起身，让国君进去。明日早朝，再来见君。"屠岸贾给了晋灵公一个台阶，晋灵公一点头："相国，明日早朝，必然召见，必然召见。"

　　赵盾没办法，想堵门都堵不住了。屠岸贾过来，让两个人把赵盾搀起来了，赵盾往旁边一闪，车进去了。赵盾心里难受，回家去了。夷皋带着屠岸贾进了桃园，等到了绛霄楼前，车止住了，屠岸贾搀着晋灵公上楼，楼上早已经摆好了，当然是山珍海味。女子乐队，几种唱法，把大明星、二明星都请来了，在这儿一唱，屠岸贾在旁边敬酒："主公，您怎么不高兴啊？""唉，我也对不起赵盾。""不对，您瞧他整着个脸子，寒碜劲儿的。自古以来都是君治臣，哪儿有臣治君的呀？""也是啊，从来都是君管着臣，哪儿有臣管君的道理呀？像这样的人，我留着他我没法儿活呀，你说怎么办？"他问屠岸贾，那屠岸贾还不好办吗？"杀呀。""何计杀之？""我手下有一名大力士，两膀臂（lǔ）力过人，因为家里穷，给他吃的就行。他食过五斗，声如牛吼。这个人叫钮麑（chú ní）。我告诉他，给他钱，就说国君命令他去刺杀赵盾。如果钮麑把赵盾杀了，您给他个官儿做。""那是没问题的呀，当然得赏他个官儿做，而且还会赏他美女，赏他钱财。""行，他家穷，他就喜欢这个。您放心吧，我让他去刺杀赵盾，把这个整着脸子的赵相国杀了之后，您还不就随便玩儿了嘛。""好哇，你赶紧去办。"

玩儿完之后，晋灵公回到宫中。屠岸贾回到家中，把钮麑叫来了。"拜见主人。""钮麑呀，国君暗下旨意，让我带给你。因为你不识字，所以让我口传于你。""请您讲。""明日赵相国上朝之时，你带好利刃，在相国家中门处候等。赵相国每天都是第一个上朝，门口的车必然已经准备好了，只要他迈步一登车，你过去就把他刺死，能不能办到？""能。""那你这辈子就不愁吃喝，将来保你在君前为官。""当不当官无所谓，只要让我一生平安度日就行。"您说这不是傻吗？你刺杀了相国，能让你平安度日吗？钮麑就上了屠岸贾的当了。"有没有利刃？""有，是您赏赐给我的。""好吧，你去准备吧。"

钮麑下去就都准备好了。第二天早上五鼓早朝，头一天晚上钮麑等天一黑，忍了一个小觉，等他醒的时候，还不到咱们现在的晚上十一点呢。钮麑蹑足潜踪来到赵盾他们家，就在中门这儿等着。等了半天，天交五鼓，钮麑抬头一看，相国上朝去坐的车辆已然准备好了，赵盾要出来去上朝了，有仆从在车前等候。车右边有一位大汉，这位叫提弥明。您查历史书，在车右边者为上者，亦优者，就是说他手下有这么多人，在右边站着的就比在左边的聪明能干，是得力的心腹。都准备好了，相国要上朝了，但上朝也不能去早了，惊了驾也不行。借这机会，钮麑往正堂上一看："呀……"

钮麑大吃一惊。只见中堂之上稳坐一位官员，朝冠朝服，垂绅正笏（hù），端然正坐，二目向下瞧，正在思虑国事。垂绅正笏，什么是绅？

就是古代士大夫束在腰间的长带子。什么是笏？就是古代大臣在朝廷面君时手中所拿的狭长的板子。您看京剧《二进宫》，大臣们拿着象牙笏板上朝，所有文武众卿都得捧着笏板。赵盾垂绅正笏，二目向下，脑子里还在思虑国事。赵盾就是对君王如此重视、以国事为重的这么一位好大夫、好相国。钽麑暗竖大指：国之忠臣，民之有主。国家的忠臣是老百姓的主人，他心中有老百姓，老百姓就应该拿他当主人，信任他，他爱护百姓，爱护国家。您要看《历代名人词典》，赵盾也确实忠心辅佐晋国，干尽了忠臣之事，没想到现在要受到奸臣的杀害。赵盾在中堂上坐着，他万万没想到外面有个钽麑要杀他。钽麑一想：我要是把相国赵盾杀了，是尽君事，因为屠岸贾传的口谕，说是国君让他来杀赵盾；我要是不杀赵盾，就是违抗君命；可我要是杀了他，就是杀了国之忠臣、民之主，老百姓就倚靠他呢，晋国就倚靠他呢。我是杀，还是不杀？杀了他，我对不起全国的百姓，对不起赵盾；不杀，我违背君王之命，我也对不起屠岸贾，在我没钱挨饿的时候，是屠岸贾养着我，我吃他的喝他的。钽麑终究是好人啊，他决定不做这种不仁不义不忠之事。但有一节，钽麑心说：我怎么办呢？我不杀赵盾，后面还会有人杀他，我得让赵盾知道。钽麑想到这儿，抖丹田一声喝喊：“呔！”

就这一嗓子，整个赵盾他们家都听见了，“唰”的一下，灯全亮了。钽麑再一看，心说：我做对了。就在赵盾家灯光闪烁之下，一看赵盾家的家具都非常粗糙，一件值钱的东西都没有，看起来相国赵盾是真的忠心爱国呀。“呔！在下钽麑，奉君之命前来刺杀相国，相国乃民之主也，我不能干这不忠不义不仁之事。今天我钽麑宁愿一死，禀报相国，必然还有后来刺杀者，相国你要留神一二。”赵盾当时就是一惊，手下人也全惊了，再听“嘭”的一声响，大家伙儿抬头一看，赵盾也由打堂中跑出来一看：“呀……”

就在二门这儿有一棵大槐树，大力士钽麑以头撞树，脑浆迸裂而亡。所以《东周列国志》说钽麑：“壮哉钽麑，刺客之魁！”钽麑以死告诫赵盾如果我刺杀不成回去了，屠岸贾蔫不唧儿地把我杀了，或者是国君把我杀了，你赵盾不知道有人想刺杀你，后面还会继续有刺客来。我一死，你赵盾就留神了，知道有刺客要杀你，也就知道朝中有人要害你，你就有所准备，处处留神就能保住你这条命，能继续关爱晋国的百姓。所以说壮哉钼麑。这个题材就足够拍一个电影，只不过他们就不会编。赵盾赶紧从中堂之中出来，提弥明赶紧过来："哎呀，相国，我认识他，他是屠岸贾的家奴钼麑。""千万不要声张，把他草草埋在槐树之下，打扫干净。"家人赶紧过来，就在槐树之下刨了个坑，把钼麑埋了。提弥明一抱拳："相国，今日休要面君。""哎，我身为相国，当以国事为重。今天国君设早朝，我必然要去事君。备车。"

劝不管用啊，忠臣赵盾撩衣上车，提弥明紧紧跟随，保着相国的车往前走，直接到朝廷面君。文武官员全都陆陆续续到了，赵盾今天稍微晚了点儿，因为处理钼麑的事儿。大家伙儿看到赵盾晚了，都是一愣，因为每次早朝赵盾都是头一个到。所有人跟着赵盾到内朝寝宫见驾。晋灵公以为赵盾已经被钼麑刺死了，往下一看，大吃一惊。只见赵盾朝冠朝服，垂绅正笏，迈步走过来了。夷皋和屠岸贾君臣两个人只能说哑语，不然旁边的人就听见了。"哎，这位怎么没死啊？"屠岸贾轻轻凑到了晋灵公的耳旁："据说钼麑撞槐而死。"您说屠岸贾暗中派人盯着没盯着钼麑？"现在怎么办？""您告诉赵盾，就说因为他谏言有功，您天天上朝，回来我再给您出主意。"

咱们书以简洁为妙。当天办理完国事，散了朝了。第二天再上朝，屠岸贾的主意已然有了。"您就说由于他的谏言，使您痛改前非。"晋灵公瞪了屠岸贾一眼："什么叫痛改前非？意思是我之前有错误是怎么着？""嘻，您就得跟他那么说。您就说听了他的谏言，我作为年轻的国君，应该着重处理国事，望众卿帮忙。然后您单赐酒宴，以奖励相国谏言之功。我陪着您，摆上酒宴，您在当中间儿坐着，我在您下垂手陪着，您把赵盾请来。酒过三爵之后，您跟他要他身上的佩剑，据说他那把家传的佩剑非常好，价值连城。他把剑给您一瞧，我当时用手一指：'在君前亮剑，难道你要弑君吗？'立刻就把他拿下，以弑君之罪杀赵盾。""好，就是这个主意。"

屠岸贾都准备好了，而且暗中让獒奴把灵獒也准备好了，另派五十名甲士隐在宫中。如果赵盾真的在君王面前亮剑，就把他杀了，这是一计。如果他逃出来，五十名甲士一拥而上，把他碎尸万段，这是二计。如果他又逃脱了，獒奴就把灵獒放出来，每天用来训练灵獒的草人就是比着赵盾做的，扒开胸口就有鲜羊肉。您说灵獒看见赵盾能不蹿过去吗？这是三计。屠岸贾嘱咐獒奴："只要我一传令，你就放出灵獒。"

三条计策要害相国赵盾，害得成害不成？咱们下回再说。

第二十六回　责赵盾董狐直笔

庸史纪事，良史诛意。穿弑其君，盾蒙其罪。宁断吾头，敢以笔媚？卓哉董狐，是非可畏！

上回书咱们正说到赵盾，您要看历史上的赵盾，史书上管他叫赵宣子，他确实在晋国文武众卿之中起着相当的作用，但是他保的这君王不好。前文书咱们说了，夷皋当了晋国之主以后，重用屠岸贾——《赵氏孤儿》里的坏人，奸臣屠岸贾。屠岸贾的祖父屠岸夷，就是一个争权夺势图利的小人，这里可能也有遗传因素，屠岸贾也是个坏人。他就教小的君王学坏，老出坏主意。赵盾看在眼内，苦在心中，几次谏言，还有忠臣士会也是苦谏，但是晋灵公不听，没办法。晋灵公也烦赵盾，心说：我在桃园这儿玩会儿你也折腾我，不让我玩儿。所以上回书咱们说到晋灵公跟屠岸贾商量，让屠岸贾的家臣钮麑去刺杀赵盾。没想到钮麑夜里来到赵盾家的中门，见相国赵盾在中堂之上垂绅正笏，端然正坐，思想国事，钮麑十分感动，不忍刺杀赵盾，心说：我要是把他杀了，能对得起晋国的百姓吗？虽然钮麑感动在心，但是刺杀赵盾是君王之旨，钮麑既不能抗君王之旨，又不能负屠岸贾养护之恩。所以钮麑高声喊嚷以提醒赵盾："相国您留神，我叫钮麑，我来杀您，而我之后，必然还会有人前来刺杀，您要留神。""嘭"的一下，撞在槐树上死了。

出了这么大的事情，忠臣赵盾仍然上朝，入朝面君。屠岸贾一看赵盾没死，就跟夷皋商量："主公啊，得想办法把赵盾杀死，不杀赵盾，您没法儿踏踏实实地玩。"夷皋听了屠岸贾的话，就在等待办理国事的时候，告诉赵盾："卿家谏言，我听了。你让我远离小人，好好治国，我一定听你的话，国家才能富强。卿家谏言有功，明天我赐下酒宴，请卿家来饮宴。"

好事儿吧？其实夷皋背地里早就跟屠岸贾嘀咕好了，就在屏风后头预备甲士，每人一口刀，等赵盾来赴宴时，找机会把赵盾杀了。夷皋一点头，屠岸贾设下三条计，把所有的事情全安排好了，这些赵盾都不知道。赵盾手下也有一名勇士，叫提弥明，平常总站在赵盾的车右。提弥明确实忠心耿耿，保护相国赵盾。提弥明跟着赵盾来的，赵盾来见君王，夷皋就把赵盾请到酒席宴上。那时候的酒宴也比较简单，您看电视剧或者听书，我们说的都是明装，八仙桌子、太师椅，其实那是明朝末年、清朝才有的，咱们直到汉朝还跟日本的榻榻米似的，席地而坐。列国那时候也是一样，而且没有那么高的桌子，就是地上起来一个小台，台上摆桌子。夷皋往这儿一坐，赵盾上前施礼，提弥明跟着就上来了。提弥明什么人？身高在一丈开外，长得十分忠厚，面色漆黑，浓眉阔目，鼻直口方，二十啷当岁儿，没胡须，身上穿青挂皂，紧跟着相国赵盾就要上台阶。屠岸贾一看，心说：小子，我能让你上来？我跟国君已然商量好了，就准备杀赵盾呢。"提弥明，国君设宴赏赐相国，随从人员免。"

屠岸贾这就等于替君王传旨了。提弥明没办法，只好往后一退，站在台阶之下，侧目瞧着。晋国之主夷皋在当中间儿一坐，右边坐的是赵盾，左边坐的是屠岸贾。宫人们排着队上菜，一盘一盘又一盘，跪在地上往上送菜，因为这是君王宴请，都是跪着往上送菜，不敢怠慢。不一会儿，菜肴都摆好了，屠岸贾命内侍斟酒，每人斟一杯酒，屠岸贾把酒杯一举："主公，我替您敬相国一杯。"真正的主公不能总敬别人酒，所以由屠岸贾替敬。赵盾举起酒杯来，抿了一口，真喝？哪儿那么馋呢，要真喝回家喝去，这儿就是意思意思，抿上一口。"谢主公。"

赵盾把酒杯往桌上一放，然后第二杯、第三杯，拿起筷子稍微点一点儿菜，再爱吃也不能大口地吃，所以什么场合有什么样的规矩。夷皋看了看屠岸贾，屠岸贾冲他一点头，实行第一条计策。夷皋一歪头，他岁数小啊，您想想他七岁登基。"相国，听说你身上佩剑乃是家中所传，古之名剑，可否让寡人看一看啊？""好啊。"赵盾是个忠臣，主公要看自己的佩剑，那有什么不行的呢？于是赵盾把佩剑解下来，往上一递。屠岸贾给夷皋使了个眼色，夷皋接着说："拔鞘亮之。"

你把宝剑从剑鞘里拔出来让我看一看，我不能隔着鞘看啊。这说得有道理。赵盾把剑鞘往下一拔，拔出剑来他得往上递，屠岸贾就等着赵盾递剑这一下呢——这是第一条计策：你亮剑于君前，你想干吗？刺君，这罪名就给赵盾扣上了。赵盾正要往上一递，提弥明在台阶之下看得非常清楚，急忙高喊一声："相国，君王赐酒，三爵已过，足矣，岂能亮剑于君前耶？"

"啊呀……"赵盾这一下就明白了：这明明是想让我上当，亮剑于君前，我就成了刺客，有砍头之罪，杀，全家都得死啊。想到此处，赵盾把宝剑往下一撤。屠岸贾一看有人点醒了赵盾，往下看了一眼提弥明，然后又朝晋灵公使了个眼色，提弥明可就看见了，屏风之后甲士林列，手中都是明晃晃的钢刀。提弥明一看：坏了。甲士们往上一拥，赵相国的性命就得丢在这儿。提弥明往上一蹿，"噌"的一下就来到赵盾身前，把赵盾一护，赵盾也明白了。"相国，随我来。"

等屠岸贾传下命令，甲士往外一拥，赵盾跟着提弥明已经下了台阶，跑出去了。但赵盾可没有提弥明跑得快，甲士们每人一口刀往出追，赵盾明白了：头一条计策是诬我亮剑，说我有弑君之罪；二一条是想以摔爵为号，让甲士一拥而出把我杀了。好你个屠岸贾，好你个无道的昏君。可是没办法，甲士们已然拥出来了，后边两侧甬路里也出来了几百名甲士，全奔提弥明和赵盾来了。提弥明拉着赵盾往出跑，看后面甲士追上来了，提弥明往自己身后一揽赵盾："您快跑，我在这儿顶着。"

那时候的武士是允许带刀的，提弥明亮出自己的宝刀，"唰唰唰"刀光剑影，提弥明确实非常英勇，力大无穷，追来的甲士上一个死一个，上一个死一个。屠岸贾在后边一看：嘿嘿，咱们来第三条计策吧。屠岸贾吩咐獒奴把这条灵獒就给放出来了。灵獒一蹿，"噌"的一下它就看见赵盾了。灵獒心说：平常我咬的就是他，他胸膛里有肉。灵獒直扑赵盾。这时候甲士们不敢过来了，因为已然被提弥明砍杀了十几个了，谁没事儿那么不怕死地卖命去啊，提弥明这么勇，冲上去让人家一刀把我砍死？都知道在边上嚷："杀呀，拿呀……""拿赵盾啊……""别让赵盾跑了呀……"

可是没人敢过去。这时候灵獒蹿过来了，提弥明一看狗直奔赵相国去了，他可就明白了，大喝一声："相国，快走！"

然后自己一转身，就挡住了扑来的灵獒。提弥明身高一丈开外，灵獒身高三尺。灵獒一看，急坏了，心说：我吃的是他，不是你。所以这训练也有毛病，光训练得灵獒认识赵盾，不认得提弥明，这也是屠岸贾失招之处。训练的时候应该旁边再弄一提弥明的草人，胸膛里放上牛肉，不就也认识他了吗？灵獒不认识提弥明，只知道我得咬这人后面的赵盾，那人胸膛里有肉吃。它打算蹿过去，但提弥明个子太高，而且提弥明终究是人啊，人是万物之灵。灵獒往后一退，打算蓄力越过提弥明。提弥明非常聪明，他看见狗往上蹿，自己迎着狗也是一蹿，狗哪儿能跳得过他呀，提弥明蹿蹦跳跃如履平地，一身的好功夫。一人一狗同时一蹿，提弥明拧身一骑，就骑在灵獒身上了。灵獒不干啊，想把提弥明甩下来。提弥明真有力气，较起浑身的力气往下一坐，愣是把灵獒坐趴在地上了。提弥明借势两只脚站在地上，力由地起，再一较劲，两只手对着灵獒的脖子，使尽千钧之力。"啊……"灵獒心说：我得吃羊肉……完了。这下把夷皋心疼坏了，心说这个勇士竟然把我的灵獒掐死了。

屠岸贾一看："杀！"他的两只眼睛恶狠狠地瞪着这些甲士，甲士们可不敢再退后了，全都往上拥，跟提弥明动起手来。毕竟甲士太多了，几百个甲士一拥而上，把提弥明杀了。赵盾看见没有？赵盾全看见了，但是他顾不上，他得跑啊。这些甲士都顾了杀提弥明，可就追不上赵盾了。突然间，赵盾就觉得身后有一个人跑得飞快，回头一看，追过来一个甲士。赵盾心说：完了，我跟提弥明不能比，他只要追上我，我就完了。这位一直跑到赵盾面前："相国休得惊慌，我乃翳桑之下故人也。来。"

说完往下一蹲身，就把赵盾背起来了。赵盾当时就想起来了。怎么回事呢？五年之前，赵盾打猎归来，累得慌，也想欣赏欣赏郊外的风景，于是就下了车，看见前面有一片桑林，就在桑树底下让手下人搬了个座位，坐下来休息休息。您想想，相国在野外休息，能席地而坐吗？这时候，赵盾就听见身后有动静，回头一看，有一个人躺在那儿，衣衫褴褛，穿得非常破。赵盾以为是刺客，赶紧站起身形，叫来手下人："你去问问，他是干什么的，如果是刺客，就赶紧把他抓起来。"

手下人过去了。"哎，你是干什么的？问你是干什么的？嘿，你明白不明白呀，问你是干什么的？"赵盾仔细一瞧，躺在地上的这个人骨瘦如柴。"不要欺负他，问问他到底想干什么。""哎，相国问你是怎么回事儿呢。"这时候，赵盾走到这个人面前："你是哪国人呢？""Hungry（饿）……""你饿呀？""Yes（是的）。"

赵盾一想，不能眼看着这人饿死呀。打猎带着吃的呢，就让从人把带着的吃的拿来了。您要看《东周列国志》原文，写的是"脯"，就是肉脯。又拿了点儿干粮，弄了一小筐，给这位端来了，一样一样拿出来，摆在这位面前。没想到这位这么饿，还自己爬起来了，指指那个小筐，那意思是您把那小筐借我使使。这从人还真不错，知道赵相国心软，不会计较一个小筐，就把小筐往过一递。这位把眼前的吃的择了一半儿，搁在小筐里头了。赵盾纳闷儿："你不是饿了吗？你倒是吃啊。""Mother（妈妈）……我妈比我还饿呢。"赵相国心眼儿软，就把带着的所有的吃的都给了这位了。"这些都给你，你先吃饱了，然后再把其他的给你妈送回去。""Thank you very much（非常感谢）。"

这位把东西吃了，又喝了点儿水，能说出话来了，跪在地上给赵盾磕头："您是不是相国呀？""我正是赵盾，你是谁呀？""在下姓灵，叫灵辄。因为总觉得晋国不行，我就上卫国了，出国留学了三年，没想到在卫国一事无成，我就回来了。这还没到家呢，都快饿死了，兜里头一分钱都没有了，幸亏相国您救了我，我得赶紧把这些吃的给我 mother（妈妈）送回去。家里还有高堂老母，就住在西门这儿，差这一骨节儿我就到不了家了。"

赵盾救了灵辄之后，把这事儿就忘了。按照晋国的规矩，按地丁来说，灵辄得当兵，他就被选中给晋灵公做卫士。今天遇着这情况了，活命之恩，以身相报。一看见屠岸贾他们干出这样的事儿来，灵辄打抱不平，撒腿就跑，心说：相国，我是翳桑之下饿人也。我就是当初您在桑树之下乘凉时，差点儿饿死的那位。这一下赵盾放心了，就趴在灵辄背上了，灵辄背起赵盾这通跑啊，其余的甲士都在后边追。堪堪要追上了，前边有车来了。赵盾的儿子赵朔带着一百多名家丁，赶着车来了，赶紧把赵盾请到车上。赵盾说："快快，把灵辄也叫到车上。"

再回头一看，灵辄没了，早跑了。就这样，赵朔带着手下的家丁保着自己的父亲走。甲士们一看，再上来也不行了，杀不了赵盾了。赵盾和赵朔坐着车跑了。在路上，赵朔问赵盾："爹，咱们回家吧？""不能回家啦。回了家，主公若是传下命令抄家，全家抄斩，灭门九族，都得死。""那咱们上哪儿去啊？""咱们出国去吧，晋国就兴这个。先君重耳走国，咱们也出去溜达溜达吧。""上哪儿呢？""先君先去的翟国，咱们也去翟国吧，翟国不成咱们再奔秦国，当初就是秦国把先君送回来的。""您倒是就认准这俩国了。"

爷儿俩商量好了，继续往前走。走着走着，前边来了一辆车，赵盾抬头一看，认识，车上之人也是本族的族人，姓赵叫赵穿。赵穿跟晋灵公有亲戚关系，夷皋的姐姐嫁给了赵穿为妻，赵穿是当今晋国之主的姐夫。他也属于赵氏宗族，他管赵盾叫叔叔，但不是亲叔叔，是在家族之内没出五服。赵穿一看迎面而来的车是贵人坐的车，哦，看见了，自己的叔叔相国赵盾坐在车上，旁边驾车的是赵朔。哎？怎么是儿子驾车呀？相国今天怎么了，没驾车的啦？他那车夫提弥明呢？赵穿让自己的车止住了，赶紧下车，上前深施一礼："拜见叔父。""你干吗去了？""打猎去了。""哦……那你赶紧回去吧。""您上哪儿去？""唉，投奔翟国。""您干吗上翟国呀？相国当得好好的。""唉，你不知道是怎么回事儿。"

赵盾就把这件事的前因后果跟赵穿讲清楚了。赵穿一听，双眉一挑："叔父您别走，您不能离开晋国。您一离开晋国，就是偷越国境，您就是叛国。""那怎么办？""您找一个地方藏起来，容我回到绛城，我想办法把您接回来，荣归相国之位。"赵盾可就明白了："你回去可以劝说君王，可千万不要错上加错。""您要小心了，上何处安身？我派人去接您。""那我暂时就到首阳山吧。"

赵盾、赵朔父子就奔首阳山去等消息。赵穿回到绛城，一打听，嗬，夷皋美极了。为什么呀？死对头赵盾走了，屠岸贾可以天天陪着他玩了，干脆把家眷都搬到桃园来，心说：我就不回宫了，这儿就是我的寝宫，我就在这儿玩。这儿又是高楼又是大厦，奇花异草，桃花盛开，就在这儿住着吧。您要看《东周列国志》原文，写了两句话，八个字：村童离师，顽竖离主。村童就是小孩儿，老师不在，大伙儿在这儿折腾。顽竖离主，竖，说这个人是竖子，等于骂他。其实竖有两个解释，还有一个解释就是年轻的仆人，如同年轻淘气的仆人离开了主人，那还不得反？因为夷皋从小就受到相国赵盾的管制，现在赵盾跑了，夷皋心花怒放，玩儿吧。玩儿着玩儿着，总看见屠岸贾，老么咔哧眼，又是一男的，没什么意思。正这么个工夫，赵穿来了，跪倒在地："罪臣拜见主公。""哟，卿家来了，你怎么有罪呀？""主公，臣虽忝为国戚，但宗族有罪。臣不能再侍奉君王左右，请辞之。请您赐罪。"

赵穿很会说话。我虽然是您姐夫，但我的宗族有罪，我们赵家的族长是赵盾，我就不能再在您的身旁左右伺候您了，请您赐我罪，我不能再当官了。晋灵公一看：这小子不错呀，比赵盾强多了。"哎，你何罪之有？是赵盾他欺负我，我比他小，他见着我就绷着脸，仗着是他扶持我做的君王，张嘴就说我，跟我瞪眼，鼻子不是鼻子脸不是脸的，他老呲儿我，我心里不痛快。""您别委屈了，这不是我来了嘛，您把我辞退了就行了。""不能辞退你，你那么好，你仍然当你的将军。"赵穿的官职是将军，中军的将军，"这么着吧，你陪我喝点儿酒。""屠岸贾大夫呢？""出去办事去了。"赵穿知道屠岸贾也办不了什么好事，就坐下来陪着晋灵公喝酒。赵穿非常会说话，说话好听，所以灵公非常爱听，就跟赵穿聊天儿，越聊越近乎。"你就天天在这儿伺候我吧。"

反正夷皋也不回宫，也不升朝办公，赵穿就天天来到桃园伺候灵公。赵穿伺候来伺候去，和屠岸贾也混熟了，但屠岸贾仍然对赵穿存有戒心。这一天，赵穿给夷皋出了一主意："主公，您说您享受钟鼓之位。"就是钟响鼓响，您往这儿一坐，是君王，"但是您的后宫不充实。您瞧瞧，当初齐桓公宫中妾滕无数，除了正宫之外，后宫里的媳妇可多了，随嫁的也多，连随嫁的都成了他媳妇了。可是您有几个媳妇啊？甭说齐桓公，咱们就说先君文公吧，虽然周游各国，归国之后年过六旬，仍然做过新郎啊。您看看这桃园，广厦千间，这么多房子全是空的，您何不广选美女以充其内，请明师教习歌舞，每天陪着您吹拉弹唱，岂不美哉？您可是君王啊。"

"嘿……"这话晋灵公太爱听了，这么多房子都空着，把每间房子里都搁上美女，请点儿老师教她们弹唱歌舞，陪着我天天吃喝玩乐，多好啊。他歪头一看屠岸贾，屠岸贾一听，心说：这好啊，是个赚钱的好机会。这要是他传下话来，让我负责选美，我大权在手，一层一层地筛选美女，等把这些美女都选齐了，我得从中收多少钱啊？然后还得请老师，习学歌舞嘛，这些老师们还得巴结我，我又能从中赚得不少银两，这主意太好了。屠岸贾非常高兴，这是多好的捞钱机会呀，反正现在赵盾也不在，于是就等着君王下令，把这差事给他。"好啊，那么谁人可使之？"谁能为我办这件事呢？赵穿说："屠岸贾大夫呀。""对呀，那就你去吧？""好，我去办。""我限你二十天，把所有二十岁以下未曾出嫁的美女，登记报名在册。选好之后，请来老师教她们习学歌舞，以充桃园广厦。"得给桃园这些屋子里塞满了。"Yes（遵命）。"

屠岸贾高兴，就开始忙活为夷皋选美。好家伙，这一下屠岸贾忙坏了，捞钱也捞多了。屠岸贾光顾着折腾选美的事情，赵穿可就有机会了："主公，要是屠岸贾大夫把美女选好了，她们都在桃园之中研习歌舞，咱们这儿一热闹，您可得加强警卫呀。""是啊，我这儿有五十个兵。""那可不成，我本中军，中军是咱们晋国最强大的部队。我打算在中军挑二百名甲士，来保卫桃园，誓死保卫您。""太好了，你去挑吧。"

夷皋把这个权力交给赵穿了。赵穿挑了二百个心腹，一个个身强力壮，往这儿一站，最大的二十一二岁，最小的十八九岁。您想想，赵穿是中军的将军，他手底下能没有心腹吗？赵穿把二百名甲士挑齐了，有人就问赵穿："将军，您想让我们干什么？""告诉你们，这话不能明说。现在相国走了，我不能说咱们的主公无道，他让屠岸贾广选美女，怕有人去桃园捣乱，让你们前去看守桃园，保护君王。你们都有家室啊，都在京城，要是你们去桃园那儿，每天可就不能回家啦，而且天天得立风露宿，那儿可没有你们住的地方，都是给美女住的地方，你们只能在外边搭帐篷，这得伺候到哪天呢？""哎哟，赵将军您救救我们，要是把我们都救了，您就是我们重生的父母、再造的爷娘。""唉，可惜相国不在朝中啊。""是啊，相国要在，早宰了这无道的昏君。""住嘴！这话要传出去，可就坏了。""那您得救我们呀。"赵穿一看，大家伙儿的心是齐的。"既然如此，那我说什么你们听什么，我救了你们，咱们把相国迎回来。""好吧，那您想主意吧。""现在屠岸贾不在国君身边，我告诉你们，这么办这么办这么办……""行。"

大家伙儿一条心，赵穿带着这二百甲士来到桃园。园门之前先领盒饭，这人一多了就得吃盒饭，甲士们一看："这还没有咱们军营里吃得好呢。""那不成，到这儿就是这个。"赵穿的意思就是让你们吃次的，在这儿没好的。二百甲士没办法，把盒饭吃了，一人一瓶矿泉水喝了。"将军，现在我们干什么？""你们在这儿等着，我进去，让这无道的昏君赏赐你们，你们就冲进去讨赏。你们得认准了，我旁边坐的就是国君，我一挥袖子，你们过去就把他杀了。杀了他之后，不能滥杀无辜，把相国迎回来，咱们另立新君。""好，您指挥吧。"

二百甲士列队齐整，赵穿进了桃园。咱们说过，桃园当中间儿有一座楼最高，叫绛霄楼。楼上早就摆好了吃的，其实灵公已然不爱吃了，老吃这些东西，他都吃烦了，总是这个味儿，没什么新鲜的。他也没法儿上网去查，都有什么好吃的，哪怕给他送一个热狗，都比桌上摆的这些新鲜，可是那时候没有这个条件。灵公看着这些东西不爱吃，屠岸贾选美女也没回来呢。这个时候，赵穿进来了。"啊，赵将军快来，陪寡人饮两杯吧。""主公，我已然把挑选好的甲士带到了，您看。"说着话，赵穿往楼下一指，灵公站在楼上往下一看，二百名甲士已然齐队了。"嗬，不错不错，办得很好，一个个身强力猛，你跟他们说好了吗？""说好了，他们看守桃园，不准他回家，保着您，您就在这儿随便玩。您想想，您贵为君王，就应该享受人间的欢乐。""是啊，有你来了我就高兴了，可是屠岸贾这小子怎么还没办好呢？"

这时候，天可就慢慢黑下来了，灵公一瞧这些甲士都往楼上走，连忙用手一指："你们这是要干吗呀？""大概是他们看您吃得挺好的，想请您赏给他们点儿，请您赏赐。""嘻，这么点事儿啊。来呀，酒肉伺候。"他这儿有的是酒，有的是肉，给他们发点儿，这就比那盒饭强多了。当兵的往上一拥，就拥到栏杆底下了。灵公虽然说信任赵穿，但是一看这些甲士的气势，他也有点儿害怕："哎，他们要干什么？""排队领赏赐啊，他们着急，饿呀。您别慌，他们领完了就走了。"说着话，赵穿用手一领，就把大家的眼神领到夷皋的身上了，那意思就是告诉这些甲士：他就是昏君，把他杀了，晋国再立新君，可就好了，赵相国就能回来了。大伙儿一看赵穿一挥袖，明白了，得杀赵穿身边这位。甲士们继续往上拥，灵公往后一退："赶紧让他们退下去，他们要干什么？""他们想念相国，想让相国归朝。"

赵穿说着话往后一撤，二百甲士往上一扑，夷皋再想跑可就没办法了，喊里咔嚓，夷皋被剁为肉泥烂酱。然后赵穿让这二百勇士退下，不得滥杀无辜，他打开园门就走了，去首阳山迎接相国赵盾回来。您想想，这件事能没人知道吗？往出一传，就传到了士会以及文武众卿的耳朵里，大家来到桃园一看，惨不忍睹。士会带着大家把园门一关，就在这儿等着，知道相国赵盾就要回来了。咱们书不说废话。赵穿来到首阳山迎接赵盾，赵盾带着儿子赵朔回来了，来到绛霄楼前，把楼门打开，赵盾趴在夷皋的尸身之上放声痛哭。其实赵盾心里跟明镜儿似的，赵穿回到绛城是干什么的？分别前赵穿跟自己说："您别走了，您等着，我去接您，您回来还当相国。"有夷皋，有屠岸贾，我能当相国吗？虽然也嘱咐了赵穿不能错上加错，可也明明知道赵穿回来就得这么办。赵盾抚尸痛哭。老百姓一传十，十传百：别瞧主公欲害赵相国，但相国还是晋国的忠臣。

现在怎么办？大伙儿聚在一起商量，夷皋得埋呀，国家不能一日无君，商量立谁为晋国之主。士会在左，赵盾在右，文武众卿排着队。赵盾就对大家说："我们国家为什么会出现这样的事儿？当初先君死的时候，就应该立长者为君，所以我才派人到秦国去接公子雍。大伙儿都不愿意，结果立了公子夷皋，他年纪太小，受到奸臣的蛊惑，落得如此下场。既然如此，咱们现在就应该立一年长者为君。"

大伙儿能不听赵盾的吗？"得了，赵相国，您看应该立谁？我们遵从。""主公还有一子。"咱们前文书说过，晋文公的几个儿子，公子雍在秦国；公子乐在陈国；还有一个儿子，就是公子黑臀，"当初公子黑臀落生之时，主公说了，梦见一个黑色的神仙用黑手去摸公子的臀部，所以就起名为黑臀，让他去伺候天子，现在在周天子驾前为官。公子黑臀已然大了，把他接回来做我们晋国之主。"

大家都同意了。就这样，派人去周天子那儿接公子黑臀回国。派谁去？赵盾一想：不管怎么说，赵穿都有弑君之罪，让他去迎接公子黑臀，公子黑臀一高兴，可能就免去他的罪过。于是赵盾传下命令，让赵穿到周天子驾前把公子黑臀接回来。公子黑臀回国，立为国君，新君已立，就是晋成公。

赵穿认为自己有功，跟赵盾邀功。赵盾说："行啦，人家不说你有弑君之罪，你就行了，也别再找事儿了。""那您得把屠岸贾杀了。"赵盾这个人心眼儿软："唉，许他不仁，不许咱们不义。同朝为僚，不应该伤人太重，因为咱们赵氏家族权力太大了。"

您看，赵盾这一念之差，就给赵氏孤儿埋下了祸根。晋成公新君即位，把他的闺女许配给了赵盾之子赵朔，就是把公主嫁给了相国的儿子，这就是张君秋先生塑造的庄姬——《赵氏孤儿》之中的女主角。赵盾兢兢业业地伺候晋国新君，可是赵穿这件事儿怎么办呢？赵穿想当官，赵盾不答应，赵穿心里憋得慌，憋着憋着就憋出病来了，《东周列国志》原文写赵穿"疽发于背而死"。疽就是毒疮，按现在话说就是瘤子。所以这人不能生气，生气得百病。赵穿的确是因为生气而得病，因为他觉得自己立下了这么大的功劳，应当有一个很好的官职，但是赵盾没答应他，不给他这个官，没有达到他心里的预期，所以他生气，最后得了毒疮而死。赵穿死了，他儿子来找赵盾："我得袭我父亲的爵位。"赵盾说："现在不行，得等你立了功劳之后，自然就有公侯之位了。"

没答应，赵穿的儿子也没办法。可是赵盾的心里也别扭，心说：虽然不是自己亲手弑君，但灵公之死跟自己有关系，我明明知道赵穿回到绛城必行此事，我却听了赵穿的话，没有离开晋国，所以灵公的死与我有莫大的干系。这一天，赵盾溜溜达达就来到了太史董狐的屋中。太史官，咱们都知道司马迁，专门记载历史的。赵盾来到太史官董狐这儿，一看这儿有史简，拿起来一看：某年某月某日，赵盾刺君夷皋于桃园中。

这一下，赵盾的冷汗下来了，心说：我没刺君啊。"太史您写错了，这不是我干的。""我是史官。相国，你虽然没在桃园，没亲手弑君，难道说这件事发生之前你不知道吗？此事我已然查清，你并没有离境。"哎哟，赵盾这后悔呀，心说：我还不如走了呢。"你没离开晋国，在晋国的境内，你就还是晋国的相国。而且赵穿带着甲士把夷皋杀死之后，你回来并没有治赵穿之罪，这件事就是你的主使。我作为史官，必须真实地记载历史。""唉，能改吗？""No（不）。绝对不能改，这是史官的责任。"所以后来有人称赞董狐身为史官，尽职尽责。赵盾出门，仰天长叹："唉……太史权威，胜似卿相。"

意思是太史官手里的这支笔，它的权力比我这个相国还有六卿的权力大多了。从此往后，赵盾小心翼翼地扶保晋成公黑臀，不敢对国君有一点儿差错。晋成公也确实非常倚重赵盾，告诉赵盾："国家安定了，我们晋国是霸主，你马上打探消息，联合中原的各镇诸侯，召开衣裳会，以重新提高我晋国的地位，称霸于中原，遏制楚国。"

咱们前文书说了，楚国总想着强大，那么赵盾如何会合各镇诸侯，如何跟楚国争夺霸主的地位？谢谢众位，咱们下回再说。

第二十七回　楚庄王意欲问鼎

楚国山上，有只大鸟，一停三年，不飞不叫。

咱们这书该说楚国了，把赵盾的事儿先留在那地方。因为《东周列国志》这部书比较乱，很多事情都是同时发生的，但是咱们不能乱，该说楚庄王了。

楚庄王想要称霸于天下，凭什么？也得凭他的聪明智慧，凭他的力量。楚庄王的父亲叫商臣，是楚穆王。公子商臣在没当楚穆王之前，把他的爸爸楚成王杀死了，然后他当了楚穆王，儿子杀爹。您要看中国历史，尤其您看东周列国时期，兄弟相残、叔叔杀侄子、儿子杀爹，这些事情确实有。为什么《东周列国志》不好说？确实得咂摸滋味地说，您也得咂摸滋味地听。公子商臣为什么要杀他的父亲？如果他不把他爹杀了，他就继不了位，所以他才杀呢。他要是能踏踏实实地继位，就不会杀他爹了。楚国王位传到商臣这儿，他是弑父夺权；穆王死了，王位就传给楚庄王了。

楚庄王即位之后，什么事都不干，先训练女子乐团，然后选美，总而言之是四个字：吃喝玩乐。玩的东西可就新鲜了，他玩什么？您要看《东周列国志》，其实也就是左边抱一个，右边抱一个，前边有人歌舞，吃点儿熊掌什么的，也乐不出什么来。那时候不发达，不像现在，说走就走，出国玩儿去了，那个时候不行，没那么大乐趣，所以我再怎么给您说，您也不觉得新鲜，咱们就四个字概括了：吃喝玩乐。

但是吃喝玩乐得分谁，一个国家的君王，整天吃喝玩乐，而且玩的不是一天两天，而是整整三年，这国家怎么办？有爱国的，爱国的人替国家着急。楚庄王当了三年国君，一点儿正事儿没干，这怎么办呢？这个也来谏言，那个也来劝说，给他们四个字：隔靴搔痒。隔着靴子挠痒痒，这根本不解决问题呀，楚庄王就是不听，仍然每天沉溺于酒色。大臣们着急呀，大伙儿商量怎么办，怎么能劝劝国君呢？你也劝，我也劝，劝着劝着，楚庄王急了，写了几个字，弄了俩条幅，挂在了殿上，一边是谏言者；另一边是必死罪。大红的条幅，竖着一挂，一边三个大字，清清楚楚，那谁还谏言啊？面君谏言，想要治理国家，那就是死罪。我是君王，你管得着我吗？

那么说楚庄王这是要干吗呀？其实楚庄王非常聪明，因为楚庄王在即位之前，楚国有一个规矩，那就是国家的大权基本上都掌握在令尹的手里。咱们说过令尹，什么是令尹？简单地说就是丞相加元帅，国家大权、军政大权都在令尹一人手中。而自打商臣死后，王位传到楚庄王，令尹的权力就更大了，国君有什么事儿都得去请示令尹。楚庄王驾前的令尹叫斗越椒，欺负楚庄王是新君即位，把所有的权力都揽在自己手中，在楚国耀武扬威。楚庄王心里跟明镜儿似的，但是怎么办？他心说：我得想办法把权力夺回来，掌握在自己手中，我是国家君王。再说我作为一国之君，想要把国家治理强大，我得有左膀右臂，得有人帮助我，必须是贤臣，必须是能者。那么谁是忠于我的忠臣，谁是爱楚国的贤臣，谁是奸臣，谁是佞臣，我看不清楚。所以他就玩了三年，暗中观察楚国朝中所有人的举动。既然挂出来六个字，楚庄王的意思就是你们谁也不用谏言了，实际上楚庄王经常在条幅的后面窥探，瞧哪位上殿了，哪位胆大呀，我到底要看看谁是忠臣，谁有胆子扶保我强大楚国，称霸于天下。所以您看，一说起《三国演义》，都说曹操是奸臣，曹操有大才，雄才大略。那么楚庄王要想称霸于天下，光玩儿行吗？他得琢磨：我用什么办法才能把真正的忠臣调出来，用什么办法才能从令尹斗越椒手中把权力拿过来，这样我才能真正治理朝政呢。楚庄王天天观察，大家都以为他在玩儿，实际上他天天躲在条幅后头看着。一天没人来、两天没人来……自从挂出条幅之后，一个月都没人。

"嘻……"楚庄王心说：完了，我这文武众卿当中，一个真正的忠臣都没有，接着玩儿吧。于是楚庄王就在正殿的后面、二层殿的位置摆上酒宴，这边抱一位郑姬，那边抱一位蔡女，抱着两位美女，下边让女子乐团奏乐歌舞。其实他心里一直在琢磨外边的动静，侧耳静听，由打音乐声中寻找脚步之声。听着听着，外边脚步声音响，他一摆手，把两个美女放在旁边，蹑足潜踪走到前殿一看，来了。来的是谁？楚国大夫申无畏。行，这名字叫得好，姓申叫无畏，无畏就不怕死啊。"来呀。""伺候大王。""申无畏如果跪倒在我这六个字之前，想要见我，就把他带到后殿。""是，遵王命。"内侍在这儿站着等着。楚庄王自己回来了，把两个美女抄起来，往怀里一抱："奏乐。"

吹拉弹唱，歌舞升平，他看着高兴。不一会儿，申无畏真来了，他是个忠臣，心里着急，找来几个好朋友，也都是楚庄王驾前的忠臣，大家一起商量：咱们怎么办呢？"咱们还得谏言啊。""宫里挂着条幅呢，谏言者必死罪。""我不怕死，我叫申无畏，我去。""那你去吧。""要是我去谏言，死了，你们可得跟着继续谏言。""好吧。"苏从第二个说，"我跟着。"

苏从大夫也准备好了，你申无畏前面死了，我后面跟着。于是申无畏就来到了宫中，要面见楚庄王。来到前殿，申无畏跪倒在这六个字面前："申无畏求见大王。"内侍在这儿站着呢，大王已然有吩咐了。"哎呀，申大夫啊，大王有命，若您要求见大王，请到内殿去吧。""臣遵旨。"

申无畏就由打这两个条幅当中间儿走进去了，听见内殿之中有音乐之声，申无畏迈步就进来了，一看楚庄王左拥右抱，正在这儿听歌呢。申无畏只能在殿犄角儿处一跪："臣申无畏拜见大王。""哦，你是申无畏，这名字不错，不怕死啊？""是啊。"申无畏心说：怕死的话，我也不敢来呀。我也知道你要杀我，谏言者必死罪。"臣不怕死。""哎，那你抬头观瞧。"申无畏抬头一看，楚庄王搂着郑姬来一 kiss（吻），抱着蔡女还是一 kiss（吻），也没别的新鲜。申无畏微微一摇头，心说：唉，没办法。"我说申无畏呀，你是来看看大王我在干什么的吧？你是想听美声呢，还是想听通俗啊？""臣什么也不想听。臣确实是冒死而来，有个谜语想请大王猜猜。""好啊，那你就说吧。"

楚庄王头往前略微一探，眯缝着眼睛一看申无畏，申无畏不由得就是一哆嗦。您说这大臣不能盯着君王看，随便抬头看看，君王长得什么模样，身旁的王妃长得什么模样？不能。今天申无畏略一抬头，看见楚庄王眯着眼睛一看自己，申无畏一愣，这下他看清了君王的面目。楚庄王是个美男子，两道浓眉，一双大眼，但平时眼睛都是眯缝着，听音乐、看美女都眯缝着，今天一只眼睁开，一只眼微闭，瞧着申无畏。"你，抬起头来。"申无畏抬头再一看，楚庄王两道眉毛往上一挑，形成八字眉往下一耷拉，左眼睁开，右眼一眯缝。"你来观看。"

突然间，申无畏就发现楚庄王双眉之下的一双眼睛非常有神，而且带出来笑意。眼能通神，眼是心中苗，人的一切都能通过眼睛带出来。所以您看，作为一个演员，眼神是非常重要的，那么眼中之神由打何处而来？由打心中而来。楚庄王眉毛一耷拉、眼睛一挑，申无畏心说：这就好办了。"大王，我有个谜语想给您猜一猜。""好啊，成天听歌看舞的，我已然腻了，相声也听够了，听评书又请不来，给我猜个谜语倒也不错，那你就说吧。""大王，咱们楚国是个大国，有一座山上有一只大鸟，羽毛分五种颜色，非常荣耀。哎呀，一扇翅膀，非常漂亮。可惜，这只鸟停飞了三年，一声都不叫。咱们楚国老百姓就传，不知道这是什么鸟，大王您说它叫什么鸟？"楚庄王一乐，心说：这只鸟就是我，三年了，我不飞不叫。"好啊，你这个谜语出得好。嘿嘿，好啊，好啊，此鸟一飞，是一鸣惊人。"当时申无畏的心"腾"的一下就亮堂了，眼睛放出光芒。大王真是聪明，三年停飞，如果一飞就是一鸣惊人，说明他心中有数，一定要强大楚国。"大王，您言而有信？""呵呵，你出宫去吧，本王言而有信，必一鸣惊人。哈哈哈哈……"

申无畏直哆嗦：这鸟就这么叫唤啊？让人听着真瘆得慌。申无畏高兴了，走了，先来找自己的好朋友苏从，然后又告诉和自己一起商议的这些官员："放心吧，我大着胆子面见大王，给他破这个闷儿，他说了，他要飞起来一鸣惊人。""太好了，你真勇敢，下辈子你还叫申无畏。"

等着吧，大家伙儿天天坐在朝堂外头等着，等着楚庄王升座朝堂，办理国家大事。一天、两天、三天、四天、五天、六天、七天、八天……仨月过去了，什么事儿都没发生。"我说申无畏，你再去一趟得了，他怎么还是不飞不叫啊？""上次他叫那一嗓子我就够瘆得慌的，这可怎么办呢？我不能再去啦，我不能老无畏地牺牲啊。"苏从说："我去。""你有办法吗？""我比你有办法。"

苏从就来了。其实这段日子，楚庄王还在这六个字的条幅后面偷眼观瞧，今天一瞧，来了一位，大夫苏从。楚庄王刚要跟内侍说话，那意思是我上后边去，等一会儿他来了，你带他到后边来见我。话还没说呢，就见苏从迈步上了殿，放声大哭："哎呀……呜呼呼呼……呜呜呜……"把楚庄王哭愣了，心说：这位怎么了？没听说他妈生病啊。楚庄王可就不明白苏从要干什么了。"来！"楚庄王命人把这六个字的条幅一掀，迈步可就走出来了，"苏从！""啊……苏从参见大王，呜呼呼呼……""我还没死呢。"楚庄王气坏了，双眉倒竖，二目圆睁，脸上颜色更变，"哎！胆大的苏从，你哭哪一个？""哭您，也哭我呀。""我一没生病，二不想自杀，你哭我何来呀？""我先哭的是我，后哭的才是您。""好，你给我讲在当面。"楚庄王一动了真火，面目十分可怕。苏从跪在地上，不慌不忙："大王啊，我哭的是我前来谏言，刚才您这六个字我看得清清楚楚，我谏完言之后您肯定杀我，谏言者必死罪。我哭的是我死后，再也没有人敢谏言了。本来您就昏庸无道，三年来什么都不干，我来谏言您把我杀了，就没人再敢谏言了。您不理朝政，过不了三年，楚国就亡国了。所以我先哭我谏言而死，后哭您不听谏言而亡国。"

这位应该叫申无畏，真够勇敢的。没想到苏从说完这话，楚庄王迈步向前走，走到苏从面前："好啊，好啊，苏从，你哭得好啊，可是你这个人太愚啦。"苏从"噌"的一下站起来了："大王，何为愚也？"你说我愚，什么是愚？"你身为六卿之职，身为大夫，帮着我佐理朝政，难道不懂愚吗？""不懂。""愚就是笨。""什么叫笨呢？""笨就是傻。你呀，太傻了，你明明看见谏言者必死罪，怎么还敢上这儿谏言来呀，你不怕死吗？你这还不是笨吗，还不是傻吗？"苏从说："大王，我不傻，我有点儿二。""二是何意？""这您就不懂了吧？愚等于笨，笨等于傻，傻可不等于二。今天我大着胆子跟您犯一回二。"

　　楚庄王没瞧见过什么叫犯二，也不能说你讲吧，他说是犯，是不是表演也不知道。"好吧，犯来。""大王，您居万乘之尊，您是一国之主，享千里之税，士马精强，诸侯畏服；四时贡献，不绝于庭，此万世之利也。""哦？"楚庄王一听，高兴了，心说：他说得很对。凡是楚国人都得给我纳税，我手下有千军万马，诸侯都怕我。我现在是国家君王，我死之后，我儿子就是楚君，永远代代相传，将来我孙子、重孙子都是楚君，那可不就是万世之利嘛。苏从说得对呀。"好啊，你说我有万世之利，享受荣华富贵，是万乘之尊。""不错，正是。可而今大王荒于酒色，溺于音乐，不理朝政，不亲贤才。大王啊，您不管理朝政，大国攻于外，小国叛于内。您乐在眼前，患在日后，您贪图一时之乐而放弃万世之利。大王啊，是您笨您傻，还是我笨我傻呀？""哈哈哈哈哈……好，说得好。你虽然说出来我不理朝政，总是吃喝玩乐，贪一时之乐而荒废了朝政，就不会有万世之利了，可是你也够笨够傻的，你真是犯二，你说完这些我就把你宰了，你就是世界第一大傻子。"

　　咱们看《东周列国志》上原文都是文言，其实当君王的也说大实话，他其实也没有那么高的文化程度，不能总是"之乎者也"的，只不过是文人写的这书，所以都是"之乎者也"，咱们就翻成大白话说。

　　苏从听完楚庄王的话，微微一笑："大王，臣不傻，臣就算再傻也比君王您稍微聪明一点儿。我今天犯一回二跟您说说，您要知道，忠臣不怕死，怕死不忠臣。我前来谏言，看见您这六个字挂在这里，我就看您这令行不行，因为君王有令必行。谏言者必死罪，您把我杀了，我落个万世英名，我能比殷纣王驾前的比干丞相，也能比夏桀王驾前的忠臣关龙逢，就因为谏言被夏桀王所杀，比干丞相也是如此。可是您呢？您死了之后，楚国的大权必然落于旁人之手，而且您怎么死？是傻死的，吃喝玩乐，必引外军入侵，您必然死在外军和内小人之手。不是外国诸侯把您杀了，就是楚国出了内乱把您杀了。您这一死，万世之利就没有了，享不了千里之税，也就当不了万乘之尊了。您说到底咱们俩谁傻谁笨？"

苏从这也是豁出去了，心说：反正我该说的说完了，你要杀就杀吧。"大王，我话说完了。请把您身旁的佩剑借给我，我死在您的面前，让天下人评论评论，到底是您傻还是我笨。"苏从说完，二次翻身跪倒在地，双手一举，"请君王赐剑。"楚庄王看着苏从："好啊，从今天开始，寡人马上听你之言，治理朝政，强大楚国。""谢君王。"楚庄王亲手把苏从挽起来："苏大夫，你走吧。我身上冷汗都出来了，你的胆子可真够大的。"

苏从告辞走了，楚庄王从此真是一鸣惊人，开始办理国事了。但是他知道，首先要远小人近君子，选择手下的忠良之臣，要从令尹手中把大权夺过来。说书好说，但一个国家可不是一天就能够强大起来的。楚庄王开始处理朝政，整整六年，国家确实一天比一天强，周边的小国大部分也都归顺了。而且楚庄王指挥人马战败了宋国，声望可就传出去了。楚庄王这个人确实胆大如天，敢于窥伺中原。周天子附近，洛阳雒水不远，这地方叫陆浑，有一个少数民族的部落叫戎狄。楚庄王亲自指挥人马，兵发陆浑，把这个部落战败了，然后带领三百乘战车，在雒水旁边把阵势列开，每天面对洛阳击鼓。洛阳是东都啊，楚庄王这是要干吗？示威。每天击鼓，每天呐喊，每天战车都要来回列阵，向周天子示威。那意思就是告诉你周天子，我楚庄王要称霸于天下，窥伺中原，要从你周天子手中把权力夺过来。

咱们都熟读中国历史，夏桀王就因为荒淫无道败了之后，再到殷纣王，殷纣王荒淫无道，天下又到了周朝，大周朝兴起。可现在周天子式微，到了东周，周天子的势力一天比一天微弱，各个诸侯都纷纷强大。例如，咱们说过的齐桓公、晋文公、宋襄公、秦穆公，这几个人势力、声望虽然说有大有小，但都开过衣裳会，会合天下诸侯，都想称霸于天下，都当过一时的霸主。

楚庄王借这个机会在雒水旁边向周天子示威，给周天子看，是窥伺窥伺能不能得你周朝的天下。楚庄王这个时候的周天子已经传到了周定王，刚刚登基。天天这么示威周定王吓坏了："哎呀，现在楚国都从南边打来了，这可怎么办呢？这个这个……你们看看谁能替我去见见楚国国君？"公孙满挺身而出。"臣愿往。""好好好，你马上带着慰劳品去见一见楚国国君，想办法让他回去吧。""遵王谕。"

大夫公孙满直接来见楚庄王。楚庄王得报了，说周天子派使臣前来。"让他进营。"多大的口气呀，按说天子的使臣，楚庄王应该高接远迎，起码得铺上红地毯，天子的使臣前来就如同天子亲自来到，现在总还是周朝的天下吧。楚庄王就这一句：让他进来，到这儿来见我来。没办法，公孙满只能迈步往里走。"报名而进。""天子驾前公孙满，前来拜见楚君。"有这么拜见的吗？这周天子也太弱了。"哎哟，天子之臣到了，来来来，有话你就讲吧。"他在这儿坐着，让天子之臣在那儿站着讲。公孙满捺住心中的寒气儿："请问大王，楚国离此遥远，大王因何至此？"你这么老远的干吗来了？"哎呀，我是来陆浑打戎狄，现在打了胜仗，想看一看天子的境界。"张嘴就说，我想看看周天子的境界。"哦，既然已经打了胜仗，就请回归楚国郢都。""嗯？还没看完呢。既然大夫前来，有件事想问问大夫。""请讲。""我问问你，听说大禹铸九鼎，这九鼎已然传了三世，但不知九鼎的轻重大小如何呀？"

楚庄王直言不讳，张嘴就问，那意思就是我问问你天下。咱们都知道鼎代表天下，大禹铸九鼎，这九鼎一直传到周天子，已然三代了。楚庄王心说：现在是不是该传到我这儿啦？得鼎者得天下，我问问鼎的轻重大小，那意思就是我掂量掂量我能不能当天子。公孙满是非常聪明的人，在周天子驾前做外交之臣，他当然明白了，脸往下一沉："楚君言之差矣。禹王所铸九鼎，就是因为夏桀王荒淫无道，所以才被殷朝取而代之；没想到殷纣王如同夏桀王，所以又被周天子取而代之。因此九鼎已历三代，有鼎者有天下，无鼎者无天下。但你要知道，有德者居之，无德者失之。如果你有鼎无德，鼎的分量如同薄纸，如同鸿毛；如果你有德，有鼎在手，鼎就有如泰山之重。"说到这儿，大夫公孙满双眉一挑，二目圆睁，用手指着楚庄王，"周室虽弱，天命未改，你也敢到中原问鼎吗？"

公孙满的话说得很清楚，意思就是告诉楚庄王，就算你已经打到雒水边上，但你还没有资格问鼎的大小；你想夺周朝的天下，妄想，你的胆子也太大了。楚庄王确实心里虚呀。刚刚打了俩胜仗就惦记周天子的天下？带着几百乘战车就跑这儿耀武扬威来？公孙满这一说，这叫有理者服人。"啊……大夫言之有理，大夫言之有理，我现在就撤兵。"

所以说理服君子，法治小人，对待楚庄王得跟他讲理。公孙满告辞走了，楚庄王立刻传下命令："拔营起寨，撤兵。"等走在中途，就听见前边战鼓齐鸣，"叨叨叨……""噗噜噜噜……"炮响鼓响。楚庄王手下的御者，就是驾车的人，赶紧把车止住了，所有的战车都停了，兵将止住。楚庄王往对面一看，旗幡招展，队伍交加，几百乘战车列开阵势，就跟他在雒水威胁周天子一样。还有几百匹战马，马上都是头戴盔身披甲的甲士，手拿长枪、大刀，啊呀呀呀呀呀……"何人在此耀武扬威？"旁边大夫苏从用手一指："大王您请看。"楚庄王一捋胡须，顺着苏从手指的方向定睛观看，就见对面战车之上高挑一面大旗，大旗上斗大的一个字："斗"。"啊……明白了。"

楚庄王当时就明白了，前面来的正是令尹斗越椒。自打楚庄王有了治理楚国的决心之后，大鸟要一鸣惊人了，他逐渐在削弱令尹斗越椒的权力。斗越椒当然不愿意，所以总想和楚庄王分庭抗礼。这次斗越椒一看楚庄王带兵去打戎狄了，于是就把国内掌握兵权的比他低一级的大司马杀了，杀了司马，郢都归了斗越椒，就等于造反了，要跟楚庄王分庭抗礼。斗越椒指挥人马在蒸野扎下大营，就等着楚庄王回来决一死战，心说：不是你灭我就是我灭你。发出探马打探军情，知道楚庄王带领兵马撤回来了，斗越椒命兵将列队，几百乘战车来回驰骋。那时候打仗是车战，当然也已经有战将了，骑着马也在战场之上来回穿梭，要给楚庄王来个下马威。

"哦，令尹的人马。苏大夫，你看令尹兵强将勇，这样吧，我问问你，令尹有没有罪过在身？""不敢向大王隐瞒，令尹已然把司马杀了。""哦，好哇好哇，先安其心再打。"楚庄王有心眼儿，要先定定斗越椒的心，"苏大夫，你过营去，说我赦他杀司马之罪，然后把我的儿子送去他军中为质，仍然给他令尹之权，让他撤兵。""大王……""去吧。"

苏从一声"遵命"，坐着车直奔斗越椒在蒸野的大营。楚庄王看苏从走了，传下命令，就地安营扎寨，因为前边过不去了，被斗越椒把道截了。苏从来见斗越椒，就跟公孙满见楚王一样。斗越椒站在车上："苏从，你干吗来了？""奉大王之命，前来传令。你杀了司马，占据郢都，大王说赦你杀司马之罪，并以公子为质，让你回归郢都，共同治理楚国。""嘿嘿，苏从啊，你错了，我以当令尹为耻！"你让我当令尹，我寒碜，"我不求他赦我杀司马之罪，能战者则战！"那意思就是有能耐就打，你打不了我，我就是王；你打败了我，你回去当楚王。就是这么干脆。苏从说："好吧。"没办法，回去禀报楚王，"他是这么说的。""好吧，那就打吧。"

第二天吃完早战饭，楚庄王刚要传令出兵，只见对面兵已然来了，兵贵神速。斗越椒指挥着所有的战车兵马，把阵势列开了，离着楚庄王的大营非常近。楚庄王站在当中间儿的指挥车上，指挥人马出营列阵。楚庄王为了鼓舞士气，亲自拿着鼓槌站在车上指挥，所有战将都在车上，后边兵将手拿盾牌。那时候打仗基本都在车上，长枪、大矛，以射箭为主。两边把阵势都列好了，斗越椒站在己方阵势中间的战车上指挥战斗，一声令下："杀。"他刚一说杀，楚庄王看见了，见他一歪头就知道他派将了。"杀。"

楚庄王也传下命令。再往对面一看，斗越椒的儿子叫斗贲皇，站在一辆战车之上，手持大戟，车上还有兵，各持弓箭，这车真快，"嚓……"直到阵前。楚庄王手下大将乐伯纵车也扑奔阵前，两个人在车上就打起来了。这仗可不太好打。您要听《东汉演义》《隋唐演义》，都说的是胯下马，掌中兵刃打仗。战车上打仗可不一样，两边的车碰头站住了，互相一勾，两个车上的战将你扎我、我扎你，离远了是你射我、我射你。两个人打得难解难分。楚庄王驾前还有一个大将叫潘佬，潘佬一看，心说：我帮个忙吧。他指挥着自己的战车也杀过来了。斗越椒一看，让他的兄弟斗旗坐着车也冲上来了，战场上打成两对儿。楚庄王亲自擂鼓助战，"噗噜噜噜……""杀呀……"两边兵将呐喊助威。战车在战场之上来回转啊，用枪扎，用戟扎，用刀砍……车上的士兵互相射箭，杀得难解难分。斗越椒站在车上，一眼就看见了对面阵中指挥车上的楚庄王："哼哼……"

斗越椒微微冷笑，伸手把弓就抄起来了，然后抽出一支箭，认扣填弦，弓开如满月，"吧嗒"一声弓弦响，"哧……"这支箭就出去了。斗越椒是出名的箭术高明，您说战场之上他射箭的声音听得见听不见？如果是在鸦雀无声的地方，那肯定能听得见；可现在是在两军疆场之上，鼓声、喊杀声、车跑的声音、兵器相交的声音，再加上马跑的声音，那这射箭的声音还听得见吗？而且斗越椒的箭法太高了，这支箭就奔楚庄王来了，眼看就射到楚庄王的面前。这御者非常聪明，给君王驾车的人可不是一般的人啊，他知道斗越椒会射箭，猛然间一晃，"啪"，一抖马缰，战车稍微往起一颠，这支箭不偏不歪，正射在楚庄王击打的这面鼓的鼓架上了。

"呀……"楚庄王吓坏了，当时手一哆嗦，鼓槌就掉到地上了。他心里也明白，多亏御者颠了一下车，不然自己就死了。这时候，斗越椒看头一支箭没射死楚庄王，第二支箭认扣填弦，弓开如满月，箭出似流星，"吧嗒"一声弓弦响，"哧……"第二支箭又出去了。当时楚庄王手下保护楚庄王的有战将、有兵，手里头拿的是什么呢？都是刀枪、弓箭，这可怎么挡啊？知道斗越椒是神箭手啊。保护楚庄王的战将抄起大笠，左边也挡，右边也挡，几个人就用大笠把楚庄王挡上了。这时候，第二支箭到了，把一个战将手中的大笠射穿了，楚庄王往旁边一歪，没射着。如果射中了，那楚庄王就死在斗越椒的箭下了。

连续两支箭气坏了楚庄王，他指挥战车一拥而上。斗越椒本以为两支箭就能要了楚庄王的性命，没想到都没射中，他一愣神儿的工夫，对面的战车冲过来了，而且楚庄王在左右两边埋伏好的队伍——公子侧和公子婴齐各自领军杀来，这一下就扭转了整个战场的局势。大将乐伯和大将潘侂非常奋勇，杀敌无数，战败了斗越椒的儿子斗贲皇以及他的兄弟斗旗。他们的战车往后一撤，楚庄王率领军队就打了一个小胜仗，双方暂时息兵罢战。楚庄王回到自己的营中，命人把斗越椒射来的两支箭拿来。手下人呈上来之后，楚庄王看着这两支箭，然后给手下的文武众卿传阅："你们看看这箭。"

大伙儿一看，这箭可了不得。《东周列国志》原文写："其长半倍于他箭"，就是普通箭的一支半这么长；"鹳翎为羽，豹齿为镞"，箭尾的羽毛是鹳鸟的翎毛，箭头是用豹的牙齿做的。而且斗越椒是神射将，力大无穷，百发百中，所以他射出的箭势大力沉，而且速度快。现在为什么冷兵器打不过子弹？就是因为子弹速度快。所以斗越椒射出的箭力量大不说，速度还快，令人就没法儿躲。大伙儿看着这两支箭，目瞪口呆："哎呀，神箭啊……"这段书说的是公元前六百多年，同志们，不是说的现在，那时候看见这样的箭可就了不得了，吓坏了。"这仗可打不了了，斗越椒神箭。""是啊，这仗咱们没法儿打啊。"大伙儿都不言语了。楚庄王一乐："好啊，咱们大家一起想想，用什么办法可以战胜斗越椒，回归郢都。"手下的文武众将你看看我，我看看你，心里都着急，但是谁也不说话。"好吧，那就各自散去吧。"

吃完晚战饭，各自安歇。可楚庄王睡不着，换好便装，由打自己的寝帐出来，挨个儿帐篷地听，听什么？听当兵的聊天儿，当兵的也都睡不着觉啊。"完啦，大王也没办法，这斗越椒神箭啊，谁比得了啊？""哎哟，我还摸了一下儿那箭呢，可了不得啦。""我也是，正好我在苏将军身边站着，我也摸了一下儿那箭头儿，好家伙，摸一下儿都差点儿把我扎死。"

您瞧这聊天儿，那可就了不得了，一传十，十传百，越传越邪乎。楚庄王就这样挨着个儿帐篷地听，知道军心已经动摇了，都害怕斗越椒的神箭。第二天，楚庄王把所有文武官员都叫到自己的面前："看起来，你们大家都垂头丧气，惧怕斗越椒的神箭。""是啊，太神啦，那么老长，那箭头确实是豹牙，我打猎的时候见过。""你没让豹子吃了啊？""没有，我在后边来着。""后边你怎么看见牙了？""我看见它张牙了。""哦，张牙舞爪，看起来你们大家都怕，嘿嘿，我告诉你们，不要怕。斗越椒这种箭只有两支，想当初先君在世之时，知道戎狄会造箭，想跟他们借箭来看一看，结果狄主献给先君两支箭，名叫透骨风，先君把它藏于太庙之内，没想到让斗越椒窃走了，只此两支箭而已，没有第三支了。"

那时候也容易信，要是搁现在就麻烦了，上网查查就都知道了。可那时候都相信啊，君王说了，就这么两支箭，他射完就没了，那他还有什么了不起？"大王，果真如此？""嘻，我知道这件事，我曾经到太庙去看过这两支箭，是被斗越椒偷走了。""那么他就没有了吗？""没有了，普通的箭有什么可怕的？""那太好了，咱们打吧。"大家都以为楚庄王要再打，没想到楚庄王把头一低："不打了。""神箭已然没了，您为什么不打了？""打不过呀……斗越椒虽然神箭没有了，但是箭法精奇，而且他志在夺楚，咱们打不了啊。这么办吧，明天晨炊之时，咱们就撤兵。"手下人一听就急了，苏从抱拳禀手："大王，可不能撤呀。现在斗越椒士气高涨，差点儿把大王您射死，他气在心中。如果您现在一撤兵，他指挥大队人马杀上前来，几百乘战车，那咱们楚军可就真败了。您不能撤，强咬着牙也得跟斗越椒一战。""唉……打不了就得撤呀。"

大伙儿一看：苏从说话大王都不听，还有什么办法呢？申无畏又没在这儿，只有他们两个人敢言语，只得各自回营。到了夜里，指挥左军的主将公子侧就来找右军的主将公子婴齐。"咱们哥儿俩商量商量吧，这要是一撤兵，斗越椒指挥人马杀上来，咱们楚国可就完了。本来他就把郢都占了，司马也杀了，现在大王一撤兵，咱们跟着一走，楚国就归斗越椒了，这可不成，咱们得进言去。""走。虽然申无畏不在，苏从说话他也不听，但是咱们哥儿俩也得冒死进谏。"

两个人一个是左军主将，一个是右军主将，就在半夜来找楚庄王。两人到了楚庄王的帐外："大王，您醒醒。""没睡，你们进来吧。"楚庄王在帐中坐着，"我就知道你们哥儿俩得来。""您不能撤兵。""不撤打不了胜仗。""撤了就能打胜仗？""对。用计耳，我有一条计策，你们哥儿俩附耳过来。"两个人往前一递耳朵："您说吧。""我告诉你，下回你说《精忠传》，下回你说《明英烈》，听见没有？"

暗授机宜，两个人各自领命回营，蔫不唧儿地带着兵离开了军营，神不知鬼不觉地埋伏起来了。第二天早上，楚庄王传令撤兵。还真撤，大队人马如潮水一般就撤下去了，马上斗越椒就得报了。"好啊，你跑？我追。来呀，战车在前，战马在后，士兵步下跑，追上楚君为止。""遵命，每天追多少里？""追上为止，不许吃饭。"这下可好，斗越椒指挥人马每天追二百里。追着追着，看见楚庄王的兵将了，正做饭呢。斗越椒一看："杀！"当兵的心说：他们正做饭，您让我们杀？没吃的没喝的，又累又困……可是没办法，不能违抗军令啊。"杀……"连喊的劲儿都快没了。

楚庄王的兵将一看追兵来了，把锅扔了，把火灭了，把灶一踢，马上要吃的饭也不吃了——跑。楚庄王的兵将前边跑，斗越椒的兵将后边追，越追越快，越追越快。追着追着，楚庄王没了，斗越椒一看，前边有一员大将，正是潘俇。"我来问你，楚君何在？""前边……"

潘俇的战车往旁边一闪，兵将也都往旁边一闪，因为潘俇带的是后军，斗越椒指挥兵将"唰"的一下就追下去了。追着追着，追到清河桥一看，又有一员大将，楚庄王驾前大将姓负羁。"楚君何在？""快追到了，马上就能追上。""呵呵，我来问你，楚君还活得了吗？""嗯……那就得看您的了。""这么说吧，如果说我得了楚国天下，你保我，我让你享受荣华富贵。""那我先多谢您，可您还没得到楚国天下呢，您瞧瞧，您得不了啦。""我怎么得不了了？""您回头去瞧瞧。"

斗越椒回头一看，自己的兵都快瘫在地上了，老不给吃，老不给喝，那时候又没有压缩饼干，哪怕给点儿矿泉水呢，什么都没有啊。当兵的每人身上倒是都带着点儿干粮，可早就吃没了，随身背的水袋里也早就没水了，又困又饿又累。"您瞧瞧，就您这样的兵，打得了胜仗吗？眼看前边就追上楚庄王了，您马上让他们吃饱了喝足了，一鼓作气就行了。""嗯？对呀。"其实斗越椒也已然饿得受不了了，"他说得对呀。来，马上晨炊。"

这时候天也就刚蒙蒙亮，斗越椒下令让大伙儿埋锅造饭。当兵的高高兴兴地埋锅造饭，有的人烧着烧着火就躺地上睡着了，有的往旁边一歪，好家伙——饿死了，虚脱了，什么样的情况都有。眼看饭就要做得了，突然间炮鼓连天，杀声震耳。"叨叨叨……"楚军突然而至，小将养由基出世，《东周列国志》有名的篇章"绝缨会"，谢谢众位，咱们下回再说。

第二十八回　诛斗椒绝缨大会

人生知足最为良，令尹贪心又想王。神箭将军聊试技，越椒已在隔桥亡。

这回咱们说清河桥。上回书咱们说到斗越椒，等着楚庄王战败戎狄之后，回国的中途路上把楚庄王的大队人马拦住了。两军一交战，斗越椒神射啊，两支箭都差点儿射到楚庄王的身上。面对斗越椒的神箭，大伙儿都害怕。楚庄王第二天告诉大伙儿：射我的两支箭，我已然拿来给你们传看。但他是箭神，我们打不过，撤兵。

大家纷纷谏言，不能撤兵，谁也不知道楚庄王想出了一条妙计。楚庄王带着兵往下撤，斗越椒带着兵追。追着追着，斗越椒发出探马打探军情，说楚君的兵将正在埋锅造饭。"杀！"炮响鼓响，战车一直往前杀。

楚庄王的兵将一看斗越椒的人马到了，弃釜而遁，撒腿就跑。斗越椒传令：不追上楚君，不准吃饭。您说当兵的累不累？士兵们不吃不喝，一天跑二百里，饿呀。楚庄王早已埋伏下人马了，你追我就跑。等跑到清河桥，斗越椒愣了，清河桥已然被拆。楚庄王在两边埋伏了两支人马，一支是公子侧，一支是公子婴齐。楚庄王亲自指挥兵将在这儿等着。斗越椒指挥人马来到清河桥旁一看，桥拆了，知道对面就是楚庄王的大队人马，但当时架桥来不及了。"来，测测水的深浅。"斗越椒想蹚过河去。

就在这时候，两旁边炮响鼓响，"叨叨叨……""噗噜噜噜……"战鼓齐鸣，杀声震耳，两支楚兵左右杀出。斗越椒隔桥一看就愣了，楚国大将乐伯指挥战车和士兵已然把阵势列开了。斗越椒心说：我训练的兵将都会射箭。"来呀，射箭！"

"梆梆梆"一阵梆子响，所有的兵将列成一队，认扣填弦，"哧哧哧哧哧哧哧……"箭如飞蝗，可惜太远了，河太宽，箭射不过去。斗越椒一看，看来只有我的箭才能射过去了。对面楚军的大将乐伯可害怕了，心说：

如果他手下的兵将真能跟斗越椒的箭法一样，箭都射过来，我军必是难以抵挡。乐伯站在战车之上着急。就在这时候，有一员小将来到车下："将军，末将想与那斗越椒比试箭法。""哦……"

乐伯将军在车上往下一看这员小将，小伙子长得真精神，身高在一米八二。这是按现在的话说，要让您的脑子里有形象。这员小将身高一米八二，长得白净漂亮，两只眼睛虽然不大，但是笑眯眯的。这人有点儿自恋，总觉得自己很好看。"见本将军何事？""将军，我想跟斗越椒比试箭法。""你姓字名谁？""末将养由基。"

乐伯一下子想起来了，我手下有一员神射小将叫养由基，人称神箭养叔。乐伯手下兵将众多，养由基这名字有所耳闻，但人跟名字对不上号。"你就是人人传言箭法精奇的神箭养叔？""不错，末将正是。""那么你要和斗越椒比试箭法，准能成功吗？""请乐将军放心，一箭就能将斗越椒置于死地。""用什么办法？""法不传六耳。"养由基心说：我要是把办法说出来，那就不具奥妙了，而且我把办法说出来，对方也就知道了，我就没法儿射死斗越椒了，这叫军事秘密。乐伯也明白："好吧，你去喊话，跟斗越椒比试箭法。""遵命。"

小将"腾腾腾"来到桥边，桥已经拆了，养由基站在桥堵之上，一抱拳："对面可是斗令尹？我有话讲。"斗越椒这儿正狂呢，站在车上，一听对面有人喊自己。"何人啊？""在下乐伯将军部下小将养由基。""无名小辈，见我何事？""想跟斗令尹比试箭法。""你？！多大年纪？""不大，二十五岁。""你敢与老夫比试箭法？""跟您学习学习。""怎么个比法？""您射我三箭，我射您三箭。您先射我也行，我先射您也行，射死为准。"

斗越椒气坏了，心说：你要先把我射死了，我还怎么射你呢？我要是把你射死了，你还能射我吗？这怎么是比箭呢，纯粹是玩儿命啊。"哈哈，你有这么高的箭法？""您可以试试。""不许旁人帮忙。""您放心，咱们是文射。"文射就是两个人，一个射完另一个射，"令尹您射三箭，我射三箭，您看谁先射呢？""那当然是老夫先射。"不讲理，按说老的得让着小的，但是斗越椒矫情，他得先射。"好吧，那就请令尹先射。""我射你，你要是躲了呢？""躲避不算英雄好汉。不躲是英雄，躲了是狗熊。""一言为定？""一言为定。老令尹您先射吧。"

斗越椒心说：我是神射啊，我这一箭出去你就得死，因为你不能躲呀。是你自己说的，躲了不算英雄好汉。我要是箭射出去你躲了，那你就是狗熊。当着楚国的兵将，当着我手下的兵将，这么多人都在这儿听着看着呢，我射你你不许躲，我一箭就能射穿你的脑袋。"好啊。"斗越椒下了车，手下兵将伺候着，替他拿着弓，拿着箭，斗越椒就站在了养由基对面的桥堵之上，两个人隔桥而对。"娃娃，老夫可要射箭了。""令尹大人请。""不许躲，不许闪。""令尹大人您放心，君子一言，驷马难追。"

斗越椒一伸手，把弓箭拿过来，认扣填弦。确实斗越椒的箭长，而且有力量，箭镞是豹齿，金钱豹的牙，那多厉害？！大伙儿都替小将养由基担心。斗越椒认扣填弦，弓开如满月，箭出似流星，"吧嗒"一声弓弦响，"哧……"这一箭直奔养由基的面门。难者不会，会者不难。养由基眼瞧着箭到了，没躲，手里拿着弓，轻轻地用弓背往出一搪，"噌"的一声，这支箭就落在水里了。"娃娃，你敢磕我的箭？""老令尹，您不讲理，我说我不躲不闪，可没说我不招架不磕。"斗越椒气得胡子都撅起来了："娃娃，老夫射的第二支箭你不许躲闪。""您放心吧。"

斗越椒要过第二支箭，认扣填弦，"吧嗒"一声弓弦响，"哧……"第二箭出去了。眼瞧着箭到了，养由基往下一蹲，"唰"，箭从头顶之上过去了。"娃娃，你信口雌黄，为何躲闪？""老令尹，您不讲理，我说我不躲不闪，但没说我不蹲。我既没有左躲，也没有右闪，蹲下而已，您怎能说我信口雌黄呢？""那这第三支箭你就不准动。""您放心吧，我绝不动。"斗越椒不放心，用手一指："楚国兵将听真，这个娃娃可说了，我这第三支箭射来，他不躲不闪不动不蹲不磕。"嘿，这老头子真会说。"老令尹，您就放心吧，当着这么多人的面，我不会说了不算的。"

斗越椒心说：只要你不动，我这一箭出去你必死无疑，一箭射穿你的头颅，让你脑浆子都得流出来。斗越椒接过第三支箭，认扣填弦，"吧嗒"一声弓弦响，"哧……"这一箭直奔养由基。箭到了，大伙儿看得清清楚楚，养由基一张嘴，"啪"，把这支箭叼住了。"呀……"斗越椒万也没想到，养由基不躲不闪不蹲不磕，用嘴把箭头叼住了，当时激灵灵打了一个冷战，心说：好厉害的娃娃。

养由基一伸手，把嘴里叼住的这支箭拿下来了："令尹大人，您的三支箭已然射完，现在该我射了。""娃娃，来来来，你也射我三箭。""非也。射三箭不足为奇，我一箭就能让令尹大人您命丧于此，立毙桥下。""啊？！娃娃，你口出狂言。""老令尹，咱们可把话说在头里，我这一箭射出去您可不许躲不许闪。""嘿嘿，善射者也不怕躲闪，躲闪者也不是英雄。娃娃，你只管射来。"

养由基取箭在手，认扣填弦，"吧嗒"一声弓弦响，斗越椒急忙往旁边一闪。"老令尹，您可闪了。"斗越椒再一看，养由基的箭根本就没射出来，仍然捏在手中，刚才只不过是弓弦虚响。这一下斗越椒更生气了。"老令尹，说话不算话，您可闪了。""可是你的箭没射出来。"您说斗越椒矫情不矫情？"好吧，那我可再射了。""吧嗒"一声弓弦响，仍然是虚弦，斗越椒又往另一边一闪。"老令尹，您可又闪了。""你的箭仍未发出。""那您可留神这第三下儿，我真射了。""你且射来。""吧嗒"，"哧……"斗越椒的话还没说完，养由基的箭已然到了，这么厉害的老令尹，神射将军斗越椒被这一箭直贯其脑，"扑通"一声，死在了清河桥头。

开书的时候咱们说了四句定场诗："人生知足最为良"，得知足，老不知足的就是斗越椒，都当了令尹了，国家大权掌握在你手里，就应该恭恭敬敬地尊重楚王，然后帮着楚王治理天下，使楚王成为一代霸主，你这令尹得出多大的名啊；不价，他得当王，所以是"令尹贪心又想王"，他总想当楚王；"神箭将军聊试技"，养由基能耐大，他不是光射箭，而且用嘴跟你聊，聊得你五迷三道的；等真的把箭射出去的时候，"越椒已在隔桥亡"，这么大的一位老令尹就死在小将养由基的箭下。斗越椒一死，军心惶惶，四散奔逃。楚庄王暗中传下令来，公子侧和公子婴齐分路追杀，再加上大将乐伯指挥战车往上一拥，几乎把斗越椒手下的人马打了个全军覆没。该逮的逮，该捆的捆，咱们书就不说废话了。

楚庄王大获全胜，指挥大队人马回归郢都。回到都城之后，楚庄王升座殿上，大赏功臣，头一个就得赏养由基。封他什么职位？封为亲军将领，那就是皇上的护卫了。养由基成为大将，指挥亲军，保护楚庄王。楚庄王传下命令，凡是斗越椒的手下，生擒活捉的全杀，因为是叛臣。斗越椒死了，他的儿子呢？骁勇善战，叫斗贲皇，逃到晋国去了，晋国国君封他为大夫，把苗地封给他做食邑，所以他又叫苗贲皇。楚庄王传下命令："来呀，派人到秦国、齐国，召回斗班之子斗克黄。"

这命令一下，大伙儿都傻了。因为就在这个命令之前，楚庄王刚刚传令，斗氏宗族不论大小满门抄斩，灭门九族，把姓斗的全杀了。当然，斗越椒叛反国家，大逆不道，在那个时候，杀斗越椒全家大小是应该的，满门抄斩，灭门九族。但斗氏宗族全杀，一个不留，而且到秦国、齐国召回斗班之子斗克黄，因为斗克黄这时正奉命出使秦国和齐国。当时斗克黄是什么官职？箴尹，等于现在的谏官。因为他姓斗，肯定也得杀。咱们前边说过，楚庄王的父亲楚穆王商臣，把他的父亲楚成王害死了。

楚成王驾前有位功臣叫斗伯比，斗伯比的母亲是郧国人，斗伯比的父亲死了，他就跟着他母亲回到了郧国。到了郧国之后，郧国国母非常喜欢斗伯比，回娘家了嘛，就把这娘儿俩召进宫中。郧国国君有个闺女，跟斗伯比在一起玩，两小无猜，两个人就有感情了。后来郧国国君之女怀孕了，郧国国母嫌寒碜，就把女儿囚于别室，关起来了。斗伯比也知道寒碜，跟母亲把事情一说，娘儿俩就又回楚国去了。孩子生下来了，叫斗榖於菟。斗榖於菟长大之后，他的父亲斗伯比已然死了，他身为楚国大夫之职。后来令尹身亡，楚王让他当了楚国的令尹，身为令尹二十八年，三仕三黜，三次出仕三次罢免，强大楚国。他突出的功绩就是把郢都扩大，鼓励老百姓种地，强大楚国，集中兵权，使楚国空前强盛。这都是斗縠於菟的功劳。

斗縠於菟当政之后，让他的儿子斗般为大夫。现在出使秦国和齐国作为外交使节的斗克黄，就是斗縠於菟的孙子，他们家世代忠良，出使之后把外交搞得特别好。大伙儿都悬着心：这么大的功臣之后，将来强大楚国就靠着斗縠於菟的孙子，他现在也是功臣，你把他叫回来也是杀。所以文武众卿都看着楚庄王，意思是你想强大楚国，就必须要任用贤者，斗克黄不能杀呀。其实大伙儿都猜错了，楚庄王有自己的想法。

旨意传下去了，斗克黄马上启程回国。手下人都劝他："您别回去了，在这儿待着多好啊，又不用上户口，又不用绿卡，您回去干吗呀？回去就得被杀，斗氏宗族全被杀。"斗克黄是忠臣，他听完手下人的话摇了摇头："君为天，天命不可逆，君王叫我回去我就得回去。"

于是斗克黄回到楚国，把所有公事交代完之后，马上来见司寇。咱们都知道，在六卿当中，司寇是主管刑狱的。斗克黄跪倒在司寇面前，司寇就愣了："你有何罪呀？"斗克黄眼泪流下来了："没想到我斗氏家族出了叛臣斗越椒。想当初我的祖父子文令尹就曾经说过斗越椒有反相，将来必有灭族之祸。所以祖父临终之前让我的父亲离开楚国，奔往他乡，免遭其害。但我的父亲说了，他是楚国人，就得在楚国待着。今天果然应验了我祖父之言。我是叛臣同族，我也姓斗，而且没遵照我祖父的遗言，我们全家没走，就应该引颈受戮，请您把我杀了。"

司寇不敢做主，马上禀报楚庄王。楚庄王一听："免。"大伙儿一看："敢情您不杀斗克黄啊？""对了，不杀。仍然让他为箴尹之职，改名斗生。"本应该死，反而得生，所以叫斗生，仍然让他出使各国。这就说明楚庄王这个人杀叛臣，同时重用贤者。大伙儿恍然大悟，如梦方醒，楚庄王将来必能称霸于天下，确实是一位明君。斗克黄跪倒在地，谢过大王，忠心耿耿扶保楚国。

贤臣回来了，逆臣也杀了，楚庄王传下命令，所有的文武官员，还有宫中的嫔妃，在渐台摆下酒宴，犒劳所有的文武众卿。您要听京剧，有出戏叫《摘缨会》，就是这段儿，我们说书叫《绝缨会》。您想想，楚国国君在渐台之上摆下酒宴，所有的文武官员都带着，除了正宫国母没带着。楚庄王得有多少嫔妃呀，一个个美貌至极，都跟着楚庄王，坐着一辆辆香车来到渐台。从已时开始，文武众卿上渐台，楚庄王一身新服，好家伙，那都是南京的云锦，云锦绣的龙袍。楚庄王往正中一坐，看文武众卿行王礼，各自排列都坐好了。楚庄王心里高兴，心说：三年不飞不叫，一飞一鸣惊人，我就是楚国那只大鸟，我要称霸于中原。我已然窥伺了周室，问鼎于中原，现在又灭了逆臣斗越椒，贤臣已归，我必称霸于天下。楚庄王顿觉心胸宽阔，看着文武群臣，这叫一个高兴啊："众位卿家，想我楚国虽然地处荆楚，但要称霸于天下，贤臣聚集在此，今天一醉方休。"

按说君臣对享，上边有君，下边有臣，一块儿饮酒欢乐，绝不过三杯，顶多就喝三杯酒；但今天楚庄王传下命令，一醉方休，大伙儿齐呼"万岁"。其实那时候只有对周天子才能呼"万岁"，今天大伙儿高兴了，都捧着楚庄王。楚庄王传下命令："上宴。"

一道菜一道菜唱名报进，挨着个地吃。大家推杯换盏，开怀畅饮。太史命乐队上来奏乐，女子乐队，琵琶丝弦，多漂亮啊，身穿纱衣薄露透。大伙儿一边喝着酒，一边看着美女歌舞，越喝越起劲儿。这时候，楚庄王又传下命令："换宴。"

三百六十道菜走完之后，换宴，又换一拨儿，把荆楚大地所有的美食都吃到了。吃了一拨儿又一拨儿，一直吃到掌灯时分。按说君臣共享，不能过夜，不能过时，但楚庄王高兴啊，已经说了要一醉方休，于是再次传令："来，掌灯伺候。""哗"的一下，灯都点起来了。您想想，外边太阳已然落山了，天黑了，渐台之上灯光四起，再一看女子奏乐，翩翩起舞，太美了。大伙儿齐声欢呼："大王，给您敬酒。"

楚庄王也不推辞，端起来，一爵一爵，喝了个酩酊大醉。您别看表面上楚庄王是醉了，实际上这酒里头有假，他没醉，就是心里高兴，陪着大伙儿，让大伙儿一醉方休。喝着喝着，楚庄王吩咐一声："来呀，传许姬侍宴。"

许姬是楚庄王最喜爱的一个爱姬，这次在渐台开庆功会，楚庄王早就传下旨意，除了正夫人樊姬，所有的嫔妃都得跟着，其中最漂亮最得宠的就是许姬。那为什么不带着樊姬呢？咱们前边说过，楚庄王装傻充愣的时候，右抱郑姬，左抱蔡女，因为他喜欢她们，不喜欢樊姬。可后来为什么立樊姬为夫人呢？手下人问他："您立谁为夫人？""立樊姬。""您为什么立她？""因为当初我太爱玩了，前去行围打猎，樊姬劝我我不听，樊姬说：你若不听我的话，不治理国家，总玩总打猎，我就不吃鸟兽之肉。她是一个贤德的夫人，所以立樊姬为夫人。"

樊姬确实后来对楚庄王很有帮助，帮助他治国，这是后文书，咱们暂且不表。楚庄王传下命令，让许姬侍宴。大家儿虽然没瞧见过许姬，可都知道楚君最宠爱的就是许姬。紧接着就听见微微的脚步声音响，大伙儿都停杯不饮，顺声音观瞧，整个渐台之上鸦雀无声，地下掉根针都能听得见。文武众卿顺声音一看，许姬身着纱衣，飘飘而出。她个子高，比一般的女人都高，要是选模特儿肯定选得上她。她有多漂亮？也不是，但风度翩翩，实在是太迷人了。许姬往渐台上一走，轻纱一带，大伙儿直目而视，都看呆了。许姬来到楚庄王面前，飘飘下拜："大王。""给众位卿家敬酒。""遵王谕。"

许姬端起酒杯来，挨着个儿地敬，其实最开始敬这头一个，那最后一个可还远着呢，起码得一个时辰才能敬到。但大伙儿都站起身形，举着杯等着。许姬一个个儿地挨着敬酒，敬着敬着，也就敬到三分之一的时候，突然间来了一阵怪风。渐台是个明台，几层楼高，上边有栏杆。这一阵怪风袭来，把渐台之上所有的灯光都吹灭了，大伙儿都不敢言语了。这个时候，太史传令："看灯火伺候。"

这可没那么快就能把灯点上，得在每一盏灯下取出火种，打着了火石、火镰，然后再点，慢着呢。再说那时候还得上楼梯下楼梯，都没有电梯，所以不是马上就能把所有的灯都点亮，得容工夫。而许姬正要给一位将军敬酒，"唰"的一下，灯黑了，她也没看清这位将军什么模样。也搭上这位将军喝多了，一看许姬来到自己面前，心说：灯突然黑了，借这个机会，我得……其实什么也解决不了，他拽许姬的袖子。《东周列国志》原文是："牵其袂。"许姬非常聪明：别看我不是正夫人，但我是楚庄王之妾，你随便动我还行啊？左手一甩，绝其袂，把袖子撤出来；然后伸右手，就把这位将军头上的簪缨摘下来了。虽说当时漆黑一团，但敬酒必然离得近，尺寸差不了多少，而古时候的战将头上都有簪缨，许姬一伸手就把这位头上的簪缨摘了，那意思就是等一会儿掌上灯光，谁头上没有簪缨，谁就是调戏我的人，我让大王传令杀他。

许姬拿着簪缨，回到楚庄王的面前："大王。""何事？""妾奉大王之命前去敬酒，行至一将军面前，突然间怪风袭来，漆黑一团，这员战将牵妾之袂。"就是拉的我的袖子，"男女授受不亲，更何况我乃君之爱妾也。"你是君王，他胆敢调戏我就是对你不敬，"我已然把他的簪缨摘下，请大王秉烛查之。"

掌上灯光，您看谁没有簪缨，就把他杀了。楚庄王是想成为一霸之主，一个称霸天下的人怎么可能这么小心眼儿呢？那成不了大事。楚庄王一听："No（不）。君臣之享，绝不过三杯。是我传下的命令：君臣共享，一醉方休，秉烛而宴。"本来不能过夜，但现在秉烛而宴是我下的命令，"狂饮至此时，必然有人喝多了，酒后失态乃常事也。如果我以此为由治这位将军，我就是妇人之心。"

正在这时，脚步声音响，拿着火种的人上了渐台。太史一声令下："掌灯。""免。"楚庄王站起身形，大伙儿都站着不动了，"众位卿家，而今楚国君正臣贤，逆臣已除，贤臣已归，楚国大治，今天一醉方休。本王带领众卿来到渐台之上，此乃一日游也。"您看，这可是《东周列国志》的原文，所以"一日游"的源头我查出来了，就是从楚庄王这儿来的，"今天大会为摘缨大会，请众位战将把簪缨摘去，然后痛饮，务须尽欢。"你们把簪缨摘了，然后随便喝。大伙儿也不知道是怎么回事儿，国君下令摘，那就摘吧，都伸手把簪缨摘下。楚庄王听着声音，一个人摘听不出来。这么多人都摘就能听见了，楚庄王估计着时间差不多了："众将簪缨摘去否？""大王，我们俱已摘掉簪缨。""好，掌灯伺候。"

手下人手快，一会儿的工夫，所有的灯都点亮了。这下儿许姬愣了，心说：我把他的簪缨拿来，就是为了让你治他的罪，我是你媳妇，你可是国君，有人随随便便拉我袖子，这还行啊？但许姬没办法，她也理解大王的心情。下面的文武众卿可不知道，只有被摘去簪缨的这位心里明白：国君非但没有治我的罪，反而赐我以活命，我该如何报答？这人是谁？您不用回去查，这人姓唐，叫唐狡。唐狡是谁？您都听过《西汉演义》，楚霸王项羽探涂山，到禹王庙，一日得三宝，得的就是唐狡的盔、唐狡的甲，还有唐狡的这条吸水提炉枪。这三宝原来的主人就是绝缨会上被许姬摘去簪缨的这位将军唐狡。后来楚霸王项羽得了这条枪。您要听过《东汉演义》都知道，这条枪后来归姚期了；您再往后听，后来归秦琼了；再往下听，后来归岳飞了。最后归谁了？归我了，我们说书的吃这条枪吃了好几辈子了。

唐狡心里感激楚庄王没杀他，后来楚庄王派人打仗，先锋官是连尹襄老，派他带领兵将去攻打郑国，快到咸阳了，他岁数大了，所以动作就慢，楚庄王带领大军在后边。没想到长驱直入，前边有一员小将，带着一百多兵士，勇往直前，楚庄王没费什么劲儿就到了咸阳。楚庄王就问连尹襄老："你都这么大岁数了，是谁在前边打仗开路的？""唐狡。"楚庄王再一问，唐狡跪倒在地："大王，我就是当年您在渐台举行摘缨会那日，拉许姬袖子被许姬摘去簪缨的那员战将，我叫唐狡。""哦……""您赐我以活命，我以身相报。""功劳大大的，回国有赏。""谢大王。我乃有罪之身，今天跟您言明，我就不能再领赏了。"

您说一个君王，对待手下一个战将，就因为这次摘缨会，这员战将后来攻打郑国，拼力死战，勇往直前，一仗成功。作为一个君王，没有开阔的胸怀行吗？所以楚庄王才能一霸天下，成为春秋五霸之一。绝缨会之后又有很多精彩的书目，谢谢众位，咱们下回再说。

第二十九回　叔敖受命为令尹

壮士功名尚未成，呜呼久不遇阳春。君不见：东海老叟辞荆榛，后车遂与文王亲。八百诸侯不期会，白鱼入舟涉孟津。牧野一战血流杵，鹰扬伟烈冠武臣。又不见：高阳酒徒起草中，长揖芒砀隆准公。高谈王霸惊人耳，辍洗延坐钦英风。东下齐城七十二，天下无人能继踪。二人非际圣天子，至今谁复识英雄？

在《三国演义》中的"二顾茅庐"，您就能听见这首歌。这首歌说的是两位古人，前边说的是姜尚姜子牙，后边说的是郦生郦食其。姜子牙成名，保着武王伐纣，灭纣兴周，帮着大周朝打下八百多年的天下，这是姜子牙的功劳；郦生郦食其保着汉王刘邦，扫秦灭楚，大谋士，能说。但这两个人得碰上圣天子。姜子牙在渭水河直钩垂钓，文王夜梦飞熊，带着儿子武王到渭水河边访贤，把姜子牙请到车上，这爷儿俩一个拉车，一个捧毂推轮，把姜子牙请到都城西岐，然后拜姜子牙为帅，姜子牙才能成名于天下。没有周文王成吗，没有周武王成吗？

说几句闲话，咱们还得说《东周列国志》。上回书咱们说到楚庄王除掉了叛臣斗越椒，那么楚国没令尹了，这怎么办？令尹掌握着国家大权，那时候令尹的权力比后来的宰相还要大，因为他还掌握着兵权，文武兼备。而且楚国历来是令尹的权力特别大，到了斗越椒这儿，几乎所有的国家大权全都交给令尹了，楚庄王基本上就没什么权力，所以楚庄王忍耐。您要看历史学家讲楚庄王，他最能忍。忍了几年之后，把大权逐渐掌握过来，把斗越椒以及斗氏宗族都杀了，就留下了一个斗克黄，改名斗生。

令尹没了，找谁接替呢？楚庄王想办法访贤，访到了一位贤士，名字叫虞邱。按现在话说，虞邱长得细条身材，眉长过目，二目有神，三绺墨髯黑胡须，岁数不太大，也就是四十岁开外，非常有本事。楚庄王很高兴，就把虞邱请来了，两个人彻夜长谈，掌上灯光还聊呢，做上夜宵还聊呢，吃碗馄饨接着聊……楚庄王高兴啊，心说：遇到了这么一位贤士，我得多跟他聊聊，明天我想办法跟众卿商量，就拜他为令尹，虞邱太有本事了。

没想到他们君臣在这儿谈，宫中这位夫人可就注意了。樊姬长得并不漂亮，但十分端庄，从小家里培养认字，有文化。她经常劝楚庄王："你不能老行围射猎，应该好好治理国家。""哎呀，不成啊，权力在令尹之手。"樊姬可就记住了：权力在令尹之手。但樊姬还是劝楚庄王："你身为国家君王，如果不好好治理国家，楚国的老百姓怎么办？"天天劝，天天劝，楚庄王不听。樊姬没有办法，就对楚庄王说："如果你再去打猎，我就不吃鸟兽之肉。"

你打猎去吧，打回来的猎物我不吃。按现在来说，樊姬的品格是相当高的，能够为生态文明树立榜样。就因为这些，所以楚庄王在下定决心要治理楚国的时候，立了樊姬为夫人。樊姬就问楚庄王："你有那么多妻子，为什么要立我为夫人？楚庄王一笑，说："就因为你贤惠。你劝我不要去打猎，说如果我再去打猎，你不吃鸟兽之肉。""好吧，既然立我为中宫，我就替你好好看着中宫之位，让你后顾无忧。"

樊姬说出这样的话来，楚庄王非常高兴，看着樊姬，心想：你别看她长得不太漂亮，嘿，往这儿一站，端端正正，确实像楚国的正宫夫人。"好吧。唉……""大王，您立我为夫人，为什么长叹一声呢？""你呀，要是再能懂点儿政治就好啦。"樊姬终究是个女人，那时候又没有那么多学习的地方，她就只能问楚庄王："大王，何为政治？"楚庄王一乐："何为政治啊，昨天晚上咱俩学英语，你不是学过这词儿吗？""哦，politics（政治）。""Yes（对）。"

樊姬下决心学习政治。她研究楚国的历史、楚国的官职、楚国的军队、楚国的分配制度……全都研究，下了心了。所以楚庄王和虞邱彻夜长谈，樊姬就在这儿看着。每回楚庄王和虞邱谈话，樊姬不用在这儿等着，因为伺候楚庄王的人多了，用不着她亲自下厨。但这回不一样，樊姬觉得很意外。为什么要彻夜长谈？一般君臣在一块儿喝酒，绝不过三杯，三杯酒就够了，而且也不能畅谈过夜。樊姬很尊重楚庄王，她在一旁等着，派手下人准备好了洗脸水、漱口水，准备好了夜宵，等着楚庄王回来。等到了子时，樊姬听见脚步声音响，楚庄王回来了。为什么声音那么大？楚庄王是国君，不能一个人回来啊，前呼后拥，得有人伺候着。樊姬赶忙起身相迎："迎接大王。"

楚庄王和虞邱谈话谈得很兴奋，不觉得累，他一看樊姬在这儿，就知道夫人一定找他有事，手一摆，所有的内侍都走了。"大王，您请坐。"樊姬让手下人伺候楚庄王洗脸漱口，给楚庄王预备夜宵，樊姬在旁边站着伺候。"大王，刚才您和谁彻夜长谈？""樊姬呀，我立你为夫人，你要知道女人不能干政。""大王，可是您让我学习的政治。""哦……"楚庄王点了点头，看了一眼樊姬，"好啊，你的政治学得怎么样啊？""我先问问您，既然您让我学习政治，我就过问一下国政，您刚才和谁谈话？""乃是楚国的一位大贤，虞邱。""您和他谈了多长时间？""嗯……由打午时一直谈到子时。""时间不短了，虞邱是贤者吗？""Yes（是）。""依我看啊，他不是贤者。""嗯？你为什么说他不是贤者？""刚才您说虞邱是大贤，可是您没说出第二个贤士来。我再问问您，虞邱跟您谈了这么长时间，有没有再给您举荐一位楚国的贤士呢？""哎呀，他就是楚国的贤士，我准备和众卿商议之后，拜他为令尹，哪儿还能有比他高明的贤士呢？""所以我说大王您错了。""我错在何处？""大王，要依臣妾看来，臣事君就如同妻事夫。"您手下的文武众卿这些大臣，尊敬您这位国家君王就如同女人尊敬丈夫一样，"自打我为中宫以来，凡是宫中的美色无不尽献于君前。"这是在两千多年以前、公元前六百多年的事儿，现在大家伙儿听这话有点儿别扭，但按照列国时候的道德标准，樊姬就是一位贤德的女人。我尊敬你，你是我丈夫，如同大臣尊敬你是国君一样；虽然我是你的正妻，但宫中所有美女我都给你送来，这是我应该做的。"但虞邱跟您谈了一宿，没给您荐一位贤者，难道楚国刨去他就没有贤士了吗？一个人就能帮着您治理楚国吗？他以一人之智掩盖楚国其他众家大贤，所以他不是贤者。"

楚庄王听到这儿，"噌"的一下站起来了，两只眼睛仔细看着樊姬，心说：哎呀，我没白让她研究政治啊。"好！"楚庄王挑起大指，走到樊姬面前，"你太高了，这政治可没白学呀。你现在学完政治之后，就变成了politician——政治家呀。"樊姬的一番话确实让楚庄王如梦方醒，"谢过夫人。"

樊姬伺候楚庄王安歇睡觉。第二天早上起来，应当多睡会儿吧？楚庄王一下子就起来了："什么时候了？""卯时。"您想想，子时回宫，卯时就起来了。您要是听骆玉笙老师唱《丑末寅初》，是什么时候？天还没亮呢。楚庄王起来之后，传下话来："召见虞邱。"

虞邱接到口谕之后，马上跑到宫中，跪倒在楚庄王面前："臣叩见大王。"虞邱心里怎么想的？我昨天跟您谈了那么长时间，这些国策您肯定都听了，其实我并不想当令尹。您跟我求教这么半天，我把心中的想法都告诉您了，您要真拜我为令尹，我可以辞，但我知道，您肯定能听得进去我的话，您认为我是一个贤者，能够强大楚国。虞邱并没有那么大的野心，但他知道楚庄王肯定听了自己的话了。"虞邱啊，你起来。""谢大王。""你知道今天早上起来，我为什么这么快把你召入宫中？""臣不知。"

"我告诉你，昨天我与你彻夜长谈，回到宫中之后，夫人樊姬告诉我，你以一人之智代替楚国众贤者，为什么你不给我举荐贤士？"当时虞邱就愣了，没想到夫人有如此高见。"臣想知详情。"

他也想打听打听。楚庄王毫不隐瞒，一五一十把樊姬怎么问的，自己怎么回答的，樊姬又怎么说的，全都告诉了虞邱。虞邱听完，汗就下来了。所以说一个成功男人的背后一定有一个开明、智慧的女人，而且必须是一条心。国家也是如此，君和臣必须心往一块儿使，力往一块儿使，不隔心，事业才能成功。虞邱这一听：可了不得了，楚庄王身背后有这么一位政治家，国家能不强大吗？虞邱吓得汗流浃背，"扑通"一声，跪倒在地："大王，请您回禀夫人，我马上就去访贤。"

虞邱立刻退出宫中，没敢待着，马上访贤。找谁？找遍文武众卿，挨着个地谈话，挨着个地找，最后找到谁？找到了斗氏家族唯一没有被杀的斗克黄，现在已经改名叫斗生了。虞邱最后由打斗生嘴里求出一位贤者，这位贤者芈姓，芳氏，名敖，字孙叔，人们都叫他孙叔敖，东周的时候就是这么称呼，大伙儿非常尊敬他。孙叔敖在哪儿呢？在长江以南荆楚大地上的一块沼泽地里奉养母亲，农耕为生。为什么这么大的智者农耕为生？咱们就又得谈到斗氏家族了。孙叔敖也是斗氏家族的一员，叛臣斗越椒被楚庄王杀了，斗氏家族的所有人全都被杀，这位贤士就搀着自己的高堂老母隐居在沼泽之地，农耕为生。虞邱打听到这个人之后，禀报楚庄王，楚庄王说："你去吧，带着斗生一块儿把这位贤士请来。""遵命。"

为什么？楚庄王知道孙叔敖这个人，而且听过一个双头蛇的传说。孙叔敖有一回去种地，一锄地，"噌"，蹿出一条蛇来，这条蛇根本不躲孙叔敖。他一看这条蛇，可吓傻了——这条蛇有两个脑袋。因为蛇都只有一个脑袋，传闻两个脑袋的蛇看到谁，谁肯定就得死。孙叔敖一看见双头蛇，就认为自己要死了，马上浑身的气儿就下去了，手里攥不住锄头，"吧嗒"一声，掉在地上。孙叔敖看了一眼双头蛇，又看了一眼地上的锄头，猛然间心中一动：不对呀，我看见双头蛇了，我准得死；那么一会儿要是还有人看见它，也得死；再有人看见它，还得死，不如干脆就死我一个得了。想到这儿，孙叔敖抄起锄头就把双头蛇打死了，然后把它埋在了田边。

孙叔敖撒腿往家跑，扑到母亲的怀里就哭："妈……我没法儿再孝顺您，我要死了。""儿啊，怎么回事啊？""今天我在地里干活，看见一条双头蛇，从小您就告诉我，看见双头蛇者必死，所以我知道我就要死了。我一想：死就死我一个人吧，要是有别人再看见它还得死啊，我得想办法救人。所以我就把它锄死了，埋在了田边。娘啊，今天我再见您一面，我马上就死了。""儿啊，你死不了。人有一念之差，可能就会办错事，但你不是。你看见双头蛇，你要死，而你把它除掉，就死你一个，别人就不会再因为看到它而死，你这是善举，将来必然有大富大贵。"

这件事情就传出去了，楚国的老百姓一传十、十传百，一直传到了楚庄王的耳朵里。所以楚庄王知道，虞邱提到的这位芳敖孙叔敖，就是当年除掉双头蛇的人。于是楚庄王派虞邱和斗生两个人，到沼泽地这儿来请这位楚国的大贤。到劳敖的家门口，老太太出来一开门，斗生就对虞邱说："劳敖肯定不在家，不然的话不会是他的母亲出来开门，他侍母最孝，不能让母亲开门迎客。"

两个人赶忙上前给老太太施礼，说明来意，老太太告诉他们，劳敖锄地去了，确实没在家。劳敖每天都得下地干活儿，先给母亲准备好了东西，然后干完活儿回来就做饭，特别特别孝顺。两位楚国的大臣抬头一看劳敖的母亲，虽然穿的衣服很破，但洗得非常干净，上面补丁摞着补丁。老太太十分端庄，满头的银发。"二位贵客何处而来？""奉大王之命前来。"

老太太连忙把二位迎进屋中，烧火烧水，给二位沏茶。两个人一看，老太太这么大岁数在这儿烧水沏茶，于是谁都没坐下，就站在屋中。这个时候就听见脚步声音响，劳敖回来了。劳敖推开家门，直接就奔柴锅，把手中的锄头往旁边一放，把打回来的柴往地上一搁，再一看炉膛里的柴灰还没灭干净呢，就知道家中有人来了，赶紧来到老母亲面前，趴在地上："母亲，您为何受累前去烧火？"您说这人多孝顺，连头都不敢抬。老太太用手一指："有贵客到了。"然后老太太用低低的声音对儿子说，"那双头蛇你没白除，现在大王派人来请你，你将拥有荣华富贵，但是不能忘记贫穷。"老太太就嘱咐了儿子这么一句话。劳敖站起身形，虞邱和斗生两个人说明来意："大王传下命令，让我们来迎接你入朝面君。"

劳敖听明白了，转身请示母亲，老太太点头答应了，然后劳敖这才给母亲收拾好行装，背着母亲出门上车，跟着两位大臣面见楚庄王。楚庄王见到劳敖非常高兴，让他落座，然后派人把他的母亲安置好。劳敖就问楚庄王："大王，您唤我前来，有什么事吗？""我想和你谈谈楚国，将来要称霸于天下，现在应该怎么办？"

劳敖就把自己所有的见解都谈出来了。楚庄王一看这人，就知道他了不得。他在谈论自己的政治见解的时候，不是张牙舞爪的，而是十分矜持。劳敖心说：既然大王您派人来召唤我，那么我就把自己所有的见解和盘托出，毫无保留。但他人很稳当，很踏实，一点儿张狂的态度都没有。楚庄王听完之后，十分高兴："明天和众卿商议，拜你为令尹。"

君臣具体谈的是什么？这我还真不太清楚，不会说，不会说就不能瞎说。总而言之，苏敖这个人的确有大才，也说明楚庄王十分敬贤。苏敖听完，一下子就趴在地上了。"大王，我锄地为生，奉养老母。"我是个农民，就是为了奉养母亲，"您现在突然间令我骤执大权，诚惶诚恐，请把我列在诸卿之后。"我一个农民，您突然间让我执掌楚国的大权，这可不行，您把所有的楚国大臣选遍之后，最后再选我。楚庄王赶忙用手相搀："你就是楚之大贤，千万不要推辞。"

苏敖一推再推、三推四推，最后没办法了，只得答应。第二天，楚庄王跟文武众卿商量之后，就拜苏敖为令尹。当然，楚庄王回到内宫之后，也跟自己的夫人樊姬商量。其实苏敖心里很明白：为什么要楚王把我排于诸卿之后？我才多大呀，而且我一点儿功劳都没有，我初到楚国朝堂之上就被拜为令尹，这得有多少人瞧着我呢？我要想坐稳这个位子，想把令尹的大权掌握好了，帮着楚王强大楚国，从而压住众文武大臣的嘴，实在是太难了。

所以这位令尹就开始研究楚国的政治，把楚国所有的档案都分出来，它的官制、它的分配制度、它的军队组成，到底有多少队伍、多少战车，水利的情况怎么样，等等，所有的情况都研究完了。您查楚国的历史，最有名的令尹就是斗毂於菟，接下来就是现在说的苏敖。他不但强大了楚国，把楚国的军队重新编制，而且兴修水利，最著名的就是建造芍陂，能够灌溉万亩良田，从而把楚国治理得十分富强，用这些事实征服了楚庄王手下的文武众卿。楚国强大，楚庄王就有野心；楚庄王有了野心，就要灭掉周围各国，发出探马打探军情。楚庄王跟令尹商量要去攻打郑国，没想到郑国出事儿了；要打陈国，陈国也出事儿了。

到底两个国家出了什么事情？令尹苏敖如何帮助楚国，使楚庄王成为一代霸主？到底楚庄王又如何利用这位令尹？这些热闹书目，咱们下回再说。

第三十回　公子宋尝鼋构逆

道德三皇五帝，公侯夏至商周，英雄五霸乱春秋，顷刻兴亡过手。青史几行名字，北邙无数荒丘，先人撒谷后人收，说什么龙争虎斗。

刚才这几句开场诗，就是您翻开《东周列国志》头一页的开场诗，东周列国确实很乱。咱们上回书正说到楚国，楚庄王要称霸于天下，那么楚庄王作为一个国君想当霸主，怎么样才能让自己的地位在中原各个国家都能承认？这是很不容易的。我看完《东周列国志》以及很多专家的评论之后，获益良多。一个人，比方说，一个国君或者一个单位的领导者，你必须会协调和调动你手下的人，而且能够重用贤才，同时可以虚心听取朋友的意见，自己以身作则，这样国家一定能富强，单位事业一定能蒸蒸日上。

楚庄王也是如此，他想要称霸于天下，就选择了很多能人，最后不计前嫌，把仇家的子弟选来了，就是咱们上回书说的孙叔敖，拜为国家的令尹。这位令尹上台之后，整饬军队，治理国家，帮助楚庄王，打算要称霸于天下，发出探马打探各国的情况。探马回来禀报，有一个国家出事儿了。哪个国家？郑国。郑国离楚国最近，楚国要打算统治中原，往中原发展，首先必须得让郑国跟自己好，让郑国对楚国年年纳贡，所以头一个就得先征服郑国。郑国出事儿了，国君被人杀了。楚庄王得到这个消息，心说：这回我就有主意了。因为在东周列国这个时候，你要打算称霸于天下，当霸主是有规矩的，必须得帮助弱小的国家来惩治横行霸道的大国。而且如果哪个国家发生政变了，有人弑君了，你必须得惩治弑君之人，这是霸主应该做到的。所以楚庄王觉得这是个机会，于是马上派人详细打听郑国的情况。

郑国国君为什么被杀？这段书叫"食指跳动"。当时郑国国君是郑穆公的儿子郑灵公。您看，咱们这回书说的是郑灵公，可能是"灵公"这名字不太好，下回书咱们会说到陈灵公，这两个灵公都被人杀了。所以我看，凡是"灵公"都得倒霉。郑灵公是怎么死的呢？他爱开玩笑，手下有两个他特别喜欢的、同时掌握着国家大权的大臣，一个是公子宋，一个是公子归生。公子宋字子公，公子归生字子家。郑灵公总喜欢跟大臣们开玩笑，他信宠这两个人，当然也就常跟这两个人开玩笑。公子宋和公子归生掌握着郑国的大权，两个人经常一起入朝。每天早上起来上朝的时候，因为家离朝堂都比较近，所以两个人也不乘车，都是步行上朝。

这一天，公子宋和公子归生一起上朝，走着走着，公子宋突然一哆嗦："嘿，我说子家呀，今天有好事儿。""什么好事儿啊？你都娶了仨媳妇了，还娶呀？""不是，今天有好吃的。""你怎么知道有好吃的？""我告诉你，你看我的手，看见了没有？""哎呀，手有什么新鲜的。""我问问你，这叫什么？""这叫拇指。""那这个呢？""叫小拇哥。"小拇哥是北京话，就是小指。"那这叫什么？""这是食指啊。""我告诉你，你看看，我的食指直跳。食指跳，美味到。嘿嘿，我的食指一跳，就准有好吃的。""胡说八道，我不信。""你不信？我告诉你，我出使楚国的时候，食指就跳，我一看，好家伙，整桌的宴席。你猜是什么宴席？天鹅肉做的宴席。""你说清楚了，哪国呀？""那你就甭管了。""你刚刚不是说的楚国吗？""我说错了，是晋国。""我就知道你不敢惹楚国，晋国国君给你用天鹅肉摆宴？他那地方有吗？""哦，那不是，是楚国。""到底是哪国？你有谱儿没有？""那就是楚国吧。楚国现在比较强大，我不敢惹呀，到楚国之后，招待我们的是天鹅宴席。""我现在就上联合国告状，敢吃天鹅宴席？野生动物保护协会马上就得对这个国家提出抗议和警告。""你别开玩笑啦，你说的这事儿得到两千多年以后，现在是公元前，没有这个规章制度。""还吃什么好的啦？""吃完天鹅肉，又吃的合欢橘。""哦，还上哪国跳啦？""那回我出使晋国。""这回是晋国啦？""是晋国，我食指跳了，你知道给我们吃的什么？石斑鱼！""石斑鱼不就是贵点儿嘛，现在哪儿都有啊。""你说的那是两千多年以后，现在可是两千多年以前。我食指一跳，在楚国吃天鹅肉、合欢橘；在晋国吃石斑鱼。

刚刚我食指又跳了，肯定有好吃的。""得了吧，我就不信这个。"

两个人一边走一边聊，等走到宫门口这儿，忽然间内侍高声喊嚷："大王有旨，宣厨王进见。"厨王是谁呀？就是郑国最会做饭的一个厨子。因为郑国国君喜欢吃，就封他为厨王，厨王非得有重要的事情才会进宫伺候郑国国君呢。"你瞧，怎么样？大王宣厨王进宫，肯定要宴请咱们大臣，有好吃的吧？"这时候，厨王迈着四方步过来了。"什么事儿啊？""大王传旨，让你进宫。""遵旨。"

公子宋和公子归生就在外边等着，还没到上朝的时候呢。厨王进去了，一会儿又溜达出来了，看见这二位大臣在这儿站着，赶紧上前："哟，二位大夫，你们好啊。""厨王，你怎么进去又出来了？""嘻，你们不知道，现在有人由打汉江弄来一只大鼋（yuán），二百多斤。大王让我把大鼋烹熟了，赏赐文武众卿。可惜，我不会呀。""你是厨王，还有不会的？二百多斤，我看跟你的分量差不多吧？""呵呵，差点儿。"这位厨王也二百多斤，够胖的。"那你现在干吗去呀？""我去找我的朋友，他会烹制鼋。"鼋是什么？说白了就是大王八。厨王找他的朋友去了，公子宋就跟归生说："怎么样？食指跳，美味到吧！走，咱们进去吧。"

两个人进去一看，正好在柱子这儿拴着一只大鼋，好大的个儿，足足有二百多斤。"怎么样，没错吧？今天国君赏赐所有文武大臣鼋肉吃，我可还没吃过呢。""瞧你那出息，你怎么那么馋呢？肯定给你吃吗？""绝对的呀，食指跳，美味到嘛。哈哈……我说吃好的就吃好的。"

他们俩这儿正高兴呢，正好郑灵公由打里面溜达出来。列国的时候，那些小的国家，君臣之间，尤其是这些宠臣跟国君说话几乎没什么分寸。再说，郑灵公又喜欢这两个人。"二位大夫，你们在这儿干什么呢？""哎哟，大王，我们俩正说这只大鼋呢。""是啊，有人进献给寡人这只大鼋，寡人也想尝尝它的美味。现在已然让厨王去找他的朋友，来烹制这只大鼋。""哈哈……"公子宋用手一指，"怎么样啊？归生，没错了，今天咱们能陪着国君吃鼋肉。""嗯？怎么回事儿啊？"郑灵公不明白这两人

第三十回　公子宋尝鼋构逆

355

乐什么呢。"大王，我跟您说，刚才公子宋说了，食指一跳，美味就到，他的食指跳了几下，说您今天一定有赏赐。"郑灵公特别聪明："哦，食指跳，美味到，今天你就知道能吃好的，就想吃鼋肉？""那没错儿啊，肯定您得赏赐我们。""嘿嘿，那还得看寡人给不给你这个造化。哈哈哈……"

郑灵公说完，转身形就走了。过了一阵儿，有内侍传话："众位公卿，大王有旨，少待一个时辰之后，有请大家宫中赴宴。"所有的文武大臣都溜达出来了，离家近的回家了，离家远的在外边溜达，就等着大王下旨了。等了不到一个时辰，内侍高声喊嚷："大王有旨，宫中赐宴。"公子宋一伸手："归生，你看见没有，大指碰食指，我这食指还跳呢，食指跳，美味到，肯定的。走吧，一起进去赴宴吧。""那要是大王不给你吃呢？""不可能。我是大王的宠臣，大王也知道我喜欢美味，而且我食指跳的事情大王也知道了，怎能不给我吃呢？这不是已经下旨让都去赴宴嘛。"

庙堂之上，大伙儿"呼啦呼啦"都进来了，郑灵公在当中一坐，所有的座位已经排好了。那时候没那么些大桌子，都是席地而坐。大伙儿都就座，先喝点儿酒，上点儿果品，然后厨王领着他的朋友来了，跪倒在地："启禀大王，鼋肉羹已然烹好。""进一鼎。"

这儿说的鼎是一种食器，相当于现在的一碗。厨王先给郑灵公盛了一碗，来到大王眼前一跪，往上一捧，有内侍接过来，放在大王的面前。郑灵公用羹匙一舀，喝了一口，嗬，这香啊。"众位，有人送寡君一只大鼋，乃水中之极品，寡人不敢独享，每人都尝上一尝，寡人请客。"大伙儿纷纷站起身形："谢大王。""谢大王。""谢大王。"

然后内侍传旨，厨子们一碗一碗地往上送，一席一席地挨着送。因为公子宋和公子归生职位最高，所以两个人一左一右，居于上席，就坐在郑灵公的下首，他们是离门口最远的。从门口下席这儿开始送，分左右两边，一个大臣一个大臣……等送到公子宋和公子归生这儿，就剩下一碗了。"大王，现在还有两位大夫桌上没有鼋肉，可只剩下最后一碗羹，请大王传旨。"

两个近臣掌握国家大权，最后这碗羹就在厨子手里端着，给谁吃？郑灵公瞧了瞧公子宋，又看了看公子归生："那就赐给归生吧。""谢大王。"

这碗羹就给了归生。大伙儿吃着，整个庙堂上这叫一个香啊，把公子宋给晾在这儿了。公子宋可是郑灵公的宠臣，而且话已然嚷嚷出去了，这么会儿的工夫，已经不是公子归生一个人知道他这食指跳了，旁边也有听见的，有传话的，一传十、十传百，大伙儿都知道"食指跳，美味到"，他要吃鼋肉；可现在就是他没得吃。公子宋实在忍不住了。郑灵公一看："这就在寡人一赏了。嘿嘿，食指跳，美味到，鼋肉吃不到，美味就差这一道。"

您说有国君这样说话的吗？当着所有文武众卿的面，拿人家开心，公子宋能受得了吗？公子宋"噌"的一下，站起来了："我就是这只手指跳来着。"他一伸手，就在郑灵公的碗里拿起一块鼋肉，往自己嘴里一搁；又端起郑灵公的碗来，喝了一口汤。"真香啊，我吃着了，食指跳，美味到嘛。"

然后溜溜达达，他出去了，其实心里这个腌臜啊。这事儿赖谁？赖郑灵公，有这么办事的吗？其实他就是成心要拿公子宋开玩笑，成心让少做一碗。结果公子宋面子上挂不住了，伸手从郑灵公的碗里拿了一块鼋肉，汤又喝了一口，当着大伙儿等于又反击回去了。这下郑灵公也受不了："好哇，可惜我手中没有利刃！"我要是手中有利刃，就宰了你。因为庙堂之上不能随便带兵刃。公子归生是个胆小鬼，生怕出事，连忙带着文武众卿都跪下了："哎呀，大王啊，平时您总跟公子宋开玩笑，这个、这个……他也就有点儿肆无忌惮，您可千万别往心里去，我们给您赔罪了。""啪"，一甩袍袖，郑灵公也走了。大伙儿一看，都起来吧，不欢而散。

公子归生恐怕国君生气，直接来到公子宋的家中。"我说你今儿这是怎么档子事儿啊，有你这么办的吗？赶紧准备好了，明天换上罪衣罪裙，跟着我到宫中去给大王赔罪。""你少废话，慢人者人亦慢之，事儿是他先办出来的，我必还之。他先羞辱的我，我就羞辱他。""哪儿有你羞辱国君的份儿啊？由打国君的碗里，用手抓着就吃？""那不成，他慢我，我必慢他；我没罪，他有罪。""他是国君。""那我不管。""好，我跟你说，明天你必须到国君面前跪倒在地，我们大家跟着你一起赔罪。""不赔。"

公子归生左劝右劝，公子宋没办法，勉强答应了。第二天早上起来上朝，公子宋往这儿一站，归生见文武群臣全都来了，再看国君脸上面沉如水，赶紧一拉公子宋，公子宋不理他。归生没办法，冲大伙儿一递眼神，大家都跪下了："大王啊，这个……公子宋知道他昨天得罪您了，我们也都责怪了他，他说今天给您赔礼。您看，他站在这儿直哆嗦，都吓得不会说话了。"郑灵公抬头一看公子宋："吓得？这是吓得吗？有吓成这样的吗？哼，是他怕我还是我怕他？他根本就不怕寡人！""啪"，一甩袍袖，郑灵公走了。归生吓坏了：终究他是君王啊。文武众卿都走了。公子宋心里也明白，自己得罪了国君，于是拉着公子归生，两个人一起回家了。

来到公子宋的家中，归生就问公子宋："你把我拉你们家来干吗呀？刚才在朝堂之上吓得我直哆嗦，你说两句好话，这事儿不就过去了嘛。""是他先慢我……""行行行，行了，你看见他走的时候那模样了没有？你这是找死呢。"这一说找死，可给公子宋提了醒了："我说归生啊，就这样一个无道的昏君，敢侮辱大臣，我早晚把他杀了。""嗯？"归生大骇，一捂公子宋的嘴，又一捂自己的耳朵，"就算是咱们家里养的鸡鸭鹅兔之类的小动物，也不能说宰就宰呀，更何况他可是国君。你想杀就杀呀？你要把我吓死啊！""扑通"一下，归生吓得瘫地上了。"行啦，你起来吧，跟你闹着玩呢。"

公子宋也知道自己说走了嘴了。把归生送走之后，公子宋一个人坐在这儿生闷气，心说：就因为这么一点儿王八肉，闹成现在这个样子，他肯定饶不了我，怎么办？正在这儿发愁，就听见身后环佩叮当响，回头一看，小三儿来了。"哟，你这是怎么了？""嗐，就因为一碗王八肉，把国君得罪了。""怎么档子事儿啊？""我昨晚上二的屋里去了，没上你那屋去，没跟你说。""跟她说不管用，还得我给你出主意。"

公子宋就把这件事情跟小三儿说了，三儿听完，一撇嘴："这事儿啊，早跟我说早就没事儿了。告诉你，我有一个主意：你必须和公子归生联合在一起。""唉，他不听我的，他胆子小，害怕呀。我说想把国君宰了，他吓得连耳朵都捂上了，连鸡鸭都不敢随便杀，他不敢动手啊。""我有主意。我爹就在国君的弟弟公子去疾的家中，他是老总管。我爹常说，公子归生总去公子去疾的家中，两个人在一起嘀咕事儿。这样，你就去散布流言蜚语，想办法把公子归生控制住。""嘿！三儿你可真高，如果这事儿办成了，我得把你扶正。""你可得说话算话，我把我爹叫来。"

没一会儿，三儿就把她爹叫来了。她爹对公子宋说，真有这么档子事儿。什么事儿呢？郑灵公有一个亲兄弟叫公子去疾，没事儿就和归生在一起聊天儿，实际上人家没聊出什么来。但是三儿跟她爹就给公子宋出主意，让公子宋出去散布流言蜚语，就说这两个人在一起密谋要颠覆朝廷。"现在你就去和归生说，你一吓唬他，他就会帮着把国君杀了。""好，这个主意太高了！"

于是公子宋就来到了公子归生的家中。"归生。""啊，你来了，是想承认错误？明天我陪着你面见国君。""行啦，你心里有国君吗？我之前只不过是说了一句闹着玩儿的玩笑话，要把他杀了，你瞧瞧你那样子。可是你每天都到公子去疾他们家去密谋，你们俩商量什么呢？""没有的事儿，我们什么也没商量。"归生胆儿小，其实真的是什么都没商量，可还是吓得面如土色。"哈哈哈，吓唬吓唬你，行了，你待着吧，我回去了。"

第二天上朝的时候，文武众卿都到了，公子宋用手一指。"哎，我说归生，你每天都去公子去疾他们家，是不是在一起商量，想对朝廷不利呀？"这一句话就把公子归生吓得堆呼在这儿了，心想：这话要是传到国君的耳朵里，我可是死罪呀。"行啦，你小点儿声。"

散朝之后，公子归生就把公子宋请到了家中。"我听你的，行不行？你别给我到外边瞎散去，我们家得全家抄斩，灭门九族。""那你帮不帮我？""我帮你，你说让我干吗吧。""杀国君。"您说，就因为一碗王八肉，国君没有国君的风范，大臣也没有大臣的气度。两个人在一起商量，归生说："你怎么说，我就怎么做，我给你保密还不行吗？""只要你能保密，这件事儿我就办。"

公子宋回到自己家中，把三儿又叫来了。三儿说："你就甭管了，我找我爹。"又把她爹请来了。她爹说："我有主意，因为国君每到秋季都会祭祀，要在斋宫之中住上三个月，斋宫没人保卫，我带着人去，就能把他杀了。"

咱们书以简洁为妙，三儿的娘家爹带着人，拿着土袋子，趁着郑灵公在斋宫祭祀、一个人念佛烧香的工夫，"唰唰唰"，把几个土袋子往郑灵公身上一压，把郑灵公就给弄死了。您看，弄死一个国君也挺容易的。郑灵公死了，谁也不知道是怎么回事儿，这些人都跑了。公子宋就来找公子归生："我告诉你归生，国君已然归天。""啊？你……真给他弄死啦？你能把我留着吗？""能留着，你跟着我去见公子去疾，让他来继承王位。"两个人一起来找公子去疾。"得了，现在大王已然没了，您就继承郑国的王位吧。"公子去疾是个好人，说："这可不成，我不能干。我也不明白大王是因为什么死的，我当不了这国君。"

两个人没办法，再找吧。找谁呢？郑灵公一共哥儿十三个，郑灵公死了，就得找这些人里岁数最大的，最年长的是公子坚，于是就让公子坚继承了王位，就是东周列国历史上的郑襄公。郑襄公虽然继承了王位，但他心里也害怕，他怕哥儿们弟兄跟他争夺王位，就跟公子去疾商量："兄弟，让你当王你不当，非把这位子给我。我当了以后，哥儿们弟兄不干可怎么办？你得帮我出主意把他们全宰了。""啊？！哥哥，从家里排行说，我叫你一声哥哥，咱们虽然是同父不同母，但终究都是郑国国君之子。就如同一棵大树，现在枝叶茂盛。您要是把他们哥儿几个都杀了，就等于把这些树枝、树叶都砍了，再把树皮全都剥掉，您可就没人保护了，这棵大树也得死啊。""哦……谢过兄弟指教。"

这两个人都是明白人，郑襄公听了公子去疾的话，身为国君，把自己这些兄弟都封为大臣，每个人都有爵位，大伙儿非常高兴，都愿意保着郑襄公。所以可以看出公子去疾是个好人。就这样，公子宋把郑国国君郑灵公杀了，这件事儿就没人管了。公子宋有罪没罪？有，弑君之罪。

这个事情传到了楚国，楚庄王一想：这是个机会，我有主意了，兵发郑国，我得控制郑国，让郑国不跟晋国好而跟我楚国好，年年纳贡，服从于我。我要称霸于天下，就得先得到一个国家的信任。于是，楚国发兵攻打郑国，郑国没办法，求救于中原的霸主晋国。晋国也派人出兵，打起来了，打完了，互有胜负。又过了三年之后，楚国生气，再次攻打郑国，而这时候晋国掌握大权的好人已然没有几个了，郑国害怕，没办法，只得屈服于楚国。这个时候公子归生已经死了，公子去疾就带着人把弑君之人公子宋杀了，暴尸于朝；然后把归生的棺材刨出来，在棺材上剁了几刀，就算治了他的罪。然后派人去向楚国求和：得了，我们归附楚国，不跟晋国好了。楚国说："那这么办吧，把陈国也叫来。你们两个小国归附于我，咱们订立盟约。"

说完郑国，又该说陈国了。郑国归顺了，楚庄王又派人去找陈国，使者回来禀报，陈国出事儿了。"陈国出什么事儿了？""回禀大王，陈灵公被人杀了。"

那么陈灵公被谁杀了？咱们的书又转到了女人身上。陈国是个小国，陈灵公被谁杀了呢？被夏姬的儿子杀了。夏姬又是谁呢？您打开《东周列国志》看看，夏姬长得蛾眉凤眼，杏脸桃腮，目如秋水，天上地下就这么一位，太美了。而且说夏姬有骊姬、息妫之貌，妲己、文姜之淫，这是《东周列国志》的原文。夏姬有多大能耐？她有回春之术。这青春可了不得，是人一辈子最好的时候，谁的青春谁做主。陈灵公是被夏姬的儿子杀的，那么这件事就和夏姬有关系。

陈灵公是怎么回事呢？《东周列国志》说陈灵公十分轻佻，耽于酒色，跟他手下的两个宠臣总闹着玩，一个叫孔宁，一个叫仪行父。陈国有一个忠臣叫泄冶，敢于直言，经常管着陈灵公，陈灵公还挺怕他。陈灵公手下的两个宠臣，孔宁是个矮胖子；仪行父长得挺高大，鼻准丰隆，可以说算个帅哥。陈灵公没事儿和这两个宠臣干吗呢？在庙堂之上不商量国家大事，按现在话说就是讲黄色笑话，您说这样的国君好得了好不了？他就得让人杀了。

陈灵公不办正事，不务国政，这是《东周列国志》说的，那么他死在夏姬的儿子之手，夏姬又是怎么回事儿呢？刚才咱们说了，夏姬可以用四个女人和她比，她曾经三次返还青春。但是很可惜，回春之术失传了，这种技术要是能保留到现在，那可就发大财了。夏姬嫁过三个王，等于当过三次皇后；嫁过七个大夫，当过七回夫人。她嫁了十个主儿，这十个主儿都死了，您说她有多大的本事。

凡是看过《东周列国志》的，都知道夏姬这个人，她有骊姬、息妫之美貌，又有妲己、文姜之淫荡。像这样的女人，"百家讲坛"李山教授讲话：她能颠覆一个国家。这样的女人可太厉害了，她能把一个国家弄得昏天黑地。那么夏姬如何折腾陈国，又如何颠覆陈国？谢谢众位，咱们下回再说。

第三十一回　陈灵公袒服戏朝

朝廷宣淫不应当，君臣三人不像样。忠良泄冶直言上，反而被害一命亡。

这四句说的是今天的主题。君臣三人在朝廷之上胡说八道，谁？陈灵公；还有两个好色之徒，位至公卿，一个叫孔宁，一个叫仪行父。而谏言的这位是忠良之臣，叫泄冶，直言谏上，结果被害了。

说这么几句上场诗，今天咱们书说的是"夏姬之乱"。凡是看过《东周列国志》的人，没有不知道夏姬的。中国的历史也很新鲜，您看《东周列国志》要是能看到秦始皇一统天下，里面的男人都能记得住嫪毐，女人都能记得住夏姬。夏姬这样一个女人，能够颠覆一个国家，能够使朝代发生变化，不简单。当然，有她的历史背景。上回书咱们说了，夏姬长得非常漂亮，蛾眉凤眼，杏面桃腮，有骊姬、息妫之貌。在《东周列国志》中，最美的女人莫过于息妫，但息妫的人好。夏姬虽然长得漂亮，但她还有妲己、文姜之淫。对于这一点，咱们不能用现在的话来说，因为她生活在那个年代，是在公元前，距离现在两千多年以前。公元前六百多年，那时候人的思想意识跟现在是不一样的：男人可以随便娶，但是女的只要稍一出格，那么历史上就会记载她是一个淫色的女子。当然，夏姬这个人也不怎么样，可是出于封建社会，她也没有办法。事从两来，莫怪一方。总而言之，您看列国这段历史，都知道夏姬之乱，夏姬不是一个正经的女人。

夏姬的出身也不简单，她的父亲是郑穆公，按现在的话来说，她也算是个公主了。之前咱们说过的郑灵公就是郑穆公的儿子，就是因为一碗王八肉被大臣杀了的那位，而夏姬是郑灵公的妹妹。夏姬最开始嫁给了陈国的司马夏御叔，夏御叔的父亲是公子少西，他的祖父是陈定公，也是陈国的一国之君。那夏御叔为什么当了司马呢？因为陈定公死了之后，只能有一个儿子当国君，其他儿子就在朝中分管一摊事儿，夏御叔也是陈定公他们家传下来的一枝儿。公子少西之子夏御叔娶了夏姬，所以她才有的夏姬这个名字。据历史记载，夏姬曾经嫁过十个男人，三次为后，七次为夫人，这十位全死了，都死在夏姬之前了，您就琢磨琢磨夏姬这人怎么样吧。

夏姬出嫁之前，在宫中就跟她的哥哥，也就是和郑灵公同辈的一个庶出的哥哥蛮，两个人通奸有染，在一起三年。据说蛮长得风流倜傥，按现在话说够得上个男模，帅极了。而夏姬也很漂亮，兄妹俩在一起三年。后来蛮死了，郑穆公就把她嫁到了陈国，嫁给了夏御叔。嫁过来之后，给夏御叔生了一个男孩，起名征舒，字子南。征舒长到十二岁的时候，夏御叔死了。由于征舒是司马之子，家里有很多老师教导他习文练武，而夏姬一个寡妇在这里就不合适了，于是夏姬就把征舒留在城里的家中学习，自己搬到郊区的别墅去住，这个地方叫株林，而今河南西华县的西南，下亭镇的北边。"胡为乎株林？从夏南！"就是这地方。

夏姬的丈夫一死，就有人动心了。因为陈灵公不是什么好东西，是个好色之徒；他手下的孔宁和仪行父也是酒色之徒，和陈灵公关系特别好。刚才的定场诗"朝廷宣淫不应当，君臣三人不像样"说的就是陈灵公、孔宁和仪行父三个人。您要看《东周列国志》，说陈灵公什么样儿呢？轻佻惰慢，耽于酒色，一天到晚就是和孔宁、仪行父在一起，每天散朝都把他们两个人留下，在朝廷之上说黄笑话。整天君臣三人在朝堂之上就是聊这些事儿，朝中的大臣知道不知道？知道。孔宁最喜欢这个，他当初和司马夏御叔是好朋友，现在夏御叔死了，他可就憋上夏姬了。他和夏御叔是好朋友嘛，常去家中串门儿，夏姬曾经露过一面。打从那天起，孔宁就开始失眠，到现在已经失眠有四五年了，天天睡不着觉，脑子里总想着夏姬。现在好了，夏姬的丈夫死了，儿子才十二岁，在城里念书，孔宁可有机会了。但他不能先接近夏姬呀，就先接近夏姬的儿子。"哎呀，你爸爸死了，我来帮帮忙吧，接你送你。"

于是今儿给辆宝马呀，明儿送台电脑啊，后天给苹果手机呀……弄得这夏征舒还挺感激孔宁的。孔宁就借机会向征舒打听他们家的事儿，后来打听出来了，夏姬住在株林的别墅里，主事儿的是她手下的一个女仆人，叫荷华。孔宁可就下功夫了，派人四处打探，知道荷华在夏姬的家中不简单，专门负责联络，而且察言观色，特别聪明，孔宁就针对荷华想办法。这一天突然下大雨，征舒已然放假了，应当回家了，这下大雨可是个机会，孔宁就让家人驾车，上边用油布盖着，把征舒接过来。"我给你送回株林家中。"

这样，孔宁就到株林来了。到了株林之后，荷华负责接待，孔宁上前施礼："拜见女主人。""哎哟，我可不是女主人。我家女主人在后堂，不便会客。请问你是何人？"

荷华一边说话，一边上下打量孔宁，孔宁也盯着荷华看，这一对眼可不要紧，俩人心里都明白了：这位是好色之徒，上我们家找便宜来了；这位能穿针引线，我得把她讨好了。可是荷华看着孔宁，就觉得有点儿不对味儿。为什么？孔宁是个矮个子，长得特别黑，黑就得了吧，还有点儿牙碜，小眯缝眼儿，大肚子，头发特别少，还特别喜欢穿黑衣服，因为穿别的颜色就衬得他更黑了。您可别小瞧这个矮子，他的官可不小，位列公卿之职。"您已经把少爷送回来了，您可以回去了吧？""啊，呃……我带了点儿礼物给您。"说着话，孔宁就把礼物拿出来了。荷华打开一看，《东周列国志》原文写得很好："簪珥。"就是簪子和耳环。"哦，谢谢，谢谢，那您走吧。"

这事儿不可能一回就勾搭成，两次、三次、四次、五次……孔宁老到株林来，给荷华送东西，当然送的都是女孩子喜欢的东西，而且荷华也不小了，二十啷当岁儿了。时间长了，总送东西，荷华就问了："您到底有什么意思啊？""呃，我想见见你们家主母。""那我得请示一下，您略等片刻。"

荷华进到后堂之中，夏姬就知道有事儿。"来人啦？谁来了？""孔宁。""哦，公卿。"夏姬知道，这是丈夫的同事啊。"他干吗来了？""您还不知道他是干吗来吗？""长得怎么样？""牙碜。可有一节，说话很好听。"荷华收了孔宁那么多礼物，总得说句好话呀。说他不牙碜，一会儿夏姬看见非撇嘴不可，只能说他说话好听。夏姬确实也闷得慌，闲得实在太难受了："好吧，那就凑合凑合吧。"

荷华就把孔宁领进来了，下边的书我就没法儿说了。夏姬虽然不太得意孔宁，但终究寡居多日，寡妇门前是非多，闲置那么多日子了，现在有人爱自己，也挺高兴的。

第二天早上起来，孔宁不能总在株林待着呀，还得上朝呢，于是早早地就起来了，趁着人不留神，顺走一件儿东西。顺的是什么呢？《东周列国志》原文说的是："锦裆。"咱们就不能解释了，您就理解为一个兜兜或者一个裤衩儿之类的，孔宁就把这东西偷走了。孔宁心里美呀，穿在自己身上。您说他那么老胖，人家那么点儿，他也穿在自己身上。哎呀，绷得挺难受，一会儿就给绷开了，自个儿还得拿绳穿。孔宁高兴，都说夏姬好，男人要是能得到夏姬，当时死了都认了，夏姬实在太美了。

孔宁自个儿得意就完了吧，他还找仪行父来了，因为仪行父心里也惦记夏姬呢，只不过孔宁看见过夏姬本人，仪行父没看见过。孔宁就找仪行父来了，两人没事儿老是这个，也谈不出别的来。"嘿，你瞧，给你看一东西。""看什么呀？"仪行父个子高，按现在说身高得有一米九，孔宁和仪行父一比就太矮了。说着话，孔宁就把衣服解开了。"你看。""绳啊？""不是，你往这儿看。""哟嗬，你媳妇的？""呵呵，foolish（愚蠢）。""Foolish（愚蠢）？""学过英语吗？""No（没有）。""你还是会呀。""我就会 Yes（对），No（不对），还有 Bye bye（再见）。""我媳妇的，我拿这儿来？这是夏姬的，她送给我的。""啊？！"仪行父一下子眼就直了，心说：你小子都能攀上夏姬？就你这个儿，就你这模样，那么黑。看我仪行父，长得这么高，风流倜傥。仪行父稍微有点儿贲儿头，但是非常帅气。仪行父心说：只要我去了，夏姬一看见就得爱上我。

孔宁走了，仪行父就派人出去打听，一打听，原来是夏姬的女仆荷华搭的线，心说：荷华贪小，给她送点儿东西，如果夏姬那儿太忙了，荷华这儿也闲不住，这我可得去。于是仪行父想方设法找到株林来了，他得想个理由啊。一拍门，里面家人出来了："您找谁？""我找荷华。""您认识她？""我跟她是老乡。"

家人往里禀报。工夫不大，荷华出来了："您是我的老乡？您哪儿的人啊？""河南。""是荷兰还是河南？""河南！""那我就叫您大哥吧，您有什么事儿？""我乃是朝中公卿仪行父。""哟……"荷华知道这个人，主母总念叨啊。朝中的公卿都有谁，荷华心里记得一清二楚，谁是什么官，荷华心里都有数，夏姬都惦记着呢。"那您请进吧。"

仪行父把礼物送上。然后一来二去，等到仪行父第三次来到株林，荷华就问了："您到底有什么事儿？""想求见你家主母。""您稍候。"荷华转身来到后堂，见到夏姬："又来了一位。""还那么寒碜吗？""不是，这位个子高，还挺帅，您 look look（瞧瞧）？""好吧，我在屏风后面看一眼。我一咳嗽，你就把他引进来。"

您说这主仆二人算干吗的？！夏姬躲在屏风后面一看仪行父，真漂亮，身材魁梧，肌肉丰满，骨骼健壮，虽然外边穿着官衣，但是看着也特别舒服。您说夏姬能不动心吗？"嗯哼……"荷华明白了。"干脆您跟我进去吧，咱们也甭废话了。"

荷华把仪行父就引进了后堂。后边发生的事您心里一琢磨就完了，这俩人也办不出什么好事来。完了事儿了，仪行父就不知道自己姓什么了。夏姬确实了不得，要是按史书上记载，前文书咱们也提到过，夏姬有返春之能。仪行父从来没见过这么漂亮的女人，而且还有返春的本事，高兴。

第二天早上起来，仪行父该走了，他也得上朝啊，走之前他对夏姬说："你得送我点儿东西。""我干吗要送你东西呀？""那孔宁你都送他了，他给我看了。""嘻，你呀，真是 foolish（愚蠢）。""怎么你也说我傻帽儿？""孔宁那个是他偷的。""那我呢？我有他俩高呢。""好吧，送你一个吧。"

夏姬送给仪行父什么？碧罗襦，水绿水绿的一件小衬衣。仪行父高兴啊，马上就穿在身上了，不知道怎么舒服了。仪行父告辞走了。从今以后，仪行父经常来到株林找夏姬。他一常来，孔宁可就来不了了。您想想，只要是女人，就喜欢好看的男人，谁没事儿会喜欢那又黑又矮的呀。这一下孔宁就吃醋了，受不了了，暗中也派人打探，知道仪行父总去和夏姬幽会。这可怎么办呢？眼珠一转，他想出一个主意来：我把主公叫去株林，主公也总跟我打听夏姬长什么模样，我把主公介绍过去，他是主，我们是臣，我看你仪行父还能怎么办。好，这个主意太好了。

这一天，孔宁找荷华来了，又给备了一份礼物。荷华一看是孔宁来了："你又来啦？我家主母偶染风寒……""行了行了，我知道，你家主母不是偶染风寒，是仪行父来了。现在我有件事跟你商量，我想把我家主公带来，你看怎么样啊？""哟，你也 foolish（愚蠢）吧？现在你就上不了前儿了，再把主公介绍来，你还来得了吗？""你不明白原因。陈灵公比我岁数大，身体也不行了，但他是君。""那你不就更上不了前儿了吗。""偷偷告诉你：我家主公有病。""什么病啊？""狐臭。""难怪呢，你总跟他在一块待着，我觉得你身上都有味儿。""我可不是跟你闹着玩儿，他真有狐臭"。《东周列国志》原文写"腋气"，就是狐臭。"那要是我家主母不高兴呢？""嘿，她敢吗？！那可是陈国之君。她要是闻着别扭呢，我就能蹭点儿油。""哟！"荷华用手一指，"可真有你的。""再说了，蹭不着你家主母的油，不是还有你嘛。"您说孔宁这人多不要脸。荷华答应了："可是你得和国君商量商量，他愿意吗？""他求之不得呢。"

孔宁从株林回来之后，马上就去面见陈灵公。"主公，闲得慌吗？""哎，你怎么老不来了？上哪儿玩儿去了？""没玩去，我只是想问问您想不想夏姬。""未曾见过，只听说是个绝世美人，天下无双。""对啦，您想不想啊？""得啦，寡人已经年近四旬，就算是三月的桃花也败落了。""您附耳过来，我跟您说，妙不可言……"俩人嘀咕的是什么？吃葡萄不吐葡萄皮儿。孔宁就把夏姬的妙处告诉了陈灵公，陈灵公听完，当时就愣了，伸手揪住孔宁："啊？！"孔宁抬头一看，伸手摸摸陈灵公的脸："主公，您双颊发红，血压高了吧？""嗯……"陈灵公都听傻了，"如果能让我见夏姬一面，寡人绝不负之。""您别着急，我给您办。""必有重谢，必有重谢！""那咱们明儿就去。"

等不了了。第二天早朝，陈灵公传旨：今天郊外野游，预备厢车，只有孔宁随驾前往。旨意一下，文武众卿全走了，仪行父一听，就动心了，心里琢磨：孔宁随驾前往，这是要上哪儿去呀？于是仪行父就暗地里派人在后面跟着。陈灵公他们的车辆奔株林的方向走了，前边已然派人去送话了，但陈灵公不放心，对孔宁说："孔宁，你先行一步快去株林，告诉夏姬我到了，我是国君。"

孔宁领了口谕，骑着马先走了。来到株林，一敲门，荷华出来了。"赶紧，国君马上就到。""都准备好了。""禀报夫人没有？""禀报过了，夫人正等着呢。""好吧。"

孔宁二次翻身上马，回去禀报陈灵公。咱们书不说废话，陈灵公坐着车来了，荷华赶紧打开门，把陈灵公引入厅堂落座，孔宁在灵公身旁相陪，荷华在下边站着伺候，告诉家人："快去有请夫人。"

陈灵公满脑子都是美貌女子的形象，不知道夏姬到底有多美。不一会儿，环佩叮当，夏姬来了。夏姬是司马的夫人，虽然丈夫死了，但国君到访，她也得身穿盛装。夏姬来到陈灵公面前飘飘下拜，在陈灵公的眼睛里"啪啪啪"全是夏姬，已然看不清楚了。"臣妾叩见君王。妾子征舒，在外就傅，妾寡居于此，不知君王驾临，有失礼节，望勿见怪。"夏姬说的话很好听。孔宁再看陈灵公，陈灵公瞪着俩眼都傻了，口水都快下来了。"主公……""啊，到了仙境了，何处鸟儿在歌唱？""哎呀，夫人给您行礼呢。"

《东周列国志》原文写夏姬说话有如"新莺巧啭，呖呖可听"。陈灵公低头再一看，眼神可就回不来了，心说：我宫中所有的妃嫔无一可匹，天下地上，仅此一物。封建社会，男人管喜欢的女人叫尤物。就这么一位了，没有比她再漂亮的了。陈灵公两眼发直，孔宁在一旁说："主公……"

那意思是您得说两句啊。"啊，啊，呃……寡人闲游至此，轻造尊府，不要害怕，夫人请起。"夏姬站起身形，敛衽往这儿一站，陈灵公连魂儿都没了。"主公玉趾驾临，蓬荜生辉，特备小宴，未敢献上。"

你想给国君敬酒，预备了吃的，可还他敢吃敢喝，万一你在酒菜之中下毒，怎么办呢？所以必须得说这几句话。孔宁在旁边听着直着急：您还玉趾呢？陈灵公倾着身子看夏姬，胳肢窝正在孔宁鼻子前头，孔宁闻着直恶心：别玉趾了，一会儿你就知道什么味儿了。孔宁直皱眉，夏姬也没瞧他，陈灵公也没瞧他，眼里只有夏姬了。"好啊，寡人听说株林修造得非常好，孔大夫已经和我说过尊府亭园幽雅。夫人既然预备了小宴，那寡人就叨扰了。请夫人换去礼服，引我园中一观。"让夏姬把这身官服脱了，换上便装，带我进去参观参观你们家。"遵旨。"夏姬一转身，就跟变魔术似的，荷华在旁边伺候着，"啪"，官衣往下一褪。陈灵公再看夏姬，如雨后梨花、雪中香梅。一身白纱便装，可能薄露透就是那时候开始兴的，陈灵公的眼神更挪不动了。"主公，请。""啊，好好，夫人请头前带路。"孔宁也在后边跟着。由打厅堂出去往前走，陈灵公目不转睛，光在后边看夏姬。孔宁用手一指："主公，您看这园中景色如何？""啊，我看看，我看看……"

不得不看了。陈灵公定睛一看，确实美不胜收，不但人美，家也美。一行人来到后园，路并不宽，乔松秀柏，奇石名花，有小小的池沼，有亭台楼阁，当中间儿有一座高轩，旁边是弯曲的回廊，两边都是厢房，雕刻着山水和故事人物；高轩十分敞亮，朱栏绣幕，令人心旷神怡。再往后看，九曲回廊直通内寝，就是夏姬住的地方。往旁边一看，有马厩，养着好几百匹马，您说这大司马家有钱没钱？再往马厩的后边一看，有一大片空草地，踢足球够好几个球场，什么地方？跑马射箭的射圃。这是司马家的别墅，司马府，跑马射箭必须得有这么一块地方。都是人工修剪的草坪，特别漂亮。陈灵公不知不觉就来到高轩之上，自己怎么上的楼都不知道。来到楼上，酒宴已经摆好了，夏姬端起一杯酒来："臣妾给君王献酒。""哎呀，不用献了，不用献了。请坐。""主公在此，焉有我的座位？""哎呀，坐坐坐，主人焉能不坐？"

夏姬就坐下了，孔宁也侧坐相陪，荷华在一旁伺候着。陈灵公目不转睛盯着夏姬，夏姬则是眉目传情，旁边的孔宁臊眉耷眼。荷华察言观色——她是干吗的呀，她的任务就是把他们穿和在一起。陈灵公喝了个酩酊大醉，一直喝到日落西山，夏姬命人掌上灯光，高轩之上更漂亮了。陈灵公高兴，杯杯尽、盏盏干，又喝了个二来来，所有的菜肴都换上新的，孔宁依然在旁边陪着。他正在陈灵公胳肢窝底下，心说：夏姬你等着吧，一会儿就够你呛。喝着喝着，月亮都上来了，陈灵公实在喝不下去了，往边上一歪，鼾声就起来了，睡着了。夏姬站起身形，荷华用手一指孔宁："马前翘吧。"那意思是您赶紧走吧。孔宁没办法，臊眉耷眼地出来了。"哎，我能上你那屋待会儿去吗？""不行，我一会儿还得伺候着主公他们呢。给您在前院单开一间房，您去那儿休息吧。"就这么着，孔宁让人轰到前院去了。他临走的时候拉着夏姬："你可莫忘我的恩德，这可是陈国国君，他喜欢你，你可千万伺候好了。""行啦，你少废话吧。""唉，我也够 foolish（愚蠢）的。""你呀，哼，cheap（贱）。""嗯？这句英语我还没学过，什么叫 cheap（贱）？""贱。"

孔宁走了，夏姬起身也走了。没一会儿，夏姬把枕头和被子拿来了，和荷华一起把陈灵公扶到套间之中的榻上，让陈灵公躺好，盖上被子，然后嘱咐荷华："你在这儿好好伺候着，我去后面香汤沐浴。"

夏姬沐浴到底用的是什么东西呢？咱们也没考证出来，反正夏姬洗完澡之后，挺干净挺香的，就坐在寝室当中等着。陈灵公在高轩之上的套间里睡着睡着，睁开眼了："哎呀，口渴，何人伺候于我？""荷华在此，伺候千岁。""寡人口渴。"荷华跪着把汤献上来了。陈灵公一喝，味道还真好。"这是什么汤啊？""酸梅醒酒汤。""何人所制？""乃贱婢所煎。"这是我熬制的醒酒汤。什么做的？酸梅，很可能就是现在酸梅汤的前身。"你是谁？""荷华。"陈灵公一听：哦，想起来了，孔宁和我说过，荷华可以把我引到夏姬面前。她既然能做酸梅醒酒汤，她就是媒人啊。"哎，我来问你，你既然能做酸梅醒酒汤，能不能替寡人做个媒人呢？""那您中意何人呢？""哎呀，我看见你家主母，早已神魂颠倒了。""我可不会做媒，但我对传话之事倒是很在行。如果您不嫌弃我家主母残体，我当引您前去。"什么是残体？因为夏姬已然结过婚了，丈夫死了，她是个寡妇，已然不是大姑娘了。您要是不嫌弃，我就带您去。"快快头前引路。"

荷华掌上纱灯，沿着回廊，就把陈灵公带后边去了。夏姬早就洗好了，穿好了，比刚才那套纱衣还得薄露透啊，坐在寝室之中等着。听得外面脚步声音响，刚要起身迎接，陈灵公迈大步"噌"的一下蹿过来了。荷华一看，举着灯转身就走了，下边的书咱们就不能说了。

这一宿真够夏姬受的，可那也没办法，他是国君，夏姬敢惹吗？可陈灵公高兴啊，这么美的美人，消受一夜，能不高兴吗。第二天清晨，夏姬起来了："主公，您得回朝了。""不想回去呀。""不想回去您也得回去呀。"夏姬心说：让我岔岔味儿吧。"已然备好早膳，您用过之后尽快回朝。""呃……这个……"陈灵公就是舍不得走。"行啦，您记着我就行了。"夏姬顺手拿起一件短衫就给陈灵公穿上了。陈灵公本来就长得猥琐，这件短衫穿在身上虽然扣不上扣子，但也能凑合了。"哎呀，有这件衣服在身上，我就可以随时想到夫人。只是夫人寡居多日，不知夫人有意于寡人否？"意思就是我们今天已经是一夜的夫妻了，你能不能把我记在心里？夏姬说："大王啊，实不相瞒，丈夫故去之后，我不能自制。"您瞧，夏姬这人倒是说实话，意思是我管不住自个儿。"也曾有过几个人，但今天主公来了，从此以后，我不会再有外交。"意思就是有了您，我就不再跟别的男人来往了。这位陈灵公也是真 cheap（贱），忒贱。"没关系、没关系，只要你心中有我，我能常来就行。你以前跟谁交往，我不在乎，挨着个儿地给我说上一说吧。""没有什么人，也就是我丈夫生前的好友孔宁，这次也是他陪着您来的；还有就是仪行父。""哦……好啊、好啊，都是我的好忠臣。""那从今以后，我就不让他们来了。""没关系，只要我能来，别的我不忌讳，随便让他们来。"

夏姬心说：这位还挺大方。然后夏姬帮着陈灵公穿好衣服，吃完早点，送陈灵公上车走了。回到宫中，人家文武众卿都在朝堂之上等着他上朝商议国事呢，陈灵公一挥手："免朝。"然后，孔宁陪着他进来了。仪行父在旁边一看：肯定就是这么一回事儿啊。于是他伸手一拉，就把孔宁拉过来了。"你干吗去了？""你管得着吗？""这么好的事情你一个人办，不让我办？""那下回你带着他去。"

您说这是什么君臣啊。陈灵公不上朝，大家没办法，等第二天上朝吧。第二天上朝，得办国家大事啊，结果陈灵公脑子里全是夏姬，一边上朝一边没事儿就摸穿着的那件小衣裳。刚刚散朝，你倒是等会儿啊，他不行，着急。"宣孔宁、仪行父。"大伙儿还没走远呢，就把这二位又叫回来了。"主公，您有什么事儿？""哼哼，好啊，你们俩小子不干好事儿，上夏姬那儿去为什么不告诉我？""没有，没有，没这事儿。""没这事儿还成？美人儿都跟我说了。这么好的事儿，不让我先尝尝，反而你们俩先去？""您瞧瞧，您是君，我们是臣，就如同您是父，我们是子，有好吃的自然得我们先尝尝。为什么呢？怕您不爱吃，我们尝过了好吃，这才能献给您。""那得分是什么东西，熊掌你们也得让我先尝。不过呢，虽然你俩都跟夏姬好，但夏姬没送你们东西，瞧瞧这个。"说着话，陈灵公把衣服一掀，他可是一国之君。"你们瞧见这汗衫没有？嘿嘿，夏姬所赠。"仪行父说："那您瞧我这个，碧罗襦。""哟喵，葱心儿绿，谁送的？""夏姬。"陈灵公又看着孔宁："那你有没有啊？""我有，您瞧这个。"孔宁把裤子解开了，"您往里头看。"陈灵公一看，哈哈大笑："哈哈哈，好好好，太好了。哎呀，真没想到孔宁你能办出这么好的事儿来，简直太美妙了，我死而无憾啊……"

君臣三人正说呢，"腾腾腾"脚步声音响，进来一位，手中捧定象牙笏板，垂绅正笏，脸往下一沉，孔宁和仪行父吓坏了。谁来了？忠臣泄冶来了。泄冶中等身材，个子不高，长得很魁梧，一身的正气，白净的面皮，两道浓眉，一双大眼。泄冶怎么来了？散朝了，文武众卿都走了，但泄冶是朝中重臣，他走得最慢，就看见孔宁和仪行父被陈灵公叫回去了。他来到朝门之处侧耳静听，朝堂之上正说着这些男女之间的丑事，泄冶能受得了吗？泄冶转身形就进来了。孔宁和仪行父一看泄冶，知道他要谏言，俩人赶紧由打侧门溜出去了。陈灵公坐在这儿，看见泄冶进来了，他也想站起身形溜走。不料他刚站起来，泄冶抢步上前，一伸手就把他揪住了："主公，朝堂之上乃是法治之地，怎能说出这样的言语？而且君臣之间还互相标榜，污秽难听啊。君必改之！""啊，好好好，我改、我改，我一定改。"

陈灵公汗都下来了。泄冶一听主公说改了，那就不能再说什么了，施礼之后，泄冶走了。泄冶刚走，就看见孔宁和仪行父在门口藏着呢，而且所有文武大臣都没走，知道有事儿，这俩人藏在众人的身后。"你们俩给我出来。身为大臣，见君有不善之事应该谏言才对，可没想到你们厚颜无耻，在朝堂之上法治之地，跟君王嬉笑戏谑，秽语难闻，恬不知耻。""是是是，您教训得是。"

当着大伙儿，这多寒碜啊。泄冶说完，走了，这俩人又回来找陈灵公来了。"您还让我们看那汗衫吗？""吓死我了……""这回您不去了吧？""那你们俩呢？""我们俩还去呀，人家是谏君来了，可没说我们俩。您去不了，我们俩照样去。""那不行……我还想去呀……""那您就得封他的嘴，他总这么直言上谏，我们没办法。""怎么封啊，给他把嘴缝上？""缝上不行，没那手术。"孔宁说，"您要想封他的嘴，就不能让他再说话。""那怎么才能不让他说话呀？""哎哟……"仪行父说，"您怎么那么糊涂啊……他没气儿了，不就不能说话了吗。""杀他？我可不能传这旨。""那我们要去杀他，您管吗？""任卿所为。"

您说这君臣三人无耻到什么程度？于是孔宁和仪行父花重金买刺客，把忠臣泄冶杀了，就为了他们君臣好自由地淫荡。

忠臣泄冶死了，这三个人还是常去株林，几乎天天往那儿跑，去找夏姬。这下子倒是不用瞒着谁了，有时候还是三个人一起去。这会儿夏征舒可长大了，他现在已然十八岁了，高大漂亮，英气十足。您想，一般生的男孩都随妈，夏姬那么漂亮，她儿子能寒碜得了吗？更漂亮。有一天，夏姬就对陈灵公说："主公，您跟我那么好，得给我儿子升升职啊。""那好办，他爸爸是司马，就让他继承司马之职。"

陈灵公马上把兵权就交给夏征舒了，他才十八岁，就是陈国的大司马了。这仨人还是老到株林来，老来老来，消息可就传到夏征舒的耳朵里了。其实他早就知道，但现在长大了，他可就越来越注意了。听见这些传言，夏征舒心如刀刺。您想，自己的母亲跟三个男人在一起，而且一个是国君，还有两个是公卿，我在朝中当司马，脸上多寒碜啊。怎么办？咽不下这口气。夏征舒做了司马，入朝谢过君恩之后，回到株林来见母亲。夏姬对他说："这是主公的恩待，你应该以国事为重，要踏实供职，勿要以家为念。"

夏征舒心说：我还勿以家为念啊？这就是不让我看着你呀。做儿子的心里难受，而君臣三人还老来，这事儿在老百姓中间也传开了。全国的土地荒芜，没人种；全国的道路坑洼，没人修。为什么？因为国君荒淫无耻，不理政事。这件事周天子也知道了，而且几乎传得人人皆知。夏征舒实在难以忍受了，就想出一个办法。

那么夏征舒如何对待陈灵公，如何对待夏姬？将来楚庄王又如何对待夏姬？这些就能说明为何一个人能成其大事，而为何女人一个人也能毁掉一国。下回咱们接着说陈灵公之死。

第三十二回　夏司马箭射陈侯

胡为乎株林？从夏南！匪适株林，从夏南！

　　咱们的书正说到东周列国时期的夏姬之乱。夏姬不太好说，您别看我是评书演员，都怕说女的，女的说女的是最不好说的，尤其是说夏姬这样的人。夏姬这个女人，在中国历史上，在东周列国，在春秋时代，能够对这个时代起到一个作用。当然，这个作用不是什么好作用，她能跟朝代时代的变化有关系，您说这个女人她各方面的魅力得有多大。

　　上回书咱们正说到陈国之君陈灵公，还有两个卿，一个是又矮又黑又胖的孔宁，一个是高大魁梧的帅哥仪行父。这三个人总往株林夏姬她家跑，天天不上朝。这时候夏姬的儿子夏征舒已然大了，十八岁了，长得漂亮，身材高大，体格魁梧，特别帅，而且文武全才。既然陈国的君主能跟他的母亲好，那他的母亲在陈灵公面前说几句好话，他就当官了。本来他的父亲生前就是陈国的司马，掌握全国的兵权，夏姬跟陈灵公一说："我儿子现在已然大了……""没关系，让他袭司马之职。"

　　陈国全国的兵权就给了夏征舒。夏征舒入朝谢恩，然后回家见母亲夏姬。夏姬就嘱咐他："儿啊，你现在袭了司马之职，要把心放在国事当中，要忠于君、忠于国家，勿以家为念。"按说做母亲的嘱咐自己的儿子这几句话，都是非常正确的。您看岳母刺字、陵母伏剑、专母上吊、姚母上吊、徐母骂曹，都嘱咐孩子要好好忠于君主、忠于国家、爱护百姓。但夏姬这就不是这么回事儿了，让自己的儿子勿以家为念。夏征舒听了之后心中就是一动：是啊，我到朝中上任去了，家里就清静了，您就可以随便胡来，您可是我妈。但是当儿子的不能说什么，夏征舒在朝中为官，就得住在城里，夏姬则是住在城外株林的一座大别墅里。陈灵公没事儿就带着孔宁、仪行父这哥儿俩来。这一天早上起来，应该早朝了，陈灵公传下口旨："免。"

　　然后陈灵公带着孔宁、仪行父，预备好了车辆，三个人上郊外野游。

所以您看刚刚我开场念的几句，就是陈国老百姓编的。胡为乎株林？从夏南！我们干吗去呀？上株林找夏南去。夏征舒字子南，所以我们去找的是夏征舒。实际上夏征舒在城里呢，他们去的是郊外，就是为了蒙哄老百姓。结果老百姓全给他们编出来了。"匪适株林，从夏南！"此地无银三百两，我们还是去找夏南去。老百姓为什么编这些呢？就是因为看不惯陈灵公君臣三人做出这样的淫荡之事。三个人准备好了，正要出发，这时候有内侍前来禀报："大王。""何事啊？""天朝使臣到。""哦？谁呀？""单公。""哦……单公，他到咱们陈国来有事儿吗？""是前往宋国、楚国聘问，途经咱们陈国。""哎哟，途经陈国，那关我什么事儿啊？既然是天朝使臣到了，嗯，大夫辕颇在吗？""臣在。""你负责招待招待吧。这个……既然不是出使咱们陈国，那就不会查咱们陈国的账，他去查楚国、宋国，借道而过，你给他预备一下住处，设宴相待，给他的手下人预备点儿盒饭，我玩儿去了。"

　　陈灵公就没认真对待这件事。按说天朝的使臣到了，必须得好好招待，起码也得预备好公馆，国君亲自招待一下，谈谈国事，然后送点礼品，把天朝的使臣送走。但是陈灵公净顾着玩儿去了，就把这件事交给大夫辕颇。辕颇心里本来就生气，现在又摊上这么一件事，好吧，那我就接待单公。他给单公预备了住处和简单的饭食，也没有什么礼品送上。单公是个好人，对自己的工作特别认真，按说是途经陈国，就不用管陈国什么事儿。他本意是不住在陈国，打算待会儿就走，打尖吃饭，没想到他进了陈国国境之后，看着别扭：田地荒芜，没人种地；道路没人修，桥塌了也没人管，一个国家能到这种程度，那么他们的国君干什么去了？大臣都干什么去了？再一看老百姓全都在地头上聊天儿，嗬，聊大天儿聊得热闹着呢，聊着聊着还唱，单公侧耳静听，唱的是什么呢？"胡为乎株林？从夏南！匪适株林？从夏南！驾我乘马，悦于株林。乘我乘驹，朝食株林！"唱的就是这四句，老百姓自己编的。古人把食和色相互勾连，因为那个时候事儿不多，吃的就属于食，而色指男女之间，最伟大的人他也得结婚娶媳妇、也得生儿育女，这是人之常情。那么老百姓在这儿就用好食来借指好色，表面上说是上株林游玩聚餐去了，实际上是说骑着你君王的马，拉着你君王的车，悦于株林，到那儿是找夏姬去了。

单公听了这歌之后，他明白了，所以当天就住在了陈国。住在陈国之后，单公又不能问大夫辕颇这件事情，于是就让手下人把打理公馆的人给叫来，赏了俩钱儿，向他打听这件事。打理公馆的人看见钱了，好家伙，在天子使臣的面前也敢说话，单公在周天子驾前称臣，来到小小的陈国，这位见钱眼开，什么实话都敢说。于是这位就把夏征舒的母亲夏姬跟陈灵公还有孔宁、仪行父三个人之间的淫荡之事，全都跟单公说清楚了。第二天，单公离开了陈国，等到他把自己聘问之事全都做完了，回到周天子的面前，把自己出国所做的事情全都交代完了，顺便就跟周天子说："陈国可不行。"周天子一听："嗯？陈国怎么了呢？"单公说了一句话："陈国不有大咎，国必亡。"意思就是如果陈侯不知道痛改前非，把自己的错误全都改了，陈国必然亡国。周天子点了点头，命人前去查，到底陈国怎么回事儿。单公把自己的公事办完了，周天子下令派人去陈国调查，其实查不查也就是二五眼的事儿。

就在这个时候，陈国出事儿了。为什么呢？咱们还得说夏征舒，他做了陈国朝中的大司马，掌握兵权，天天在城中的司马府中处理政事；而陈灵公君臣三人总往株林溜达，国家大事也不管，大权全都交到了夏征舒的手里。这三位肆无忌惮，心说：反正夏姬的儿子在城里呢，天天办公，我们在株林这儿想怎么玩就怎么玩啊。这一天，在株林摆上酒宴，君臣三人和夏姬吃喝得正高兴，突然之间，有家人来报："报。少司马回府。"陈灵公可就愣了，孔宁、仪行父也愣了。夏姬"噌"一下就站起来了："哟，我忘了一件事儿。"陈灵公一听："啊，你忘了什么事了？""征舒的父亲少西氏夏御叔，今天是他的忌日。我儿回来必是要摆上酒宴祭飨，所以你们三位赶紧走吧。""来不及啦……""嗯，那也好办，你们就说是因为忌日而来。"

这个时候，夏征舒已然进来了，一看陈灵公君臣三人也在，只能上前施礼："拜见主公。""司马呀，寡人知道今天是你父亲的忌日，你必然回来祭飨，我们就先来等着你一起。"嘿……夏征舒心说：好，好爷们儿，真惦记着我们家的事儿。赶紧往下传话，祭祀他的父亲，他的父亲死了多少年了？夏征舒十二岁的时候，他父亲死的，现在他十八岁了，他父亲死了六年了。手下人设立灵堂、摆上酒宴，君臣共饮，夏姬可就不能再在这儿陪着了。儿子陪着国家的君王还有两位公卿大人在这儿饮酒，夏姬总陪着算是怎么回事儿啊？那不就彻底让儿子看透了嘛。虽然是明摆着的事儿，那也不能当着儿子面明目张胆啊，让儿子看着自己跟陈灵公调情？那也不像话呀，所以夏姬就躲开了，回到了自己的屋中。夏征舒就陪着陈灵公和孔宁、仪行父在前面吃喝，推杯换盏。

酒过三巡，菜过五味，夏征舒心里有事儿。为什么？他早就知道自己母亲跟这三位的事儿了，身为男子汉大丈夫，十八岁成人，不是小孩子了，他懂啊。我妈这一天到晚是干吗呢？和这三位弄苟且之事，连老百姓都知道她是个淫荡之妇。再说了，谁上我们家来？陈国之君，还有孔宁和仪行父这两位朝中的大夫，我脸上无光啊。夏征舒是个血性男儿，他受不了啊，但是现在面对着这三个人在这儿坐着，他也只能满脸赔笑。也搭上这三个人是常来，今天多喝了几杯酒，就忘了这是在夏姬的家中，夏征舒还在旁边坐着呢。仨人就开聊了，聊什么呢？我就不能给您学了，反正聊得挺不堪入耳的。夏征舒越听越不舒服，于是夏征舒站起身形，转身走到屏风后头，心说：要知心腹事，单听背后言，我今天倒要听听这三个淫荡之徒能说出什么话来。夏征舒就在屏风后面一站，这仨人早就忘了，全没在意。嗬，三个人这通聊啊，这边夏征舒刚刚站起身形走开，孔宁就用手一指："嘿嘿，仪行父，你瞧夏征舒长得怎么样啊？""不错啊，一表人才，身量高大，体格魁梧，而且面带秀气，你说这孩子怎么长得这么俊啊？！高鼻梁……""我看这高鼻梁就像你，跟你长得差不多，这孩子别是你的吧？""别废话，怎么能是我的呢？年头也不对呀。不过你和他父亲一直就是好朋友，我看这孩子是你的。"这话一说出来，连陈灵公听着都乐了："不可能，他又黑又矮又胖，夏征舒这么俊，怎么可能是他的呀？"孔宁赶紧拍马屁："那就是您的呀。您看他目光炯炯，将来必有帝王之相。呵呵，主公，他是您的吧？"您说这世上有哪个男孩子听见别人说这样的话能受得了啊？！"呵呵……"陈灵公微微一笑，"不是我的、不是我的，我来的年头还少，他都十八岁啦。呵呵，话说回来，谁知道夏征舒的 farther（父亲）是谁啊？哈哈，这得琢磨琢磨。"孔宁说："得啦，您别琢磨了，恐怕连夏姬她都不知道。"

听到这句话，夏征舒可实在受不了了，怒从心头起，当时您要是量他的血压，得有四百六。哪个男孩子受得了这个呀，夏征舒从屏风后头就出来了，"腾腾腾"往前走，手握宝剑把儿，直奔他母亲夏姬的寝室。"母亲！""儿啊，你要干什么？"夏征舒想杀夏姬，可是下不去手，这是亲生母亲啊。于是夏征舒往外一退，拿出锁头来，"嘎巴"一声，就把夏姬给锁在了寝室之中。"儿啊，你这是要干吗？""再说话我就宰了你！"夏姬可就明白了，她这种女人非常聪明。"那……我不言语。""不许再说话！"

夏姬哆里哆嗦在屋里等着，时间一长，她也就镇定下来了。这时候夏征舒由打旁边的角门出去，他自个儿带着兵呢，因为他是大司马，掌握着朝中的兵权。"来！""唰"的一下，三千兵士齐队。"把我家的府给围住，主公、孔宁、仪行父皆为淫恶之徒，千万别让他们跑了，上！"兵随将令草随风，你是大司马，你传令我们就上；再者说，陈国的老百姓、陈国的当兵的、陈国的文武众卿，没有不知道这件事的。大家一看夏征舒杀气腾腾的样子，就知道陈灵公今天肯定得死。大家伙儿一拥而上，就把株林的这座府邸围了。夏征舒马上打开了自己的盔甲包，顶盔掼甲，罩袍束带，全身披挂整齐，拢丝缰认镫扳鞍上马，左弯弓右别箭，掌中是一条大枪。"杀！"

当兵的把门撞开，由打前边就进去了，本来大门已然关上了，要不然夏征舒怎么从角门出来的呢。冲进院中之后，当兵的高声喊嚷："拿呀……拿淫贼呀……捉万恶之徒啊……"这三位还在这儿聊呢。"哈哈，我说还是像你。""胡说，岁数不对，他 farther（父亲）是谁呀？""那得问他mother（母亲）。""他 mother（母亲）肯定也不知道……"聊得正火热，孔宁的耳朵好使："等等……你们听，捉淫贼呢？"三个人侧耳一听。"拿呀……拿淫贼呀……万恶淫为首啊……杀呀……"

三个人听清楚了，再往外一看，夏征舒催马拧枪已然到了。这三位对这儿的道路都熟，您想想，几乎天天都来呀。陈灵公赶紧往出跑，就奔着马厩去了，这个时候跑得还特别快，平常他总是坐车骑马，这会儿飞快地就跑到马厩这儿了。您想想，夏征舒要拿谁？主要的就是陈灵公。夏征舒在马上一看，一道人影"噌"地就奔马厩去了，看后影就能看出来，是陈灵公。"无耻之徒，你哪里走！"

啊呀呀呀呀呀……夏征舒催马就过去了。陈灵公光顾着跑了，跑到马厩里头，这些马可不知道他是陈国之君，看见进来一个陌生人，一下子马就惊了，乱踩乱踏，把陈灵公吓得往出一退。这时候夏征舒弯弓搭箭，认扣填弦，"吧嗒"一声弓弦响，"哧……"头一箭可就出去了。正赶上陈灵公往出一退，这一箭没射着；夏征舒一看，二支箭认扣填弦，"哧……""砰"，一下就把陈灵公给射死了。孔宁和仪行父一看，陈灵公往马厩那边跑了，心说：得嘞，我们俩也跑吧。两个人从哪儿出去了？前边有兵，后园门也锁着呢，没地儿跑，找了一个狗洞钻出去了。仪行父先钻出去的，然后往出抺孔宁，因为孔宁胖啊，揪了半天给揪出来了，两个人跑了。就这样，陈灵公这个荒淫之徒就死在了夏征舒的手里。夏征舒甩镫离鞍下马，让人把箭拔出来，把陈灵公的血止住，然后给陈灵公整了整衣冠，抬到了高轩之上。夏征舒传下话去："主公在我家中吃酒，暴疾而亡。"

这话就传出去了。然后，夏征舒到了母亲夏姬的房门外："好好待着。""哎。"夏姬也明白是怎么回事儿，就老老实实地待着，房门也锁着呢。"把我放出去吧。""放出去？容我好好思之。"

我得好好想想。其实陈灵公跑出去的时候绕了个弯儿，绕到夏姬的门前了，想进去求夏姬帮忙，结果一看门被锁住了，没办法，这才往马厩那儿跑。夏姬在屋里也听见声音了，一听脚步声音就知道是陈灵公，所以夏姬心里跟明镜似的，明摆着知道是怎么档子事儿，估计陈灵公可能就死在自己儿子的手里。而这个时候，夏姬反而不难受了，为什么？这种女人想下一步，头一个丈夫死了，我想第二个丈夫；第二个丈夫病危了，我得想第三个嫁谁……就是这样一种女人。但是这件事情完全赖夏姬吗？您得想想她生活在什么时代，公元前六百多年，那时候是封建社会，一个是陈国国君，另外两个是掌握陈国国家大权的重臣，而且跟陈灵公的关系非常好，这三个男人的话，夏姬想不听也不行啊。当然，夏姬不是什么好女人，可是她也惹不起这三个男人。所以公平地说，不能把罪责都归在夏姬一个人的身上，您说如果在那个时候说这个话，一定会得罪君主；而现在咱们都讲理，事从两来，莫怪一方。人，一撇一捺是个人，人要自制。如果一个人能够做到自制，咱们一会儿说到的楚庄王就是能在情理之中控制自己情欲的人，所以他才能够成为一代霸主。

回过头来说夏征舒，他把所有善后的事情都安排好了，自己转回朝中，把陈灵公的儿子世子午给叫出来了："世子，主公在我家中饮酒，暴疾而亡。国家不可一日无君，您应该马上升殿议事，埋葬主公，上殿接受众臣朝贺。"

世子午瞪着眼瞧夏征舒，心说：我爹准是死在你的手里了。但是反过来又一想：谁让我爹干出来这样的事儿呢，可是他终究是自己的父亲啊。世子午咬牙切齿，然后把这口气往肚子里一咽，心说：早晚我得杀了你夏征舒。世子午没有办法，只得接受文武众卿的朝贺，国家就是这样，不可一日无君。陈灵公死了，世子午继位，就是陈成公。他就问夏征舒："先君应该如何安葬？""按国君之礼。""好吧，那司马去办吧。"

事儿办好以后，夏征舒面见陈成公午："咱们陈国太小，势力太薄弱，到底是结盟于楚还是结盟于晋？您必须得做出一个选择。" "若是依司马之见呢？" "依我之见，应该结好于晋。心说：您马上带着从人，出使晋国，跟晋国结盟。"

陈成公不敢不听夏征舒的，心说：他是大司马，手握兵权，他连我爹都敢宰，我不听他的能行吗？于是陈成公就把国家的军政大权全都交给了夏征舒，辅佐征舒的就是大夫辕颇，版图啊、户籍啊什么的这些事儿全都在辕颇的手里。然后陈成公带领着手下人离开了陈国，出使晋国，去跟晋国结盟。小国嘛，都得找一个大国作为靠山，所以陈成公奔晋国去了。那么孔宁和仪行父跑到哪儿去了呢？这两个人跑到楚国去了。这个时候楚庄王正纳闷儿呢：好端端的，陈国的大司马干吗要把陈灵公给杀了呢？到底是怎么档子事儿啊？马上就派出探马到陈国去打探情形，因为楚庄王要称霸于天下。您要研究中国的历史，春秋时期和战国时期的情况不一样。在战国年代讲究的是拳头，而春秋的时候还稍讲礼义。要是想称霸于天下，比如，齐桓公、晋文公、秦穆公、宋襄公、楚庄王这样的人，必须扶持弱小的国家，哪个国家如果有了问题，你得帮助解决；哪个国家如果有人弑君，发生了内乱，你也得帮助解决，以显示大国的风度。

楚庄王派出不少人去陈国打听夏征舒为什么弑君，这时候有内侍前来禀报："大王，您接待不接待陈国的亡臣孔宁和仪行父？"楚庄王一愣，心说：这两个人掌握着陈国的大权，上我这儿干吗来了？难道说夏征舒弑君之后，也要杀他们俩？"召见。"孔宁和仪行父两个人来到殿上，跪倒在地："陈国亡臣孔宁、仪行父，叩见大王。"楚庄王一看，一个又矮又黑又胖；一个挺漂亮，个儿挺高。"呵呵，你叫孔宁？" "大王高见，我是孔宁。" "那么你就是仪行父了？" "不错，我是仪行父。大王啊，我们两个人逃到楚国，望您收纳。" "因何逃来？" "只因为司马夏征舒有弑君之罪，我们两个人想保护国君，但力有不逮，所以跑了出来，逃到楚国，万望大王给我国君报仇。" "哦……那本王要问问你们，为什么夏司马要弑君呢？" "是因为他想篡位啊，他不甘心当司马，想篡夺陈国的大权。""嗯……"楚庄王是干吗的？在中国历史上，楚庄王是个人物。他看了看这两个人："好吧，来呀。"

命人把这两位先请下去好好接待，以后再安置。没过多久，被楚庄王派去陈国打探情况的人回来了，快马而回，这风儿传得快着呢。"启禀大王，夏征舒的父亲夏御叔是陈国的司马，他的妻子夏姬跟陈国之君以及两位掌权的大夫行苟且之事，被他的儿子夏征舒知道了，把陈灵公杀了，现在夏姬还活着；而夏征舒让陈灵公的儿子世子午接替陈国国君之位，是为陈成公。陈成公已出使晋国，现在是夏征舒和大夫辕颇掌握陈国的大权。"楚庄王听明白了："来呀，升殿议事。"

所有文武众卿全都到齐了，文官全戴圆帽，武将全戴方帽。见过楚庄王，往两旁一站。"啊，众位。寡人本打算联合郑国和陈国以结盟我楚国，万没想到陈国出了内乱，司马夏征舒把陈国国君陈灵公给杀了，朝中重臣孔宁、仪行父逃到咱们楚国，现在本王已然安置了他们。可是陈国司马夏征舒弑君之罪，咱们应当怎么办？"楚庄王说完之后，看了看文武官员，这当中有一个人的心"嘣"一下就快蹦出来了，这个人赶紧挺身而出："大王。"

大家伙儿一看，这位是楚国的美男子，芈姓，屈氏，名巫，字子灵。您要查中国历史上的申公屈巫，就是这位。屈巫漂亮到什么程度？反正搁现在，当电影明星是跑不了的。身高在一米八开外，脸蛋白，白中透粉，粉中透润，其实也已经是中年男子了，可是太漂亮了；不但漂亮，眉宇之间一派英风叠抱，两道眉毛往上一挑，一双大眼炯炯有神，文武全才，高鼻梁，三绺墨髯黑胡须，太精神了。文武官员身穿朝服，朝服都是黑颜色的，但是他的朝服跟别人不一样，不知道用电熨斗烫了几回了，非常漂亮；也不知道是什么丝织物，一点儿褶子都没有，身上一个土点儿都没有，又精神又利落。胡子在胸前一抖，"唰唰唰"都能显出声儿来，太漂亮。俩元宝耳朵，两只缎儿鞋，鞋面儿上连一点儿灰尘都没有，这人太干净了。大家伙儿都认识这位，楚庄王手下的大臣，名叫屈巫，后来被封为申公，

兵和老百姓都看到了檄文，当然就有人送到了夏征舒的手里，夏征舒一看檄文："呵呵，就讨我？我有罪？和陈国的老百姓没关系。好吧，来吧，我不怕，我掌握着陈国的兵权呢。"

于是夏征舒就调动陈国所有的兵将，这一下陈国可就乱了，本来陈灵公就荒淫无耻，所以陈国一直就没人管理，一个十八岁的孩子当大司马，他能懂什么呀？！陈国的众位文武官员就不听这位少司马的，国家一乱，老百姓也就跟着乱了。没过几天。"报。""何事禀报？""禀报司马，现在楚军在楚王的带领之下，有公子侧、公子婴齐以及大臣屈巫等人，共五百辆兵车，迅速而进，已然快到陈国了。""再探。"一会儿的工夫。"报。""何事禀报？""楚军已到城下。""啊……"

这时候夏征舒也明白了，心说：楚军是奔我来的，以我陈国的兵力，根本无法与楚军抗衡。得啦，我赶紧带着我母亲颠吧。回哪儿？回我妈的娘家——郑国老老实实待着去吧。把我娘送回郑国，我也踏踏实实地在我姥爷家待着，别招事儿惹事儿了。所以夏征舒没管别人，自己带着手下的亲兵，骑着马赶紧离开都城，回归株林来见他母亲。"儿啊，我都快要饿死了，你也不给我开门。""荷华呢？""跑了……"您看这荷华多机灵，净给主母联系苟且之事，勾勾搭搭，她从中得了不少好处，然后她跑了，她知道再待下去也没她的好儿。夏征舒把门打开了："母亲，赶紧收拾东西，走。""上哪儿去啊？""回您的娘家吧。"

小孩儿夏征舒整着脸子，心里也不高兴：这国家也完了，我兵权也没了，就因为你闹的。夏姬就赶紧收拾东西呀，夏征舒也收拾自己的东西，不能说走立刻就走啊。正这儿收拾呢，天儿就黑了，就听得株林别墅之外有人高声喊嚷："拿呀……拿夏征舒啊……"

声音越来越大，夏征舒往外边一看，好嘛，火把已然点起来了，火光冲天，看得真而又真，兵来了。您想啊，那些兵都站在战车之上，执戟执矛，看得特别清楚。楚庄王的兵怎么会来得这么快？因为夏征舒一跑，陈国掌握国家大权的就是辕颇，大家伙儿一看："辕颇大夫，咱们怎么办呢？""我也没办法呀。楚军已然来了，人家檄文上说得很清楚，就要夏征舒啊。"那您赶紧把夏征舒逮来吧。""你们谁能去呀？""我们？我们都打不过他呀。""侨如。"辕颇没办法，把自己的儿子叫来了，这时候也只能叫自己的儿子。"你赶紧指挥兵将，带领战车，到株林把夏征舒逮来。""儿……遵命……"

侨如也知道自己打不过夏征舒，夏征舒胯下马掌中枪能耐太大了，箭不虚发。可是侨如也没办法，爹下命令了，赶紧出来带着兵将乘坐战车遣奔株林，没过一会儿又跑回来了："爹，人家楚军都进城了。"

您想想，老百姓都恨陈国国君，也恨夏征舒，就是他把国家弄得这么乱，把大家伙儿弄得没法儿吃没法儿喝也没法儿种庄稼，国家太乱了。现在楚庄王的大兵来了，干脆咱们也别打了，开城门归降吧。楚庄王坐着车进了城了，辕颇得报了，没办法，只得带领陈国的文武众卿出了陈灵公的府，在道路旁边跪倒在地，迎接楚庄王："陈国大夫辕颇，带领众文武官员迎接大王。""免礼平身吧，于百姓无扰。我来问你，逆臣夏征舒何在？""在株林。""哦，既然他是叛逆之臣，你们为何不捉之？""没那个本事啊……他胯下马掌中枪，能耐太大，而且掌握兵权，我们打不过他。""好。你是何人？""我是陈国的大夫辕颇。""头前引路开道，本王亲自率领人马遣奔株林。""大王，现在天色已晚……""今夜就要除掉国贼。"

辕颇只好带路，站在兵车之上，引领着后边楚庄王的大兵，离开国都，就奔着株林来了。株林离着陈国国都很近，这时候天已然黑了，楚兵纷纷点燃了火把，照得夜如白昼，就把株林夏征舒他们家给包围了。楚军高声喊嚷："拿呀……捉拿逆贼呀……捉夏征舒啊……"夏征舒在家中听见了，马上认镫扳鞍上马，左弯弓右别箭，掌中大枪，催马而出："呔！何人前来拿我？""本王在此！"

夏征舒一看，一面大旗，上面一个"楚"字，楚庄王站立在车上，头上千层的煞气，面前百步的威风，夏征舒气坏了："你你你……不在楚国，到我陈国何事？""捉拿你这弑君的逆贼！""呵呵，楚王，你也太爱管闲事儿了吧？他是个荒淫之君。""他荒淫在何处？""他……"夏征舒没法儿说了，当着楚庄王、当着楚国这么多兵将，说我妈跟他是怎么怎么回事儿，这怎么说呀？！于是夏征舒把浑身的怒气都攒在这条大枪上了，往前一催马："楚王，你休逞刚强，来到我陈国立威，看枪！"

夏征舒"啪"抖枪就扎过去了。楚庄王身旁有人，头一个就是屈巫，心说：我惦记着你妈呢，我得把你给制服了。屈巫也催马上前，大枪往出一磕，那边公子侧也到了。"唰"的一下，楚国兵将全都上来围住了夏征舒，夏征舒一个人能有多大能耐呀？一会儿的工夫，就挨了屈巫一枪，从马上掉下来了，楚兵就把他捆上了。"囚于车后。"兵士们就把夏征舒给放在楚庄王的车后头了。"婴齐。""在。""逆臣已然捉住，你马上回到陈国国都镇守。"

公子婴齐是楚庄王非常信任的人，咱们以前说过他，楚庄王让婴齐去陈国国都镇守，他自己好处理夏征舒的事儿。这时候，株林的大门已然开了，楚兵的手中都有火把，很亮，楚庄王往里一看，好一座美丽的株林。"来，进株林议事。"楚庄王下车，被人搀着来到夏征舒他们家一进门的大厅之内，心说：真漂亮啊，重新装修的，陈灵公花的钱，好家伙，非常豪华美观。楚庄王端然正坐，身旁一边是公子侧，一边是靓男屈巫，文武官员众大臣都在这儿陪着。"夏姬何在？"

楚庄王也想看看这夏姬，心说：我就不明白这女的怎么有这么大能耐，能把陈灵公迷惑成这样，连朝中的事情都不管了。我也得瞧瞧，看看陈灵公死得值还是不值。手下人遵命，到后宅去捉夏姬。夏姬身穿官服，因为她的丈夫当过司马，她的儿子现在是少司马，也是司马之职，所以夏姬身穿官服，在自己的房中端然正坐，沉得住气。不一会儿，楚兵进来了："你是夏姬吗？""贱妾正是郑国之女、陈国司马御书之妻、陈国司马征舒之母，谁敢动我？！"

您别小瞧夏姬这几句话，"唰"把脸往下一沉，嘿，楚兵就有点儿含糊，有点儿往后退，就不敢上前捆，您就说夏姬有多大的魅力，气场就这么大。大家伙儿全得琢磨琢磨这女的到底怎么回事儿，全都往后退。"夫人，楚王在前厅端坐，请夫人前往。"您看这话口儿马上就变了，人都怕横的，这会儿要是夏姬都堆乎在这儿，肯定就给捆前厅去了。人家夏姬没有，端然正坐，心说：我丈夫是老司马，我儿子是少司马，我娘家是郑国国君，我看你们敢怎么对我。现在一听当兵的嘴里说出"请"字，夏姬微微一笑："头前带路。""是。"其实这就是在她的家，可她还让当兵的头前带路。"夫人请。"

当兵的往两旁一分，夏姬由打后宅自己的寝室之中出来，直接遄奔前厅。到了前厅，夏姬迈步上厅堂，就这么一走，"唰"的一下，厅堂之上鸦雀无声，全都傻了。您要看《东周列国志》的原文，写得非常清楚：颠而倒之，神魂颠倒，魂儿都不知道哪儿去了。夏姬上了厅堂，迈步往前走，您再瞧楚庄王这么大的一个大男子汉，一代霸主啊，不可一世，可一看见夏姬登堂，往前一探身："啊……Beautiful young lady（美丽的小姐）。"楚庄王说完就意识到了，马上拧了自己大腿一下，依然端坐。夏姬飘飘下拜："郑国之女、陈国亡臣少西氏夏御书之妻、司马征舒之母，贱妾叩见大王。而今国乱家亡，乞望大王怜悯。倘若大王可怜贱妾，贱妾愿做一婢女伺候大王。"

楚庄王刚刚往后一靠，一听夏姬这话，往前又一探身，心说：哎呀，一个妇道人家，说出这样的文雅语言。再一看夏姬，一听夏姬说话，如新莺巧啭，呖呖可听，就跟黄莺叫唤一样，太好听了。楚庄王心中一动，您再看屈巫：啊，小秘密终于要揭开了。厅堂之上，只有屈巫一个人微笑着看着夏姬，因为他已经是第二回看见夏姬了。楚庄王实在受不了了，魂儿都飞出去了，就算是一代霸主，也禁不住这样的女色。"众位卿家，想我楚国后宫佳丽上千……"您就说他得有多少美女。"无有人能与夏姬相仿，世上绝无二者，本王想将夏姬纳入后宫，不知众位卿家意下如何？"

楚庄王想把夏姬归为自己所有。这么大的一个楚庄王，往这儿一坐，认为自己在全世界人的面前都是一个堂堂男子汉，结果看了一眼夏姬，也按捺不住了，想要把她收入后宫。旁边屈巫一听，心说：楚庄王要是把夏姬给收了，那我就玩儿完了。"啊……大、大王，不可……"屈巫"扑通"一下就跪下了，把旁边的人吓了一跳。屈巫心说：我惦记夏姬多少年了，相思病啊，我容易吗？楚庄王一听屈巫拦阻，连忙问道："子灵有何话讲？起来讲话。""大王，此事万万不可呀。您兵发陈国，为捉弑君之贼，乃仁义之师；若纳此淫妇入了后宫，仁始淫终，恐怕于大王名誉不好。""哦……"屈巫的话说得很好，说您楚庄王发仁义之师是为了帮助陈国除掉弑君之贼，可是您到了陈国，以仁义之始，却收此淫妇入后宫，以淫荡为终，这样可对您的名誉不好啊。"大王，再者说，此妇妨杀无数男人。"

您说屈巫全都知道，他居然还惦记着夏姬，这也可以算是"忠贞的爱情"。楚庄王一听，当时一愣，心说：我这么大的一个国君，想纳夏姬一个女人进入自己的后宫，那还不是轻而易举的事吗？但是听了屈巫的话，他在情和理之间、在男女情爱和事业与名誉之间，能够当机立断，要不怎么说楚庄王最终能够成为春秋一霸呢，真的是了不起。"子灵所言甚是，寡人不纳之。"所以说楚庄王确实能够称霸于天下。屈巫听楚庄王这么一说，心就放下了。"哎呀……本王虽然不纳，可是此世间尤物，如果再让本王过一目，情不能自制也。"楚庄王倒是说实话，夏姬乃是世间尤物，如果再让我看上一眼，我就会情不能自制；很可能刚才说的话就都不算了，非得要她不可。"来呀，将后墙凿一洞，放夏姬任由她去。"

楚庄王发话了，在后墙上开一个洞，放夏姬走，她爱上哪儿上哪儿，别再让我看见她了，看见我就受不了了。屈巫一听，心说：别呀，别让她走啊，她要是走了我上哪儿找她去啊。他这儿正琢磨呢，就听有人说话："大王，我中年丧妻，您把她赏给我吧。"这一声可把屈巫吓坏了。到底夏姬归谁？咱们下回再说。

第三十三回　楚庄王纳谏复陈

酒是穿肠毒药，色是刮骨钢刀，气是无烟火炮，财是惹祸根苗。

咱们说夏姬之乱已然说了好几回了，夏姬这个人物跟酒色财气非常有关系。陈国之主陈灵公贪夏姬之色，自己死了，国家亡了；两位大臣孔宁、仪行父贪夏姬美色，结果闹出丑事，促使国家亡国，两个人也不得已逃离家乡到了楚国。就连一代霸主楚庄王也差点儿沦陷于夏姬的妖媚。不但是色，咱们说这酒，喝酒好不好？好喝，喝下去的时候好喝，可您要是吐出来这味儿谁也受不了。而且酒喝多了肯定生病，酒是穿肠毒药。色是刮骨钢刀，财是惹祸根苗。如果有机会您可以到监狱里去看看，看那些贪官往那儿一坐是什么下场。酒色财气这四个字您必须得躲，最好躲的就是气，但是最难躲的也是气。生气，最好的办法就是呵呵一乐。不生气，转过头来您能多活十年啊，同志们。所以您听我说书，我就劝您不生气。

咱们接着说夏姬，夏姬这辈子得到真正的爱情了吗？得到了，您别看夏姬这样的一个人，她自然是有她的缺点，能够在列国时代成为一个很有名的女人，甭管是因为什么成的名，那也是个不简单的人物。刚才咱们说了见色不迷的楚庄王，能够成为春秋一霸，了不得。夏姬这么美、这么妖艳，楚庄王没见过，自己的后宫没有，想纳夏姬为妾。但听了屈巫的谏言，楚庄王当时就把这个念头给打消了。"此女寡人不纳。"

屈巫太爱夏姬了，楚庄王一说不纳夏姬，他可高兴了。正在这时候，有人跪倒在地："大王啊，臣中年丧妻，请把夏姬赐给臣吧。"屈巫气得直哆嗦，顺声音一看，跪在地上的是谁？公子侧。

楚庄王一看是公子侧，张嘴就要答应，人家公子侧说的是实话呀，他中年丧妻，没媳妇，这不是正合适嘛。屈巫可急了，这回也顾不上垂绅正笏了，"噌"就蹦出来了："不可。"楚庄王吓一跳，心说：你干吗这么着急呀？公子侧一看又是屈巫，心说：你拦阻大王可以，你拦我？"哈哈，我说屈巫啊,难道说你想要夏姬吗?""嗨,此女乃是一淫妇,我不能要。""那你为何阻拦?""我告诉你,公子侧,这样一个淫荡的女人不能要啊。她夭子蛮、杀御书……""嗯?她夭什么子蛮啊?你在这儿妖言惑众。""公子侧啊,你这个人孤陋寡闻。你不知道,夏姬在没有出嫁之前,她就把她的哥哥子蛮妨死了。""你胡说。""哎,我可不胡说。子蛮长得非常漂亮,虽然说他和夏姬不是同父同母,但是他和郑灵公可是一个娘养的,总而言之,子蛮是夏姬的哥哥。夏姬在没嫁人之前,她跟她的哥哥同居三年,子蛮最后让她弄死了。""子蛮是生病死的。""有据可查吗?""没据可查。"

楚庄王心说:你们俩还像大臣吗?在我面前这儿为了一个女人打起来了。"哎,屈巫大夫啊,那么你说说夏姬还有什么罪过?""我刚刚不是说了嘛,她嫁给夏御书,十二年,夏御书死了。夏御书要不是娶了夏姬,他能死吗?""他不会生病吗?""呵呵,我告诉你,夏姬迷惑了御书,就能把他弄死。再说了,陈灵公死在她手里头了,如果陈灵公不被夏姬迷住,现在能是这样一个下场吗?再说孔宁、仪行父,本来是陈国重臣,现在什么都没有了,逃到了咱们楚国,不也是因为夏姬吗?夏姬的罪过还小吗?丧陈国,使得陈国都要完了。现在已然被大王征服,陈国还能存在吗?像这样的一个女人,公子侧,你能要她吗?"公子侧仔细一琢磨:也是啊,我这身体最近也不老好的,已经不像当年那么健壮,这要是万一死在夏姬手里呢?我还是娶个别人得了。"嗯,那好吧,可是我不娶夏姬,你也不能娶。""当然当然,我也不能要这样一个淫荡的女人。"

楚庄王一听:"好,太好了,像这样妖艳的女子,谁也不能要。可有一节,世间如此的尤物,寡人都不敢再多看她一眼,如果不把她嫁给谁的话,将来也是麻烦啊。她有了主儿了,就没人争了。"屈巫心说:给我呀。但是自己又拦楚庄王、又拦公子侧,总不能自己再向楚庄王要夏姬呀。再说,屈巫自己也有媳妇,没办法,他只能干瞪眼在这儿听着,同时脑子里转悠主意。楚庄王低头想了想:"这么办吧,我听说最近连尹襄老的媳妇没了，就把夏姬赐给襄老吧。"

屈巫一听，当时心就冰凉冰凉的，但是转念一想：襄老的岁数大了，我再熬熬吧，夏姬这么大的能耐，不定哪天就把襄老鼓捣死了；到那时候，我再想办法把夏姬攥到我的手心里，让她嫁给我，我就是爱她。所以屈巫当时就忍下了这口气。再说楚庄王也下令了："襄老何在呀？""回大王，襄老在后军。""调。"

有人骑着快马，前去后军传达楚庄王的命令，把连尹襄老调来了。连尹襄老来到株林，下了马，被人引着往夏姬家中走。刚走到前厅门前，襄老走不动道儿了，一眼就看见夏姬了，心说：这个女人怎么这么美呀，难怪陈国因为她而亡国。这儿正琢磨呢，楚庄王手下人说话了："襄老。""啊……啊？""大王召见。""啊，好好好。"

来到前厅之中，襄老"扑通"一声跪下了。"大王，您调臣前来，有何赐教？""哦，我想把夏姬赐予卿家为妻，因为这个……听说你最近夫人死了，你愿意不愿意娶夏姬呀？""啊？！臣愿意，臣愿意，臣愿意。"您说这夏姬得多美、多妖艳，谁见了都想要。夏姬在前厅之外听了个大概其，心说：好像把我给了刚刚进去的这个老头儿。夏姬一琢磨：这么些年了，我也挺累得慌的，嫁老头儿就嫁老头儿吧，也歇几年。楚庄王传令让夏姬上堂："本王要把你许配给连尹襄老，襄老是楚国的功臣。""谢过大王。"

夫妻两口子给楚庄王磕完头，起身下堂走了。屈巫的眼可直了，一直瞧着夏姬的背影。夏姬的事儿处理完了，还得办国事啊，楚庄王把事情全都办完了，然后带着文武大臣回到陈国国都。回来之后还有很多的政事要处理，他就把夏姬的事情淡忘了，要不怎么说楚庄王是个英雄呢，要不怎么他能称霸于天下呢。他能够成为春秋五霸之一，那跟陈灵公就大不一样。楚庄王升座大堂，这里就是原来陈侯处理国家大事的地方，让辕颇把陈国的版图呈上，楚庄王看完之后："好啊，既然陈侯已然没了，这么办吧，把陈国改为陈县。"楚庄王把陈国灭了，改为楚国的一个县。"婴齐呀。""臣在。""寡人封你为陈公，你留在此地治理陈县。"

当然这个官不是县大老爷，当时那个年代也没有县大老爷这个叫法。陈国被灭了，变为楚国的一个县，那么掌握这个县的大权的人就是公子婴齐，楚庄王封他为陈公。一些细枝末节的事情咱们就不说了，楚庄王把这些事情办好了之后，就把辕颇以及当初陈国的文武大臣全都带回了楚国。回到楚国的国都郢都，楚庄王摆上酒宴，庆贺三天；然后连尹襄老回到自己的住处，举行婚宴，庆贺三天。这里最难受的就是屈巫，天天总想着夏姬，夏天留下的这个小秘密也没能解决。在楚庄王举国庆祝的这三天里，所有依附于楚国的这些小国全都来上书贺喜，说楚庄王把陈国的问题解决了，又给陈国国君报了仇，您是大国，是霸主，就应当这么办。小国全都往楚国送礼庆贺。楚庄王高高兴兴过了三天，等到第三天国宴完毕。"报。"内侍进来了，"大王，现在出使齐国的申大夫回来了，有国事启奏。""好，召他进见。"

这位出使齐国的大臣叫申叔时，上齐国干吗去了？因为齐惠公死了，他死了之后，他的儿子继位，就是齐顷公。所以楚庄王就派申叔时出使齐国，吊旧君，贺新君。申叔时完成了任务，处理完国事回到楚国，让内侍启奏，要向大王递交国书。楚庄王传下话来，召见申叔时。申叔时迈大步来到殿上，大家伙儿一看，申叔时还是这么精神，但是胡须早已然白了，年近七旬了，是个老大夫。"臣申叔时出使齐国，吊旧贺新，完成使命，上交国书，请大王过目。"内侍接过国书，呈到楚庄王的桌案之上，楚庄王看完了之后："好啊，办得不错。""臣告辞。"

申叔时走了，楚庄王当时把脸往下一沉。旁边有一个贾姓内侍很聪明，是个小机灵鬼，排行在二，您别瞧他平时话不多，但是特别聪明。"大王，您对申大夫是不是有点儿意见啊？"楚庄王点了点头："不错。你想啊，我兴义师兵发陈国，给陈国之君报了仇，现在各个国家都来朝贺。可是申大夫办完国事回来，对这件事连问都不问，也不向我表示祝贺，你说本王焉能不气呢？""好，您等着，我责备他去。"这位内侍就出去了。

"申大夫，请您留步。""什么事儿？""大王可责备您呢。""责备我什么呀？我出使齐国，国事已然办完了，呈交了国书。""您想想，大王兵发陈国干吗去了？这是义举呀。现在大王回来了，陈国都归了咱们楚国了，楚国新加一县，您为什么不向大王朝贺呀？""啊，这件事儿啊。你回去禀报大王，臣有话讲。""您稍候。"这位挺机灵的贾内侍回来了："启禀大王，申大夫有话言讲。""好，召见。"

楚庄王这个人心量宽大，内侍往出一传话，就把这位申叔时大夫带回来了。"臣拜见大王，大王有何赐教？""申叔时大夫，你为了楚国出使齐国，立下了功劳。那么现在有一件事儿，寡人得问问你。你知道不知道本王身为伯主，兵发陈国，给陈国之君报了弑君之仇，杀了夏征舒？""臣听说了。虽然这件事您并没有公之于外，但是您对夏征舒用的是车裂之刑。""哦，你已然知道了。"您看，楚庄王这件事办得比较隐秘，夏征舒确因车裂而死。虽然当时申叔时不在场，但是他已然听说了。"那么现在楚国已然征服了陈国，陈国归附了楚国，各个小诸侯国全来朝贺，而你为什么不给我道喜呀？""呵呵，大王您责备微臣，这件事我不能正面答复您。"申叔时敢和楚庄王这么说话，说明楚庄王这个人跟大臣之间的关系很好。"好吧，申大夫，有话你就讲吧。""我不跟您正面回答，我给您说段儿书吧。""哦？你要说大鼓书还是说评书？""我不爱听大鼓书，我爱听评书，说的是评书。我听这段儿书的时候还在齐国，我也很着急，给扣在这儿了；可是我办完国事了，得回来复命，所以我就把这段书给您说说，您给我解解后面的扣儿。""好吧，那么你说吧。"楚庄王心说：反正我现在闲着也没事儿，三天酒宴，酒足饭饱，大家伙儿都高高兴兴的，他说就让他说吧。

"您听说过'蹊田夺牛'的故事吗？""不知道。""我跟您说，其实就是这么几句话：有一个人牵着一头牛，走在别人家的地里头，把人家的庄稼踩了一点儿，这位主人知道了，非常生气，心说：把我的庄稼踩坏了，这可不行，牛得归我，于是就把牛给抢走了。现在我从齐国回来了，也不知道这段书的结果如何，您说这件事是牵牛的主儿踩了人家庄稼的有理，还是夺了人家牛的人有理呢？""你这话问得就没道理，踩了人家的庄稼还能有理吗？那得赔。可有一节，如果这件事让本王来判，就不应该夺人家的牛，踩坏了一点儿庄稼能赔多少钱啊？也就赔一点儿银子就行了，可是一头牛得值多少钱呢？应该把牛还给人家。""哎，您说得太对了。""你为什么给我说这段儿书？""您明白了吗？""我明白了。"楚庄王聪明啊。"那您明白什么了？""呵呵，让我告诉你，众位圆方你们也都听着。"众位圆方请听，你们怎么看这件事。"我知道你说这段书的意思，蹂田夺牛，这件事应当怎么办呢？应当是踩坏了人家庄稼的，赔给主人家点儿钱；而主人家应该把牛还给牵牛之人，让人家把牛牵走，不应该因为一点儿庄稼就把人家的牛夺走，这家主人太不道义了。申大夫，你这是在指责本王。"您说楚庄王这个人好不好？能跟大臣在殿上这么说话。"不错，大王您明白就是。""申大夫，你的意思是我兵发陈国是为义举，陈国之君再不对，夏征舒身为大臣、身为司马，也不应当弑君，他做得太过了。但是本王身为伯主，帮助陈国报了弑君之仇，是为义举，却不应该夺取陈国，把陈国灭了，本王就如同那位庄稼人把人家的牛夺走了一样。虽然夏征舒应该打，可以捉住他把他车裂，但是不应当把陈国灭了。你举这个例子就是想让本王恢复陈国。"就是要把陈县仍然恢复成为陈国，人家的国家不能灭亡。"大王，您说得太对了。"这一番对话，楚国的文武官员全都听见了，您说楚庄王是不是一位明君？"好！"楚庄王当时站起身形，一跺脚，"申大夫，本王赞成你。来呀，传辕颇。"

时间不大，手下人把辕颇带来了。辕颇上殿，跪倒在地："拜见大王。""我来问你，陈君何在？""我家主公被夏征舒杀了，大王您兴义师帮着陈君报了弑君之仇，而陈君之子少陈君现在晋国，不敢回来。如今我陈国已亡，您召我何事啊？"那意思就是您不用召我，给我口饭吃，我就在楚国这儿忍着了。"寡人觉得之前做得不对，这么办吧，给你五十乘车，五百兵，你马上带着兵士乘车前往晋国，迎陈少君归国。本王传令，陈县撤去，恢复你们陈国。""啊呀……"辕颇趴在地上放声大哭。就是申叔时大夫说了这么一段书，楚庄王就下令恢复了陈国，您看这说书起了多大的作用。楚庄王认识到了是自己办得不对，心说：因为踩了点儿庄稼就夺人家的牛？我兴义师帮人家陈国惩治弑君叛臣，反而把人家陈国灭了，这不对呀。我应当向人家好的学习，把牛还给人家，把陈国复国。所以辕颇趴在地上放声痛哭："谢过大王，谢过大王……""好吧，你马上去办吧。来呀，召孔宁、仪行父。"

孔宁、仪行父也是陈国的大臣，现在楚庄王召见他们，两个人臊眉耷眼就上殿了："拜见大王。""本王义举，现在恢复陈国，你们两个人也回陈国去吧，以后要小心伺候君王。""是是是，谢过大王，谢过大王……"辕颇心说：您让我回去迎接陈国国君，我回去恢复陈国就得了，把这俩人弄回去干吗呀？这俩人多缺德呀，要没有他们俩，陈国还亡不了国呢。但是当着楚庄王的面，辕颇又不能这么说，所以三个人同时回国。

一行人离开楚国往回走，还没走到陈国边境呢，遇到一辆车，车上坐的正是陈国的少国君陈成公，陈成公的名字叫午。他就是夏征舒立起来的，继位之后，夏征舒就让他带着人去晋国联系晋侯；现在他正是从晋国回来，打算去楚国，求楚庄王恢复陈国。辕颇赶忙上前施礼："拜见君王。""辕颇大夫，你因何在此啊？""楚王胸怀大志，而且帮助弱小的诸侯，现在让我来迎接您回归陈国、恢复陈国。楚王马上就会派使臣前去传旨，命陈县之主陈公回归楚国。"

陈成公当然非常高兴了，一行人回归陈国去了。这时候楚庄王派使臣传旨，旨意已然到了陈县，传到了公子婴齐的手中。让公子婴齐回归楚国，把陈国版图仍然交还给陈成公。陈成公回来了，孔宁、仪行父回来了、辕颇以及众位大臣全都回来了，陈国恢复了。公子婴齐本来是陈县的一县之主，您别瞧是一县之主，那可也了不得了，地方大呀，原本一个小的诸侯国就归他了。现在要恢复陈国，让公子婴齐回楚国，楚庄王有旨，婴齐不敢不听，于是回到了楚国面见楚庄王："臣卸任，拜见大王。""你是何人？"楚庄王得问问他，看看他服不服。"臣陈公，拜见大王。""本王已然传旨，恢复了陈国，你这陈公可就免了，为什么还以陈公自称？""大王若要免我陈公之位，则另赐何方？"您说婴齐多厉害，一个臣子敢跟楚庄王这么说话。如果楚庄王这个人不和蔼，不跟臣下的关系搞得这么好，公子婴齐也不敢这么说话。楚庄王点了点头："好啊，寡人另赐之。"我会想办法弥补你。"谢大王，请大王赐臣申吕之地。"

楚庄王正要下旨赐封，旁边屈巫说话了："免。"公子侧在旁边气坏了，心说：之前就因为你的一句话，夏姬归了襄老了；婴齐是我的好朋友，我们同殿称臣，现在大王要封给他申吕之地，你又说话？！楚庄王这个人爱听大家伙儿的建议："屈巫大夫，有话就讲在当面。""大王啊，申吕之地不能赐。""何故啊？""您想想，申吕之地旁边就是晋国，这地方国家收赋税，就是为了加强边防，以抵抗晋国。您若是把这块地给了公子婴齐，那么国家可如何掌握呢？以何抵挡晋国呢？"其实屈巫的话对不对？对。申吕之地与晋国接壤，要是把这块地方给了公子婴齐，这地方可就归了婴齐了，倘若婴齐有了一点儿变化，万一和晋国勾搭起来，那对我们楚国不利。屈巫的这番话说得很对。楚庄王是个明白人，听完之后点了点头："好，另选他地赐之。"申吕之地不能给你了，我再想办法，该着你的账，早晚给你。正在这时候，内侍进来了："启奏大王，申大夫求见。""召。"

来的正是出使齐国的申叔时，也就是说"蹊田夺牛"这段书的这位。申叔时上殿了，刚从齐国回来的时候，腰板儿挺挺，现在已然有点儿弯腰了。"臣拜见大王。""申大夫，你见本王有何事啊？""臣最近身体不适，岁数太大了，请大王准我告老还乡。""好吧。"楚庄王眼里不揉沙子，一看申叔时确实岁数大了，而且有病态，就不能再强迫人家在朝中做事了。"既然如此，你就回去养老吧，但是你的申地必须交回。"养老有养老费，但是之前给你的封地你得交回来。申吕之地，一半儿有主人，这位主人就是申公申叔时，而另一半是国家的。"好，臣马上办交接手续。"

于是申叔时把申地归还给朝廷。这时候楚庄王往下一看，就看见屈巫了，心说：屈巫这个人可不错，一不让我纳夏姬，不让我成为淫色之徒，再一个，他保护国家，保护晋国与我楚国的边境之地，不让我把申吕之地赐给公子婴齐。现在申公告老还乡，吕地还是归朝廷，那么申地怎么办呢？我就赐给他吧，他是国家的功臣。"屈巫啊。""臣在。""就把申地赐给你吧，从此你就叫申公屈巫。"

这下公子婴齐也气坏了，心说：哦，不给我，给他了。公子侧也生气呀，心说：一会儿我跟婴齐得撺弄撺弄，跟他商量商量，要不是屈巫的一句话，夏姬就归我了，现在夏姬嫁了襄老了，这办的叫什么事儿啊？公子侧和公子婴齐两个人一对眼光，心说：咱们回去再商量。结果屈巫虽然没有得到夏姬，但是得到了一块封地，从这时候开始，您在历史上查，申公屈巫说的就是他，这块申地归他了。屈巫虽然心里很高兴，但是脸上不乐，他心里还是总惦记着夏姬。

出师讨伐陈国弑君之臣这件事就算踏实下来了，按说楚庄王当初派人到陈国去，打算联合陈国和郑国，三个国家一起订立盟约。在列国的时候就是这样，几个国家订立盟约，就联合在一起了。没想到陈国出了这样的事儿，现在楚国帮着陈国把国乱解决了，陈国也恢复了，结果郑国又不跟楚国好了，和晋国好了。楚庄王生气：打！要想称霸于天下，他的对头就是晋国。你郑国踏踏实实地待着行，不能归附于晋国，你要是承认晋国是霸主，就等于不承认我是霸主，那我就得打你。令尹孙叔敖也同意：打，以大兵力压之。楚庄王亲自挂帅，率领兵将打郑国，在哪儿？河南荥阳。

打了三个月，老百姓都没吃没喝了。郑国为什么能守三个月？就想着晋国能发救兵，结果晋国根本就不发兵。耗了仨月，郑国的老百姓把城门打开归降了，楚庄王就跟郑襄公订立盟约：既然归降了，你就得信服我楚国，不能再听晋国的了。

楚庄王撤兵刚走，还没走利落呢，晋国派兵来了，那楚庄王还不生气吗？打！这地方是哪儿？叫邲地，还是郑国的地方，楚晋两国就打起来了。

这一场大战，晋国输了，楚庄王也报了城濮之战打了败仗的仇。

虽然楚国打胜了，但是出了事儿了。晋国派来领兵打仗的叫荀息，是晋国的大夫，他的儿子叫荀䓨（yīng），荀䓨也叫智伯，也叫智䓨。您往后听，三家分晋的时候，当初我说《三国演义》拉过典，"豫让众人国士之论"就说过智伯。智伯让楚国的兵将俘虏了，襄老手下的兵将就押着荀䓨往回走，那么俘虏要是到了楚国，是杀是剐可就不得而知了。他爹当然着急了，于是指挥着大队人马就追，结果一箭就把襄老射死了。

咱们为什么总说襄老呢？因为襄老是夏姬的丈夫，咱们还得回到夏姬这儿来。襄老一死，夏姬就又守寡了，她一守寡就得出事儿。其实这些日子她也没闲着，襄老出兵打仗去了，夏姬跟谁好呢？跟襄老的儿子黑要，您说这夏姬不是好东西，也不能光站在女人的立场上，也不能光站在男人的立场上，谁是谁非咱们得说清楚了。襄老岁数大了，夏姬就找襄老的儿子黑要跟她好。战场之上，襄老被荀息一箭射死了。然后荀息第二支箭认扣填弦，又射了一个。这人受伤了，没死，是谁？楚庄王的儿子，让荀息射了一箭。等于是襄老的死尸归晋国了，却是在郑国的地盘上，楚庄王的儿子带着箭伤被晋国俘虏了。所以虽然是楚庄王打了胜仗，但是损失了连尹襄老这一员大将，而且自己的儿子还受伤被晋国逮走了。楚庄王就把荀息之子荀䓨押回来了。

襄老一死，夏姬马上就听说了，要按照那时候的规矩，应该收尸。可是夏姬跟襄老的儿子黑要好呢，这娘儿俩也不提这事儿，跟没这么档子事儿似的，爹死了没关系，我跟你好，后妈就后妈，也不顾廉耻了。

这件事儿让屈巫知道了，屈巫可就要进攻了，这就是真正的爱情，屈巫是真爱夏姬。怎么办呢？发动网友，网上这通骂呀。骂夏姬：你作为一个女人，连你丈夫的尸都不收；骂黑要：你作为襄老的儿子，不给父亲收尸，反而跟后妈勾勾搭搭，行苟且之事。夏姬闲着没事儿也天天上网，心说：网上全是骂我的，嘻，反正我也习惯了，在我手底下死了不少男的了，我做过三次王后、七次夫人，还能怕这个吗？死了一个我再嫁一个。但是被轰得太厉害了，她心里也有点儿郁闷。

这天，夏姬收到一条QQ消息，打开一看是屈巫发来的。屈巫告诉她：你得想办法，跟楚庄王说，你上郑国收尸去，你一离开楚国，我就会想办法。夏姬很聪明，明白了，心说：真正的爱情来了，这是让我回到郑国，回娘家去。她是郑穆公的女儿、郑灵公的妹妹呀，现在在位的郑襄公是郑灵公的弟弟。夏姬心说：我兄弟现在做着郑国国君呢，我回去那还不是正合适嘛，回娘家。虽然我丈夫襄老是晋国弄死的，但是毕竟死在了郑国之地，我就和楚庄王说我去郑国收尸。夏姬马上给屈巫回了一条QQ消息，把自己怎么收拾东西、怎么归整自己美丽的服装、怎么装箱，"啪啪啪"用手机一照，往QQ上一发。屈巫收到了，心说：哦，夏姬已然准备走了，我赶紧采取下一步行动。

屈巫这回是真动脑子，您可听清楚了啊，头一步先是发动网友，造舆论轰夏姬，让她收尸去；然后第二步给夏姬发QQ，说你赶紧回郑国娘家，我想办法娶你，暗示一下，夏姬就回了消息了，俩人就都明白了。明白是明白了，可那个时候通信没有现在这么方便。屈巫早就下了心思了，买通了郑国和晋国的人，都是在两个国君身边的人，花重金派人送到郑襄公手中一封信，信中对郑襄公说：你马上接你的妹妹回国，她要去收襄老之尸。而郑襄公正想讨好楚国，于是马上派使臣前来楚国，要接妹妹回国。

楚庄王不明白是怎么回事儿啊，就问手下的众位圆方："郑国来使，要接夏姬回国，众位圆方，你们怎么看？"屈巫说："大王，您让她回去。""为什么让她回去？""郑国是她的娘家，再说她也应该去收襄老之尸。襄老之尸虽然在郑国，但是归晋国所有。"这么一说，楚庄王马上就想到了自己的儿子，听说自己的儿子受伤之后被俘，现在死在晋国人之手了，心里难受。"她收得来尸吗？""收得来。"屈巫心说：有我在这儿攒弄，还能收不来吗？我得想办法得夏姬呀。"大王，我跟您说，荀息掌握着晋国大权，他跟郑国的大夫皇戌特别好，皇戌在郑国又最得宠，他们两个人一通气，皇戌就会和郑国国君说，那么他就用襄老和您儿子的两具尸身跟您交换荀息之子智伯。襄老的尸身回来了，夏姬就可以收尸了；您儿子的遗体也回来了，就可以安葬了。您把智伯还给晋国，这事儿就行了。"楚庄王一琢磨，心说：也只能这样了，不管怎么样，我儿子虽然死了，好歹尸身回来了。"那好吧，这件事就由你去办吧。"

屈巫乐坏了，马上派人赶着车前往郑襄公那儿去送信，又送去了很多金银财帛，跟郑襄公说：我要娶你的妹妹夏姬。郑襄公一想：屈巫在楚国那么得宠，又给了我这么多的财礼，反正我妹妹已然守寡了，闲着也是闲着，就嫁给他吧。就这样，郑襄公就答应了屈巫。答应之后，屈巫跟夏姬的哥哥郑国国君签订婚约，这就算是空中联姻。婚事定了，屈巫心里踏实了，但是现在还不能娶，因为屈巫不能上郑国去，得找机会。屈巫把这件事情办得非常圆满，办完之后，托人给夏姬送信，让夏姬踏踏实实地等着自己。同志们，您猜猜等了几年？夏姬这一等就等了十年，您说这是不是坚贞的爱情？咱们就夏姬之乱这件事而言，这里确实体现夏姬之淫，而这些男的也是够不地道的，但是屈巫是真爱夏姬。

这一等就是十年，终于有机会了——晋国反对楚国。咱们前面说了，当时有两个霸主，晋国打齐国，齐国向楚国求救，而这个时候楚庄王已然死了，楚共王登基。国君新丧，楚共王刚刚登基，顾不过来，就没管齐国，结果齐国打了败仗。等楚国的事情全都踏实了，楚共王觉得对不起齐国，就问手下谁能替他去安抚一下齐国，约定共同攻打卫国和鲁国。因为卫国和鲁国跟晋国好，这样就能给齐国报仇。屈巫一看，这可是个好机会："大王，让臣去吧。""好吧。"

楚共王就派屈巫出使齐国。屈巫临走之前，就对楚共王说自己要去封地申地收赋税，以此为借口，把自己的家眷和财宝收拾了十几辆大车，提前就出城走了，然后自己收拾了一辆高贵的轺车，跟在后面也出城走了。不过他可没上齐国，而是暗中通知自己的人，全都奔了郑国了。到了郑国之后，屈巫面见郑襄公："啊，我来了。""什么时候成亲？""今天晚上。"

当天晚上，屈巫和夏姬就在馆舍成亲，您说这爱情得有多深。这时候夏姬多大了？五十岁了。历史上有记载，说夏姬有返青春之能。一个人只能有一次十八九岁、二十岁，但是夏姬已经返回两次了，这第三次能不能返回去就不得而知了，查了半天，历史上也没有记载。但是屈巫很高兴，终于能搂着夏姬了，夏姬就问他："这件事情你有没有禀报楚王？""No（没有），我没禀报。""为什么呀？""因为当初楚庄王想纳你入后宫，我拦挡了；公子侧想娶你，我也拦挡了。这件事儿你弟弟郑君不知道，如果他知道了，他也不敢答应我跟你这桩婚事。"所以您看那时候交通、通信都不太方便，如果是现在，一个电话就全齐了，那时候不成啊，远隔千山万水，没别的办法，只能是骑着马送信。"那你没禀报楚王，就跟我成婚？""我为了你朝思暮想，我想到了现在。而今跟你在一起了，我就什么都不想了，我只要能跟你在一起就足够了。""那咱们接下来怎么办呢？如果楚王怪罪下来，郑国是个小国，扛不住啊。""没关系，反对楚国的就是晋国，你跟我走吧，咱们上晋国。""你为了我，不怕千辛万苦，这是为什么呢？""我告诉你这是为什么，这就是爱，说也说不清楚；这就是爱，糊里又糊涂……"

夏姬心说：糊涂着吧，我老了老了，还得到了真爱。于是两个人收拾收拾，带着所有的家眷跑到晋国去了。晋国国君高兴了，心说：楚国来的，屈巫有能耐啊，我得重用他。这儿咱们得多说几句，为什么？我得给您交代交代。屈巫到了晋国之后，晋君重用他，他帮着晋国培养吴国，让吴国反对楚国。您可记住了啊，《东周列国志》后边的书您就越来越清楚了，我也就越来越明白了。屈巫把晋国所有的高级战车以及打仗的战术全都介绍给了吴国，而且让自己的儿子总往吴国跑，最后等到屈巫死了之后，他的儿子当了吴国的相国。而现在屈巫还活着呢，到了晋国之后，把屈字免去了，改姓巫，名臣，至今被人称为申公巫臣。他和夏姬很美满，恩恩爱爱，在晋国深受国君的喜爱，巫臣就帮着晋国培养吴国的势力。

那么吴国呢，您要听楚国亡臣伍子胥，他就是跑到了吴国。巫臣有本事，他帮助吴国建立军队，使吴国变得强大。吴国本来是一个不丁点儿的小国，但是吴国国君接受了援助，扩大了自己的阵营、发展了自己的军队，吴国国君就称王了——吴王。咱们曾经说过公子姬光吴王阖闾，而这位就是公子姬光的爷爷寿梦，借着这个机会称王。晋国培养吴国来看着楚国，楚王一生气：好，你们培养吴国，我就在你晋国旁边培养越国。您要听《吴越春秋》，大家伙儿脑子里就比较清楚了，晋国培养吴国，楚国培养越国，将来吴越就打起来了，您就说夏姬在历史上起了多大的作用。一个女人能使陈国灭掉，然后又恢复；楚庄王不纳之，才能够称霸于天下；然后因为屈巫对她糊里糊涂坚贞的爱情，他到了晋国之后培养吴国，给历史造成了很大曲折的故事。当然，我不是赞成夏姬，只是这样一个女人真不简单啊。

屈巫娶了夏姬，最生气的是公子侧，还有一个就是公子婴齐。一个是为了女色，一个是为了钱，于是两个人就一起来找楚共王："大王啊，您派去齐国的使臣回来了没有？""没有啊。""您看看，这儿有一封信。"

他们俩拿着内侍要递的信，给楚共王递上来了，这封信也确实是屈巫给楚共王写的。信上说：我到了郑国，郑襄公非要把夏姬许配给我，臣不肖，就接受了夏姬，也就没法儿回楚国了。至于出使齐国之事，所有的资料我都交给副使带回去了，请您另派他人。您说楚共王看完了能不生气吗？公子侧这儿想着，夏姬归了屈巫了，生气；公子婴齐这儿琢磨，申地归了屈巫了，我得想办法得他们家的钱。一左一右就跟楚共王说："大王，咱们可得治他。"楚共王也生气："好，本王一定听你们二人之言，我要惩治屈巫！"

第三十四回　萧夫人登台笑客

　　主宾相见敬为先，残疾何当配执鞭？台上笑声犹未寂，四郊已报起烽烟。

　　这四句开场诗说的是东周列国时期，齐国国君齐顷公的一段挺有趣味的故事。

　　咱们正说到夏姬之乱，最终夏姬得到了真正的爱情，就是屈巫。那么屈巫为什么能有机会来郑国找夏姬？就是因为楚国国君楚共王派他出使齐国帮助齐国报仇。因为齐国败在晋国、卫国、鲁国手里了。

　　那么晋国、卫国、鲁国为什么和齐国打仗？这是有原因的。重耳走国回来之后，做了晋国国君，成了一代霸主，就是春秋时期的伯主晋文公。晋文公重耳传位于襄公，襄公传到灵公，灵公被杀，应当往下一代传，没有，又往回传，为什么？就因为大臣们都觉得晋文公还有一个儿子呢，在周朝周天子驾前上班呢，这人叫黑臀。就这样，灵公死了，大臣们就把他的叔叔接回来了。黑臀继位就是晋成公，成公死了之后，再往下传位就是晋景公，赵氏孤儿就是晋景公当权时的事情。

　　晋景公当权之后，仍然想称霸于天下，那他就得联合各国，于是派手下上军元帅郤（xì）克先上鲁国，去完鲁国之后再到齐国。齐顷公的父亲齐惠公死了，齐顷公无野继位。齐顷公按照祖制，凡是他们国家有了庆典，就得把友好的国家全请来，大家伙儿摆上酒宴共同庆贺。当时晋国也想和齐国友好，就派上军元帅郤克先去鲁国看望一下国君，然后再去齐国，这叫聘问。就这样，晋国上军元帅郤克奉国君之命，就先到了鲁国。到了鲁国之后，递交国书，鲁国国君接待，设宴款待，欣赏歌舞。郤克把所有的事情办完了，就跟鲁国国君告辞："我还得上齐国去。""哦，去齐国。对了，齐国有国聘，那么我们鲁国也应该派人前往。"

　　鲁国国君派的是谁呢？上卿季孙行父。于是季孙行父就和郤克一起，一个代表鲁国，一个代表晋国，遄奔齐国。开始的时候这两个人也没太在意，因为两个人都有各自的车，等到了齐国的都城郊外，又碰见两辆贵族坐的车，一位是卫国的使臣上卿孙良夫，另一位是曹国的使臣大夫公子首，也都是到齐国来参加国聘的。这就四位了啊，您看看，郤克代表晋国、季孙行父代表鲁国、孙良夫代表卫国、公子首代表曹国，四位各国的高级外交官员来到齐国开会来了。到了齐国之后，他们各自递交国书、通行文件，然后放行。当然在递交通行文件的时候，这四位高级官员都不能下车，全都是手下人往上一递，然后放行进入齐国的国都。

有人禀报齐顷公，齐顷公马上就在自己的殿上接见这四位贵宾。等这四位贵宾上殿之后，齐顷公得起身相迎，跟对待自己手下的这些文武众卿不一样。客人来了嘛，还都是贵客。而且当时如果打算称霸于天下，必须得跟各国都友好。几个人递交国书，当然也得说点儿客气话，咱们就不细表了。相互朝贺，分别介绍自己的国家如何富强、有什么外交政策，纷纷介绍自己国家的好的方面，然后互相之间有什么可以签订合约的、经济方面有什么可以合作的，都商量了商量。然后齐顷公设宴，摆上丰盛的国宴招待四位。说来也巧，郤克是独眼龙，季孙行父又是大秃子，孙良夫一腿长一腿短站不稳，公子首是驼背。齐顷公心说：这四位是怎么凑的呀？居然能一块儿来，每个人的缺点还不一样。等国宴结束之后，大家全都告退走了，各回各的公馆。

四座高级公馆分配给这四位，齐顷公就回到内宫去看望他的母亲，也就是萧国国君的女儿萧太夫人。齐顷公孝顺他妈，总想哄他妈高兴，可老太太就是不高兴，其实萧太夫人的岁数也不是很大，可那个时候四五十岁就已经是老太太了。齐顷公变着法儿的搜集笑话给他妈讲，就想让他妈乐，但他也不能把外面说相声的请进宫来，所以齐顷公没办法，就找人学笑话，哪怕是大街小巷里的笑话，只要学来就给他妈讲，只要他妈稍微露出一点儿笑模样来，齐顷公就特别高兴。每天早上起来先给妈请安，然后中午回来看看母亲饭吃得怎么样，晚上办完国事马上就来陪着母亲吃饭、给母亲讲笑话，让母亲开心一乐，齐顷公就这么孝顺。

今天可是逮着机会了赶上这四位都有缺陷，所以国宴一完，齐顷公就赶紧找他母亲来了："儿拜见母亲。"老太太一看，今天儿子怎么乐着就进来了？"儿啊，你为什么这么高兴呢？""嘻，您不知道。您说怎么就那么巧，真是怪事儿。咱们国家国聘，来了四位贵宾，您说有一个人是残疾也好，这四位都有残疾，残疾得还不一样。""真的？""母亲，您说我骗您干吗呢？""那你给我说说。""好吧。晋国来的使臣郤克是上军元帅，很威风，但只有一只眼。""哦？"老太太脸上的笑模样可就出来了，"那后边的呢？""接下来是鲁国的使臣上卿季孙行父，铮光瓦亮的一个大秃子，一根毛都没有。""哦，秃子，还有呢？""还有卫国的这位使臣孙良夫，他站不稳。""站不稳？我怎么听着这么熟呢？哦，我看过杨三姐告状。还有吗？""还有啊，最后一个是个驼背，他抬不起头来，只能两只眼睛看着地。""他是哪国的？""曹国的，是个大夫，叫公子首。""他叫首，可是抬不起头，哈哈，有意思。"老太太乐了。齐顷公这高兴啊："母亲，我说的可全都是真的。""你呀，少骗我，让我看看行吗？有什么难处吗？""哎哟，母亲要看，那能有什么难处啊？""你有什么办法吗？""您放心吧，我想办法。"齐顷公坐在这儿喝了一杯茶，想起来了："这样吧，过几天我来个私人宴请，因为贵宾来了，得先是国宴，然后是私人宴请，我身为国君，私人宴请也是很必要的。咱们就在后苑设宴，私人宴请这四位贵宾，他们前来赴宴，必然要经过后苑中的崇台，而母亲您就在崇台之上帷帐后边，坐那儿瞧着。这四位来到崇台这儿必得下车，您就能看见这四位了。"老太太一听，高兴了："好吧，那我就等着你安排了啊，你可得让我高兴高兴。"

老太太说话了，齐顷公不能不听，这可是千载难逢的机会，哪儿凑的呀，有心凑都凑不了这么全。齐顷公回到书房，心里一直在琢磨：我怎么能让我妈更高兴呢？于是他秘密把他手下最能给他传递笑话的人叫来了，这个人叫波波。"主公，您找我有什么事儿？""波波呀，你去给我选四个人。""什么样的人？""你想想，四国的外交使节都来了，按旧例咱们得负责车马和仆从。你去给我找四个人，一个是一只眼……""一只眼？是左眼瞎还是右眼瞎呀？""就是这样……""哦，是左眼。""还得给我选一个锃光瓦亮的大秃子，再找一个站不稳的……""站不稳？主公，我就有点儿站不稳。""你是站不稳吗？""我……我如果找着了就找着了，找不着我就自己来。""好吧，最后给我找一个驼背，眼睛得瞧着地。""行了，明白了。"这位波波腿还挺快，一转身就出去了。齐顷公说："哎，你回来回来，这事儿你得保密。""干吗要保密啊？""这事儿不能让国人知道，知道就不行了，你找的这四个人要分别伺候现在来访的四国贵宾。""遵命。"

　　波波就出去找人去了，没想到遇到了上卿国佐。国佐知道了这件事，赶忙来见齐顷公："国君，您可不能这么办。您想想，这四位都是贵宾，都是带着各国国君的使命来的，而且咱们国聘是大事儿，得有敬宾之礼。您这么办不是闹笑话吗？将来要是出了事，可怎么办呢？""那你甭管，这是千载难逢的好机会，我得让我妈高兴。""您要是坚持这么办，那可就坏了。""出去出去出去……"

　　齐顷公心里正高兴呢，什么话也听不进去，就把国佐轰出去了。没过几天，波波完成使命了，把要找的这几个人带回来了。齐顷公一看，还真不错，波波还真有眼力价儿，会挑。这位一只眼；那位锃光瓦亮一个大秃子，身量戳个儿跟季孙行父还差不多；第三个站不稳，晃里晃荡。"嘿，你还真找着个站不稳的。""当然啊，找不着就得我去了，我还得装，一会儿装着装着站稳了，那还就麻烦了。"第四个人是驼背，全都挑齐了。"波波啊，你把他们四个分别送到四个公馆，一只眼的这位伺候郤克，大秃子伺候鲁国的上卿季孙行父，这个站不稳的送去卫国上卿孙良夫的公馆，最后把这个驼背送去曹国大夫公子首那儿。早也别送去、晚也别送去，我让你哪天送你就哪天送。""您放心吧，我全明白，就到您宴请他们的那天送去，您不就是想哄老太太高兴嘛。""嘿，你小子可真聪明。"

　　全都准备好了，国君私人宴请，需要预备的东西也都很好。到了宴请的这一天，齐顷公提前通知他母亲，萧太夫人很高兴，带着手下的内侍和宫女一大群，就来到了崇台之上。崇台挺高，居高临下瞧得很清楚，这些赴宴的贵宾到了崇台这里必须下车，然后走到齐顷公的后苑赴宴。崇台之上支好了帷帐，萧太夫人在帐中一坐，有人伺候着。时间不大，车辆马匹全都准备好了，该把这四位贵宾请来了。但是得有人搀着他们啊，您看结婚的时候，新娘得有一个伴娘，新郎也得有个伴郎，那这贵宾更得有人伺候着了。波波找来的这四位就奉命在公馆门前等着，伺候着四位贵宾一同上车。要是四个人在一块儿，就能发现这问题了，但是各自有各自的公馆，所以也没发现。

郤克出门一看，一皱眉，心说：怎么齐国派来伺候我的这位也是一只眼啊？再一想，也许是巧合，没准儿齐国这儿一只眼的人比较多。这位还挺会说话的，给郤克搀上车，奔着齐顷公的后苑这儿就来了。然后大秃子陪着季孙行父、站不稳的陪着孙良夫、最后是罗锅陪着公子首，各上各的车，由打四面都来了。四辆车一直来到崇台之下。等车停住了，一只眼搀着一只眼下车；大秃子搀着大秃子下车；站不稳的呢，俩人全往一边闪，要对着闪就麻烦了，俩人就撞上了，这波波还挺会挑；驼背的呢，他也没注意，反正眼睛都是往地上看，那位也一样，都盯着地。四个人搀着四个人一下车，您想想萧太夫人整天待在宫里，她能看见过这个吗？尤其是看见那俩站不稳的，俩人一块儿晃，动作还挺齐，萧太夫人这个乐呀。她这么一乐，自己就伸手把帷帐挑开了，因为隔着纱帘看得不太清楚。挑开来一看，正好看见这俩站不稳的一块儿跟这儿晃呢，萧太夫人乐得这叫一个开心啊。她乐，内侍也乐，宫女也乐，这声音就传到了崇台之下。崇台挺高了，好几层楼高，但是一开始听得不太清楚，因为不能一上来就"哈哈哈"地大笑，还乐得比较含蓄。等这四位连同别的国家的贵宾都到齐了，齐顷公来迎接，所有齐国的文武官员全都在这儿作陪。

落座之后，大家先喝茶，喝完茶之后，内侍把菜名报上来，然后酒宴摆上。齐顷公高兴，已然隐约听见母亲朗朗的笑声了。"众位贵宾，今天是我私人宴请各位，特殊的菜品，大家尝一尝这牛肉吧。"大家伙儿一听，牛肉？"有牛扒吗？""有啊，您要几成熟的？"

大家伙儿全在这儿等着。嘿，一看这牛肉切上来、摆上来、烤上来，就跟一般的牛肉不一样。头一份得让晋国，因为晋国是大国。"郤克将军，请。"郤克喝了一口酒，用筷子夹了块牛肉往嘴里一抿。"怎么样？嫩吗？""嗯，很嫩。""首大夫，您觉得呢？""不错啊，很好很好。""孙上卿，您呢？""太好吃了，这牛肉哪儿来的？""哈哈，这是我齐国特殊养的，你们回去也可以告诉你们的国家，按照我说的方法养牛。""不知齐君用什么方法养牛？""呃，我首先让它们接触一下 music（音乐），然后我再用人工去给它们 massage（按摩），每天听着音乐长大的牛，经过人工按摩，非常非常好吃。""请问这样养完的牛多少钱一斤？""七百dollars（美元）。""太贵呀……"

大家伙儿饮酒三杯，崇台之上的萧太夫人看着觉得可乐，而且还让内侍和宫女在台上学，哎哟，这笑声可就越来越大，就传到了酒席宴间。郤克可是上军的元帅，您想想他傻吗？他一听这笑声不对呀，再一看自己身旁伺候的人，又往那边一看，心说：好嘛，他一只眼我一只眼，那位秃他也秃，那个站不稳他也站不稳，那边还俩驼背的。哦，明白了，这是拿我们开心呢。郤克把酒杯往桌上一放："对不起，告辞，身体不适。"郤克站起身形，转脸就走了。这位一只眼在后面紧跟："您慢走，您慢走，我搀着您。""我自个儿认得道。"

郤克出来上车，驾着车走了，回到自己的公馆，坐在这儿生气：我这么大一个国家的外交使节，我是晋国的上军元帅，就这么对待我？拿我开心？两国相交得以礼为先啊。郤克坐在这儿，气得直哆嗦，胡子都撅起来了。"来呀，给我去问问，台上是谁在笑？你要是不给我问清楚了，我告诉你，就冲你这一只眼，非宰了你不可。"这一只眼的心说：您不是也一只眼嘛。"得了，我给您问去。""你要是不问明白，我就去告诉你们国君，说你欺负我，要你的脑袋。""我给您问去，马上就去……"这位打听明白了，回来了："我问明白了，是我们国君的母亲萧太夫人在崇台之上乐来着。""嗬？！为了让你妈开心，就拿我们找乐儿，这是成心戏弄外国使节。"

郤克把这位一只眼的轰出去了。时间不大，季孙行父、孙良夫和公子首这三位来了。站不稳的走在头里，驼背的走得慢，锃光瓦亮的大秃子给照着道，不用灯。仨人进来了，全都站在这儿运气。"郤克将军……""别说了，你们仨人为什么生气我全明白。""您明白啦？我们仨人仔细一问，敢情是齐君想让他母亲高兴，戏弄各国的贵宾。""那你们想怎么办？""你们晋国可是大国。""好，那就听我的，咱们回去马上调齐人马，攻打齐国。""行，您要发兵，我们就发兵。""那好，可是你们如果回去不发兵怎么办？""咱们歃血为盟，来来来，我头一个。"驼背的这位公子首头一个，大秃子季孙行父说："那我给你们照着点儿。"

弄来一碗酒，四个人歃血为盟：如果不打齐国，誓不为人，其他国家共同讨之。您想想，谁受得了这个气呀，现在都尊重残疾人，哪儿能这么做呀？！这四位气坏了，当天晚上不辞而别，上了自己的车，驾车狂奔，各回各国。回去之后，各自禀报国君，有的国君不管。又经过了一段时间，郤克成为晋国的最高统帅，掌握了兵权；季孙行父原来没有那么大的权力，后来他们国家的正卿死了，他掌握了国家的大权。两个人一号召，卫国和曹国也跟着，联合出兵攻打齐国，所以齐国就是因为这个挨打。

您看，听《东周列国志》有好处，咱们不能随便拿人家开玩笑。开玩笑您得有点儿忖量，您说一个国君拿人家贵宾开玩笑，结果这仗就打起来了。这边一开仗，齐国就向楚国求救，可是正赶上楚庄王死，楚共王继位，就没管齐国的事儿。等楚国把自己的事情都办踏实了之后，楚共王就觉得对不起齐国：既然两国友好，为什么不帮忙呢？于是就想了一个办法，让屈巫出使齐国。

屈巫非常高兴，借着这个机会就到郑国找美丽的夏姬去了。到了郑国之后，郑国国君一看屈巫来了，马上让他跟夏姬见面。但是郑国国君不知道当初楚庄王也想纳夏姬为妃，也不知道楚君手下的公子侧也想娶夏姬。这些事儿全都不知道，所以才会答应让屈巫娶夏姬。现在屈巫来到郑国，那就是我们郑国的姑爷，当天晚上就给这二位在公馆完婚了。上回书咱们正说到这儿，这茬儿就接上了吧。屈巫本来应该出使齐国，结果他跑了，跑到郑国结婚来了。

然后屈巫写了一份奏章，让随行的副使带回楚国。楚共王打开奏章一看，气得直哆嗦，上边写得很清楚：蒙郑君厚爱，将夏姬赐我为妻，臣不肖，遂不敢辞。因为是郑君赐给我的，我不敢推辞。所以臣不肖，不敢回归楚国，出使齐国之事，请您另派良臣，死罪死罪。楚共王看完，气往上撞，双眉倒竖，二目圆睁，脸上颜色更变："来，传公子侧、公子婴齐。"

楚共王知道这俩人跟屈巫有怨。这两位来到殿上，一看屈巫的这份奏章，公子侧一想：嗯？他不让我娶夏姬，现在夏姬归他了。公子婴齐一看，心里也琢磨：申吕之地本来要封给我，结果楚君赐给他了，他是申公，现在他又跑到晋国当了大夫，而且有了夏姬，晋君还赐邢地给他做封邑。您说这俩人能不生气吗？"大王，像这种叛逆之徒必须惩治。""好。"公子婴齐说："还有一件事，夏姬的丈夫连尹襄老死在战场之上，她又跟襄老的儿子不清不楚，做儿子的总跟后妈在一起睡觉，这可不行，您得把黑要杀了。""好。"楚共王一想：既然公子婴齐恨黑要，我就给他们翻着传令。"公子婴齐，你去抄申公屈巫的家。""遵令。""公子侧，你去捉黑要，把他杀了，烝母之罪。"

两个人带着兵出去了，一个把黑要逮着杀了，一个把屈巫他们家抄了。可是屈巫把家眷和财产都带走了，剩下的就是老房子，别的什么也没有了，公子婴齐一生气，就把屈巫家族的人杀了不少。而且屈巫所有的地盘、所有带不走的东西也都归了这俩人了。还有连尹襄老和夏姬的遗产，因为黑要被杀，所以这些东西也归他们哥儿俩了，两个人把这些财产全都分了。有向着灯的就有向着火的，申公屈巫有家臣，那时候有钱的人家里都养着人，家臣就受不了了，逃到了郑国，又逃到了晋国，见到了屈巫。"惨啦，黑要被杀……""黑要被杀？那跟我没关系，我这儿有夏姬就行了。""可是他们把您的族人杀了不少，我们都没地儿待了，您的财产也全都被分了，他们可杀了不少屈氏的人啊。"

屈巫一听，虽然这些人和自己的关系也不太大，但毕竟是祖上传下来的同族之人，这下他气坏了，拿起笔来写了两封信，一封给公子侧送去，一封给公子婴齐送去。信上说：你们两个人一个贪淫、一个贪财，用言语惑君，说动楚王，抄了我的家、杀了我的族人。你们等着，早晚让你们疲于道路以死。就是让你们在路上疲于奔波而死，我得报仇。两封信让人送到了，两个人一看，然后一串门儿，你看我的信、我看你的信。"这咱们还汇报吗？""别汇报了，搁兜里吧。"

因为屈巫还有襄老、夏姬的财产全都归他们了，两个人可就没把信给楚共王看，楚共王也就不知道这回事。屈巫要报仇，他就在晋国给晋国国君出主意，让晋国培养楚国旁边的吴国。所以您听《东周列国志》还真得动点儿脑子，楚国亡臣伍子胥过昭关，到哪儿去？就是奔吴国，去找吴国国君王僚，想让王僚帮着自己，借给他兵让他报仇。公子姬光认识了伍子胥，找专诸刺王僚，掌握了吴国的兵权，然后兵发楚国报仇。为什么伍子胥要找吴国？就因为吴国紧挨着楚国的昭关。屈巫就给晋君出主意，这时候的晋君是晋景公。"大王，您把您的战车送给吴国一些，我传授给他们用战车打仗的办法。"

屈巫会打仗，而且在列国的时候，没有专职的将军，都是文武兼才。于是屈巫就把用战车打仗最科学的办法教给了吴国，现在他已经叫巫臣了，申公巫臣。并且让他的儿子狐庸在吴国待两天、在晋国待两天，来回传递消息，从军队到经济，巫臣想办法让吴国逐渐强大。吴国国君的爵位本来不是王爵，不能称王，但这一强大了，就自称吴王。所以您听吴王王僚、吴王阖闾、吴王夫差，他根本就不到王位，是自称为王。就这样，吴国就老跟楚国的边境这儿折腾，楚国可就踏实不了了，可是晋景公高兴了。这么一来，齐国听他的、郑国也听他的，这晋景公仍然想称霸于天下，每天吃喝玩乐，重用屠岸贾，但国家的大权还都在赵家手里。晋国在这边培养吴国，楚国就在晋国的旁边培养越国，所以往后到了战国时代有吴越春秋，越王勾践、吴王夫差，这咱们大家伙儿都知道。吴王夫差宠西施，越王勾践卧薪尝胆，这都是后话，咱们暂且不表。

晋国忙着培养吴国，楚国忙着培养越国，同时晋景公手下的奸臣屠岸贾要借着晋景公的势力杀赵家的人，给灵公报仇。那么赵家呢，咱们前边说了，赵盾是赵衰的儿子，赵盾跟赵穿这爷儿俩把晋灵公杀了，立成公，赵家掌握大权。后来赵盾死了，成公当了晋国国君之后，就把自己的闺女庄姬嫁给了赵盾的儿子赵朔。所以咱们的书就该说到"赵氏孤儿"了，那么屠岸贾用什么计策杀害赵家全家？谢谢众位，咱们下回再说。

第三十五回　岸贾奉命围下宫

我魏绛闻此言如梦方醒。

这是京剧《赵氏孤儿》里的一句唱词，其实《赵氏孤儿》这出戏跟真正的历史不太一样，虽然有魏绛这个人，可历史上的"赵氏孤儿"里面没有魏绛的事儿。但是听戏听角儿，裘盛戎先生就这一段唱段，听过的人到现在谁也忘不了，凡是唱花脸的、凡是业余票友，张嘴就是这句。

那么历史上赵氏孤儿到底是怎么回事儿？咱们前边曾经说过，赵氏孤儿叫赵武，他的父亲叫赵朔，赵朔的父亲叫赵盾，赵盾的父亲叫赵衰，这些大家伙儿都记得。要害赵家的这位奸臣屠岸贾，曾经派他的手下钮麑去刺杀赵盾。但钮麑知道赵盾是一个忠臣，就在心中问自己该不该杀这位忠臣：如果我杀了他，我就是千古罪人；如果我不杀他，就没法儿回去跟主人屠岸贾交代，所以我只有一死。于是刺客钮麑撞槐而死，这段书咱们前边说过。后来史学家有个评论：当时钮麑在刺杀赵盾的时候，他心里是怎么想的？跟谁说了？跟谁也没说。可是如果把心理活动写出来，编成故事，这就是小说。说六史皆小说也，凡是写历史的要写出小说来，写出心理描写来了，那他写的还是小说，那就不是真正的历史。我挺赞成这种说法，刘关张桃园三结义，三顾茅庐请诸葛亮，有的人说诸葛亮在没保刘备之前保过曹操，您说哪一段是真的历史？所以说编故事得编得深入人心。现在的赵氏孤儿又唱歌剧，又唱京剧，排出了不少的剧种，咱们今天也不能说是还原赵氏孤儿，只能说比他们的稍微深一点儿，这就是评书的魅力。

那么赵家跟屠家的矛盾是怎么引起的？大家伙儿都知道晋文公重耳走国，最后成为春秋一霸，那么跟着晋文公在外边游荡的，受尽千难万险的，最主要的文官就是赵衰。重耳因为赵衰一直帮着他打下天下，回到晋国当了晋国之主，称霸于天下，赵衰是功臣。再往下传，就传到了赵衰的儿子赵盾。赵盾当时做相国，儿子赵朔娶的媳妇就是张君秋先生塑造的这

连派评书——列国·春秋

416

位美女庄姬，他们之间的人物关系很复杂。您看现在咱们总说什么嫡系呀，什么庶出、嫡出啊，都愿意争正枝正派。上回书说过，重耳死了以后，传位于晋襄公；晋襄公死了之后，传给晋灵公，这关系是爷爷、儿子、孙子。那么晋灵公死了，应该立谁为君？按道理应该立晋灵公的儿子，也就是爷爷、儿子、孙子、重孙子，但是大家伙儿一商议，就把晋灵公的叔叔黑臀请回来了，就是晋成公。晋成公死了之后，传给他的儿子晋景公，晋景公和晋灵公是同宗的兄弟。但是有一节，有正出还有庶出。

那么朝中有这样的事儿，赵家也同样有这样的事儿。由打赵衰传到赵盾，赵盾传到赵朔，在赵盾临死的时候，他就把手中的权力给他兄弟赵括了。那么赵括再往下传，等于他们家就是正枝儿了，可实际上正枝儿在赵朔这儿呢，所以赵朔之子赵武，也就是这位赵氏孤儿，等于被赵家弄成庶出了。赵武的母亲庄姬不愿意，所以真正赵氏孤儿的历史是由打这儿引起来的，跟屠岸贾一点儿关系都没有。但现在咱们要是不骂屠岸贾、不把屠岸贾宰了，甭说您不愿意，我都不愿意。听《赵氏孤儿》、看《赵氏孤儿》的人都恨屠岸贾。那么屠岸贾也有父亲、也有爷爷，他的爷爷叫屠岸夷，当初在晋文公手下就不是什么正经的人，也出卖过朋友、出卖过大臣。所以编书的、编戏的也是按照遗传因素这么往下编的，您就能相信了。

咱们上回书说了，晋景公降服了郑国、也降服了齐国，这人就骄傲了、就变狂了。狂了干什么呢？没事儿干，就吃喝玩乐吧，信任重用屠岸贾，所以每天就是喝酒、划拳、看歌舞，当然像洗洗澡、捏捏脚之类的那会儿可能也有。晋景公这一重用屠岸贾，可坏了，屠岸贾恨的是谁？恨的就是赵家，他总想报仇，所以他就找机会。这时，晋国朝中的势力出事儿了，赵家赵盾、赵同、赵括，他们都是亲哥们儿弟兄，同父异母，赵同和赵括是赵姬生的，赵盾是叔隗生的，这哥儿几个不是一条心。赵盾死了，把权力给了赵括，再往下传就是赵氏孤儿的上一辈，也就是赵朔这一辈。他们哥们儿弟兄也有分歧，家大业大，争权夺势，咱们看看古，再想想今，就为了一间破房，人脑子能打出狗脑子来，把爹妈都挤兑死了，然后再去法院分，分完了之后又后悔，您说就为这么个破房值当的吗？所以说赵家出事儿就给了屠岸贾机会。

赵括有个哥哥叫赵婴齐，赵婴齐有点儿淫乱之事，什么淫乱之事？今天给您留一扣儿，他跟赵氏孤儿有关系，咱们搁下先不说。赵盾的两个兄弟面见晋景公，对晋景公说："赵婴齐有淫乱关系，他乱搞男女关系。"晋景公一听："这事儿得按你们赵家的家规来制裁吧？跟朝廷没关系。"于是赵家就行使了赵家的权力，把赵婴齐驱逐出境。赵婴齐走的时候就对赵同、赵括说："我确实不应该干出这样让你们都觉得寒碜的事儿，但是我比你们都聪明。如果这点事儿你们都不原谅我，把我轰走了，将来屠岸贾要勾结郤家和栾家，跟咱们赵家对着干，你们都没这能耐，你们干不过他们。如果把我留下，我就有这个本事。""那不成，必须把你轰走，我们嫌寒碜。"二人愣是把这位赵婴齐轰走了，结果后来赵家果然就吃了亏了。这是赵家的内部矛盾，但是给了屠岸贾一个机会。屠岸贾心说：赵婴齐非常聪明，而且很有谋略，现在他被轰走了，我就好办了，我可以对付赵家了。

另外一个机会就是自然灾害。晋景公继位的时候，突然间梁山崩溃，按现在话说就是大地震，山体滑坡，河流堵塞了三天，死了不少人。当然国家发生了这样的地质灾害，马上得禀报国君。晋景公得报之后就害怕了，那时候不像现在，黄色预警，大家伙儿全都捐款，国家派部队前去支援，那时候没有啊，没有那么大的力量。怎么办呢？晋景公就问屠岸贾："哎呀，梁山崩溃，老百姓流离失所，你说我应该怎么办？""嘻，我把太史官传来，您可以问卜啊。"晋景公乐了："你这话可就应了：色（shǎi）迷看相片儿，倒霉上挂摊儿了。好吧，你把太史官传来。""遵王谕。"

屠岸贾就找太史官来了，到了太史官家中："大王让你去一趟。而今梁山崩溃，河流堵塞，老百姓不得生还，让你去给算算。""啊？如何算法？"您说这位太史官聪明不聪明？知道屠岸贾是权臣，你得告诉我应该怎么算。屠岸贾一摆手，身背后从人进来了，拿了一个包袱往这儿一搁，打开包袱一看，黄金千两，玉璧十双。这玉璧都能流油啊，纯粹的和田羊脂，您说这十双玉璧得值多少钱啊？太史官心说：不要白不要，我要是不顺着你的话说我也得死。所以太史官很聪明，我问问你我应该怎么算。屠岸贾一看，太史官将玉璧和黄金往旁边一摆，让家人收起来，就知道行贿成功了。太史官把东西收起来之后，看着屠岸贾，屠岸贾用手一指："请赐支笔。"太史官命人把笔献上，屠岸贾拿起笔来，就在手心上写了一个"赵"字，那会儿没有简体字。然后，屠岸贾把手往前一递："啊……下官明白了。""那就好，请吧。"

于是太史官就跟着屠岸贾来见晋景公，晋景公正在殿上等着呢。"参见大王。""太史官啊，而今梁山崩塌，河流堵塞，损坏了不少的民房，死伤了不少的老百姓，不能生还。你赶紧给我算算，这是怎么回事儿啊？""啊，待臣卜之。"

要算卦得有东西，有的是掐算，有的是看黄历，所以说太史官要给国君卜算得有他的工具。那么当时太史官用的什么工具，我查了半天没查着，咱们就只能说太史官查了查自己的工具书。晋景公看着："怎么样？""主公，臣已然卜算出来，只因为我晋国刑罚不中，以致梁山崩溃。""哦……刑罚不中，可是自打我继位以来，既没有处罚过谁，可也没有表扬过谁，怎么叫刑罚不中呢？"太史官就得按照屠岸贾的意思说："主公，您想一想，是谁在桃园杀死了灵公啊？""嗯……"晋景公点了点头，瞧了瞧太史官，又瞧了瞧屠岸贾，"哼，还不是那赵家嘛。"晋景公现在也有点儿恨赵家。咱们前边说过邲地之战，就因为赵盾他这几个孩子和他的哥们儿弟兄老充能耐梗，结果打了败仗，所以从这个时候开始，晋景公对赵家就开始有点儿看法了。"可桃园之事又如何？""主公啊，您想想，当初在桃园，虽然是赵穿把灵公杀死了，可是您要知道，当时是赵盾掌握朝权，没有赵盾的话，赵穿敢下手吗？而且当时赵盾并没有离开咱们晋国，结果怎么样？灵公一死，先君继位。"太史官口中的先君就是晋景公的爸爸，晋成公黑臀。"但是成公并没有治罪于赵家，这就是刑罚不中。"刑罚不中，那就是指应当判的不判，不应当判的判了；不应当判的给判了重罪，应当判成重罪的给判成轻罪，这些都叫刑罚不中。"赵家杀了灵公，可是成公不治他们的罪，刑罚不中，现在上天就得给个教训，山都崩啦。那意思就是告诉您，得给灵公报仇。""哦……"晋景公看着太史官，再一看屠岸贾，点了点头，"哦……"

晋景公一琢磨：赵家弑君之罪我爹没处置，现在这个责任传到了我的身上，我就应该处置赵家，可是我也没处置，上天就把山崩了来教训我。晋景公想到这儿，歪头一看屠岸贾，心说：这小子肯定有什么猫腻，我要打算处置赵家，我就得问问我手下的忠臣。"来呀。""在。""屠岸贾，你去把韩厥大夫请来。"

时间不大，把韩厥传来了。韩厥多大年纪？五六十岁了，一身正气，白脸膛儿，两只眉毛往上一挑，两只大眼皂白分明，胸前的胡须已然发白了。韩厥进得殿来，上前施礼："拜见主公。""韩厥呀，而今天下不太平，山崩地裂，是何缘故啊？""呃，主公，臣不会占卜啊。""你不会算卦，可是他会呀。"晋景公用手一指太史官，"他算出来了，是因为我执行国法，刑罚不中。""主公，您没处置过谁呀，也没有奖励过谁，怎么是刑罚不中呢？""哎，我跟你说，皆因为当初桃园之故，灵公死，我先父继位，并没有处置赵家；现在是上天给我警告，要我杀赵家给灵公报仇，治赵家的弑君之罪。""哦，是这么回事。"

韩厥看了看太史官，又看了看屠岸贾，心里就明白了，一定是屠岸贾花钱买通了太史官，不然他不敢说赵家不好。韩厥是个正人君子，就对晋景公说："主公，您想想赵衰跟着先祖周游各国，回到晋国称霸于天下……"他说的先祖就是指晋文公重耳。"赵衰是功臣，往卜传到相国赵盾，赵家是咱们晋国世代的忠臣。赵盾之所以和赵穿杀了灵公，是因为灵公暴虐，涂炭百姓，是个无道的昏君，您怎能因此而迁怒于赵家呢？""嗯……"晋景公为什么要问韩厥呢？主要是他也想知道知道手下的这些文武大臣到底向着谁，我想办谁，到底能有多少反对的声音，他得摸清楚。"屠岸贾，你听见没有？赵家可是咱们晋国的忠臣。""哎哟，忠臣可有的是啊，您再问问郤家，再问问栾家。""好吧，传二位大臣。"

屠岸贾去传，您说这里面能没有私情吗？屠岸贾在半道上早就嘱咐好了：你们要敢不向着我说话，留神你们的脑袋，光你们的脑袋不算完，还有你们一家子好几百口呢。这二位本来在朝中就跟赵家争权夺势，现在再让屠岸贾这么一威胁，也知道屠岸贾现在非常得宠，没办法。时间不大，把二位传来了，两个人上殿："拜见主公。"晋景公又对他们一说，俩人听完，你看看我，我看看你。"主公啊，这件事您说要怨赵家呢，也怨赵家；要说不怨赵家呢，也不怨赵家。这、这……我们……反正，他赵家也不应当这么做。"这两个人就没向着赵家说话。"好吧，你们退下吧。"这些人全走了。

"屠岸贾，哼哼，你说应该如何处置赵家？""杀呀！您要是不给灵公报仇，今天这儿塌，明天就那儿塌，哪天您这宫殿就该塌了。"您说这要不是晋景公宠爱屠岸贾，他敢这么跟国君说话吗？"好。"因为晋景公心里也有点儿恨赵家，心说：我本来想在邺地之战一雪国耻，结果却打了败仗，就因为你们赵家总不肯上前冲锋。"罪版伺候。"屠岸贾很聪明，马上研墨，把笔递给晋景公，晋景公亲自在罪版之上写下赵家的罪恶，主要就是弑君之罪。"屠岸贾，你去对付赵家，可不许得罪宫中的人，也不许得罪朝中的所有大臣，悄悄地办，听见没有？更不准惊动晋国的百姓。""臣遵旨。"

屠岸贾高兴啊，有罪版了，拿着罪版就等于有了晋景公的圣旨。那时候没有皇上，这也就不能叫圣旨，可实际上是一样的，有了这块罪版，屠岸贾到了赵家想杀谁就杀谁。屠岸贾拿着罪版回家。而这个时候，忠臣韩厥已然到了赵朔的家中，也就是下宫。韩厥看出来了，屠岸贾要害赵家，有向灯的就有向火的，韩厥马上来找庄姬的丈夫，也就是赵盾的儿子赵朔。"韩大夫，您找我何事？""我有密事相告。屠岸贾已然在君王面前说了你们赵家不少的坏话，现在可能命令已下，你们赵家难脱苦海。""哦……"韩厥就把晋景公找太史官问卜，怎么算的卦，怎么解的卦，全都对赵朔说了，赵朔明白了。"韩大夫，您看我应该怎么办？""你只有喽依安——颠了。""可是我没法儿走啊。想我的父亲，虽然一片忠心为国，最后也逃脱不了君王的处置啊。太史官于史书中记下，说晋灵公死于我父亲之手，乃是赵盾有弑君之罪。有了记载了，我还能跑得了吗？还有一节，我的夫人如今身怀六甲，如果生下一个女儿，也就算了；要是生下一个儿子，就能够为我承继赵家的香烟。但不知道生男还是生女，已然快要临盆了。韩大夫，您给我出个主意吧。"这就叫当局者迷，旁观者清。韩厥想了想："这么办吧，您要是想留下赵氏的后代香烟，您就进宫去吧。""我进宫？""啊，不是，是让您的夫人进宫去找她的母亲，也就是当今主公的母亲，先君晋成公的夫人成夫人。母亲是国母……"搁现在话说，就如同老太后一样。"有了成夫人做主，晋景公也不能光听屠岸贾的，总不能由母亲的身边把他妹妹拉走，然后一刀宰了吧？只有这个办法，才能保住庄姬，也就能保住她肚中的孩子。""啊，好好好，多谢韩大夫。"赵朔泪如雨下，跪倒在地，感谢韩厥。韩厥赶忙用手相搀："赵盾对我有养育之恩、知遇之恩，无以为报，只是我的力量不足以对付屠岸贾，只能出此一策，望你试之。"

那么韩厥为什么说这句话？韩厥为什么对赵家这么好？韩厥到底怎么回事？您要听《赵氏孤儿》的戏，里面的韩厥就跟我说的不一样了。程婴把孩子偷出来，然后韩厥在这儿查，查着查着，看见孩子了，程婴跟他一说实情，韩厥就没把赵氏孤儿弄走，但这是戏里编的。实际上韩厥是在赵盾他们家长大的，赵盾把韩厥培养大，作为他们家的门客，韩厥德才兼备，是一个非常有本事的人。赵盾这个人为了国家，避嫌。赵穿为了赵盾，把灵公杀死了，后来赵穿的儿子来找赵盾：我爹为了你把晋灵公都杀死了，我们家是功臣，你得给我个官做，把我爸爸的官职给我。赵盾不答应：这不行，你没那能耐，你立了功以后再说。赵盾就是这么一个人，但是他在晋国国君面前举荐韩厥当行军司马，就是军中的司法官。

这一天，国君要出行，所有队伍都排好了队，仪仗队、兵车全都准备好了，整装待发，也奏完乐了，也响了炮了，行军司马得在旁边保护着国君。军队是个很严肃的地方，不能说眼看出发了，这边还聊大天儿呢，这不行。一说打仗，士兵们都不能随便说话，更别说现在是随国君出行。马上就要走了，正在这个时候，忽然间有人赶着一辆车，直接由打队伍当中间儿就穿过来了。韩厥一看，一声令下："止住！"这辆车还往前走。"再不止住，杀！"这下车把式才把车止住："韩司马。""这是何人的车？""这是相国的车。""哦……"这是相国赵盾的车。"你是干吗的？""车把式。""你干吗来了？""相国这次随君出行走得急，忘了带炊具了，让我去取炊具。""现在所有的队伍已然列队整齐，你这样横冲直撞，违反了军规，应当杀。""这可是赵相国的车，相国如果吃不上饭，找你说吗？"

您想想，当时赵盾在晋国那是多大的气魄呀，连家里的车把式都敢这么说话。大家伙儿全都瞧着韩厥，有心眼儿多的，想看看韩厥怎么办，心说：你是赵相国家里养活大的，又是他一手提拔起来的，打小就在他们家，给你培养得德才兼备，又举荐你做了行军司马，现在是赵相国的车在军中横冲直撞，看看你能怎么办。按说韩厥应当感激赵盾吧，没想到韩厥把脸往下一沉："我告诉你，我作为国家的行军司马，心中只有国法，没有相国。来呀，杀！""你敢？！"

一刀下去，就把这车把式杀了，车也砸碎了。等到了晚上，赵盾坐在帐中，郤家、栾家的这些人也都是中军元帅、下军元帅，还有这些将领就全都找赵盾来了。"相国，您瞧瞧您给一手带起来的、您一手培养起来的、您给举荐的这位军中司马，结果怎么样啊，就这么对待您？"赵盾一乐，大家伙儿也不知道为什么。"传韩厥。"

韩厥就知道赵盾肯定会传他，早就在赵盾的帐外等着了，这一说传他，他马上进帐拜见相国。他刚说个"拜"字，只见赵盾站起来了，走到韩厥的面前，躬身一礼："谢过韩司马。"大家伙儿可瞧着呢，这下全都愣了。"韩司马，咱们都是事君之臣，都是国君手下的大臣。你不结党营私，人品正直，将来必成大器，赵盾谢过了。"

赵盾以相国的身份谢过行军司马，因为你不徇私舞弊、不结党营私，按说你是我们家长大的，又是我提拔的，你就应该和我站在一边，咱们就应该结成一个团伙，你是我的嫡系。但是你能为了国家执行法律，把我的车夫杀了、把我的车砸了，我谢谢你。赵盾说出这样的一番话，韩厥十分感动，大家伙儿这么一看：得，挑拨离间没成功。韩厥告辞走了，赵盾用手一指："众位，韩厥如此正直，将来他的家族必然壮大，他必是国之栋梁。有这样的贤正之臣，国家必然兴旺。"

赵盾说这话一点儿都没错。所以韩厥今天对赵朔说：你的父亲对我有养育之恩和知遇之恩，按说我现在就应该去杀了屠岸贾，以报赵家之恩，可是我没那么大能耐，我手下没兵没将，我只能给你出这么个主意，希望你能够听我的话，把你的媳妇送到宫中，按现在话说，去找皇太后，让皇太后把你的媳妇一保，就算她儿子来了也没办法。赵朔跪倒在地，感谢韩厥，韩厥赶紧把赵朔搀起来："我赶紧告辞了，你马上送庄姬进宫去吧。"

韩厥走了，赵朔来找媳妇庄姬，夫妻二人来了一个拥抱，两个人这么一搂一哭。但是事情已然出来了，夫妻二人又没有什么更好的主意，所以也只能按照韩厥的办法做。在庄姬临进宫之前，赵盾对她说："夫人啊，如果你生下一女，就叫赵文；如果生下一子，就叫赵武。生下一女，就没有什么办法了，文人无用；倘若生下一子，说明我赵家还能传宗接代，能够有香烟流传，而且可以报仇。"

庄姬也没有办法，只能赶紧进宫，如果晚了，屠岸贾一动手，那就连宫门都进不去了。那么谁保着庄姬进宫？门客程婴。所以《东周列国志》书上写的跟戏里就不一样，戏里的程婴是装成大夫，进宫去给庄姬看病，把赵氏孤儿偷出来。实际上程婴是赵家的门客，跟赵盾他们家特别好，赶紧预备车辆。这件事情只有赵朔、庄姬和门客程婴知道。《东周列国志》原文写庄姬坐在卧车之上，至于这卧车是捷达还是奥迪，我就不知道了，反正不能让大着肚子的庄姬受罪。程婴就赶着这辆卧车，把庄姬送到了宫中。当然临走的时候，赵朔是千叮咛万嘱咐：我肯定是死了，你如果养下儿子，一定要让他给我报仇雪恨。庄姬到了宫中，看见母亲了，那当然也是哭，没别的主意，女人就是会哭。

第二天早上起来，天光一亮，得执法了，屠岸贾带领着手下人，就把这块罪版"啪"往赵朔他们家的门前一挂，这地方叫下宫。随即屠岸贾把手一挥，一声令下："杀！"

当时杀了一个尸横堂户、血浸庭阶，院子里全都是死尸，逢人就杀、遇人就砍，不管是主人还是下人，只要是赵家的人全杀。这一下可就惊动了整个都城。而且屠岸贾说赵家要谋反，就把赵朔、赵同、赵括、赵旃等各家男女老幼，全都杀了个精光。只走了一个，就是赵穿的孙子、赵旃的儿子叫赵胜，当时他在邯郸呢，逃过了一劫。后来赵胜跑到宋国去了，这个赵胜可不是平原君赵胜，差着年头呢。

杀着杀着，屠岸贾在一旁瞧着呢，每剁一个他都得瞧一眼，他发现这里面没有庄姬。屠岸贾手底下可有不少的亲信呢，有人上前禀报："听说昨天夜里，有一辆卧车奔了后宫了。""啊？！查！"屠岸贾马上来找晋景公："主公，赵家的人全杀吗？""哎呀，不是有罪版吗？你就全杀了吧。""可是有一个人可逃走了。""谁这么大胆子？""就是您妹妹。""逃往何处？""您母亲处。""咝……我母亲最爱我妹妹，不能动之。""主公啊，其实庄姬死不死没关系，她不姓赵，但是她的肚子里头可有一个姓赵的。""她身怀六甲？""对。""是男是女？""不知道，现在不能测，测这个犯法。"这下晋景公可有点儿哆嗦了。屠岸贾一看："主公，如果庄姬生个女儿，还则罢了；如果生个男的，传递赵家的香烟，您可别忘了灵公之死啊，小心日后桃园之事再现。""啊呀……"晋景公一听，心说：虽然赵家所有人都被杀了，可是赵朔的媳妇现在找我妈去了，我妈搂着她，就没法儿动她，可她的肚子里怀着赵家的孩子呢。想杀又不敢杀，不杀又必须得杀。晋景公思来想去："屠岸贾啊，再等等吧。""等什么？""等到这个孩子呱呱坠地，是女的就不用管她，是男的再杀不迟。""遵命。"

屠岸贾从这时候开始就派出人去，一直安排到宫中，什么时候庄姬那儿有动静了、孩子要临盆了，宫里马上就会传消息出来，屠岸贾就在家中等着消息。如果生下的是一个男孩，必杀。所以才引出来一段赵氏孤儿的故事，谢谢众位，咱们下回再说。

第三十六回　程婴献子匿赵孤

阴谷深藏十五年，裤中婴儿报祖冤。程婴杵臼称双义，一死何须问后先。

咱们接着说"赵氏孤儿"。刚才这四句定场诗，阴谷深藏十五年，说的是什么？程婴带着赵氏孤儿在盂山藏了十五年，长大之后，报了赵氏一家的冤仇。这孩子叫什么？叫赵武。为了这个孤儿，先死了公孙杵臼，后死了程婴。既然死了俩，而且这两个人都是义士，所以最后一句是一死何须问后先，先死是为了赵氏孤儿，后死也是为了赵氏孤儿。程婴和公孙杵臼为什么要救这个孤儿？因为年代不一样，咱们说的是列国年间，从周天子往下，分成很多小国；许多国家再往下分，还有很多士大夫，上卿中卿下卿；再往下分，各个家族也都有家臣和家奴。公孙杵臼和程婴，都是赵家的门客，您要是听过信陵君窃符救赵的故事，信陵君养着门客三千，有钱，这些门客吃他的喝他的，得向着他。蔺相如完璧归赵，蔺相如当初就是门客。那么公孙杵臼和程婴为什么要保着赵家？因为赵家完了，他们就完了，如果说没跟着死，活在世上，也许就得永远被人踩在脚下，被充当奴隶。所以只有他的主人翻身之后，他才能够翻身。所以程婴和公孙杵臼才会为赵氏孤儿尽这么大的心，为了给赵氏报仇，才把赵武抚养起来，最后两个人双义而死。那么培养一个孤儿深藏在谷中十五年，容易不容易？不容易。但为什么说这个孩子是裤中婴儿报祖冤？咱们现在就说这裤中婴儿。

上回书咱们正说到屠岸贾把赵家全杀了，虽然说庄姬没死，但是她死不死没关系，只是她肚子里有个孩子。如果她生了个丫头，还则罢了；如果生了个小子，将来必为赵家报仇，所以必须得杀。屠岸贾告诉晋景公，必须把庄姬杀了。但是晋景公没法儿动手啊，那是他的妹妹呀，也是他母亲最爱的人，不成。可是屠岸贾总在晋景公身边说，晋景公急了："这事儿就交给你吧，我告诉你，要是生了女儿，没关系；要是生了儿子，杀。"

于是屠岸贾就天天盯着这件事，那么晋景公干吗去了？吃喝玩乐。国君做到这个程度，只知道吃喝玩乐，把大权全都交给屠岸贾，那这国家就好不了了。屠岸贾派出人去打听，看庄姬肚子里的孩子什么时候落地，他们这边盯着，公孙杵臼和程婴也在盯着。因为赵家被杀了好几百口，程婴就来找公孙杵臼："你为什么不出来？不找我来了？咱们老哥儿俩喝喝茶、下下棋，也是好的呀。""我心里难受啊，赵家全家赴难，你我也应该去死。""唉，你我弟兄死了，对赵家又有何益呢？""话虽如此，但主人待你我恩重如山，我们就应当一同赴难而去。""公孙兄，你要知道，庄姬现在身怀有孕，而且他们夫妻二人已经商量好了，生下一女就叫赵文，生下一子就叫赵武。倘若生下一子，将来就能替赵家报仇雪恨，可是这件事没人办啊。如果庄姬真的生下一子，你我不死，还能把这孩子想办法养大。所以公孙兄，你我不能死。""好吧……"

公孙杵臼眼泪下来了，跟程婴商量好了，然后他们也派出人去打探消息，看看庄姬到底生男还是生女。其实也不光他们两个人，您想想赵盾在晋国有多大的权力，想想晋国上上下下向着赵家的得有多少？当然，也有向着屠岸贾的，君子人交君子人的朋友，小人交小人的朋友。

没过多久，孩子出生了，庄姬战战兢兢地一看，眼泪下来了——男孩。庄姬的母亲成夫人一看，眼泪也下来了——男孩。晋景公的母亲可以说是晋国的老太后了，那时候没有老太后这个称呼，可是地位就是老太后的地位，她看见这孩子都哆嗦，也知道屠岸贾就在宫外盯着呢，心里明白，生的是男孩必然得死，于是成夫人就跟闺女商量："儿啊，对外就说你产下了一女。""好吧。"

所以就跟内侍还有所有伺候庄姬的奴婢传下话去，就说庄姬产下一女。内侍禀报晋景公，晋景公好歹是这孩子的舅舅啊。屠岸贾也得到消息了，但是屠岸贾不信。"主公，我不信庄姬生下了一女，能不能让臣去搜？""好吧，可是千万不要伤她的性命。""臣遵旨。"

于是屠岸贾就带着自己家中的奶妈，还带着几个女仆，后边士兵跟着，直接就奔了内宫，要搜。有人进去禀报，可把庄姬吓死了。还是岁数大的人有主意，成夫人对庄姬说："赶紧把这孩子藏起来，就说孩子落地而死，已然扔到河中。"

这时候，就听见外边脚步声音透着沉重。庄姬没办法，把孩子藏哪儿啊？古人穿的衣服跟咱们现在穿的衣服不一样，庄姬只得把孩子藏在自己裤子里头。藏孩子的时候，庄姬的眼泪又下来了："赵武啊赵武，倘若你将来能为赵家报仇雪恨、能为赵家留下后代香烟，你可千万千万不要哭，一声都不能吭。"

屠岸贾带着人进来了。带着谁呢？屠岸贾他们家的奶妈呀。嗬，这奶妈真厉害，身高一米八几，白白的胖胖的，旁边还跟着女仆，个子比奶妈稍微矮一点儿。女仆一伸手就把庄姬从屋中拉出来了，然后屠岸贾一声令下："搜！"庄姬心里哆嗦，就怕孩子哭啊。屠岸贾带来的人举着鞭子，挨着个儿问屋中的人到底庄姬生男还是生女。"确实生下一个女孩，落地而死，已然扔到了河中。"

甭管问谁，都是这一套。整个后宫全都搜遍了，没有。没搜着也没办法，屠岸贾只好带着人走了。庄姬回到屋中，抱着孩子，心说：儿啊，你的智商太高了。这孩子的确是够聪明的，愣是没哭，一声都没吭。这叫什么？这就叫该着，要是"哇"的一声哭出来，就麻烦了。虽然屠岸贾在后宫搜了一遍，什么也没搜出来，但是他不甘心，前后宫门都派人看着，不管是谁从宫门出入，都会查得非常严，挨着个儿地问，挨着个儿地审。那么这个消息自然也就传到了公孙杵臼和程婴的耳中，公孙杵臼来到程婴家中，放声大哭："哎呀……没想到庄姬生下一女，我听说已然死了。""不会，不会死的。""但是确实生下一女，难道说就没人能给赵家报仇了吗？""公孙兄别着急。""我不能不急呀。""恐怕这个消息是假的，我先想办法去打听清楚了，然后你再哭。""好吧，我先把眼泪收起来。"

屠岸贾这边憋着继续搜，程婴这边接着打听。程婴就花了重金，几乎是自己家中财产的一半儿全都拿出来了，买通了一个宫人，终于打听出来了。这个人面见庄姬，把程婴的事情一说，庄姬相信程婴，因为自己进宫的时候就是程婴赶的车，那是赵家忠实的心腹门客。消息没法儿往外传，怎么办？就用了简简单单的一块绢，上边写了一个"武"字，拿出来了，交给了程婴。程婴一看这个"武"字，踏实了，看起来庄姬生的是男孩。手里攥着"武"字，程婴下定决心：我一定要想办法让庄姬把这孩子养大了，好给赵家报仇雪恨。

那边呢？屠岸贾搜不着啊，然后他传下命令，在城门这儿张贴告示：如果谁知道庄姬生下的是男孩，禀报于我，千金之赏。千金可不是白银，那可是黄金，黄金千两，您算算得多少钱。这告示在四个城门就贴上了，两边都在想办法惦记这个孩子。即便这样，屠岸贾也得不着消息。公孙杵臼就和程婴商量："怎么办呢？这孩子总在宫中待着，屠岸贾如果下心去搜，这孩子早晚也保不住命啊。""唉……"程婴想了想，"兄长，你有什么妙计没有啊？""办法倒是有，如果能够找到一个孩子顶替赵武，想办法把赵武由打宫中偷出来，你我把他抚养成人，找一个婴儿替他去死，这件事就好办了。""哦……"

程婴手扶桌案，看了看公孙杵臼，双眉一挑，心里有主意了。这叫书中明表，咱们大伙儿都知道程婴把自己的孩子献出来了，但是当时公孙杵臼可不知道。程婴就对公孙杵臼说："找个孩子倒是不难，如果找到这么个孩子，你真有主意吗？""我有主意，只要有孩子能替赵武死，咱们就想办法到宫中把赵武偷出来。""好吧，如果想把赵武由打宫中偷出来，只有韩厥能办。""是啊。"

两个人同时点了点头。咱们上回书说了，韩厥是在赵盾他们家长大的，赵盾把他培养成了文武全才的人，而且在晋景公面前保举他做了行军司马，在军中执法。韩厥是一个非常公正的人，赵家对他恩重如山，韩厥如果进宫去偷这个孩子，那就方便了。因为咱俩都是赵家的门客，不能随意进宫，而韩厥可以借机会进宫，能够想办法把这孩子给偷出来，只有这一个人可以信任了。"好吧。"公孙杵臼点了点头，"何处去找一个婴孩呢？""哥哥，前几日我的妻子刚刚生下一儿。""哎呀，难道说你想用你子来替换孤儿？""不错。""好吧。"公孙杵臼知道，程婴说出话来，他就办得到。"兄弟，我问问你，是赴义而死难呢，还是把这婴儿养大了难？""哎呀……哥哥，当然是死容易，把这个孩子养大了难。""好吧。"公孙杵臼用手一捋胡须，"兄弟，你来看，愚兄已然须发花白，你既然已经打算用你的孩子来替换孤儿，那就把你的孩子交付给为兄，我把这个孩子带到首阳山，你去报告给屠岸贾，带着屠岸贾前来搜山。""哥哥，我的孩子死了没有关系，要是带着屠岸贾前去搜山，他肯定要杀你，你死在我前边，小弟我受不了啊。""兄弟，能为赵家赴义而死，何须分前后？"

程婴听完，眼泪夺眶而出，不亚如万把钢刀扎于肺腑，一为赵家难过，二为自己的儿子要替孤儿而死，三为公孙杵臼赴义而死。您说程婴当时心里头是什么滋味啊？公孙杵臼看了看程婴："别哭了兄弟。""我不能不哭啊，我得死在您前头。""那你可就错了。你说了，现在死容易，但是抚养孤儿成人难。我为赵家而死，你把赵武隐藏起来，将他培养成人，为赵家报仇雪恨，重大的责任在你程婴身上，你就不应该难过。""那好，小弟从命。我现在回家去把孩子抱来，你带着孩子前去首阳山。然后我去找韩厥，让韩厥到宫中去偷婴儿。"

两个人全都商量好了，这就叫不怕千军和万马，就怕二人巧商量。咱们书不说废话。公孙杵臼在家里收拾东西等着，准备遄奔首阳山。程婴回到家中，把自己的孩子抱过来，要是演电视剧什么的，肯定两口子得抱头痛哭，咱们也就不说了，反正够难过的。程婴把自己的孩子抱到了公孙杵臼的家中，公孙杵臼就带着这个孩子遄奔首阳山。为什么这么方便？因为公孙杵臼在那儿有别墅，有几间草舍，前边一条小溪。公孙杵臼就把孩子带这儿来了，还带着一个乳母。这就是《东周列国志》欠笔的地方，我得补上。婴儿没有奶吃哪儿行啊？那时候又没有奶粉。

程婴揣着写有"武"字的这块小绢来找韩厥，彼此一见面，甭说废话。"您知道我为何而来吗？""我知道你，你一定是为孤儿而来，到底庄姬生男还是生女？""您瞧这个。"韩厥接过"武"字来一看，就明白了，果然庄姬生了男孩，赵家报仇有望。"得嘞，这件事儿就托付您了，我找了一个婴儿交给了公孙杵臼，让他带着孩子躲到首阳山，然后我去禀报屠岸贾，带他前去搜山。您得想办法进宫去把孤儿偷出来，将来我把这个孩子培养成人。""好！"韩厥用手指着程婴，"程婴啊，这件事你必须得办成功，让屠岸贾亲自遄奔首阳山。他走了，宫中查得就松了，我就能想办法进宫。""您有什么办法？""因为庄姬有病，派人传出话来，让我们给她找个医生。我可以让我的心腹门客扮成医生，到宫中去把这个孩子偷出来，有写有"武"字的这块小绢就好办了。但是你必须得让屠岸贾走，他一走，手下的兵士松懈，这件事就能成功。"

两个人商量好了，程婴离开了韩厥的家，这个时候公孙杵臼带着程婴的孩子已然走了。过了没几天，程婴估计着差不多了，弄了一身的灰尘，好像是从远处而来，找了一个茶馆，往里一看，程婴心里明白了。接着，他往这儿一坐，伙计把茶沏上来了。程婴看着这壶茶，伙计说："先生，水钱。""多少银两？""不多，五块。""五块啊，给你。""茶叶钱呢？""多少钱？""掌柜的让我给您沏的十块的。""那再给你十块。"

程婴为什么要往茶馆里看一看才坐下呢？因为他看见茶馆里有屠岸贾他们家的门客。他往茶馆里一坐，屠岸贾家里的门客也看见程婴了，这位眼睛一瞟，不动声色地坐这儿听着，而程婴就坐这儿喝茶，他得让人家找话说。这位门客冲着他的朋友一递眼神，心里都明白，现在赵家的几百口人被屠岸贾全杀了，而且庄姬现在生男生女的事儿全城都嚷嚷遍了，谁不知道赵家的冤案啊。这位就过来了："程先生吧？""啊？不敢当，正是。""我想跟您打听打听，您是赵家的门客，这庄姬到底生的是男孩还是女孩啊？""你问这个干什么呀，想得千金之赏吗？""哎哟，您知道千金之赏啊。""当然知道。嘿嘿，可惜屠司寇大人不明白，查宫中又有何用？孤儿早已盗出。""你知道？"这位门客一伸手就把程婴攥住了。"嘿嘿，给我千金之赏，我才能讲出孤儿的下落。""走！"两边一架，就把程婴架到屠岸贾面前了。

"拜见司寇大人。""程婴拜见司寇大人。""你姓叫何名？""在下是赵家门客程婴。""哦，见我何事？""我知道赵家孤儿的下落。""嗯？他在何处？""他在首阳山中。""你怎得知？""唉，说起来，我程婴惭愧。大人，我本是赵家的门客，就不应该前来告密。这事本是我与公孙杵臼商量好了，把孤儿由打宫中盗出来的。那么孤儿出宫之后怎么办呢？就得由我们哥儿俩把他抚养成人，现在这个孩子已经被公孙杵臼带到首阳山。""真的假的？""真的呀。""那么你既然是赵家门客，为何前来告密？""司寇大人，我跟您说实话吧，我不是为了千金之赏，我是害怕连累得杀我全家呀。"屠岸贾看了一眼程婴，心说：这人是个小人。"好吧，你既然说赵家的孤儿在首阳山中，我派人前去搜山，如果没有，你提头来见。""请司寇大人亲自带人前去搜山吧。""为什么非要让我屠岸贾去呢？""大人，您想一想，赵家当初有多大的势力？虽然现在已经都隐姓瞒名不说话，但是心里向着赵家的人太多了。我听说公孙杵臼已经准备好了，要把婴儿带往秦国，如果您去晚了，这孩子到了秦国，那您可就没法儿下手了。""好！传令点兵。"三千人马点齐了，屠岸贾亲自带队，全身披挂。"程婴，头前带路。"

他们这边行动了，旁边可有人一直在打听，韩厥这儿憋着呢。屠岸贾一听赵家的孤儿在首阳山，杀了赵家的后代自己才可以高枕无忧，不然的话，自己双手全都是赵家的血呀，将来这孩子长大了必然报仇，要杀我屠岸贾。程婴在前边带路，屠岸贾亲自带领三千兵跟在后面，直接遄奔首阳山。由打绛城遄奔首阳山，可有一段路程呢，屠岸贾这一走，这么大的动静，绛城之中的老百姓就都知道了，都憋着听消息呢，那么城中的这些看着后宫的兵就有点儿懈怠了。

屠岸贾让程婴带路，一行人来到首阳山，曲曲弯弯的盘山道，山上很幽静，就来到公孙杵臼的家。程婴用手一指："大人您看，这就是公孙杵臼的家，婴儿就在此处。""上前叫门。"房子前边是一条小河，柴扉门关着，能隐隐约约看得见里面有几间草房。屠岸贾坐在车上，程婴上前叫门，"啪啪啪"，叩打柴扉门。里面脚步声音响，公孙杵臼往外走，抬头一看，马上脸色就变了，神色慌张，因为他看见兵了。再一看是程婴在叫门，公孙杵臼转身就要走。屠岸贾用手往前一指："踹开柴扉门！"

兵将往前一拥，一下子就把柴扉门踹开了，伸手就把公孙杵臼揪住了。公孙杵臼一看："程婴，你来此何事？""公孙兄啊，屠大人已然知道婴儿在此了，你赶紧把他交出来吧。""啊？什么婴儿啊？""赵家的孤儿。""没有啊，我不知道啊，我住在首阳山中，哪儿知道孤儿是谁啊？"屠岸贾一听："公孙杵臼，你少说废话吧。来人，给我搜！"屠岸贾带来的兵士进屋去搜，搜了一遍，屋里没有。仔细一看，茅草房的旁边有一间壁屋，门锁着呢。程婴说："把这门打开。"公孙杵臼在旁边气得直哆嗦，直跺脚啊："程婴啊程婴，你这个忘恩负义的小人！"

兵士们把壁屋的门打开之后，就听见有婴儿的哭声，里面有一张小竹床，虽然屋中的光线很昏暗，但是能听见孩子的哭声。屠岸贾手下的兵进去把这孩子抱出来，交给了屠岸贾。屠岸贾一看，锦缎的被子包着这小孩，一看小孩的衣服穿得很华贵，就知道是富贵人家的子女。"公孙杵臼，事到如今，你还有何话讲？"公孙杵臼没理屠岸贾，用手指着程婴："程婴啊，你我皆是赵家的门客，是你出的主意，把这个婴儿从宫中盗出来，咱们两个把他抚养成人，为赵家报仇雪恨。没想到你谋图千金之赏，你这个忘恩负义之徒！"公孙杵臼这通骂，程婴根本也不理他，一转身面向屠岸贾："屠大人，您还不杀吗？"

为什么程婴要说这句话？必须快杀，时间长了就麻烦了。屠岸贾一声令下，把公孙杵臼杀了，手里抱着这个婴儿，心说：我让你报仇雪恨！"啪"往地上狠狠一摔，孩子"哇"的一声，气绝身亡。谁最难过？程婴。但是程婴咬牙忍痛，流着眼泪，不忍观看。就这样，公孙杵臼死了，程婴的孩子也死了。屠岸贾带着程婴和三千兵，回到了都城绛城。"程婴啊，你立下了这一场功劳，赏你千金。"程婴躬身一礼："大人，小人不敢受此恩赐。""哎，你图的不就是千金之赏吗？""您错了，我来向您报告之时就说了，我不是为了千金，而是为了我全家的性命。现在我作为赵家的门客，已然做出这样的不义之事，我还能活吗？我还能顾这千金之赏吗？我脸面何存？我就是为了我的妻儿老小啊。""那这千金你不要吗？""请您赏下来。如果您念在我为了我全家老少献出孤儿、我不是为了我程婴一人的分上，您将这千金之赏给我，为了报答赵家，我就拿着这千金之赏去埋葬赵家几百口。"屠岸贾一听，这是程婴说的话。"好吧，就给你千金之赏，你去埋葬赵家的尸身。""谢大人。"领下了千金之赏，程婴花钱买棺椁，把赵家所有人的尸身都放在棺材之内，全都埋在相国赵盾的墓旁。您要听京剧，管这个地方叫阴陵，程婴就把这些人全都埋葬了。

这件事情办好之后，程婴来找韩厥，韩厥就把赵氏孤儿交给了程婴。那么这孩子是怎么出来的？您要看京剧，是程婴扮成医生，把孩子由打宫中盗出来，然后韩厥在这儿查，程婴对韩厥把实话说了，这孩子也哭了，韩厥就把他们放了。程婴怕事后有麻烦，就对韩厥说，你千万不能泄露消息，韩厥拔宝剑赴义而死，跟秦香莲那出杀庙一样，韩琦赴义而死，这是戏曲的一个编写手法。那么您要是看《东周列国志》，就不是这么回事儿了。韩厥派了一个他手下非常聪明的门客，扮作草医，因为庄姬有病，他进宫去给庄姬看病，就把写着"武"字的小绢粘在了药袋子上，很隐蔽。见到庄姬之后，庄姬一眼就看见这"武"字了，心里立刻就明白了，这是要把孩子带出宫去，这孩子如果留在宫中，早晚也是个死。庄姬赶紧就把孩子包好了，放在药袋子里，双手把药袋子托起来："儿啊，赵武，你马上就要被带出宫去，倘若能为赵家报仇雪恨，儿啊，你可莫哭一声。"这个智商极高的孩子点头答应了。当然，这名韩厥家的门客还得假装给庄姬号号脉，告诉庄姬："您得注意点儿，咱们中国人坐月子和人家外国人不一样。您现在千万不能去洗澡，要是外国人就没关系，生完孩子就能下地，而且还能吹空调，洗凉水澡，还能全世界旅游去。可是咱们中国人不行，您必须得熬点儿鸡汤，喝点儿小米粥，吃点儿鸡蛋。"

当然，还得嘱咐庄姬产后不能受寒。全都嘱咐好了，这名门客就带着孩子出去，其实他心里也哆嗦，但是正赶上屠岸贾带着程婴和三千兵去首阳山找孤儿去了，所以看守宫门的这些兵士也都比较松懈了，没人搜查，这个婴儿就安全地到了韩厥的家中，韩厥就把这孩子藏到了内室，不敢让家里的任何人知道，偷偷地给孩子请了个奶妈。等程婴把所有的事情都办好，回来了，韩厥就连奶妈带孩子全都交给了程婴，程婴带着孩子、带着奶妈走了。藏到哪儿去了？就藏到了盂山，后来这座山就改名叫藏山，意思是藏着孤儿的山。这些都跟京戏里编得不一样。在戏里，屠岸贾把这个孩子认为义子，程婴爷儿俩都在屠岸贾家里待着，可是《东周列国志》上根本就不是这么回事儿。公孙杵臼赴义而死，程婴带着这孩子奔了盂山，隐藏了一十五年，所以才有：阴谷深藏十五年，裤中婴儿报祖冤。这个孩子就这么活下来了。但是就连庄姬也不知道这孩子将来能怎么样；而屠岸贾就认为这孩子已经死了，所以晋景公也就踏实了。

过了三年，晋景公出外游玩，玩着玩着，到了新田这个地方一看：嘿，这庄稼真好，绿油油的，这地方要是盖个大别墅可真不错。晋景公越走越痛快，喝口水，心说：这地方连水都是甜的，这么大的地方盖别墅糟践了，干脆我把国都迁到这儿来吧。于是晋景公一句话，迁都。手下人就在新田这地方建了一座新的城——绛城，当然也得盖宫殿，给文武众卿盖府邸，把旧都改名为故绛，而且把故绛所有的富户都搬到这儿来，这个工程非常大。等所有的工程都完工之后，晋景公很高兴，在后殿摆上酒宴，款待文武众卿。晋国也是个大国，文武众卿足有百位，推杯换盏，开怀畅饮，国宴啊，吃得相当不错了。晋景公高兴，同时观看着舞者弹唱歌舞。天到了晡时，古时候管申时也叫晡时，就是下午三点到五点，这个时候天还没黑呢，可是因为宫殿比较高大，里面就显得黑了。晋景公吩咐："来呀，点上烛光。"

宫中的大蜡，放在灯笼之中，那漂亮极了，烛光一起，宫中非常好看。手下人刚要打着火镰火石火绒去点烛光，就在这个时候，"唰……"由打殿外裹进一股阴风，寒气逼人，手下人就不敢点灯了，文武百官全都愣了。

可是晋景公发现，由打殿外走进来一只大鬼，顶天拄地这么高，蓬头垢面，长头发一直垂到地上，手里拿着一柄铜锤，面目十分凶恶，双眉倒竖，二目圆睁，把脸往下一沉，用手一指："天啊，我的子孙犯了什么罪，惨遭你的毒手？我已经告诉了上帝，上帝让我前来报仇！"铜锤一举，奔着晋景公就要往下砸。晋景公高声喊嚷："群臣救我！"没人搭茬儿，"唰"这锤就下来了，晋景公攥宝剑把儿按绷簧，宝剑出匣，用力一砍，鬼没了，砍到自己的手指头了。"哎呀……"晋景公一声惨叫。旁边这些大臣们看见了，都奇怪：主公好好的，抽出宝剑砍自己的手指头干吗呀？赶紧过来，事情紧急，有人也就顾不得什么君臣之礼了，一脚就把晋景公手中的宝剑踢掉了，众人围上来救晋景公。

晋景公被抬到后宫他的卧室里，躺着昏迷不醒，病了，食水不进，找人治也治不好。国内外的名医全都选到了，偏方都试了，什么贵重的药也吃了，晋景公的病情一天比一天严重。那个时候，晋国朝中的大夫之中，忠于国家的还是多的，晋国有个大夫叫魏锜，他的儿子叫魏相。魏相说："我听说秦国有名医。"大家伙儿一听，纷纷就问："秦国的名医是谁呀？""有两个人，全都是神医扁鹊的徒弟，一个叫高和、一个叫高缓，现在在秦国宫中是御医。可以让我到秦国，把这两位名医请来，主公的病就能好了。""哎呀……"大家伙儿全都摆手，"那秦国跟咱们有仇啊，你去了也是白去，不把你杀了就是好的。""不对。凭我的三寸不烂之舌、两行伶俐之齿，我一定能把高和、高缓请来，主公的病就能好。如果秦君把我杀了，我死而无憾。"真有这么勇敢的人。大家伙儿就托付他："你要是真能把高和、高缓两位名医请到晋国，把主公的病治好了，我们大家伙儿全都感谢你。"

这位魏相就去秦国了，凭着他的伶牙俐齿顺说秦君。咱们前文书说过秦晋之好，两国联姻，后来因为打仗，秦晋两国成了仇人。但是魏相的嘴非常能说，终于让秦国之主答应了，把高缓派来了。魏相就陪着高缓坐着高贵的车由打秦国动身，迳奔新绛，也就是晋景公新建的都城。晋景公等着着急呀，要是现在好办了，买张机票就飞过去了，那时候不成啊，就只能坐马车，跑得再快，一天能跑多少里地呀？

晋景公食水不进，昏昏沉沉做了一个梦，梦见由打鼻孔之中爬出两个小人儿。这俩人儿聊天儿："来啦？""来了。""干吗来了？""说相声来了。""说相声讲究什么？""说学逗唱。""那咱们说点儿什么呢？""说点崩甮绷儿，蹦绷蹦儿，憋死牛儿，绕口令儿……"晋景公开始没听明白，后来说的话听明白了。右边的小人儿就跟左边的小人儿说："坏了，魏锜的儿子魏相去秦国请高缓去了，高缓一来，咱们哥儿俩可就活不了了。""没关系，咱们有地儿藏。""藏哪儿啊？""咱们藏在景公心尖之下、膈膜之上，让他找不着咱们，他就没办法了。"

晋景公一醒，俩小人儿没了，就觉得自己心口特别疼，按现在话说就是心绞痛。所以中国人经常说的病入膏肓，膏肓就是这俩小人儿藏的这地方。心脏和胸腔之间有膈膜，在隔膜之上、心尖之下，针打不到、药治不到，用艾绒熏也达不到，所以古人说病入膏肓，这人就没法儿治了。放在现在也好办，把胸腔打开，用支架撑起来通通。可是咱们这书说的是公元前六百多年，那时候解决不了。打这时候起，晋景公的心口总疼，疼着疼着。"报，魏相陪同秦国的御医高缓到。"

秦君留下高和在身边，把高缓派来了。晋景公马上让上卿栾书接待高缓，栾书的官职很大呀，派他接待御医，栾书很快就把高缓请来了，给晋景公号脉。一搭寸关尺，晋景公问："怎么样？""唉，您的病啊，在膏之下肓之上，治不了了。""哦……在您来之前，我做了个梦，梦见两个小人由打我鼻孔之中钻出来，说要藏在我的心尖之下、膈膜之上，这跟您所说的一样吗？""一样。这个地方针不能达到，灸不能达到，药不能达到。""那么我的寿数？""您的寿数嘛，这个……我也没办法。"

晋景公到了这时候反倒明白了，你再挤兑人家，人家也不能把两千多年以后的手术台架在这地方。晋景公摆上国宴，让栾书陪着，款待高缓，然后又让魏相把高缓大夫送回秦国。晋国的文武官员着急呀，怎么办呢？手下人给出主意："离此不远，有个地方叫桑田，桑田有个大巫，这巫师能断鬼。""好，快快传来。"

把这位桑门大巫传来了。桑门大巫一进晋景公的卧室，马上就说："有鬼。"晋景公抬头一看，心说：我瞧你就有点儿像鬼。"鬼长何样？""蓬头垢面，长发披地，手拿铜锤。""啊……对，跟我看见的是一样的。"旁边这些人都心说：我们怎么没看见呢？"大巫，这鬼是谁呀？""请问主公，他讲些什么？""他说了，他的子孙没有什么罪过，为什么要杀他们。""是啊，看来这个鬼有深仇大恨啊。他们家死得太惨了，但是功劳又太大了，您想想这个人是谁？""那……那就是赵家呀。"

屠岸贾在旁边心说：你说这个干吗使呀？屠岸贾一生气："多言！"桑门大巫心说：是你们问的我，我就算出来了。晋景公着急："有没有禳（ráng）法？"禳的意思就是通过祭祀等手段消除灾殃。大巫一摆手："No（不），没有禳法。""那我的寿数？"这位大巫说实话："恐怕主公您等不到新麦子熟啦，吃不着新麦子了。"屠岸贾真生气了："把他给我轰出去！"

大家伙儿往前一推，就把这位桑门大巫师轰出来了。因为这几天看着晋景公的脸色稍微红润了一点儿，所以屠岸贾也不相信晋景公会这么快死。可是没想到，从这天起，晋景公一天比一天精神点儿了。屠岸贾心说：什么大巫啊，你等着，要是他真吃上新麦子，我非杀了你不可。所以这人活着不能较劲，你跟人家较劲就等于跟自己较劲。

过了一天又一天，麦子就要收割了，屠岸贾憋着，这段日子晋景公的身体稍微缓了缓，有点儿精神了。"启禀主公，农民割了新麦献上。"因为屠岸贾早就传下话去，只要麦子熟了，割下来的头一拨儿就先给主公献上，所以农民刚刚割下来的新麦子就给晋景公送来了。晋景公往外一看：哎呀，麦子熟了。"我想吃新麦粥。"屠岸贾立刻传话："让大厨做来。"

那时候也有大厨，留下一半儿的麦子在这儿搁着，拿走一半儿麦子去磨，磨完了给晋景公熬粥。您想想，磨麦子，磨完了再熬成粥，也得有个工夫。屠岸贾心说：这桑门大巫说主公吃不上今年的新麦，哼哼，我就不信，现在麦子熟了，我得治你。"来呀，带桑门大巫。"

手下人去传桑门大巫的工夫，晋景公就睡着了。屠岸贾一看，自己正好去方便方便，按现在话说就是去上卫生间。屠岸贾走了，晋景公睡得挺香，伺候晋景公的是一名小内侍叫江忠。江忠伺候晋景公也确实累得慌了，伺候的时候他又不能睡觉，所以晋景公睡着了，他在旁边也睡着了。江忠做了一个梦，梦见自己背着晋景公飞上天去了。像这个你就别说了，这嘴呀多说话就招事儿。江忠一激灵就醒了，一看屠岸贾还没回来，就出来了，大家伙儿全都在这儿等着呢。"众位，我刚才做了一个梦，梦见我背着主公上天了。"正在这个时候，屠岸贾解完手回来了："哦？上天可是好事儿啊。"屠岸贾进屋一看，晋景公已然醒了。"江忠啊，你刚才说什么呢？""啊，我刚才做了一个梦……"江忠就把这个梦讲了一遍，屠岸贾听完一笑："主公，没事儿啦，您上天去，天是光明的，病是阴暗的，您光明了，也就没事儿了。新麦现在已然磨好，正在煮粥，您马上就能吃上新麦子了，而且桑门大巫一会儿就到。"

时间不大，有人进来禀报，桑门大巫到了，这时候新麦粥也就快熬好了，江忠在一边伺候着。桑门大巫进来了："拜见主公，拜见屠司寇。"您想想，晋景公作为一个君王，你说的话他不爱听，脾气当然就大呀。这时候晋景公刚刚睡醒，还有点儿精神，就看了看屠岸贾，然后又看了看桑门大巫："大巫啊，你说寡人吃不到新麦子了，那么你往院中看。"大巫一看："啊，我已然看见了，有半车新麦。"屠岸贾用手一指："那半车新麦已经拿去熬粥了，马上主公就能吃到新麦子了。你诅咒主公，该当何罪呀？"大巫如果这会儿忍了，再说两句"主公福运高厚"，不就完了嘛，可是他拧："主公啊，这可未必。"您说晋景公听了能不生气吗？"好，等寡人吃到了新麦子，必然要取你项上人头。""呵呵，恐怕主公您是等不到了吧。"晋景公一生气，用手一指屠岸贾，其实他已然气得说不出话来了。屠岸贾一看就明白了，这是主公让我下令杀了桑门大巫。"来呀，把大巫推出去，杀！"

这时候，厨子已然端着新麦粥上来了。武士们把大巫推出门外，"喇"一刀，人头砍下，随即回来把人头往上一递。晋景公一看血淋淋的人头，您想想一个病人能受得了吗？而厨子端着新麦熬的粥已然进来了，跪倒在地，把粥往上一举。江忠刚想要把粥接过来，递给晋景公，晋景公突然间觉得肚子疼。"哎呀，啊……江忠，你赶紧背着我去如厕。"

晋景公让江忠背着他去上厕所。您看现在的条件多好，在家里一转身就能上卫生间了，多方便啊。可列国那时候不行，这新麦粥还没喝上呢，江忠就背着晋景公奔厕所了。等到了厕所，江忠把晋景公放下来，让晋景公解手，结果"扑通"一声，晋景公就栽进茅坑里了。江忠还真是忠心，不嫌脏也不嫌臭，赶紧把晋景公捞上来，再一看，晋景公已然断气了，新麦粥还真就没喝上。江忠赶紧就喊，文武百官赶紧来救，但是晋景公人已然死了，这就是屠岸贾的罪过。他要是不把大巫弄来呢？他要是不较这个劲呢？大巫也死不了，晋景公也就喝上新麦粥了。屠岸贾非要较劲，结果晋景公死了。

咱们书以简洁为妙。栾书赶紧带着文武众卿立景公的儿子为君，国家不可一日无君，立新君晋厉公。但是晋景公得下葬啊，怎么埋呢？大家伙儿就说了，让江忠陪葬吧，他不是梦见背着主公上天了嘛，这下可真是上天了。"哎哟……"江忠可咧了嘴了，心说：我嘴怎么那么欠呢，我要是不说我做了这么个梦，我也死不了啊。江忠也听见桑门大巫临死之前说过：我如果不懂得这点儿技术，不给主公看，我也死不了啊。所以您看，较劲者得死，逞能者也得死，你就说他能喝上新麦粥不也就完了嘛，你非说那可未必，结果脑袋掉了。这位还臭美呢，我背着主公上天了，结果陪葬。所以您看，咱们说书、听书都得总结经验，不是我教您多长心眼儿，这人活在世上，该说的说，该道的道，该较劲的较劲，但是不该较劲的别较劲，跟人家较劲等于跟自己较劲。

晋景公死了，晋厉公继位，屠岸贾在朝一人独揽大权。晋国上下谁不想为赵家报仇雪恨啊？全都想为赵家报仇，尤其是韩厥，但是他孤掌难鸣。怎样才能为赵家报仇雪恨呢？咱们下回再说。

第三十七回　诛岸贾赵氏复兴

阴谷深藏十五年，裤中婴儿报祖冤。程婴杵臼称双义，一死何须问后先。

咱们还没有把赵氏孤儿的故事说完,所以这四句定场诗还得再用一次。咱们上回书说了,晋景公让屠岸贾杀了赵氏全家之后,突然间得了暴病,看见鬼了,让桑门大巫问卜一算,原来是这个鬼他们家太冤了。屠岸贾在旁边一使坏,把大巫杀了。晋景公重病在身,派人去秦国请来扁鹊的徒弟高缓给他治病。高缓一看,告诉晋景公,你已病入膏肓,好不了了。所以景公病入膏肓,死了。景公死了,谁继位? 景公之子继位,就是晋厉公。史书上说晋厉公非常骄傲,而且爱杀人。那么晋厉公重用谁呢? 赵家已然没人了,孤儿被程婴抱走了,但是谁也不知道,都认为赵家的孤儿已然被屠岸贾在首阳山摔死了,赵盾他们家已然没有后人了。孤儿的母亲庄姬在宫中每天以泪洗面,那就没人管了。赵家除了这个孤儿,还活了一个人,就是杀了灵公的赵穿的孙子赵胜,因为当时杀赵氏全家的时候,赵胜在邯郸,所以才免于一死。

赵家没人了,晋厉公能重用谁呢? 当时朝中还有几家,一个是栾家,还有一家是郤家,另外就是屠岸贾了,他掌握大权。虽然韩厥还活着,但是孤掌难鸣,老百姓跟朝中的文武众卿都知道赵家冤,可是谁也没办法。晋厉公挺狂的,重用屠岸贾,同时让郤家也掌大权。表面上栾书是元帅,掌握着晋国的军队大权,但实际上军权都在姓郤的手里。郤家掌握大权到什么程度? 几十个人保着晋国之主,大部分都是卿以上的爵位。说《东周列国志》咱们说过好几回了,上卿、中卿、下卿,上卿都在周天子驾前,每个国家都得派去一位或者两位上卿,根据你这个国家的大小和人口密度而定,把本国最好的、最高级的公务员送到周天子的面前,上那儿服务去。哪儿开支? 本国开支。中卿和下卿都在本国的朝中掌握大权。而郤家的大部分人都是中卿、下卿这样的职务，郤家其余的人也都在晋国的各处为官，就像糖葫芦一样，一串一串的，掌握着国家的命脉。那么郤家在晋国掌握着如此巨大的权力，每个人都有这个本事吗？有的有本事，有的是闲人，也有的是小人。晋国朝中的文武众卿什么样的都有，郤家有好人有坏人有能人有庸人，但是郤家这些没能耐的人仗着郤家的势力，也能当官。

那么晋厉公驾前还有一个人，这个人叫伯宗，是个忠臣，很正直，而且很聪明，善于言辩，口若悬河，把自己的见解一说出来，文武众卿没有不服的，都说不过他。他说得对不对？说得对。伯宗这个人直言不讳，他看到了赵家的兴衰，也看到了赵家几百口被杀，心中一动，就来找厉公："主公，我给您提个建议，前车之鉴。"伯宗可没提赵家。"啊，前车之鉴？讲。""主公，现在在朝中，郤家为卿以上官职的官员不下几十位，而在其他大大小小掌握着权力的官员中，郤家有上百位。为了国家，也为了百姓，更为了郤家，我想给您提个建议：您把郤家的贤臣和愚人分开，贤臣提拔重用，愚昧之人就撤去他的职务，换上有用之人，也省得郤家招怨，也省得国家用人不明，您看怎么样啊？"

您都听明白了吧？这主意好不好？太好了，连我都赞成他。用能人，大伙儿都赞成，甭管他姓什么；把郤家那些没能耐却又掌握着权力的人全都去掉，您重用贤人，这对郤家有好处，省得他们招怨。伯宗这一番话说得非常对，但是厉公不听。"呵呵，撤掉郤家的权力，我办不到。"

可是这件事就传到姓郤的耳朵里了，凡是郤家没能耐的都恨伯宗，可是伯宗自己还不知道呢。每天上朝之时，大家伙儿得讨论，伯宗总是口若悬河，说得有理有据，所有的见解都是对的。大家伙儿也辩不过他，没法儿反驳，伯宗说得条条是道，说什么是什么。伯宗心里很美，回家了。

往家中一坐，伯宗美呀，夫人过来伺候着："哟，我看你挺美的。""那是，呵呵，朝中的文武众卿谁也说不过我。""瞎说还是真说？""真说。治国之策，条条是道，没人不赞成我的。""我看你还挺美的。""那当然美了。""你快美出病来了。""夫人，你怎么能这么说话？丈夫有能耐，你不高兴吗？"伯宗的夫人非常聪明，天天如此，伯宗也不愿意了。"我就不信，所有的人都这么服你？""你不信啊？好嘞，哪天咱们家准备酒宴，把主公身边所有的侍驾之人都请来，我们大家伙儿讨论讨论。甭管说什么，你在屏风后边听着，你好好听听你丈夫是什么样的人。""好吧。"

找了一天，伯宗的媳妇做了很多美味佳肴，伯宗就把晋厉公身边所有能请来的人都请来了，大家伙儿坐着谈，谈到了很多问题，讨论得非常好。但是不管谈论任何问题，谁也说不过伯宗。他的媳妇在屏风后面一听，浑身上下直哆嗦，心想：确实谁也说不过我丈夫，他太有本事了，而且句句都说在理上。等所有的客人都走了，伯宗没等他媳妇出来，自己就转到屏风后头来了："夫人，怎么样啊？""确实文武众卿都比不了你。""不错吧？我应当美吧？""你呀，美大发啦。我求你赶紧给咱们的儿子找一个师父，不然的话，你死在晋国，他也死无葬身之地。"

伯宗的媳妇太聪明了，也太能干了。很多历史学家都研究过，女人的智慧要比男人高。为什么？因为女人受的磨难多、折磨多，所以磨炼得她必然出智慧，因此女人不可小觑。后来伯宗把郤家这个大家族得罪了，郤家使坏，晋厉公就把伯宗杀了。伯宗的儿子叫伯州犁，幸亏有他的母亲调教他，给他请了师父，早就跑到楚国去了。要是没有他这位智慧的母亲，他也死了。伯州犁跑到楚国之后，变着法儿地在楚国掌权，打晋国，您说这谁受得了啊。可是在晋国朝中，也有楚国的一个叛臣。咱们前文书交代过，斗家后代斗越椒被杀之后，他的儿子斗贲皇跑到晋国来了，晋国之主封他大夫之职，把苗地赐给他当封地，所以他改叫苗贲皇。苗贲皇是楚国人，跑到晋国帮着晋国打楚国；而伯宗的儿子伯州犁是晋国人，跑到了楚国帮着楚国打晋国。所以您说东周列国后边为什么叫战国呢？就是太乱了。

楚国和晋国两国打仗，晋厉公全身披挂，国君亲自出战，鼓舞士气。最后还真把仗打赢。晋厉公太高兴了，回来之后就认为自己天下无敌了。他不但重用这些栾家、郤家的人，而且还起用了一帮年轻人。这些年轻人以谁为主呢？一个叫胥童，一个叫夷羊五。胥童就在晋厉公面前申请："我要当中卿或者下卿。"

　　没有职位啊，都在郤家手里掌握着呢。晋厉公没办法："郤家掌握着大权，没有职位没有空缺，你怎么当啊？"就像现在，你想当个局级或者处级干部，没有空缺，人家没错误，干得挺好的，你怎么能上去呢？但是胥童太坏了，想出一系列的阴谋诡计，制造了郤家叛反晋国的假象，晋厉公还真信了，传下命令："杀！"

　　胥童带着夷羊五这些人，不但存心想把郤家人全杀了，还想除掉栾家。栾家为首的就是栾书，他是中军元帅。另外还有一个副将叫荀偃，这都和郤家是一伙的，胥童就想把这些人全都处置了。于是胥童他们奉了晋厉公之命，先把郤家的人全杀了，提了三颗血淋淋的人头，一个是郤犫，一个是郤锜，一个是郤至。胥童提着这三颗人头来见晋厉公。晋厉公一看，吓坏了：一日连杀三卿，这国家可就出大事了。三位卿级别的官员，一下子全杀了。虽然晋厉公很骄傲，爱杀人，但是他看见这三颗人头也直哆嗦。胥童就跟夷羊五说："杀完了没有？""没有，还有同党呢，您得把栾书也杀了，而且郤锜手下有一名副将叫荀偃，把他也得杀了。""啊？！不……不能再杀了。一日杀三卿啊，我都害了怕了，不能再杀了，绝不能再杀了。"

　　晋厉公还真把胥童这帮人止住了，然后传下命令，奖励武士，谁杀的给谁发奖。郤家的三卿郤犫、郤锜、郤至，人头号令三天，尸身陈在朝门之外，三天之后才允许收尸呢。而郤家其他的人全都罢官为民。三郤被杀，郤家没权了，权力就到了胥童的手里，他取代郤犫当上了上军元帅。

　　这一下栾书气坏了，荀偃也气坏了，这二位一想：我们跟这些人同在卿位，同朝为官，一起伴君，这多寒碜啊。所以这二位就干脆称病不出，得病了，不上朝。就这样，晋厉公跟着胥童这帮人胡来。而栾书和荀偃想办法找了一个人，这个人叫程滑，以敬酒为名，就把晋厉公毒死了。那么晋厉公一死，谁为晋国之君？栾书就跟大家商量，你一言我一语，全都赞成把晋襄公的孙子孙周请回来，因为他在周地待着，所以叫孙周。那既然他是晋襄公的孙子，为什么不在晋国本国待着呢？周朝有这么一个规矩，君王生的孩子太多，如果不立为世子，就都得打发出去，或者到周天子驾前，或者到其他国家去当外使，为什么呢？就怕他们在国内和世子争夺君位。现在晋厉公被杀，没有立厉公之子，又往回请，立晋襄公的孙子孙周为君，实际上孙周和厉公是平辈，是同宗的弟兄。为什么要请孙周呢？因为就这么一位了，而且人还好，大家伙儿都同意了，栾书就派人去接孙周。

等把孙周接到了清原这个地方，栾书带着所有的文武众卿在这儿等着迎接。车止住了，孙周在车上一站，大家伙儿抬头一看，就有点儿心动。为什么呀？您别看孙周很年轻，十四岁，但气场十足，年纪轻轻，中等身材，往车上一站，面对晋国的文武权臣，不怯场，而且有大人的风度。大家伙儿跪倒在地："迎接主公还朝。""哦……"十四岁的孩子双手一抱拳，"众位请起吧。想我孙周，自打出生以来就在他乡异地，长了十四年，根本没有回家乡的想法，连想回晋国我都办不到，更没想到今日能回到晋国。"说到这儿，大家伙儿全都瞧着这位十四岁的孩子。"众位，我从没想到能当上国君，但是我知道国君有他的尊贵之处，那就是说出话来就是命令。如果众位现在让我回来是做晋国国君，却给我一个虚名而没有实权的话，我说话你们也都不听，那么对不起，我现在就告辞，你们可以另立他人。从现在起，如果大家愿意立我为君，我就不能徒有虚名，我说出话来你们就得听。你们现在就给我一个答复吧。"您说这个十四岁的孩子多厉害。大家全都惊呆了，栾书带头儿，全都跪下了："我等皆愿事君，敢不听从。"

大家伙儿在这儿跪着，一瞧栾书直哆嗦，也搭着栾书岁数大了，大家伙儿把栾书搀起来，然后一同保着孙周回归绛城。到了绛城，太庙祭祖，然后升殿办公，就是晋悼公，马上就查查胥童和夷羊五这帮人的罪恶。查清楚之后，晋悼公下令："全杀！杀了他们之后，把他们所有的家眷都赶出晋境，不准再回晋国。"

就这么一个十四岁的孩子，而且把谋杀晋厉公的罪过全部判在程滑的身上，把程滑也处死了。这么一来，栾书吓得回家就病了，心说：这位君王可不好伺候。在家老哆嗦，越哆嗦越厉害。他媳妇说："我给你试试表吧。"一试表，三十八度五，马上往朝中递辞呈：我干不了了，告老还乡。晋悼公就问他："那你举荐何人来掌握晋国大权呢？""我举荐韩厥，韩厥是忠臣。""好吧。"

晋悼公答应了。没过几天，栾书吹灯拔蜡，酆都城投胎认母去了，死了，吓死的，这样的君王实在是不好伺候。晋悼公立韩厥为中军元帅，韩厥忠于赵家，面见晋悼公谢恩。晋悼公年纪轻轻，才十四岁呀，他问韩厥："卿掌握晋国大权，有什么对国家好的建议，卿立刻讲来。因为你这么大的年纪，熟知晋国的情况。"韩厥一听，这个年轻的主公可真不错。"主公，臣有一事相请。""好，你说吧。""主公啊，想我们能在您身旁事君，是我们的荣耀。我们没有什么本事，全都仰仗着祖上的余德，祖上都是晋国的功臣。可是若论我们祖上的功劳，谁也没有赵家的功劳大。想当初文公走国，赵家的祖上赵衰忠心耿耿，保着文公历经数年，最终使文公成为霸主。赵衰之子赵盾身为相国，对国家忠心无二，保着晋襄公。没想到赵盾死了之后，奸臣屠岸贾愣是把灵公之死罪于赵盾身上，使得赵家全家被害，几百口人全部被杀。既然您继位之后，能够杀了夷羊五这些罪臣，为什么不替赵家报仇雪恨呢？""唉……这些事情我在外边就已然听说了，虽然说赵家冤枉，可是给他们报仇雪恨之后，也无后可立了呀。""主公，不对，赵家有后。""哦？他在何处？"韩厥就把自己派门客从后宫之中偷出孤儿交给程婴，程婴把自己的儿子献出来替赵家的孤儿一死，公孙杵臼也是赴义而死，然后程婴带着赵家的孩子躲在盂山，到现在已经隐藏了十五年，这些前前后后的事情详细地说了一遍。晋悼公听完，说："好吧，你亲自去盂山把程婴和赵武接回来，现在屠岸贾在朝中掌权，身为司寇之职，所以这件事必须秘密进行。"

您说这十四岁的孩子多聪明。韩厥奉命，马上换上便装，带着从人连夜出发，遄奔盂山，面见程婴。程婴已然须发皆白，赵武已然长大成人。韩厥把来意一说，老程婴泪如雨下，亲自驾车把赵武送回绛城。当初走的时候是从故都旧绛走的，今天回到新绛，老程婴亲自赶车，您说这心中得多感慨呀。想起公孙杵臼的死，想起自己亲儿子的死，看见身后坐在车中的赵武，终于有机会能够为他的祖上报仇雪恨了，程婴心潮澎湃，一路之上泪水就没止住。

韩厥带着程婴和赵武秘密地进到宫中，前来拜见晋悼公。一个十五岁的孩子，一个十四岁的孩子，晋悼公一看赵武，总听说赵盾长得就非常漂亮，这赵武身量高大，体格魁梧，眉宇之间一派英风叠抱，看起来他真有他祖宗之相。紧接着坐下来一谈话，赵武对答如流，老程婴已经把他培养成才了。"好吧，你们两个就先秘密地藏在宫中。"

第二天该上朝了。晋悼公自从继位一来，从来没缺席过，可是今天请假了，内侍传出话来，说主公有病，今天不上朝了。大家伙儿一听，都看韩厥，因为韩厥是中军元帅。韩厥说："这么办吧，主公从来没缺席过，今天有病了，咱们进去看看吧。"

因为韩厥心中明白是怎么回事儿，晋悼公这么做的意思就是让大家伙儿进去，那大家伙儿就都跟着吧。再说了，这位年轻的君王可不是好惹的。大家伙儿跟着韩厥来到晋悼公的病榻前，"呼啦"一下都跪下了。晋悼公一看："起来吧，起来吧，我今天稍有不适。"大家伙儿站起来了。"众卿，知道我有什么病吗？"那大家伙儿谁能知道啊。"哎呀，臣下不知。""臣下不知。"大家伙儿全看韩厥。韩厥说："我知道。众位，我知道主公身患何疾。""呵呵，韩元帅，你知道？干脆还是我自个儿说吧。众位，我知道咱们晋国有一家十分冤枉，保着晋文公、保着晋襄公，立下了无数的汗马功劳，使得晋国强大、成为天下霸主。但是不知道为什么得罪了人，最终使得全家被杀。我无法认清此案，所以心中不痛快，没睡好觉，就得了病了。"

来看晋悼公的众卿之中可有屠岸贾，他一听就是一愣，但是屠岸贾心里踏实：赵家已然没人了。大家伙儿一听，你瞧我，我瞧你。您想想，事君的人能是傻子吗？"可惜呀，赵家无后，这可怎么办呢？"晋悼公一看，说话的正是屠岸贾身边的一个奸细。"你知道赵家无后了?""是啊,主公,都被杀绝了。""好吧,我请出一个人来,你们大家看看。来呀。"

内侍马上把帘子一挑,赵武由打里面出来了。大家伙儿一看:哎呀,年纪轻轻,十分精神,比晋悼公稍微高点儿,岁数差不多,眉宇之间一派英风叠抱。嗬,小伙子这精神,这漂亮,一看就有本事。大家伙儿全都莫名其妙:这是谁呀?"主公,此人是谁?""呵呵,那就问一问韩厥吧。"韩厥一抱拳:"众位,这位就是赵盾之孙,赵家留下的唯一孤儿——赵武。"大家一听,全愣了。屠岸贾听到这儿,当时就趴下了,趴在地上就动换不了了。"众位,你们知道为什么赵武能够活到现在吗?想当初程婴把自己的亲生之子献出来,让公孙杵臼带到首阳山中,是屠岸贾前去搜山,杀了公孙杵臼、摔死了婴儿。他以为是把赵家的孤儿摔死了,实际上那是程婴之子。而程婴把我派人由打宫中偷出来的赵武带到盂山,隐藏了十五年啊。现在你们看到的这位就是赵氏孤儿、赵家之后,赵武。"有注意的,屠岸贾旁边的人一看,屠岸贾都快没气儿了,快吓死了,大家伙儿这才明白。"愿凭君王做主。""来,传令,将屠岸贾推出午门斩首。"武士们把屠岸贾推出去就杀了。然后晋悼公又传下命令:"韩厥、赵武,你们带领五百甲士,把屠岸贾全家抄斩,然后回来交令。"

一还一报,赵武把屠岸贾全家都杀了。咱们书不说废话。赵武回来,跪倒在地,向晋悼公请求把屠岸贾的人头放到父亲赵朔的坟前祭祀。一个年轻的君王十四岁,一个赵氏孤儿十五岁,两个人加在一块儿才二十九岁,这是多大的本事啊。人可不能按岁数大小来分,小孩儿不能小觑,了不得。晋悼公很有主见,恢复赵家,拜成人礼,封赵武为司寇,屠岸贾的职位归了赵武了,赵氏孤儿报仇申冤。

刚才开场诗说了:阴谷深藏十五年,裤中婴儿报祖冤。程婴杵臼称双义,一死何须问后先。那么最后这两句说的是谁?说的是程婴。等把这些国事都处理完了,晋悼公就问程婴:"老人家,你为了赵家,一片赤胆忠心,你就留下吧。赵武还年轻,你把他培养成人,现在已然是司寇之职,你就作为军正帮帮他吧。"老程婴泪如雨下，跪倒在地："国君啊，想我程婴为了赵氏孤儿，在深山之中隐藏十五载，现在赵武长大成人，已报了赵家之仇。而我想起公孙杵臼，就无心无脸活在世上。赵武已经长大，冤仇已报，我就随公孙杵臼而去。"说着话，老程婴攘宝剑把儿按绷簧，"嚓楞楞"，宝剑出匣，剑搭脖项，"噗"，自刎而死。老程婴死了，赵武哭啊，趴在尸身上痛哭。然后向晋悼公请葬，亲自扶着老程婴的灵柩来到了云中山公孙杵臼的墓旁，挨着公孙杵臼的墓埋葬了程婴。这就是"二义墓"，所以说一死何须分后先。

晋国现在是晋悼公掌握朝权，赵武身为司寇。晋悼公很有决心。本来楚国那儿有一个叛徒过去了，所以楚国就想在晋悼公还没上位之前，也就是知道晋厉公已经死了，借着老君死新君尚未继位的机会，攻打晋国，战争一触即发。

这个战争咱们先留着，留到后边再说。现在我得多说几句。既然说到这儿了，赵氏孤儿到底是怎么回事儿？京剧唱赵氏孤儿，电影拍赵氏孤儿，歌剧演赵氏孤儿，那么真正历史上的赵氏孤儿是怎么回事儿？您翻开《春秋》，再翻开《左传》看看，真正的历史不是这么回事儿，跟屠岸贾一点儿关系都没有。有没有魏绛这个人？有，但魏绛跟这件事也没关系。戏上说魏绛回来了，见到了庄姬，抓住屠岸贾杀了，给赵武报了仇，没这事儿。电影上说老程婴带着赵武住在屠岸贾他们家，赵武认屠岸贾做义父，也没有这事儿，这都是编剧编的。当然，如果看《东周列国志》，也不是真正的历史。

那么真正历史上的赵氏孤儿是怎么回事儿呢？在真正的历史中，这位庄姬的心灵没那么美丽。历史上庄姬的丈夫其实早就死了，不是屠岸贾杀死的，就是早死了。丈夫死了之后，庄姬很寂寞，就找上了赵婴齐——庄姬的叔公、赵盾的哥们儿。这事儿搁现在无所谓，人家丈夫死了，再找一个也无可厚非，但是在那个时候就了不得了，你跟你的叔公乱搞，这不行。但是庄姬有背景啊，赵家的人惹不起庄姬，赵家亲自给赵婴齐定了罪，把赵婴齐轰走了，轰到齐国去了。庄姬心里恨啊，心说：我丈夫死了，我又爱上了一位，甭管他是哪辈儿的，让你们轰走了，我总这么寂寞着也不行。其实男女之间的事情还不是主要的，庄姬最恨的是什么？就是赵盾临死之前应该把手中的权力传给赵朔，赵朔再往下传，就得传给赵武，那么庄姬的儿子就是赵家的嫡系正枝儿，权力应该在他们家。但赵盾把权力给了他兄弟赵括，赵括再往下一传，这权力可就不在庄姬的儿子赵武之手了。同志们，我说清楚了吧？所以庄姬告密，说赵家要谋反，自己家里窝里反，把赵家全杀了，这才是真正的历史。您说这都哪儿查去？反正咱们也不能较真儿，只是需要还原一下真正的历史。但是不管怎么说，您爱听这段书就对了。所以说《东周列国志》不好说，真不好说，咱们都得好好理解。从之前咱们说的这位伯宗身上就能吸取到经验教训，而赵氏孤儿这件事无论真假，咱们也能从中吸取到经验教训。

十四岁便成为晋国国君的晋悼公和十五岁便替全家报仇的赵武，要使晋国兴旺，可楚国恨疯了。今后晋国和楚国之间又会发生什么事情？咱们下回再说。